瑞雪江山图

碎磬 作品

人民交通出版社股份有限公司
China Communications Press Co.,Ltd.

图书在版编目（CIP）数据

瑞雪江山图 / 碎罄著. — 北京：人民交通出版社股份有限公司, 2016.11
ISBN 978-7-114-13442-5

Ⅰ. ①瑞… Ⅱ. ①碎… Ⅲ. ①长篇小说—中国—当代 Ⅳ. ①I247.5

中国版本图书馆CIP数据核字(2016)第265946号

Ruixuejiangshantu
书　　名：瑞雪江山图
著 作 者：碎　罄
监　　制：邵　江
责任编辑：刘楚馨
特约编辑：童　亮
文字编辑：张家奇
营　　销：吴　迪　刘　君
出版发行：人民交通出版社股份有限公司
地　　址：（100011）北京市朝阳区安定门外外馆斜街3号
网　　址：http://www.ccpress.com.cn
销售电话：（010）59757973
总 经 销：人民交通出版社股份有限公司发行部
经　　销：各地新华书店
印　　刷：中国电影出版社印刷厂
开　　本：880 × 1230　1 /16
印　　张：23
字　　数：360千
版　　次：2016年11月　第 1 版
印　　次：2016年11月　第 1 次印刷
书　　号：ISBN 978-7-114-13442-5
定　　价：35.00元

目录

之前

心上雪

蝶恋花

谁道闲情抛弃久？每到春来，惆怅还依旧。

日日花前常病酒，不辞镜里朱颜瘦。

河畔青芜堤上柳，为问新愁，何事年年有？

独立小桥风满袖，平林新月人归后。

一

宫里的冬日格外冷，但仍有人愿冒着寒冷，许是因为自己所在之处比这冬日还要冷吧，所以菁妃和如妃坐在窗边，赏着鹅毛大雪。

“菁楠，你喜欢雪啊，我还是比较喜欢云。”如妃仰头望着灰蒙蒙的天。

“雪本来就在那高高的云端，高处不胜寒，落下来又被吹散，生于寒冷，死于温暖。”菁妃眼中含着悲凉。“两位爱妃真有雅兴。”身后传来了皇上的声音。“参见皇上。”她们连忙站起福身行礼。“坐。”皇上按如妃坐下，并坐在她身边。“臣妾想到宫里还有事情，就先告退了。”菁妃看着皇上与如妃握在一起的手，回宫了。“如韵到底什么地方比我好，为什么皇上总是偏爱于她？”菁妃抚摸着一把短剑，上面刻着“菁楠”，出自于皇上之手。“他，当真爱我吗？”

菁妃之貌倾国，富家子弟多仰慕，她被选入宫，便有人说只有莫菁楠才配得上皇上，也只有皇上才配得上莫菁楠。她永远都忘不了，她的豆蔻之年，曾在丁香花丛中一舞，舞毕回眸时，眼波流转，眼中只有那同她一样怔怔望着彼此的少年。那个少年是不起眼的一个皇子，她却觉得，他是世间最璀璨的明珠。少年送了她一把短剑，于剑上刻上了她的名。从此以后，她心中再容不下第二人。

所以一朝选秀，她甘愿将自己锁在这华丽的牢笼中。而今，菁妃莫菁楠、如妃如韵，二人母家在朝中官位不低，且都是武臣。

梦妃陆梦姿色虽不出众，但凭着傲人的家世被选为妃。皇上想让菁妃、如妃与梦妃在后宫抗衡，莫家、如家与陆家在朝政上抗衡。皇后是皇上的表妹，自小多病，为皇上生下大皇子、二公主和三皇子，至于四皇子，是已故的善妃所出。

二

“皇后娘娘病重，姐姐有孕在身，往后这后宫谁说了算，还真是一眼就看得出。”菁妃双手为梦妃奉上羹汤。“妹妹说笑了。”梦妃虽这么说，脸上却是笑意满满。那时，菁妃只想着借机向梦妃示好，一举铲除如妃，殊不知，纵她玲珑心思，也不能将后宫形势看透。皇后时日无多，菁妃时常照料于床前，关爱嫡子，一派贤妃风范。其实，她是有居心的，她只是想趁皇上来看皇后的时候，对她说一句“辛苦”，然后她再识趣地退下，假装看不到皇上从未有过对她的关心。

“臣妾听说皇上近日寝食难安，特地做了燕窝羹。”菁妃一人端着托盘，走进皇上的寝宫麝华殿。“原来菁儿还想着朕。”皇上揉揉额头，还不到三十的人眼中已有风霜了。“臣妾喂您吧。”菁妃看着心痛。“也好。”皇上笑道。于是菁妃青葱般的手指捏起白瓷调羹，舀了一调羹洁白的粥，用樱桃小口吹尽热气，眼波流转，送粥于皇上口中，轻轻笑了。皇上忍不住摸了摸她的脸蛋。在她记忆里，皇上甚少这般亲昵待她。这夜，她待寝。皇后病危，所有的太医都去了，所有的嫔妃都跪在栖凤殿。

菁妃看到如妃的眼睛暗了下去，也看到梦妃的嘴角扬了上去。至于皇后的手摔在床上，皇上大声呼唤皇后闺名的时候，她突然希望，那个躺在床上、再无法睁眼的人是自己。她想知道，若躺在床上的那个人是她，皇上将会是怎样的反应，会不会如今日般痛苦，会不会有一丝不舍，还是，根本就忘了，还有一个她。皇后的谥号“景懿”，由皇上亲拟。

所谓“景”，乃岁月之意；所谓“懿”，多指女子美好。果真了，帝后青梅竹马，总角之爱，在一起的岁月，都是这个美好的女子相伴，这个女子，也该有这么美、这么深情的谥号。菁妃有时候会好奇，若她一日离世，会不会有这么美的谥号。她不知道，有一日，她会有一个谥号“景念”，也许没有那么大气，但正因如此，才更显柔情。之后，皇上一直都郁郁寡欢。如妃为了宽慰皇上，邀皇上和菁妃在她的濯云殿用膳。

一阵恶心的感觉，菁妃转身用手帕掩住口部，她惊喜地看到皇上紧张地传太医。她有喜了，皇上开心得异常，赏了不知多少宝物。看着这些冰冷器物，菁妃似是明白了，皇上为之高兴的，不在于她，在于她的肚子，换做有喜的是旁人，也是一样的。果然，半年后，梦妃生下了五皇子，皇上只是赏了些东西，并没有太高兴，也没有封后。菁妃本来应该高兴的，因为后位一直悬空，她自己也有身孕，就等于有了争夺的资本，但她，真的无心去争权位，她想争的，是这个男子的心，但他的心，她是看不懂的。她甚至在想，皇上并不喜欢梦妃，所以就算梦妃生了皇子，皇上也不在乎。也许皇上也不喜欢自己，所以自己就是有身孕，也得不到皇上的青睐。

反而是濯云殿，似有些坐收渔利之感。两个月后，菁妃诞下六皇子，人人都说这孩子跟三皇子一样，长得像极了皇上，只是三皇子年长，面容有些坚毅，六皇子还小，面容略显娇嫩。皇上也这么说。她觉得，她终于能入他的眼了。

三

“多谢你，菁楠，你都为人母了，还愿意为我跳舞。”濯云殿，如妃帮菁妃将裙带系好。“你喜欢看我舞，我跳给你看便是。再说，你我姐妹多年，我的孩子也就是你的孩子。”菁妃将一双柔荑放在如妃肩上，一派深情，“你哥哥喜得贵子，你当了姑姑，我该替你高兴才是。孩子可取名字了？”

“焚蝶，唤作如焚蝶。”菁妃“咦”了一声，“这名字倒稀奇。”“因我嫂嫂酷爱蝶，每逢秋至，蝶不复存，她便收了蝶的尸体焚掉，将灰埋于土中，以求超度，我嫂嫂难产而死，哥哥为纪念，故给这孩子取名‘焚蝶’。”

菁妃听了这话，没再说什么，也没有再装着安慰的样子，而是收了落在如妃肩上的柔荑，因为心底浮起的寒意。玲珑心思一转，菁妃就将心中的寒意压了下去，左手一扬，示意曲子开始，右手染了桃花汁的食指一点如妃的额头，颇含打趣的意味，嘴角漾开一个美丽的弧度。

一曲《招蝶》，她亲自编的曲，自然是余音绕梁；一舞《招蝶》，她亲自排的舞，自然是袅娜娉婷。如此临仙美景，只献于这一人，当年是，今日也是，高傲如卿，不敢妄君心，但求君一眼。濯云殿殿门静静伫立的君王，你可明白？曲终。“九天神女，不过如此。”那位君王道。两妃一起行礼。皇上却是伸手扶起了如妃，“菁儿倾国倾城，朕改日要好好欣赏。”“谢皇上。”菁妃笑着，退了出去。

她眼中泪水太多，所以看不清眼前的一切，看不清皇上的眼神，所以，她错过了帝王难得的一份真情。也是她走得太快，太不想去听别人的甜言蜜语，所以不曾看到皇上注视她背影的神情。

丁香落了霜，看花之人，心中应是落泪的。皆是二人入情太深，没有发现，梦妃的心腹已将这一切尽收眼底。

莫府。莫家长辈早故，仅剩筝楠菁楠两兄妹，菁妃已入宫，筝楠未娶，一人支撑朝中府中。“菁儿，当真要这样做吗？”玉指从白瓷杯沿上划几个圈，才轻拈起来，樱唇轻触清茶，展一个魅笑，“哥哥，菁儿是什么人，你还不清楚吗？若没有十分的把握，我怎会动手。当初如韵不愿入宫，如家却不管不顾将她送入宫中，我见她态度不对，便留了心。果真，如家谋反之心已定，如韵不过是个内应罢了。哥哥不妨先与如家联手，时机一到就揭发，你立了大功，我也能得皇上青眼。”

“这样，会牵连到如妃吧。”菁妃晃着茶杯，垂着眼帘，但羽睫下的魅惑显然变成了冷酷与不耐，“哥哥以为，若如家得势，她就能活吗？且放下不忠不义的大道理，且放下后宫女眷、放下你的妹妹，就如韵那个性子，你觉得她能苟活吗？”

“可是……”菁妃丢了茶杯，倏地起身，抓住莫筝楠的衣襟，“你以为皇上是那么好糊弄的吗？如家的那点心思，我都看得出来，皇上能看不出？倒不如你做功臣，我做宠妃，说不定还能救如韵一条命！”

半年后，如家叛乱，举家被囚。是夜，浣雪宫。“菁儿，你以为，朕是否该诛如家九族？”“臣妾不知。”菁妃下意识地将手覆在自己隆起的小腹上，这是她的第二个孩子，她不想让腹中的孩子听到这样的话。皇上走到她面前，将手覆在菁妃的手上，“不知是不是因你有孕的关系，朕突然不想赶尽杀绝。”菁妃没有去看皇上，而是看向了窗外。

“仿佛，如家还有个跟兴儿差不多大的男孩。”菁妃想起皇上最近要给六皇子办周岁宴，腹中孩子也快七个月了，“那便留下吧。”她突然很想为孩子们积德。

“如妃呢？”听到皇上终于问出这句，菁妃很想笑，什么因为自己有孕不想赶尽杀绝，其实就是想留住如妃一条命吧。

此刻，菁妃连姐妹情深都不想再装了，而是扯出一个微笑，后退一步，离开了皇上手掌的温度，走到窗边，“皇上心下有数，臣妾不敢置喙，也不想让腹中孩儿听到这样心惊胆战的事，请皇上恕罪。”

更漏一直在响，皇上在浣雪宫的床上，一夜无眠。菁妃却是立于窗边，心凉如水。第二日，面对皇上，如妃只求饶过腹中之子。太医确认，是喜脉。听到这个消息，菁妃只点了点头，并未多说一句。

四

仅七个多月，菁妃临盆，四个多时辰才生下来，女医和宫女手忙脚乱，七公主诞生。七公主诞生的那一刻，连续下了几天的雨终于停了下来，东方的天空布满了朝霞，西方的天空挂了一道彩虹。

守在殿外的皇上差点喜极而泣，就要往寝殿里闯。“皇上！”方太医拦住了他，“娘娘恐怕，过不了这个时辰了。”大喜之后的皇上，差点站不住。等了这么久，听着菁妃受了这么多苦，看着下人们手忙脚乱了这么久，提心吊胆之后，他才明白自己要的究竟是什么。他决定了，他要告诉她，他并不是偏宠如妃，而是为了放松如家的警惕，他也不是不爱她，而是怕把她推到风口浪尖上。可是，再没有机会了，他没有机会将她护在身后了。

“菁儿知道吗？”“娘娘应该是知道的，否则不会在最后，哭求臣保住公主。”皇上觉得，自己第一次这么无力。“皇上。”近侍小心地道，“有个道士求见。”“什么道士，这个时候见什么道士！”见龙颜大怒，近侍连忙跪下，“奴才也这么想，但那道士说他知道小公主的命数，奴才想，这个时候宫门侍卫都不知道娘娘诞下的是位小公主，那道士敢这么说，想来是真有点本事。”“去浣雪宫寝殿！”皇上最终道。

浣雪宫寝殿内，菁妃抱这个熟睡的女婴，眼中充满怜爱。“孩子，你会原谅母妃的自私，是吗？母妃只是想，只有母妃走了，只你们留下，你们父皇才会永远记得母妃。母妃这一辈子的心力都费在爱上了，你会帮我留住他的心，对吗？”放下小公主，菁妃换了套浅紫色的衣服，绣着梅花的紫色绣花鞋将一双玉足衬得更白了，发轻轻绾成一个蝴蝶髻，配只镶珍珠的银簪，长长的睫毛上泪珠还未消尽，不涂胭红，整张脸透着病态，却更惹人怜爱。她当年，就是这样的着装，初遇郎君。

浣雪宫偏殿里，皇上打量着那个道士，“何事？”“这个女孩她生来就是公主，有朝一日会成为这个国家的皇后，还将以太后之礼下葬。”道士不紧不慢地说，“你说什么？”皇上攥紧了拳头。道士又重复了一遍。“拉出去给朕斩了！”皇上大怒，去了浣雪宫寝殿。当他失魂落魄回来的时候，他会注意到，有一只信鸽，落在书案上，带来的信，出自他很信任的一个人的手，信的内容，与道士说的一模一样。

“皇上，您看我们的女儿，像不像臣妾？”菁妃侧卧在床上，用苍白的手指描摹着这个熟睡婴儿脸的轮廓。“朕已经让人把兴儿抱来了。”“不，臣妾一直都想为皇上生一个女儿，长得像臣妾的女儿，这样在皇上疼爱她时，臣妾就会以为是皇上在疼爱臣妾，哪怕是这样一个错觉，臣妾也求之不得。”菁妃温柔地笑着，“您说，她像不像臣妾啊？”“像，一模一样。”菁妃却“噗”地笑了出来，全然不像是个将死之人，“还这么小，哪里看得出来啊，臣妾再问一遍，她像不像臣妾啊？”“像，与菁儿一模一样呢。”皇上依旧这样答。

菁妃却无法像刚才那样笑了，“皇上，您是第一次，这样哄臣妾呢。”“那朕以后天天这样哄你，这般逗我们的女儿，好吗？”皇上望着怀中的美人，第一次感到，这个皇宫有一点家的味道。“好啊，不过菁儿累了，想睡一觉了，睡之前，皇上能不能答应菁儿，好好照看咱们的女儿，给她您送菁儿的短剑，教她菁儿的舞，让她记着，她有个母妃，希望她能替她的母妃爱她的父皇，也希望，她能得到她父皇的爱，但是不要让她因为失了母妃而悲伤。”

“朕答应你，只要你不睡，朕就答应你。”皇上抱着怀中的女子，除了皇位，他第一次这样迫切地想留住一样东西。“菁儿很累了，很想睡了，皇上回答菁儿一个问题，菁儿就不睡，好吗？”她的手指从婴儿的脸上移到皇上袖口，握住了皇上的手，“皇上，菁儿爱了你一辈子，你有没有那么一次，爱过我？”

皇上也同样握着菁妃的手，只是他没有机会说出“我爱过”这三个字，那个貌美的女子，也再无机会知道，当她穿浅紫薄纱裙舞于丁香花丛中时，皇上心中便有“风吹仙袂飘飘举”之感了。

只是，皇上不想被人认为是好色之徒，也不想让世人认为她狐媚惑主，所以皇上从未表现过对她的爱意。皇上有自己以为的更重要的事要做，不想把她推到风口上。但是，爱过，只有自己知道，就像皇上说女婴像菁妃并不是信口开河一样，是因为在为数不多的同枕而眠的夜晚，他也曾是这样描摹她脸部的轮廓，她们，真的是一模一样啊！

窗外，竟然下雪了，在这曾经温暖的春日里。襁褓中的女婴睁开了眼睛，向皇上明媚地一笑。皇上突然想丢掉这个为了她的出生而使菁妃失了性命的孩子，想丢掉这些在浣雪宫里假哭的宫人，仿佛菁妃还在莫府的丁香花丛中起舞，未曾入宫，未曾离世，自己也未曾送她那样一柄刻着“菁楠”的短剑一般，岁月静好，佳人犹在。

五

半年后，如妃诞下八公主，后自缢于濯云殿。

梦妃被立为皇后。深夜，浣雪宫，七公主呆呆地望着面前的皇上，没有任何表情。

“菁儿，寂静之夜，你又喜雪，这孩子，便唤作‘寂雪’吧，为表示姐妹，老八，便唤作‘寞云’吧。”

此深秋之夜，有君王，亲自找出一美人相，挂在置忧阁内。

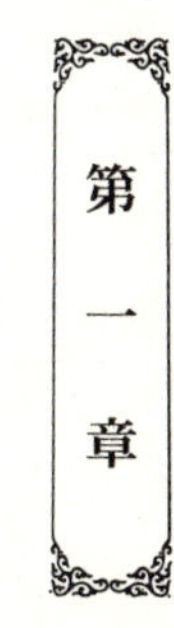

第一章

颊边笑

蝶恋花

伫倚危楼风细细。望极春愁，黯黯生天际。

草色烟光残照里。无言谁会凭阑意。

拟把疏狂图一醉，对酒当歌，强乐还无味。

衣带渐宽终不悔，为伊消得人憔悴。

一

本公主欧阳寂雪，乃璐麝之七公主。今日是天佑十八年二月初一，我十岁生辰。本应有个寿宴的，但因六哥重病多日，我也没心思办个家宴，父皇最心疼我，知我心意，便命兄姊们来浣雪宫看我与六哥。

今日是我的生辰，亦是母妃忌辰，父皇却从不因母妃而怪我，也不于今日拜祭，总是或早或晚携了我去，让我在这一日好好过生辰。我虽不必去祭拜母妃，但一大早，还是要去栖凤殿给陆梦请安。今日陆梦梳妆得久了些，我在她寝殿外候得久了些，闲着无事，便赏了赏栖凤殿的花。 北方天寒，御花园里的桃花还未开，栖凤殿里的迎春却已是繁华，入目一片金黄。

我徐徐走着，于墙角不起眼处，竟有一盆形似陀螺的红花，花朵极小，还隐于叶下，若不细看，是极难找到。“七公主，果真雅兴啊。”不知何时，寝殿的门开了，那凤钗华裳的妇人竟到了殿门口。要知道，她平日都是端坐于凤座上等我去请安的，今日我倒有些受宠若惊。说这话时，她面带微笑，眼中却是冷淡至极。

这十年，我看惯了她人前人后对我和六哥及寞云的这份态度，便也是装作一派恭顺，行礼问安。听她不冷不热地说了几句无关痛痒的话，我方再次行礼逃回浣雪宫。却不想，炉上的药快煎好了。心里埋怨几句陆梦，便端了药到园中，给那躺椅上的人。

“该喝药了。”我在躺椅后面，捏了下六哥的耳朵，“这桂树立了百年，可不是六哥你看几眼就能在春日里开了花的。”六哥闻言忍俊不禁，苍白的面上目光璀璨，“皇后可有为难你？”他接了药。

我知我今日回来得晚，让他担心了，“没有啊，就是她梳妆的时间有些久，我多等了会儿而已。”“那便好，都怪我病的不是时候，往年都是我陪你去，今年只得你自己去。”我嘟起嘴，“那你还不喝药。”我看着这个只长我一岁的亲生哥哥，他才十一岁，便不得不去想这么多事。

六哥一阵剧烈的咳嗽，药碗都拿不住了，我忙去顺他的气，药汁洒了我一裙子。“对不起，寂雪，污了你的裙子了。”六哥止了咳嗽，对我道。“六弟啊，你这么说可伤了寂雪的心，只一条裙子，她怎会在乎呢。”三哥的声音在我身后响起。这便是欧阳晨昭，璐麝三皇子，封楚王，亦是对我最好的三哥。

我刚想回头糯糯唤他一声“三哥”，却不想就有一只手覆到我头上，使劲揉了揉。三哥的声音又响起，“她去太医院监督着，煎了药，又巴巴地送来，六弟啊，你可不能辜负她的一番苦心啊。”我回过头捏他的手臂，不顾头发被他揉成一窝草。“哎呀，正好正好，把我给你的这份寿礼换上吧。”三哥把英俊的像父皇的眸子笑成了一条缝。

我方注意到他左手抱着一只盒子。“不得不说，我与三哥还真是默契啊。”六哥也笑道。我夺了三哥的盒子，也不道谢，径直向寝殿走着，口中还嘟囔着“都欺负我”。

这一嘟囔不要紧，就听见宫门口有个女声叫着“抱着什么好东西”。我一惊，知是寞云来了，生怕这样子被她笑话，忙向寝殿跑，寞云也不理会园里的三哥和六哥，一路喊着“寂雪”，追了进来。我们二人一进寝殿，她看到我的样子，把手中送我的寿礼一丢，大笑起来。我去拧她耳朵，她笑着躲，一时玩闹起来。

“多亏我进来看看了，我若不进来，你们这俩小妮子还不定要玩到什么时候呢。”二姐从寝殿门口进来。我看看寞云，她还好些，只是钗环有些松脱，我又看看铜镜里的我，一时无语，竟是发髻散乱，更别提掉了一地的发饰了，被药汁弄污的衣裳皱得不成样子。

我吐了吐舌头。二姐也是忍俊不禁，将我的脏衣服脱了，取了盒里三哥送的新衣给我换上。“还是晨儿最有心，年年都送你这样精致的礼物。”二姐叹道。我看着铜镜里那粉色的洒金百蝶穿花裙，羞涩地低了头，没有开口。

“不过还好，我送你的这对双蝶金累丝步摇也有了用武之地。”二姐说着，绾了一个蝴蝶髻，将步摇配上。这便是我的二姐欧阳潇雨，虽比大哥小了两岁，却比大哥更有皇室风范，我一度认为，她是身份最尊贵的公主，就连她所居的涤雨苑，也是气派非常。我从未想过，有一日，我会代替她，被称为整个璐麝最尊贵的公主。“谢谢二姐。”“谢什么啊。多亏阑儿挑寿礼前与我商量一下，又得知你在梳头，便让我把这对金蝶坠子送你。”二姐说着，又帮我将耳坠戴上。

"四哥都来了？"我想站起，却被二姐按下。四哥阑昭虽为齐王，但性子恬淡，不理政事，也不太出席什么宴会，也许只有他府中的阮儿姐姐，才是四哥唯一在意的。

"你急什么。"她将一对金滴耳坠戴到我的另两只耳洞上，"还是阮儿想着你，知你四个耳洞，便又配了这两只金滴耳坠。"寞云在一旁，将手中的锦盒藏到了身后。

"小妮子，我的礼物呢？"我在铜镜里看到了她的动作。她这才扭捏地将锦盒给我，"我的，只是一只……""好漂亮的象牙镂花小圆镜！"我打开锦盒，抢先道，说完就忙照着刚刚戴上的耳坠，"我上次说喜欢，你还就真送我了。"

寞云刚才的担忧一扫而光，只上来枪这小镜子，"你说你喜欢，我勉强割爱的，你要是欺负我，我就收回去。""小气鬼！"我站起，将镜子举起来。我身量比寞云高些，她是抢不到的。"公主，大皇子来了。"寞云的侍婢春深来报。寞云本就与大哥交好，听到这话，忙丢下我与二姐，去见大哥了。

二姐把我又弄歪的发钗扶正，"你啊，就知道护着寞云。"我将那小圆镜放到妆台上，"就像你与三哥四哥护着我一样啊。""大哥都来了，兴儿又病着，你不怕待客不周？""有三哥呢，他对我这浣雪宫，比他封王前住的青阳殿还熟悉，定不会的。"二姐在我身后笑靥如花，"这个小丫头，笨的是你，聪明的也是你。"

至于大哥秦王承昭送了首饰，五哥吴王沐昭只送来寿礼，本人并未露面，便是今日午后的事了。

时光到了六月八日夜，我记得，窗外的闪电将天空划开了一个又一个大口子，于是天空的泪水便无法控制地砸向了人间。殿内，六哥在病榻上，连坐起身的力气都没有了，太医也都束手无策。我站在床边，猜不到将要发生什么，只是有种莫名的冷，好像我的心也被闪电撕扯着。我记得，六哥在父皇怀里显得好小，在明黄色的衬托下他显得更加苍白，孱弱得都不像以前的他了，那双璀璨的眸子，都黯淡了。

"父皇，儿臣不孝，无法再陪您了。只是寂雪，她还那么小，请您好好照顾她，不要让她受伤。"他似乎是这样的意思。我不知道为什么会发生这样的事情，正当我尝试去理解他话中含义的时候，一声滚雷，六哥的眼睛就永远闭上了，无论我再怎样呼唤，他都不会再看我一眼了。

我不知道为什么这么冷，冷得我发抖，抖得我难以自制，甚至，连怎么从六哥床前回到寝殿都不知。我在寝殿，将能摔的东西都摔个粉碎，我控制不住自己的双手，就像控制不住自己时断时续的呼吸一样。我觉得我快窒息了。那时，只有三哥赶了过来，将我拥在怀里，我听不见他在说什么，我只听到我脑海中回荡着一个声音："快走吧，否则，下一个死的就是你！"

所以那晚，我逃了，扮成一个小小的宫女，偷了三哥的令牌，用小手抓了一把首饰，就这么逃了。

二

就是这样不可思议，一个十岁的娇生惯养的公主，居然能从北方的京师璐城，逃到南方的海边，终于晕倒了。我醒来时，发现自己躺在一张柔软的床上，一旁看着我的人有一双迷人的桃花眼，笑如弯月，肃若寒星，比女人还要美，一脸魅惑。

"二姐？"我下意识叫道。"姐个头啊。"他说着还真敲了一下我的头，"我是男的。"我坐起身来，这间别致的屋里有一个老者和一个女孩，那个女孩的年纪比我大一点，差不多十一二岁的样子，而敲我的人大概十三四岁的样子，那位老者，我却看不出了。

"也不知道哪里的野孩子！"那个女孩哼了一声，白我一眼。"你才是野孩子，本公……"我差点透露了自己的身份。那位老者的表情不易觉察地变了一下，"你的短剑。"他递给我短剑，"你叫什么名字，可愿拜我为师？"

"我叫寂雪，莫寂雪。"这是我唯一想得起来的姓，"家道中落，逃了出来，若能得前辈教化，实是三生有幸。"我双手接过母妃的短剑。那时候，我只认为这里比皇宫清净、安全，足以让我落足安身，其余的，譬如亲人的担心，我的牵挂，都且抛于脑后了。师父领我下床，指了指那男孩，“这是独孤凉，你的师兄，若不是你的短剑掉了出来，他都发现不了你。”又指了指那女孩说：“郑源儿，你的师姐。”

我对着郑源儿勉强点点头，又向独孤凉露出灿烂的笑容，没有注意到师父脸上有什么变化。师父领我出门，房门刚打开的刹那，我愣在了那里。从我的房间，居然可以一眼望到大海，再从房门走几步，伫倚危栏，我就被眼前的景色震撼了，除了记事后第一次于初雪之日登眺银轩俯瞰皇宫，还未被什么景色这般震撼过。那次震撼我的，是璐麝皇宫之壮丽雄伟，是璐麝之强大，今日，却是山与海、木与水的相融，是璐麝山水之秀美。

置身危楼，视野开阔，目之所及，天地被山与海分隔开来，以水为天，以木为地。近处一片火红，细看来，方知是主人将芍药与枫树相间而植，此刻非芍药花季，枫叶却已染红，所以一片丹色。远处是海，湛蓝无边，波涛在阳光下泛着金辉，层层叠叠，其磅礴，远胜宫中叠月湖之柔美。万里无云，所以海天相连，仿佛一抬起头，那层层金光，就能落在发丝上一般。

“这里是个海岛，我取名为‘含口’，因这里春夏秋皆为红色，至了冬，海上大雾袭来，岛屿无寻，更别说颜色，似极了含在口中的香舌，故称为‘含口’。你可还喜欢？”师父问我。师父竟问我这个被收留的人是否喜欢，不仅我受宠若惊，独孤凉和郑源儿也都惊讶地看着师父。

“徒儿只觉得这里人杰地灵，处处都是好的。”我一时不解，便谨慎道。听了这话，师父和独孤凉笑出声来，郑源儿却冷哼一声。“那此后，这红颜阁，便给你住吧。”师父道，“可还有什么不适的吗，比如你惯用的熏香摆设？”我最爱燃的奇楠太过名贵，不好开口，只道了我最爱的茶是苦丁，不喜丁香及其颜色，再无其他。

师父听了，倒是浅浅一笑，“刚收上来一批奇楠，本想着有人会用，如此，倒是浪费了。”我一时有些后悔。师父却是笑得更明显。

第二日，那奇楠便送到了我的红颜阁。我不知道师父为什么这样宠我，只觉得他比父皇还喜欢由着我的性子来。他宠我的原因，我在多年后才了解。

三

第一次在含口贺生辰时，独孤凉还打趣我，竟与公主一个生辰。我只觉得面上发烫，不接他的话。师父在一旁，将这一切尽收眼底。除却生辰这日，其余都是极好的。食罢早膳，略上一个时辰左右的早课，便被独孤凉拖着去遛弯，回来继续上课。或是我精神极好，隔三岔五就去习武，再或是所有人都有兴致，便一同聚于海边的巨岩上，师父或独孤凉抚琴，我起舞。

只是郑源儿一直不喜我，知我不爱丁香色，她便把自己的一应物件全换成丁香色，因此上课时，我从不与她坐在一处，所以独孤凉只好坐在我二人之间，郑源儿倒喜欢这样，丁香色的物什有增无减。

一晚，我溜进师父的护心楼。师父的护心楼就在红颜阁后面，比红颜阁要高，好像在其后面保护着红颜阁一样。护心楼的窗户很大，能看到初升的海上明月，可在明月下，无论是海水、沙滩，还是花开，都被湮没了。一直以来，只要找不到师父，独孤凉就让我到这儿来，因师父只允许我进。

“师父，您又喝酒。”我嗔怪道。“酒啊，可以浇愁，也可以使愁更愁。”师父不仅给自己斟了一杯，又递给我一杯。我接过，这酒不像皇宫里的一般呛人，而是有一丝诱人的甜香。我轻轻抿了一小口，舌尖有一股辛辣，但渐渐转为醇香，滑到喉咙时，口中只剩清凉，甚至还有一片甘甜，如我钟爱的苦丁茶一样。

“这是什么啊？”我舔舔嘴唇，意犹未尽。“美人泪，能断人肠的美人泪。”师父点了点我的嘴唇。这一点，我莫名地泪眼朦胧。

果真，我看到了，那样一个从丁香花中生出的女子，一袭紫衣，绾个蝴蝶髻。我再饮一口酒，将清冽沁入喉咙。她的珍珠发饰都略泛黄了，银饰都有些磨损。接着饮，胸腔中有些刺痛。花仙的脸都苍白了，也不知施些粉黛，睫毛上还沾了些露水。

我似有些醉了，因那份温暖还很熟悉。理智，仿佛要挣脱开我的身体了。我看不清她的面孔，却看得见她的眼睛、睫毛、发饰，甚至触手可得的温暖，偏偏的，没有容貌。她已不在了，我的理智突然复苏。眼前的是师父，丁香花香也被芍药香取代。

我望着对面忧伤的师父，不知他饮了这酒想起了谁，想起了什么事。我觉得这样就够了，还能重温彼时的美好，但终是一场梦，若不苏醒，以后岂不要一直陷下去了。陪着师父喝了不少，他醉了睡着，谁知我竟还清醒，便走到海边。

我坐在海边一块平滑的岩石上，独孤凉不知何时来的，或是一直跟着我，此刻，坐在了我身边。“我想家了，我想我哥哥，想我爹，想我妹妹。”我将头靠在独孤凉肩上。他沉默了许久，将我揽在了怀里。这一幕，被郑源儿看到了。

一日下午，仆人在海边发现了郑源儿的尸体。是我杀的。那日，她约我到海边。我孤身一人站在海边，望着海潮拍打着岩石。突然一大片丁香花从天而降。我惊恐地回头，看见一身丁香色的郑源儿，又倒退了几步。

我想，她以前是误会我只是不喜丁香色，但其实，我是惧怕的，因为有位丁香仙子因我而死，这是我始终不愿面对的。“原来，你是害怕丁香！”她猛然扑过来将我按在水中，“你有什么好，凭什么师父和师兄都偏爱你！”

我又惊又恐，不断有水涌入我的口鼻，我挣扎着，一脚踢在她的小腹上。她吃痛，松了手上的力气。我趁机翻身压上她，剧烈咳着，想把口鼻中的水呛出来。当我想起她还在我身下时，却怎么也无法将她从水中拽出来，原是她的长发缠住了水草。

仆人找到她时，她还在水中，早已溺毙多时，而我，蹲坐在沙滩上环抱着自己。“寂雪，别怕，别怕。”独孤凉是第一个到我身边的人，为我裹上毯子，“是她先伤你的，与你无关。”本来听到“别怕”二字时，我还依稀觉得像极了三哥安慰我的话，但那句“是她先伤你的”，让我一下就明白了，“其实你，都知道吧。”我透过湿漉漉的头发，看着他。他没有说话，也没再看着我。“你说，师父会怪我吗？”我不再深究，而是从毯中伸出手，伸到他的右袖中，掏出手帕，拭着自己的头发。

“断不会的。”“你呢？”“更不会。”他停了一下，“我爱你。”我听了这话，看向独孤凉。他不过比我年长四岁，却与三哥一样，早早显露了处事的老成。“何为爱呢？”我问着，“是否就像我的哥哥一样？我亲哥哥离我而去，撒手人寰，只放不下我，所以就算他留我苦苦挣扎，我也不会怪他。可是如此？”

我不解，他对一个只有十一岁女孩所言的爱。独孤凉的表情复杂地看着我，似在思索该如何回答我的问题。“小姐。”小丫头赏心插了进来，虽叫的是我，却是瞥了独孤凉一眼，“岛主听闻此事，要您去护心楼。”我便离了独孤凉，去见师父。

“源儿，是你杀的？”师父握着酒杯，透明的液体在洁白的陶瓷里很平静。我望着师父的手，又看了看他脸上的皱纹，蹙眉，“是。”“你终究还是属于深宫。”师父叹了口气，放下酒杯。“您怎么知道？”我吃了一惊，以为自己藏得很好。“你的短剑，你的名字，你的舞，你喜欢的熏香，你喜欢的茶，我都能看出。只是，你与你母妃本不同，你有得选，却还是选择了她的路。”师父的话，我不是都能听懂。“你做得很好，这次，你若不做这抉择，恐怕水中的就是你了。”师父突然转了语气。

“那毕竟是一条人命啊。”“难道你就不是一条人命吗？她大错在先，你自保在后，你不反击，还要放纵她杀了你不成？”我垂了眼帘。果真了，她既要杀我，我如何能坐以待毙呢，我无本事让她悬崖勒马，劝她浪子回头，便只能自保为上。也许从那一日起，我学会了自保为上，哪怕以他人性命为代价。

师父站起来，拍拍我的头，“你能走得更远，毕竟你比你母妃觉悟的早。”这一拍，把我的戾气都拍散了。我还想问师父关于我母妃的事，但看到他的表情，我还是把疑问吞进肚中。有些事，也许我不该知道，至少，我不应该现在知道，或者，不应该从他口中知道。

四

在含口，我得到了与宫中一样的宠爱，甚至没有了自身的、他人的暗算，我更快乐。师父说我胎里不足，逼着我学武艺，说是增强体质，还好，我的武功不差，暗器和轻功最是出色。师父常偷偷对我说：“你啊，眼见着就深谙深宫之道，不仅会暗箭伤人，还知道打得过就打，打不过就跑的道理。”同样是因为体弱，师父还教我岐黄之术，为了照顾自己身体，必要时还能辨别毒物，以防被害。当然了，因为我嘴上挑剔，所以把师父的厨艺也尽学了来。

在含口，我发现了一种花，呈海螺状，隐藏在绿叶之下，加上颜色不鲜丽，不仔细看，是找不到的，像极了当年陆梦宫里种的。

“这是汇血螺，若慢慢摄入，会内脏衰竭而死；若一次大量摄入，会内脏出血而死。此物遇水即溶，根本觉察不出。”师父摘了一朵给我。原是如此，我接过师父给我的汇血螺，悄悄碾碎了。没想到，一朵不起眼的、微小的花朵，竟能碾出这么多鲜血一般的花汁。

在含口最常做的事就是穿着师父送的晚霞留仙裙，伴着独孤凉的琴声，在阳光下跳《招蝶舞》。“寂寥一人，空对雪；孤独无物，自叹凉。”独孤凉常跟我说，这对联里隐着我们的名字。“哦，是因为惺惺相惜吗？再说含口怎么会下雪，你少骗我。还有啊，这是对联吗，真是一点文采都没有！”我总是浇他冷水。

天佑二十一年，我十三岁了。这晚，师父叫我去了护月楼，打开足有两人高的雕花窗，再走到露台，能望见一弯黛眉般的明月，听着海浪，枕着海风，神仙一般的日子。“寂雪啊，你有没有想过，回家？”师父突然问。我收回了思绪。回家？那个地方，是我的家？我想念那些爱我的人，但我不想念皇宫，因为那里太阴森，阳光很少去到那里，所以我在浣雪宫点那么重的奇楠，只为掩饰那宫里抹不掉的霉味。

“有人想接你回去。”师父灌下一杯酒，“明天就走吧。”“您就不留我？”我夺下他的酒杯，我知道，父皇已查到我的行踪了。“你以后的路还很长，师父不能阻拦。”师父眼中闪烁着亮亮的东西，“你的师兄不比你聪明，但你缺少的，是他的无情。”这话我依旧不懂，师父是个不喜欢将弟子拿来比较的人，今日我将走，他也不会莫名其妙拿我与独孤凉做一番对比。 但我也知道，无论我怎么问，他都不会告诉我的。

红颜阁，我见到了来接我的人。“舅舅！”我惊呼。是我的舅舅——莫筝楠。“寂雪，一切都好吗？”他问我。

“都好，要不是见不到我想念的人，这里竟比皇宫还要好。”舅舅一笑，“其实寞云也来了，只是为了保证她的安全，暂且将她留在了岸上。”我与舅舅略聊了些宫中与含口的事，便催他早早歇了。我躺在红颜阁的床上，却是一夜辗转。不得不承认，我是有些惧怕回去的。不知，还有没有机会回来，重重深宫，纵使无锁，也被牢牢困住了。

第二天，独孤凉送我，师父没来，我能理解，他是不舍。我没有带走那件晚霞留仙裙，我知道那本属于谁，这些年在我身上，不过是幻影罢了。所以，我只带走了师父和独孤凉常弹的桐木琴。“琴音悠扬，思绪不断。”独孤凉道，他送了我一把长剑，“你还是更适合穿华丽的衣服，坐华丽的马车。”我不知，该如何答他。马车上，我与寞云紧紧相拥。以后，我会质疑，我那时到底应不应该将头伸出马车外，向独孤凉投去依依不舍的目光，我那时到底应不应该杀了郑源儿，如果我不杀她，她又会不会俘获独孤凉的心，那以后的一幕幕，有没有可能不会上演。

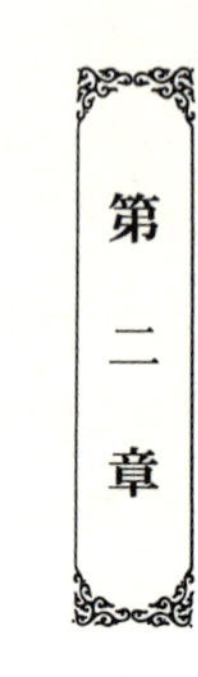

第二章

额心钿

蝶恋花

醉别西楼醒不记，春梦秋云，聚散真容易。
斜月半窗还少睡，画屏闲展吴山翠。
衣上酒痕诗里字，点点行行，总是凄凉意。
红烛自怜无好计，夜寒空替人垂泪。

一

到了宫门，我刚下车，连来了多少人都没看清楚，就被早早等在那里的三哥紧紧拥入怀。“回来了，终于回来了，还好回来了，我再也不会让你走了。”他把我嵌进他的衣服里。“不走了，寂雪再也不走了。”我任他这般用力地抱着我，用言语安慰他。“好了晨儿，寂雪都喘不上气来了。”二姐道。

三哥放开我，我才发现这么多人来接我，二姐和四哥就不说了，大哥是为了寞云来的，陆梦和五哥竟也来了，只是父皇不在。“寂雪，回来就好，这段时日大家都担心你，可别再有下次了。”陆梦道，看似体贴与关心。三哥抓紧了我的手臂，二姐也若有若无地向我靠近了些。我依旧笑着，“母后教育的是，寂雪不敢有下次了。今日多谢母后相迎，寂雪感激不尽。”

五哥轻哼一声，三哥和二姐略有讶异地看了我一眼。陆梦将我扶起，看似关怀备至。可有可无的寒暄后，众人各归各处，我去了麝华殿，父皇正等着我。

麝华殿前的广场上，我放眼望去。雪白的大理石廊道和基石犹如一条条银蛇蜿蜒纵横，青白石底座饰以华美的雕刻，将隔墙和游廊的两侧用边道隔开，显露出宽阔的龙尾道。丹陛之上，坐落着整个璐麝最华丽的宫殿，金鼎玉砖，屋脊下的蓝漆彩花，层叠繁复得精美至极。看到这里，我才确信，我是回来了。

我走上去，推开殿门，走入，反手再将门关上。殿中唯一的那个人，背向殿门，背向我。一身明黄与金殿映衬着。我看不到他的表情，他亦看不到我。

我缓缓走向他，从他的身后，抱紧了他，双手手掌，竟能轻而易举地感觉到龙袍下瘦削的身体。我心下一惊，原来，在我心中一直伟岸的、无所不能的父皇，却也是个凡人，会清减、会憔悴，因我。“父皇，儿臣回来了，来陪着您，不再走了。”我将脸颊贴在他的背上，想以此来证明刚才自己所说的话。父皇深吸了一口气，又颤抖地呼出。我松了手臂，让他转过身来，拥抱我。“回来便好。朕的寂雪，终于回来了。”父皇像三哥一样，将我嵌在他的衣服里。

“父皇莫要再为失信于母妃和六哥而耿耿于怀了。”我一语道破，“是儿臣不孝，非父皇之过，以后儿臣必将尽孝于父皇膝下，为父皇排忧解难，就是您拿棍子赶儿臣，儿臣也会这般死死抱着父皇，不离开一步。”我的泪水濡湿了他的衣襟。“朕的爱女，长大了；寂雪，你竟长大了。”父皇抱着我的力量松了些，让他能看到我的脸，“你，越发像你母妃了。”

我仿佛感觉到了，我除了与母妃相像的容颜，可能还有，心性之类的。我与父皇略聊了聊这三年彼此的生活，又相互反反复复说了几遍“安好”，才都放下了心。父皇要我去浣雪宫休息片刻，再来同他用午膳。浣雪宫与以前一样，精致，略显华美，奇楠香遍布宫殿，唯一不同的，是多了个手足无措的女孩。

“你是谁？”我戒备地盯着她。“奴婢锦帨，您的侍婢。”她大大的眼睛里满是恐惧。我坐下，打量着这个女孩。

看起来比我小不了多少，眼睛里的恐惧未消尽，但还是炯炯有神，鼻子小巧，樱桃小口，模样清秀，只是有些瘦小，惹人怜爱。

“公主，您的苦丁茶。”锦帨麻利地递来茶杯。“你会武功？”我盯着她的脚。浣雪宫的地板是父皇亲自选材，不同轻功水平的人走上去声音会有大小，而我没有听到她的脚步声，就像我没有听到自己的一样，她的轻功不比我差。“是，奴婢被高人指点过一二。”她将茶放在茶几上，动作甚是轻柔。“是父皇派你来看住我的吧，必要时还会用武力？”我冷笑道，心下对她有了疑问。

没等她回答，我跳起来，伸手去锁她的喉，她闪身躲过，我踢她的头，她闪向左边，同时右手还击，我握住她右手腕，拧在她身后。“你觉得自己还有本事来看我吗？”我扬起了下巴，却摸到了她粗糙的手，放开了她。“怎么弄的？”“奴婢从小就干一些粗活。”她用袖子挡住了她的手。我从送来的礼物中挑了四哥送的脂膏，拉锦帨坐下。

“奴婢不敢。”她赶忙跳起。“有什么不敢的，坐好！”我按她坐下，“这脂膏护肤很好的，以前是四哥特地为阮儿姐姐制的，见我喜欢，便也为我制了些，你且用着，不够了我再去要。女孩子，就应注意着些，以前没有，跟了我，我就会提醒你了。”我蹲下，轻轻地将这淡红色的脂膏涂在她手指、手心和手背上，听到了她的抽泣声。多年后，我会庆幸我信任了她，我也会庆幸，自己一直选择信任她。

午膳是与父皇一起在麝华殿用的，我向父皇汇报了自己这三年是怎么过的，一切只往好的说，以免父皇忧心。用完膳后，我支走了所有的下人。“父皇，那锦帨，可是您安排给儿臣的？”我给父皇斟了一杯杏仁茶。“朕本想看看你情不情愿，不情愿就换个，情愿的话，留了她在你身边，再让掖庭局添几个。”父皇接过。

我注意到父皇说让掖庭局添几个，而不是让皇后安排，心里便明白了几分。“儿臣挺喜欢她的，不妨留下吧。只是一个年纪这么小的宫女，功夫又不错，多少会让人疑惑的。”我望着父皇。父皇亦望着我，“你放心就是了，朕也知道经历这么多事，你不免谨慎许多，但这个锦帨，是朕千挑万选选出来的，既让你放心，也得让朕放心。她那武艺啊，一方面是管着你，另一方面是护着你。”

“想来父皇也是为儿臣的安危担忧，只是这些年儿臣独立惯了，所以，就锦帨一个也够帮儿臣了，其余宫人太监，儿臣也不需要了。这样不仅方便些，父皇也能少费些心。”父皇笑了，“你终是长大了。”

若只有锦帨一个，又是信得过的人，那就可以把事情交给她去做，也不必费太多心思，大不了就是再派几个暗卫护住浣雪宫罢了。要是再挑别的宫人太监，父皇要操心不说，难免会有陆梦的人，日后若有什么差池，麻烦就更多了。

“父皇，午后，儿臣想去置忧阁。”我说出了自己另一个请求，我想去看看母妃。置忧阁，是父皇放置他死去的爱人画像的地方，非父皇允许不得入内。“置忧”，我曾取笑过这个名字，真的能把忧愁放下吗？怕是不能，只是先将其隐藏起来，终有一日，会全部爆发的。

“去吧，你想知道什么事情，尽可以问父皇。”父皇笑意未减，我想我猜不出，那抹笑意，他是对我，还是想起了什么人。我乖巧地点点头，却永远不会去问父皇，想来多的是父皇所不知的，若皇帝都能看透，哪还会有后宫嫔妃之争？

置忧阁，从外面来看就觉得有一丝凉意，风没有阻隔地打在我脸上、后颈上，突然有了不寒而栗的意味。进入置忧阁，虽然陈设整齐，映着蜡烛的火焰，却不是明黄，而是苍白。我忍不住攥紧了袖口。所有的画都是从梁上悬挂着垂下的，我庆幸自己选择白天来，总是比夜晚烛火明朗多了。

第一幅画是景懿皇后，与二姐有些相像，虽然端庄大方，但不是我要找的。第二幅画是善妃娘娘，与我想象的一样，慈眉善目。第三幅是如妃娘娘，寞云与她很像，只是寞云看起来更活泼一些。最后，是在一起两幅画，一个是母妃，另一个，是六哥。我的心底，有一股莫名的暖意。

画中的这个女子，亭亭玉立，正端详着手中的花朵，眉眼中透着无奈，口微张，似乎想诉说什么，到了唇边却又成了叹气。雪白的颈上没有任何装饰，倒更显脱俗，腰带斜斜系着，使得母妃风情万种。听闻母妃素爱留仙裙，画上着是白色的，素雅不失韵味，还有若隐若现的金线绣花鞋，倒有些伶俐。画龙点睛的是那一袭秀发，不知是画中的玉肌衬发，还是青丝映雪，几缕停在母妃颈上，些许躺在母妃肩上，其余的垂在脑后，有一股柔媚。画母妃的人，定是倾注了大量心血。

为了寻找答案我便去了莫府。手中捧着最爱的苦丁茶，听舅舅讲述着母妃的故事，以及我们母女都爱的茶，都爱的熏香。舅舅知道的比父皇知道的要多，母妃的阴谋，母妃的牺牲，更多的，是母妃的爱。“其实，菁儿是不必死的，只是她毅然选择生下你，你可知原因？”舅舅问。

“对别人的歉意要比自己的痛更刻骨铭心，母妃用她的生命，换来了父皇对她的刻骨铭心。甚至把我当成了另一个她自己，希望我能得到父皇最多的宠爱，以此来弥补她的心。”我抿了口茶水，换了个轻松的笑脸，“舅舅，您一直喜欢如妃娘娘吧？”舅舅的表情僵住了。“您刚才提到如妃娘娘时，眼中尽是悲伤。”我依旧是笑。

况且，母妃一去，留了我与六哥，纵是父皇对我们兄妹二人百般疼爱，也比不过有一个显赫的家室来的可靠，换句话说，我与六哥是舅舅的依靠，舅舅更是我与六哥的依靠，但舅舅从未娶亲，朝事关心又少，便不难猜出他心中有什么。

我隐了笑容，“您肯定也认为父皇会保护她吧？”“你现在的语气跟菁儿一样，那时候她怀着你，笑看如家倾颓，跟我说‘你一定认为皇上会保住如韵，但以她的性格又怎会苟活于世。’她当时抬着下巴，一副胜利者的姿势，她自然看穿了我的心事，没承想竟是她先走了。”

如此一来，全都说得通了。走出莫家的时候，我为母妃感慨，如此处心积虑地铲除了她恨的人，却不承想，自己所为，竟是为他人做了嫁衣。

二、

“想什么呢，再不好好看路就撞门兽上了。”三哥不知从哪儿出现，吓了我一跳。直至此时，我才有机会好好看看他，三载未见，父皇并无太大变化，他却处在人生的巨大变化中，莫名的，比我高出了这么多，竟也有了胡子，不知若是六哥还在，是不是也会有这般变化呢。我不愿想下去了，便扬起一个微笑，“想着来日，想着要事呢！”

三哥眼中的戏谑一扫而光，“回来了，这些事，竟也要你想了。”我一时不知如何回答，便上了马车，三哥随我一起。“怎么也没个丫鬟呢，父皇不是费尽心思给你挑了一个锦帨吗？”三哥道。

这事三哥知道，我并不惊讶，毕竟我的事，他都知道，既然他没有异议，就说明他对锦帨也是做了番调查的，我便更放心了。“此次回宫，陆梦那里必对我有了防范，在我身边安插人手是肯定的。这些年我虽不知，但想来你跟大哥之间必也有些摩擦，他在我身边安插人手，也是有可能的。再说我也用不着那么多人，锦帨又信得过，便只她一个就够了，我也是有本事的，出宫也不必担心。”

三哥刮了下我的鼻子，“能想到这儿，就不错。”“只是，我见四哥略显病态，可是有事？”三哥叹了口气，“去年，阮儿殁了，四弟才从悲恸中走出来，之前病得太重，致使现在没人敢跟他提阮儿。”我没有说话。

回到宫里，锦帨已将送来的东西整理妥当了，正立在那里，像是等着什么似的，见我独自一人回来，有些吃惊。“公主怎一人回来了，难道没有带几个宫人陪着公主吗？”行罢礼后，她道。“我不喜有太多人跟着，像多了条尾巴似的，今后这浣雪宫啊，你我二人就够了。我亲力亲为惯了，不喜拘束，这浣雪宫仅我一人也能住，就是希望能有你给我做个伴。”我坐下。她立马跪下，“奴婢不敢。”

我只得起身将她扶起来，“在我宫里，没有什么敢与不敢。以后可别再这么频繁地行礼了，对别人也就罢了，你说你这样对我，还得让我费心费力地去扶你，可是苦了我了。”我装作怪她。“多谢公主。”“又来了。”我假装白了她一眼。她也笑了。

“想来一会儿寞云会来找我一同用晚膳，没准儿还会住在我这儿，你去尚食局帮我拿几样她爱吃的菜，我收拾一下衣服，说不准明天就会有个家宴什么的，免得到时候手忙脚乱。”我列了份菜单，递给锦帨。果然，菜刚刚从尚食局送来，寞云就来了，连个招呼都不打，就直接坐到桌边吃起来，我也坐下来，看着她对付桌上的菜。

“尚食局整天就是这个做法，没点新花样，腻死人了。”寞云刚吃了两筷子，就不吃了。“没想到我走了这几年，你嘴巴竟越来越挑了。”我捏捏她的鼻子，“来日我亲自做给你吃。”“你以前也是有挑拣的毛病啊，再说，你做的东西能吃吗？”她嘟起嘴。“能不能吃改日再说，今日你且乖乖吃饭，除了父皇，我回来可就只跟你吃过饭，你得给我这个面子才行。”

寞云说是吃腻了，其实还是喜欢的，那吃法就如风卷残云般。我看着她多年不变的吃相，都不忍下筷子了。酒足饭饱，寞云才抬起头来，满足地舒了一口气，“你怎么这样看着我？”

我的寞云啊，你是这样率真的性子，就算受了陆梦明里暗里的欺侮，想来也不会吃心吧，反过来想，就算你这样乐天，却也会轻易被陆梦欺侮吧。我起身，抱住寞云，“我回来了，寞云，有我护着你。”“没事说这干嘛？”寞云娇嗔我一句，却是抱紧了我。

是夜，寞云在浣雪宫与我同住。我为她掖好被子，今夜我二人，不似回宫路上那般谨慎言语，生怕被旁人听了去。

“这几年，你过得可好？”我先问了。“与以往无异，有人欺着，有人护着。不过你回来了，我倒多一个人说话玩耍了。”寞云在笑。“怎么，我不在，二姐不能陪你说话吗？”“虽是有的，可二姐今年六月不就要远嫁了吗，终是少了个人与我们相伴。”

二姐要远嫁的事我早已听说，她已封了矜释公主，要下嫁于东边易家长子易安为妻。易安是邢武州名门望族之后，其父原是兵部尚书，可惜早亡，他便承袭其父邢武侯之爵，如今又娶得公主，易家一时风光无限。我不关心什么风光无限，只知这是段难得的两情相悦的姻缘，便也替二姐高兴。

“不过大哥要被立为太子了，你不应高兴吗？”我将手垫在头下。“你消息还真是灵通啊。”寞云一下子坐起。“你近日满面红光，问你又什么都不说，还不许我自己打听啊。”我也坐起，装作怪她。“好了，想来你也打听到了，端阳节，大哥就要被立为太子呢，按道理，当晚是要群臣同贺的，自然是少不了我们！”寞云高兴得有些不正常。

“你个小丫头片子，群臣同贺你开心什么，你以前不是最烦这个的嘛，说什么既见到好的不能吃，又端坐一晚上累得慌，还笑到脸直抽抽，是不是你啊？”我伸手去捏她的脸，“这次怎么这么情愿了呢，是不是等着盼着见什么人啊？”“别瞎说，才没有呢！”她躲着不让我捏她。

不出所料，第二日晚，设了家宴。“公主，挑件艳丽些的衣服吧，刚回宫总要打扮得喜气一些。”锦帨翻着尚服局送来的衣服。“喜气些是应该的，不过毕竟是个家宴，也无需太过华丽。”我放下同样是尚服局送来的玛瑙簪子，“寞云穿的什么？”

“八公主穿的是身鹅黄色纱裙，应是俏皮极了。”锦帨答道。我选了件橘黄的，“就这个吧，不失喜气，又与寞云差不多颜色，也不显突兀。”“原来穿件衣服，也这么多讲究。”锦帨喃喃道。“其实这也不算讲究的，因为只是个家宴，我与大多兄长姐妹关系也不错，万一真有什么差池也不会被责怪。但若换了别的酒宴，莫说是一件衣服，甚至一个表情、一个眼神都得细细斟酌。现在是父皇的妃子少，若再有个三千佳丽，不仅做皇子公主的要谨言慎行，那些个妃嫔还指不定争奇斗艳到什么地步呢。”

我说到这儿，不禁有些出神，刚刚想到含口无拘无束的生活，不免有些感怀，但相比从未出宫的二姐和寞云，我是幸福得多了，而我们这三个公主，又相比那些上有众多“母妃”，下有众多弟妹的别朝公主，是否也是幸运得多了。

宴上，我与寞云依照长幼之序坐在最下端的案边，因我们二人坐在一起，同是黄衣，颇有些压了灯火的意味。“寂雪回来了，我们这一家人也总算聚到一起了。”陆梦道。我微微低首，藏了眼神。何为一家人？六哥再也不会回来了，我们多个皇子公主的母亲都不在了，那么多心机城府、尔虞我诈掺杂在里面，这是所谓的一家人吗？真是讽刺。

我站起，举起酒杯，“寂雪让大家担心了，尤其是让父皇担心了，在这里，寂雪给大家赔不是了，也愿博得父皇笑颜。”我一饮而尽。在座的人都回了我一杯。

我坐下。

“你回来，朕便整日欢欣。”父皇道，“像寞云，开心得哪还有公主的样子！”我笑着看了眼身边的寞云。“承昭端阳节要封为太子，寞云当真是该开心呢。”陆梦又道。

我笑着看她一眼，余光又捕捉到了面无表情的三哥，明白了她的用意，于是再一次起身，敬酒，“恭喜大哥了。”我与大哥饮尽了杯中酒，只是大哥，对我的恭贺有些惊讶。这一杯饮尽后，我没有坐下，而是又让锦帨斟满，转向二姐，“寂雪也听闻了姐姐的喜讯，今日就借着酒宴先恭喜姐姐了。”二姐端着酒杯起身，“谢过寂雪了。”待我坐下后，注意到，三哥的脸色有些难看。

翌日，我去了楚王府，即三哥府上。“寂雪来了？”他步出书房迎我。我有些诧异，他以往不是这么客套的。我却也没说什么，跟着他进了书房。待我落座后，他要丫鬟奉茶，而不是如以往般给我倒茶。丫鬟奉了茶来，他又添了一句：“你喜爱的茶。”他在与我刻意疏远。

我知道是因昨晚的事。昨晚我跟所有人都敬了酒，唯独少了三哥、五哥和陆梦。陆梦和五哥那里，我是不愿的，而三哥，我则认为是不必的。想来更伤他心的，是我竟然在恭喜二姐之前，先恭喜了大哥。陆梦当时像是顺便提起了大哥的事，就是想利用我不得不先恭喜大哥的这个时机，挑拨我与三哥的关系。

这件事也怨不得三哥，若非他太在意我，今日也不会这么难受。我知道，他定是认为，我倒戈到大哥那边去了。我也知道，他就算这么认为，也不会阻挠我的，他明白，他太过势单力孤了，可能护不了我，所以宁愿，将我送到一个较为安全的阵营里去。

但是，我的三哥啊，我怎会是那样的人呢。我叹一口气，戴上一副笑脸，起身，蹲到三哥身前，仰望着他，将所有的心思用眼睛表露出来，“三哥，你是否有些不懂我昨晚的意思，甚至，有些疑我？”他没有说话。“我问你，我最无助的时候，也就是六哥病逝的时候，你可有抛弃过我？”我握住他的手，“你没有，三哥。我相信，我离宫三年，有无数传言说我已死，但你可有放弃寻我？父皇没有，你也没有。所以，我又如何能抛得下你呢？来日，二姐远嫁，四哥会更避世，无论是大哥得势还是五哥得势，我们都不会好过，若不想如此，前方又是困难重重。但你要记得，我不会离开你，再大的风雨，有我陪你，就像当初你陪我一样。”

“我信你，你也要信我，无论以后道路有多艰险，我都会护着你。”他也笑了，手抚到我的脸上。以后的路，自然会艰辛，大哥成了太子，入主东宫，朝堂上那些趋炎附势的人怎会放过这个机会。陆梦与五哥有庞大的母家支撑，坐享其成即可。

三

四月初八，我与锦帨正在院中给那棵百年桂花树浇水，一女官领着宫人进入。“公主。”她向我福身行礼。我见她眼生，就淡淡地“嗯”了一声，继续浇着桂树。“奴婢是尚服局的司衣秋瑟。前几日刚入宫的一批新宫人不懂宫里规矩，绣错了纹样，所以请求拿回尚服局重检，再发回尚功局修改。”

“既如此，那就是你们尚服局，尤其是你司衣司办事不力。”我放下长舀。“是，奴婢们已向皇后娘娘请罪了。”她又福了福身子，看上去甚是懂理，“那请公主将衣服给奴婢吧，距大典还有近一个月，还能赶得完。”

我颔首，“锦帨，你去濯云殿问问寞云午膳来不来我这儿用，这儿有我就行了。”我又转向秋瑟，“你随我来吧。”“公主，您刚回宫，所以尚服局送来的都是新衣，也都应该经了那些宫人之手，所以奴婢想，您还是把衣服都给奴婢吧，午后会送几件新的给公主。”

本来我还是信她三分的，听她说要都拿走，便起了疑，但又不好直接说出来，便要她在外殿等。我打开衣柜，翻着新送来的衣物，确实有一些花样不太符合规制，我也太疏忽了，刚送来的时候也没好好看看，想来锦帨也是不太懂这个的。我找到了件白纱裙，应是没什么问题，就把它和朝服一同留在了衣柜里。

“除了拿去洗的，基本上都在这里了。”我将衣服交给秋瑟，“尽快拿回来。还有，尚服局办事不力，莫为难那些宫人，再好好调教就是了。若尚服局在这样做事，别说是皇后娘娘，就连本公主也不会做罢了。”“是，奴婢们不敢有下次了。”她退了出去。

“如何？”我坐在父皇派人为我在院中辟的藕池旁，问刚回来的锦帨。“八公主那里也有人去领衣服了，二公主最近没有裁制新衣，就无人去领。只是，八公主让人把衣服都领走了，说再仔细收拾一下，等着端阳用，只留了几件家常的在自己那里。”

“这小妮子，就是一点心眼儿也没有。”我叹了口气。

端阳，午后，对要出席晚宴的女宾来说，打扮的时间已是很紧了。“你怎么跑来了？”可偏偏就是这个时候，寞云竟跑到了我的浣雪宫。“寂雪，尚服局的人说，我们的衣服都没有弄好，今晚可怎么办啊，该不会要我穿着常服去见人吧。”看寞云的样子，都快急哭了。

“我问你，你怎么把所有华服都交出去了？听说还要尚服局好好给你收拾一番，是不是想打扮得美美的去见什么人啊？”我故意逗她。“才没有呢，你快帮帮我！”“你不告诉我真相我怎么帮你啊，反正我又不是不能去打听，到时候可是你亏大了啊。”我继续打趣她。

“好了。”寞云趴到我耳边，“是毕将军的独子毕铮啦。”我敲了下她的额头，“人小鬼大！不行，今晚我可得好好看看，你记得指给我啊。”寞云做了个鬼脸。

我打开衣柜，将纱裙取出来，“快回去换上吧。” 她兴高采烈地拿着裙子回去了。“公主，多亏您有先见之明。”锦帨从衣柜最底下取出朝服。“陆梦想让我和寞云出丑，我怎能不防着些，莫说是区区一个尚服局，这整个后宫都是她陆梦的天下。”我褪下现在穿的浅碧罗裙。

“若是吴王被封为太子，皇后指不定得高兴成什么样子呢。”锦帨把我的头发梳理柔顺，“奴婢听栖凤殿的人说，那些衣饰可真是华丽极了。”“坐山观个虎斗就这么铺张！”我在髻前嵌以红宝石发饰，髻后缀以金制珠滴，再将四个耳洞都挂上金制长坠，又挑了三哥送的镂金项链戴上。

“如何？”我问锦帨。锦帨没有说话，只选了个芍药样金箔制的花钿，给我印在眉心。我照了照镜子，“这可是点睛之笔啊。”“是公主生得漂亮。”我又将十指指甲涂上凤仙花汁，腰间再配一攒金枝香囊。“有你的点睛之笔，再加上我这些小脑筋，也算是差强人意了。”

“什么差强人意啊，奴婢现在就只恨自己是个女子，否则一定会拜倒在您的裙下的。”锦帨笑道。“本来以为你是挺老实的人，没想到跟了我几天，就变得油嘴滑舌的了。”

晚宴，大殿里灯火辉煌，我姗姗来迟。无论是远处的烛火，还是近处的宫灯，都映得我身上金光熠熠，唯有眉心的花钿静静绽放。“参见父皇，儿臣来迟了。”我莞尔一笑，福一福身子。父皇也是赞赏地望着我，“迟到了要受罚的，那就罚你坐在朕身边斟酒。”父皇的左边是陆梦，所以他拍了拍右手的位置，不知是否真的没有注意到脸色难看的陆梦。我没有推辞，知父皇是刻意留给我这个位子，便坐在了父皇身边，为他斟了一杯佳酿。

座下一个耳顺之年的人端着酒杯站了起来，“太子年纪轻轻就登储君之位，各位王爷也是年少有为，二公主温婉大方，八公主伶俐，七公主更是国色天香，实乃天佑我璐麝，皇上为二公主找了个好人家，应也为七公主找个好人家才是。”

二姐下个月初六就要嫁人了，以后定是我这个七公主先嫁，却不想竟有人这么早就提出来了。我忍不住瞥了父皇一眼，父皇面色不改，还是淡淡微笑，只是唇角微抿，不知道的，也许会误以为是笑意更浓。眼风又扫过陆梦，但见她目光里却是笑意满满。

我心知肚明，公主的婚事，从来都不仅仅是你情我愿这般简单，其中权力依附，背后计谋更迭，自是难以言说。譬如我的婚事，就完全能影响三哥日后的势力。陆梦那笑意为何，显而易见。那老者居国公席，我虽记不清他是三位老国公中的哪一位，却深知父皇一向不喜这些国公，自然不会予他们什么真正的权力。想来，他今日这番话，无非是妄想借着父皇对我的宠爱，进而爱屋及乌，保留他们的地位权势。父皇先看向大哥，大哥却只是忙于接过太子妃递过去的酒杯，满面春风甚是得意，并未察觉到父皇的眼色。

父皇保持着刚才的表情，只是目光渐冷，又看向三哥。三哥接了这个眼神，端酒杯起身，“承蒙镇国公谬赞，本王在此替各位皇子公主谢过了。”说罢，大气饮尽杯中酒。父皇的眼角微微上扬。那镇国公却是不理，一直站着。看来，他今日是必须要借我这点圣宠了，这般执拗定也不是为了区区赐婚，而是借着百官俱至的难得时候，讨回这几位日渐没落的国公的面子。

我收了笑，握紧了手中的东西，却被他拍了拍，原来，我握的，是父皇的胳膊。“七公主刚回宫，朕有意留她侍奉几年，毕竟朕欠她太多。”父皇慈爱地说，目光却严厉地瞪着那个人。那人便坐下了，三哥瞪着他，缓缓坐下。我松了一口气，悄悄与三哥换了个眼色。

宴罢，我与寞云都换了常服，在浣雪宫里吃着早就备好的食物，这次晚宴，一如既往地没吃饱。“都怪我没有准备衣服，才让你今天只能穿朝服去，不过你今天惊艳四座，我也不用太自责了。”寞云一脸讨好的笑。

“你确实是要留意着些，你可别忘了，陆梦本就有意针对咱们，你这性子最容易受她欺负了。”我摸着寞云的头。“今晚没跟你坐一起，我也没有看到那毕铮，倒是瞥到几个不错的，不知道哪个是。”我换了个轻松的话题。没想到寞云竟有些忧虑了。

“你这个表情是什么意思，怕别人抢了你的情郎不成？只要你看上了，告诉父皇，这人不就跑不掉了吗，莫不成是他看不出你的心意？”“不是啊。”寞云的脸一下子就红了，但没有再说出她的忧虑。我一下子明白了，“你是不是怕我嫁不出去，你也不好嫁啊？”我笑着，抱住了她，“没事没事，等你俩关系稳定了，你就让大哥向父皇说这件事，等你过了及笄之年，我就替你向父皇提议，不必管我！”“寂雪你真好！”寞云也抱住我，“想来你说，要比旁人说有用得多！”

四

第二日，我黛眉高挑，一脸浓妆，又着湖蓝望仙裙，亲自到了尚服局。尚服局极春阁中，尚服在前，四房首司及宫人在后，一应垂首立着。“尚服局，本公主原是不必来的，但本公主告诉过你们司衣，若再有玩忽职守的事，莫说皇后，就是本公主也不饶你们！”我立于尚服位前，俯视着尚服局这一干宫人。这一干人全都跪下。“恕奴婢大胆，公主就算惩罚奴婢，也应先禀告皇后娘娘，由皇后娘娘对尚服局做出处置。”尚服道。“郝尚服此言有理。”一着凤袍女子在宫人的簇拥下步入尚服局，“七公主不要僭越了。莫不是昨晚春风得意，今日还要在奴婢们面前出风头不成？”

我向她福了福身子，“母后多虑了，寂雪从不是那般浮浅之人，也不愿管闲事，更不屑纠缠于奴婢们的事，今日来尚服局，原因有二：一来，尚服局玩忽职守，着实对寂雪和寞云有所耽误，也掀起后宫不正之风；二来，寂雪没记错的话，这郝尚服是母后您的远方表亲，怕有损母后的贤名。若非这两个原因，寂雪也不愿踏足这尚服局，不愿干涉母后的事情。”

“说来说去，就是你信不过本宫了？”陆梦与我同立在尚服位前。“不敢。只是尚服局迟迟不能送还衣物，母后这一个月内没有过问、没有督促，让寂雪好生心急，不得不采取这下下策。”我平视着她。“好一个没有过问、没有督促，你莫不是以为是本宫指使这些奴婢有意为难你们了？”

“皇后，寂雪不是这个意思吧？”这时，父皇走了进来。我与陆梦都福身行礼，将中间的位置让出来，宫人们都跪拜行礼。我以为，今日是只是我与陆梦刀剑相向的时候了，却不想，寞云真的能请动父皇，父皇也愿意踏足这后宫婢子之处，愿意帮我对抗陆梦。

“怎么了，惹得朕的公主发这么大脾气？”“还不是这尚服局，上月初八要了儿臣与寞云的衣裳去，今日都没送回来，要不是儿臣有几件往日的旧衣服，昨晚儿臣跟寞云就只能称病不去了。”

“竟有这样的事？”“儿臣全无责怪母后之意，因母后近日缠绵病榻，这底下的人也就玩忽职守起来，况且这郝尚服又是母后的远房表亲，儿臣为着母后着想，再加上气极，才会来这尚服局问个究竟。”我不再一副撒娇面孔，“没想到还是惊动了父皇母后，是儿臣不好。”

“皇后近日是卧病，但这也不能作为底下人懈怠的借口。尚服失察，罚俸一年；司衣、典衣玩忽职守，杖责三十，逐出宫去；掌衣办事不力，杖责十板，罚俸半年；其余宫人罚俸三月，以示惩戒！”父皇下令道。

我与陆梦立在父皇左右两侧，像极了昨日晚宴的场景，甚至，连心情都是像极了。“想来皇后身体还未恢复，就先回栖凤殿吧。”父皇对陆梦道，又转向我，“寂雪，你跟着朕。”父皇说完，头也不回地走出尚服局，我则风风火火地跟在后面。“寂雪，你是不是该学着些治家之道了？”父皇依旧不回头，却在问我。“才不呢，儿臣不若父皇睿智，现在学那费脑的东西，未老先衰怎么办？”我高声答，有意让陆梦听得清楚。前面的父皇也忍不住笑出声来。麝华殿，父皇退了众人。“怎么去个尚服局，还不让锦帨跟着？”父皇坐在案边，示意我坐到他对面。

“叫锦帨做什么，她要帮儿臣准备午膳，对付尚服局儿臣一个人是可以的。”我提起烫手的茶壶，给父皇斟了一杯茶，然后撒娇般看着他。父皇捧着茶，回望着我，眼睛有一些沉醉。“你如何看待兔死狗烹？”父皇突然问，吓了我一跳，我的反应也吓了他一跳。我越发惊讶，有些不敢相信他此言背后的意思。“没事，你回去吧。”父皇连忙说，并且起身。

我却站起，拉住父皇的胳膊，“关于兔死狗烹，儿臣是有自己的想法的。若是酷君，这样做是情理之中。若是仁君，狡兔死，走狗烹，必是有原因的。若是条好狗，忠心为主，试问仁君又如何能烹得了它；若是恶犬，外不能对敌，内不能护主，那要它有何用，不若及时除之，以绝后患。”我正色道。

父皇望着我，眼中，五分担忧，三分自责，还有两分欣慰。

五

六月初六，我与寞云在二姐的涤雨苑。凤冠霞帔，黛眉朱唇，二姐的模样让我想起置忧阁中皇后的画像，原来各自三个公主，都有当年各自母亲的影子。

“知道为什么让你们帮姐姐置办吗？”镜中的二姐笑得没有瑕疵。“你想让我们沾沾喜气。”寞云笑得天真烂漫。“寞云真聪明。”二姐捏捏寞云的脸蛋，“去帮姐姐拿玉如意来吧。”

璐麝皇家有个习俗，就是每个公主出嫁时，都要手持玉如意，一是表示对婆家的尊重，二是寓意嫁过去能事事如意。看着寞云去偏殿的背影，二姐站起，将手放在我肩上，“寂雪，我有事要对你说。”

二姐的心思我也猜到几分，可我什么都不敢保证，便笑了，“什么事啊？”“我不说你也看出来了，现在皇子都长大了，定会起冲突，我希望你……”“二姐，玉如意！”寞云跑了过来。

二姐笑着接过，俯下身，在我耳边说：“当年阮儿拜托我照顾阑昭，现在，我希望你能照顾他。”二姐是个明白人，所以她选择远去。她知道，她救不了她的两个亲人，她相信寞云性子天真，不会有什么危险，也难以顾及别人，所以，把这些难事交给我。

我点点头。这不是我许下的第一个承诺，日后也不是我违背的第一个承诺。

“二姐，你嫁过去后，有没有可能，想念皇宫？”我残忍地问。“当然，虽然这里暗无天日，但有时莹莹之光，也足以给人温暖。”她的手覆在我的头上。“二姐，我希望你，能够拥有日和月。”我握住她的手。“多谢，愿你亦是。”最后，二姐戴了盖头，再看不到这掩饰后的和睦。

那金灿灿的马车渐行渐远，车中那个黛眉朱唇的人，时不时掀起帘子回头望我们这一群送行的人，而我们这些人，心中各有一番滋味。

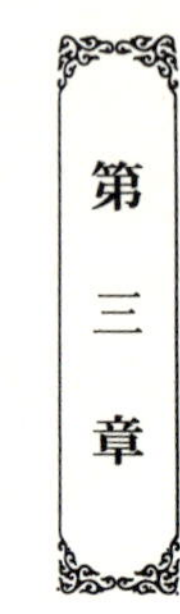

第三章 腕旁剑

蝶恋花

楼外垂杨千万缕，欲系青春，少住春还去。

犹自风前飘柳絮，随风且看归何处？

绿满山川闻杜宇，便作无情，莫也愁人苦。

把酒送春春不语，黄昏却下潇潇雨。

一

前些年，南方施焰国就对璐麝虎视眈眈，偶犯南境，从未得手。今岁，竟大举进攻，父皇下旨抗敌。三哥主动请缨出征，父皇同意了。我能看懂父皇的心思。璐麝不缺英勇杀敌的将才，而是缺运筹帷幄的帅才，三哥是个极好的人选。且三哥身为皇子，有振奋军心之能，众皇子中，也只有三哥能担此重任。

当然，三哥的心思，我也是懂的。大哥被封为太子，五哥身后有强大的陆家作支撑，有夺嫡之心的皇子中，也就三哥势力最弱，想要博得父皇器重，也是要立一番功绩才是。

于是新年刚过，三哥就赶赴战场了，近四个月的厉兵秣马，将敌军逼退回施焰国内，父皇又下令，向施焰国境内进攻。“公主，不好了！”锦帨飞奔进浣雪宫，差点踩了裙子摔倒。“你慢点。”我放下手中的步摇，“怎么了？”却隐隐担心，锦帨甚少这样鲁莽。

“皇上说要御驾亲征，大臣们都在璐华殿跪拦，皇子们在麝华殿跪拦，希望皇上收回成命。八公主让奴婢来通知您，她先去了。”我将步摇插在发髻上，右手落到嘴唇。三哥一路拼杀，形势大好，父皇此番亲征，想来是为了收拢南方边境民心、振奋军心。“我要出远门了，你看看要准备什么吧。”我丢下不解的锦帨，去了麝华殿。

麝华殿内，跪了一群人，少了二姐，也少了现在身在沙场的那人。我走过这些皇子公主，向殿中央立着的微怒的男子福了身子，“参见父皇。”“你也是来劝朕的？”他拧紧了眉头。

“不是啊。”我答得迅速，笑得欢快轻松，与在场的人形成了鲜明的对比，“儿臣是来问问父皇您什么时候出发，儿臣好跟着去啊。”虽然我看的是父皇，但感到了跪着的人都抬头望着我。

父皇也望着我，眼中有震惊，也有欣慰。“父皇不还说要多留儿臣几年在身边吗，如今要亲征，那就是不想陪着儿臣了，那还不准儿臣陪着父皇啊。”我仍旧是那个样子，甚至，多了丝耍赖。父皇凝视了我片刻，我知道，他在忖度着，所以我面不改色，就让他这样看着我，最好一直看入心里。"行了，你们退下。"最终，父皇对跪着的人挥了挥手。

麝华殿里只剩了我们父女二人。"你，怎么会想到与朕一起出征呢？"他的眉头依旧紧锁，问我。"一是儿臣刚才说的原因，二是儿臣能护着父皇，三呢，是父皇一走儿臣会想得寝食难安啊。"我抱住父皇的胳膊，撒着娇。

"你是想你三哥了吧，还说得这么冠冕堂皇！"父皇终于舒了眉头。"才不是呢，儿臣是担心父皇，与其整日担忧，倒不如风雨与共，可能会艰难一些，但至少心安。"我卖着乖。"行了行了。"父皇把我从他胳膊上推开，"你再抱下去，朕的这条胳膊就废了。"我吐了吐舌头。

"你胆子怎么这么大，什么都敢说什么都敢做，女孩子家上什么战场，那可都是男人干的事，你瞎掺和什么！"我刚回浣雪宫，寞云就戳着我的肩膀一通教训。"没事的，有父皇在，我怕什么。"我拉她坐下，"父皇这一走，肯定会带一些守皇城的信得过的将士，也就是说皇宫、皇城的保卫就得变一变了，没准儿你那个毕铮也会调来呢。""真的？"寞云高兴地跳了起来，把刚才教育我的一通全都忘了。

是夜，我取出了独孤凉送我的长剑。望着这寒光出鞘，我脑海中又浮现出那张妖冶的面孔，似乎又有海风袭来，有芍药香扑面。我把自制的毒抹在剑上。

"这剑用料极好，做工也好，刃上泛着光，想来送公主剑的人也是个冷面君子呢。"锦帨帮我持着剑柄。"不是冷面君子，是绝世美姬，比我还要美几分呢。"我小心翼翼地涂着，"不过他是比我坏多了，这剑在铸造的时候淬了毒，他用的毒啊，有时可以把人毒死，若碰上那体质好的，过不了几个时辰也会乱了心智，敌友不分，伤害身边的人。"

"那这个'坏'人是不是拜倒在公主裙底下了？"锦帨见我涂完，将剑收起来。"收好了，别不留神让歹人利用了去。与其让毒晚些发作，让敌人有机可乘，倒不如我直接了断了他。"我假装没有听见锦帨的话，"我先睡了，你要是实在没事做，就把我单子上的东西准备一下。""公主，您的短剑不用涂毒了吗？""不用。"我换了睡袍，"长剑御敌，短剑自裁。"我淡淡地说。

"公主您在说什么啊！"一直文静的锦帨变了脸色。"这是事实，战场上有的是不备，防着些也是应当。"我坐到床上，"这次你留下，一是不舍得你风餐露宿见那血腥场面，二是让你帮我看着寞云，春深这丫头和寞云是一个性子，根本就靠不住，留你照顾她，我安心些。”

她没有说话。“好了，你有什么喜欢的吗？等我回来给你带来。”我躺下。“您平安回来就好了。”她帮我盖上被子。

这次亲征，父皇派了四哥、五哥一起随行，留大哥监国。四哥性子虽淡泊，不理朝事，但我从不怀疑他那份家国之心，就像我从不怀疑，若真有一日兵临城下，他这个如谪仙一般的雅士，也会披甲上阵一样。况且，有他在，也可挟制五哥。五哥与我们远离帝都，陆家纵有再大的势力、动再多手脚，也无济于事。这是我能看见的，那我看不见的，究竟还有多少。这便是帝王之术了。

临行那一早，我交给锦帨一个密封的锦囊，“战场上多有不测，我必誓死保护父皇，若我回不来，你就将这个交给三哥，若我跟三哥都回不来，那就把它交给大哥。”“公主，您别这么说，奴婢也不会帮您的。”锦帨将锦囊还给我。

我不理她，而是从首饰奁中取出一只锦盒，“这个是祥云步摇，我觉得配极了你，这是六哥送我的，我没戴过，看它衬得起你，一直给你留着当嫁妆呢。当然你的嫁妆也不止这一点，只是这个是我必得送你的，你且收着。”

“公主……”“想来你是父皇亲自挑的人，若我真有什么不测，父皇也会顾及我的面子护你，只有一点，好好照顾寞云，别与皇后起冲突，这样，到了出宫的年纪也能寻到一门好亲事。”我收拾了东西，“行了，我要走了。”说罢，生怕她再阻拦，脚下抹油溜出了浣雪宫。

“寂雪，你就骑着马去啊，连个车轿都没有！”送行时，寞云抱怨着。“这是去打仗啊，你当是踏青游山玩水啊。再说，我马术打小就不错的！”我趴在她耳边，“不是为了避着陆梦让你装病吗，你这大呼小叫生怕别人不知道你是装的啊。”

寞云却不吃我这一套，推开了我，“你也知道这是去打仗啊！多危险啊！我就盼你平安归来，谁还管那装不装病啊！”我抱住她，“你放心，我命大。”到最后，我才发现，我真的是命大，从龙争虎斗到大厦将倾，从江山易主到社稷渐稳，我命大到都可以闯过。

二

于是我与这二十万大军一起，把当年我从璐城逃往南方的路线基本上又走了一遍，路过含口的方向，我只在扎营后遥遥一拜。我怕师父和独孤凉担心，我更希望，待大军凯旋，再去拜访。再南行，便将近施焰了，面临眼前这个难关，父皇下令扎营。前方是被叫做“伏岳”的地方，两边是峭壁，中间是峡谷，面对三哥所述的极佳战机，摆在我们面前的，便是过与不过的问题了。过则省时，以免延误前线战机，却易遭敌军伏击；不过则安全，但要晚半月才能到达。

当晚，父皇帐中，议事，我在一旁。虽我不怎么认识在场的人，但大多数人还是建议绕路的，毕竟父皇不能有伤。只是五哥，强烈要求走峡谷。

“寂雪，你觉得呢？”父皇最后问我。与在麝华殿里一样，所有人的目光又都集中在我身上。“儿臣认为，该绕行。”我道。父皇意味深长地看了我一眼，那个眼神，我再次没看懂。父皇并未做决定，各自回营。我与四哥坐在我的帐前，仰望夜空。同是夜空，一南一北，竟有如此大的差别。璐城的天，虽是四四方方的，但至少还有可依之所；这伏岳的天，看起来比璐城的要大一点，但却是连身子不敢倾一下。

“寂雪，你觉得，父皇会怎么做？”四哥的话把我拉回现实中。“不知道。”我叹了口气，“应该不可能走伏岳的，但如果是绕路，刚才就应该说了啊。”“父皇看了你一眼，你可懂那意思？”我摇摇头，疑问地看向他，希望他能告诉我。没想到这个淡然的男子洒脱一笑，也摇了摇头。我依旧望着他，知他是懂的。他却是起身，拍了拍我的头，回他的营帐了。我目送他的背影消失。

我从不怀疑四哥的城府，就像从不怀疑他会尽量保持中立一样，但是，隐约的，总有一种背后发凉的寒意，似乎有人一直在冷眼旁观，甚至有人时不时地在操控着我们。有张网，悄然张开了。我起身回自己营帐，睡前，多加了床毯子。

第二日，我刚收拾好，就传来全军进谷的紧急命令。上马后，我看向四哥，他依旧满脸平淡，仿佛除了阮儿姐姐，就没有别的能左右他一样，这表情，也像极了父皇或三哥看透了什么、成竹在胸的样子。“妇人之见，岂有可用之理？”五哥骑着马在我旁边，嘲笑着。“话别说得太早。”我不耐。四哥嘴角微动。

不久，父皇上了马，看他的脸色，似一直在思索事情，帝王之姿下，我没敢开口说些什么，只以为，父皇是有万全之策的。以后我会知道，甚至是对我，父皇也是有万全之策的。

二十万大军浩浩荡荡进入伏岳，结果，敌军绕过伏岳，将我们围堵在伏岳之内。我一时更看不懂了。父皇的脸色，虽有怒，但竟也有悲伤与痛恨，即便如此，还是少不了帝王的谋划。四哥那里依旧是云淡风轻，仿佛前路是生是死都与他无关，抑或是，他看明了前方的生死。而且，我总感到，若有若无地，他的目光会停留在我身上。五哥那边，本就是他极力请求走伏岳，如今遭袭，他除了表面上的请罪，并未露任何忧恐之色。这也是不该的，父皇本就不喜他，如今又是如此境地，他应担忧才是。

我相信父皇走这条路一定有他的道理，但是，接下来，该怎么做，我所看到的，只是粮草戒备得十分森严。我明白，那是最能稳定军心的东西。我很不安，却静静等着。

三天，被堵在伏岳之内三天了，敌军除了围堵，并未对我们采取任何攻势，只是我们的粮草，已然不多了。父皇又召人议事，我依旧在一旁。这次，无人再发言。不是他们没有主意，而是现在切实可行的主意既太过冒险，又可能会触怒龙颜。所以，这种事，自然要当事者自己提出来了。

我的指甲划过父皇身前的地图，除了烛火燃烧声，这可能是全帐内最响的声音了。“寂雪？”父皇看向我。“儿臣有一计，不知是否当讲。”父皇收了看我的目光，又在帐内扫了一圈，才开口：“你说便是。”我低了头，盯着地图，不敢看父皇，“儿臣觉得，施焰国军队围而不攻，意在断我们粮草，涣散军心，以达到用最小的伤亡取胜的目的，许在我们兵强马壮之时，他们暂且动不了我们。再加上三哥那里的捷报，不难推想，围堵我们的人，根本就没有多少。且伏岳两旁皆是峭壁，敌军也只能在进出口两处而已。如此说来，突围也不失为一计。”我偷偷看了父皇一眼。

“你接着说。”父皇竟一直在看着我。

“儿臣想，敌军定以为我们选在出口突击，因为一旦成功，大军既可得救，又不延误前方战机，而且若三哥增援，定也是近路。所以，儿臣觉得，可用声东击西，佯攻出口，实则保护父皇自入口退出。”我停了停，感到在我身上的目光没有离开，“儿臣是军中唯一的女子，无论是想瞒过……”

“寂雪！”父皇打断了我，“不行！”斩钉截铁。我不再看父皇，而是面向帐中其他人，“本公主一定要在出口处突袭，至于还有何人，还请父皇圣裁。”我转向父皇，福了福身子，“儿臣告退。”说罢，径自而去。

我刚走到帐门口，便听到四哥说：“儿臣与寂雪同去。”我仰起头，将泪咽回去。是四哥教会我，在我们视为生死的儿女情长背后，还有超越生死的东西，便是那一颗家国之心。明夜，便要突围了，今夜，我与四哥躺在粮草车顶。乌云蔽空，再寻不到星星光辉。

“多谢你。”我道。“本就是我应做的，毕竟我是齐王啊。”四哥说得轻松。“既如此，那妹妹我求你件事？”我学着他的语气。“但说无妨。”四哥笑了。“古有破釜沉舟，险中求生方是人之本能，今日士气低落，不妨你帮我一把。”“愿闻其详。”“那就得求四哥你在明日突围前敬众将士一杯酒，我在酒中放五味子、麝香等生津活血的药材，这些本就易让人血脉扩张，你再告之这酒有毒，后日便会发作，生还者，我欧阳寂雪双手奉上解药。我想，有如此破釜沉舟之心，胜算会大些。”“好！”四哥答得简练。

“阑儿你下来。”车下，传来了父皇的声音。我与四哥一起跳下马车。“父皇。”四哥垂首道。“朕有事要与寂雪说。”四哥便退下了。我笑看着父皇，他威严依旧，只是像三哥有时看我的表情，有宠溺，有莫名的愁绪。

“父皇，儿臣也有话要说呢，您先听我说。”我拉他坐下，自己也坐，依在他的肩膀，“儿臣相信，母妃临走时与您所说的差不多是‘努力加餐勿念妾’，今日，儿臣也是这个意思，无论朝事多么繁忙，您都要努力加餐，不要挂念您这个不孝的女儿。私情之外，仍有家国，家国之上，就不再有其他了。儿臣唯有‘珍重’二字，可以给予父皇的了。”

父皇倏地立起，背对着我，沉默良久。我也起身，不知该怎样说。“欧阳寂雪听朕口谕。”父皇道。我一怔，不知父皇是何意。“跪下。”父皇命令道。我连忙跪下。

父皇却是举起了右手，“朕，欧阳赫，璐麝欧阳氏六世帝王对天起誓，若朕的爱女寂雪因救主而遭不测，朕便弃了皇位，自贬为一介草夫。”

父皇起完誓，我依旧在地上跪着，呆呆地望着父皇。心的反应要比身体的反应慢，所以虽不懂父皇在说什么，但泪水却早已夺眶而出。

三

多年后，我也不会忘了那夜，那是那个年纪，除了亲见六哥夭折，我所目睹的最残酷的一夜。至少，那时的我，心中最纯洁的东西还未睡去。

月光凋零，星芒陨落，所以人世间的战火，悄然而至。天会坠落的瞬间，寂静的山谷突然响起了撕心裂肺的声音，是铁器的摩擦声、士兵的厮杀声、血液的喷涌声，仇恨、求生，纠缠着所有的人。我挥剑杀向敌军，那一刻的我，着实是怕的，我也终于明白，所谓英勇的将士，并不是真正无畏的，更多的是迫不得已，就像此刻一样，我不杀你，就只能坐等你杀我。连光，似乎都是来自每个人手中的兵刃，少一人，便暗一分。

另一边的山谷，也传来了厮杀声，是父皇开始突围了。正当我分心的时候，一支冷箭射向了我，我忙着用剑挡住了前方敌人的攻击，却没来得及躲过这支箭，这箭直接射入了我的左臂，我摔在了地上。先是透心的凉，似是将冰凌直接塞入了我的左臂中，然后才开始痛，是冰凌被拔去后渐渐填入火焰的那种痛。

我忍着痛，再一次挥剑杀敌，但慢慢开始体力不支，似乎是左臂流了太多的血。终于，一个措手不及，我在与人兵刃相抵时摔在了地上，长剑甩在了一旁，脚也扭到了，站不起身来。敌兵一刀向我劈来，我只得抽出左袖中被血染过的短剑划伤他的腿，他的摔倒，竟引来了更多的敌军，我将右手中的短剑转到左手，右手伸到腰间取出毒针射了出去。我的毒针很快就用完了，可是敌人还在不断地逼近。我将左手的短剑换到右手，将短剑横在颈前，做好随时自刎的准备。

突然，有人执剑杀尽了向我逼来的敌兵。我抬起头来。在黑夜中，虽看不清他的面孔，但我，看到了他的一双眼睛。这一瞬，我才明白过来，今夜月光凋零、星芒陨落，所有的光源不是来自兵刃，而是来自他的眼睛。“别怕。”我在他眼中，读出了这两个字。

他挡在我身前，杀光了所有靠近的敌人，继而抱起吃惊的我，放到峭壁边一棵美人蕉下，利落地把我臂上的箭折断。此时，又有敌人逼来。他又看了我一眼。

“我自己可以。”我对他道。他便又顾着执剑杀敌了，我望着他，记住了他挥剑的样子，虽然看不清他的面孔。他的身影也渐渐消失在了夜色中，留给我的，是一片安全的地带。

那种感觉，是与三哥和独孤凉不一样的，我信那双年轻的眼睛有着跟他们相同的东西，如执着，如坚忍，但却少了那份野心，许是我从未见过没有野心没有恶意的眸子吧，所以才会有这样的感觉。

左臂的疼痛随着他的离去一并出现，我向树下靠了靠，咬紧牙关，用颤抖的右手握住左臂中的箭，屏住呼吸，迅速将其拔了出来。那一瞬，似乎全身的血液都在凝固后由伤口迸发出来，有一些甚至溅到了我的脸上。而后，喷出的鲜血为疼痛留了空间，我为了不发出声音而死死咬住嘴唇，现在竟尝到了血腥。

我缓了缓，撕下裙子的一块布，粗略包扎后，意识就消失了。“寂雪，寂雪！”似在人间，传来了四哥的声音。我唤醒意识，睁开了双眼。晨光越过伏岳，倾泻在杀戮后的战场上，一摊摊血迹，一具具尸体，竟也有阳光为之洗礼。我叹一口气，似有什么人的温度刚刚在我身边凉下去。

四哥寻到了我，“你受伤了。”他察看着我的伤势，“伤口应该不浅，但所幸包扎得极好。”我望着四哥，他本来俊秀的脸上布满了血渍，头发散乱得厉害，还夹着尘土，盔甲上有着划痕，虽不深，却也把那股云淡风轻之气掩尽了。

“可是我们成功了？”我踉跄着站起。“是父皇成功了，三哥的救援及时。不过咱们的人不多了，也未剩马匹，父皇又绕了远路，三哥那里还有一点小仗要打，所以咱们得去找他们。”四哥俯身察看我的脚，“应该只是扭伤，我背你走吧。”于是我安安稳稳地贴在了四哥瘦削的背上，“四哥，我有个问题想问你。”

“你说。”“我提议突围那晚，你看懂了父皇的眼神，是吗？”我想勒紧四哥的脖子，却想起这不是三哥，便开始撒娇，“告诉我告诉我吧！”“你真的不懂？经历了这些天，你到现在还是不懂？”四哥偏了头问我。“我真的不懂。”我见他不是开玩笑的意思，便也正了颜色。

“寂雪，你这样信任你爱的和爱你的人，是很容易受伤的。”他道。我依然不懂，却也知他不会再解释了，便叹一口气，不说话了。垂在四哥身前的我的手臂，擦到了他覆盖伤痕的盔甲。这一次让他可以抛却生死的，是家国，上一次，让他抛却生死的，是阮儿姐姐，我突然想起了独孤凉说他爱我，却又陷入了迷惑，爱是什么？

“四哥，除了家国，能让你抛却生死、看淡权势的，是什么？”四哥在前面笑了，“你没经历过，所以不明白那样热烈而刻骨铭心的感觉，一旦失去，便有凌迟之感，而简单的死，反倒像一种解脱。”四哥侧着脑袋，“你可看出来我偏爱你，而不是寞云？”我点点头。“你可知原因？”我摇摇头。

“所有人都称小槐为‘阮儿’，只有你，身为最受宠的公主的你，叫她‘阮儿姐姐’，只有你尊重她，不把她当下人。”我没有说话，过了一会儿，也可能只是须臾，就睡着了。我迷迷糊糊醒来时，发现人已躺在床上，四周无人，左臂包扎得很好，连澡都帮我洗过，换了衣服。我坐起身来，不禁起疑自己究竟是在什么地方，虽是营帐，但不可能有人帮我沐浴更衣啊。我翻身下床，向帐门走去，脚伤已好了。

我还没到帐门，就被进来的人撞了个满怀。我抬头，一看来人，就激动地抱住了他，“三哥，我好想你！”我真的好想他，尤其是看大哥和寞云一起谈笑时，我就好想赶到阵前来看看他，哪怕是做一个小卒，能与他并肩作战也好。

我曾多次在脑中勾勒过他会一朝金戈代青袍，重剑不离身。昔日的青涩莽撞被血洗得一丝不剩，这般冷血的将军，虽是下意识扑入怀，却是不太敢认。三哥推了推我，“注意些，你的伤还没好！”

我连忙从三哥的肩膀摸到小臂，“你呢，你有没有受伤？”“我没有事，自始至终都没有什么大伤，父皇也没有。”这次换三哥抱住了我。这样一个回护的拥抱，我知道，他还是我和煦春风般的三哥，至少，在我面前是。

“父皇呢？”三哥的话倒提醒了我。“在帐中议事呢，似是太子听闻父皇被围于伏岳，要发兵救援。”三哥按我坐下，“脚伤虽好了，但还是不要站太久。”“那你怎的没去？”我倒一杯水给他。“父皇让我先来看看你，晚些会找我商议。”三哥坐下，“以后可不要再做这样危险的事了，莫说是我，就是父皇看到你的伤势也是心疼得不行。”我有些不自在，“知道了，这也不是没办法嘛。”

三哥叹了口气，没有说话，我也没有说话，一时间，帐里安静下来，我们兄妹二人，思索着同一件事。大哥要派兵增援，一则他不谙用兵之道，所派援兵极易似我们一般在中途受伏；二则，父皇亲征，大哥对京中用人调动并不熟悉，想来朝上朝下又是一番波澜；三则，我们突围一事不日便能传到京中，到时便无发兵之必要，但如果有人借着大哥庸懦的性子擅自将突围一事压了下去，使大哥不晓，待父皇回来趁机参大哥一本……最后，我开始不敢想，有没有可能，是大哥心存不轨，所谓增援，其实是想釜底抽薪早登大位。

我都这样想，那父皇，会不会也这样想，他能这样想大哥，会不会，也疑我与三哥？那这次执意的御驾亲征，父皇在麝华殿听见我要跟随时眼中的欣慰，是……我的心底有些发凉。如果父皇连大哥都疑，那么对五哥，会不会有更大的疑虑？似乎父皇对我讲的那兔死狗烹的话，我已有了答案。我望了眼三哥，心下有了思量，“我不能让父皇涉险，也不能让璐麝动荡，三哥，一会儿我去找父皇。”“你又想做什么？”三哥皱了眉头，我知，他不是因不耐烦，而是因心疼。

“以现在的局势，重要的是把消息送到璐城去，最好再有父皇的信物，派一个父皇信得过的、又能在璐城说得上话的人，你觉得除了皇嗣，还有谁更有资格吗？”我把递给三哥的茶自己饮了。

三哥没有说话，只是盯着我。“你在看什么？”我喝光了茶，叼着茶杯，口齿不清地问他。“我是在想，为了不让你受伤，是跟你一起去呢，还是干脆把你绑起来呢。”三哥幽幽地说。我听了，忙松了口，躲了三哥的捉捕，自帐门逃出去，寻到了父皇的营帐，恰逢议罢事，众人都散了，我趁机溜了进去。

“父皇！”我蹦跳着出现在父皇面前。“寂雪！”父皇抱住我，后又松开，上下打量着我，“朕本想这会儿就去看你的，不成想你现在就跑来了，晨儿是怎么办的事！”“三哥本想把儿臣绑起来的，儿臣就又偷溜了来，见父皇无恙，儿臣就放心了。”我跪下，向父皇叩首。

父皇扶我起来，“是朕见你无恙，放心才是。”他与我坐下，“不好好休息，跑父皇这儿来做什么？”“自是有事相求。”我给父皇倒了杯茶，“父皇定猜到了，儿臣已晓京中事。今日情形，必是要派个人去京中送信才是，派的人既得有分量、又得父皇信任，儿臣不才，毛遂自荐了。”

“突围那夜，假毒酒之计是你出的？”父皇没有理会我的自荐，问道。我才想起有这件事。“无碍，阑儿已向将士们解释过了，现在，军中都赞你睿智呢。”父皇道。我不解父皇的意思。

“你聪明，朕是深知的，但此一去，有何风险，你可明白？”“儿臣明白，施焰国内本就地势崎岖、山地众多，我军虽占领要地，但也防不了敌军凭地形偷偷潜入，似在伏岳一般，所以，儿臣会小心。”

“朕让晨儿陪你去，但不可能带太多人，否则易暴露，但仍有别的危险 ，你可明白？”父皇又问。我不禁看向父皇，他此刻的眼神，与那日在帐中议事我道“绕路”时的眼神无异，这次，我终于看懂了。

“儿臣明白，请父皇放心，这一次，儿臣无虞。”我坚定道。“朕知无人可以动摇你的决定。”父皇将他从不离身的玉扳指交给我，“这个，想必所有人都认识，朕只一句，那晚的誓言，至今仍作数。”我握着父皇的扳指，攥得我手掌生疼，我起身，跪在父皇脚下，再次叩首。

夜，我将父皇的扳指用线穿起来戴在脖子上。“这是我揽下的要命的活，却苦了你了。”我的左手游弋在地图上，右手在左手经过的地方落下白棋，对一旁的三哥道。“你忘了你对我说的‘我不会离开你，再大的风雨，有我陪你，就像当初你陪我一样’，我也对你说过‘无论道路有多艰险，我都会护着你’吗？”他的手落在我的头上。我吐了吐舌头。

三哥与我都知道，我们这一路，遇到敌人是必然的，但若遇到的是施焰的伏击也罢了，最怕的，是自己人下毒手。我又忘了，何来“自己人”呢？

今瞥见帐中的地图，方觉得三哥领兵进攻的方式有些不妥，似有冒进之嫌，虽攻入施焰祭城，但明显有孤军深入之势，所幸后来有所改观，可伏岳一役也是因这点，才轻易被敌军绕道围堵。

现在并不是讨论此事的时候，我便将其与五哥一事一并瞒住了。

四

果不出所料，临行前，三哥精心挑选了二十个得力的人相护，刚至伏岳，就仅剩我与他二人了。其间辛苦危难，不必我详说。所幸刚过伏岳，就有人来接应我们了。“臣贺兰俪安保护王爷不力，请王爷恕罪。”带头的人道。三哥忙扶了起来，一会儿便说起话来。贺兰俪安，我常听三哥提起过他，听闻他武艺超群，今日一见果真有异于常人的气魄，我不禁怪了，能让三哥这般重用的人，怎不与三哥同上战场?

我突然明白了,之所以留下他在璐城,现在唤他来伏岳,原是因我。三哥出征,先是有个可信之人护住楚王府,又得有人护住我,而父皇想亲征的消息三哥定是知了,若父皇一走,整个璐麝就没有可以护我的人了,若此时有人对我不利,我便连自保都成问题了。其实,这也是我要随父皇一起出征的一个重要原因。

正当我恍然大悟时,杀出几个刺客。"寂雪小心!"三哥与这一路上一样,将我推到一边,自己先杀向刺客。一旁的贺兰俪安与护卫也开始与刺客对抗。我却不像往常一样挥剑杀敌,而是垂手立在一旁。

有几个刺客注意到了垂手的我,向我杀来,我依旧不动,直至一个刺客的刀劈向我——一只毒镖射中了那刺客的头,刺客倒了下去。一红衣男子与四个女子出现了,红衣男子杀气四溢,与那四个女子协着护卫,杀光了所有的刺客。"寂雪你没事吧?"三哥赶忙走到我身边。"没事。"我笑道。红衣男子却一膀子挤走了三哥,气恼地推了我一把,"你是不是疯了?"三哥见状,又将那男子挤到一边,"你是什么人,居然敢这么对寂雪!"

"这是我师兄,独孤凉,那四个女孩是我们收留的,还是我取名为四美图,良辰、美景、赏心和悦目。"我看到独孤凉微微眯起的眼睛,知他生气了,连忙拦在独孤凉身前,对三哥道。"你就是寂雪的师兄也不该这样!"三哥不依不饶。"好了,是我的错,该跟你说的,三哥别气了好吗?"我安慰着三哥,又转了身子,面向独孤凉,"我知是你帮了我们一路。""还算你有良心。"独孤凉假装白我一眼。"伏岳突围那晚可是你救我去了美人蕉下?""不是,我赶到时,你已在那儿了,不过你那毒酒之计用得真好。"他敲了下我的额头,"你如何猜到我在帮你?"

"三年朝夕相处,我怎会连是不是你都分不出来,再说,你那浣花水是谁给你配的,你那满身的芍药香又能拿什么掩得住呢?"我笑着。听了这话,独孤凉终于恢复了以往的面孔,带着些嘲弄人的笑容,嘴角扬成一个不可一世的高度,一朵妖无格的芍药悄然而生。

"你最近好吗,师父身体好吗?""师父想见你,他可能,时日无多了。"这芍药正了颜色,道。我的表情一滞,差点摔倒。三哥和独孤凉及时扶住了我。我回身,将脖子上的扳指取下,踮脚戴在三哥颈上,"三哥,你先赶路,不必等我,有师兄,我会很快追上你的。""自己当心。"三哥见阻止不了我,只能这样嘱咐。

我点点头，与独孤凉和四美图上马走了，一路上只知奔驰，连句话也没说。坐船到了含口，一番穿花过林，终至海边那块岩石边，见到了那白发苍须之人，独孤凉退下了。我缓缓走过去，刚到他身边，便有一阵海风袭来，吹起了我的裙裾袖口，亦吹起了他的须发。

"去把这个换上。"我刚要说话，师父便指着一边托盘上的衣裙道。我只得去换了，是那件晚霞留仙裙，海棠红的，似是在黄昏时刻，织女坐在海边西望，见有那绝世晚霞，便摘下来悉心织就的一般。我再回岩边，他已摆了琴，我跪坐在他对面。"我应唤您什么，师父，还是殷水平？"我直视着他。

舅舅告诉我，当年父皇只是一个不起眼的皇子，第一次去莫家时带着的贴身侍卫，便是殷水平。那日母妃着浅绛舞衣，在丁香花丛中跳《招蝶舞》，如同仙女下凡。许是在那日，殷水平便爱上了母妃吧，许是那日，母妃便爱上了父皇吧，所以在母妃入宫的第二天，殷水平便失踪了。

我将手伸至他耳前，"介意吗？"他没说话，算是默许。我拈住他的皮肤一扯，手中便多了一张人皮面具。师父表情依旧，只是容颜不再是老者，而是一个不惑之年的男子。"你何时知道的？""杀郑源儿那晚，我们在护心楼上，月色正好，我看清了你的手，不是个老者的手，我就起了疑。再加上回了宫，知道了关于我母妃的旧事，便猜到了你的身份。"

师父微微笑了，"她曾说她嫁的人必得全心爱她，她说她嫁的那日要整个璐城变成红色，她说她的嫁衣定要与世间俗物不同。可惜，她本非俗中物，却也因心中痴念堕入红尘，她是嫁了，为嫁她心爱的人，她也不要璐城的红妆，不要什么嫁衣了。可是我还记得，于是我让这含口年年都是红色，于是我制了这晚霞留仙裙，就算不是正室，也要嫁得不俗。"

我能想象到，那样高傲的一个女子，对着求娶的人说，她要得一心人，她要十里红妆，她要不俗于世。她高傲地，只知道抬头，所以，她的眼里，只有他。

我还能想象到，她入宫那日，是怎样的喜悦，纵得的不是一人心，纵为人妾室，她也心甘情愿地画地为牢，困了自己一辈子。

"您爱母妃那样深，定也把我恨到骨子里去了吧？""原本是的，可当我看到你的容貌，就恨不起来了，她是那样固执的人，选择生下你，自有她的道理。我自见到你才明白，你，便是她的延续，皇上可以不爱她，却无法不爱你。"说着说着，由悲转喜，“寂雪，听闻你受伤了，如今还能跳舞吗？”

“不在话下。”我起身。师父轻笑，双手抚琴，一首《招蝶曲》。我忍泪，摆开姿势，一支《招蝶舞》。曲毕舞不毕，泪如雨下。我回首，师父端坐在那里，气绝而毙。我握着他尚有余温的双手，通过这点余温，我看到了，看到了一个身着浅绛衣裙在丁香花丛中起舞的女子，巧笑倩兮，美目盼兮。

海风袭来，又绘成了一幅浅绛江山图，那女子，分明被江山湮没了，不见那双明眸，不见那弯浅笑。“这是师父留给你的，我们都未打开。”独孤凉将一锦盒交给我。我无语接过。

“碑文由你来写吧。”独孤凉递来一支毛笔，四美图展开一张宣纸。我挥笔，书“亚父殷水平之墓”，“好好安葬，我无缘等了。我也不留什么了，该留的，师父不需要，能留的，师父自比我知会。”独孤凉在我髻上插一根孔雀尾羽装饰的银簪，“含口，是你另一个可以依靠的地方，无论何时，无论何事。”我低头不敢看他的双目，只感到有灼灼之意，“你不必。”他却权当没听见。离开时，我撷了几朵汇血螺。

五

“三哥。”日夜兼程，在麝城，我终是赶上了。“怎么憔悴成这样了？”三哥握住我的手。客栈中，我们兄妹二人在三哥房中，退了别人。“我有事要告诉你，很多事，我想我不能再瞒你。”我将汇血螺放在桌上。“我猜出来了，你说便是。”三哥叹了口气。

“第一，我想我知道景懿皇后和我母妃的死因了，甚至，可能连六哥，都是因此而亡。”我盯着汇血螺，眼睛生疼，“你看它是红花，其实一入水便消失不见，无色无味，却会伤及五脏。多日服用，会有五脏出血、衰竭之状，如景懿皇后和六哥；若一次大量服用，尤其对孕者，轻则滑胎，重则母子俱亡，如我母妃。”说起来，我还真是命大，若非母妃选择生下我，我们母女二人，竟会俱损。

三哥手指一颤。我又将父皇问我如何看待兔死狗烹之事告诉三哥，“一直没有告诉你，怕分了你的心。还有就是，对于入不入伏岳，只五哥一个极力要走伏岳，父皇也不管别人的意见，就进了伏岳，被围之后也没生太大的气，反而像是在意料之中。”

“你的意思是……”“有没有可能是五哥与施焰那边有串通，想要对父皇不利。他若这样做，借着保住施焰为条件，让施焰和陆家势力助他登上皇位。也许父皇对此已有觉察，但没有证据，或者忌惮陆家，暂时动不了他。”“你觉得是父皇有意让我们去帮他解决陆家的势力，或者说是，对付老五？”三哥问。

“我想，很可能是这样，只是咱们也没有证据，只得自己想法子等时机才是。”我看着三哥将汇血螺捏成一摊血汁。“寂雪，你别这样伤心了，你这样，我也不安心。待快至璐城，我就把我们回京的消息散出去，让太子和陆梦有所忌惮。”我点点头，回了自己的房间。

这几日虽是赶路，却也只是疲惫，竟毫无睡意。我坐在床上，取了师父给我的锦盒，打开，里面是两瓶药和一张字条。是师父的笔迹：一瓶是迷药，一瓶是假死之药，除你之外再无人晓。若有朝一日你师兄做了什么错事，你别太恨他，你也别不恨他。

我反反复复读了几遍，分出了哪瓶是迷药，哪瓶是假死药，却是不懂师父的深意。我又取出独孤凉送我的簪子，看似寻常，其实是寻了九根最好的孔雀尾羽，又在每根中间请能工巧匠镶了水晶，冷艳而高贵，似极了他的气质。这般对我用心的师兄，能做什么让我恨他的事？我又如何会恨他呢？

我刚收好这两样东西，三哥就敲了门进来，将一身男装放在桌上。我刚想下床，他就一屁股坐了上来。“你带这些东西来干什么？”我只得向里些，给他腾出地方。

“我怕你睡不安稳，今夜来陪你睡，又怕你容貌太出挑，让贼人盯上，思前想后还是让你扮男装吧，我还放心些。”说罢三哥就直接躺在我身边。

我不介意，拉了被子给他盖上，知他怕我多心和衣睡的，我也不揭穿他。以前六哥在的时候，我们三个也常这么睡，只是自我回来后就再没有，我刚想问三哥是否记得，可还没张口，就睡着了。果真，有人在身边，是安心的。

“寂雪，该起了。”睡梦中，三哥在叫我。“口水都快流出来了，我昨晚给你上药都不见你醒的。”接着是三哥向我鼻子里吹气。我打了个喷嚏，坐起身来，终是醒了。三哥拉我起来，将那一身男装放在边上，“你先自己穿着，我一会儿进来看看，你分得清哪个是上衣吗？”三哥开玩笑。

“民间不是有说‘没吃过猪肉也见过猪跑’吗？”我趿着鞋。“知道就好，还算没有伤着脑子。”三哥将扳指戴回我脖子上，突然反应过来，捏着我的鼻子，“骂谁呢！”似乎多日不笑，这张脸还得习惯一阵呢。

第三日一早，我们便赶到了璐城，也有人来迎接，我将扳指挂在三哥脖子上，他带着几个大臣去找大哥和陆梦了，我则从东门入宫。东门距濯云殿最近，我想先去看看寞云。皇宫里依旧是一番太平景象，我走时刚生新芽的垂柳现已枝繁叶茂了。柳下有两个身影，看似情投意合。

“好啊，我在前线出生入死，你却在这里谈笑风生！”我走上前，拍了下寞云的肩膀。寞云吓了一跳，看清是我，忙抱住了我，“你可回来了，想死我了，我以为你还得晚些才回来呢！”我一边安慰着寞云，一边打量着毕铮，暗暗赞叹寞云的眼力。

“你这一路还好吗？”寞云问。我刚想答“好”，却昏了过去。本以为能撑着回宫呢，看来，还是太过高估自己的身子骨了。

六

待我醒来时，已梳洗干净躺在浣雪宫的床上，寞云坐在床边，显然是刚哭完。

“让你犯了病似的非得上什么战场，如今好了，左臂受了这么重的伤，定是要留疤的，怎么不知道好好照顾自己呢？”寞云见我醒了，皱着鼻子把我扶坐起来。

“你还担心我会不会留疤啊，你是不知道这一路有多艰险。”我看到寞云的表情，忙换了话题，“快跟我聊聊。”我向里挪了挪身子。于是寞云半躺在我身边，“方太医说你的伤不浅，原本你身子就弱，再加上这几日奔波劳苦、心有郁结，所以昏倒的。”我戳着她的脑门，“少跟我讲这些，我懂医理，这些我能不知道？我是想知道你跟毕铮到哪一步了。”

“左不过是谈天说地罢了。”寞云道。我再逼问，也没问出什么，也就由她去了。待寞云走了，我半躺在床上，等着锦帨。果然锦帨来了，我一一吩咐了，将带回来的东西收在何处，让她坐在我床边。

“本来答应了你要带些东西回来的，可这一忙就没来得及。”我道。

“多谢公主了，这也是不打紧的。不过公主既回来了，这个便还给您吧。”锦帨从袖中掏出一锦盒，我记得，里面是我送她的祥云步摇，还有，那个锦囊。

“我既送你了，哪还有收回的道理。”我收了锦囊，将锦盒推回去。

“公主，您说了这是奴婢的嫁妆，来日方长，您到时候心里还有奴婢，再给奴婢也不迟，要不然，就是撵着奴婢走了。”

“你都这么说了，我就再帮你收着，你的嫁妆都在我这儿了，我定尽我之力保着你，方不费我一番苦心。”我接过锦盒。

锦帨抿嘴笑了，“对了公主，楚王来看您的时候，让奴婢把这个给您，还说已派人向皇上禀告了。”她将一掐丝小盒给我。我打开，是父皇的扳指，“你帮我把这个放到我那个不常用的象牙首饰盒里，省得一不留神弄坏了，也不必用这盒子了，免得我再忘了。”锦帨去了。

我从床上爬起来。想来三哥是不会把我昏倒的消息告诉父皇的，免得父皇担心，但父皇交于我们二人的事已完成，总得尽快收拾东西再回战场才是。

可第四天，父皇的圣旨就到了。说是我军作战英勇，再加上施焰皇帝昏庸残暴，所以一路势如破竹，也不必我与三哥回去了，我留下养伤，三哥留下帮大哥处理朝事。

不几日，三哥邀我去他府上，我便兴高采烈地去了。“怎么了，火急火燎把我叫来？”我坐在案边，自斟一杯茶。“你看这个。”三哥极小心地取出一与装父皇扳指相同的掐丝盒子，“你也知道，施焰举国都信神，甚至设有专门的神司、建有专门的祭城。我攻下他祭城之后，得到了这个宝物。”

盒子打开，竟是一枚戒指，我拿起来细细观察。银制的环，上面刻了朵朵桂花，精致无比，还镶了一颗鹌鹑蛋大小的琥珀在上面，难得的是这琥珀为金色，通体晶莹，还没有一丝杂质。这枚戒指绝不逊于父皇的玉扳指。

“封太子那日，我见你一身华服，就缺了一枚好戒指，想把这个送你。”三哥笑道。我却笑不出，“若我没看错，这也是施焰圣物之一，我早就发觉你的进攻路线有问题，莫不是只为了去施焰祭城寻这劳什子？”我问。三哥没有说话，是默认了。

我将戒指收回盒中，“你真是糊涂，纵你胜券在握也要万事小心，更何况璐麝兵权尽在你手，你还去冒这个险！”我克制住了将自己对父皇御驾亲征的担忧告诉三哥的冲动。三哥依旧没有说话。我又觉得自己太过了，我都能这般猜测，他定也会的，“我知你是为我，但也要顾着自己不是？若真是有什么事，麻烦的可不仅仅是你我。”我将掐丝盒子收着，“这个我收着，找时机给父皇。不过你得记着，这次欠我一个人情，一份礼物。”三哥叹一口气，“知道了。”

虽是与前线有信件来往，相互道着平安，说着“见信如晤”，但担心却是少不了的，就这样，日子居然到了除夕。

这个年过得不同往常。以前，不管心里情愿不情愿，大家都需要拿出皇室的和睦来，在眺银轩中设宴，努力做出一副其乐融融的样子，场面话一套又一套，连筷子都来不及动一下，以至于每次宴会结束回到浣雪宫，我都得和寞云再把之前准备的东西拿出来吃着守岁。这次父皇在战场，虽有信件来往说是平安，但宫里还是冷清许多，陆梦也不装模作样地设宴，着实是真真切切的冷淡。

为避着大哥和三哥见面时的做作，除夕夜寞云去了东宫，我则去了楚王府，陆梦在宫里，我们忌惮着她暗下毒手。与三哥围炉而坐，把锦帨和贺兰也拉着坐下，好像自打从含口回来，就没有这般轻松自在过。父皇不在，我们便褪了皇子公主的矜持，行着酒令，耍赖打闹起来。最后不胜酒力的锦帨先醉倒了，贺兰也被灌醉了，我与三哥一时没了兴致，便披了狐氅，推门出去。

雪下的正大，屋里温暖，噼啪的炉火声又把落雪声掩盖了，这一出来，倒当真是冻了个结结实实。三哥帮我把帽子戴上，“今年守岁要是没有你，我都不知该如何度过。”我伸手，看雪花飘于掌心，在温暖中融化，“其实三哥，这些年，要是没有你，我才不知道该如何度过。”“是啊。”三哥叹一口气，“萧瑟隆冬，万物凋敝，相濡以沫，能予冬日里一丝曙光的，也就是傲梅了。”三哥将手伸向一棵腊梅。

我拦住了他，“腊梅高洁，总有凛然危乎拒人千里之外的感觉，冬日里与其赏梅暖心，倒不如捧一株水仙，静待其开放，唯玉之白、琥珀之金，虽莫若芍药之妖、腊梅之傲、碧桃之清，但如此，才最真实可亲，不是吗？”

三哥笑了，“真好，寂雪！真好，你是我的妹妹！”我也笑了。

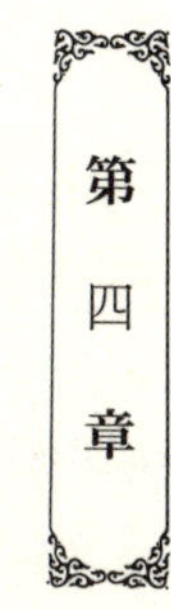

眸底波

蝶恋花

遥夜亭皋闲信步，才过清明，渐觉伤春暮。

数点雨声风约住，朦胧淡月云来去。

桃杏依稀香暗度，谁在秋千，笑里轻轻语。

一寸相思千万缕，人间没个安身处。

一

春节一过，便是上元，正月过了，我的生辰也就至了，父皇派人送了些施焰的苦丁茶和奇楠香来，对我的生辰略略带过。三哥的冠礼，也只是陆梦和礼部一并完成的。父皇从未这样过，虽然我并不是在意什么生辰，但对于一个女子来说，及笄是最为重要的，本来行及笄之礼时父皇不在，我就觉得可惜，这尺素一来，也只是淡淡带过，我心中便更不是滋味了。

并非伤心，而是担心。我猜是否是战事吃紧或父皇身体不适，但看着大哥和三哥近日并非忧态，却更是担心父皇的身体了。去信连连，无论是父皇还是四哥，都只是回复寥寥，给舅舅的信，也未有回复。问大哥和三哥，也都说不知。我一时心急如焚。

过了春分，终是盼到了凯旋的消息，陆梦本安排我们这些皇嗣在宫门迎接，我却是在前一晚辗转反侧等不及的，生怕父皇受了什么伤或染了什么病，还瞒着众人独自承受着，便偷偷备了马，黎明时出了宫去找父皇。

城外十里，我见大军浩浩荡荡，虽有尘土飞扬，却是井然有序。队伍最前是几位将领，守卫着身后那御乘。我策了马，向大军驰去。“来者何人？”清路的人看到了我，忙骑马拦我，亮出了兵器，“你可知圣驾回京？”我继续策马，手持公主令牌，“欧阳寂雪求见圣驾！”

一路持令牌，无人敢阻拦，待至将领们骑前，我翻身跃下马，马奔向一旁，我立于路中间，喘着粗气。将领们退于御乘两侧。“寂雪？”我听见四哥唤我。我充耳不闻，跪了下来，“儿臣不孝，望见圣颜。”

四哥见了，刚要来扶我，就见父皇自御乘中下来，走过来，他便退回去了。

父皇将我扶起。我望着父皇，见他稍有疲态，胡须尚未好好修理，但还是很精神，只是仍着盔甲，袖口略有磨损。我忙不迭地抓了他的右手腕来号脉，似是无碍，又生怕自己号错了，又抓了左手来号，果真无事。“怎么了怎么了，可是受了什么委屈，都哭成这样了。”父皇摘了我的帕子来拭我的泪。

我一时竟不知自己急哭了，“还不是父皇您，担心死儿臣了。”“好了寂雪，父皇什么事都没有，父皇还把施焰收为郡国了。你可别哭了，连点公主的样子都没了，哪像及笄之年的女子啊？”四哥拍着我的背。

父皇将我拥入怀中，“谁管那些体统不体统的，朕只怕春日天燥，寂雪你哭成这样，受了风，这脸还能不能见人了？”他笑道，“来与朕一车回去吧。”

入了皇城，陆梦与众多皇嗣已在宫门前等候多时了。三哥见我跟在父皇身边，就明白了，狠狠瞪了我一眼，寞云则是恨不得扑过来揍我一顿。父皇见如此，笑意渐浓。寒暄一番，便一同登了宫墙。自然是要犒赏三军。父皇立于最前，陆梦在父皇左边略后，四位皇子按长幼在帝后身后，我与寞云立在最后。

我见父皇一身金甲，在烈日下宛若神明一般的存在，已过不惑之年的人，身姿挺拔依旧，迎着阳光，将一团影子抛在身后。我虽看不到他的表情，却知他一定是喜悦的。城下万千子民、凯旋大军，身后儿女成群。也许，父皇也会有一丝遗憾，只因少了一个愿意共看江山的人。可是——

“寂雪。”父皇唤我，“到父皇身边来。”我愣了一下，却是拉着寞云，走了过去，“儿臣与寞云来了。”“看看，看看这大好民心、大好江山。”父皇并未看我，而是一直，俯视着这一切。

黄门此时开始宣读圣旨。我在父皇身后，顺着父皇的目光看下去，但见甲光向日金鳞开，随着黄门的一声“跪”，三军皆单膝跪了下来，一齐低首，远处的民众，皆双膝跪下，叩首。

黄门的声音一句一句响起，我都未必听得全，城下的人便更听不清了，但他们依然跪着，恭顺的姿势。我方明白，皇威震慑，皇恩浩荡，普天之下，谁不臣服？这便是我们的子民，他们或许从来听不见我们的声音，看不清我们的面孔，甚至不知道我们要他们做什么，但他们还是这样效忠。所以为了这份忠诚，我们身于皇室的人，就有责任去爱护他们。

黄门一声“钦此”，结束了圣旨的宣读。父皇上前一步，雄厚道出：“众将平身。”黄门将这“平身”二字喊了出去，从宫墙上，到石阶上，再至宫门下：“皇上有旨，众将平身！”将士们再次整齐地立起来，高举手中兵刃，山呼万岁。我听着这震耳欲聋的呼声，忍不住将嘴角上扬，很想告诉父皇，我看到了也听到了我璐麝的军心与民心。寞云却在一旁抓住了我的手臂，我看过去，看到了她脸上的惊惧我却掩饰不住脸上的自豪。父皇回头看了我一眼。我想，我那时才真正见识了何为帝王风范。

待回了宫，众人在麝华殿向父皇禀告完毕，便一齐告退，让父皇好好歇息。出了麝华殿，我们恭送陆梦回宫，五哥就直接回府了。剩我们几个赞了四哥一番，才放这些皇子回府。我与寞云等到他三人的身影都看不见了，才向自己宫中走去。

“你真行，瞒着我们自己跑出去了，也不怕我担心，我派春深去浣雪宫里，你倒把人家锦帨锁卧房里了，还算你有良心，不忘给人留下饭食！”寞云骂着，想来拧我的耳朵。我忙躲着她，顺便扫视了四周，“好寞云，你看人家锦帨都没生气，你倒急成这样了。我这么做自然是有我的原因了，一则你们会拦我，二则知道的人越多，出了事受牵连的人就越多，锦帨本就是父皇挑的人，我一跑，光是皇后那边就得把她罚得够呛。”我反去戳寞云的头，“就是你这个小丫头啊，看不懂我的良苦用心，还来骂我！”

“就骂你了！”寞云还是伸手来拧我的耳朵。我赶忙躲着。

“二位公主，这是宫里，不是市井，奴婢提醒二位公主注意着些。”陆梦的宫人不知何时来了，“七公主，皇后娘娘请您过去一趟。”我有些不解，不知陆梦要的什么花招，等到仅剩我与寞云了，又来招惹我。

“你且去，本公主随后就到。”我对那宫人说，又眼看她走了，转向寞云，“也不知是什么事，也不用告诉别人，你回去打听着我这里些，我去了。”

“你放心。”寞云说，

栖凤殿内。“不知母后此时传寂雪，可是有什么要事？”我向那凤座上的人福身行礼。她面上带笑，指了指一旁的椅子，“你先坐。”

“是。”我面不改色，也不谢恩，坐了。“听你这话，仿佛还不知。”她端起茶盏，浅抿一口，准备卖足关子。“还请母后示下。”我起身，福一福身子。“你坐。”她见我又坐下，便放了茶盏，侧了身子，以便正对着我，“可惜你舅舅白疼你了。”她垂了眼帘，摆弄右手，端详了一会儿指甲上的蔻丹，缓缓道出：“他阵亡了。”

我惊得双手支了扶手，却狠狠按捺住起身的冲动，扯了微笑出来，“母后是哪儿得来的消息，怎么这么大的事，竟无人告知寂雪呢？”嘴上虽这么说，但却明白了为何舅舅不回信给我。“皇上怕你太伤心，想过几日再告诉你，但本宫想，你不应该被蒙在鼓里。”她抬眼看着我。

我继续微笑，“还是母后深知寂雪心性，不舍将寂雪瞒蒙在鼓里，寂雪谢过母后苦心。既如此，寂雪就应回禀父皇，择日料理后事，以安舅舅在天之灵。”说罢，我转身走向宫门。

“莫家，竟是一个人也没有了。”陆梦道。

“母后记错了。”我驻足转身，隔着半个宫殿，直视着那凤座上的人，“莫家还有人，欧阳寂雪，既是皇家的人，也是莫家的人。”

二

半月后，也是舅舅安葬后，父皇办了庆功宴，似封太子那日一般，前朝后宫的人一并齐了。尚服局送了不少东西来，我拣了些配得上锦帨的收好，将看得上眼的放在常用的首饰奁或衣橱里，又顺便将不常用的找个边角搁了去。“公主，这次您穿什么？”锦帨翻着衣柜，问我。“这次尚服局不留我们衣服了，寞云这臭丫头也不来了。”我从榻上爬起来，“就那件绿的吧，我记得绘的是弱柳扶风。”“这次是庆功宴，您穿这颜色不太合适吧？”“上次是封太子，与我本没什么相干，华丽不华丽的也只当是女孩子爱美。这次就不同了，或多或少会提到我，要这次再如上次一般，必少不了被人说出风头。”

其实我更怕的，是父皇对我有什么赏赐，再引起那些小人妄思。况且这次不一定能与寞云坐在一起，我若风头太盛，寞云也是有些难过的。我望着镜中的锦帨给我梳了个双刀髻，插一对浅碧堆沙宫花，再加上一支白玉步摇、一双白玉坠子。一年多的磨炼，锦帨已对装扮我轻车熟路了。

这次，我又坐在父皇身边。说是庆功宴，实际上却是对皇室成员的行赏大会。先是大哥和五哥，一个擅自发兵，一个争功夺利，却是功过相抵，不奖不罚。至于三哥和四哥，未改封号，而是每人赏金百两，增加食邑千户。

最后——“七公主欧阳寂雪。”我闻言起身，敛了裙子跪在父皇御案前。“朕之爱女寂雪随朕亲征，屡献良策，救朕于危难之中，今封护国公主，赐施焰郡为食邑。”

“可是父皇……”

“因战事朕都没来得及送爱女生辰贺礼，今日备好了，也让大家开开眼。”父皇笑得开心。我立起上身，终于明白了，为何父皇在信中甚少提到自己，四哥信中也打马虎眼，甚至对我的生辰二人也只是略略带过，原来是准备今日给我一个惊喜。

我本来还想再说什么，可眼前这东西，却生生将我的言语堵了回去。父皇竟命人用黄金制了一棵足有真物一般高的金梧桐树，琉璃为底座，碧玉为叶。细细观来，任是树干、树枝的纹理，还是树叶的形状、大小、厚度、脉络，都与真物一般。此刻是夜间，点了灯火，这“金枝玉叶”尚如此闪耀夺目，不知若换了白昼，阳光下，又该是怎样一番奇景。

我总算知道凤凰为何栖梧桐了。回过神来，我忙又俯下身，“父皇此恩，儿臣受之有愧。”“朕送你了，你就收着，否则岂不是辜负了朕的一番苦心？”我仍旧跪着，“是儿臣不配父皇如此看重。”“这孩子怎么发起疯来了？”父皇笑着。

三哥见状，跪到我身边，“其实这都是儿臣的不是。”“到底怎么了，你们两兄妹这么紧张？”父皇道，“寂雪你说。”“都是儿臣的不是。”我将掐丝小盒拿出，让太监交给父皇，“三哥得了这个宝贝，想献给父皇，但儿臣先看到了，就夺了来，想戴几天玩玩。如今被父皇如此看重，越觉心中有愧，故不敢受此厚礼。”这番话竟说的父皇笑起来，一旁想要开口的三哥也是惊诧。

“那你觉得应该怎么办？”父皇问。“儿臣想，应将戒指还给父皇，且是儿臣有错在先，不当受此贺礼，而是当做些什么弥补罪过才是。”我道。“具体呢？”父皇有了兴趣。“施焰刚经一战，应是百废待兴、人心浮动，此刻不仅不应该将其作为儿臣封地，儿臣还应当代父皇去俯察民情，以显父皇重民如子之心，既收拢人心，又能让儿臣弥补自身过错。”

“那朕这贺礼，岂不白费？”“若父皇情愿，儿臣便求父皇将此‘金枝玉叶’送至施焰郡，代替儿臣这个‘金枝玉叶’，一则减少儿臣心中愧疚，二来还让天下百姓看着父皇爱民如爱亲女一般。”我抬起头，望着父皇。

“你有此心也是难得，你既这样说，朕便许了你，你也算是功过相抵吧，不过，护国公主这个封号还是你的，施焰郡仍旧为你的食邑，至于如何使用你这点私房钱，朕就不管了。”“谢父皇。”我跪拜。“楚王自小与你交好，你这么做也是惯了，朕也就不说什么了。”父皇示意三哥回席，又向我伸出了手。

我便起身，随着父皇的手坐了回去。

“朕看你三哥也是到了娶妻之年。”父皇与我道。我给父皇斟酒，知他是有意探我态度，“哪是到了娶妻之年啊，明明是都快过了娶妻之年呢。大哥在这个年纪的时候，可都有太子妃了。”我放下酒壶，瞥了眼一旁的陆梦，她自然是将我与父皇的交谈听入耳中了。

“甘爱卿。”父皇突然道。在座的人都有些惊奇，停下了交谈。臣子中有个中年人站了起来，“臣在。”“朕与你说的事可还算数？”父皇问。“皇上金口玉言，一切但凭皇上做主便是。”那人道。我与三哥交换了一个眼神，都是不解。

“楚王。”父皇唤三哥。三哥忙起身。“你也该娶妻了，甘爱卿的独女甘玉与你年龄相仿，朕素闻其美名，便做主将她许配给你。”父皇又转向那人，“你意下如何？”“谢主隆恩。”他忙下座，行跪拜之礼。三哥亦是。

待父皇坐下，二人又回到座上。我想举杯向三哥庆贺，奈何他竟一眼都未看向我这里，倒是他身边的四哥为他满斟。

我不认得这是何人，但看其坐在丞相之下，百官之上，必是六部尚书中的一个了，再看陆梦和五哥的脸色，此人应是有来头。我回头看了眼锦帨，她会意，点了点头。我再次看向三哥，他竟是眉头紧锁。我忙收了目光，给自己斟了杯酒。

“怎么了，看你三哥得了王妃，吃心了？”父皇打趣道。“怎会？三哥有了家室，再给父皇添个孙儿，给儿臣添个侄儿，儿臣高兴还来不及呢。”我左手托腮，右手用筷子将碟中鱼的鱼刺择出。“那就是没跟寞云坐一起无趣了？”父皇又道。

“也不会啊。”我放下筷子，将去了刺的鱼给父皇，向着寞云的方向努努嘴，“您看，那丫头明明若有若无地跟她的情郎眉目传情呢，儿臣怎么会毫无眼力地去打扰？父皇也是知道的吧，所以把儿臣挑到这儿来了。”

“那是朕拘束你了，所以无精打采的？”“父皇坐在这高处，若儿臣再不撒个娇耍个赖地在父皇身边，烦闷的是父皇才对。”我饮一口酒。“那就是朕的寂雪在深谋远虑地筹划她三哥什么时候成婚、要备什么彩礼，甚至啊，她自个儿去施焰父皇又不放心，必得让她的三哥跟着去，这一来二去呢，又得费不少时间，所以筹备得要精细精细再精细。派个什么人去筹备又是个难题，要是她自己能动手就好了，可是不知她那唠唠叨叨的父皇愿是不愿呢！”父皇笑得干脆拍起了大腿。

“父皇！”我都被他说得难堪了，“您这样戏耍儿臣做什么，当真是开始唠叨了。”我绞着双手。

“好好好，那你和你三哥去玩，婚事呢，理应是朕和礼部操心，但只给你们四个月啊，回来你三哥可就要成亲，误了婚事看你兄嫂不打你。明年朕要南巡，时间也紧，你也别忘了。”“儿臣遵旨。”我嘟着嘴道。

三

我与三哥匆匆赶往施焰郡的祭城。通知了郡守安排了驿站之后我们去见掌管祭祀之事的神司。神司将我与三哥引入神殿。

这一路虽是着急赶路，但我还是留心了施焰郡的景色。如三哥所说的一样，相比于麝城，这里的浓山艳水有过之而无不及，可是，偏偏育出这样淳厚的人。

来之前，我只听三哥说这里民风淳朴，心里是不信的，因为伏岳一战，着实是忌惮了。但近日见这里的建筑十分简约，摆设也多使用原木，不上漆，不雕刻，反而有一种质朴可爱。本以为到了祭城会繁华些，却不想，这里虽是施焰郡的中心，紧邻当日王城，却全无王城一般的辉煌，反而更是简朴。

我担心金玉之物是否能被接纳，三哥告诉我，本来与施焰有过外交，也曾通商，只是限于施焰皇室，所有的利益皆入皇室，后来，璐麝便断绝了与这里的通商。这次发兵，就是施焰觊觎我璐麝繁华。如今将“金枝玉叶”送来，是表示对施焰郡子民的平等相待，更是向他们许诺将得到爱护。

“这说起来，都是我的不是，霸占了你们的圣物不肯还，今日当赔罪才是。”我双手向神司奉上那装有琥珀戒指的掐丝小盒，“父皇心怀天下，这‘金枝玉叶’本是给我的，但念及无论远近皆为我璐麝子民，况施焰郡又经战火，自当多些抚慰才是，便将其送来，聊表心意。”

“父皇也送了银两，暂且救济贫民，另有我和四弟的赏金，这次也一并送了来。再过几日，父皇圣旨一到，更多粮款也就来了。”三哥将货单奉上。

那神司作礼接过，“原是昏君欺民，今朝有了圣主，我们感激还来不及，怎能收下这些珍物。”“这些是该收的，毕竟百姓疾苦才是为君者第一该顾的。”三哥道。“那草民就收了。”神司接了三哥的单子，却将戒指推还给我，“公主仁慈善良，不吝将自己心爱之物送与我们，为表对公主敬意，‘金枝玉叶’草民就代郡中百姓收了，这戒指就请公主拿回去吧，也当是封地的百姓对您的一点心意。”

礼让再三，我拗不过，便收了。自此以后，我一直将它戴在自己右手食指上。

“这苦丁茶好香啊。”终于能坐下好好喝茶了。“草民知道公主是最喜这茶的，因不知楚王的脾性，就只好按着公主的性子来了。”神司向三哥点了点头，“皇上在正月里让人收了最好的茶带给公主，草民还有帮忙呢，公主没尝尝？”“心里愧疚难当，哪里有脸饮茶呢，今日神司不怪罪我，我才安心坐下来呢。”我道。“让公主费心，便是我们的不周。其实这一战并未伤及本郡多少，圣意在擒首，下令不得伤民，还曾开仓放粮，我们上上下下都感激不尽。”神司道。

我先前听郡守这么说还是不信，现听神司如此说，便信了两分。

“公主既爱这茶，便是这茶的福分了，日后得了茶，草民每年都拣了好茶和奇楠进贡了去。”“多谢费心了。”我本还忌惮着施焰郡的人会记恨三哥，听神司这么说，心也放下一半了。“今日恰是我们这儿传统的女儿节，与别处不同，足足要热闹好几天，公主不妨多留几日，也好热闹一下，看看这儿的风光，到时候也会放花灯……”

我只顾开心饮茶，只听了什么“女儿节”“热闹”“花灯”什么的，就满口答应了，“只是我不喜有人跟着，您也不必安排，我们兄妹随处逛逛，也能多玩几处。”我想亲去看看神司所谓的“未伤及多少”，不暴露身份，也能看到真实情况。见识了女儿节，我才真的信了这一战并未伤及施焰的元气，因为这样的热闹是无论如何也做不了假的。我与三哥都换了施焰的传统服饰，贺兰和护卫们也都在我的软磨硬泡下换了。

“三哥，这个粉儿我十岁那年吃过，特别辣，当时我还以为是自己碰上坏人了呢。”我占着人家小贩的摊子。“还有那个云吞，在咱们那儿叫馄饨的，人家这儿是炸的。”我口中吃着东西还不停地叨叨，“我出宫的时候有个好心的大婶又多送了我一份，撑得我够呛。”我也顾不得什么体统了，高兴地直嚷嚷。

“那个米花糖多买点，放的住，我回去还要送人呢！”“那个糯米糍看起来很好吃，这个天儿是带不回去了，咱们干脆在这儿多吃点，回去给寞云讲讲这味道也行。哎呀，粘着我的牙了！”我的所为把三哥弄得哭笑不得，一会儿“你慢些跑”，一会儿“你慢点吃”，一会儿“你少吃些”。我终于有些累了，找了个摊子坐下，上了壶酒，且歇一歇。

“你看看，这胭脂都花了。”三哥拿帕子拭着我的脸颊。“我没抹啊。”我直接用手蹭了蹭，“是我跑得太欢了，你一会儿不看我，我的脸都红了。”“倒从没见过你这样。”三哥收了手，饮了口酒。我心想着在含口，师父和独孤凉天天都得或逗着我或逼着我跑成这样，心里不觉又一阵难受。

突然传来了乐曲的声音，似是有很多人在跳舞，“我去看看！”说着我就跳起来跑了。“寂雪！”三哥一口酒没咽下去，呛着了。我也不管他，而是寻到了一群跳舞的姑娘，加入了她们，学着她们的样子跳了起来，没几下，竟学会了。“你看你的脸红的，本就生的好模样，这下子倒成了个漂亮灯笼了！”有个姑娘对我说，“这样不好，你去河边放花灯吧，歇一歇，仔细伤了身子！”

我听她说有花灯，忙道了谢，又蹦跳着到了河边，向卖花灯的挑了几个花灯，寻个僻静处，敛了裙子蹲下，用火折子燃了花灯。我把第一盏花灯放入河中，“一愿璐麝国运昌盛。”接着是第二盏，“二愿父皇龙体康健。”然后是第三盏，“三愿寂雪爱的人皆安乐。”

许罢愿，我望着这条不是很深的河，不远处还有别的善男信女送走了自己的花灯，听着潺潺流水，仿佛嗅到了桂花的香气，以及，喉咙中竟有了苦丁茶的回甘。岁月静好，便是如此吧。“一年只能放一个花灯，你忘了神司说的？”三哥蹲到我身边。

“我哪儿记得啊，我光顾着品他那茶了，又想到年年都会有这么好的茶，就什么都不顾了。”我做了个鬼脸。“寂雪，你觉得这河水干不干净啊？”三哥问我。“当然啊。”“我也是这么觉得。”三哥道，并在我还没反应过来时，他突然撩起水来泼了我一身。我叫着跳起，佯装生气地就要把他往水里推，反被他又泼了一脚。我开始反击，双手舀了水就向他身上、头上泼，他忙笑着躲，我不依不饶，便开始相互追着跑。

不必挑明，我和三哥都明白，这段旅程，与“金枝玉叶”比起来，更像是父皇特意送给我的礼物，或者，是奖励我与三哥的，这是他给我们的一个机会，这可能是我们这一生最后无忧无虑的日子了，来日男婚女嫁、权谋争夺，再不会有如此放得下的时候了。所以，我们各自忽略心知肚明的事情，暂且做一回糊涂鬼，享一享傻人原有的傻福。

“三哥你站住，否则我就用这个糯米团撑死自己！”我霸着人家小贩的摊子，冲前面那个跑得一溜烟的人喊。三哥停了脚步，回了头，一脸戏谑，“贪嘴就直说，听过这么多借口了，就这个不着调！”“贺兰！”我怒道，“包二十个带走，看我抓住三哥，全塞他嘴里！”我命令完，又追向三哥。

四

一路玩闹地向回赶，到了含口，三哥在附近驿站住下，我只身到师父坟前，进罢香。我相信，师父不会怪我当日未敬香就走，也不会怪我未守七，他也是从权利场走出来的，他知道我有多少身不由己，有多少情非得已。

到此时，我依旧不明白师父对我是何态度，以往对我，究竟是拿我当母妃的孩子还是母妃的影子，以及我所惦记的仇恨，他是否明了。

“师父，粉身碎骨我不怕，所谓仇恨，就是要将一切都种入内心最黑暗的地方，等待它开出复仇的花来，心甘情愿。只是我担心，除了陆梦，就没有人帮父皇处理后宫事了。父皇的身体开始走下坡路，皇嗣是少不了一番争夺的，再无人帮父皇料理后宫事，父皇岂不更心力交瘁？”我跪在师父碑边，头靠着碑，“我知道，您也会担心的。”

海风竟有些寒了，尤其是日头西沉时。独孤凉不由分说地把我拉回红颜阁。“真好，我的东西你还留着，这里还像以前一样。”我坐在当年躺过的床上。

“我一直在等你回来。”独孤凉坐在床边的圆凳上，俯身帮我揉着膝盖。“如今的护心楼，是你住着？”我不想接独孤凉的那一句，便扯开了话题。“是。如今我也明白师父独坐危楼的滋味了。”他起身。

我沉默良久，这次是躲不了了，“我可以去看看吗？”他回身，“你非要去吗？”居高临下地看着我。这一刻，我仰望着他的面容，妖冶是依旧妖冶，只是寒气已收拢了纷乱的妖冶，甚至连孤傲都掩盖了。若说他以前美似九尾之狐，那如今，他的凌厉竟让他褪了稚嫩，成了狼王，一双眼睛，狡黠冰冷得都能在夜晚放出光来。而我，竟在这杀气下无处可藏，连起身或言语的能力也无，只能怔怔地坐在那里。

“想去就去吧。”他终于收了刚才的目光。我居然松了一口气，似乎刚刚被凌厉之气逼出体外的灵魂又回到体内，像狼牙之中毫无自救之力的兔子被放过一般。“我不去了，睹物思人，又是一番伤感。”我生怕再惹得独孤凉露出那种目光，忙给自己找个台阶下。他没有说话。“对了，可不可以让我三哥进含口……”话刚出口，我就意识到自己又说错话了，依独孤凉的性子，定是十分反感别人进他的属地。

他淡淡地看了我一眼。“我睡了。”我忙踢了鞋子，仰面躺在床上，闭了眼睛，免得他再那么看我。独孤凉笑了一声，“不吃饭了？难得我下厨。”我又迅速坐起来，“吃！要你最拿手的鸡油卷和燕窝薏米甜汤！”“嘴还挺刁！”

第二日，我与独孤凉坐在海边的岩石上，背靠背，我身边还放了只竹扎小篓，里面装着几块米花糖。“尝尝，我学着做的，觉得比你买的强多了。”独孤凉用后背顶我一下。“哎呀，吃着呢，果真好吃。”我回顶他一下，“我不能多待，明日可就走了，你也得好好的，别看你是师兄，该教训你的地方我也得……哎哟！”话还没说完，头顶就被独孤凉敲了一下。“你回了宫，这一辈子，你可看得清楚？”

“我清楚，倒是你，可以出含口寻个官职，以你的本事，平步青云指日可待。而且你要是帮我，我不轻松很多？”“别胡闹。”独孤凉说着，又向我头上来了一下。我知道他的性子，宁愿做着含口一主，也不愿做一人之下。

分别时，又是另一番光景，独孤凉看似不在意，却是命人装点心装了一盒子让我带走。他站在船上，目送我远去，只是我没有胆量回头去。出了含口，上了岸，再走几步看不见海了，就是一片本来无人烟的草地，我远远望见有人，也看清了那人是谁，便辞了赏心，找那人去了。

赏心也是懂事，也知是有人来接我了，便回去了。“可是等久了？”那果然是三哥。“没有，我刚到，你就来了。”三哥接过我捧的点心盒。

"得了吧，昨儿我在含口就听说了，有人一直在这儿等着呢。我就知道是你！"我做了个鬼脸。三哥将点心盒交给贺兰，伸手就要来拧我的耳朵，"你个小妮子，倒学会偷摸盯着人家了！"

我忙躲着，"以前我也不是这样，还不见你生气呢！今天怎么转了性子，非要教训我不可了？"接着就如在施焰一般了，左不过是一个追一个跑，多亏是草地，也不怕磕着碰着，累了我们就直接躺下来张开双臂反向躺下，枕在对方胳膊上。

"云卷云舒，潮落潮起，三哥，我这俯仰一世，还好能有你。"我看向三哥。"我又何尝不是呢？"三哥也看向我。终是再难有机会，这样敞开心胸，只顾彼此，褪了伪装，弃了防备。

五

闹着闹着，终是回到了皇宫。回来后的公事父皇去找三哥解决，我乐得自在，正在浣雪宫整理带回来的东西。"如何？"嘘寒问暖后，我问锦帨。"楚王这次与甘家联姻，太子那边着实是有了一番动作。"锦帨将茶水递给我，"那甘望是吏部尚书，早年丧偶，只留了这一个独女，是爱护有加。他女儿单名一个玉字，年方十七，相貌自不必说，听闻人品也不差。"

"辛苦你了。"我把东西整理好，"怎不见寞云呢，按理说她早该来找我的。"

"公主还不知道呢，奴婢看您在外，这事挺小的，也不必打扰，所以现在告诉您也不迟。"她开始笑了，"八公主跟那毕公子可能是冤家吧，这一对儿旁人都看在眼里，可他俩动不动就生个气，其实奴婢冷眼瞧着，还是咱八公主占不着理。"

我也笑了："寞云本就是这个性子，年纪小免不了脾气急些，如今好不容易有一个能让她使小性子的人，她还巴不得呢。""公主说的是。就是皇后那里不见什么动作，奴婢倒有些担心。""她定是不乐意的，毕竟那毕家不是小门户，倒是先看着罢了。"我饮一口茶，"你帮我把这些东西送去，待我收拾好了，去濯云殿探探寞云的意思，望她早脱离这个是非之地。”“是。”说罢，锦帨端了东西，直奔濯云殿。

午后，我去了濯云殿，寞云刚睡醒。

“春深，我说是吧，我不去找寂雪，她也会来看我的。”寞云对着春深打趣我。

“就你聪明。”我示意春深带人下去，自己帮寞云系上裙带，“知道我不喜欢你宫里的百合香，老早就不点了，只等我来呢。”寞云不再是一副高傲样子，笑了出来，“你都亲自来了，可不只是打个招呼吧。”

“还用我打招呼，回宫的时间你们不早知道了？我今儿就是闲来无事，想听听你这个小丫头有没有婚嫁的意思。”我拉她坐下，巴巴地把耳朵凑过去。“说什么呢，哪有啊！”寞云将头转向一边。“是吗，那个毕……”我装作想不起名字。“铮。”寞云道，一脸对我的不满，“那就更没有了，整天惹我生气。”

“什么，敢惹我们寞云？”我佯装生气，“不行，我得去回了父皇，非打他八十大板不可。”说着就要起身。“哎呀寂雪！”她忙拉住我，“没那个必要吧。”“什么没必要，他也不看看他惹的是谁，你可是璐麝的公主啊。要是父皇不管这事，我替你出这口气！”“寂雪！”这次成了撒娇。“瞅瞅，舍不得了不是？”我不再逗她，又坐下，“你可得安分点，若是父皇知道你这样打打闹闹的，不剥了你的皮还不剥了毕铮的皮吗？”寞云只嘟起嘴，没有说话。

晚膳被父皇叫了去。“玩得好吗？”待菜布好了，父皇退了众人。“好，好得不得了，待明年南巡，父皇也能再赏一赏南国风光了。”我盛一碗鸭肉粥给父皇。“是玩得太好了，把朕给忘了吧？回到宫里也不知道多陪陪父皇。”

“您这可就冤枉儿臣了。且不说儿臣风尘仆仆不便见人，得收拾一番，那一摊子施焰的事您还不得跟三哥和众大臣商议，儿臣像个膏药似的贴着您不放也不好，再说寞云那丫头也不让人省心。”我挑了眉毛。

“寞云又怎么了？”“父皇您又揣着明白装糊涂。”我托着腮，“这么多事哪件您不知道，左不过是清官难断家务事罢了，更何况还是这样小儿女的事，寞云年纪又小，多花些时日也应当。”父皇笑得更开心了，“这是个真明白的。”

“哪能不明白啊。近下事忙，三哥大婚，南巡要准备着，施焰那儿还没稳妥，儿臣不才，不能为父皇分忧，但寞云的事还是能帮些忙的。”我看了眼父皇，“依儿臣之见，是让寞云与那毕铮且处着，父皇您权当不知，她心意定了再做打算不迟，心意不定也就装作没这档子事，省得牵连甚广。”

“还真是明白。”父皇道，“也好，一是能多些了解，二是在暗里，寞云的名声也没什么影响。”这一顿饭的工夫，我与父皇就悄悄达成了默契。

六

入了秋，三哥的婚事都安排得差不多了，我特意央求了父皇，让我去安排三哥府中的装点。整个楚王府都是张灯结彩，上到管家，下到仆从，无一不是喜上眉梢。只有三哥，一身锦衣素服，背着双手，面无表情地看着这群忙碌的人，有人来向他禀告些关于婚礼的事，他也不说什么，就一味交给我与管家，仿佛与他无关一样，他那淡漠的表情，毫无半分大婚前应有的喜悦。

我将三哥拉入书房，关了门，按他坐下，自己则蹲在他的膝前，这样他可以看清楚我的眼睛，从表面一直到内心，一览无余。“三哥，甘望曾是榜眼，如今位列吏部尚书，我们在明处的势力才有机会与大哥和五哥抗衡。关于他女儿甘玉，我也打听过了，说是生的貌美，性子也好，你也不必担心娶个悍妇，她出自书香门第，府里也放心。”“是啊。”三哥冷笑一声，“她本想将我府中的桂花用海棠花代替，却因我一句否定，她就再没提过。”

我从不相信官宦之家的女子会有不谙世事的一面，只不过是涉世深浅的区别罢了。堂堂吏部尚书，又只有这一个女儿，定会为独女寻个好归宿，莫说持家之道，就是为人之理，也得熟稔吧。那面上的温和如玉，从来就是为掩着底下的毒如蛇蝎。

“你看这窗外的桂树，无论我再怎样苦心劳力，终是比不过你宫里那棵。这份无奈，恰如无论我多爱你那桂树，也止不住北风对它的摧残。”三哥将他眸中的悲伤渗进我心里。

“那棵桂树之所以种在浣雪宫，是因为浣雪宫原是温泉，现虽已无温泉，但地气仍较为暖湿，宜桂树生长。你若真心爱那桂树，就不应希望它在寒冬开放，放任自流、信马由缰才是最好。”我试图用自己眼里的温暖去逼退三哥的悲伤，“对待一个人有很多种方式，或可盼其静放，或可远闻其清，或心下不忍，撷了入食，使其与自己血肉相连，于她，于自己，未尝不是一种成全、一种厮守。所以有惜春伤春的，有无奈落英的，有护红颜的。我们的所为，皆发自本心，只是无奈能力强弱罢了。若桂树有心，定会为你祝福；若桂树无心，你也不必再执着。”

“那寂雪，你会祝福我吗？”三哥眸中的悲伤融化了些。“自然是会的。且放下大业不谈，至少，在寂雪看不到你的时候，心里会想着，有个人代寂雪照顾你，你能宽慰些，我也能安心些。”三哥拉我起来，“有你这番话，我也得高高兴兴娶甘玉进门。”三哥说完，去试婚服了。我含笑目送他离开，心里却是苦涩难耐，这便是天家了，为着所谓大业，连内心都弗能从。我竟有些后悔帮三哥去争什么皇位了，让他这样难受。但转念一想，连作为庶子的四哥都不能掌控自己的感情，更何况有资格夺储的、身为嫡子的三哥呢，若他不这样做，若将来非我们成事，那我们又有怎样的下场？其实，我们根本没有任何选择的余地。

三哥的婚宴，自然是热热闹闹，除却顾着父皇亲自指婚、三哥是嫡子的原因不说，王公大臣也要给那吏部尚书三分颜面，自然，作为出席者之一，我是吃不饱的。“寂雪，你说换我出嫁，会不会也是这样？”寞云坐在我身边，笑得真心，丝毫不管甘望对三哥势力有何影响。“当然，会更好呢。”我答着，也忘记了所谓的权位争夺。

“你怎么了？”寞云察觉到了我的异样。“无事，就是这场景太美了，我有些醉了。”这金碧辉煌、郎才女貌，如何能不醉呢。他日云鬓花颜金步摇，芙蓉帐暖度春宵。我这样一个局外人，也该替他们醉的。

此刻，我真的暂且放下了夺利之心，目中只有这对新人，只有三哥。我的三哥，你会开心吗，你此时的笑容，有几分是由内而发，又有几分是迫不得已。你的心，此刻暖了几分，又有几分是寒。将来，你是会更轻松一些，还是更辛苦一些。我虽是知道答案，但也无能为力，连伸一只手都要比之前思量再三。

三哥，这样做，是不是就等于我一半自愿一半被迫地把你让出去了，或是一半，或是更多，以后无论你做什么，第一个想到的女子，就不再是我了。

三哥，若你以后有了什么不快或是为难，为你解围斡旋、排忧解难的也多了一个人，只是陪你饮酒的、月下相诉的，不是我了。

三哥，以后我跟你在一起时的举止做派也得注意了，毕竟多了一个看在眼里的人，你的王府，我也不能肆无忌惮地溜进去胡搅蛮缠、耍赖撒泼了。

南国的阳光，那种骨子里的风情柔和，我们这些势利场上摸爬滚打的北国人哪里消受得起，只是片刻的情谊，也是难觅了。

七

三哥的婚事落幕，接下来，就是寞云眼巴巴盼着的自己的婚事了。听闻父皇午睡后无事，我便携了新沏的茶到了麝华殿。“今儿又换了新花样？”父皇遣了下人，饮着茶。“是啊，儿臣今日见梅花待放，似是好兆头，又念及近日燥得不行，便采了些，用夏日收的荷上露水沏了，给父皇降降火。本也有山楂枣泥糕酸甜醒神来着，却被寞云那丫头先抢去了。”我坐在父皇对面。“那丫头真是越发贪嘴了。”父皇笑道。“这是父皇疼她，儿臣也疼她，这不，有件事要向父皇禀告呢。”“说来听听。”“父皇这般心明眼亮，寞云这丫头的事哪能瞒得过您？儿臣也就不兜什么圈子了。儿臣虽为寞云的姐姐，但父皇金口玉言要多留儿臣几年，寞云可就怕了，依着儿臣，倒不如先把寞云的婚事定下来，遂了那丫头的心思，也了了父皇您的心事。儿臣知公主出嫁是件大事，最近父皇又比较繁忙，您若是放心，有些事情，就交给儿臣来督促着，像是置办个嫁妆、府邸的家伙之类的，而那选婚期、定封号的大事，自然是父皇定的。”父皇笑着，向我招招手。我便起身，坐到父皇身边。

“你啊，整天为着寞云跑前跑后的，也不知累是不累。”父皇拍着我的头。“姐姐为妹妹出力，自是应该的，哪有累或不累的说法呢？”“等你出嫁的时候，你这些兄弟姐妹都成家了，到时候，朕怎么给你安排呢？”“那儿臣就不嫁嘛，一辈子缠着父皇，甩都甩不走。”父皇笑着摇了摇头。

黯黯宫室，唯有些许时候一个不留神流露出来的真情，成了暖人心的良药，也就是有人，为着这些吊着命的良药，愿赔上一辈子进去。

没过几日，寞云行了及笄之礼，封了静思公主，婚事也就定了。只是来年父皇要南巡，典礼要拖一拖，反正选吉址建公主府还要一段时间，故也不急于一时。

第五章

指尖蝶

蝶恋花

蝶懒莺慵春过半。花落狂风，小园残红满。

午醉未醒红日晚，黄昏帘幕无人卷。

云鬓鬅松眉黛浅，总是愁媒，欲诉谁消遣。

未信此情难系绊，杨花犹有东风管。

一

我璐麝之所以取如此国号，是因为我国南部有天下最繁华之地，名为麝城，是祖先始兴之处，最后定都在了璐城，于是国号为“璐麝”，这也就是宫中上朝的璐华殿与父皇寝宫麝华殿的来源了。

璐麝向来有个规矩，即君主登基后，若是四海升平，并未有何动乱，且国库充盈、百姓和睦，都是要南巡至麝城的，为显不忘祖宗基业，又表勤政爱民之决心。父皇十七岁登基，而今已过二十六载，这些年事多，并未有适当时机，如今时机正好，南巡也是自然了。

这次南巡可谓浩浩荡荡，宫里的人竟都出来了，除了四哥，京中的皇子也都来了。我与寞云只带了春深等一两个濯云殿信得过的人，留锦帨照管浣雪宫和濯云殿两处，父皇还把毕家人留在了京中。我明白，这是父皇留给我和寞云的玩乐时间，与我和三哥在施焰是一般的。

一路上，皆是磕长头的百姓，我看得出，他们或羡慕、或感叹，只是他们哪里知道，光鲜亮丽的外表下，总有真相在冷眼旁观，仿佛绝美的华裳着于娇艳的佳人身上，当真是楚楚动人，但那种浸入肌肤的暗伤只有自己知道。每一次的相聚，看似和睦的气氛下，旁人又怎能晓得暗地里是怎样一番血泪四溢。

与一旁欢天喜地的寞云相比，我自然是高兴不起来的。寞云觉察到了我的情感，便放下窗帘，坐回我身边，“我说，你也该为自己的终身之事好好想想了。整个皇宫，四哥是说的最准的，五哥那里皇后还张罗不过来呢，我又要出去了，你还比我年长，再等下去，可就老在宫里了。”

我偏了头看她。“寂雪，父皇疼你不假，但也不可能一直由着你的性子。你现在年轻，再过个二三年也就不年轻了，到时候父皇忧心不说，没准儿得亲自给你指门婚事。以你的本事，断不会受什么委屈，但若嫁个不入心的，岂不一辈子难受？”寞云难得这般苦口婆心。

“我都知道，不过这事也强求不得，走一步且看一步吧。”我点了下寞云的鼻子，“眼见这是为人妻了，可不是那闺中小女子的玩笑劲儿了，说话都有大人味儿了。”“狗咬吕洞宾！”寞云啐我一口，离了我，再掀窗帘，巴不得把头伸出去。

其实寞云说的这事，二姐也在知了寞云婚事后来信提醒我了，可我也毫无对策，只得听天由命，况且，我此刻心中只惦着寞云的婚事，别的也不顾。

第二日上午，到了麝城行宫，迎接的官员命妇足足站了一条街，看热闹的不下万人。父皇拉我在手边。外面看行宫没什么特殊之处，只这名字不似寻常，叫“南山”。

“这便是祝贺皇上寿比南山了。”陆梦先道，“果真是好名。”“母后所言不假，但儿臣觉得，此‘南山’寓意颇深。”我看了眼父皇，便说下去，“其一,《尚书》中云：归马于华山之阳，放牛于桃林之野。借马放南山，意天下太平。二则出自《诗经》：如月之恒，如日之升，如南山之寿，不骞不崩。借南山之寿，祝父皇之康健。”我福了福身子。

“听听，也不知你平素都干了什么，竟将这些文章吞进肚子里。”父皇大笑着，“近日看你似霜打了般，毫无生气，今儿算是见着太阳了！”“要不是前些年每每听着三哥学这个，耳濡目染，今日儿臣也诌不出这些来。”我挽起了父皇的胳膊。父皇笑望了眼三哥，在行宫中人和官员的簇拥下进了行宫。

这南山与皇宫的建筑迥然不同，甚少有皇室尊荣气派之感，倒像是一个世外园林。假山林立，植木奇生，花团锦簇；铺路少用大石板，而换了造型奇特的石子路；院落并非方方正正，而像是任意划得界线，奇形怪状，竟没有丝毫拥挤；各个院落凡是经水的，或用矮桥相连，或架木板桥，甚至有的直接从水中立几根圆柱子供人行走。

就连住处的名字都颇有仙风。如父皇居“昆仑”，于南山中唯一的山上，地势最高。宫殿的台柱上所雕刻的，并非宫中一般的龙，而是陆吾,《西山经》中黄帝派去管理昆仑山的神兽。宫门面东，门兽为开明兽。所植并非仙树，却是被匠人们精心修剪，大有神物之态。果真乃天帝居所。

我与寞云住在了名为“桃源”的园中，名副其实，这桃源中果然是桃树遍布，落英缤纷。我从未见过此景，含口种的是芍药，自不必说，御花园里倒也有这么多桃树，但每时每刻都有人打扫，从来不见如今日般遍地落花。一切尽在淡粉之中，竟迷了我的眼，一时分不出这究竟是人间还是仙境。不知落英缤纷之际，铺席于树下，曲水流觞，对酒当歌，仰观宇宙之大，俯察英落素裙，该是怎样一种心情。

父皇嘱咐我们要事事小心，不可太过造次。我与寞云也听得明白，至少有我在，还不至于太“造次”。春深带着一干小丫头去行宫外马车上收拾东西，因行宫中服侍的人少，可主子又多，少不了多费些时间，一时半刻回不来，我与寞云打算出去逛逛。

“二位妹妹还真[illegible]中的桃花比昨日的还要好看，五哥就来了。“难得[illegible]想多逛逛。”我走近几步，停在寞云身前，略略挡[illegible]传话的，父皇都让你们谨慎些，母后就更得注意[illegible]，“八妹，若不是你的莽撞性子，父皇也不会让七[illegible]宫’去了！”

“你这话是何意[illegible]去蟾宫？”“你别急，五哥也是一番好意。”我拦[illegible]那所有我识得的人中，只有五哥的资质能让我邀[illegible]得那伐桂的吴刚虽是整日劳苦，却是徒劳，所以[illegible]空之时，亲在蟾宫折枝桂给你，既显我本事，也[illegible]哥可得消受得起啊。”我笑了几声，拉着寞云回[illegible]

待更衣后，春深[illegible]发现被锁在了院里。“定是老五那个坏得似蛆的[illegible]这门踹开！”“你可别，我也不敢。”我再次把寞云[illegible]枝花损棵草的没什么，这么明晃晃地糟蹋东西，[illegible]来了开了门也不早了，还是明日去玩得好。”

寞云却是不愿的[illegible]去翻春深的行李，最后丢了件宫装给我，“快换上[illegible]墙出去，宫女不就行了，这里又没几个人认识咱[illegible]想虽有不妥，但这也可能是最后一次与寞云这[illegible]，倒也不错。

走到墙下，我先[illegible]也是桃花遍布，应是下人的住处，那树下隐约[illegible]你在看什么？我可没有什么轻功，你还不快拉[illegible]嚷嚷。“小点声，那边院里也不知是什么人，露[illegible]把寞云拉上来，待她站好，又转身跃下去，伸出双手，“下来吧！”

寞云也着实大胆，想也不想地就跳了下来，我虽是用力抱住了，但她的双脚重重落在地上。寞云落地的声音惊动了那人，他猛地转身，惊起了身后的一片蝴蝶。我突然怔住了，因面前这着实的一番美景。

这人真的，并不是太出众。若说是那双桃花美目，独孤凉也有一双，甚至更美，可我从未上心过；若说是一身的英气，他又着实比不上穿了盔甲的三哥，雄姿英发；若说是一尘不染的白衣，四哥也不知穿过多少次了，潇洒俊逸之风完全能盖得过他。可偏偏，这缤纷落英，这翩跹蝶舞，就只在他身边出现，醉了我的眼。寞云悄悄扯了扯我的袖子，把我的思绪拉回来。

“你是何人？”我看到那人腰边的佩剑，又看他不是侍卫装扮，不禁起疑，挡住了寞云。那人不答，左手却是握住了剑鞘。“去喊人！”我低声对寞云说。寞云忙跑去了。那人拔剑向寞云刺去，速度极快，我只得顺手折了枝桃花挡住。“快去！”我对寞云喊，手中的桃枝已成了两截，我忙抽出左袖中的短剑，再次挡住寞云的方向。

那人又举剑向我刺来，剑术相当精湛，有时我都难以挡住，只得凭着轻功躲过，同样又凭着轻功向他攻击。由于我手中的剑太短，被他找到破绽，他一剑刺来，我奋力以剑相抵，因气力及不上他，被逼地步步后退，直到后背重重撞在了桃树上，撞得桃花纷落。

那人一愣，瞥到了我短剑上刻着的“菁楠”二字，“你是何人？与当年的菁妃是什么关系？”我还未张口，寞云就带来了众人和侍卫，那人收了剑，又看了我一眼，施轻功逃走了。“寂雪！”父皇见我欲追，忙喊住我。我方意识到，自己和寞云还穿着宫女的衣服。收剑的同时，我看到了刚刚那人立足的桃树下飞舞着一只白蝶，翅膀上面写着“焚”，我不禁攥紧了袖口，悄悄看了寞云一眼。所幸，寞云没有注意到。在场的人也没有注意到。

昆仑宫，我与寞云立在殿中央，父皇和陆梦坐在上面，大哥、三哥、五哥立在一旁。“你们这样穿着是要干什么去？”父皇问道。“回父皇的话。”我抢在寞云前面道，“春深几个丫头都不在，儿臣和寞云本打算自个儿在行宫里逛逛，可不过更衣的功夫，也不知是哪个不知天高地厚的东西，竟没了王法地锁了我们在院子里。”我瞥了眼五哥，他听了这话正瞪着我，“儿臣担忧会有何不测，又怕贸然伤了体面，就想着换了宫女服饰翻墙出去看看，还不放心留寞云一个在院中，就索性带她一起去。”

“寞云，可是如此？”父皇问。寞云自然是这样说。陆梦轻笑一声，“寂雪这孩子还真是心细，为着寞云劳心劳力……”

“寂雪这般是应该的。”我打断了陆梦的话，“不过母后和五哥还真是母子连心，前些时候五哥也跟寂雪说了这番话，还说要是寞云不是这性子，寂雪就不必这样费心，独住蟾宫去了，寂雪还打趣五哥要帮寂雪伐桂呢！”我笑道。

父皇瞥了五哥一眼，陆梦亦是，五哥低了头。“父皇。”三哥走上来，“经这一事，想来父皇也疲累了，定也有事要再做安排，儿臣等还是退下吧。”父皇点点头。“皇后也回瀛洲吧。寂雪留下。”

我便微微垂首等众人离去，再向离开的陆梦福身，终于只剩我们父女二人。父皇招招手，我便坐到了父皇身边。“对今日的事，你有何看法？”父皇问我。

“刺客来历尚不明确，儿臣从未见过此人，但他的杀意明确，应该是……”我没有往下说，而是看着父皇，“想来他对这南山并不熟悉，也无内应，否则不至于在桃源附近流连。他的剑术极为精湛，儿臣抵挡不住，但若比起轻功和暗器，儿臣还是有把握的，若换了长剑动起手来，至少是个平手。儿臣想，明日父皇设宴，这是众所周知的，他必会出现，虽要安排侍卫，但父皇近身，还是要时时刻刻安个放心的人，儿臣请求明日再扮作宫女，保护父皇。”

父皇沉思良久，“明日，朕还想让你跳舞呢。”“儿臣跳舞？那那些舞姬是做什么的？”我话刚出口，就明白了父皇的用意。其实父皇的想法与二姐、寞云是一样的，左不过是要我找个驸马，平时我甚少抛头露面，这次父皇便逼着我露面，也给那些人一个机会。

“不跳不行吗？儿臣觉得还是父皇的安危要紧。”我开始撒娇。父皇端起茶杯，“这样吧，把你的舞安排在最后，跳舞之前你扮成宫女在朕的身后。”我明白，这已是父皇最大的让步了，“多谢父皇了。”我嘟起嘴，把父皇的茶抢过来，“搁这么久了定是凉了，儿臣再沏新的来。”

二

“你身体根本就吃不消，虽看起来生龙活虎的，但外强中干你自己心里知道。你以为做个宫女就这么轻松吗？”寞云听我说了这件事，又开始教训我。“我只问你，父皇安危和我的身体，哪个重要些？”我问寞云。“你少这么唬我，那么多侍卫将军，还能保护不了父皇？”“宴会上他们可在离父皇二十步开外啊，真有什么不测，他们可来得及上前？与父皇最近的，就只有父皇身后掌扇的宫人，苦累是有些，但至少保得父皇啊。”寞云听了，没有再说话。只要春深给我找些最舒适的宫装来。我望着寞云忙碌的背影，暗暗在心中乞求，这个“焚蝶”，不是如家的“焚蝶”。

园中宴上，众人皆有座席，身边置着冰，身后有宫人执扇，而我则立于日下，一动不敢动，双脚都有些麻木了，连汗珠淌下都不能擦一擦，只能任凭它缓缓滑过脸颊、脖颈，没入衣襟。

整整一个上午，什么动静都没有，眼见着都要到我的舞了，我不禁开始担心，他知道是这个时间吗。若是知道，那一定有人给他送信，昨日我判断没有内应就是错的，但也许只是这个内应不够资格知道南山的具体位置，所以他昨日才得来看看。

可能根本就是我判断失误了，我不能跳舞了，我要一直在这里守着，否则若趁我换衣服的时候有个什么差池，后果不堪设想。来替我的宫女已在席旁等我了，我却未动。

父皇咳了一声，这是对我的命令。我充耳不闻。父皇又咳了一声。我无奈，只好与那宫女换了，又以最快的速度穿了晚霞留仙裙，也只是把头发简单挽髻，连脂粉也不上、发饰也不添地回来了。

丝竹响起，是我熟悉的旋律，起舞的瞬间，刚刚还紧紧绷住的神经突然就放松了。这次的舞，与以往跳的不同，此刻，我想我明白了当年母妃舞于丁香花丛中的感觉，席上的人早已被飞舞的花瓣遮掩，目之所及，只有自己想见的那人。彼时，母妃是满目丁香，此时，我却分明看到了桃源满世的桃花。我感到自己穿梭于缤纷落英之中，恰如周公梦蝶，我竟分不清，究竟我是蝶，亦或蝶是我。醉情处，远方房上的白点让我的理智苏醒。是那人。理智的复苏都无法让我忽略刚才心底一闪而过的欣喜。

“保护皇上！”不知是谁喊了一声。侍卫冲了出来。那人施着轻功，越发近了。我自始至终都未停舞，纵使连丝竹都停了。我的双手拂过腰间，四指抽出腰带上的毒针，射了出去。那人闪过，不得已落了下来，与侍卫打斗起来。我继续舞，双手不断拂过腰间，毒针不断射出。那人一边对抗侍卫，一边或挡或躲我的毒针，渐渐支撑不住。

我腰带上的毒针已用尽了，便拔下挽着发髻的金簪，射了出去，头发全部散开，我方停了舞。那人的剑挡住了金簪，力气之大，竟将金簪震为两截，他瞥了一眼地上的金簪，跃上房顶逃去。侍卫追不上他。“剑！”我对寞云喊。寞云忙将食案下藏着的长剑扔给我。我接了剑，追了那人去，权当没有听见三哥的呼喊。

追了许久，终是在一片树林里，他停了下来，我也停了下来。“你可是，如焚蝶？”待他转身看我，我盯着他的面容，极不情愿地去找寻他与寞云可能相似的五官。“我是。”他亦是盯着我，丝毫没有动手的意思。我垂了眼帘。“你既猜到我的身份，为何不告诉皇帝？”

他的问题着实难住了我，我也是此时才发现了这事。昨日我就猜到他的身份，可是有意无意没有向父皇或寞云提起，不是忘了，不是戒备，而是，出自两方面的担心。想到这里，我居然开始心虚起来。

“我是个刺客，你难道不想杀我，或者，不怕我杀了你？”他见我没有回答，便问了另一个问题，竟然不是昨日他问过的母妃短剑的问题，还好，否则我也不知该怎样回答。我回过神来，见他看着我手中的长剑，“我没想杀你，除非你做的真的太过了。”我转身，施轻功而去，没有给他留下问我身份的机会。

回去后，我只告诉父皇说刺客太熟悉地形了，我没敢一直跟着。父皇还说我做得对。我望着面带微笑的父皇，没有再多说什么，内心隐隐不安。

以后的几天，无论是出巡还是游园，我都扮作宫女陪在父皇身边，若是出巡就随轿，若是游园就执扇。自上次设宴后我就略微不适，虽也有方太医和自己研究方子，可还是没什么起色。寞云一次又一次劝说我不要再这样了，可每每都被我教育一顿，她也无奈，只好帮着春深给我上妆，尽量不让别人看出破绽。父皇对我的脸色是看得一清二楚，一次两次劝不听后，他也无法，只得由着我。

终是一次随轿时，我一个撑不住，昏倒在了烈日下，倒地之前，似乎有很多人跑来扶我，当时我还担心，焚蝶会不会在附近。当我醒来时，床边还有一大群人，一一应付了之后，我示意春深带人出去，让寞云坐在我床边。“寞云，我问你，你有没有听说过你母家的事？”我问她。“如家曾经密谋造反，株连全家，我那尚不足周岁的表兄，因菁娘娘的劝说得到父皇赦免，可是如此？”“是如此。”我低下头，不敢告诉她当年的实情，“如果我告诉你，刺杀父皇的人，就是你的表兄，你会告诉父皇吗？”寞云吃了一惊，却知道我并非玩笑，沉思了一会儿，“不会。”斩钉截铁。“那就好。”我松了口气。

寞云突然用右手抬起我的下巴，将她的脸靠近我的脸，紧盯我的眼睛，“我知道，你有一部分是为我着想，那毕竟是我母家唯一的后人了，可我不便与他有什么联系。但是，”她离我更近了，我都能看到她眼睛里的我，“寂雪，你别喜欢他，你不用否认，我是过来人。这些年咱们俩算是相处最久的，我深知你的眼神和表情。你今天的这个眼神，我从未见过，但我知道这意味着什么，我不会说，我会帮你也是帮我保密，但你心里比我明白，你们不会有结果的，所以你别往下陷了，到时候东窗事发，你们两个都有麻烦。”

我没猜到寞云竟能想这么多，也没想到自己竟能被她看得这么透。我垂眸，握住她的手，将她拥入怀中，“我心里有底，你放心，你好我就好了。”

春深回来时，带来了一只瓷瓶，说是有个女子送来的。我接过来，闻了闻，便知是谁了。是独孤凉派人送来的。想来他又不知道用怎样的办法混进来了。我又问了春深送东西来的女子的相貌，果真是赏心。

只是独孤凉的这个方子我与方太医也曾试过，没什么成效。以独孤凉的心性，若他还未放下我，定会对焚蝶不利的。按独孤凉的习惯，他必会扮侍卫，但因行刺一事，每日侍卫们定都要接受极严格的检查，所以他应在客栈。我让春深把三哥找来。三哥一看我的表情，就猜到了几分我的目的。

“三哥。”我从床上探过身把他拉到床边，示意春深下去，“帮我个忙吧。”

“你又有什么鬼主意？”三哥极不情愿地坐下。“也不是鬼主意啊，就是我的那个师兄，长得很好脾气很差的。他这次可能又悄悄跟来了，你派人帮我去客栈找找他们，应该是一男一女，那女子是赏心，你也见过的。”我像只猫一样蹭着他的胳膊,“帮我好不好?”

三哥一把推开我的头,“你那个师兄是怎么回事,含口那么大,璐麝也那么大,干嘛有事没事非跟着你,你又对他是个什么想法?”“哎呀,三哥你该不会也跟父皇寞云一样的心思,巴不得早早把我嫁出宫去吧?”我嗔怪道。三哥凝视我片刻,那个眼神,温柔得似乎能闭了日月。“不会的,我会让你自己选,你怎么高兴怎么选。”我嘟起嘴,“那三哥你快去吧,我好早日轰他走,省得你心里不自在!”三哥戳了下我的额头,“你啊!”

第二日,我刚被方太医允许下床,三哥那儿就有消息了。我忙赶去客栈。“师兄!”我一见到独孤凉,就忍不住上去撞他的肩,“你这么跑来,弄得我很难受啊。”

赏心上了茶,退出房门。“臭丫头,我好心好意地来了,你反派人来查我!”独孤凉一把拽过我,提着我的两只耳朵。

“哎呀,我也是担心你啊。”我左脚向他的右脚踩去。独孤凉敏捷地躲过了,反手一个指节敲在我的脑门。他就是这样,性子捉摸不定,乐得不拘小节的是他,肃得不苟言笑的也是他。至于我,就随着他的性子便是了。

“担心我?”他又敲我一下,“遭遇刺客的是你,暴晒的是你,心血来潮追刺客的是你,自作聪明扮成宫女昏倒的还是你。”又一下,“你倒说说是谁担心谁?要不是觉得你留那刺客有用,我早就替你解决他了。”

“谢啦谢啦”,我抱着头,“你看你都知道我这么辛苦了,还打我!”“好了不闹。”独孤凉提着我的耳朵,让我坐在镜前,重新理着我的头发,“听说你是唯一被剩下的公主了,还不是最小的,你也不为自己想想?”“用得着吗,随我高兴呗。”说到这儿时,我突然不敢看镜子,“惹急了,我上次往南跑,这次就往北跑呗!哎哟!”独孤凉在我后脑勺拍了一下。

“赏心赏心!”我喊道。“怎么了?”赏心忙推门进来。我推开独孤凉,“你快把你家主人带回去,拿我脑袋当门板吗,又是敲又是拍的。”我利落地用一根簪子固定好发髻,把独孤凉往门外推。

“小姐,主人这也是担心您啊。”赏心知我是在开玩笑,笑道。“我不管!”我又推了独孤凉一把,“好个鸡口牛后的君子,你好好地在你的鸡口我还挂心,这会儿跑我牛后来了,让我如何过意的去?”“你真过意不去啊?”独孤凉正了色,问我。“当然。”“那我明日走便是了,省得咱们寂雪前怕狼后怕虎的!”他笑道。

我自然听出他在嘲笑我这两日的战战兢兢，“不管你了，精明得你不可一世！”说罢我做了个鬼脸，拉着赏心下了楼。“您说吧，我听着呢。”赏心见我探头看了看楼上，对我道。“当日收留你们四个，我给你们取名四美图，唤你‘赏心’，再看你今日受师兄器重，想来你也明白我看好你了。含口说大不大说小不小，以师兄的本事管好含口是绰绰有余，只是他自己，还需要有人管，你明白吧？”

赏心只是笑。“罢了罢了，想来你也会把我对你说的话转告给他，我不多说了，只告诉他我很好就行。”我将一盒桂花糕塞在她手里，风风火火地走了。

次日，听闻独孤凉真的走了，只让赏心送来了一瓶按师父留的方子制的金创药，让赏心转告我不要太过鲁莽。“真难得，还有人说你鲁莽，我还当所有人都以为你老谋深算呢！”寞云打趣道。我立马去捏她的脸。寞云挥手让春深下去，又手脚并用地挡住我，“我说你为了焚蝶，这样对一个情深义重的人，你也忍得下心？”我收了动作，“我不想他这样啊，而且他人戾气那么重，让他知道有焚蝶这事，非得天翻地覆不可。”寞云撇了撇嘴。

三

尚能活蹦乱跳，我就又跑到树林中去了。我深知寞云的想法，也控制着自己把儿女私情放一放，但今日还是不由自主地去了，对寞云、对自己，都说是探一探虚实。这是林子的气息，是最纯粹的，叶香、草馨、花馥交融在一起，比奇楠的味道还要醉人，再加上有彩蝶起舞，若有阡陌交通、鸡犬相闻，这才是桃源。

“你又来了？”我正出神，焚蝶就出现了。“是啊。”我将蝶引到指尖，按捺住心中的冲动。“看样子，你身子好多了。”我点点头，“多谢关心。那日我昏倒时，似看到了你。”我试探着。

“怎么可能？”他笑了，“我距你足有百步，再说当时这么多人围着你，你如何看得到我？”我的试探有了结果，看来，自己这几日的辛劳还是有效的，能让焚蝶离我百步开外，离父皇，也有百步之遥。“三天后就要回京了，你，会不会停手？”“不停手，就是到了皇宫也不停手。”他坚决道。“你现已露了面，如何再动手？”我早就认为他不蒙面就是表示必死的决心，这次他又这般坚决，我不得不开始防着。“我可以做侍卫。”“你想着侍卫是这么好当的吗？你这次行刺，宫中再挑选侍卫必会极为谨慎小心，若再有一两个人认得你，你不仅入不了宫，性命更是堪虞！”

“我可以毁容。”我一听气急，暂且扔了理智，只顾上去推他一把，“你是不是疯了！”怎么可以，这样一个惹得桃花纷落、引得蝶女翩跹的人，怎么可以毁容。推过后，眼泪莫名出来了，我才意识到是自己冒失了。焚蝶愣愣地望着我。

我有些不安，想赶快逃离，可双脚似被他的目光锁住，如何也抽身不得。焚蝶一把将我拥入怀中，力气之大，仿佛要让我们的骨头嵌在一起似的，使我无法呼吸，无法思考，无法挣扎，无法想起自己的身份。“请你告诉我，你究竟是谁，不要让我这般提心吊胆，又魂牵梦绕。”他的气息，在我的百会穴上串流着。他这番话，如苍穹之雷，一声震耳，将我的呼吸、思绪都惊回来了。“明日，此时，此处，我都告诉你。”我挣脱了他的怀抱，头也不回地跑走了。

欧阳寂雪，你到底在做什么，你明知道你这样做性命也是堪虞，怎么还能糊涂到说出这番话。欧阳寂雪，其实你很明白自己在做什么，你左不过是赌一场罢了，赌一个男人的心，看看他那颗心里，究竟是爱更多，还是仇恨更多。但其实，你根本就是知道结果的是吗？但其实，你就算知道结果，还是紧咬住那丝希望不放不是吗？

“我这个表兄真是蠢到什么地步了，你的身份都这么明显了，他竟还看不出。”晚上，寞云歪在榻上，吃着桂花糕，“最蠢的就是你了。”她起身，恨不得把引枕砸在我头上，“我跟你说的什么，你竟一股脑全忘了，没有结果的。你这样也就罢了，还说明天告诉他你的身份，你是不是也疯了？”

我靠在高几旁，“我若不说出我的身份，保不齐他报仇之心未泯，再出个什么事。我说了出来，他多少也有个忌惮，不会入宫了。”“你就不怕他杀你灭口？”“不还有你吗？”我饮一口苦丁茶，蹙眉，又舒展开，“我就不信，你会为了保住你表兄而不顾父皇安危。”这也是我当初将焚蝶身份告诉寞云的原因，若我真有什么万一，至少还有她能顾及父皇安危。

“你个糊涂人，我是担心你啊。你这是拿你的命去赌，你赌的不仅仅是父皇的安危、焚蝶的仇恨，你更想看看他对你的情意！”寞云道。“一语中的。”我看向寞云，“你真是长大了。”“你却是越发幼稚了！”寞云终于把那只引枕向我扔了过来。

这日，我褪了宫装，换了曳地百花纱裙，往林中来。每走一步，全不似先前的欣喜，反而多添了担忧思虑。我驻足，满心忐忑，等着。一袭白衣走来。“这次，你不一样了。”他惊讶地望着我，“你是谁？”“告诉你我的身份之前，我有别的还要告诉你，是关于寞云的事。”我攥紧袖口，强迫自己盯着他的眼睛，“她虽知道当年皇上下令诛杀如家，但她一点都不恨皇上，她一直都确信是她的母家谋反在先，所以皇上也是迫不得已，所以皇上没有为难如娘娘，没有为难寞云，还留下了你。其余的寞云什么都不知道，她以她的身份、她的父皇、她的出身为荣……”

“好了，你只说，你是谁？”焚蝶打断了我，一开始的惊讶早已成了愤怒。“我，是寞云的姐姐，璐麝的七公主……”焚蝶一剑向我刺来，剑尖在我颈前一寸处停下。“我是欧阳寂雪。我知道你比寞云知道得多，你知道当年是我母妃、是莫家推波助澜，才使你们如家家亡的。”我道，“只是寞云从不知道。你作为她的表兄，她是你唯一的亲人，你也应该瞒着她，她就要嫁人了，请你不要去打扰她的生活，不要使她为难。”焚蝶瞪了我片刻，欲收剑。我用左手握住了剑刃，不让他收剑，“我请你，不要去伤害父皇，他是一国之君，不仅是我和寞云，整个璐麝都不能没有他。我是他最宠爱的女儿，他最喜欢的孩子，你若真想报仇，就杀了我，我是你两个仇人的女儿，是你最应杀的人。无人知道我今日来找你，我要是死了，没人找得到你。”

“你放手！”焚蝶吼道。我都能感到他握剑时的颤抖，“请求你。”他想用蛮力收了剑。我的右手也握住了剑刃，“你难道就不能把仇恨放下吗？”话刚出口，我就感到这句话是多么可笑。我面对陆梦带给我的仇恨，都选择如此不择手段地去报复，手段更卑劣、更险恶，我又有何资格去要求焚蝶？何况，他受的伤比我深，做的抉择比我更艰难。

焚蝶冷笑一声，弃了剑，转身离去。我的双手，还在滑稽地保持着握着剑刃的姿势，鲜血一滴一滴滚下，濡染了白裙，沾湿了绿草，浸入了土地。此刻，哪还顾得上所谓的挫肤之痛，区区挫肤，与刻骨相比又算得了什么。手上的鲜血尚有流淌之处，但我心上渗出的鲜血，除了蔓延到全身，竟无处可去。

我松开了双手，剑轻轻松松地跌在地上，惊起了几只蝶，而它除了染血之外，还与之前一样，泛着冷光，冒着寒气。我蹙紧眉头，转身时，脚步一个不稳，差点摔在地上。我去医馆简单包扎了双手，止了血，又花了大笔银子以封口，才敢回南山。“能不能说是烫伤了，姑且瞒一瞒？”桃源中，我问方太医，忽视在一旁急得乱跳的寞云。“可以是可以，但不知皇上是否会相信啊。”方太医道。“您放心，我来说就行了。”我看了寞云一眼，“毕竟还有个帮衬的。”

寞云气鼓鼓地瞪着我。这样的谎话，在我和寞云的胡诌八扯下，父皇也信了。

四

第二日，因明日就回京了，所以今日众人皆风风火火地收拾东西，我则揣着两只包得严严实实的手，巴巴儿地去找三哥。

“你说你手要是不这样，有的你欢实，现在两只手都成摆设了，还不老实！”三哥点着我的手。“走吧走吧，陪我去逛逛，难得来一次啊。”我因双手不能用，便拿肩膀撞着三哥。三哥拗不过我，只好悄悄带我从旁门坐马车出去了。“你是追那刺客到这儿吗？”三哥和我到了一片稻田。“是这儿。”我肯定地说，“我不敢穷追，这也不一定是他的藏身之地。”“做得好。”三哥也同父皇一样夸我。我没有答话。三哥不再专注这件事，见了个农人，便向他打听起近些年的收成来。

我缓缓踱着步子，装作悠闲的样子，尽量不惹人注意，趁众人松懈之时，我施轻功飞走了，把三哥的呼喊置在脑后。那稻田距树林着实是远，待我自麝城西郊勉强躲着人施轻功赶到南郊时，轻功就是再好，也是气喘吁吁了。一步，两步，我喘着气，用包得分不开五指的手微微扶着树，终是走到了昨日分开之处，再多一步，我竟不敢走了。

我在怕什么呢，怕焚蝶毫不留情地一剑刺来？许我本就是贪生怕死之徒吧。约莫有两刻，我怕三哥太担心，便最后回顾一眼停留在落英上的略带蓝彩的蝴蝶，走了。路过上次的医馆时，我见五哥的近侍焦头烂额地从里面出来，手中还拿着什么，一副热锅上蚂蚁的样子，忙转过身去，躲过了他。待他走远了，我才进了医馆。

这医馆是一个南方人开的，也没雇什么伙计，我上次见他只一个人，也算老实木讷，走漏不出消息，才让他来帮我包扎的。“掌柜。”我笑着走进去，“您的医术还真好，我的手都不痛了，今天再来取些药。”“客官您昨日刚在我这儿包扎了，宫里就传说七公主的双手受伤了，还真是巧啊。”掌柜转身找着药。“我哪敢跟公主比，她有个头疼脑热就劳师动众的，我的手伤成这样，可要耽误弹琴赚钱了。”我听了掌柜的话，特意向柜台处探了探身子。掌柜背对着我笑了笑。“刚才我来的时候，有个男的从你铺子里出来，急急忙忙地，撞得我不轻，他要的是什么啊，孟婆汤吗？”我故意问。

掌柜的吓了一跳，忙从柜台后绕出来，惊慌地关了店门，“姑娘您可别乱说，看那人的衣着定是来历匪浅，保不齐是那里的人。”他指指南山的方向，“还跟我要什么汇血螺，我这儿哪有那种东西啊。”我瞥了眼他的鞋子，“既然没有，他又何必满大街找药铺呢，完全可以自己采啊。”

“姑娘有所不知，以前这儿还真有一座山上出这个，但是甚少，昨日夜里不知出了什么事，竟都给人烧了。不瞒您说，这东西虽害人，价格却不菲，好多想采的人今日可都着了急了。”我笑着，“昨儿见您整理薄荷来着，想来您今儿也整理了新鲜的，我想买一些。”“这新鲜的怕是没有了，我的手受了点伤，做不了了。”掌柜道。“那荷叶有没有？”我笑意更浓。“我这儿只是个医馆，哪有那个。”掌柜有些不解。“那竹叶该是有了。”我笑得都快站不住了。“这个也没有。”掌柜额头都冒汗了。

“寂雪！”医馆的门突然被踢开，三哥率人闯了进来，亮明了身份。“你怎么找来了？”我问。“我怕伤口难受又不好说，就自己找医馆了，我便按着医馆找你了。”“你说你来的也太不是时候了，我还没把掌柜逼问哭了呢。”三哥也是不解。

我坐下，示意人都出去，笑对着掌柜，“你家主子是消息太灵通还是脑子太灵光，自知我有事，就让你在暗处看着，那山上的汇血螺，就是你烧的吧？”我指着他的鞋，“且不说关于我手伤的事，你看你的鞋，上面还有盐渍呢，汇血螺喜盐地，更深露重，定也染了你的鞋。”掌柜下意识地收了收脚。

"汇血螺遇水即溶，无色无味，近日天热，我想你放火前手上出汗，也沾了不少，没人知道这东西渗不渗得进皮肤里，你整理薄荷，也不知道融不融得进薄荷里，今日你自然也不敢弄什么薄荷了。""他如何知道你要薄荷呢？"三哥问。

"荔枝有止痛之功效，且我不喜吃药，定会多食荔枝，但此物易上火，必得要清凉去火之物；荷叶包饭是我最喜的清凉之物，但现今荷叶甚少，又不能用，自是不可能。次之便是薄荷，我喜用来浸面或者做糖，甚至是熏香，但必得是新鲜的薄荷；再次就是竹叶，泡水蒸米食用。师兄熟谙我的喜好，现在也就只有薄荷可以用来给我败火了吧。"我起身，两只"手"夹着掌柜的药给三哥，"你也瞒不了我多久的，我又不是不知岐黄之术，这定是浸手的药方，师兄最喜欢弄这个了，待我回去打开一看，不就都知道了。"

三哥提着药。"跟你家主子说，'襄王有梦，神女无心，不若各自珍重，切莫挂心'。他这般，我倒不知如何回报才是。"我对掌柜道。"主人说您迟早会识破我的身份，您也会说这番话，就让我转达您，若是易地而处，除却男女，只论情谊，您也会早早考虑好一切的。"掌柜说。

"那就多谢他吧。"我勉强笑笑，随三哥出了医馆，上了马车。"怎么了，这么严肃，不就是我师兄吗，你们一见面就掐得跟冤家似的，现在彼此又都不待见。"我再次用我的"手"捅捅三哥的脸。"就是觉得有人比我更关心你，比我更周到些，我对你还不够好。"三哥道，没理会我对他的动作。"傻哥哥。"我再捅捅他的肚子，"其实你要比他待我更好一点的。"

"是吗？"三哥看着我。"当然了，你不是不够关心我，而是有时太过火了，过火到失去了理智，反而会忽略一些事情。师兄就不会，他的目的意志很明确，思路一直清晰，无人可以改变。"我暗自开心，三哥果真是少了理智，都没问掌柜关于我手上伤的问题。

"那他岂不是跟你很像？""难道跟你不像吗？"我反问，"他要比你我还要固执呢。""是吗。"三哥喃喃道，"不过他的势力还真是大。""含口就这么大，吃穿用度都有限，自然就需要人出岛做些生意了，师父在的时候我虽不过问，却也是知道的。"三哥点点头。我思忖良久，开了口："今日我看到了五哥的近侍，他在到处搜罗汇血螺，就是在我之前给你看的那种花。""我记得。"三哥答得很快。

不仅是我和三哥，其实所有的皇子公主，甚至连同早去的六哥都心知肚明，我们这些人迟早会有一场夺位之战，这场战争，早在我们出生之前就注定了。今朝大哥和五哥势力庞大，三哥算是势单力孤，我与三哥不可能奢望在大哥和五哥那里坐收渔利，他们没那么傻，其实，若不是三哥自强，我们早就被两方势力击垮了。此刻，我们必须要选边站了。

至于选哪边，早就不必考虑了，除去弑母之仇不算，至少大哥和三哥是一母同胞，就算来日再头破血流，这点筋脉，还是斩不断的，更何况还有我和寞云这层在里面。若再往下想，大哥重武轻文，且本性单纯，手下人虽多，心却易变；相反五哥虽鲁莽，却有陆氏一族齐心相帮，视我们如眼中钉一般，这样的人，自是要忌惮的。

“我现在还拿不准他想害谁。寞云要出嫁了，不太可能是她，父皇……”我没有将父皇还没最终确定心意的话说出来，“他也不会的，所以……”我不敢再说下去了。三哥明白，所剩的，唯有他与我二人而已。“你近日一食一寝、一举一动都要极为小心，一旦觉得有什么不适就赶紧传方太医，或者叫我，真不行，就寻个小太监，也好防备些。”

三哥再次点点头，没有说什么。我一时觉得有些疲累，刚想往三哥肩膀上靠一会儿，就想起这肩膀不再是我有资格靠上的了，便倚到了一旁的引枕上。三哥看了我一眼，右手揽过我的肩膀，硬是将我的头贴在他的肩上。还好，还能有个人，愿意把肩膀借我靠一靠。还好，还能有个人，让我放心地靠在他的肩膀上。

回到桃源，我把今日的事告诉了寞云，也要寞云多留个心眼，身体有什么不适就赶紧告诉我。我让寞云打开医馆掌柜给我的药包，里面除了浸手用的草药之外，竟还多了一份汇血螺。“这是什么？”寞云拈起来看着。“这个有毒，你现在看着它是红色的，泡到水中不过片刻，花汁就会溶入水中，无色无味，难以发觉，而且会使五脏衰竭，若一次用得多了，五脏会大量出血，性命不保。”我淡淡说道。

寞云吓得忙丢开了。“收好吧，总是师兄给我的。”我叹了口气，默默佩服起独孤凉的心机来。他的意思，是他什么都知道，如果我有什么需要，他会伸以援手的。寞云依言收了汇血螺。“南巡的这些事，你知我知就好了。”我从榻上起身。“你放心，我都明白。”寞云取了余下的药，递出门外给春深煎了。此时方太医来给我换药，我与寞云暂且停了话，示意人都下去。“公主，您用的这药还真是好。”

我将双手从春深端来的药盆里收回拭净，“我这个师兄啊，什么也不能难得住，不过以我的体质配出这个方子，着实是难为他了。”我看了看已结痂的双手，“请您依旧对外说我的手伤还严重吧。”“是。”方太医将我的五指分开包好，退出去了。

“还好你那个师兄惦着你，还有这么好的医术。”寞云提着我包的粗如木桩的小指。“这是一点，其实，还有另一点。”我瞥了寞云一眼，“我在握住焚蝶剑的时候，本来就没有用多大的力气。”寞云吃惊地看着我。“看我换了这么长时间的药，你还没注意到我两只手的区别吗？”我笑望着寞云，“我在握剑的时候，左手用了很大的力气，伤得着实不轻，但右手没有。一则，是为了自卫，二则，是想看看他是否真会杀我。”

“寂雪，你能放得下他吗？”寞云问我，“我是过来人，这种感觉我能理解。”“放得下放不下，不都得放下吗。”我走到书案边，“现在有人虎视眈眈，我哪能不长眼地给人抓把柄？”寞云吐了吐舌头，躺到我刚躺过的榻上。

虽然这么对寞云说，但我深知骗不过她，也骗不过自己。焚蝶，明日我将离去，昨日鲜血之场景，竟是匆匆一别，自此后，天高人远，身世飘离，处于皇家的我，从无权利挑选自己的归宿。南来之雁尚有芦花可栖，北游之人，却唯有名利权势之归所，命运只依一句话、一场劫。相别匆匆，相见却是登天，我且归去，锁于九重宫阙之中，盼你安好，憩于飘然天地之间。终是整理好了东西，要启程了。

“寞云，咱们刚住进来时院里还有桃花呢，今日一走，早都生成翠叶了。”我折一绿枝，放在鼻前，哪里还有红英的芳香呢。“都一个月了，什么花能开这么久呢，怕是回了宫，你宫里藕池中都开了荷花呢。”寞云挽着我的胳膊，“现下非想此事的时候，五哥不知会有什么动静，父皇也不知是怎么想的，你该打起精神来应对才是。”

我叹一口气，不想寞云竟也有如此心细的时候，日后我也不必太过为她担心了。所幸我的手伤着，回程游玩时众人皆以为是我带着伤所以兴致不高，也没太在意，这般应付着，回了宫。

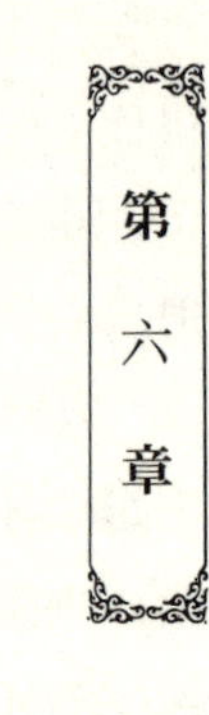

眉间痕

蝶恋花

庭院深深深几许？杨柳堆烟，帘幕无重数。

玉勒雕鞍游冶处，楼高不见章台路。

雨横风狂三月暮，门掩黄昏，无计留春住。

泪眼问花花不语，乱红飞过秋千去。

一

璐城比麝城，是断不会有那样的繁华热闹，似乎这里经过上百年的权势沉淀，气息都沉闷了许多，叫卖是有的，谈天是有的，甚至杂耍卖艺的也有，只是仿佛被什么管束着，各自有各自的分寸，不见踏错，不见逾矩。璐城，这样宏伟高贵的京师，终是又回来了。待父皇入了麝华殿歇息了，众人一并散去，锦帨早已等我多时了，我二人又待寞云安顿好，方回浣雪宫。

“今日可还好？”我问。“各方均无什么动静，就是前两日从掖庭局进了三个宫人，暂时安排好了，未见这些人有何不妥。”锦帨道，“奴婢想着具体的还要等公主定夺，便未让她们来迎。”

父皇与我说了，是顾及着我手上有伤，只锦帨一个怕服侍不过来，所以添了几个宫人。父皇亲自与我说，我便明白，里面有他的人，定也有陆梦的人。“做得好。”我看了眼锦帨，见她衣襟皱了，想给她整好，刚伸手，就看到自己粽子一般的手，忙收了回来。“公主双手的事奴婢也听说了，公主放心，凡是与公主相近的事，奴婢都会亲自做，不会让她们插手的。”

没几步路，便到了浣雪宫。新来的宫女一见我到了，便都上来行礼问安，我打发了几句，便与锦帨入了正殿。“那位年纪稍长一些的紫玉，是皇上派来的。”锦帨道。“让她去做传膳接收的事，其余的，派去做些杂活就好。”“奴婢明白。”

步入寝殿，我歪在榻上，让锦帨坐下，自己端了杯茶喝着，“我双手没事了，只是还装着有伤。”我看着她的表情，道。放下茶杯，我将南巡的事告诉了她。“您真的放心八公主吗？”锦帨听完，问。

我注视她良久，直至把她看得低下头去。我深知她已在防着寞云了，“寞云不会说的，说出来，对她的身世不利，更对她的地位不利。”我这样答她，便是表明自己也早已防着寞云，不仅是防着，就连对策都想好了。“礼部前几日送了公主府的图样来，皇上留了一份，也给您送来一份，六尚也有些摆设器物图样送来，您可要看看？”锦帨试探着。“待明日吧，休息足了，我和寞云一起看。”我胡乱解了衣裳，让锦帨拉了毯子盖上，便睡了。

第二日，锦帨喂我用过早膳，我要宫人去请寞云来，自己先摆了图样看着。“如何了如何了？”寞云得了消息，风风火火地来了，瞥了眼新添的三个宫女。“六尚的人安排得不错。”我示意春深让不必要的人下去。“你这新添的几个人如何啊？”寞云见不相干的人都下去了，便过来与我同坐在桌边。

“传膳的那个紫玉是父皇的人，我信得过，就让她做这事了。其余的就去做些杂事。”我把六尚送的图样取来。“那就好。”寞云弃了府邸的图样，把六尚的图样拿来看。我收了在图样上的目光，“你心里清楚就行了，改日咱们得求着父皇出宫去你府上瞧瞧，才作数。”寞云也耐不住性子，随手翻了几页就烦了，请示了父皇出宫寻毕铮去了。

寞云一走，紫玉就进来了，“公主，刚才外面送了好些东西来，奴婢都收录下来了，还请公主过目。”我有些纳闷，这又不到什么节日，我也未立什么大功，可以让人拉关系，况且还是宫外的人，我又不常出宫，不识得什么人，怎会有人来送东西呢。

“且把单子拿来吧。”我吩咐紫玉，却示意锦帨去看看那些东西。紫玉便奉了单子上来，立在我身边，一页页翻给我。这一看我才明白，这些都是朝臣家适龄的公子少爷们送的，都知宫中仅剩我一个未出阁的公主，又得父皇宠爱，巴巴儿地献殷勤来了。“不必看了，哪儿来的送回哪儿去。你也退下吧。”我道。紫玉便收了单子，退下了。

此刻锦帨进来了，“是些公子哥儿送来的东西，什么都有。”“我知道，又让退回去了。”我靠在一旁的引枕上。“心思虽是昭然若揭，但有个蓝公子是最迟送来的，不似其他人写了谄媚的话语附上，他倒是除了名字未写什么，听说要不是非得写明出处，他连名字都不肯写呢。他送的东西也是费了些心思，是两套银制食具，奴婢想着，必是验毒之用。”

心思是很齐，能想到验毒这一层，必是知浣雪宫的事了，能知浣雪宫这事又用这番心思的，必是三哥的人了。“谁管他那么多，且退回去便是了，不就是两套银制食具吗，传话让司饰司和司宝司联合着制来就是了。再说寞云出阁，我总得送些东西，早晚不都得做吗，左不过是拿些体己出来。”锦帨却是笑出了声，“奴婢看是触着公主的心口了吧，人家只是送了花心思的东西，就招出公主这么多话，连不多见的攀比之心都勾出来了。”

我却是想起了焚蝶，没有去接锦帨的话。

二

得了父皇的旨意，无事时，我可以与寞云出宫看看她正在修建的公主府。“依着我的意思，选址搭建都是凭着堪舆之术，那里面更得图个吉利才是，什么芝兰玉树、宝器神兽都少不得，当然还得看你自己的心意，还有毕铮的……”“哎呀，到底是我嫁还是你嫁啊，有礼部和六尚呢，操这么多心，走，咱们出去逛逛！”寞云根本就是打着看公主府的幌子出宫去玩罢了，拉着我，也不顾什么公主身份就出了府。一次两次之后，我们干脆也不摆公主的架子，扮成平民模样出来了。“公主，似有人一直在跟踪我们。”锦帨悄悄对我道。我含笑不语。

这日，三哥入宫请安，之后便来看我。我支了旁人，留了锦帨，将手上裹着的白纱取下，露出一双没有疤痕的手。“这是……”三哥吃了一惊。“其实师兄给我的药极好，回宫那几日就好多了，但我一直防着五哥那边，才装着手伤未愈，让他们有机可乘。”“何来可乘之机？”三哥问。“我与寞云出宫之时，总有人跟踪我们，我也留意了，是熟悉的面孔，想来只有五哥有动机。我便想着借着这个机会，让他们作茧自缚。”“这确实是难得的机会，但有危险，你不可以去。”

我笑起来，“陆梦和五哥铁了心要除掉我，此刻选择在我出宫时行刺，我尚有机会自保。若他们觉得此计不可行改了主意，有别的暗箭来了，我不一定能防得住。”我握住三哥的手，“依我之计，我尚有策不使自己受伤，若真到来日，我们猝不及防，恐怕连父皇都救不了我。”三哥沉默良久，“是我疏忽了。”“是你的情意蒙了心了，今朝尚可如此，来日这个可得改了。”三哥笑而不答。

“具体的你我各自细想，到时候让锦帨传信就是。”我松了三哥的手，右手顺便搭在他的脉上。“我没事的，已听你的安了个信得过的小太监，也算是个心腹，唤作小栗子。”

我搭完脉，松了口气，“我便放些心了。”待三哥走后，我要宫人去请了寞云来，她晚上宿在了我这儿，我与她将此事商量了一番，她同意了。次日，我指挥着寞云和锦帨做了些糕点，分了三份，锦帨送去了楚王府，寞云送去了东宫，而我，则送到了麝华殿。父皇正在看奏章，我就进去了。父皇忙着，一时未顾得上我，我也不行礼，示意紫玉放下食盒退出去，找把椅子先坐了。许久后，父皇才办完手上的事，“丫头，你今儿怎么来了？”“有些事要父皇定夺。”我起身。

父皇示意我去他身边，我便提着食盒去了。“怎么，这手伤痊愈了吗？”父皇看我将糕点摆出。“儿臣就是要请父皇定夺此事呢。只是儿臣心中已有打算，但还要禀明父皇，由父皇做主才是。”我取下手上的白纱，“其实儿臣的手伤七八日前就差不多好净了，只是怕着了风依旧包着。那日恰与寞云出宫，儿臣一路都发觉有人跟踪，为不引起其注意，便一直包着双手。”

听了这话，父皇不再看我的手，而是发了怒，“有人一直跟踪你们，是谁？”“儿臣也不知，一开始还以为是贪财恋色，后来竟隐隐觉得有杀气，儿臣想，多半是麝城行刺的人跟来了。初遇时，他们并不知儿臣的身份，但这一路回宫，再加上儿臣与寞云去公主府，他们稍加注意，就猜度得到。他们不动手，想是时机并未成熟，毕竟父皇您的暗卫时刻在保护着我们。”

“那你有何打算？”“儿臣始终觉得让他们在暗不是办法，保不齐他们在宫中还有同党，倒不如先处置了那些行刺的，逼问出其他人。”我看了父皇一眼，他正在思考着，“刺客甚少会选择在大街上动手，动静太大，也不易得手，不如在茶楼酒馆。儿臣昨夜与寞云商议了，我二人都愿引蛇出洞。儿臣手伤已愈，若再加上锦帨，自保不成问题，况且大哥三哥也可在暗中保护，城中茶楼酒馆也能事先选好设伏，应是可行。”我跪下，“此举，望父皇裁夺。”父皇沉思良久，比刚才忙碌的时间还久，最终下了决心，“朕会与承儿晨儿安排的，只是你们必得保证自身安全。”

“儿臣明白。”“朕的府库里有一把精致小弩，过会儿让人给你送去，寞云只会用这个，你交给她，省得她心性直走了风声。”“是。”父皇的手落在我的蝴蝶髻上，“注意安全。”“儿臣记住了。”

“公主，这是皇上让给您送来的。”我回了浣雪宫，锦帨也回来了，紫玉才悄悄送了一木匣来。我让锦帨收着，“可有其他人知道？”问紫玉。“奴婢装在食盒里带来的，不曾有人发觉。”

我点点头，示意她下去。待她走后，我摘了白纱，取了弩细细看着。我虽不太懂弩，但也看出这个做工之精巧。它相当小，弓长不过三寸，机长要再短一些，还是连弩，相对的，每支箭也就缝衣针长短，只较其略粗一些。最难得的是箭头，不似一般箭头是锻造，这个是铸造而成，相对于锻造，铸造的虽不如其锋利，却是能制更多的形状，这个是八棱且带双倒钩的，一旦射入体内便难以拔出。

我又从盒中取出一枚扳指，戴在右手上，持弩，对着墙角，扣动扳机，便有一支箭射了出去。我连扣十下，十支箭都射了出去，箭箭有力。“确是一把好弩。”我将其收回盒中，“不必太大力气，扳指也好用。”我又将扳指褪下，再用白纱裹住双手。锦帨把我射出的箭收起藏好，又掩住箭痕，“您伤愈后第一次带的竟是扳指，而非楚王送您的琥珀戒指，倒真是让楚王伤心。”她打趣着，“亏得楚王还让奴婢嘱咐您别乱跑。”我吐了吐舌头，“传膳吧。”借着往濯云殿送金丝松子卷，锦帨把弩给了寘云。

三

三日后，寘云着了件石黄色广袖曳地裙，我则穿了身云纹绉长袍，与锦帨出宫了。公主府已建好了，屋内的摆设器具寘云很是满意，屋外的设计也是新颖，她尤其喜欢新移来的两排桂树。于是我们又出了公主府，到了大街上。逛了许久，我们进了约定好的茶楼。

这茶楼大是很大，只因坐落在街尾，所以不似别的茶楼那般热闹，但还是雅致，我们在大堂找了一个靠楼梯一点的位置坐了，要了一壶苦丁茶，一些茶点。果不其然，跟进来了几个透着杀气平民打扮的人。我先站起，即刻整个茶楼的人都站起，三哥此刻带兵从茶楼外闯了进来，大哥也带兵从楼上下来，两路兵马包围了那些刺客。刺客的首领环视了这些士兵，“杀！”最后下令道。我冷笑一声，拆了手上白纱。寘云从袖袋中取出那只木盒，手持连弩。“看我的眼色，不要伤及性命。”我嘱咐寘云。她点点头。三哥与大哥带的士兵虽多，但一则地方小施展不开，二则与刺客的武功相差不少，并未占上风。大哥始终与寘云站在安全的地方，三哥却是与刺客拼杀，我见那领头刺客意在三哥，忙将腰带中的毒针射了几根过去，都在其可以挡住的范围内。趁那人挡针的同时，我施轻功过去，与三哥站在一起。

“你去对付别人，我来会会他。”几个回合后，我推开三哥，又向刺客首领，“本公主倒要讨教几招，看看是否都是无能之辈！”说着我执剑刺去。“你的手居然无事！”那人道。“若你知我无事，又如何能放手一搏？”我的短剑与他的刀抵在一起，“别以为我不知道你是谁，整个璐麝，哪里有人比你还蠢，居然亲自出马来杀我，五哥。”我低声道出最后两个字。

那人一惊，知道瞒不过了，想要灭口，手上用了力，推开了我的剑，刀上凌厉，运了十成功力向我劈来，再加上他比我高些，这一劈，我不得不双手举剑相挡。那人使上了十成力，逐渐下压，我却慢慢撤了力气，让他的刀下压，最后，他的刀迫近了我的额头，我的短剑向右一偏，他的刀划过我的左肩，在我肩上留下一道伤口。

“寂雪！”三哥虽在击杀刺客，却不忘顾我。领头刺客眼中露了笑意，又欲挥刀劈来。我持剑刺向那人，他勉强用刀挡住，我又一个虚招，短剑直指他的眉间，却没有再往前。“撤！”那人下令。本来茶楼的门是关着的，此时不知是谁开了门，一干刺客忙逃了出去。

“寂雪！”与立刻带人去追刺客的大哥不同，三哥则是赶忙跑来看我的伤势。“没事，比手伤还要轻，你快派人禀告父皇，别说刺客是谁，待我回宫，皇后一定会来，到时候我找准时机再说，效果更好些。”我对三哥说完，又拉着寞云和锦帨进了一个小隔间，放下帘子，麻利地拔下发上的钗，将珠饰拆下，把钗管中的金创药涂在伤口上，“锦帨，我们快回宫，寞云，你先在我身边，等我在父皇面前演一出好戏之后再去休息。”

“你是故意的啊！”寞云见我是这样的反应，担忧一扫而光，反是哭了起来。“我当然是故意的，不然五哥那个呆子怎么会伤到我。”我把伤口掩好，右手拥住寞云，“这伤口浅得很，就是把事态弄的严重些罢了，我总不能让新娘子受伤吧？”说着我做了个鬼脸，“快回宫吧，还有要事！”说罢，也不用我松开寞云，她就自己从我怀里出来，掀了帘子让我出来。

“我说过你不能受伤的，你也答应过的。”寞云正与大哥说话，三哥把我拽到一边。“反正已经这样了，而且这样效果更好，你还是先想想接下来怎么办吧，你可不能先做落井下石的人，也不要让父皇看出你背着他揽了多少人。”我悄声道。

“我已收手了。”三哥说完，还是瞪着我。我被瞪毛了，推了他上了马，寞云也上了马车。待我回浣雪宫包了伤口，换了衣服，陆梦果真来了。紫玉向我使了个眼色，我便知父皇已在赶来的路上。

“寞云，你的公主府并非你多去看几次就能早些建好的，你又何必整日拉着寂雪去看，再说你们扮成平民像什么样子！”她一句都没问过我的伤势，而是一来就指责。我听到了正殿地板传来的脚步声，跪在地上，“寂雪不知哪里做的不妥，惹母后这般忌恨。寂雪自问对您尊敬有加，虽不能视若生母，却也不敢有何忤逆，何致母后您这样的手段？”我这一举动把整个寝殿的人都吓着了，连正向寝殿走的脚步声都是一滞。

我不给陆梦任何说话的机会，“寂雪身为女子，既无法置喙朝政，又无计收拢人心，不过是得父皇些许宠爱罢了。寂雪出世丧母，十岁丧兄，及笄母家俱损，并未有何本领能左右母后与五哥，心下不知，怎么能让母后如此激愤，弃了父皇恩德、弃了皇室颜面，派人来刺杀寂雪与寞云？”我起身，挡在寞云身前，“寞云自幼一人，在宫中苦熬至今，终是寻得佳偶相伴，母后您又何必连她都不放过？”“寂雪。”父皇从屏风后走出，“你此言何意？”

我与众人一并跪下，“儿臣本还念着手足之情，不想母后半分不顾儿臣所想，一入浣雪宫便直言相逼，儿臣这才说出实情。”“你说便是。”父皇道。“儿臣无能，自作聪明设了计要捉刺客，却不想竟是五哥派人刺杀儿臣与寞云。”

父皇大惊，“可有凭证？”我听了这话，眉心微敛，“五哥虽是蒙面，但多年相处，儿臣还是认出他了，他伤儿臣时，寞云射了一箭，是用父皇赐的连弩射的。”我听见陆梦的呼吸一滞，“此刻五哥应受了伤。”“皇后，你可知此事？”父皇并没有即刻摆驾或是派人去问，而是先问陆梦这个问题。

我马上明白了父皇的意思，他是有意要保住陆梦。且不说国母不宜被废，况此时后宫无人，一旦陆梦因此受挫，后宫之事就无人可理了。“臣妾不知。”陆梦显然也知道父皇的意思。我连忙叩首，“是儿臣错怪母后了。”我虽是替陆梦开脱，却是对父皇说的，“儿臣怕有什么闪失让刺客逃了，就在自己、寞云和锦帨的兵器上涂了毒，这并非什么难解的毒，所以只需问问城中药铺医馆有何人拿药就好捉人了。若是母后知道五哥的事，此刻又怎能若无其事地来看儿臣？是儿臣错怪母后了。还请母后责罚。"

陆梦当然没有说话的资格。父皇却是愣了一下，将我扶起，"你伤势如何？""无妨。"我简短地答。"你且好好养伤，有什么缺的尽管去库房。""谢父皇。"我福身。"皇后，"父皇看了眼正望着他的陆梦，"随朕去吴王府。""是。"陆梦被她的宫人搀起，一脸的担忧。"父皇。"我叫住正欲向外走的父皇，将一只药瓶交给他的近侍，"这是解药。"

"你不是说不是什么难解的毒吗？"父皇问。"解药的成分是很明了，但剂量上还要斟酌，倒不如儿臣的解药，能让五哥少受些苦。"父皇看了我一眼，没说什么，走出了寝殿。

这一刻，我清楚地感觉到，父皇知道我的所作所为，否则，我说刺客是五哥时，父皇不会问"可有凭证"。同样，我也能感觉到，他是默许的，因为陆家的势力，真的妨碍他太久了。帝王之术，我终究是完完全全参与进去了，不论是否自愿，不论时间早晚，不论可有觉察。也许父皇早早就想让我这样做了，所以他曾问我，如何看待兔死狗烹。

"寂雪，这事成了吗？"寞云待人都走后，跑来抱住我的胳膊。我倒吸了一口凉气，寞云马上注意到弄疼了我，便松开手换了另一只胳膊。"你刚才怎么替陆梦说话啊？"寞云问我。"五哥倒不倒还未知，但陆梦六宫之主的位子是动摇不得的，因为后宫无人再帮父皇了，与其处置五哥时父皇为难，倒不如此刻先帮父皇解了难，反正五哥受损是一定的，单单一个陆梦也掀不起什么浪头。"我淡淡道。"寂雪你的脑子是怎么长的！"我笑着推开她，我当然明白，她的开心，在于大哥少了一个极大的对手。"八公主，公主也该歇歇了，毕竟受了伤。"锦帨看出了我的疲惫，对寞云道。

寞云忙嘱咐我好好养伤，出去了。我歪在榻上，让锦帨随便拿了些蜜饯来吃。其实，我都有些同情五哥了，陆梦为了不使自己的地位受损，宁愿说一句她毫不知情。即使与她同一条战线的是她的亲生儿子，她却连这一点同甘苦之心都没有，我不知，躺在病榻上的五哥，此时是否也没有孺慕之情了呢。真是讽刺，陆梦当年一手摧了那么多皇嗣的生母，害得现在除了五哥其余皇嗣连见母亲都是无望，他们这对可以相见母子，却是这般冷酷无情。不过他们，当真在乎吗？

"公主，您不高兴吗，您看八公主高兴的那副样子，仿佛能飞起来似的。"锦帨问。“我有什么好高兴的，我要的是什么见得了光的手段吗，难道损了这一个，就没有别的了吗？”我看向锦帨。锦帨也明白，若五哥这次倒了，那三哥与大哥就真正开始对抗了，我与寞云，也就毫无悬念地站在了对立面上，谁输谁赢，都是我不想见到的。况且，还得为了这场角逐，殚精竭虑。

五哥被贬为宋王，幽禁在王府内，陆梦也被禁足栖凤殿，六宫之事还是由她掌管，只是她再无法对前朝有何控制力了。大哥借机弹劾陆家麾下的人，陆家势力虽一蹶不振，但仍有记恨之人也上书弹劾大哥及其幕僚，且条条有据，朝堂上一时热闹起来。三哥则冷眼旁观，将大哥的实力一览无余。

“面对如此境况，大哥势力比你要大，你保存实力不露声色以防被人捉住把柄，还是对的。”我坐在浣雪宫的秋千上，对三哥道。随着我手伤痊愈、陆梦的禁足，我求着父皇把之前派来的宫人都打发走了。“若不能一击致命，还是韬光养晦为上。”三哥饮了一口茶。

我没有接话。“寞云婚期是在九月十九，现下快到中秋节了，父皇还是有意让你与寞云多度一个节日的。”三哥看出了我的心思，道。我略略颔首。“寂雪，不管日后你面临怎样的境况，只要你不嫌弃，我这里，你随时可以来。”三哥明显感觉到了我对他的些许疏远，尤其是在他婚后，我就不再与之前一样常去他府上。

我看向三哥，独孤凉对我说过与三哥相似的话，“含口，是你另一个可以依靠的地方，无论何时，无论何事。”这两个我视为亲生兄长的人都对我说了相似的话，可是我最想要依靠的人却从未如此温柔地对我说话。

“我知道，我会陪着你，你会护着我，无论多大艰险。”我隐了眸中泪水，道。“你知道就好。”三哥这才笑了。

九月十八，夜。

濯云殿里，寞云身着正红鸾凤嫁衣，脚踩花开并蒂鞋，十指上蔻丹，樱唇点红，我又在她眉心点一颗朱砂。明日，她便要出嫁了，新娘果真是最美的，也不必什么珠翠步摇，只要一水的红，就能衬出这极美的容颜来。

今夜，我知她不眠，便在濯云殿陪她，退了众人。“寂雪，”她拉我坐下，“你明白的，咱们这些公主看起来无忧无虑，其实前朝之事或多或少与咱们也是有瓜葛。我向着大哥，这一嫁，又助了大哥一臂之力，三哥那里，真的只是靠甘望苦撑着了。你倒不如，考虑下大哥吧。”

“寞云，这么多年了，我什么性子你也知道，若易地而处，我来劝你向着三哥，你也是不愿的，如今我也一样，无论得志失意，我自是不弃。”我与寞云都握紧了对方的手，心照不宣，纵使来日方长，心也不可能像今日一样紧密了。我们二人都没有提起焚蝶的事。我清楚，她宁愿从未出现过焚蝶这个人。她也清楚，无论她说什么，也无法使我的心意有何转圜。

第二日，寞云出嫁了，我们再来不及说上一句贴心话，我望着奢华明亮的公主府，屏开鸳鸯，褥设芙蓉，宁愿相信，她是有十分欢欣的。

四

这一年，除夕将近。我裹着白狐皮大氅，立在窗边看雪。年年似乎都是如此，譬如去年，也是这么一场雪，父皇在眺银轩设宴，大家都在憧憬来年的南巡，或赞桃花，或盼梨花。前年不太一样，父皇南征未归，我与锦帨去了三哥府中，那时他未娶妻，还能一起玩闹，向着南国方向祈愿。今年，左不过还是除夕夜相聚，守岁，待到五更时分，拜罢年，大家各回自所。只是今年，少了五哥，少了寞云，多了孤零零的一个我。

除夕夜宴，依旧是更杯换盏，笑语连连，我只浅浅应对着，手中酒杯从未真正停下过，面对三哥担忧的目光，我也权当没有看见。最后父皇看出了我的异样，知我身子弱，便在三更后让我且至偏殿休息片刻，待拜年时再来。

等这一切都忙完后，父皇才去睡，我也回浣雪宫睡了一会儿，不过至了午后，我就到了麝华殿。父皇还在睡着，我悄悄坐到一旁的案边，让锦帨把食单拿给我，挑了几个送去尚食局后，我又继续饮着苦丁茶等着父皇醒来。申时刚到，父皇就醒了，“寂雪，你怎么来了？”我扶父皇起身，“自然是来陪陪父皇了。守了岁拜了年，诸位哥哥都回去了，寞云也回去了，母后不便来陪您，儿臣再不来，父皇不更觉冷清？”“也好，说起来，咱们父女俩还从未好好喝上一杯呢，今日就陪父皇饮一杯如何？”父皇笑问。

我便要人取了美人泪来。待酒装壶上来，父皇遣了众人，与我对饮。“朕也不是不知你心思，昨夜除夕宴，你的落寞，父皇是看在眼里的。”父皇注视着我斟了两杯酒。“以前还未感觉，真到昨日方清楚了四哥这些年来的滋味，儿臣明日想去看看他。”“你有此心是好的，只是雪未霁，你要注意身体才是。”父皇道。“本应是儿臣关心父皇的，反教父皇担心。”“你身子本就不好，今年受的伤多，天也偏冷些，宫里人手还少，自然是得多注意了。”父皇道。“儿臣明白。”“自寞云出嫁后，你的日子可单调多了吧？”父皇问。“这倒是，往年儿臣采桂花酿酒或做点心时，都有个丫头片子在儿臣耳边叽叽喳喳个不停，今年没有了，还真的有些冷清了。有次寞云入宫跟儿臣要桂花糕吃，儿臣还差点要锦帨给她送到濯云殿去，后来细想想，还真是自个儿糊涂了。”

父皇叹了口气，“不过这样的日子也不会太久。”他饮尽杯中酒。我给父皇斟满，“父皇，儿臣真的不愿出嫁，儿臣深知，什么尽孝于您膝前的鬼话您是不会信的，但您真的想找一个配得上儿臣的人，不管儿臣与那人的心思就勉强撮合在一起，不冷不热地过一辈子吗？”父皇凝视我良久，才慢慢端起酒杯抿了一口，“朕本意并非如此，但你即将十七岁，真是到了婚嫁之年。”“父皇放心，若儿臣真寻到了心仪之人，定不会像寞云一般拖那么久，一定会让父皇早早把儿臣撵出宫呢。”我笑着，随后又凝了表情，“不过母后经历此事，后宫事未免会有些无力，父皇要操劳的就更多了，不妨让大哥和太子妃分忧才是，或者后宫……”我意在后宫嫔妃不多。

“朕明白你的意思，只是这么多年了，朕也就习惯了，也有些明白了阑儿的心思。”父皇盯着我的面孔，“你跟你母妃，长得真像。”“许是母妃在天之灵，希望儿臣代她照顾父皇吧。”父皇移了目光，“皇嗣多无母，朕若再选新妃，难免不会出现拉拢皇嗣、形成党争，终究对你们成长不利，对社稷不利，倒不如现在，只一位母后，你们只敬她就是了。”

父皇此意，我竟从未想到，尤其是识得焚蝶之后，越觉应该得一心人白首不离，却忘了还有人父之责苦心孤诣。父皇为了不使我们受长辈责难，宁放任陆家坐大，直到现在，不得不削其羽翼。五哥是陆家坐大的受益者，此番下来，又更是受害者，父皇心中，又该是怎样的滋味呢。

我斟满，眼见着父皇再饮下一杯。原来，他心中是这般滋味。我心下不忍，放了酒壶，跪倒在地，“儿臣有罪。”“你这孩子又怎么了？”父皇似乎是吓了一跳。“儿臣欺瞒了父皇，请父皇降罪。”我抬起头，答道。父皇一笑，似有欣慰之意，也有痛苦之意，不过都埋于酒中，“你且说说看。”他自斟一杯。

“其实对五哥的行刺，儿臣已有察觉，因伏岳之事儿臣一直记恨他的轻率，后来五哥又取笑儿臣应居在南山蟾宫，儿臣一直对他有所不满，所以未曾禀告父皇，只说可能是麝城的刺客。此次事发，才确定了是五哥。请父皇降罪。”“你可否跟晨儿提起？”父皇问。

“对任何人都未曾提过。对于寞云，儿臣怕她伤心害怕；对于父皇，儿臣是有私心相瞒，未有证据，也怕父皇劳心；对于三哥，父皇知他宠溺儿臣，儿臣更是不敢，否则依他的脾气，保不齐会冲到五哥府中逼问，也更不会让儿臣冒险。”“你思虑得有理。”父皇浅抿一口，“今日，你怎么说出来了呢？”

“本是过年，不应让父皇闻此伤神，但因此事父皇年节孤寂，且方才儿臣才明白父皇对子女的良苦用心，便不忍再瞒，只能据实以告，请父皇惩治才是。”“朕再问你，是不是你怂恿宋王行刺？”“不是。”“宋王是不是铁了心要取你性命？”

我看了眼父皇，没有说话。父皇也看着我，“那你说，宋王知不知道是你？”“当然。”“那便是他的不是，与你何干？”父皇俯身扶我起来，“你当日跟朕分析刺客的行刺计策，说行刺不成宫中内应会择机下手，难道对于宋王，不是一样吗？”父皇眯起了眼睛，“若他说动了皇后，在宫中下手，岂不是更利落些？”

“父皇……”我没想到父皇会如此直白。“你能明白朕的心意，朕还没有谢你。”父皇指的是我为陆梦开脱的事。“儿臣不敢。”我再次跪下叩首，“儿臣毕竟是有欺君之罪的。”“你无证据，不算欺瞒，况且，无论你是否欺瞒，你都无法阻止这件事发生，不是吗？”

我低下头。“寂雪。”父皇低声唤我。“儿臣在。”我抬起头。“你说，要是兴儿还在，你会不会轻松些？”父皇的眉梢被忧伤所占据。“儿臣有父皇，一直很自在。纵使六哥还在，也理应为父皇分忧，况且若是他也有了家室，顾不上儿臣了，儿臣也许会更落寞的。”父皇叹了口气，将手覆在我的头上，“你明日，还是去齐王府看看你四哥吧。”“是。”

从麝华殿出来的时候，天已黑透了，一干宫人在前面提着琉璃绣球灯。寒风自西自北而来，打在东面南面的宫墙上，又退了回来，于是有四面皆寒之感。我回头望着那巍峨的宫殿，夜色中富丽堂皇的孤寂，檐下的龙灯幽然闪烁，在风中越发得冷。

第二日，我去了齐王府。“你来了。”四哥见我来了，只是在躺椅上坐起，“等会儿再摘大氅，你这身子，最易受寒了。”说罢，他示意下人把火炉往我要坐的躺椅边挪了挪。“我给你带了些新制的吃食来，锦帨先试过菜了，昨天父皇也吃过，今儿我就给你带了来，还有做法，一同带来了，你若喜欢，以后就能在府里吃了。”我也不客气，直接伸手到火炉上烤着。

“说来也巧，新的脂膏我已配好了，正打算着人给你送去，你既来了，也不必我再派人跑一趟了。”“多谢四哥了。”身子已暖，我脱下大氅，直接坐在了躺椅上。“你平日虽来，却也未曾在年初二之际来，可是有什么事？”四哥从茶几后向我投来目光。“只是突然明白你的心境了。”我徐徐道。“你俩啊，一个是终于知道了除夕夜一个人的滋味才想起我来，另一个是看到别人除夕夜一个人的场面才想起我来，殊不知，我才是最逍遥的那个。”

“怎么，三哥来过？”我听出了四哥的言外之意。“你可别说你不知情，他刚走没影你就来了，有心的人都能看出来你是刻意躲着他，当然，他也埋怨了一番你保证不受伤的鬼话，不过我不觉得你是因失信才不想见他的。”“他连这个都跟你说了。”我指的是算计五哥的事。“是啊，就算三哥不说，我也能看出来，毕竟你做这事破绽还是有的，譬如你执意出宫，譬如寞云为何只射一箭，还恰好是五哥，但至少你做的这些事，没有把柄。”

“我已向父皇请罪了。”我把昨日与父皇的对话告诉了四哥，“父皇为我们殚精竭虑，而且已看透我心思，我不忍再装作无事。”“你就是这样的性子，我知道，你把责任都揽到自己身上，父皇不会牵连太广，他也不愿有什么别的牵连，你说与不说，都无甚区别，只是这样，父皇更放心些，你也更安心些。”四哥坐起，饮了一口茶。

“可我不知，三哥会不会，怪我？”“普天之下，除了父皇就是他最疼你，别说你没做什么于他不利的事，就算是你行差踏错连累了他，或者身不由己伤害了他，他的第一句话都会问你是否安好。”四哥居高临下地注视着我。我不由得坐起身来。“所谓亲人啊，其实无关什么骨肉血脉，相亲相爱，才算得上亲人。”他这么说着。

我没有答话。“不过，你又不是那锁在宫里出不去的鸟儿，你前些日子与寞云跑进跑出，竟一次也未踏足楚王府，这样妥当吗？”四哥又躺下。这次换我饮了口茶，不语。

“你也别想着三哥有了家室不好叨扰，三哥不嫌你，难道三嫂还能嫌你不成？自从有了三嫂，你这位三哥最疼爱的妹妹能出宫却不去拜会，我不知三嫂的为人，但我想只要是个有心的，都会有什么想法吧。寂雪，你这般任性，也是让三哥为难啊。”我沉思良久，不得不承认四哥所言有理，“四哥，你心性恬淡，何必这般帮我？”“我说了，相比寞云，我更偏心你，你既忧心忡忡地来，就算为了小槐，我也不能让你再忧心忡忡地走啊。”四哥望向屋外槐树的方向。

五

初三，楚王府。

“公主怎的来了，这天寒地冻的。”甘玉与三哥一起迎我。下马车和上台阶的时间，我将这个身材高挑的女子看了个遍。一身藕荷色牡丹花裙，搭了紫貂绒坎肩，再加上短窄的紫貂围脖，衬出了一张雪净的鹅蛋脸，唇上抹了淡淡一层朱红，眼妆则选了银朱色，显得气色极佳、精神饱满。绾了个元宝髻，配的是一套简单的红翡翠发饰，不显繁冗，却是端庄大气。我开始欣赏这个虽没有绝世容光，却善于将自己打扮得雍容华贵的女子了。同样，我也能感受到这个女子有多不好对付了。

“自然是该来了，自嫂嫂嫁过来后，妹妹我接连有事，未有机会拜访，几次宴会虽有见面，却也来不及说说话，近日得父皇特许，趁着宫外拜年之际，也出来赶赶风气。”我装作没有看到甘玉听见我对她称呼时的片刻惊愕表情，“妹妹带了些东西来，知嫂嫂出自名门又成了王妃，自然是要什么有什么，不过既有父皇的心意，又有妹妹我的心意，就巴巴地送来了。”

我与甘玉一同进屋，反是三哥落在了后面。“公主这么说就是客气了，本就是一家人，何必操心这么多。”甘玉满脸是笑，还帮我把白狐大氅挂了起来，拉我去烤火。“嫂嫂，别再‘公主公主’地唤我了，跟三哥一样唤我‘寂雪’就好了。”

甘玉一笑，“寂雪，你的伤势可都好了？我人微言轻，也不好请旨到宫里看你。”甘玉将一盏热茶放进我手中。“嫂嫂不必挂心，我虽底子不好，但这些年摸爬滚打似个男孩子般，一点皮外伤也无事的，我又通医术，没几日就好了。但又有五哥的事、寞云的事，还逢年节，母后那边不便使劲，父皇又要劳心朝政，我便帮了点忙，所以今日才来看嫂嫂。”我笑道。

“我这儿的事都是小事，再说你早看晚看我都在这儿，还是宫里的事要紧。”“嫂嫂果然是好心性，一派贤妻风范，记得你们成亲前几日，三哥还紧张得够呛呢。”我打趣着一旁看起来无所事事的三哥。三哥笑着垂了眼帘。“你看看，现在都知道拉着嫂嫂你去迎我了。”我继续打趣。“好了寂雪。”三哥打断我，“你们两个初次见面也没什么溢美之词，竟如同合谋一般把矛头指向我。我去厨房看看总行了吧。”三哥起身。甘玉也忙起身，拉住三哥，“臣妾去吧，这是臣妾的本分，只是与妹妹聊得太开心竟失职了。”她又转向我，“粗茶淡饭，比不上妹妹的手艺，今日就勉强妹妹了。”我只回了句“哪里的话”，又表谢意，便饮了口茶，放下茶盅后，屋中只余我与三哥。

我侧耳听了一阵，“她果真走了。你们一直都这样？”“就这样，看起来相敬如宾，其实是彼此不信任罢了。”三哥倒是说得风轻云淡。我浮起一丝心酸，不禁一直盯着三哥。“怎么了？”三哥早已换了茶盅，而是沏了一壶西湖龙井递给我。“没有，就是许久未这样看你了，想多看看。”我道。三哥苦笑一声，“听说你跟父皇喝了点酒？”“我把五哥的事说了。”我直接道，“我把责任都揽下来了。”“嗯。”三哥饮了口茶，反应比四哥还要淡，这我是料到的。

我没有说什么，再饮一口茶。这龙井，不比香片般清冽爽口，反而是一种浑厚，入喉还有一点粗糙。我甚少饮这种茶，因更喜爱香片的细腻清澈。“我收了手。”三哥突然道。“五哥与大哥掐得很紧，他这一倒，大哥定会极力打压。他一旦这样做，不仅让父皇认为他落井下石，而且让父皇和你看清了他的势力有多大。”我放下茶杯。“父皇最忌惮的就是势力割据，一旦有皇子掺和，势力就更大了，可能会直逼父皇。五哥就是势力过大的前车之鉴，大哥还偏去碰这逆鳞。”三哥眼中的东西，很陌生。

对于五哥这件事，三哥基本上没有发表任何意见，我是作为知情者“心怀愧疚”给五哥送解药。三哥没有为五哥求情，在外面看来，是三哥因五哥对我的伤害而恨极了五哥，他若真求了情，倒是虚伪。三哥没有像大哥一样借机打压五哥，也算是保住了自己手下为数不多的人，让父皇把注意力放在大哥身上。换句话说，也就是让大哥成为受益最大的人，以此来暂避锋芒。只是这锋芒，真的避了吗？若说这次是避了，那又是什么时候该露出来呢？

“大哥那边，大部分是武臣呢。”三哥道。我手中的铜箸一滞，如此，锋芒就该露了。

父皇不喜封爵，武臣虽都有官职，但若无战事，就很难封赏加官，倒不若凭借着自己手中被人忌惮的或多或少的兵权扶立新君，到时候功劳可不比战功小。“是不是施焰一战之后，大哥就开始拉拢武臣了？”我放下铜箸。“你也看出来了？”三哥笑问。“是我想出来的。施焰一战你战功赫赫，增加食邑不说，迎娶名女不说，单说父皇待你，是有多倚重？大哥麾下虽有教导他的太傅，但军功兵权，他又如何不贪恋？”我倚到右边扶手上，用右手食指摩挲着嘴唇。

“是啊，五哥一倒，大哥就是一手遮天了。”三哥道。“不过面对如此炙手可热的大哥，纵他是太子，父皇又岂能坐视不理？你是最适合代替五哥制衡他的那个，虽然你在朝堂上的势力不比当日的五哥，但至少，你有父皇的青睐，这个机会，我们得好好把握才是。”“难为你，能说出这番话。”三哥指的是寞云。“我只盼你功成，能善待她。”我深知，若是大哥成事，我与三哥，尤其是三哥，是不会有好下场的。“你放心。”三哥将茶杯端给我。“还有，在茶楼时，你带来的定都是你所熟悉的兵，这些人里，你得好好查查是否有人不忠。”“我知道。”

这时门外传来脚步声，接着是敲门声。“王爷，王妃说晚膳已备好，请王爷公主用膳。”是个太监的声音。“知道了。”三哥对门外说道，又转向我，“这就是小栗子，你劝我添的。”我点点头。

锦帨帮我披了大氅戴了兜帽，我与三哥去了饭厅。“嫂嫂还说什么粗茶淡饭，妹妹看你是上得厅堂、下得厨房。”我扫了眼饭桌，对甘玉道。“这是厨子做的，我就是在旁边监督罢了。”甘玉见三哥坐了，拉我坐下。

“这厨子也是楚王府的人啊，若不是嫂嫂监管的好，哪能让嫂嫂如意呢？”三哥笑望着我与甘玉你一句我一句，结束了这一顿饭。

临走时，三哥交给锦帨一盒西湖龙井，“给你主子养养胃。”我正欲放下手炉披大氅，锦帨也欲放下手中的东西来帮我，甘玉见了，直接帮我披上了大氅系好带子。“多谢嫂嫂。”她微微一笑，“回去饮碗姜汤。”我与锦帨上了早已生好炭炉的马车。我靠在引枕上，“我记得尚服局新送来了一套织锦牡丹红袄，配了对红宝石耳坠，还有一支鎏金牡丹步摇，你再把我未曾戴过的珊瑚手钏找出来，过些日子送到楚王府。”“奴婢记下了，今天您与楚王妃相处的不错吗？”锦帨问。“也不能算不错，就是逢场作戏罢了，她倒是个聪明的，只是我觉得，她不是安定之人。”所以三哥也不怎么与她亲近吧。

上元节晚，父皇早早就寝了，锦帨带人收拾着浣雪宫，我便一个人披了斗篷，登了宫墙。皇宫坐北朝南，过了九阳宫门，再过一个广场，就是热闹的坤街。从宫墙上远远眺望过去，能依稀见到街市上的车水马龙，似有舞龙舞狮，似有欢声笑语。再远处，有人放起了烟火，火光绚烂，在天边相映。我不禁回头，看了眼皇宫的灯火辉煌，宫里的烟火也刚放完没多久，可我却没有出来看，因为生怕在看烟火时一个转身，依稀响在耳畔的寞云的欢笑声就会戛然而止。

此刻望着远方的烟火，竟有几分真实的错觉。我从手套中伸出右手，想去触碰那片刻的绚烂，它却是那般矫捷，在我指尖一闪而过。待我终于“触到”一个时，它的光辉，偏又在夜幕中陨落了。我收回了右手，手指已经冻得麻木了。我挑起了嘴角，将手套中半冷的手炉攥在右手中，走下了宫墙。我不知道，若再多等一会儿，就会有个男子冒着违反宫规的风险，在宫墙下为我燃起一堆烟火，只为给予我，那触手可及的美丽，去替代那雪后消落的星月。我身后雪上浅浅的脚印，终是被四更时落的雪所掩埋，再有不过八九日，天气回暖，满皇宫、满皇城的冰雪都开始融化。这琼楼玉殿里，谁的脚印，谁的话语，都被东君洗劫一空，桃花再盛开时，总有一些东西悄然而变，寻不回了。

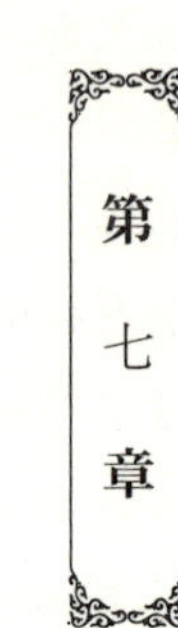

骨中寒

蝶恋花

六曲阑干偎碧树，杨柳风轻，展尽黄金缕。

谁把筝钿移玉柱，穿帘海燕双飞去。

满眼游丝兼落絮，红杏开时，一霎清明雨。

浓觉醒来莺乱语，惊残好梦无处寻。

一

今年开春以来，南方大雨北方大旱，所幸璐麝国库充实，赈旱灾不成问题，但是南方接连发大水，百姓多成鱼鳖，派去治水的人也多是无功而返，甚至不乏借机中饱私囊。此刻，我担心三件事。一是焚蝶，如此暴雨大水是否会波及他；二是含口，听闻近日海上天气也不好，含口对我而言虽是很大，但毕竟在海中也只是一小岛，很容易受影响。最麻烦的是第三件事，既然派去南方的官员皆是无成，自得再派人去，无论派谁，无外乎治水、救民和监管官员。此次大水，父皇对朝中官员失了信心，最让父皇放心的就是皇子了，自然，就是三哥了。可是，三哥不擅水利之类民生的事，成效如何也令人担忧。

我叹一口气，拧紧了眉头。“公主，春深来了。”锦帨把一宫人迎进来。我赶忙起身，扶住要行礼的春深，“可是寞云有什么事？”“不是我家公主的事，是您的事。”春深向我使了个眼色。“锦帨你去外面守着，别让人进来了。”我看懂了春深的意思，见锦帨关了门，拉她坐下，“可是有什么要事？”“是如公子的事。”春深道。“如焚蝶？”我的手一震，“这事都有谁知道？”“就是我家公主、奴婢、公主您，还有您告诉了谁奴婢就不知道了。”她道。

我细想来，寞云不至于把这件棘手的事告诉毕铮，便信了，“是怎么了？”春深从怀中取出一封信。“琦山，风雨，焚。”我只看懂了最后一个字是署名，琦山似是个地名，“这封信是怎么到寞云手上的？”“我家公主没事就喜欢出府玩，有次在迎客楼吃饭时，一个孩子给我们的，说是一个大哥哥让他送的，别的就不知道了。其实附在信封里的本还有一只死蝶，但现在天气这么热不好保留，我家公主又怕您担心，就丢掉了。”

我点点头，“寞云还有什么别的事吗？”“没有了。”“锦帨！”我叫道。锦帨从门外进来。“拿些糕点让春深带着。”春深走后，我把那封信给锦帨。“寞云毕竟是焚蝶唯一的亲人，他给寞云消息也是应当。”我控制不住端着茶杯的颤抖的手，茶全洒了出来，“而且此刻不便去问寞云，她没将此事告诉毕铮，此刻贸然去问，恐会伤了他们夫妻感情，我也怕毕铮走漏风声。但时间，着实不多了。”

“奴婢觉得不妥，且不说这是不是如公子亲笔，就说他是怎么送到京城来的，您说在麝城时他是一个人，无人帮他，那他的信是怎么来的，他是怎么找到静思公主的？还有，这‘琦山’‘风雨’又是什么意思？奴婢都敢说，这是静思公主故意逮着您的要处罢了。”“我也想过，但我不能坐视不理，不敢赌这万一，我虽不知琦山在何处，但总有机会出宫去的。”我丢了茶杯，“你去三哥那儿打探一下，父皇有没有派他南下的意思。”“公主……”“你别说了，若三哥去，我就去，有三哥在，你也放心些，毕竟浣雪宫你得替我守住。若三哥不去，我就留在这儿，当这件事没有发生过。”我拿出火折子，把信烧了。

锦帨气得跺了一脚，出宫去了。我看她回来时的脸色，就知道父皇的意愿了。“好了，我去找父皇请旨去了。”我向锦帨做了个鬼脸，备了些松子糕和今春桃花上露水沏的苦丁，去了麝华殿。父皇还是在忙，我把龙案上的茶换了，又把香鼎中的龙涎香熄了，换成了薄荷，刚刚殿中隐隐漂浮的燥气被掩住了。我坐在椅子上，右手撑着脑袋，静静望着父皇。过了好久，父皇才处理完，“今天又有什么事来求朕啊，巴巴等了这么久？”

我起身，给父皇奉一盏茶，“儿臣听闻父皇有意让三哥南下，所以来求求父皇让儿臣跟着去。”“水深火热的，你去干什么？”“就是因为水深火热儿臣才去的，不仅体察民情，还能助三哥一臂之力。”父皇端起茶盏，徐徐饮下，“好吧，但要……”“保证安全，不给三哥添麻烦，儿臣知道。”我迅速道。“还有，”父皇放下茶盏，“给朕带个佳婿回来。”我一怔，以为父皇得知了焚蝶的事，但见父皇又低头看了眼刚刚批好的奏章，才知是句玩笑话，“那儿臣就告退了。”

回到浣雪宫，轮到锦帨看我的脸色来判断事情了。“怎么可能？皇上不可能同意的，您一个未出阁的公主怎么能乱跑？当年随君出征还事出有因，今日跟着楚王去治水，像什么话？”我不理会她。

锦帨叹一口气，跪在我身边，“公主，现下您跟静思公主可是赤裸裸两个阵营里的人，您又根本不是先动手的人，还有把柄在人家手里，只要静思公主愿意，那先机就不说了，您可就只有被动的份。比如此刻，您怎么就……”我拉她起来坐到我身边，“我何尝不知。但我宁愿相信我与寞云这么多年的情谊，我宁愿相信她会算计我，但不会伤我。我确实只有被动的份，因为我有信心可以自保。”锦帨没有说话。

第二日，我去找三哥。一入楚王府，甘玉就派了自己的贴身丫鬟静影迎我，到了她的院子，她正在院门等候。“嫂嫂。”我微欠身子，“可是久等了？”“不曾久等，王爷正议事，我就得让你屈尊到我这儿来歇歇了，王爷嘱咐了，你不喜闹的。”甘玉道。“我带了些去冬收集的雪水来，这个比现在的水纯净，好泡茶，给静影收着了。”“真是多谢你费心了，现在什么珍物都比不上这个。”甘玉引我入院。

我环视这个院子，是普通王妃规格，不曾逾矩，只是因天干，芙蕖未开，这个季节别的花也少，有些冷清。“北方这样旱的天气，什么都不好长，不过闻说浣雪宫的桂树还很好，想来寂雪你是十分爱护了。”甘玉见我对这院子没什么意见，忙道。“也未怎么特别上心，就是顺其自然罢了。”我笑道。甘玉听出了我的言外之意，也只是一笑。

“对了，自年节见了嫂嫂后再未见，浣雪宫也离不了锦帨，再加上天灾，三哥事忙甚少进宫看我，倒也没机会问问你，那衣服可还合身？”此刻已上了茶。“哎呀，光顾着跟你说话，就把这是给忘了，还未谢你呢。”甘玉起身。

我忙拉着她，“嫂嫂这是哪儿的话啊，你又不是不知道我，一个人在宫里也没什么好相与的，只恨三哥是个哥哥，好不易有了这么好的嫂嫂，怎能不表表心意？我又衬不起那般明亮的红，想着嫂嫂这般标致，不送你都委屈了这身衣服。三哥又是个粗人，想着给嫂嫂添置什么东西，也未必能到心坎里去，毕竟女孩家喜欢什么适合什么，还是女孩家看得清楚。”

甘玉刚要开口，静影就进来了，“娘娘，王爷议完事了。”“这么快啊。”我道，“那嫂嫂就与我去吧。”“不了，午膳你就留在这儿用吧，我去厨房看着。”我道了句“也好”，便轻车熟路地去了三哥的书房。“聊得如何？”书房内，三哥见我来了，问我。我把他书案上的剩茶拿来饮了，“别的倒没什么，左不过是女孩家的事，就是说得太多渴得慌。”“这个天自然渴，但到了南边，我就渴不着了。”三哥笑道。“你我又不是第一次去南边。”我将空了的茶杯放回案上。“这个‘你我’是何意，莫不是，你也要去？”我有些错愕，“怎么，你没有得到消息吗？”我坐在三哥对面，“我已得了父皇的同意，父皇没有告诉你？”“父皇竟同意了？”三哥比锦帨还要吃惊。“当然，否则我今天找你商量什么呢？”我打了个哈欠。

三哥愣了好久才回过神来，“我不管你是怎么说服父皇的，我问你，你知道我要去哪儿吗，你知道那里是怎样的状况吗，你有做这个的能力吗？”“我不知道啊，我觉得没有。”我漫不经心地答道。三哥已开始有些生气，但随即镇定下来，“寂雪，我觉得你有事瞒着我。”

我把三哥放在茶几上的折扇分了合、合了分，不敢去看他的眼睛，“你说的是哪件事啊？”“寂雪，我是很认真的！”三哥道。“我也是很认真的。”我放下折扇，“父皇有意让我去，我也执意要去，你无法左右。三哥，我只是来告诉你一声，顺便问一下我们的计划。”“在麝城南二百多里，牧江。”三哥冷面道。“多谢。”我走出书房，“跟嫂嫂说宫里有点急事，我得赶回去，就不在这儿用膳了。”我对小栗子说。

二

月余后，麝城南。是晚，牧江营帐。

我在营帐里盘算着自己建的第六个粥棚，“这地图也太旧了，都看不清了。”三哥还是像前几天一样不跟我说话。“像个女人似的小肚鸡肠。”我白了他一眼，手指移到了麝城南二十里琦山的位置上。

这时贺兰俪安进来了，“公主，臣已按您的吩咐，找来了当地的郎中，还备好了木香、陈皮、白芷等草药。”“你要这些干嘛？”三哥终于跟我说话了。“南方湿热，水灾之后更是如此，再加上死伤又多，很容易发生瘟疫，不如先在粥棚里添些草药防着些。至于那些郎中，我得试试他们的医术，分出等级，所有人都发个证明，上等的有资格治疗灾民，中等的从旁协助，或者上等的不够用时顶上来，下等的就去做些包扎、采药之事，以防有人滥竽充数。”我又对着贺兰俪安，“你可以找人去问问有无灾民自愿帮忙，无论是郎中还是平民，凡有利于救灾的人，朝廷都会封赏。”“是。”贺兰应了，拿着我出的考题，退了出去。“你还真行。”三哥道。“我就说我是来帮你的啊。”我起身，撞着三哥的肩膀走出了营帐。

半个时辰后，我换了男装，约莫着三哥在召见治水的人，贺兰还在忙着粥棚和郎中的事，就留了一封信，用刚刚撞三哥时偷来的令牌出了营地，牵了事先准备好的马，赶向琦山的方向。我克制着自己不去想三哥得知我溜走后的情形，虽然我在信中清清楚楚地写了不出五日便会回去，并保证自己无恙，但我知道，他依旧会担忧，会气恼。可我却不得不使他担忧、气恼，我怕我会后悔一辈子，我怕不赌了这万一，会输了一辈子进去。

“公子，我劝你还是不要去了，琦山上什么都没有，这样大的雨定会山崩的。”这是我问的第五个路人所说的话，跟之前的四个人一模一样。我又驭马行了近半个时辰，连逃难的人都不见一个了。我勒了马，思量要不要前行。突然背后一寒，我忙向一旁躲去，一支冷箭擦着我散开的发丝飞过。近二十个刺客围住了我的马。我心下一阵冷笑，连最后的一点希冀都破灭，“你们，是谁派来的？”

无人回答。我早已明了，这十六载的闺阁之情，到底比不上权谋为私，纵我想着寞云的千万种算计，也不料她竟用了如此方法。正在我分神时，右边一个搭箭的刺客欲向我射箭，却被一把飞来的长剑刺中，倒地身亡。我回头，只见一抹妖艳的红色从树上跃下，是独孤凉。

霎时，竟有一丝失望从心底升起。我翻身下马，同时射出腰间的毒针。独孤凉已空手打倒几个人，至我身边。我抽出背上的长剑要给他，他却娴熟地抽出了我左袖中的短剑，我只好手执长剑，将背后交给他。正是激烈交战之际，本是一直在下的雨突然更大了，山间换来了巨响。所有人闻声张望，只见琦山山崩，正向我们袭来，刺客见状，全都逃了。

我望着那泥浆与岩石的混合物由不远处向我涌来，仿若是意图吞噬我的恶魔巨兽，饱含仇恨与敌视，只一心将我铲除，不顾什么情谊言笑。就这样想让我死吗，皇宫清冷，尔虞我诈，这么多年的相依为命，还是就这样，巴不得将我除之而后快吗？我就这样，心灰意冷，眼前一片漆黑。恍惚间，依旧是遭遇刺客，我欲将长剑给独孤凉，他却拿走了我的短剑。

“这样你更安全些。”他如是说。于是我放心地把后背交给他。独孤凉力尽，我挡在他身前，击毙了最后一个刺客。他在我身后环住我。我一惊，抖了一下。他的双臂在我腰间折叠。我想挣脱开。他将右手握着的那把短剑，刺入了我的心口……

我猛地睁开眼睛。噩梦一场。我是在床上躺着的，这里似是个客栈。独孤凉趴在床边睡着了，他应是累极了，所以连我坐起身来给他披上衣服都不觉。我侧卧，凝视着他，依旧对刚才的梦耿耿于怀。之前还觉得我的容貌与他有三分相像，如今看来，似乎说是有一分都是多了。

我该怎样形容这张面孔呢，虽不是第一次见，虽偶尔会在梦中出现，但我却从不知道，只是一年不见，竟也会有略微陌生之感，就仿佛从含口回来见到三哥一样。这眉目，就连得了丹青世家真传的二姐都难以落墨，因为着实不知是怎样的机缘巧合才能勾得出这妖山艳水，完美得不留痕迹。鼻峰锐利，全不似玉斧修磨，而是借着闪电这一利刃劈天而成。至于这冷血薄唇，倒像极了天际的残照，因留恋红尘而化作胭脂，于是栖留于这绝世之人的身上。

若他是个女子，想来就无我的立锥之地了。我抽出枕畔的短剑，在他面上勾勒着轮廓。独孤凉迷迷糊糊地醒来，见我的短剑正对着他的脸，并无丝毫慌张，而是笑望着我，"你醒了？""应是我说这话才对，这是哪儿啊？"我收了短剑。"麝城的客栈，你因体力不支、劳神过度，再加上受了惊吓，所以昏倒了，又淋雨着了风寒，所以睡了很久。"

"我睡了多久？"我坐起。"两天多。"独孤凉淡淡道。我赶忙掀了薄毯，想要下床。独孤凉一把拽住我，"你身子没恢复，我不会让你走的。而且你三哥已经把事情办砸了，你回与不回根本就无济于事。"我自知拗不过他，便放弃了。独孤凉把小案放在床上，让我写给三哥的回信，又放了信鸽送走。

"三哥怎么了？""因为河堤缺口太大，堵水的沙袋不够用，他就擅自用了至少五百石粮食堵缺口。粮食遇水会膨胀，一定程度上可以作沙袋使用。好不容易堵住了水，上游又连降大雨，只好弃车保帅，放水入江边一个小镇，为此来保住下游的武城。这本不失为良策，可无奈淹了小镇，武城处大堤突然决口，所幸损失不重。"

"百姓呢，伤亡严重吗？"我赶紧问。"不算严重，你三哥事先有准备，也疏散了百姓，就是财物难免有损。"我将右手食指指节放在唇上摩挲着，心想该如何是好。"你我这么久不见，见了面也未来得及说上句话，好不容易说上话了，你却一句关于我的都没问。"独孤凉冷笑道。"好吧。"我把右手手指放下，"我不想知道你为什么会出现在琦山，我身在营地又大建粥棚，认识我的人不少，你能得知我的行踪也是自然。我只想问你，含口怎么样？"我的意思是，他可有找到意中人，虽然我已有答案。

“还是原来的样子。”他这一句，就说出了我知道的答案，“你刚才拿你的短剑对着我干什么？”他又移了话题。“我只是觉得，你的容貌，并非能落于纸绢之上。我以前向别人提起你，只说你这脸犹如无数能工巧匠费尽心思雕琢而成，今日再见，却发现并非凡物，倒是有鬼斧神工之意，就想着能不能雕一个出来。”独孤凉听了，笑弯了腰，“你啊，还有心思打趣我，也不看看你三哥是怎样一种田地了。”

“那是朝中的事、三哥的事，再烦再乱都不能扰到你这里，他的事我回去再说，你在这儿，我就不谈那些与你不相干的事了。”我打着哈欠。“如果我说，我有办法帮你呢？”独孤凉俯身笑问我。我连忙住了还未打完的哈欠，两眼灼灼地盯着他。独孤凉笑意更浓，“如今有两件事要办，一是堵水，争取时间修补大堤；二是救护灾民，使灾民的生计不至于太困难。这大堤虽可用沙袋来堵，但沙袋过少，你三哥用了粮食，虽是良策，却仍不如另一种东西好，你可知，是什么？”

我嘟起嘴，想着被水浸过后会发胀的东西，茅塞顿开，“莫不是你想借着前些年麝城的贱价棉花？”前几年因棉花刚被引进，用来做衣服被褥既舒适又便宜，璐麝的气候又很适合种这个，所以百姓大量种植。因产量过多，一时又卖不出去，使得其价钱下降，大量囤积，成了不少百姓的心头之患。

“你们以朝廷的名义收购这些棉花，再略加石子沙子当做沙袋，岂不是一举多得？”“你真是，算盘都打到朝廷头上了。”我怀疑独孤凉也借机处理他囤积的棉花，“虽说这个办法可行，但三哥那儿毕竟出了事，父皇让不让户部出这个钱先不谈，只是这来来往往就耽误不少时间。”

独孤凉又冷笑一声，“你觉得我会傻到去赚棉花上的钱吗？朝廷现在还在观望，看看棉是不是真的那么好，而且百姓这般一拥而上，迟早会有这样的结果，我怎么会往火坑里跳？”我一时语塞，知道是自己小人之心了。独孤凉一巴掌拍到我脑袋上，“你放心，我这儿还有空余的二十万两白银，你可以先去用着。”“待我回去禀告了父皇，无论成败，户部都会把钱还给你的。”独孤凉没有说话。我将自己的和三哥的令牌都给他，“一切就交给你了。”

“你还真是信我。”独孤凉接过。“我不信你又如何，你能放我自己去做？”说罢我就要下床。独孤凉一个眼神把我逼了回去。“你放心便是。”他轻叹一口气，向房外走去。“师兄！”我叫住他，“若仅仅是你我之间，我自不会言谢，但此刻用的是朝廷的钱粮，既得给你、也得给天下百姓一个交代。”我本不想让他这般为我，我本想让他疏远些，但经这一事，我已失去一个寞云了，我不想再失去一个曾经携手相伴、无忌言笑的人。“我当然知道。”他给了我一个白眼。

待独孤凉走后，我深深叹了一口气，一时间头脑有些发昏，胸口隐隐作痛，我知是自己身子过虚了。若听独孤凉的好好调养，没十天半个月是恢复不了的，多亏他的医术不如我，姑且诊不出我这宿疾来。我悄悄下床，扶着桌子翻着行李，找出了珊瑚簪子，拔下珊瑚，将其中一枚极小的丹药吞入口中。

我早知此行艰险，若是染疾，三哥必不会允我出营，保不齐还会把我送回宫中，这药能暂时压住疾病，好瞒住三哥一时，只是最多半月，之后病情便会加重，此刻只能先瞒着独孤凉了。直到晚上，先后服了两剂药，灌下去五碗补品，又有不知道多少次号脉，独孤凉终于允许我下床了，他帮我办的事也差不多了。

“我查过你三哥治水的事了，据说武城的河堤被人开了个口子，所以他才会前功尽弃。”独孤凉在我床边坐着。我坐在另一边，身上还裹着毯子，手中握着铜箸，拨弄着快要熄灭的炭火，“我猜到了，上次五哥的事，我就发现三哥身边有内奸，只是他还没查出来。”我伸了个懒腰，铜箸差点砸在独孤凉头上，“这次，怎么着也放不走了吧，就算是放走了，也得找出一个来吧。”独孤凉冷笑一声，“若他早聪明些，也不会这般结果。”“好好好。”我把铜箸丢给独孤凉，“我知道你厉害，不过，该来的人还是会来的。”

一只信鸽从窗外飞进来，落在桌上。片刻后，楼下便传来了争执之声，一男子来禀报说有人硬闯，独孤凉下令让硬闯之人入内。饮口茶的功夫，贺兰就已叩完首立在我面前了。“情势如何？三哥可好？”我先问他这个。“水势已经控制住了，河堤正在尽快修补，灾民们安置也算妥当，内奸也抓住了。起先皇上听闻王爷的事勃然大怒，现在态度有所好转了。”贺兰答道。

“父皇可知我的事？”“公主您瞒得紧，王爷也不会提，所以皇上应是不知，只是王爷担心得厉害，今日收到您的信鸽，便命臣带人来了。”我垂了眸，觉得有些对不起三哥，也有些对不住独孤凉。

“不知公主因何事离去？”贺兰说这话时，一直盯着面无表情的独孤凉。我瞥了独孤凉一眼，“有一部分是因为他吧，毕竟这一路他帮了我很多。这次事情大都是他在帮我。”我隐约感到独孤凉在瞪我，于是忙加上后面这句。独孤凉冷笑一声，“若是你们王爷足够有本事，也不必寂雪费这么多心力。”“你说什么？”贺兰几乎要冲过来了。我忙起身拦住他，“我师兄就是这个脾气，说我也是一样，这个三哥也知道，你回去就不必学给他了。”“怎么，公主不随臣一起回去吗？”贺兰假装没有听到独孤凉的又一声冷笑。

“你眼睛是瞎的吗，你看不到寂雪的脸色有多差吗？还是你觉得你们那个营帐比客栈舒服？”独孤凉把茶杯磕在桌上。“我的身子没什么大碍，就是觉得三哥此时有事要忙，而且在生我的气，倒不好让他添堵，再说我与师兄一年未见了，想多聊聊。”贺兰只好应了，带人回去了。我又裹了毯子横坐在床上，独孤凉坐到我身边，“你怎么不回去呢？可别再说是因为我。”“我回去了，三哥必得分些心在我身上，那内奸虽是抓住了，但大哥那边虎视眈眈，五哥余党又怀恨在心，再有不慎，就不会如今日般幸运了。倒不如我先避一避，让三哥全力去应付那些事。”我突然意识到自己又说多了，便换上笑脸，转向独孤凉，“当然了，也是想开导开导你，帮我找个好嫂嫂啊。”

独孤凉全然没听到我后来说的话，而是一脸忧虑地看着我，“寂雪，你老实告诉我，你出宫到底为了什么。”我知自己的笑脸演不下去了，“因为我中计了，不过你不必担心，我会绝地反击。”“我知道。”我没有再说话，也没有去看独孤凉，胸腔中有什么在翻涌，牵扯着内心柔软的情感，是关于寞云的，关于焚蝶的，也是关于皇宫的，我不敢表现出来，不敢让独孤凉担心。我选择了这样一条路，哪怕是被迫选择的，我也要坚持下去，不管前方是什么，我唯一能做的，就是不要牵连更多的人。

三

四日后，我回到武城营帐，却只有贺兰在这里，三哥竟然已抛下我赶回璐城了。我最后一遍察看了水势及三哥的部署，算是满意，便要贺兰留在这里，自己带了几个士兵赶回宫了，并且暗中送信给独孤凉，警告他不要再派人或者自己跟着。

我理解三哥的，就像知道是自己一再犯错一样。我连蒙带骗地使他带我出宫，口口声声说要帮他助他，却是偷偷溜走去见别人。我曾承诺要陪他一起走，却撒了这样一个大谎，在紧要关头离他而去，在他最需要我的帮助我的陪伴时我却不在，不仅不在，而是为了别人弃了他。他生气、伤心，都是应该的，我被他这般对待，也是我活该。独孤凉应早已得知三哥回京的消息，之所以没有告诉我，左不过是要我多休养几天，否则我必会早早就来追赶三哥的。他的心意我明白，只是这一耽搁，我不得不再用丹药。

因我赶得急，只比三哥晚了三天回宫。待我回到宫里，正让锦帨给我装扮一下去见父皇的时候，就听闻父皇再次召三哥入宫了。三哥刚回京就被父皇当着文武百官的面大加训斥，今日又被单独召进宫，想来也不会有什么好事。我连出宫的前后始末都未来得及跟锦帨说清楚，就随便穿了件对襟羽纱裙赶往麝华殿。

麝华殿丹墀上，跪着三哥。再回到璐城，天气早已不似南方般湿热，但太阳却是晃眼，我看向麝华殿宫门口，那烈日似乎正悬在三哥头上，火焰的灼热，似乎都能把他那一身藏蓝色衣衫燃烧起来。

“公主。”锦帨赶了过来，将伞撑在我的头上。我接过伞，走向三哥，为他撑着，同时将我的左手放在他的肩上，“三哥。”我轻轻唤他。他没有理会我。我丢了伞，走上丹陛，跪在殿门前，“儿臣寂雪，远行归来，叩拜父皇。”

不一会儿，内侍将门打开，让我进去。我回头瞥了一眼三哥，进入了因置着冰块而清凉的殿中。我步入麝华殿，身后的门被内侍从外面关上。殿中央明黄色衣袍的男子正向我微笑。我敛裙下跪，“儿臣归来，叩见父皇。”父皇扶我起来，把我因匆匆赶来而弄乱的发丝整理好，“苦了你了，又瘦了。”

待父皇坐下，我奉一盏茶，“儿臣这次瘦是理所应当，为着黎民百姓，庙堂之人苦些累些也是应该。”“怎么，还有什么不该让你苦些累些的事吗？”父皇问。我向殿门口努了努嘴，“那儿不就有一个吗？”“那是他咎由自取。”

“父皇明察秋毫，三哥此番治水有过在先，理应受到惩罚，什么奸人所害、谣言构陷，也是他能力有限所致。但父皇明鉴，三哥事后所为，完全可以弥补他的过失，灾民已安置，水势已控制，连多年前因棉花之事造成的百姓困窘也在解决，这的的确确是功劳一件。虽不足以将功补过，但至少可以减免一下他的错误。”“晨儿所做之事朕也有所耳闻，不过只以你与他二人，如何能获悉囤棉一事，并大量收购呢？”

我跪下，“儿臣见事态危急，来不及向父皇禀告，又逢师兄因生意之事身在麝城，便逾规向其求助，借了他二十万两白银，姑且作治水之用。父皇明察，各地虽有朝廷下发的赈灾钱粮，但因贪官横行，或是灾患过重，已所剩无几，所以儿臣不得不出此下策。”“如此说来，你的师兄，果真不是池中之物，只可惜，朕从未见过。”

“区区凡人而已，父皇见与不见也无甚差别，儿臣这师兄是个侠义之人，除了生意上的事，他还想帮助灾民，只是他不愿插手朝廷之事，无奈儿臣苦苦相劝，他又明确要久居江湖，才肯出手相助。儿臣只求父皇待我璐麝灾患平定后，让他的生意回归坦途，毕竟二十万两白银对一介平民来说也不是小数目。”我听出了父皇言语中对独孤凉的戒备，忙诌了这样一篇谎话。

“你紧张什么，朕又不会吃了他，只是觉得你二人交情不浅，想牵个红线罢了。”我低了头，“父皇可不要说笑了，儿臣知父皇之前说带一佳婿并非玩笑话，也知父皇怀疑儿臣此次执意跟随三哥治水是另有所图，但实是父皇多虑了，儿臣只是担心百姓和三哥，才出宫的。再说儿臣与师兄三年朝夕相处，最知彼此脾性，父皇这红线牵不牵得好，儿臣是最明白不过了。”

父皇拉我起来，“朕也听出以他的性子不愿入朝，若是真这么办了，倒是把你往两难的境地上推，于你于他都是无利。”“父皇最明白儿臣了。”“你未回宫时朕就令户部派人将银票送去含口了，另有赐的东西，你师兄的生意无虞。”

我跪下叩首，“多谢父皇。”“好了，把你三哥叫进来吧。”“是。”我起身，退出麝华殿。殿门关闭，将热浪阻隔在外面，我松了一口气，走下丹陛，到三哥身边，我取出自己的手帕，拭去他额上鼻尖的汗珠。他只平视前方，不看我。

“父皇让你进去，此刻他的心情好多了。”我又将三哥颈边的汗水拭去，收了手帕，在锦帨伞下回了浣雪宫。浣雪宫里，我换了被汗水濡湿大半的对襟羽纱裙，换了件浅碧的纱裙，歪在冰盆边的榻上，饮下一碗梅子汤。“公主，您怎么出了这么多的汗？”锦帨将我换下来的衣服收起来。“今日天热，再加上三哥的事，父皇那里还不知是怎样的态度，我得试探着，紧张得不行啊。”

“公主，奴婢斗胆问一句，这一路，究竟如何？”我手中一滞，看了锦帨一眼，示意她坐下，将这次出宫之事据实以告。听罢后，锦帨沉默良久，她是明白我的，知道现在如何安慰我都是无用。这一路，这些年，与寘云是如何相待的，她都看在眼里，我们有福同享，有难同当，一个犯了错另一个护着，一个受了气另一个拼着。

“公主，想来楚王今日不会午睡，您去趟楚王府吧？”锦帨知道，整个璐城，只有三哥与我相依为命了，我不能再失去他了。我点点头，没有说话。

午后，我立于楚王府书房外。“公主，楚王今日真的有事，您的身子也不好，就先回去吧。”小栗子劝我。“他有事不忙在这一时，或者你去告诉他，我在这里等他忙完。”我淡淡道。其间甘玉也来劝我，被我拒绝了。

太阳很大，纵使是打着伞，阳光还是晃眼，模模糊糊一片，仿若是陷在了回忆里。回忆里的那个男子，总比所有人都疼我，从来不跟我抢东西，从来都把好东西让给我，给予我他所能给予的所有安全与温暖，笑陪我笑，恼陪我恼。无伤的年华，多的是这个男子的音容笑貌，犹如白练拂手，柔滑轻细。

书房的门被徐徐打开，那男子出现在我面前，微笑如风。我看到，那双目炯炯，有他的光芒，也有我存在过的痕迹。我也冲他微笑，我知道，他原谅我了。我转身，离开楚王府。他与我之间，不必多言。我们都知道，我若多说一句，便是虚伪，他若多说一句，我会流涕。一笑间，一如既往，一切都不曾改变。

回宫的马车里，我听到远处传来的雷鸣之声。我掀开窗帘，看向雷鸣之处，只见乌云由东边涌来，满街的百姓也不顾躲着我的马车了，只一齐看着东边。所有人的表情，包括我的，都一样充满期待与欣慰。终于要下雨了，璐城自打入春之后的第一场雨。

马车一入宫门，雨便下了起来，我再次掀开窗帘，看雨水落在石板路上，甚至大风吹来，伴着车盖下的珠帘流苏，还能打湿了我的面庞。我难以抑制内心的兴奋，跃下马车，在雨中奔跑起来，这份快乐，是三哥给的，是这场雨给的，是璐麝的子民给的。“公主！”锦帨从马车上跃下，撑着伞追我，“您快打上伞，这样会着凉的！”我不理会她，径自在雨中奔跑着。

“公主！”她在我身后不停地追着。“你来追啊，看你追不追得上我！”我转身对锦帨喊。大雨迷蒙间，锦帨的身影渐渐模糊，换成了另外一个人，一个喜欢穿黄色衣裙的女孩。她也曾这样追着我，想要捏我的脸或者拧我的耳朵，就这样，两人欢声笑语。大雨滂沱，眼前的人终究变成锦帨，伞在我头上撑着，而那个我经常为其撑伞的人，却与我分道扬镳。我终于控制不住多日来用丹药强行压制住的病气，突然眩晕起来，跌坐在地上，身下传来的雨水的湿冷气又让我清醒过来。

“公主！”锦帨丢了伞来扶我。“去请方太医，对外且说我是风寒。”我扶着锦帨，想要站起，眼前却是陷入一片漆黑。醒来时，方太医正在一旁请脉，锦帨正煎了药送过来。“您可终于醒了，您都睡了近一天了，半个时辰前才退了烧，皇上一直守着您，也不让别人来看您，等您退了烧才去歇了歇。”锦帨道。“那快去禀告父皇，说我没事了，也得请太医给父皇瞧一瞧。”我忙道。锦帨应罢，退下了。

“方大人，您没把我的病情告诉父皇吧？”我问方太医。“臣不敢。”“好。”我道，“您且对外说是风寒和体弱，免得父皇担心。药在我宫里煎即可，免得被人发觉。”方太医一一应了，退下了。当我服了下个时辰的药后，父皇就来了。

“参见父皇。”我准备起身。父皇忙按住我，“昨儿回来还不见你这么明礼，今儿病成这样又虚套什么。”的确，昨天我刚回来，未穿戴整齐正式拜见父皇，而开口就是为了三哥的事，果真是失礼了。

“明明是儿臣有错在先，自然要先为三哥开脱了。”我抓着父皇的手臂，“三哥那儿还好吧？”“难道你昨天就没问问？”父皇见我精神尚好，以为我病得不重，便也打趣起了我。“儿臣是去请罪的，哪敢问这么多？”我嘟起嘴，看到了父皇询问的眼神，“三哥治水失利的时候，儿臣见他难过，又不愿刺伤他，就来了个先斩后奏，先去找师兄帮忙，后才告知他，着实让他担心了一番。”

“这是他照顾你不周。”父皇道。“明明是儿臣的错。”我松开父皇的手臂，正视他，“儿臣当初对父皇承诺的是去帮助三哥，而非让三哥照顾儿臣，儿臣此去并未及时向三哥给予帮助，还让他劳心伤神，自然是儿臣的不是，还望父皇不要过于苛责三哥，其实儿臣也应当受责罚才是。”

父皇笑了，“你心系百姓，朕如何能责罚你，朕也知晨儿能做成这样已属不易，也不会过多苛责，功过相抵罢了。”“那儿臣就替三哥谢过父皇了。”父皇把我挡住脸颊的头发拨开，“你也要歇息，朕就先回去了。”“父皇回去可要让太医瞧一瞧，别让儿臣的病气染了。”“朕不怕这个。”父皇说罢，把刚给我整理好的头发又揉乱了。“恭送父皇。”我在床上道。

我听到父皇走出门外时，嘱咐锦帨好好照顾我。我松了口气，确保父皇走远了，仰躺在床上，压制了许久的咳嗽终于开始了。自父皇一走，我就一直咳嗽不停，每一次的咳嗽就耗费一些体力，最后连起身都困难。锦帨一直在殿内忙活，我让她停了殿中所燃的香料，又把药搬到殿里煎，整个寝殿里都是药香，闻着稍微舒服些。

这一病反反复复近两个月，待我能下床后，天气已有些凉意了。“桂树，浇过了吗？”我立于窗边，问锦帨。“这两个月雨水一直不少，没敢多浇。”锦帨答道。我淡淡应了声，没有再说话。“公主，莫要再想了，您病的这段时间，连齐王都遣人按时给您送了不少补品，静思公主那里连一句都没有问过。”我扶着窗棂，“三哥那里如何？”

“前一阵子跟太子掐得很紧，毕竟楚王此行除了治水还有肃贪，那些贪官中有不少是太子的人，甚至还牵连进了太子妃母家的人。这些日子平静多了，太子那儿伤了元气，楚王因治水有过失，所以不便放开手脚。”

我眯起眼睛，右手食指放在嘴唇上摩挲起来。大哥那里，文官再次受损，武将成为重点，对父皇而言，会不会成为一种威胁？还是父皇现在已对大哥有所不满？否则，不会这般支持三哥一半肃贪一半剪除大哥羽翼。父皇此举，是不是有意扶持三哥，让他有能力与大哥抗衡？我决意去找三哥。

雨后初霁，甘玉去了甘府，三哥独自在书房办公。我行至敞着门的书房外，见阳光从门口洒入房中，房中的地板上落了个四四方方的光影。我怕误了三哥的事，便随意在门槛上坐了。书桌后的那个人，正揉着额头看着一封奏章，右手摩挲着落在墨砚上的毛笔。我知道，那是他在思考。他的眉头微蹙，门外的和地板上的亮光使他挺拔的鼻梁和眉毛更加凸显。一阵风袭来，我忍不住打了个寒战。

“寂雪？”三哥注意到了我。我便从门槛上站起来，到房里随便坐了。“身子可好些了？”三哥斟一杯茶给我。“莫非你没有日日派人去问，或者锦帨没有日日告诉你？”我饮尽茶。三哥没有说话。

我望着三哥摩挲着茶壶的右手，知他又在思索了，“三哥，我听说你与大哥的事了，我只想问，一母同胞，你可真的下得去手？”三哥的手指停住了，“难道你不知……”他没有再说。我看到三哥眼神里的闪躲，我突然明白了，“是寞云怎么了吗？”我心下一阵阵发紧，不禁握紧了手中的茶杯。“没有，你别多想，她很好。”三哥几乎是把茶杯从我手中夺过去。

“三哥，就算你现在不告诉我，我回去也会问锦帨的，她不比你懂我，也不如你了解朝事，她若说不清楚个始末，我会更忧心的。”“并不是什么事，你无需多想。”三哥依旧这样说，“只是你别再这样信任她就是了。”我起身，“自寞云出嫁后，我一直在防备着她，我不知她究竟对我做了些什么，你若真不说，我就只能去问父皇了，毕竟无论她对我做了什么，构陷还是污蔑，父皇定都帮我挡下了。”

三哥起身拉住我，“寂雪，你别去了，免得父皇疑你，我告诉你便是。”我有些愣，寞云究竟对父皇说了什么，竟能让父皇来疑我。“寞云说你串通宫外的师兄谋夺皇位，甚至连有你笔迹的信都仿出来了。但所幸你前些日子用的是我送你的紫牛舌墨，而非贡墨，还了你清白，父皇把这事挡下了，对寞云也没有过多惩戒，免得惊动你，扰了你养病。”我望着三哥，说不出话来。

“寂雪，你放心，我一直在，就算是所有人都离开了，我也不会背弃你，不会伤害你。”三哥看着我呆呆的样子，抓住了我的肩膀。我的三哥，我不是怕，也不是担忧，对于寞云陷害我的事，我早已防备了，况且治水那次更是心狠。我只是舍不得你。

我与寞云虽是异母所生，却也相伴这么多载，我自问待她不薄，但她为了权势，就可以用这样的手段对付我。你与大哥虽是一母同胞，但感情比不上我与寞云的十之一二，你与他之间，究竟又是怎样一番争斗，他会怎样陷害你，你又会如何反击呢？我拉三哥坐下，自己蹲在他膝前，让他看到我全部的目光，“我知道，三哥，我一直知道，所以，我也不会背弃你、伤害你。如今血雨腥风，我只能依赖你。”

“我也只能保护你。”我不想纠正三哥说他还有家室，我此刻只想伏在三哥膝头，为我们的宿命哭一场。我回到浣雪宫时，锦帨看出了我的异样。“怎么了？”我半躺在床上，看着欲言又止的她，“是寞云的事吗？”锦帨突然跪下，“静思公主曾以谋逆之名构陷公主，所幸皇上英明，还了公主清白，下令不许任何人告诉您，要您安心养病。”我俯身拉她起来，“这件事我已知道了，三哥禁不住我的一再逼问，已告诉我了，父皇那里你也不必担心，父皇什么都知道的。”

锦帨却又跪下，“奴婢还有一事瞒着公主。”“可是寞云拉你过去？”我笑问。锦帨一惊，“公主……”我再次拉她起来，“该是时候了，我也料到她会这么做了，只是她知你我之情，定拉不动你，左不过是离间我们罢了。我并非信不过你，只是怕你因此太忧心。”

锦帨此刻只有落泪，说不出话来。我拉她坐到床边，“这浣雪宫，只剩你我二人了。前朝连着内宫，我逃不过，这风起云涌，你我还得依靠着。”“奴婢誓死追随公主。”她这样答我。我以为，锦帨今日只是为表忠心，却不知，有人在我身边安插了细作，虽然初衷不同，但对我的伤害，却是最深的。

四

今岁秋祭与往年不同，光看礼部大臣上奏章的数量就知道。本来秋祭并不是什么大祭典，只让身为太子的大哥主办就是了，但今岁水旱过重，秋祭自然就被重视了起来。秋祭后不多日，便是祭祖，原本祭祖比秋祭重要，但今年却是反过来了。之前都是父皇前往皇陵祭祖，但今年，为了突出秋祭，加上父皇称龙体不适，竟派三哥在宫中举行祭祖之典。

这样一来，三哥的地位就不言而喻了。楚王府，三哥谢绝了所有客人的到访，只迎了我一个人。与甘玉打了照面，客套一番，便到了三哥书房中。

“看看这个。”三哥把一叠奏章给我。我见他难得如此严肃，便找了个向阳的位子坐了看着：大哥秋祭事宜的安排，礼部的安排，京城军队的调动，皇城禁卫军的调动，还有，官员的调动。我渐渐有了眉目，因秋祭之事，京城军队有调动也便罢了，宫里的禁卫军竟也有调动，这就不正常了。而最后官员的些许调动，会不会是引起军队调动的根源？那么，这两方军队的调动，背后究竟都是什么人，有什么意图？

“外城的军队，是大哥请示父皇之后动的，皇城的禁卫军，是贺兰俪安费了劲打探来的。至于官员的调动，大都集中在兵部和吏部，我的人、大哥的人都有，甚至有一些还是父皇动的，但大部分，还是大哥的人。”三哥把一封奏章给我，“我也不明父皇是何意，于是试探了一下，大哥手下有个兵部左侍郎叫陈凭遇，战功不小，秋祭后恰逢是他五十岁生辰，我便向父皇给他求了个侯爵，父皇竟允了。”我有些惊讶，“父皇居然这般轻易地封了个侯爵？”

三哥没有说话，算是默认了。“欲擒故纵？”我喃喃道。“你也想到了？”我也没有说话，只是心下暗惊，莫非，大哥真有谋逆之意？对于此，父皇不会看不出来，禁卫军的调动就是最好的证据。那么，所谓的“龙体有恙”与三哥入宫祭祖，也就是父皇防着大哥的措施。

“父皇龙体如何？”“我也不知，父皇一直不许我见他，就算是探病，也有个帘子隔着，说是怕我染疾。纵使是我想侍疾，也被父皇的圣旨赶了出去。”我蹙起眉头。

“寂雪……”“这虽然是个好机会，但我总觉得，这太轻易了，轻易地有些对不住我们这些年的殚精竭虑。”我将右手指节放到嘴唇上。“我明白，但我也处处打探过了，老五还在府里老老实实待着，大哥那里忙得热火朝天，父皇在后面操纵着，我们……”

“帮我备些厚礼，陈凭遇生辰前日，我去打探一下。若大哥真有此心，我这般做，只当推他一把，若大哥并无此心，倒是最好。想来，封爵的消息你还没有放出去吧？”三哥一笑。我的左手扶住额头，总觉得，连自己这点谨慎，都被什么人了若指掌，似乎下棋的人，将我这枚棋子，又放到了可以进攻的位子上。

寿宴前夕，我私下去给陈凭遇送贺礼。是从后门进去的，亮明身份，便有仆人急忙请了管家来，管家引了我绕过画廊，走过亭榭，才至正院。我明白，他这是带着我故意绕路，给陈凭遇准备的时间。

“本公主此番前来，有意不使人知道，麻烦管家引至偏厢，本公主只是想与将军说几句话而已。”管家听我这么说，忙笑着将我引到偏厢，大有松了一口气的样子。我方饮了一口茶，陈凭遇便来了，向我行礼。“七公主能来本将军府，真是蓬荜生辉，却不知公主今日来是为何？”

我浅笑，“只是来跟陈将军说几句话罢了。从未来过陈将军府，倒不知将军竟有这么多仆从。”我扫视了一下这屋里的人。陈凭遇便打发了人出去。“既如此，寂雪便说明来意了。”我见仆人关上了门，“寂雪这次来，是想为敬佩的人，送一份厚礼。”我双手奉上礼单。

陈凭遇恭敬接过，“能让护国公主这般看重，真是臣下殊荣。”“其实，对将军您怀有敬佩之心的又岂止寂雪一人，当年将军在伏岳勇猛无敌，楚王对您也是敬佩有加。"我笑道。"三皇子？"他有些吃惊。"是啊，想来将军您也知道，三哥向父皇上书，求父皇封您为武安侯，明日在您寿辰上，封侯的旨意就下来了，父皇是想以此为贺呢。"我的笑容不减。

"皇上，竟同意封臣为侯？"他更吃惊，不过，这次是真的。"自然。"我说得十分轻松，"寂雪说过，三哥敬佩您，为您求个武安侯作贺礼也是应该。"我这句话，"既是三哥提出的，又在情理之中，父皇也没有不答应的道理。"我又将父皇对三哥的态度拿出来。陈凭遇沉默了好一会儿。

"大哥的才能，您清楚得很，父皇更是透彻，否则不会换了一个又一个老师；三哥的才能，将军您也清楚，毕竟五哥在时，三哥的封地就是最广最富饶的。"我打破了沉默，"明眼人都看得出，大哥和三哥之间必有一场争夺。五哥被禁，四哥恬淡，二姐远嫁，连皇嗣都分为两拨，如今父皇龙体康健，往后的日子，还有的好戏瞧。"我加重了这句话，"大哥虽是太子，有朝中诸臣相助，有寞云倾力相辅，但帝王之资却有所缺陷。三哥为楚王，封地富庶，人口众多，况为施焰之战立下汗马功劳，虽比不上大哥在朝中的势力，但毕竟有父皇垂怜。更何况，圣意难料。"

"公主此番前来，除了祝寿，不知是否还有什么别的事情？"他的态度转淡，是知道了我的来意。"寂雪此番前来，是要告诉将军，来日方长，良禽择木而栖，三哥在父皇心中的地位，将军此番也看得明白，寂雪与三哥对您的仰慕之情您也清楚，我们，随时欢迎将军。"我隐了眸中的得意。

"这得容臣再想想。"他此言，已表明了决心。"那寂雪就不叨扰了，将军，来日方长。"我淡淡一笑，转身离去。这是一着险棋。

我躺在楚王府的躺椅上，闭目，细细思量着其中的每一步。

我在陈府，看似是拉拢陈凭遇，但其实，我与三哥深知，那陈凭遇是不会舍弃风光的东宫转而投靠我们的，就算他想投靠三哥，三哥也断不会用这般小人。所以，我们只是想借机向大哥展示父皇对三哥的看重罢了。

辅佐大哥的都是武臣，个个自命不凡。施焰郡一收，父皇对三哥的军功赞赏有加，东宫就越发重武轻文了。武将虽鲁莽，但他们很清楚自己辅佐的人是什么资质，他们图的，就是用自己手中或多或少的兵权保大哥平稳登基，进而加官晋爵。

父皇一直不喜封侯这类事，一直怕臣下权力过大，现有的几位国公大都是皇祖父那一辈的，也不过是顾着前辈的颜面罢了，况且他们的子孙也未赐有世袭的待遇。在攻下施焰郡那年的庆功宴上，镇国公求亲不成，便让自己的长孙娶了另一位国公唯一的孙女。这几位国公，自从大哥封太子之前就结为一体，要守住本族的富贵了，这几年，会更加紧密地联合。

父皇此次同意三哥的提议，不是偶然，也不仅仅是表示对三哥的重视，而是怕形成势力割据，不得不利用封侯来彰显对臣下的重视。向那些愤愤不平的爵位上的人显示，他心中还是有他们的位置的，甚至，都有了告诫的意味。陈凭遇也是生得好，赶上了这个好时机。

此刻，大哥的优势是他的太子之位，可以得到很多朝臣的支持；他的劣势也是他的太子之位，因为身为储君，所以不能有任何错误，但偏偏，大哥是个爱犯错的人。我皱起眉头。支持大哥的人都明白这个事实，若大哥长久以往，必会动摇父皇对他的信任。而最近，父皇偏重于三哥，所以他们，该蠢蠢欲动了。

我今日所说已够透彻，他们何时出手，只是时间问题。“目标是父皇，他们又是武将，如果是刺杀，来日分功又是难事，所以谋反是最好的选择。”三哥在茶几另一边的躺椅上，轻轻说。我叹了口气，“三哥，你一定要保证父皇的安全。”我睁开眼睛，眉头却松不开。

“寂雪，父皇的禁卫军可不是一般人。”三哥也睁开眼睛。我起身要离开，却又想到了什么，转身望着三哥，“父皇的侍卫里，可有你的人？”三哥也起身，走到我面前，“有的。”我垂了眼帘，不知是否该接着问，但又抬起眼帘，还是要问，“三哥，你说父皇，是不是也在防我们？”三哥一愣，随即笑了，“帝王之心不可测，但寂雪，我相信父皇不会防你，我也不会，无论何时何地。”“我信你。”我展开笑容。

此时此刻，我早已不将寞云视为自己的妹妹，而是视为仇敌，我如此不择手段地报复她，也注定了，我要为此付出代价，狠狠地痛一辈子。

天佑二十七年秋，太子承昭谋反，假传圣旨，欲率守城军弑父杀君，天子英明，早日防备，将其一网打尽。其间，楚王晨昭与护国公主护主有功。废太子承昭，其党羽收监待审……

史官如是记载着。我知道，太子谋反，为首者是毕家，寞云也逃脱不了，或者，她也是支持的。接连七日，我跪在麝华殿前，求父皇宽恕寞云。接连七日，我都被父皇的口谕赶回浣雪宫。三哥那边亦如是。终于在第八日，我跪在丹墀上，得知圣意。对于别人的，什么抄家斩首都不重要，我独听到寞云的，是“赐死”二字。

“还准葬入皇陵。”内侍这样劝我。这有用吗，人已不在了，是否入皇陵还有何分别吗？我敛裙起身，奔上丹陛，却被侍卫拦在殿前。我思量再三，怕激怒了父皇，终是跪下，“父皇，求父皇网开一面，寞云少不经事，罪不至此，求父皇看在她孝顺多年的份上饶她一命！”

没有回答，只有风，飒飒作响。“父皇，寞云再怎么有错，大哥再怎么有错，毕竟都是您的亲生孩子啊。六哥已殇，二姐远嫁，五哥幽禁，四哥不问政事，父皇，您又怎么能再失两个孩子啊？求父皇念及往日情谊，饶他们不死！”我磕着头哀求着。

依旧没有答复。怎会如此，古往今来，凡有皇子谋逆，甚少会有如此下场，况寞云只是一个公主，还是最小的公主，为什么，会这般牵连到她？

一只熟悉的手落在我的肩上。我想也不想，就靠到那人身上，“三哥，怎会如此，怎会如此？我千算万算，连最糟的结果都有应对之策，而今，我却从未料到寞云竟会是如此下场。”

“我们都低估了父皇，也高看了自己，有今天的下场，不仅是大哥和寞云，就连你我，都是自作自受。”我只有哭泣，因为深知，三哥所说有理。

“寂雪，此刻我唯一能做的，就是不让你也牵连进去。”我刚反应过来三哥此言何意，只觉颈后一痛，再度昏迷过去。不知有多久，我终于昏昏沉沉醒过来，用模糊的双眼识出了床边的锦帨。我用力抓过她的手臂，是用她的力气让自己坐起来，也是把她拉到自己跟前，“你再灌啊，怎么不灌了！”为了让我留在浣雪宫，竟让锦帨给我服用迷药。

“公主。”锦帨只是用另一只手把外衣给我，“皇上的意思，是让公主再多睡几天的，但今天是静思公主下葬的日子，楚王，不是，太子说还是让您知道的好……”我直接呆在了那里。

“公主，公主！”锦帨略略摇着我。我掀开薄衾，蹬上鞋子，抓起外衣胡乱披上，向殿外奔去，也不管有没有撞到东西。“公主！”锦帨忙来扶着我。我推开她，“备马，快，备马！”

其实，马早已在浣雪宫外了。我翻身上马，不顾头昏，不顾宫规，不顾在我后面骑马追来的锦帨，向皇陵赶去。怎会如此，只是一醒一梦间，我就已与寞云反目，不惜夺对方性命。只是一梦一醒间，朝堂云翻雨覆，大哥昔日的灿烂不再。又是一醒一梦间，已是人鬼殊途，我就再也见不到寞云了。细想来，我们竟有半年未曾相见了，当初的欢声笑语，当初的嬉笑玩闹，仿若停留在那梦境中了。怎么会，最后一面，我竟未见到，竟未阻止！

皇陵内，一个有罪的公主下葬，一个废太子下葬，并未有什么大排场，但那煞目的白，还是刺进了我的心。我直接从马上跃下来，双腿无力，差点跪在地上。锦帨和另一个人将我扶住。

我抬头，果然，是三哥。我不知道他会有怎样的心情。父皇下旨赐死两个亲生孩子，却让他们以戴罪之身葬入皇陵，还要三哥主办，多残忍。我与三哥推波助澜，到头来亲眼见证这个后果，我们又多残忍。“寞云在哪儿？”我扯着三哥的袖子站起。三哥没有回答我。

我知这是白问，那被纸钱覆盖的棺椁不就是吗？我推开三哥和锦帨，踉踉跄跄地向棺椁走去。我不信，寞云那样一个毫不安分的人，那样一个不胡闹就难受的人，怎么会这么听话，听话得安安分分躺在这棺椁中？这不是我的寞云，这不是的。

我推了几下，居然没有推开棺盖。“打开！”我命令一旁的侍从。“公主！”锦帨打算劝我。“打开。”三哥道。

侍从听了，几个人一起挪开棺盖。我看到了，楠木棺中那个女子，是她，真的是她，她每次睡着了，都是这个样子。“我去看过她，那时，她独自在牢中，闭着双眼，仿佛在想什么，看她无心理我，我要走，她却开口了，她说，能不能晚半个时辰赐死，她还有一点，就把你和她的过往回忆完了。我欲答应，她又说，还是算了吧，留着一些，黄泉路上不会太孤单。她还说，她不怪你，希望你，也不要太怪她。”三哥好像这么说。

我听不到，我眼里心里脑子里，只有这个睡着了的女孩。“寞云，寞云，你的粉擦得太多了，胭脂怎么都忘了涂呢？”我伸过手去，抚摸那苍白的脸颊。指尖碰触的那一刹，我再也无法欺骗自己了，那不是我的寞云，她只是一具冰凉的、无法展露笑颜的躯体。

“好了，寂雪。”三哥将我拉开，“是时辰了，你再这样，连寞云的容颜都留不住了。”怎么会呢，怎么会留不住呢。她就是派人刺杀我，她就是构陷我谋反，我也得见她最后一面啊，我也得赴天牢让她再吃一次我制的桂花糕啊。我得知道，这么些年的情谊，对她来说究竟算是什么啊。

这个机会，我都没有了吗？这个资格，都被剥夺了吗？我眼睁睁地看着侍从又把棺盖合上，真正的天人永隔了，我再也看不到窦云的笑脸了，再也听不到窦云的笑声了。也许在以后我不知晓的某一天，她的躯体会于时光的侵蚀下消失，或许是明天，或许是明年，无论何夕，我都见不到了。那匆匆十数载的年华，仿若御花园的桃花一般，不会停留太久。

想到这里，我只觉得头晕得更加厉害，且血气上涌，金气不畅，扶着三哥咳嗽起来。最后，呼吸跟不上，更加晕眩，直接昏了过去。

半醒间，我听到了三哥与方太医的对话。“臣直言，公主现在的身体与常人比自是虚弱，但与年幼时相比，确实是好了太多。”这是方太医的声音。“什么好太多？以后她若是大悲或大怒就会血气上涌甚至吐血，这叫好太多吗？”这是三哥压低声音的怒斥。“至少若能保持心平气和，性命还是无虞的。”方太医淡淡道。

这下三哥许久没有说话，应是愣住了，“不必告诉父皇寂雪性命无虞的事，只需把寂雪可能吐血的事情禀告父皇就好。这样，万一还有什么事，切莫伤着她就好。”

听到这里，我突然清醒。“还会有什么事？还会怎么样？”我猛地坐起。方太医退下了。“已然损了三个皇嗣，幽禁了一个，远嫁了一个，父皇还想干什么，还想对谁干什么？”“寂雪。”三哥坐到床边，“父皇也是有难处的，你别这样。”我不敢看三哥的眼睛，兀自垂下头去，泪水肆虐。

好一个有难处，身为九五之尊，纵使有王法铁律束着，难道连亲子亲女一命都救不了吗。若真如此，又何必要瞒着我窦云的事，连最后一面都不让我见，连最后回旋的余地都不留给我。纵使他对窦云真真绝了情，又何必让我抱憾终身。想到这里，我抓住三哥的右臂，靠在上面啜泣起来。若非三哥让我见窦云最后一面，我的余生是否会在绵延不尽的愧疚与遗憾中度过？

在争斗中苦苦挣扎了这么久，终还是会有一个人，可以尽他所能地为我，不计后果，不遗余力。这一刻，我忘记了，也可能是不敢让自己想起，刚刚离去的那个人，不仅是我相伴多年的姐妹，还是焚蝶在这世上唯一的亲人。

五

寞云与大哥的头七到尾七，我没有任何反应，不像三哥，派人去打理一下，我一直都坐在浣雪宫或者守在三哥的东宫。“寂雪，你这又何必？”三哥见我天天到他府中逼着他查东西，这么劝我。我不理会他，兀自翻着奏章。

我不是想不到，是我不敢往那方面去想，大哥的企图，父皇了然于胸，但父皇对大哥和寞云的处置，简直是残酷无情到了直接推三哥到太子之位的感觉。可若父皇真有此意，又何必等这么久，何必做这么绝。

“如果你真想知道，大可以去问父皇，你就算在这里翻破了天，就算真的猜到了真相，得不到父皇的亲口承认，你也不会相信的。”三哥蹲到翻着奏章的我的身前。“我真的会得到答案吗？”“你一个多月没有见父皇，我知道你所为何，但你放心，我们都不会有事的。”三哥握住我的手。

是，我在担心会冲撞到父皇，担心对大哥和寞云毫不留情的父皇会因我牵连到三哥，所以我宁愿抱着一颗忐忑的心，也不敢孤注一掷。

“寂雪，我不知你是否还记得儿时摔倒时的感觉。其实疼痛并不那么可怕，可怕的是对疼痛的未知与畏惧，在身体摔向地面的时候，你会很恐惧，那才是最难熬的时候。你现在，就在逼迫自己停留在那个时候。”三哥站起，略微俯身，揽过我的肩膀，让我的脸贴在他的胸膛上，“别怕，走了这么远了，再怎么走都一样了，还有什么，是你我此刻无法面对的吗？”

于是今晚，大哥与寞云尾七的最后一晚，我去了麝华殿。这里依旧是老样子，内侍闭门而出，静的，只有墙角更漏的滴水声。不知是从何时开始，麝华殿的夜晚不用烛火，而换成了夜明珠。我徐徐步入，手拂过银台上的夜明珠，寒得入骨，它所放出的略染蓝色的白光，更是添几分虚渺，仿佛入了皇室的冰窟一般。

走了约有一个百年，我才入了内殿，那里有一方矮几，有一个衣着明黄的中年人，有几壶酒。父皇抬起头，眼神有几分迷醉，有几分惊喜，“菁儿？”“不是母妃，是儿臣，欧阳寂雪。”我不行礼，只是立着，想从高处看看这个人，希望换个角度，能看到不一样的他。我错了，父皇的眼神又换成了以往的睿智，没有留给我一点看透他的余地。

他没有说话，只示意我坐到他对面。我没有动，“儿臣曾听人说，父皇当年很是宠爱如娘娘，比母妃更甚，那父皇今日肯这般宠爱儿臣，为何不肯多垂怜一下寞云，就算是看在如娘娘的份上？”

这次父皇连看都不曾看我，只自斟一杯。我无奈，只得坐到父皇对面。“哼。”父皇冷笑一声，这一声笑的，完全不是那个或威严或和蔼的父皇了，“多久以前的事了，你竟从这个开始问起。”我用了好久才明白父皇的话，“多久以前的事”。

那么久以前，发生了很多事，有父皇知道的，有父皇不知道的，同样，也还会发生人们认为是那样、可真相偏偏不是那样的事。当时的父皇，会有什么迫不得已的事呢？“是外戚干政。”我终于想起了父皇的这个心头大患。父皇没有说话。

我终于明白，以当年陆家、莫家、如家的悬殊势力，三家的女儿怎么能同在妃位，不过是要平分权力罢了，用莫如两家的势力来牵制陆家。陆家在朝上位高权重，陆梦为妃是自然；母妃之貌倾国，为妃也是情理之中；至于如娘娘，父皇为了利用她背后的势力牵制陆家，人前人后也要极尽宠爱。这便是帝王之术了。

我突然想笑，想狠狠地嘲笑这个人，无论是自己的苦心，还是自己女人的苦心，都白费了，到最后，皇后不还是陆梦吗？白白赔上这么多条人命，白白让这么多皇子公主失了母爱，到最后，还是五哥背后的势力最大，连当初身为太子的大哥都不能动摇分毫。

我又想哭，为在这场争斗中活下来的、死去的人哭，为这个站在幕后机关算尽谋划一切、同时又失去一切的人哭。当真是无情，活着的、死了的，连同冷眼旁观的，都同样无情，只是为了那金碧辉煌又冰冷刺骨的龙椅，那至高无上又高不胜寒的权力，当真是抛了一切，什么血浓于水、什么白首偕老，皆化为泡影，湮没在那醉人的金光之后。当真是讽刺。

“那寞云呢，她是如娘娘唯一的孩子啊，您最小的女儿啊，她罪不至此，您又何必苦苦相逼？”父皇没有回答，只是直视着我，似在等待我的答案。

我突然明白，之所以不留下大哥和寞云，是为三哥以后的路扫清障碍。父皇知道，若大哥和寞云不死，他们必还心念皇位，他们的残余势力必会在三哥的势力下掀起风波，若终有一天我再与寞云对峙，我绝对不会是先动手的那一个，三哥像我，定也不会是先动手的那一个。与其有那么一日，倒不若斩草除根。恐怕也是因如此，大哥成亲多载，又有几房妾室，却从来没有子嗣。

父皇啊父皇，你当真，是够狠。我再次望着父皇，发现，他的眼中有了笑意，那是一种满意的笑，是对我看懂了他的心思的满意。

我却毛骨悚然，仿佛他再不是我的父皇，而是磨牙吮血的恶魔。我不敢忍受，不敢相信，我几乎是从矮座上跳起，直接离开了麝华殿，出了皇宫。当马车停到楚王府门口，我看到门前半灭的灯时，才想起，三哥此时是在东宫。

马车终于到了东宫，仰望这府邸，记得不久前，我还绝情要推这里的人一把，此刻，我却连裹紧身上披风的力气都无了。我与冷风一起进入了三哥的卧房，里面，只有小栗子。果然，三哥真是醉得厉害了，似乎是一直强撑着困意，只抬头看了我一眼，就伏在案上睡过去了。

“公主……”我伸手制止了小栗子，“拿被褥来，此刻谁说什么都是无用，他知道他该做什么，明日喝过醒酒汤后，一切都会好的。”

小栗子与我先给三哥裹上毛毯，又盖一层棉衾，小栗子下去后，我将一只熏球塞进毛毯里，脱了三哥的靴子，用棉衾裹好。之后，我取来一只玉篦，把三哥的束冠摘了，散了他的发，为他篦头发。

他动了一下，没有醒，棉衾从他肩上滑下了些。我放下玉篦，把棉衾重新给他裹好，当将棉衾掖到脖颈时，我的手指，碰到了他的脸颊，那样的温度，从指尖传到我的心中。我一愣，干脆与他一样，伏在案上，看着他的面容。从我懂事以来，都是这副面容一直在陪着我，就算是在含口的三载，我也确信，他一直在找寻我，不曾放弃过。

我的指腹滑过他的眉梢，他的眼角，停留在他的鼻翼上，感受着他因呼吸而轻微起伏。这感觉，好熟悉，尤其是我眼前的这副面孔。我收了手，仔细盯着这个熟睡的人。突然有些牵挂，有些愧疚。

我迅速起身，走出书房，甘玉正在外面。“嫂嫂，照顾好三哥，也得顾着自己。宫里还有些事，待我忙完，定把贺礼补上。”我说完，也不听甘玉说了些什么，就大步出了东宫。

麝华殿，龙床上，父皇也睡了。我跪在床边，依旧盯着这面容，若说七分相似都觉得少了，这对父子，着实是太像了。在三哥的眉间加些沧桑，眸中添些风霜，便会成了这样一位君主。

是我，太过天真了吗，大哥和寞云做的事，毕竟是谋反啊，反的，是生养自己的父亲，是护佑自己的君主。他们要是成功了，能留下父皇一命吗。陆氏一族再嚣张跋扈，也从不敢在明面上动摇帝王之尊。

我不知道该怎样形容自己此刻的心情，我只知抓着父皇的手，抑制不住地去想，去想他当年也许与三哥一样，权势上滚打，亲眼见风起云涌，亲手制云翻雨覆，亲身体验分崩离析的痛苦。我害怕，会不会有一日，三哥也会变成这个样子，拥有所谓的帝王之资，掌握所谓的帝王之术？生在这个地方，坐在这个位置，难道就必须这样吗？半分不能为自己，半分不能信别人，只求这份江山永固、社稷永存？我不解，不解这份帝王之心，不解他是如何看待我这个女儿的，我想去问，也知道，此时此刻，唯有一个人还留有清醒。

齐王府，暖室的大窗敞着，正对着院中的槐树。四哥半躺在躺椅上，身边的火炉正旺。“我在等你。”四哥指了指另一个躺椅。“我知道。”我坐了下来，“现在只有你才有资格清醒了。”“你有没有想过，寞云的封号？”四哥似乎是思索了良久，才问我。“静思？”四哥叹了一口气，“何为静思，难道只是提醒她不要太耍公主性子，多想想自己的言行吗？”我不禁蹙了眉头。

“这封号是礼部拟的，父皇选的，古来女子挑选名字，多寻《诗经》，想来礼部拟公主封号，大抵如是，你可知来自《诗经》何处？”“静言思之，是谓静思。”我答着。“寞云擅诗书，‘静思’二字，是父皇对她的希望。告诫她，这场君臣之争中，她就应该选择逃离，也是点醒她，下场如此，她只能自己伤心，与旁人无关。”

这场纷争，父皇早就看穿了双方的手段，或者说是父皇一手安排的。当初，他连寞云的手段和结局都料想或是安排好了，那么，他不理会我为寞云的求情，也不让我探视寞云，是为什么呢？是怕寞云对我说什么吗，还是怕我对寞云说什么吗。“我猜，”四哥开口，“父皇是不想让你知道寞云对你的态度吧，与其让你知道她恨你或是愧对你，你都只会更难受，倒不如，你干脆什么都不知道的好。”他猜到了我在想什么。是吗，原来是这个目的啊，还真是冠冕堂皇。何必呢，都狠心到这种程度了，再多一点少一点又有什么区别的呢。

“四哥，你说，父皇可当真爱我们？”我问。“你若想不透这个问题，今夜如何会淡然来找我？父皇的睿智无人可比，他知道我们需要什么，知道三哥需要什么，知道璐麝需要什么。也许就是因为知道你需要什么，又不能满足你，他才加倍来爱你。你是菁娘娘的爱意，是六弟的牵挂，所以父皇才用他的爱来尽力弥补你心上的伤痕，可又是迫不得已地，在你握着匕首时，控制着你的手臂，将匕首刺进了你的心口。别怨他，寂雪，他不想伤你，这世上，他最不想伤的，就是你。但你又何尝没有错，何必都怪在父皇身上，难道这些事情，桩桩件件你都是后知后觉吗？父皇只是摸透了你的性子，顺水推舟而已。我又何尝没有错，明知大家的性子，偏还冷眼旁观，眼睁睁看着悲剧上演。”四哥自嘲地说。

我的心口突然发紧。我从未顾虑过四哥会不会看穿我的阴谋，我一直想当然地认为，他选择中立的原因是他生性恬淡。我忽略了，四哥当真从未有过夺嫡之心吗，陆梦是否会放过这样一个皇子，阮儿姐姐又是怎样去世的？

四哥为了阮儿姐姐究竟能做到怎样的程度，是否会参与夺位还是更加避世？四哥的决定影响着其他人对他的动作，阮儿姐姐是四哥的最爱，她是否会首当其冲？那么动手的，又是谁？看四哥对阮儿姐姐去世时的反应，他必知真凶，那他为报仇，只能选择亲登大位手刃仇人，或者辅佐一方借刀杀人，是后者，四哥的力量不足以夺位，反而易被攻击。在我回宫的时候，他就选好了对象，那么他对我与三哥的诸多帮助，矛头指向的是大哥和寞云，还是陆梦和五哥？

二姐出嫁前的那番话，是否另有深意，若是，那她必知真相，却要我照顾四哥，那么她与四哥是否已连成一线？二姐对我说的那番话，想来是已预料到夺嫡的结果了，她是否已从三哥那得知前皇后薨世的真相了？可她还是放任兄弟相残，是她无法制止还是根本有意为之？

三哥对皇位的争夺，究竟只是为了他的野心，还是他背负了太多？我皱紧了眉头，不知是该为三哥怕我掺和进来而欣慰，还是该为皇室内这见不得人的堂而皇之的利用感到痛心。不过转念一想，我又有什么好痛心的呢，也许我就是其中最见不得人的一环。“寂雪，无论如何我都不会忘记，你是给予小槐最多尊重的人，无论何时何地，你都是我最疼爱的小妹，二姐也这样想，三哥对你的宠爱，更是无以复加。”四哥这样说，就料到我明白他话中的意思。

我没有答话，只深抿一口凉透了的苦丁茶，莫名地，忘记了是否有回甘，莫名地，想好好睡一觉。

我累了，只是今日的累，与多年后我拿性命去赌相比，又算得了什么。

六

回去之后，便有病魔袭来，病情一直反复，我不愿动身，也不愿见人。到了年下，病情才好转，无事时也愿在浣雪宫里走动走动了。只是除夕夜宴、上元夜宴，我都以体恙为由，匆匆避过了。我不想去看，不想去参与，这些人聚在一起，各怀怎样的心思，又戴上了怎样一副面孔，我无力阻止，也无力逢迎，甚至，是惧怕，惧怕一个个温和的皮囊下，是张牙舞爪的恶魔。

上元节后的雪霁之日，我独自一人登上眺银轩，俯瞰这皇宫。今年回暖得早，原本应是银装的琼楼现已开始卸妆，本来湿漉漉的石子路上又多了几摊水渍。也不知是哪座宫殿上的大块冰雪支撑不住，整个从屋顶上滑落，定吓到了附近的太监宫人一跳，他们只看了眼那雪块，或去差人收拾，或继续着自己的事。我放在栏上的左手融化了小小一片雪，手指，触到了栏杆，被其上面残留的污渍所沾，原来，雪融掉了，曾经的污垢就又露出来了。我叹一口气，在这盛世，居然想到了"粉饰太平"一词。此刻的皇宫，也不过是掩饰丑恶而已，或者不仅是此刻，而是，一直如此。

我收了目光，步下台阶，似乎，某个宫殿上又滑落了一大块雪，不知，有没有伤到底下的什么人。这一刻，我累了。南国，会不会好一些？

鬓角苍

蝶恋花

梦入江南烟水路，行尽江南，不与离人遇。

睡里销魂无说处，叫来惆怅销魂误。

欲寄此情书尺素，浮雁沉鱼，终了无凭据。

却倚缓弦歌别绪，断肠移破秦筝柱。

一

又一次不告而别，我逃离了皇宫，来到了麝城。这便是南国与北国的差异了。如此时节，在璐城定得裹着斗篷，守着地龙，拥着炉火，连手炉都不敢放下；在户外行走，踩着冰冷的地面，满目衰败，连苍松艳梅都难以熏染。南国则不同，换了春装，脱下厚得压人的斗篷，只需更轻巧的披风，也不用过多的身外物来抵御严寒，仅是自身的温度就足矣；行在林中，连草木都还保存着原本的颜色，所以足下还有软意，眸中还有暖意。

我早就猜到了焚蝶的栖身之所，是在那树林后面，所以今朝，我褪了斗篷，更了披风，去寻他。我承认自己这般太过鲁莽，甚至都有些愚蠢了。寞云的罪因虽是谋逆，但明眼人都能看出，大哥一党倒了，最大的受益人便是我与三哥，所以这件事，与我们脱不了干系，事实又正是这样，可以说，是我害死了寞云，害死了焚蝶在这世上唯一的亲人。

我若有心，就知早无资格再来见他。但我控制不住，哪怕他恨我入骨，哪怕他真的举剑刺我，我也不愿去躲，至少，离了那个污秽的皇宫，我最想见的人，是他，我最想被给予温暖的人，是他，我最想并肩看雪的人，也是他。

只这一次，我想弃了理智、抛了尊严，觅我自己的生活。果真，树林后不远处是有间茅屋的。茅屋前有一小圈篱笆，算是个园子，里面还有种植果蔬的痕迹，还有几棵桃花。此刻尚不是桃花盛开的季节，但我分明嗅到了空气中游荡的丝丝芬芳。

我驻足，停在篱前，看到了茅屋中的那个人，那个人，也看到了我。他还是那般模样，一双盛开的桃花美目，一副冷淡面孔，但偏偏，就只有他，能融进春日的桃花里。四目相交，仿佛，有桃花灼灼。我立在原地，不知下一步该怎样，所以宁愿将主动权拱手相让。

他却也是立在屋中窗前，没有动作。我不愿去揣摩他的心理，不愿去管他是喜是怒，只想这般静静望着、立着，纵使无法再前进一步，却只看他比日前略微消瘦的面孔，怀着一份担忧的心绪，就足矣。至少，我眼中只有他，至少，他愿意看我。

天本就阴沉沉的，再来一阵潮湿的风，南方的雨就下了起来。

我没有动，依旧这样望着他。旧疾未愈，这几日又匆忙赶路，再加上这阵冷雨，我有些承受不了了。便扶着篱笆，弓着身子咳嗽起来，咳得连眼睛都睁不开了。雨突然停了，我睁开眼睛，眼前是一袭白衣。

他伸手扶我起身。我抬头，想看他的表情，他却只是将伞撑到我的头上，半拉半扶地进了茅屋，我的小臂在他掌中，能够感觉到他的力量、他的温度，能隐约嗅到，他身上的桃花幽幽。他找了一身他的白衣给我，示意我去里屋换下。我受宠若惊，也不顾什么头晕，便去了，连多说一句都是不敢的。待我换过衣服出来时，只见焚蝶已在炉旁支了架子，准备帮我烤干衣服。我愣在那里，又不知该做什么了。

他看着我，没有说话，只倒一杯热水给我，然后拎过我刚换下的衣服，搭到架子上。我双手捧着水杯徐徐饮着，是很普通的香片，仿佛是他自己种的或采的，苦味不多，却多了一点咸味，那好像是我不小心滚到水杯中的泪水。此时，炉上的罐子散发出药香，我嗅得出来，是治疗风寒的药。焚蝶见我一直站在那里，向我指了指一边的藤椅，我便走过去坐着。

一时间，沉默无语。仿佛我二人，都在刻意保持此刻的静谧，生怕一个开口，这样的平和就会不复。他执一把有些破损的蒲扇，将药罐下的火轻轻扇着。

我身上的粗麻衣很暖，也许，就像他手中的那把蒲扇一样暖，有火苗，有药香，有他的温度，就算简陋一些，但不沾染那纨绔之气，都是好的。就仿若这个人一样，他本来也可能是高楣子弟，但今日却双脚沾于尘土，双手离了世俗，他的生活就像他的面容一样，波澜不惊，平淡但不索然。可能，我就是被这种气质吸引了吧。看惯了文过饰非，难得瞥见纯净之色，就再也移不开目光。

百花百色，百色百艳，各色的花朵自然要配各样的蝴蝶，若在荷花上配一只黄蝶，那就俗透了，在茶花上配一只蓝蝶，也是俗不可耐。所以，就有了白色的蝴蝶，荷花、茶花，什么花都好，虽不是绝配，但丝毫不会反感。想着想着，我竟昏睡了过去。我是被自己的喷嚏惊醒的，原来是只早春的蝶不知何时飞到了我的鼻尖。

已然是第二日的上午，雨霁后的阳光射进床尾的窗，明亮得甚不真实。焚蝶仍是一袭白衣，背对着我，看着窗外。阳光洒在他的长发上，有些飘逸之感，又拉长了他的影子，刚好落在我坐起身后的腿上，我伸手去抚摸。

“你什么时候离开？”这是他对我说的第一句话，仿佛他昨日烘衣的温柔，只是我内心中渴望的一场梦一般。我不禁莞尔，“为什么赶我走？”他转过身来，阳光在他身后跳跃。我不禁想到了“浮光跃金”一词。

“不杀你，已经是我的极限了。”他的桃花目竟也会如寒星，不过，断无独孤凉的杀伐狠绝。我将耳前的长发拂到脑后，下床，穿上还有余温的鞋子，心底又泛起一股暖意，“我没有制止你杀我，我知道自己都做了什么，也知道我父皇母妃都做了什么，我若没有十足的勇气与爱意，是断不会来找你的。”焚蝶瞪着我，那双桃花目中的杀意与狠绝不敌独孤凉的十之一二，所以我还有胆量直视着他，哪怕被他扼着喉咙抵在墙上。

“为什么不还击？”他问。我一笑，“你怎么不反问自己，我既不还击，你既恨我入骨，为何不趁机杀了我？”焚蝶一愣，松了手上的力道。“我知你被复仇所困，但你为何不仔细听听你心中所想呢？我有那么多次弃械投降，你为何不杀我？昨日我旧疾复发，你为何不趁机复仇，或者放任我在雨中自生自灭，偏还要为我撑伞为我烘衣？此刻我明明在这里任你宰割，你为何不拿起你的长剑，置我于死地呢？”我问道。

他望着我，说不出话来。我突然有些心疼他此刻内心的挣扎，我知道在爱与恨之间徘徊的感觉，“焚蝶，我明白你此刻的心情，无论你怎样选择，我都尊重你。哪怕用一生等你做个决定，我也愿意。”

“七年。”他突然道。“什么？”我有些不解。“七年之后，你心若不变，就再来这里找我。”他终是愿意了，愿意试图放下仇恨，试图接受我，试图去过有我的生活。莫说是七年，就是十七年、七十年，我也是愿意的。

“韶华易逝，七年之后，我恐不是今日容貌，你可还肯收留我？”我眨着眼睛，挥发掉里面的泪水。焚蝶从架上取下一只蝴蝶木雕，“这里非皇宫，没有富贵荣华，你可……”我夺过他手中的木雕，“你记得要收留我。”“七年后，别忘了把它还给我。”焚蝶道。我摩挲着蝴蝶的翅膀，突然觉得有什么东西，仔细一看，原是刻着“寂雪”二字，我喜极而泣，双手放在焚蝶双肩，踮起脚，迅速在他唇上烙下我的印记，“七年后，你也要把它还给我。”

策马回宫的途中，我才想起，今日是我的生辰，我收到了最好的贺礼，虽然我不知，焚蝶是否知道是我的生辰。我竟是十八岁了，七个春秋，将耗尽我美好的年华，但心中还留着一个美好的希冀，我确信很值得，为了焚蝶。可是，我忽略了，皇宫中的七载，恐怕，抵得上人世的一辈子吧。新一轮的风云，开始暗涌。

二

“三哥！”回到璐城，经过小栗子风风火火的通传，我先见了三哥。“快，去禀告父皇，说寂雪回来了。”三哥并非先对我嘘寒问暖，而是派人禀告父皇。“父皇怎么了吗？”他这般并不是常理，我有些起疑。三哥看了我一眼，“知道瞒不过你，就先跟你说了吧。你这次出宫，父皇和我都认为你是伤透了心再不想回来，本以为你会再去含口，谁料派人去了之后，你师兄说你不在，也是派人寻你，父皇真着了急。你知父皇不年轻了，这几年国事繁重，五弟、大哥和寞云的事就足够让他伤心了，他本想一直忍着，你这一走，父皇新疾旧患一齐发作，人一下子就病倒了，太医们都跟热锅上的蚂蚁一样。”

我本以为三哥是故意吓我，可他严肃的表情，将我最后的侥幸打翻了，如晴天霹雳一般，将我心中的喜悦击得四分五裂。我从未料想到，父皇竟也有这心结成病的时候，我一直以为父皇冷酷无情，却不想他只是隐忍不发而已。“你快回宫去吧，父皇见着你，病情定会好很多。”我听了三哥的话，赶忙策马回宫。入了宫门，也不管什么宫规，连马也不下，直接到了麝华殿丹陛之下，飞奔到殿内。

我本以为会看到一个中年人坐在龙椅上处理政事，可能会很疲累的样子，但一定还是坚持着，却不想那方台上空无一人，而是被内侍引进了内殿。龙床上，父皇半躺着，饮着内侍喂的药。我望着那个中年人，抑制不住地泪流。那还是我离宫前置气的父皇吗，当日连岁月都冲不散的英姿去哪里了，怎么能被消瘦与憔悴遮盖了呢，连睿智的目光都被疲惫侵入，这还是我英明神武的父皇吗？

“回来了？”龙床上的人问我，“回来便好。”这句“回来便好”，我分明在五年前听到过，我当时还信誓旦旦地对父皇保证再也不走了，可今日，我却又食言，抛下了父皇。“我来。”我抢过内侍手中的药碗，可是双手颤抖的太厉害，实在盛不起药来，“还是你来吧。”我欲将药碗还回去。

“不，”父皇道，“寂雪来。”此刻他眼中的笑意将疲惫都压了下去，我才相信，这是我的父皇。于是我用我颤抖的手，一勺一勺将要喂给父皇，内侍在一旁频频拭着洒出来的药汁。“终于喝完了，你再这么喂下去，父皇非得被你呛着。”父皇笑道。我握着父皇的手，哭了出来。父皇使了个眼色，服侍的人便都下去了。“儿臣不孝，又让父皇担心和伤心了。”“傻孩子。”父皇的另一只手覆在我的头上，“父皇再忧心再伤心，都不如你回来啊。”父皇抬起我的脸，让我看到他的笑意，“跑哪儿去了？朕和晨儿都派人到含口去了，你师兄独孤凉说你没去，他还派了许多人去找你，甚至都北上大漠了。”

“左不过是心烦，出宫玩玩，也不想见人。”我任由父皇拭干我的泪水。“听派去的人说，你那师兄相貌不凡，为人略显倨傲，但他看对你甚是关心，你没去寻他也罢了，怎么连个消息也不透呢？”我明白父皇的意思，不过还是想牵红线罢了，何况我现在已经十八岁了，“师兄的性子儿臣知道，儿臣的性子师兄也知道，儿臣就是不想让他担心就是了，他有他自己的生活，儿臣不想太打扰他。”父皇略颔首，没再说什么。

“说了这么多，父皇您也累了，且睡会儿吧。”我将父皇的锦被向上拉拉。“你赶路也累了，回宫歇歇，你自个儿身子也不好，别太操心。朕的病无事，还有晨儿呢。”父皇拍拍我的手。我点点头，忍下了去号父皇脉的欲望。

“父皇的病如何？”待退下后，我问太医。“臣等也不敢妄论，只是现在，还应休养为上。”太医未告诉我详细情况，我也不敢多想，此刻不好再进内殿，我只好暂且回浣雪宫了。

“公主。”锦帨见我回来，忙从宫门口迎出来。“可受了什么惩戒？”我这次出宫，连锦帨都瞒了，除了将嫁妆给她留了之外，别的什么都没说。“不曾，皇上一味担心公主……”锦帨怕我担心，忙住了口。“怎么，父皇的病很难严重吗？”我驻足。“公主，您的身子也不好，得休养才是。”锦帨忙转移了话题。“我先沐浴，之后你让太医把父皇的脉案给我。”我走向内殿。我听到锦帨在我身后叹了口气。

待沐了浴更了衣，锦帨将太医院的备案交给我。我先是歪在榻上看，后来渐渐坐起身来，又不知不觉站了起来。父皇的龙体，居然每况愈下，已有病入膏肓之状。我丢了备案，也不顾锦帨的阻拦，径自赶去麝华殿。父皇在睡着，我退了内侍，坐在床边，轻轻将父皇的手从锦被中取出，为他号着脉。果真，是病魔绕身，唯有休养一计。

“朕无事。”父皇不知何时醒了。“父皇。”我起身，跪下来，“儿臣实在不信，区区一月，您的龙体就会如此。对儿臣而言，您一直都是依靠，纵寞云一事伤了儿臣的心，也伤了您的心，纵儿臣离宫让您担忧，儿臣也是不信，您的龙体……”“朕的身子朕自己知道。”那只被我号过脉的手，覆在我的头上。“儿臣不信，儿臣着实不信啊，儿臣都怀疑……”我住了口。父皇突然笑了，“朕知道你的意思，该想的朕都想到了，该试的朕也都试过了，你不必担心。”“求父皇让儿臣再试一次，这是关系到父皇龙体、璐麝江山社稷的事，若儿臣不尽心尽力，既对不住父皇，也对不住璐麝的江山。”我叩首。

“既如此，朕随了你便是，你快起来。”父皇道。我立起上身，见父皇笑意不减，有些不解，这毕竟对龙体有犯，甚至都有些损伤帝王尊严了，他竟这般从容吗，“父皇就这样由着儿臣？”“你是至孝的人，又是个倔性子，朕就算不让你做，你违心地不做，却日日忧心，你难过，朕也难过。”父皇伸手，示意我过去。

我膝行而去，握住这只苍老的手，想起当年庆功宴上曾经安慰我的那只手，此刻，他竟没了那样的力气。我再去看这张脸，依旧可见昨日的俊逸，只是眉峰的戾气与流年一起逝去了，连眼角都生了皱纹，渐有交错之意。也许当年，除了双眸外，这挺拔的鼻也显了傲气，但此刻，那份王者之傲去哪儿了呢，唯有一双含笑的眼眸，一对微扬的唇，昭示着这是位缠绵病榻的、却爱女心切的父亲。

我原本对父皇的病是有疑虑的，这般病来如山倒，还使我与众太医束手无策，我怀疑，是有人用毒，可在一番验毒、施针之后，竟无半分异样。“朕只是累了，太累了。”父皇最后道，“寂雪，这大抵就是心力交瘁的感觉了。”“什么心力交瘁！父皇，现在是您心力交瘁的时候吗？”我对自己的束手无策十分气恼，我宁愿父皇因我无能而训斥我，也不想他如此态度，“三哥刚刚代政，根基未稳，诸事生疏，大哥余党仍在，陆家势力残存，边关偶有急报，您怎么能心力交瘁？就算这些您不管，还有儿臣呢，自儿臣及笄以来，您就或多或少关心儿臣终身之事，现在仍无眉目，您难道都不管了吗？”

"傻丫头，自个儿到现在才着急。"父皇依旧笑着。"父皇您……"父皇对自己身体的不在乎让我着了急。"公主，皇上该歇息了，您还是……"内侍进来道。"谁让你进来的?!"我回头喝道，再转头看父皇时，见他竟闭了目，不打算再理我，我一时也不知所措，甩了袖子，出了麝华殿。

丹墀上刮来一阵寒风，我不禁抖了一下，望着这似要压下来的阴云，失了依靠。我难得，感到这般无助。那是我的父皇啊，护佑了我一辈子，是我最坚实的支柱，我都忘却了，他会老、会病、会……我不敢继续想。"公主。"锦帨等在这里，给我披上披风。"去置忧阁。"

面对自称"心力交瘁"的父皇，我束手无策，我以为，在母妃的像前，会有一线希望。可是我错了，在置忧阁里，根本找不到母妃的画像。"皇上前些日子就派人取走了，想来是在麝华殿。"看守置忧阁的宫人告诉我。

是这样吗，父皇，此刻，您只想见母妃了吗，只能见母妃了吗，当真心力交瘁，再不愿管别的事别的人了吗？罢了，我还能有什么办法呢。三哥之所以把父皇的病情那么毫不掩饰地告诉我，不就是因为他也明白吗，父皇累了，真的累了，为了江山失了一双儿女，果真，这份痛，并非常人能忍受的，哪怕是父皇，哪怕英明如父皇。我与三哥此刻所能做的，不就是尽量填补父皇的遗憾吗？谁能想到，纵使是权力之巅的人，面对生死之事，都是这样无可奈何。

以后的日子，我睡足了方太医和父皇规定的时辰，就到麝华殿来陪着父皇，三哥有要事，我就避开去制些菜馔。到了用膳的时候，我会乖乖回到浣雪宫去，不让父皇看到我是多么食难下咽，也装作不知父皇是多么食不知味。父皇熟睡的时候，会梦呓几句，这是以前不曾有的，声音模糊，我要贴耳过去才能听清，"菁儿，你为何不着紫衣？"我明白，置忧阁中母妃画像上着的是白色留仙裙，而非紫色。

我暗中让丹青世家的当家人南宫郁入宫，看看是否能为母妃的画像着色，却是时隔太久，难以着色。我又命尚服局连日制了身浅绛罗裙，让南宫郁为我绘一幅丹青，可无论怎样，都不似母妃当年画像般传神。后来三哥将南宫郁为我画的画卷拿出宫，不几日带回来时，竟如我对镜一般，甚至，比当年母妃的那幅更胜一筹，只因减了忧愁，多了笑意。用三哥的话说，这都不像母妃了，分明，是多年前的我。我问三哥作画的是何方高人，竟能比南宫家绘得都好，三哥只说那人用情太深，置于画上，便成了活脱脱的人。那时三哥目光灼灼，我知他何意，没有多问，也未让他多言，只收了画，道了谢，献了父皇。

“你不是不喜浅绛的吗？”父皇只看了一眼，便问我。我一惊，“儿臣本来还想说这是从莫府找出来的母妃的画像呢，您怎么就一眼看出这画的是儿臣？莫不是儿臣这几日的所为您都知道？”“你做得巧，晨儿瞒得好，朕在看这幅画前是不知的。只是，画中人的眼神，是不同的。”父皇笑道。

“是么。”我有些失望，没有让父皇高兴起来。“傻孩子，你没问你和菁儿哪个更美些，就算是让朕高兴了。”父皇接着一眼看穿我的心思，打趣道。“那如果儿臣偏要问呢？”我撒着娇。“去了的，菁儿美，在这儿的，你美。”父皇笑道。这番话，说的我心如刀绞。

“这画是晨儿找人给你画的？”“本来是南宫家的给儿臣画来着，却总不传神，三哥知道了，就从宫外找了个人，却也不知是什么人。”我如实道。“那也是个人才，待会儿把晨儿找来，若是可用，就用，毕竟能给皇室作画的也不多。”我想起了三哥所说的“用情太深”，忙道：“这又不是什么大事，作画的事自有内侍省，哪里就能劳动父皇费心了，父皇还是养病吧，这事交给内侍省去。”

父皇应了，不多时，我也回宫了。

我不曾知道，在我回宫后，父皇召见了三哥，璐廨，多了一位少将军。

三

像我这般不信鬼神的人，也为了父皇的龙体，弃了奇楠，燃了檀香，请了菩萨，日夜祈祷起来，不奢求龙体康健，但求这样能为父皇祈福、侍疾的日子，永远继续下去。只是，这日子，仅是五个月，到了是岁七月，我忘不了那一天，七月十三，从傍晚开始，连天，都预谋着一场雷雨。父皇退了内侍，先单独召见了四哥。我与三哥候在殿外，脸上同样是忧虑又无助的表情，根本就不知道该说什么。只有滂沱的大雨从天上倾盆而下，夹着雷鸣，伴着闪电，抽打着我与三哥的心。

殿门打开，四哥出来。我与三哥同时回头看向四哥，连披风落在地上都未发觉。但是，三人不约而同地一言未发，只是四哥，示意三哥进去。然后，四哥同百官一起，跪在雨中的丹墀上。

现在，只我一人，立在檐下，那蓝绿色的、勾龙描凤的和玺彩画仿佛都要压下来了。风越来越大，甚至将雨水吹了进来，我未觉冷，只是被吹得有些站不住，于是将手撑在雕龙的柱子上，生怕一个腿软，就也似四哥一般无奈地跪下了。究竟是过了多久，一百年，还是须臾之间，殿门又打开了，我看向三哥。三哥的悲苦更重了一层，“父皇要见你。”

我弃了那柱子，走向殿门，急切地，差点被地上的披风绊倒，三哥忙扶住我，我进去。麝华殿，什么时候变得更大了，无论我是茫然地一步一步地走，还是弃了仪表地跑，都到不了那龙床。可我迈过那最后一道门槛，绕过那最后一道屏风后，却再也不敢上前。

龙床上传来了咳嗽声。本能驱使我飞奔过去。“父皇。”我跪在床边，眼见着父皇嘴角的血渍，忍着泪唤着。父皇却是笑着，“看到你此刻挂念父皇的表情，父皇不知道，该不该高兴啊。”我不也知该说些什么。

“丫头，这么久了，朕就一直想问问，你可有恨过父皇？”父皇此刻的笑容，温和得如同春日的阳光一般，我知道，无论我答案为何，他都会保留着这笑容的。“恨过，曾经很恨很恨，恨您太过无情。但后来儿臣就明白了，您也是没有办法，虽然这样太过狠绝，却也是最保险。”“那若有朝一日，你面临此景，是否也会如此狠绝？”父皇的笑意多了怜惜。“但求璐麝国泰民安，儿臣生在这个位子上，就要做这个位子上该做的事，毕竟儿臣是璐麝的公主。”父皇闭目，叹一口气，脸色似乎越发得差，从枕下取了一张字条，交给我。

这张字条泛黄得厉害了，时间定是很久了，但还是看得出来，父皇将其保管的很好。这个女孩她生来就是公主，有朝一日会成为这个国家的皇后，还将以太后之礼下葬。这，这是师父的笔迹。

殿外的雷似乎直接打在了我的身上。我的手一松，字条落在了地上，幸好我现在是跪着，否则，我想我会像那张字条一样摔在地上的。这就是原因吗？父皇宠了我这么多年，原来不仅仅是因为爱我，而是在防我。真是可笑，怪不得父皇这般或积极或消极地对待我的婚事，怪不得这么担心独孤凉，原来，是防着我会成为所谓的“皇后”。放任我与皇子交好，左不过是让三哥做人情，或成为一条后路生怕我做事残忍、处事狠绝，谋了璐麝的天下。

我真是太自以为是，以为父皇对我宠爱有加，自以为精明无双，原来不过也是一枚棋子，用来冲杀却又被时时防着的棋子，而做这一切的人，就是我视若青冥的父皇。我冷笑着，从地上起来，走到窗边，猛地推开雕花窗，雷雨直冲眼前。我举起右手，“我，璐麝欧阳氏七公主寂雪，对天起誓，此生为我璐麝欧阳氏江山鞠躬尽瘁，死而后已，若有谋逆之人，当严惩不贷，若有谋逆之心，定天地不容。”

这一幕，像极当日在伏岳，父皇的样子：朕，欧阳氏六世帝王对天起誓，若朕之爱女寂雪因救主而遭不测，朕便弃了皇位，自贬为一介草夫。我的冷笑融化了。我的父皇，他是这般英明神武，他力保皇位，爱惜子民，却在那一刻，肯将什么都抛下，但求我平安。若他真的冷血无情，又何必留我至此，苦苦为我操劳这一件又一件事。此时与彼时，他都是单纯的一位父亲啊。

我不想问三哥是否知晓此事，我宁愿他不知道，宁愿他知道装作不知道。我相信他会待我如初，我不信他会突然变成像父皇一样的君主，对任何人任何事都那么敏感，一再试探，然后逐添信任。我关上窗户，再回首，泪痕已干，跪到父皇床边。“寂雪，你此刻，恨父皇吗？”这个中年人，恍惚间，又被时光折磨了一遍。

“不恨。”我扶着他的手，让他能抚摸我的脸庞，“儿臣如何会恨呢，父皇之爱，儿臣非不能体会。父皇为儿臣所做的一切，所花的心思，儿臣都知道。儿臣身在这个位子上，就要做自己该做的事，为父皇，为欧阳氏，为璐麝子民。”

父皇突然开始笑了，笑得声嘶力竭，嘴角都有鲜血涌出了。我知道，他不是开心。我忙给父皇顺气，进而拭面，漱口，饮汤。一番下来，父皇更显疲惫，面上早已尽了血色。父皇再睁开眼时，连我所认为的憔悴都散尽了，取而代之的，竟是我从未在他眼中看过的眼神，迷蒙的，明亮的。

“菁儿，朕终是负了你，也负了兴儿，朕不仅没有照顾好寂雪，还这般利用她，就如当初利用你一样。可是为什么，你们都不恨我？”我懂得了，父皇分得清我与母妃，因为我与母妃的眼神是不同的。母妃眼中只有父皇一个，再容不下其他，但我能看到的东西，仿佛太多了些。此刻，父皇恐怕都看不清我的眼睛了吧，所以对母妃愈加思念，就愈是分不清我们母女。

“臣妾如何会恨呢，须臾一生，爱之不及，无暇去怨、去恨。”我的脸紧贴着父皇的手。“菁儿，你一直问我，问我是否爱你，我一直不知该怎样回答，不是你的错，而是我，不想贪恋你的美貌，不想被世人说成是一个好色之徒，也不想，让你卷入当年外戚的暗斗中。菁儿，你说你为何，要生得这般貌美？”

“那菁儿下辈子定要生成丑妇模样，等皇上来娶，也只有皇上敢娶。”我笑着，蹭他的手。“好啊，好啊，下辈子，我们做一介农夫，再有一个女儿，要有寂雪的乖巧，但不要有寂雪的聪慧，要笨笨的，才安全。”父皇笑得温柔，“菁儿，我累了，你会陪我的，对吗？”

一声响雷，父皇的手砸在了床上，将我口中那声“对”生生逼了回去，这一幕，与我十岁那年，六哥离去时，似乎一模一样。

我听到了，我真的听到了，在我身体里，有什么东西，就这样崩塌了，而且，再也不能补救了，分崩离析了。但我很清楚，我还分得清楚，这又不是在八年前，我又不是那少不更事的女孩。

我看着，眼前这刚刚还在与我交谈的中年人闭上眼睛的样子。我只想，再为他掖好被角，再在他咳嗽时拍拍他的背，再在他眉心欲蹙时与他说笑，再在他身体允许时为他做美人宴、再献一支舞而已啊。

就这样，一点机会都没有了吗？刚才还理直气壮睹我起誓的人，刚才还饱含深情问我是否恨他的人，刚才还信誓旦旦许我做他下辈子丑笨女儿的人，就这样，去等待下一辈子了吗？江山易付，深情难托，英明如他，连这点都忘却了吗？面对这真的只余我一个人的麝华殿，我再怎样与往日般哭笑由己？

就这样任寒由心生，悲从心起，却不落一滴泪。就这样自若地把字条化为灰烬。就这样拉开殿门，无视殿前跪在雨中的人们，自己缓步走回浣雪宫。看，父皇，我还站得起来，我还能走，我还知道，夜深了，该回宫睡了。身后，都在吵什么啊，雨都这么大这么喧嚣了。三哥和四哥，怎么都跑到殿里去了，文武百官、太监宫娥，怎么都号啕起来了？吵死了。

锦帨怎么莫名其妙奔过来扶我啊，连伞都不要了，我一不留神摔在地上，头发散了，裙子脏了，在身上贴得发紧。雨砸得头生疼，疼得我连路都看不太清了，植了草木的地方，泥巴都漫到石板路上了，这条路，注定是要越走越脏了。不知何时赶来了几个宫女，还有太监抬来了步舆，她们都费劲地将我扶进那步舆中。

我蜷缩在这小小的空间中，头倚在木质的框上，抬辇的太监走路虽是小心翼翼，但我的头，还是时不时地撞在框上，和着外面的雨声，我越发觉得冷。听着听着雨声，步舆停了，锦帨半蹲着要我出去。

我假装听不到她，兀自蜷缩在辇中的小角落里，生怕一个出去，我最担心的事就真的发生了。我就想在这里蹲着，就我自己一个人，就这样一个小小的角落，不要那么大的宫殿。明明这么小的空间就能容得下我，为什么，偏要给我那么偌大的清冷呢。

突然，一只男人的手伸了进来，紧紧抓住我的右臂，将我拖了出去。“太子……”锦帨看那人这般粗暴，也知再无他法，只好由着。“去吩咐人给公主沐浴更衣！”三哥命令完，一把横抱起我，步入浣雪宫。那晚，好像足足有六七个宫人服侍我更衣，我只记得，有两三个扶着我不让我摔倒，剩下的，可能是在手忙脚乱地把我的身上的湿衣服换下。当我收拾好了能见三哥时，估计已经是很久以后了，殿外的雨都小了。

“寂雪。”三哥见我从浴殿出来，丢下给他拭发的小栗子，与锦帨一起扶住我。我呆呆地望着他，做不出任何表情。“你还是休息吧。”三哥与锦帨把我按到床上，盖了薄毯，“你别怕，我在这儿。”三哥坐在我的床边，握着我的手，道。

我依旧望着他。他也这样望着我。我闭了目。不久，我嗅到了安息香的味道，左手依旧有三哥的温暖，那这安息香，是锦帨点的吧。约有半个时辰，子时快尽了。我闭着目，却是清醒的，感到三哥小心翼翼地松了我的手，悄悄走出寝殿。我听着他的脚步渐消，睁开双眼，坐了起来。

“公主？”锦帨就候在床边。“别声张。”我听到了自己沙哑的声音，“让宫人都去休息吧。”锦帨听了，下去了。我下床，随手换了件素锦纱裙换上了。步出寝殿，见雨已停了，夜，却是更浓了。父皇让人建的藕池里已开了荷花，幽香袭人，连梧桐下的秋千莫名地晃着，仿佛，在替代着什么人。

我看得心烦，干脆跃上了梧桐树，也不管枝叶是否沾雨，就直接坐在了上面。这上面视野也挺好的，穿枝拨叶，能看到浣雪宫宫墙外的其他的宫殿，或明或暗，或简或繁。那光明集聚的所在，我知它今晚发生了什么事，知三哥在那里，知四哥在那里，知文武百官在那里。我还知道，这个时候，有人痛彻心扉，有人殚精竭虑，有人望穿秋水，有人机心算尽，还有人翘首以盼，我不想去分辨谁是哪种心思，我只觉得，之后的路，绝不比之前的好走。

"公主，上面冷，您可否要加件披风？"锦帨在树下抱着披风问我。"三哥今夜可有派人回东宫？"我问。"奴婢不知，怕是没有的，毕竟太子经历此事，又照顾了您一会儿，此刻应还在忙着。""若真如此，倒又是三哥考虑不周了。"我从树上跃下，扶着锦帨的手，回了寝殿，顺便将观音像打翻在地，"甘玉刚刚有孕，又听闻她身子不适，今晚，无论她怀有怎样的心情，想来都是难以入眠的。三哥要倚重甘家，日后或多或少也是会左右朝堂的，这般冷落，总是不好。"

锦帨斟一盏茶给我。我湿了湿嘴唇，"我记得我这里有一对上好的玉枕，你去问问小栗子，看三哥今晚可有派人回东宫，若没有，你便让他着人带这对玉枕给甘玉，说是三哥送她的，让她安心养胎，莫担心三哥。""是。"锦帨应了，退下了。

我扶着美人榻坐下。我仰面躺下，累得闭上了双目，嘴角似乎有什么流淌了出来，我知道那是什么，喉咙里略有腥甜。

四

丧礼之日，除了有孕的二姐依规未至，连五哥都被三哥允许来此了，只有陆梦，被软禁在栖凤殿。我披一身孝服，由锦帨搀扶着，同众人一同焚香、跪奠、举哀。亲见三哥四哥面色苍白，见五哥髯须突生，待至了宫门外，又见命妇虽都退去，二姐却是跪在宫门外，几次想入内，终是被身后的夫婿易安拦下。

"二姐。"我见这将为人母的女子，此刻梨花带雨，全不似她的封号"矜释"一般，心痛难抑，却又深知她不肯起身，便跪在她面前，"父皇知你最为孝顺，你的一番心意，他都知道。你如今怀着孩子，身子也不好，父皇在天之灵，就足够为你担心了，万一有个什么闪失，究竟是谁心里更难受些？""寂雪，就因为这个孩子，我连父皇的最后一面都没能见到啊。"二姐双手捂着小腹。

我抱住她，生怕她会做什么傻事，"二姐，想来父皇也不愿让你见他最后一面，在你心中，父皇永远是那般的伟岸英明，不曾更改过。寞云已逝，我又是这般心态，你这个孩子，可是父皇的第一个外孙啊，你若不好好养胎，又怎对得起父皇？”果真，父皇不让二姐回宫是正确的，她怀有身孕，这份担忧与悲痛，她的身子，也是承受不起的。我与一旁的易安扶二姐起身。

我向易安福身行礼，他扶着二姐，只向我点头，“有劳姐夫，二姐至孝，但过于悲痛着实不利于养胎，姐夫还是多操心些。”“夫妻之间，本就是我应当做的。”易安抱着二姐，似要将她嵌进自己的衣服里。我拉过二姐的左臂，手指搭在她的脉上，“回去让她好好休息，近日服的安胎药可别落下。”“多谢。”易安道。

待目送着易安与二姐的马车消失在宫墙后，我扶着锦帨的手加大了力气。“公主，步舆已备好。”我点点头。锦帨示意隐在一旁的太监抬着步舆过来，我入内，又是一番昏睡。

这一昏睡，就错过了三哥登基大典，明岁，改年号“永定”；追封菁太妃为太后，谥号“景念”；封太子妃甘玉为皇贵妃，吏部尚书甘望为丞相；封护国公主欧阳寂雪为平乾长公主，封矜释公主欧阳潇雨为长公主……

“公主，皇上给您定了这个封号，寓意颇深啊。”我醒来，锦帨告诉我，“还允您自由出入麝华殿，见君不必行礼。”我饮一口药，“甘玉有孕，却只是皇贵妃？”“因为封后大典太过繁琐，她怀有身孕，且体弱，恐身子难以支撑。”我将药饮尽，漱罢口，“此番，也许还有父皇的意思，据说，甘望这几年，朝中势力大增，恐会成为下一个陆家，总要未雨绸缪的。”我叹一口气，“二姐那边如何了，可派太医去了？”“这是自然，长公主虽体弱，但是无恙。”我点点头。

自得知父皇病重，二姐就不顾皇命执意回京，千里迢迢从东面易家赶回京。因顾及二姐身孕，让其居在易家于璐城的别苑里，且只见了父皇一次。“你去请旨，我想这几日去易家别苑陪二姐住几日，宽一宽她的心。”我将药碗放下。“希望公主的心情也会好些。”锦帨将药碗递给别的宫人，去请旨了。

第三日，我与锦帨到了易家的别苑，风阳水居。易安亲自来迎我，并下令将我带的东西整理了，包括礼物，“不想平乾长公主肯移驾敝府，更不想也是皇上的旨意。”“姐夫说笑了，且不说皇兄加封姐夫为明国公，仅是你易家百年基业，就足以与亲王府媲美。”我被锦帨扶着道。

易安眯了下眼睛。“妹妹知道姐夫思虑何事，左不过是担心皇兄真是那冷血无情的君主罢了。”“臣不敢……”“姐夫是多心了。”我不理会他的话，“父皇子嗣本就不多，却又争权夺势至此，先前我与皇兄势孤，唯有二姐相护，才不至于有何不测，这份恩情，是始终不能忘的。退一万步讲，那毕竟是皇室的公主，皇兄与我的长姐啊。”

易安引我走过亭榭，到湖上走廊。“皇兄这次同意我来，既是为二姐，也是为我。二姐仁孝，这一遭必对身子有损，姐夫可能不知，妹妹我略通医术，这几日还能伴在二姐身边，纵是帮不上什么忙，说说话也是好的。”“还是皇上和公主考虑周到，是臣疏忽了。”易安道。

“哪里是姐夫疏忽了。姐夫待二姐，妹妹看得清楚，其实不孝有三，无后为大，姐夫为易家长子，二姐虽为公主，但多年未有生育，你还能这般不离不弃、始终如一，就够让人动容了。这次二姐怀有身孕，虽已过三月，胎象渐稳，但风险还是有的，你能由着她回京，也足以见你待她之心。”我叹一口气，“姐夫你这样小心谨慎，只是生怕皇兄和我做什么对二姐不利的事罢了。”

“公主……”“天家之子无情，任谁都知道。”我再次打断他的话，“但又有谁真的想无情呢。”我从廊上止步，看着身下的湖水。一时静默，下人也都默默站得远了些。“姐夫，我记得，你有个弟弟。”我先打破了沉默，对身侧的人道。“是，家弟易盛，因家中还有些事，所以没有来。”“他今年也是弱冠了吧。”我的手指在栏杆上轻轻敲着，“可有婚约？”易安愣了一下，“尚未。”

“原来如此。”我停了手指的动作，做思考状。“公主可是有什么事？”他有些不安。“只是月前听四哥谈起过，他母家表妹曹氏子芳二八年华，到了嫁娶之年。二姐出阁前与四哥关系不错，对他和阮儿姐姐颇多照顾，所以想着应是门好亲事，四哥的家教想来姐夫是知道的，姐夫钟鸣鼎食之家，想来二公子也是不差。”“公主谬赞了。”易安只说了这一句，面上也一直是思虑状。

在二姐之前的信中我得知，那位易二公子虽不及易安，但也是一表人才，四哥母家家教极好，那位小姐也不会差到哪儿去，据说也是个标致的美人，如果只凭着家室品貌，也算是般配。易安现在有些忌惮大哥和寞云的死，一直为二姐担心，对于我的到访，也是十分警戒。我很担心，他这样的心态会不会影响到二姐，难道朝中，只有他有这种心态吗，旁人会不会觉得，三哥对手足太残忍了呢。我此番是向易安证明，三哥是顾念二姐的，除了封长公主外，他还愿意让二姐和四哥结为同一个利益团体，以求长存。帝王能允许甚至鼓励自己的姐弟如此，已然不易了，如何还有人敢妄自揣度不顾手足之情呢。

“四哥的母家在房川，你们两家离得挺近，倒可以打听打听，但此事毕竟还是姐夫的家事，妹妹只是说两句，其余的，还是由姐姐姐夫定夺。”我说完，离了栏杆。易安继续引路，一时无话，直至主楼，入卧房。

卧房的床上，一个病美人半躺在床上，双目似闭非闭，似睁非睁，眼下还有一片阴影，唇都失了血色，头发松散着，看上去无半分精神。二姐的侍女盈夏想喂二姐喝药，却是徒劳。易安见状，自己过去喂，也是徒劳。我走过去，接过易安递来的药。

“二姐。”我坐到床边。“寂雪。”她抬眼看我，她此时的状态，与我前几日无异，“你来了。”“二姐不想服药啊？”我从盈夏手中端过药碗。二姐没有说话。

“为了孩子，也不想吗？”我左手端着药碗，右手搭在她的脉上，“太医说胎象安稳，你就有恃无恐了，是吗？”二姐依旧没有说话。

“二姐冰雪聪明，知道此时我来，既是为二姐，也是为自己。二姐若不肯吃药，那寂雪也不吃药，二姐若不用膳，那寂雪也不用膳。寂雪自小受二姐照拂，寂雪是个什么身子，二姐最清楚，谁先支撑不住，二姐心中也有数，到时候，二姐欠父皇的，就更多了。”二姐沉默良久，终是自己端了药碗，“当年，你也是以此法，骗得四弟？”“若非对已逝之人有太深之情，寂雪也无计可施，只是，二姐比起四哥，所拥有的，算是多得多。”我俯身，将半面贴在二姐的小腹上，“大哥无嗣，皇贵妃仅不到一月身孕，寂雪最先盼的，就是二姐你的孩子啊。”二姐的手覆在我的头发上。

自此一月，我住在风阳水居，与太医一同给二姐安胎，与我同吃同住。一月后，父皇丧仪暂告一段落，二姐身子也无大碍，终是该回去了。临行那日清晨，我与二姐都难以入眠，我便执了玉梳，在铜镜前为她梳着头发。“上次一别，转眼是四五个年头，这次分别，不知再见是何期了，虽是想念，但我私心里，还是希望二姐你莫再回来的好。”“权位更替，看似尘埃落定，但余波未平，仍有暗潮涌动，你与皇上，还有多少事要操心啊。”二姐叹道，“若非为了自保，这大位，又有几人甘愿登上啊。”

“二姐放心，登大位者，必有保大位之才，父皇英明无双，自是不会挑错人的，二姐自小对皇兄颇多关爱，皇兄也不是那恩将仇报的人。”我明白二姐的意思，左不过是担心三哥真是手段狠毒之人。"宫中那位皇贵妃，不就是个很好的例子？"

我放了玉梳，"三哥自大婚以来，许对甘玉少些真爱，但多年也只她一个王妃，不曾有什么侧妃侍妾，难道三哥在朝中，非倚重她父亲甘望不可，就没有别的朝臣可拉拢了吗？单这样说，就是对她甘家不薄了。自父皇病重，甘望就在朝中大肆扩张势力，俨然有成为第二个陆家之状，如此，三哥怎能放他？封甘玉为皇贵妃，既是顾着甘玉的身子，也是给他甘望一个警告。"我连这话都说出来了。

二姐不语。"二姐，无论皇帝是谁，终究是咱们欧阳氏的天下不是？"我拿起玉梳，继续梳着。"寂雪，这么些年，你竟被历练成如此。"二姐抬头，揉了揉额角，"不过慈庆殿那位，可保留着皇后之号，都不曾尊为太后，对于这仇……""什么仇不仇的。"我打断二姐的话，"也不怕孩子忌讳。"

二姐一笑。

我绾了个飞天髻，"她的事，三哥不便出手，自然是由我来，二姐有孕，莫要操心这些事，放心便是了。""那甘家，终究是不比陆家，当年的盘根错节，非常人可料到的，而那陆梦的手段，也不是一般的狠毒，若非五弟这般不中用，你们的路，可要难走得多。只是，以陆梦的性格，又怎会乖乖伏诛？"

"大局已定，陆家倾颓，她再有翻天的本事，也终是徒劳。"我取出一串珍珠给二姐戴上，"二姐本性恬淡，花好月圆的生活，才是你应该过的，这样的腥风血雨，留给寂雪便是了。""你啊，也是时候找个夫婿了，这样的生活，也终究不适合你。"二姐挑了支蓝宝石珠钗。我将珠钗给二姐戴上，又选了副同样的耳坠，没有答话。辰时，二姐与易安向三哥拜别，上了雕龙画舫，自运河东去。

"终于少了一个人，在这泥沼中挣扎。"三哥与我同乘一辆马车，道。"这几次你来风阳水居，臣妹都没来得及谢恩，关于臣妹母妃之事。"三哥没有说话。"还有，关于皇贵妃的事。"我试探着。"如你所想，是因甘家的势力。""臣妹不是这个意思，臣妹是指，皇贵妃的身子。"我继续试探。三哥又是沉默。

我不知是否是自己多言了。我看向他，只见他眉头微锁，似在思考什么。突然，三哥叹了口气，将手中的折扇敲在我的脑门上，"你什么时候也在我面前这般诚惶诚恐、如履薄冰了？别人都在防着我，我也处处防着他人，可我不想连你都如此。"他的手捏住我的下巴，"你我风雨与共这么多年，难道你会因我一朝掌权而不再视我为兄，宁我一人在这权位之巅？你可知那'平乾'是何意，我只希望有个人，能在我高处不胜寒的时候，还如之前一般待我。”

三哥登基，我虽然依旧在拼命保全江山社稷，但竟也有了兔死狗烹之虑，当真是太过小人之心了。我“扑哧”一声笑了，用自己手中的团扇敲到三哥的脑门上，“三哥，你打痛我了！”三哥也笑了，放开我的下巴，揉着我的脑门。“那三哥，你能不能告诉我，关于皇贵妃的事情？”三哥一愣，收了手，也收了笑容，“寂雪，如果告诉你实情，你会不会觉得我太过残忍？”

我垂了眸，果真，甘玉的体弱是有原因的，“会不会，伤到胎儿？”“我已与方太医商讨过了，断不会的，况且，这只是给甘家一个警告。”我松了一口气，“这便好，龙嗣为大。”我又看向三哥，“其实，也是有制衡之策的。”我意在选秀。“此事先放放吧，毕竟，国丧未满，朝局未定，你我各自的事尚未完成。”三哥眼中的这份坚定，像极了之前在大位上的人。

我的心，突然抽痛了一下。

五

回到浣雪宫，心中想忘的事情又排山倒海而来，一切如旧，却又是真的更易了，我再是如何自欺，也无从改变一二。干脆服下方太医的药，睡了一整天。第二日起得迟，刚用了早膳，就听闻栖凤殿那位皇贵妃传了所有的太医去。想来，她也是对自己的身子有所怀疑。待我赶去的时候，只见太医们正轮流跪禀自己对甘玉病情的看法。

“臣妹见过皇嫂。”我行礼。“寂雪怎么来了，何必多礼。”甘玉从凤榻上下来。“皇嫂快坐。”我将她搀回到凤榻上，将她的镂金丝扭牡丹花纹蜀锦裙理好，“您的身子娇贵着呢。”我打趣着，坐到凤榻的一角，“今日怎的如此热闹啊，本来想与皇嫂话话家常，看这情景也是不许了。”“本宫只是问问自个儿的身子是什么情况，不想众说纷纭，到现在还没个定论，果是一帮无能之辈！”她斜靠在引枕上，杏目瞪着，颇有几分陆梦的样子。我明白底下几位太医的苦衷，并非他们医术不精，而是不知是否该说出甘玉的病情，毕竟帝后之间，都是有所防备，一个不留神选错了边，将是万劫不复。

“本宫都想请方太医来为本宫诊治了。”甘玉最后道了这句。我笑了，“方太医本是父皇亲派为皇嗣们诊治的，虽是医术高超，却从未听闻他擅长母婴之术。不过，皇嫂既是有心，也该传来才是，毕竟皇嗣为大。”我使了个眼色，锦帨便欲去请。“且慢。”甘玉叫住锦帨，“方太医既不擅长，请来也是无用，也不必烦劳他了。”

“皇嫂若是放心，臣妹倒甘愿效劳，臣妹的医术是众所周知的，前几日又与矜释长公主同吃同住，对母婴之术也略有见解。”“你总是个未出阁的女子……”“皇嫂见外了，此时此刻，哪里有比皇嫂的身子更重要的事啊，臣妹若还拘泥于什么礼数，倒真是不识大体了。”于是甘玉拢了金线广袖，拂了金镶红宝石双龙戏珠镯子，伸了只蔻丹玉手给我。

“皇嫂多心了。”我探过脉，“皇嫂身子本就弱，盛夏母体孱弱也是常有的，再加上近日事多，皇嫂过于操劳，才会如此。”我压低声音，“心病也是难医啊。”

甘玉听了我最后这句，变了脸色，“你们都下去。”她命道。太医们听到我的诊断都如释重负，又听到甘玉的命令，都忙不迭地退下了。“你们也退下。”甘玉又命宫人。锦帨得了我的眼色，也退下了。

“妹妹这句‘心病’，不知是何意啊。”甘玉见人都下去了，方问我。“皇嫂既肯这般，便是信任臣妹了。”我笑道，“不知皇嫂此刻有何忧心之事呢？”甘玉不语。我知，她是在试探我。

我起身，“皇嫂所忧心之事，无外有三。其一，便是这后位，堂堂太子妃，竟未登后。其二，便是龙嗣，说白了，也是与后位有关，若一朝得子，后位自然是囊中之物，若得了公主，皇嫂是否有所顾虑呢？其三，便是这三宫六院，帝王该有的三千佳丽了。”我看向她，“臣妹猜的可对？”

“字字珠玑。”她道，“也只有你，能与本宫说出这番话。”“皇嫂谬赞了，若臣妹连这点本事都没有，又岂能在这宫中存活至今？”我道。“你呢，身为璐麝最尊贵的公主，当日与我一线，为的是皇上的大位，今日，又为了什么？”我笑了，“皇嫂果然绝顶聪明，一语道破。臣妹今日所求，与当日无二，左不过是为了皇兄，为了自保，为了这江山社稷。至此，咱们不妨打开天窗说亮话吧。皇嫂认为，除了您，这后位还能落到谁手？”她不语，依旧看着我。

“皇嫂心如明镜，除了您，任谁有天大的本事，也登不上这后位的，您既明白，那早登一日晚登一日又有何分别？若您诞下的真是公主，皇兄就真能不顾惜血肉亲情，把后位给别人？不如您再多等些时日，后位迟早是您的，到时候，再添一子或一女，也更有依靠不是？”

“你所言虽有道理，但来日选秀，若真有人跟本宫抗衡，又当如何？”“皇嫂多虑了，纵使来日有人凭借帝王宠爱想在后宫与您抗衡，那又有何人能在朝堂上与甘大人抗衡呢？皇嫂主内，甘大人辅佐在外，当日皇兄是楚王时就如此，您甘家只要对我欧阳氏忠心耿耿，又有何人能动摇甘大人的位子，以及，您的后位呢？”“本宫可算是明白，你那句‘为皇上、为自保、为江山社稷’的意思了。”她也笑了。

“皇嫂，容臣妹说一句冒犯的话。您现在贵为皇贵妃，来日尊为皇后，都不能忽视一点，那就是‘皮之不存毛将焉附’。日后，皇兄就是选秀，就是偏宠，也是或为着拉拢朝臣，或为着巩固边疆，不过，您的位子，是断不会动摇的。”我福身。甘玉沉思良久，向我伸了手，示意我坐过去。我便去了，任自己的手给她握着。

“说句大不敬的，寂雪，你这样帮本宫分析，为本宫解忧，倒真像是本宫的亲妹妹呢。”“皇嫂说笑了，您全心为皇兄，寂雪再不为您着想，不仅对不起您，更是对不起皇兄啊。”我笑着答应，希望能以此，来使她放心。待出了栖凤殿，我拒了步舆，与锦帨一同走着回去。

“公主，您近日对皇贵妃说这么多，是不是有些过了？”锦帨扫视四周，问我。“我问你，这番话，如果我不说，那还有谁能对她说？”我拢着脑后的头发，明知它们不会散，却总有种它将散落的错觉。“公主的意思是，甘大人？”“这便是了。你想，若是甘望对她女儿说这番话，将会是个什么态度？甘家势力本来就在扩张，甘望一掺和，保不齐甘玉的气焰就更盛了，今日什么情况你也见了，她差点不经三哥允许，就把三哥御用的太医传到她栖凤殿去了。”我收了拢头发的手，“没得到皇后这个位子，她就耿耿于怀了，如何能再不彰显一下自己的势力？我只是怕她凭着母家的势力左右三哥太多罢了。”

“也多亏公主当日没有太信任她。当日风起云涌，她待您可不是这个态度，您今日进去这么久，竟连一盏茶都没能喝上。”“当日她只是楚王妃，现在，人家可是皇贵妃，未来的皇后，自然是要有点架子。再说，官宦之家的女子，哪来这么多真情实意。”我突然想起了寞云，有些心酸。

“公主别因这些事太过伤神，恕奴婢直言，公主该担心的，还是与如公子的七年之约。奴婢不明，如公子为何非要公主等他七年，耗尽一个女子最美好的年华，若他真心爱您，又何必如此？”

我笑出了声，“我还没说什么，你倒是先替我打抱不平了。”我打趣着，每每想到焚蝶，心中总有一股清泉涌出，“他背负的不比我少。我所背负的，左不过是名利权位这些身外之物，我尚需时日放下，更何况他呢。他背负的，可是灭门之恨啊，他毕生都想要报仇，这刻骨之恨，能被我对他的零星的爱所感化，我也应庆幸才是。”锦帨难以置信地看了我良久，才叹一口气，没有说话。

“若有一日，有人住进你的心中，你啊，保不齐比我还要盲目呢。”“那公主，您觉得，这七年，您能安安稳稳待在宫中吗？”“自是不可能的，三哥不会放任我这样，也不会让一个公主孤身在宫中老去。”我突然想起了那张字条，头有些微微作痛，手却下意识地再去拢脑后的头发，“再过些时日，朝局已定，我便向三哥请旨，去为父皇守陵。”

“您的身体哪里受得了皇陵的环境呢，奴婢再冒昧一句，您就是再回含口，也比守陵好啊，况且，皇上又如何能同意呢？”“我与师兄少了联系，他能过自己的生活，我岂能去打扰。再说，为父皇守陵，也是尽我身为人女的孝心罢了。到时候，你也不必跟着我，也是你该出宫的时候了。”

“奴婢并不是这个意思……”“现在，想那些事还为时过早，慈庆殿那位，才是我现在应该考虑的。”我将耳后的白玉嵌珠步摇向发髻中推了推，昂了首，脚步轻起来。

六

几日后，我得知，慈庆殿的那位想见我。“一切都安排妥当了。”锦帨对我道。我坐在铜镜前，微微颔首，拿起螺子黛画出高眉，戴上了白玉孔雀耳坠，扶正了百合髻上的宝蓝点翠珠钗，起身，让宫人给我理好了冰蓝双蝶云形千水裙，又整了整腕上这对白银缠丝扣镯，便乘了步舆，到慈庆殿。

这慈庆殿，虽是太后居所，但我在这宫中数载，除了远望几眼，从未来过，不想今日，为了陆梦，倒是第一次踏足。殿宇用的是叠瓦脊和鸱尾，所用鸱尾比宫城中的任何一个都要简洁秀拔，殿顶的曲线恰到好处，歇山式殿脊收得很深，并配有精美的悬鱼。台基的地袱、脚柱、间柱阶沿石等都饰以雕刻或彩绘，踏步面和垂带石亦是。

我收了目光，登上丹陛。殿门被一直守在这儿的太监拉开，阳光在殿中倾泻，我携了两个宫人进去。我走在前面，停在殿中央。那两个宫人将一旁的雕花檀木大椅搬到我身后，退下了。殿中的阳光，就此被隔绝在殿门之外。

凤榻上的那个女人，着一身金银丝鸾鸟朝凤绣纹朝服，右手执金酒壶，左手执金酒杯，斜靠在扶手旁的引枕上。她绾着凌云髻，戴一头金累丝宝石牡丹头饰，除了那牡丹鬓钗，又另添了一对镂空飞凤步摇，与鬓中央那金累丝宝石牡丹分心交相辉映，同式样的耳挂与她指甲上的蔻丹，让我差点分辨不清。当她将金杯中的酒一饮而尽时，我才从她满身繁华中注意到，她早已不复的容颜。分外刺目。

“你现在才来，本宫等你许久了。”她的声音，如同她的容颜一般老去，只是残存的那份傲慢，又是分外刺耳。“大局刚定，尚有许多事要料理，自然就到此时了，不过，能等到你想见我，着实不易。”“本宫想要见你，你可知，是为何？”“女人之间这般刀光相见，还能为何，你一无所有，除了口舌之争，除了满足心底那丝虚荣，还能做什么？”我将腕上的银镯向上推了推。

“本宫不明白，怎么会输给了你。”她眼中有恨意，有厌恶，也有不解，但语气，依旧平静。“你何曾输给了我，我若单枪匹马与你相争，早就粉身碎骨了，你输给的，是我欧阳氏一族。是你陆氏，败给了我欧阳氏，我如此说，你可明白了？”她没有说话。

我看厌了她的眼神，便移了目光，“你虽嫁入皇室，但从未把自己当成欧阳氏的人，一心谋私利，一心夺权势，如何能赢？”“本宫的千万般算计，你逃过去了，欧阳晨昭势孤，怎么还能登了大位？”她换了问题。

“你在前面算计，自有父皇留了后路，欧阳氏一心，怎能不赢，况且，你始终，只是个女人。”“女人又如何，本宫不信你也是这般的人。”“女人心思太过细腻，有时反而会有碍大局。”我叹一口气，“就如你对我的恨意一样，太恨了，反而失了理智，对付三哥最好的时机，你没能把握，反而，将矛头对向了我。”

“你又是如何知道，本宫矛头对的是你？”“太明显了，你都没有察觉到吗？枉费父皇这么多年苦心保护，将我牢牢拴在自己身边。你果真是被自己与生俱来的高傲蒙了心。”我轻蔑地看着她，“当年你无缘无故毒害六哥，为的是什么？他是庶出，尚且年幼，并无铲除的原因，那只能是你的私心。我起先并不知情，直到舅舅阵亡，你对我说，莫家没有人了，我才明白，你的目的。”

“莫菁楠。”“是，是我母妃，不，现在该称为，母后了。”我浮起笑意，“我从前一直不明白，有时，我连麝华殿的花园都不愿多逛，为何愿在栖凤殿的花园里停留，后来我明白了，因为你从不植丁香花。我也不明白，我虽恨你、厌恶你，却并非那样本能地反感，后来也清楚了，是因为，你从不穿有紫色的衣服、首饰，也不许自己的宫人穿戴。你心里到底有多恨，连这样的细节都不放过。看清楚了之后，我就知道，该如何对付你了，只要我还在，你就不可能平心静气地去算计三哥。”

“原来如此。”她冷笑一声，“本宫禁足的这几年，很想知道，你比那莫菁楠到底聪明多少。如今本宫看到了，她莫菁楠果真是聪明，但再聪明，也只是为他人作嫁衣，为本宫除了前路障碍，最后连她自己，都逃不出本宫的手心，甚至，连至爱之人的那一句肺腑之言都来不及听到。”她一饮而尽，步摇晃得厉害，“你就不同了，同样身为棋子，你居然能看破局势，反戈一击。不过，也算你命好，身为皇嗣，能在夺位之争中，选对边，最终保全了性命。”

“你只见我风光无限，何曾见我殚精竭虑、呕心沥血一面？”“身处此位，你还想平淡一生？就连老二老四那种极力跳脱之外的人，都不得不机关算尽以求自保，你与老三这种争名夺利的，还想求得心安，简直是妄想！”她斜睨着我，“你聪明是聪明，只是少了份防人之心。”“我总是不设防别人，遭人算计，也有绝处反击的本事。”我眯着眼睛看她。

“那位如公子，你也认为会绝地反击？”她嘲笑着。我一惊，站了起来，“你如何知道他的事，你都知道多少，都告诉了何人？”“也没多少。”她依旧斜靠在引枕上，笑着，“春深知道多少，本宫就知道多少。”我双腿一软，跌坐到身后的椅子上。原来，春深是陆梦的人，我与寞云的一举一动，她都知道。那么当日，春深给我送信诱我只身去琦山，我半途遇刺，竟也是陆梦一人所为？

“你何不告知父皇？”“那莫菁楠从未见过如焚蝶，尚要保住他，还因她一句就救了那孩子的命，若换做是你，对他有情，还能言善辩，借着皇帝的宠爱，没准儿就让你们比翼双飞了，我倒不如趁此时机看你们姐妹相残。欧阳寞云想害你不假，但你真觉得，凭她的心智，足够诱你出宫，足够半路设伏？若刺杀得手，就把罪名推到她身上去，让她如家彻底绝后，连如焚蝶都不留。谁知你竟被你那师兄所救，那本宫干脆坐山观虎斗，虽得不了渔人之利，但观戏的那种心情，你是体会不到的。亲眼见你们粉墨登场，见你们尔虞我诈，互相猜忌后残存那么的一点信任，骨肉相残，居然还会有什么真情剩余，倒也真是可笑了。”

“那你呢，又比我好过多少，一心要保住陆家，一心要五哥上位，结果又是如何？青春付诸流水，心血也付诸流水，时至今日，陆家大势已去，五哥被幽禁，你自己也时日无多。连父皇驾崩时那残存的一线生机，都被三哥的禁军生生掐灭，你这一生，究竟都成了什么？”我讽刺回去。

“本宫过得不好，你们这些人，过得又好吗？欧阳寂雪，夜阑人静时，你可能入眠，那些已逝之人，都未入你的梦吗？”她冷笑道。

“我从不信鬼神，就算辗转难眠，也只因思念过切，并非其他。我倒是想问问，父皇并不喜你，你如何能怀上五哥，是不是用了什么见不得人的魅惑手段，又装成是谁魅惑的父皇。倒是我技不如人，现在才明白你为何对我母后恨得入骨？左不过是女人最初的嫉妒心理罢了。”

她一口鲜血喷了出来。“你的诡计。”我起身，“这汇血螺，溶于水后无色无味，若一次过量服用，会导致五脏出血，若徐徐服之，则有五脏衰竭之状。你施于皇嗣的，我也终究还了你。只是可惜了，我不知道这药发作时痛苦几何，我母妃，不，我母后在天之灵，看到你今日模样，会不会将当年痛楚减轻一二呢。也真是可惜了，当年被你害过的人，虽已离世，但所有人为他们惋惜、对他们怀念，你呢，算计了一辈子，连个知道你怎么死的人都没有，连个在你坟前守忠的人都没有！”

她从凤榻上摔下来。我转身，向殿外走去。“欧阳寂雪，你以为这就结束了吗？”她喊道。我回头，斜睨着她。

“本宫的毒刺，已经为你们扎下了，你与欧阳晨昭断了本宫的路，本宫会让你们付出代价！”她已声嘶力竭，面目狰狞。我再次转身，向殿外走去。

殿门再次拉开，锦帨候在外面。我抓着锦帨的胳膊走下丹陛，全无之前所料的如释重负，反倒更想昏睡过去。这次，我知道的事情太多了，多得难以承受。坐上步舆，我不禁靠在扶手上，不得不用手指轻轻按摩着头。

二姐所言不虚，陆梦的手段着实是太高、心机着实是太深，仅利用一个春深，就能将我与寞云牢牢掌控，进而离间我们，但她的目的不是大位，仅仅是报复而已，若五哥并非这般无能，我与三哥的路……我暗暗吸了一口凉气，有些后怕。

或许，陆梦也完全可以再有一枚可利用的棋子，或许，父皇用了什么药伤了她的身子，所以，她只能将所有希望寄托在五哥身上。若真如此，三哥今日手法，倒像极了当年父皇，甚至，都可能是父皇一手教成，那么，今日的陆梦，会不会是来日的甘玉呢？

陆梦所谓的毒刺，究竟在或不在，若是在，那到底在哪里呢？朝中势力盘根错节，历经父皇与三哥，都未能将陆家势力彻底清除，至于后宫，这么庞大的规模，从医官女官到侍从侍卫，究竟该从何查起？我觉得耳朵坠得厉害，便索性摘了耳坠，交给锦帨。

回了浣雪宫，卸了浓妆，拆了发髻，我歪在榻上，想好好歇歇。锦帨将耳坠交给宫人收起来，给我盖上了薄毯。一个宫人匆匆进来，看到此情，又退了下去。锦帨去询问了事情，回到我身边，打量着我的脸色。

“说吧。”我轻声道。“宋王，殁了。”我倏地坐起，愣了半晌，才又倒下。“公主，您就别再想了，宋王是自裁也好他人暗算也罢，终究与您没有任何关系的。”锦帨道。

是啊，与我有什么关系呢，但凡我无力左右的事，那干脆，就当作与我无关好了。这样的阴谋，看得再多，也不会习惯的，倒不如，麻木了好。

我示意她把锦盒内焚蝶送我的木制蝴蝶取来，放到枕边，试着睡去。

闭了目，思绪却在纷飞着。五哥的死因，到底是什么？若是他有意让三哥难堪，落一个暗害手足的骂名，那他完全可以在三哥登基之日自裁，但他没有。是陆梦吗，尘埃落定，她已无后路，五哥于她而言也全无可用之处，所以，她连自己的亲生儿子都不放过？还是三哥，会不会……

我不敢再往下想。手指触到了蝴蝶木雕，有微凉之感，我舒一口气，终有困意上涌……缥缈仙境之中，有一男子，身着白衣，腰间配一柄长剑，立于桃树下。我走上前，惊飞一路的蝴蝶，将右手紧握的蝴蝶木雕交过去。他微微一笑，折一枝桃花，别在我发髻。我轻笑。

"往昔，窗外院深，寂寞成林；来日，繁花似锦，鸟鸣成音。往昔，梦断迟暮，花落成雨；来日，琴音相诉，彩蝶翩舞。""你如何知道我擅琴的？"我笑问。耳畔传来了一声琴音："我如何不知？"……

我从梦中惊醒，下意识地去寻那蝴蝶木雕，还好，薄毯正好盖着我握着它的右手。"你怎么来了？"我坐起，将木雕藏到毯中，看着三哥。"半月后我将在春华锦堂设宴，你可愿献上一舞？"三哥从我放着琴的木架旁走过来。

"你要自称'朕'，哪怕是在我面前。"我蜷在榻上，用薄毯把自己裹起来，"什么宴会啊，还要我去？""自然是极为重要的宴会啊，否则怎会让你出席呢？"三哥坐到榻上。"你哪是让我出席啊，摆明了是让我献艺。"我白他一眼。

"你可愿意？""就算我不愿意，你也不会同意吧？"我冷笑一声，"不过我不作舞，只奏一曲可好？"三哥点点头。"那这次宴会一结束，你可要答应我一件事。"我斜睨着他。"可以。"三哥回答得干脆。想来，他是以为我提不出什么过分的要求。"那便这么说定了。你一会儿，还是去皇贵妃那边用膳吧，她的药，也该停停了，既免得她起疑，我也担心母体有恙，时日久了终会伤到胎儿。"

三哥还似以前一样，宠溺地捏了捏我的鼻子，临行前，还一再重复"说定了的"。

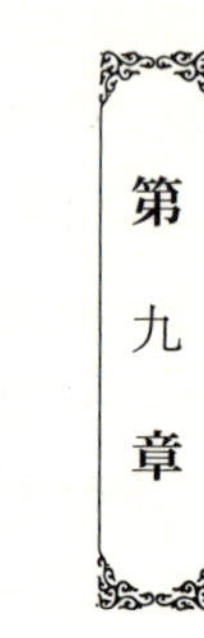

第九章 眼尾光

蝶恋花

贴鬓香云双绾绿。柳弱花娇，一点春心足。

不肯玉箫闲度曲。恼人特把青蛾蹙。

静夜溪桥双薄屋。独影行歌，惊奇双鸾宿。

愁破酒阑闺梦熟。月斜窗外枫敲竹。

一

是日，我立于桂花树下，仰望着这一树金灿灿的桂花，像极了往日的阳光。深深地吸一口气，瞬间就滑入鼻腔、融入皮肤，这一刹那，仿佛身边还有一个女孩掬一捧糖桂花吵吵闹闹地吃着，仿佛身后还有一个中年男子坐在桌旁饮一壶美人泪。仿佛岁月静好，故人犹在。

“公主？”锦帨唤我。我方回过神来。这几日，我每天都去给三哥和甘玉请脉。甘玉那边，我怕皇嗣有恙，也怕万一不去，被她看出破绽。而三哥那边，我总觉得父皇的病逝是我孝敬不够，若我少些心机攻防，多谢体贴关怀，也许就不会这样了，所以常给三哥请脉，也算在他身上弥补一二。

日子久了，也不知是疲累的缘故，还是太过思念故人，竟时不时发起呆来。“皇后陆氏因对先皇大不敬，被废为庶人，尸身逐回母家。宋王被将为旅阳王，葬在皇陵之内。”我点点头，摘着树上的桂花，放在石桌上的琉璃盘中。“公主不要太过担心如公子的事，皇上这样心疼您……”“我是担心你。”我见锦帨一派忧心模样，打趣她，“虽是嫁妆给你备好了，也允你出宫，可我总是想让你找个自个儿真心喜欢的人过一辈子啊。”

锦帨眉头微颤。“可是有？”我惊喜道。“公主多虑了。”她眼中闪过一丝紧张。我便更肯定了，“我生怕这些年因为我的私心误了你终身之事，如此，我就放心了。”“公主不必担心奴婢的事，奴婢自己能够料理，奴婢只是见您不能安乐，也终是无法安心。”“我知道。”我这样答她。春华锦堂，若非在此设宴，对于我这种甚少踏足前朝的人而言，恐怕早就忘了。

前廷与后宫之间，除了宫门、朱墙、广场、廊阁、花园相隔，还有，就是春华锦堂和春华绣堂了。璐华殿之后，过仰贞门、齐永门，再过数道廊阁，便至一花木交错处，两座宫殿便伫立在这里，东为春华锦堂，西为春华绣堂。两座宫殿并非坐北朝南，而是相对而建，宫殿之间，却不再以宫门、朱墙相隔，却是辟了假山石林出来，既当做花园之景，又可作屏障。凡皇帝宴请群臣，便在东面春华锦堂，若是后妃设宴，无论命妇朝臣，皆在西面春华绣堂。

过了春华二堂，再行约有一刻，便又是一广场，再行，就是廓华殿了，自此恢弘后，就是一路琼玉，除了御花园外，再无这样的花木虫鱼。

今日，春华锦堂设宴。还未下步舆，只是掀开鲛绡软帘的那一刻，我就感到自己与今日之宴是多么格格不入，便下了步舆，环视四周。且不论雕栏玉砌、流觞曲水的江南风韵廊阁，单看那朵朵压枝低的十丈垂帘菊，一水儿的金色，长而细的花瓣都快垂到地上来了，说不尽的繁华奢靡。十丈垂帘菊后，竟有不知从何处移植来的桂花，明艳是明艳，只是我将右手一搭到花枝上，其色呆滞立即就显了，若换做浣雪宫里的桂花，必是要与我食指上金色却晶莹的琥珀戒指一争高下的，此刻，却有了东施效颦之感。

我不禁失笑。随着小栗子一声“公主驾到”，我与抱着琴的锦帨，一并入内。“说曹操曹操就到了。”三哥在主位上，一见着我，就笑道。众人起身行礼。我在殿中央立着，颔首，用眼角扫了一眼众人。果真，与这些锦缎华服的人相比，与这金碧辉煌相比，我这一身月白素锦宫装着实是太素了，越发的格格不入了。众人又都坐下。

“来晚了，可要受罚了。”三哥笑着，仿佛不是他刻意诓骗我要在午时来似的，“你连琴都带来了，不妨奏一曲？”我福身，“皇兄吩咐，不敢不从。”

便有宫人架了案，置了椅，锦帨将琴摆好。我在敛锦色软巾的同时，听到了他们的窃窃私语，无非是不知我擅琴的言论。“臣妹献丑了。”我坐下。三哥依旧是笑。

轻拢慢捻，我为《招蝶曲》填了词：

“飞雪渐染月如钩，霜添梅心旧。黄縢倾毕翻觥筹，渍污绫罗透。待到东风满西楼，琵琶掩箜篌，却是绿肥红瘦。寻遍阡陌，不知情可几遇。斩断莲根，难言思有几缕。览尽缥缃，未名念有几许。烟把玉殿琼楼锁，风将伐桂玉斧磨。明镜易破，忆非昨，相识已陌。吟风弄月，莫问柔肠百转。登高凭栏，毋阅江州千帆。鼓瑟吹笙，勿吞杜康万盏。柳惹雕花门楣妒，雁任龙楼凤阁束。残照难补，留恋处，忍顾归路。谪仙何处寻，苏郎善饮，酒斟须满十分，不若生为凡人，摆一张琴，对一溪云。”

曲罢，我心微凉，念起了桃下的白衣仙人，配一把剑，引一树蝶。

琼楼飘烟，风残落桂，七年之后，我就不再是初见你时的无双容华了。蛾眉招人妒，重楼将身束，这七年风起云涌，不知会有什么变故。

“曾经沧海难为水，除却巫山不是云。”不知是谁站起，大声念了出来。我眯起眼睛，心底的愤怒在此刻爆发了，我瞥了一眼那个身着宝蓝色衣袍的男子，自己抱了琴，向着三哥福身，一句不言地出了春华锦堂，乘步舆回宫了。

“公主，您今日丢下皇上和众人就走了，是不是有些不妥啊？”步舆外，锦帨问我。“有什么不妥！三哥宴请群臣，本就与我没什么相干，我应他要求去了，应他要求献曲了，本就失了颜面，偏宴上还出来什么人搅局，拿我做什么，歌舞伎吗？”“公主这话怎么说的，您是千金之躯，先帝亲赐金枝玉叶，哪能容得公主这般自诋？”“我也是想着这是三哥的旨意，虽万般不愿，却还是去了，孰知竟成这样，亵玩了我倒无所谓，只是师父送我的琴，连同焚蝶的情意，生生被人亵渎了！”我斥了这句，不再说话。步舆外传来了锦帨的一声叹息。

回到浣雪宫，我一口气饮尽了两盏苦丁茶才把怒气压下去，锦帨退了宫人，在一旁守着我。“看什么？”我放下茶盏，长舒一口气，发觉锦帨一直盯着我。“没什么，只是奴婢鲜少见公主气成这个样子，以前再大的风浪也只见公主您眉头紧锁，奴婢觉得，公主真是得了心仪之人，越发有了些小性子，有了身为公主该有的小脾气，也得要人哄着才罢。”她打趣道。

“你这丫头竟越发贫嘴了，我的琴收起来了没有？”我的怒气顿时被她打趣得无踪了。“一回来奴婢就让人整理好收拾起来了，公主放心就是。若公主还生气，奴婢看咱们宫里的桂花，比那春华锦堂的好了不知多少倍，不如奴婢取了琵琶来，公主在咱们那棵百年桂树下起舞，才不失您的风韵。”

我听了，又不禁失笑。锦帨为了逗我开心，竟连“风韵”二字都请出来了。于是我们二人，退了宫人，一个立于桂树下，一个坐于藕池边，一舞，一曲。

锦帨所弹，是进贡的紫檀琵琶，琶轴以象牙制成，当日我特地向父皇求的。果如乐师所言，音质清脆响亮，高时强劲，低时淳厚，中时柔和，只这“招蝶”一曲，诉尽离别相思苦，叹遍殷殷相许心，正因少了瑶琴的“净少情”，才更是私家小儿女应有的窃窃私语、柔情蜜意，那样甜，除了桃花的颜色堪堪能比之外，我还未曾见过其他。

蓦地，琵琶声止。我停舞，看向宫门的方向。竟是三哥与席上那蓝衣之人。我敛裙行礼，“参见皇兄。”蓝衣之人亦向我行礼。我视若不见，“不知皇兄今日为何来臣妹这里？”三哥笑着，依然笑着，纵我在席上那般无礼，“当然是来问罪了，顺便让你认识个人。”他指了指身旁的人，“少将军，蓝真。”听三哥这么说，我才真真正正看了眼这蓝衣之人。果真是能让三哥看上的人，既有武将的挺拔英姿，又有文臣的风流沉稳，加上一身蓝衣，愈加将两者结合得恰到好处。

我不禁想，此人若是到战场上，披一身银甲，那文人风范会荡然无存，一任骁勇；若回归朝堂，换一身青袍，那武将之气一扫而光，一派倜傥，真是有着三哥征战施焰的英勇和四哥的宁静恬淡之风。此时立于梧桐下，虽是入秋，叶却留着残绿，透了阳光，将斑驳的树影倾于此人脸上、身上，倒真是美轮美奂，连阳光下脸颊的弧度都刚刚好。

只是一双眸子时深时浅，仿佛一时能深入人心，一时又无所隐瞒。似曾相识，在陷进去之前，我及时转移了目光。但是又情不自禁地瞥向那两人的方向，一个龙袍尊荣，一个蓝衣深邃，分不出哪个更吸引人目光。“皇兄让臣妹认识这位少将军作甚？臣妹自施焰一战后，再无征战沙场之可能啊。”我笑问三哥。三哥等我问完，一指节敲到我脑门上，“怎么又开始叫‘皇兄’了，不是说依旧叫‘三哥’吗？”

我微微惊讶。蓝真亦是。不过都很快恢复过来。“三哥。”我改口道。这是告诉我和蓝真，他并非外人吗？我向蓝真看了一眼，同时，他也瞥向我。一瞬，我避开了他的目光。“既如此，不请我们进去坐坐？”三哥笑问。“皇上……”蓝真想阻拦。“三哥，可从来没有无故让外臣入内宫的规矩哦。”我抢在蓝真前面拦着三哥。“你可知从春华锦堂到你浣雪宫有多远，不请我们进去喝茶，可是待客之道吗？”三哥笑容不减。

我知是拦不住了，“天下都是三哥的，寂雪又何来‘待客’一说呢，三哥请便就是了。”我转向蓝真，“这位蓝公子，也一并来吧。”

入了主殿，我仅听到三哥不轻不重的脚步声，这个蓝真的轻功也是不差。我用眼角注视着蓝真，但见他似乎一直眼观鼻，随着三哥的步伐，却是用眼尾不露声色地扫过了整个正殿。三哥坐在了主位上，我坐于三哥右垂手的位置，蓝真坐在三哥左垂手的位置。锦帨已摘了玳瑁指甲，收了琵琶，带着宫人奉了茶。

“不是什么名茶，区区苦丁，因宫里不常有客，所以不曾备着什么茶。”我见蓝真端起茶盏，道。“公主说笑了，谁人不知这可是施焰郡神司及其弟子精心培育的茶，每年仲春，又有神司及弟子挑选出极品送进宫里，经内侍省检验，送到公主这里啊。且不说本非凡品，仅这一份心意，就足以见得公主的尊贵了。”蓝真说得淡然，似不是奉承之言。

我倒是惊异于他对我喝这茶的了解，是否，他对皇宫也这般了解。我看了眼三哥，三哥并未对蓝真所言有何反应，仿佛他早就知道。于是，我更怀疑了，便看了眼锦帨，锦帨明白了我的意思。蓝真饮了一口苦丁，似是喝惯了，也不在意它的苦，并未有任何表情，反是在片刻之后，嘴角上升了一个高度，我知道，那是回甘。

而一旁的三哥，虽是常在我这儿喝苦丁，反倒是皱了皱眉。我又起疑，若是蓝真不常喝苦丁，那修养算是极好了，又怎会贸贸然在席上对我无礼。若真是蓝真喝惯了这茶，那倒难得来了个茶友。无论怎样，这无礼之罪，我且大度饶他了。“昨日朝上……”三哥放下茶，就论起了国事。

“哎哎。”我急忙打断，“有什么国事去你麝华殿，别在我这儿说，扰了我的清净。”三哥笑出了声，蓝真只是抿了抿唇。

“皇上，尚有军事，臣也就不在平乾公主这儿叨扰了。”蓝真突然起身向三哥行礼，“今日在春华锦堂，是臣冒失无礼了，请公主责罚。”又向我行了与三哥一样的礼。“无妨。”我道。“那臣告退了。”三哥点了点头，示意小栗子送出去。

待小栗子退出，锦帨与宫人换了茶，都退了下去。“三哥仿佛很信任这位蓝公子啊。”我先开口道。“得了，朕先告诉你，也免得你再劳烦人家锦帨去给你查。”“洗耳恭听。”我拉着长腔。“还记得当年伏岳一战吗？与你和四弟一道的蓝宾恒将军的儿子，今春，父皇亲封他为少将军，从那以后，便与他父亲同赴沙场。”“伏岳一战他可有参与？”我问。“怎么，你记得他？”“这倒是不记得，也不认得，想来是我多虑了吧。”我用指节摩挲着嘴唇，“最近，有什么战事吗，怎么会莫名封了个少将军，又偏偏是他？”“荤鬻那边有些动静，况且蓝将军一直戍边，蓝真在伏岳一战又有战功，他父子二人齐心卫国，我也能放些心。”三哥饮一口茶，“你觉得此人如何？”“将来，定是个出将入相的人物，三哥好福气，得此良才。”我明白三哥的意思，便移了话题。

“又跟朕打马虎眼儿不是？”小伎俩被一眼看穿，“朕是问你觉得如何，这可是朕千挑万选出来的。”“干嘛，今儿在春华锦堂就是，满座都是璐城的公子哥儿，三哥该不会是急着把我推出去吧？”我步步深入。“你都二九了，过了年又长一岁，哪有公主到了这个年龄还不婚嫁的？朕可告诉你，挑可以，但得在天子脚下挑一个，万不能跟二姐一样，嫁那么远出去。”三哥言语虽是轻松，眼神却是坚定。

“为什么？”我想起来父皇临终前给我看的字条，不禁去试探三哥。“你在璐城内，相见是易事，若真与二姐一般嫁那么远，不知何时才能相见。”三哥起身，走到我右手边的椅子上，坐下。“干嘛总得非富即贵啊，我倒是羡慕人家闲云野鹤、荆钗布裙。”我笑望着他。“这可不行，大不了我给他加官晋爵，哪能让堂堂公主嫁给一介草莽，再说，你的身子哪里受得了？”

话试探到这里，我与焚蝶的事以及暂时去守陵的事，得缓一缓了。“好吧，但一点，你不许逼迫我啊。”我做了让步。“谁又能逼迫得了你呢？”三哥笑着，饮了一口我的茶。“对了，易盛和子芳的婚事已定下了。”“这便好。四哥执意孤老，母家又只有这一个妹妹，算是了却了他和善妃娘娘的一桩心事。”

我沉思良久，想起二姐对陆梦的评价，还是决定告诉三哥，早防范着些。“三哥，陆梦临死前说给我们埋下了一根毒刺，让我们痛苦万分。我不明真假，但始终是防着的，她的手段，你我都见识了，所以……”“我也想到了，”三哥放下茶，“前朝，我一直防范着、搜寻着，只是后宫，总是力所不能及啊。”他皱着眉头。

我看着三哥的眉头，有些心疼，也有些后悔告诉了他，“倒不如，告诉皇贵妃。一来彰显你对她的信任，二来，也让她在后宫立威。只是，她现在有着身孕。”“我的意思是，你帮帮她。以前王府只她一人管事，事无巨细，管得极好，但后宫事多，规矩也多，她虽学了几日，终是有所不及，不如你，自小知道这些，只帮衬就行，也费不了多少事，还能从中寻些蛛丝马迹。如何？”三哥望着我。

我明白，他这也是让我摸清甘玉在后宫的势力，“好吧，我今晚去趟栖凤殿。”“有你，我安心许多。”他起身，准备离开。我却是安安稳稳坐在椅子上，“三哥，你以后，要自称‘朕’，哪怕是在我面前，别再让我提醒你了。”他颔首，“注意休息吧。”说罢，出了正殿。

我目送他离去后，起身，取了奇楠，让宫人揭开鎏金百合大鼎，打算添些香，却不想，里面的奇楠都快燃尽了。刚才的我，一味只顾挑弄心机地试探，却忽略了殿内越来越淡的香气，恐怕掩不住我服药的味道，三哥定是注意到了，否则，不会让我早早休息的。而蓝真那么不正常地告退，是否也正是因此呢。

我掩口打了个哈欠，的确该休息了，多亏去春华锦堂前吃了点东西，否则是要饿着肚子午睡了。我将鎏金百合勺中的白色粉末倾入鼎中，深深嗅了一下，比以前的莺歌绿感觉绵软，睡意更浓了。便赶紧搁了香匣，更衣就寝。甚少，会这般贪眠。醒来时，锦帨正在床边候着，略微担心的模样。

"什么时候了？"我坐起，揉了揉脑后的头发。"都快过申时了，您甚少睡这么久，奴婢还以为您病了呢，正想着您再不醒，就找太医去了。"她扶我下床。"打听来了？"我坐在铜镜前，挥手让宫人下去。

锦帨给我梳着头发，"说起来，这位蓝公子真有点意思。天佑二十二年，与其父蓝宾恒将军随先帝亲征施焰，跟您和齐王走的一路。后来，蓝宾恒封了大将军，戍卫边疆，这位蓝公子本也能加官晋爵，若跟随蓝大将军，必能有个好前程，可他偏托着皇上在禁军中做了个不大不小的统领，直到今春，被先帝看重，封了少将军，与蓝大将军一起镇守边疆，打退了好几次荤鬻的猛烈进攻。因先帝驾崩、新帝登基，蓝大将军就让蓝公子回来了，又恰逢其妹及笄之年，便留于京中。公主可能忘了，静思公主出嫁后，曾有许多王公贵族的公子给您送礼，这蓝公子是最后一个送的，也不愿署名或多说什么奉承话。当初公主见了人家送的银器，不甘心地让尚功局制了送到静思公主府呢。"

我低头摆弄着首饰奁的嵌翡翠花形钗，"是啊，我都忘了，还有这样的事呢。"

蓝真的过往果真是有些可疑，但三哥不介意，甚至还颇为赞许，我先不多管了。只是蓝家镇守边疆，三哥在借甘家稳定前朝之时，是否也想用我来收拢蓝家的心呢。

我不觉用手扶住额头，身后的锦帨将步摇插歪了。我到底该不该疑心呢。陆梦啊陆梦，你当真是厉害，只是临死前的一句话，就能将我生生困住，举步维艰，连利弊都不知该如何权衡。用了膳，选了几样补品，换了件水绿色高腰褶裙，与锦帨去了栖凤殿。

三哥已将要我协理后宫事的想法与甘玉说了，甘玉自是同意。于是这次我去，送了礼物，装模作样礼让一番，就如得了赦免一样，与锦帨赶紧出了栖凤殿。

我没有坐步舆，而是与锦帨一人提了一只琉璃宫灯，慢慢走着。"每每与皇贵妃说话，都累得我难受。"我瞥了眼四周，道。"幸好这次，有点茶喝。"锦帨偷着笑。我也笑了。

"只是触及到了人家的权力，总得打个招呼才是。"锦帨又道，"皇贵妃以为您会与蓝家联姻，还不知她若是知道您不会如此，又该是怎样的反应呢。”“你啊，这是唯恐天下不乱。”我晃了晃手里的宫灯，“不过，着实如此。”

我现在可以插手后宫中事，就意味着我可以在后宫中寻找陆梦的余党，至于前朝，蓝真若是可用，倒真是事半功倍。只是这样一来，交集就多了，事情的发展，会不会也脱离我的控制了呢。这桩桩件件，又有哪个是我控制得了的。

二

第二日，收到了蓝府送来的一套冰裂釉茶具。是一套青瓷冰裂纹，釉质细腻，触手光滑，纹络如玫瑰花瓣一般。“蓝公子说，这是给公主赔罪的。”锦帨道。“赔罪就不必了，昨日不是赔过了吗，着人还回去吧，我有一套白瓷的、一套琉璃的，用不上这个。”我将刚制好的桂花糕装入食盒，一个给麝华殿送去，一个给栖凤殿送去。

若是收了这份礼，必会有人嚼我与蓝真的舌根，甚至会越发过分，尤其是栖凤殿的那位。我取了木蝶，置于案上，又摆了琴，却懒得弹。看着这椅桐所制的琴，细赏时，还能看到擦漆后留下的痕迹，且不以囚龙作饰，反倒雕了朵朵丁香，所以不似什么名家珍品，而是雅士玩物。

李白曾有诗云：宁知鸾凤意，远托椅桐前。我犹记：一语已道意，三山期著鞭。蹉跎人间世，寥落壶中天。独见游物祖，探元穷化先。何当共携手，相与排冥筌。我也想如此。

这琴原来的主人，就是被冥筌所困，今日，我亦是。他已超脱，我却仍是徘徊不前。我抚着琴，从此刻起，你叫“冥筌”可好？

次日，御花园赏花，偶遇蓝真。又一日，叠月湖闲坐，又遇蓝真。日日都见，日日都是行罢礼，各自做事，从不多言。只是昨日，他步履匆匆，我有询问一二。

今日，我与锦帨二人着了厚衣，同在御花园。因快至冬日，甘玉又怀有身孕，不宜太凉，宫里便早早地准备了换季的用品，我让宫人们都去领来换了，怕有我在浣雪宫里拘着她们，恰六尚又有些事，我便与锦帨来了御花园。不想，菊花开得极盛，我便找了石桌，看起六尚的账簿，锦帨则在一旁挽了花篮，撷起最好的菊花来。

“参见公主。”是这几日熟悉不过的声音。“嗯。”我只应一声，也未抬头，以为会跟前几次一样，仅是打个招呼而已。却不想，蓝真一直立在那里。“坐吧。”我抬头。秋日的阳光在他身后倾泻而下，照亮了我手中的账簿，却是昏暗了他原本明朗的笑容。

也未等他道完谢，我便又埋头于铜臭之中。“公主今日怎么这般案牍劳形啊？”他注视我片刻，问。“还不是你昨日告诉本公主关于施焰郡的事吗，本公主总得想些法子啊。”我不抬头。

昨日见蓝真行色匆匆，问后才知是施焰郡大范围遭了鼠患，若不及时处理，恐百姓会再遭鼠疫，三哥已下令免了施焰郡的赋税，又拨了银两、派了专人，想来是不打算通知我的。可蓝真却是告知我了。昨晚，我请旨在我的私库中拨十万两去救灾时才知，蓝真怕若施焰郡真遭鼠疫，就瞒不住我了，所以趁早让我知晓了，或许一同努力，事态不会太坏。

“听闻公主在自己私库里拨了十万两去救灾？”他问。“皇兄的钱本公主没胆子去要，皇贵妃又身怀有孕，听不得这种事，所以本公主只得用自己的私库了，这不，还正想着法子看怎么从后宫里捞些油水出来呢。北边尚有战事，银钱怕是不够用啊。”我抬了下头。

“那公主怎么跑到御花园里了？”蓝真瞥了一眼锦帨。“一来，是今岁宫中换季用品领得早了些，宫人们都忙碌着，怕扰了本公主，本公主也怕拘着她们。二来，是皇贵妃安胎的药太苦，药膳又乏味，所以皇贵妃总是不思饮食，上次路过，看菊花开的极好，所以想着给皇贵妃做些菊花枸杞茶清清口。三来，本公主这么折腾，后宫的日子怕是要难过些了，怕那些宫人吃心，烦着皇贵妃，所以干脆到这大庭广众之处给她们看看，这一干事都是本公主所为，有什么不满找本公主便是，别去叨扰栖凤殿。”此时我才真正把视线从账簿里移了出来。

蓝真笑了，“公主这么辛劳，臣有些拙计，不知是否能帮助公主。”“愿闻其详。”“宫中换季的事臣是帮不上忙了，后两件，臣倒是能说出个一二来。”我示意他继续。

"孕中的人饮食断不能少，公主说的也是，药膳食之无味，自然是能免则免，主要还得在服药上下文章。公主的菊花枸杞茶虽是爽口，但总比不上甜食更能让人心情愉悦的了。今年桂花分得多，自然是无法给皇贵妃做桂花糖了，不过臣听闻有南方新进贡的上好糯米，最适宜做龙须糕了。"

蓝真除了知道新进贡的东西，居然还知道，我浣雪宫桂花的用途。我微微颔首，认可了他的想法。"至于银钱的事，就更不必公主操心了，也不必裁减后宫太多用度。据臣所知，施焰郡并无鼠疫迹象，且这鼠患也不严重，伤不了施焰郡多少元气的。至于北面的荦鬻，恕臣直言，若真是硬碰硬，我璐麝的士兵还得再历练几年，只是那荦鬻王蒙桑整日声色犬马，鲜理国事，一应国事多交由王后处理，军事则完全由王后的兄长汉金掌管，所以时战时休。"

施焰郡的鼠患不严重，这个消息我尚未得知，他竟早已了然于胸。"蓝公子知道的还真是多啊，消息未免也太灵通了吧。"我的指节又摩挲着嘴唇。"为人臣，此乃职责所在。"他微笑着，不远不近的样子。"本公主听闻，你深谙汉金用兵，每次作战，皆是由你指挥，甚至亲自上阵，如此帅才，此番怎么回京了呢？"我试探着。

"公主谬赞了。臣此次回京，一是替家父举国哀，一是小妹及笄，回来看看她，年后，臣就要赶赴边疆了。"他说到这儿，似是瞥了我一眼，我却早早地低了头。

"听闻蓝公子曾效力于禁军，今春被父皇亲封为少将军。本公主有些不解，为何伏岳一战后，蓝公子放着大好前程不顾，偏做禁军中的小小角色？今春发生了何事，父皇竟亲封了少将军？""当日入禁军，是臣想入皇上麾下效力，幸得皇上信任，如愿以偿。"

"是吗，这么说来，倒是皇兄有意安排你这么做了，你倒也能心甘情愿，弃了大好前程。"我浅笑道。若他真选择加官晋爵，如他父亲一般，岂不对三哥更是大有裨益。"至于封少将军一事，是家父想让臣历练一下，也好给他做个帮手。"蓝真似是没有听到我的讽刺。我低低冷笑一声。

父皇岂是那般人物，大将军想要自己在禁军里的儿子历练一下，何需经过父皇，就算父皇得知了，又怎么会轻易地同意。滑天下之大稽！大将军之子如何会在禁军做个小小统领，一做那么些年，也不见升迁，父皇难道没有调查过？但父皇居然真的封他为少将军，莫非是真的无虞，所以三哥也这般信任他。但是这一切，真的很难敷衍过去啊，蓝真的过往，尤其是伏岳一战之后，更显得扑朔迷离。或许，三哥在蓝真的事上，有什么欺瞒我的。

“公主何必这么操心臣的事呢，您其实还有更重要的事要忙，不是吗？”他问，笑容依旧是那么不远不近。“本公主有什么可忙的，好不容易有了件施焰郡的事，又让你三言两语解决了。”我知他移了话题，便笑着附和，将手指从嘴唇上移开。“公主还有事，这件事，您看得比一切都重，而且，在南巡时就开始了。”他看着我。

我暗暗吸了一口冷气，“本公主都被你搞糊涂了。”我依旧是笑，却合了账簿，双手交叠，左手在上，掩了右手。“臣要是没记错，先帝南巡时有个白衣刺客，公主查了很久，可有眉目？”他的表情十分平静，跟他的语气一样。“不曾有眉目，后来他未曾显迹，本公主以为他收手了，当然，也无迹可寻了。怎么，蓝公子又有什么见解吗？”我也尽力保持着表情。

“那倒是没有，只是今年年初，公主突然离宫，不知去往何处，因何事？”

“蓝公子消息果然灵通。本公主因静思公主的事，心有郁郁，便去了施焰郡，后就回宫了。父皇和皇兄都未说什么，蓝公子，是有何不满吗？”

“臣不敢，臣就是好奇，麝城，城南，密林，之后。”他低声一句句说出，“到底有什么这般吸引公主，总是让公主去往那里。”

他果然是知道，别说是锦帨，就连春深、寞云都不知道的地方，他怎会知道？我跃上石桌，同时右手抽出左袖中的短剑，横在他颈前，他也不躲。

“公主！”锦帨在一旁，自知无法拦我。“你是如何知道的？你是陆梦的人？你还知道什么？还有谁知道？”我低声问。蓝真的表情依旧平静，“臣不是陆氏的人，若公主身边的人功夫做得周到，就应知臣一家在伏岳一战前曾遭陆家诬陷，所幸先帝英明，但忌惮着陆家势力，只降了几级，所以臣不与陆家为伍。臣知道的还有很多，臣当时任禁军，自然有责任护卫公主安全。当日公主与刺客初遇，臣曾见那刺有‘焚’字的蝴蝶，公主不忍杀，臣就替公主藏了，只是没活过那年秋天。”他的声音比我的还要低。

“你为何不去禀报？”“公主自有安排，臣不敢多言，更何况，若真如臣所猜测的那样，彼时，对静思公主也不利。公主您和静思公主，甚至连今日的皇上，当时都屈于陆氏之下，说出去，对您们都是有百害而无一利。”

“此时呢？”“臣从未告诉他人，就连皇上，臣也从未说过，臣只盼公主能三思而行，毕竟这不是件小事，您与那位公子，也都不是寻常身份……”

“你想要什么?”我收了短剑。“臣,不急。”我深吸一口气,从石桌上跃下,兀自回宫去了。锦帨忙提了篮子,抓了账簿,追上了我。

我回头,但见那抹蓝衣站了起来,侧立于阳光下。于我这个方向,只能见左侧脸,看起来平静如常,仿佛我刚才心底的惊涛骇浪,与他全然无关一般。

“蓝公子都知道什么?”锦帨与我几乎并肩而行。“他什么都知道,我一直忧心的,他都知道。”我攥紧袖口。锦帨倒吸一口凉气,“奴婢离开时,并未见他有什么反应啊。”这才是我最担心的地方,这个人,深藏不露。他知道我那么多事,且直中我要害,若以此作为把柄要挟于我,我该怎么办。他现在还未提任何要求,以后呢,要不要未雨绸缪,先下手为强?

我在想什么啊,北边战事未平,少不了他,就算是再有良将帅才,又如何能善得了后呢。他已官拜少将军,其父为大将军,兵权尽在他们父子二人手中,还想要什么呢。莫非……我停下了回浣雪宫的脚步,转向西面,花海之后,便是麝华殿了吧。无心用午膳,前朝尚未吃准,得先平稳后宫才是。

甘玉曾言自己有孕不宜操劳,将六宫事一应交给我,不过谁又看不出,她不仅是装作给三哥面子,同时又在试探我呢。若真如今日蓝真所言,朝中银钱不紧,我也无须借甘玉的面子在后宫做恶人了,何况我之所以选择在后宫银钱上动作,就是想要引起众怒,进而让甘玉放松对我的警惕。此时,我又怎能让甘玉大权旁落,对我心生顾忌呢。其实,无论怎样尊荣,在这皇宫之中,我终究是个外人。

手中的簿册放回了属于它的统局中,我向后撤了身子,以便将桌上所有的簿册收入眼中。内宫,分为六属。掖庭局,掌账簿、女工、掌教宫人,亦有犯妇发于此。宫闱局,掌宫钥、诸门进出之物。奚官局,掌宫人太监疾病死丧。内仆局,则掌步舆、杂畜。内府局,掌宝货给纳及张设。太子内坊局,则管东宫事。

看起来甚是杂乱,但千百年来的皇宫制度早将其梳理得井井有条,哪里需要知道得太过详细。于是内侍省的那些总管、少监才有耀武扬威的机会。

这些,我是不敢插手分毫的。接下来才真正是后宫女人们的事了。

宫正司,掌戒令、纠禁、谪罚之责,可以说是的的确确手握生杀之权了。至于六尚二十四司,各有其职。尚宫局,引导中宫,凡六尚事物出纳文籍,皆需其印署。尚仪局,掌礼仪起居。尚服局,掌服用采章之数。尚食局,掌膳馐品齐。尚寝局,掌燕见进御之次叙。尚功局,掌女红之事。

若六局有事征办于外，则尚宫局为之请旨，牒付与内侍省，在六尚之中，尚宫局既连着各宫，又连着内侍省，还得让其余各局看着脸色，又是极大的权力。尚仪局代表的是后宫的脸面，礼仪先不谈，光是朝见、宴会，就是万不能有失的，也是最能显示皇家体面的。尚服局，不仅管着后宫的银帛，又得监守着各宫、各局、各司的用度品阶，上次尚服局司衣锦瑟就是用服饰品阶诱我和寞云交换衣服的，这等皇室尊严的事，万不能有差池。尚寝局，这完全就是后宫之主才有心有力考虑的事了。再加上一个掌握生杀大权的宫正司，我这个外人敢插手的，就只剩尚食局和尚功局了。就是防着蓝真，我也不敢把太多权力捏在自己手里啊，更别提，还得拉拢甘家的人心。

午后，刚要派人去打听一下三哥是否有空，就被小栗子请到了麝华殿。“吃些东西吧，听说你没用午膳？”三哥在龙椅上看着奏章，也不让我行礼，只指了指桌上的糕点。“没胃口。”我坐下。宫人奉了茶，都退了下去。“谁惹着你了？”三哥放下手中的奏章，走到我身后，背靠到我的椅背上。

“没人惹我。”我也靠到椅背上，仰头，发髻碰到了三哥的腰。“那怎么不开心啊？今天明明是你咄咄逼人的。”三哥转过身，从上面看着我的眼睛。三哥含笑的眸子似有一股暖流，丝丝滑过我的睫毛，流入眼中。

我想起了蓝真的眼睛，其实，除了在浣雪宫梧桐下初次对视，我就再未敢去看蓝真的眼睛。不知为何，我是怕的，与怕独孤凉的眼睛不一样。独孤凉的眸子，太深，深得能将人一眼看透，太狠，狠得让人毛骨悚然，太妖，妖得根本分不清真假。而蓝真的却不是，时深，深得能看透人；时浅，浅得能看透他。但我就是不敢让他看透我，也不敢去看透他。我是那么希望知道他到底要做什么，却不敢去探寻，怕的不是里面有什么太丑恶的真相，而是会有什么柔软的东西，一旦陷进去，就再也出不来。

“整天有人在面前瞎晃，换做是谁，都不好受吧。”我移了目光。“你是不信他吗？”今日三哥的语气一直是轻松愉悦。我都不知，为何会这般轻松愉悦。

“是。”我很干脆，“关于他的过往，你和父皇瞒了我这么多，我又查不到，如何能不怀疑呢？”“你不放心朕，还不放心父皇吗？”三哥自称了“朕”。“我不是那个意思。”“朕明白，只是你放心，他不会害你的，他真的不会害你。”一只手放在我的肩头。

“我从不怕人害我，我怕的是动摇璐麝的根基，我怕的是我身边的人受到伤害。蓝真，蓝家，掌握的可是天下的兵权啊，他甚至做过禁军，连你身边的卫队他都待过啊。”我想想脊背就发凉。

“朕还是那句话，没事的。父皇当年肯信任他们，其中缘由暂不便与你说，但万不会有差池，你放心就是。”三哥走到我身前，蹲下。我拉住他，身为九五，他怎还能以这样的姿势对我。他却依旧蹲在我身前，以一个低的姿势，把他的双眸交给我，“之前，你殚精竭虑、苦心经营，现在，该歇一歇了，年岁渐长，也不能再如以往般漂泊在宫中了。”

“我不想嫁。”我摇着头说。“你可是有心仪的人了？无论何人，你说出就可。”三哥握住我的手，“寂雪，你何必呢？”

我又能怎样呢？于焚蝶，原谅仇人之女就足够大度了，又如何能接受仇人之子所谓的恩典呢，更何况，这对兄妹害死了他在这世上唯一的亲人；就是因入朝为官，他整个如家都毁于一旦，他又如何能选择这条路呢。于三哥，焚蝶就是一个乱臣贼子，一介草莽，无论如何加封，都不能让他的妹妹下嫁啊，就算是能让公主下嫁，三哥，又如何能真的信任焚蝶呢。

“我自有安排。”我抓着扶手起身，不再看三哥，而是走向殿外。“可是那独孤凉？”三哥起身，在我身后喊。“你认为是就是吧。”我转身，道。“那绝不可以。”三哥已变了脸色。“怎么不可以？”我只知独孤凉不喜三哥，却不知三哥竟也如此反感独孤凉。

“他那种鸡口牛后的人，我怎能让你嫁到那孤岛去！”我“扑哧”笑了出来，三哥竟也知道独孤凉鸡口牛后。“断不会的，他那性子我可怕得很，只是不甘就这么受你和父皇摆布罢了！”我做了个鬼脸，出了麝华殿。

在秋风里，我悄悄松了一口气，还好，又把独孤凉拉出来当挡箭牌了。只是关于蓝真，心中的疑虑仍是不减分毫，可连三哥甚至是父皇都为其担保，是否，真的是我多虑了。萧萧秋意，不仅人换了衣服，连花木都换了。

春华锦堂用的是中秋未用的桂树和菊花，现如今，怕是什么都不剩了吧。今年冷得早，可能梅花会早早地开，不知，水仙是否也会如此呢？

第二日用了早膳，我便领着宫人到了栖凤殿。“妹妹这是做什么？”行罢礼，入罢座，甘玉看着宫人们看着的册子，问我。“妹妹不才，万当不得协理六宫之责。

这不，看了几日账簿就头晕眼花了，那名单、记录，还没来得及看呢。承蒙皇嫂抬爱，教于我掌事之道，妹妹却不是这块材料，所以赶紧来还给皇嫂，免得耽误皇嫂的正事。”我一个眼色，锦帨就领宫人将册子呈给甘玉。

先是内侍省，后是六尚的，而六尚之中，尚食局和尚功局排在最后。“妹妹说笑了，天下谁人不知你是七窍玲珑心，这点事哪能难得住你，左不过是你一味躲懒罢了。也不怪你，终是忙着谈婚论嫁了，顾不上这些事。”甘玉果真并非真心让我理六宫事，见我交还了册子，便移了话题。

“皇嫂取笑了。”我饮一口茶，“不知前几日妹妹制的菊花枸杞茶，皇嫂可看得上？”“入口清爽，再添了尚食局新制的龙须糕，更是解了那苦药。本宫给皇上送去了些，皇上一直夸你心思巧。”甘玉看到了尚食局的册子，“你总说自己不才，把这些劳什子又给本宫送回来，可真是辜负了皇上想要让你学着管事的苦心啊。你心思灵巧，虽不愿涉足六宫事，但这些花心思的事你可别想逃了。这尚食局和尚功局你且替本宫看着，一则方便你学事，二则也不会太劳苦着你，可好？”

“古来后宫之主掌六宫事，如今皇嫂分两局给臣妹算怎么回事。正如您所言，这两局不必太费心，干脆您一并看着好了。”我推辞着。“规矩都是人定的，事从权宜。尚食局的医药膳食本宫一概不通，又听闻尚功局之前有新进宫人弄错品阶之事，所以这两局，你得替本宫好好看着才是。”她看似语重心长。

“既如此，那臣妹就却之不恭了，一切还要皇嫂多提点才是。”正事办完了，再絮叨些许面上的话，终是被放了出来。出了栖凤殿，命宫人们先回去，我与锦帨慢慢走着。

甘玉，终究是不愿分权，若我今日不提菊花枸杞茶，她连尚食局和尚功局都不愿分给我，只是如此一来，三哥必会对她有更多忌惮。我略一提点，她就明白了我的意思，分了两局给我，既保全了自己的权力，又给了三哥面子，甚至连我的面子都保全了。

我望着回去的宫人的背影，其中两个宫人的朱漆托盘里，一个是张墨狐皮，一个是几匹金丝游鳞锦。叹了口气，互赠过礼物，事情就告一段落了。甘玉这边算是稳妥了，在她生产前，这两局若有什么事就向她请示一番，待她生产，登了后位，就能名正言顺地还给她了。这龙须糕，是蓝真提醒我的，这也算提醒我收拢尚食局和尚功局了，这着实是一条良策，但是，他究竟有何图谋呢。

三

本来还庆幸今天没有碰到蓝真，三哥中午便来与我用午膳，午后也不允我午睡，就拉我一同去蓝府。马车上，我打着哈欠，知道他想带我去看蓝真，所以一直不理会乐呵呵的他，却一直用眼尾观察着他那一身锦服。

收敛了帝王气，拆了那嵌着红宝石的紫金龙冠，换了个银制的，以往腰间的秋葵黄玉也不用了，倒换成了羊脂玉，放了我绣给他的盘龙香囊，只戴了从不离身的玉佩，活脱脱一个闲散亲王，甚至只能说是一个寻常富家子弟。

当年父皇赴莫府，初见母妃，是否也是这般清雅，不获世之滋垢，见美人兮，眼角眉梢，是否也与三哥一般，允了喜悦攀登。“看什么呢？”三哥显然是注意到我了。“瞻彼淇奥，绿竹青青。有匪君子，充耳琇莹，会弁如星。”我扭了头，看着他。“能让你这般夸赞，真是难得。”三哥笑得更加灿烂，“那……”我收了看他的目光，知他要问什么，干脆不给他问出口的机会。

至蓝府，蓝真已在府门等候了。“跟他比如何？”一番礼数后，三哥打量着蓝真问我。“本以为蓝公子是‘赳赳武夫，公侯腹心’，却不想，竟是麟之趾。”我笑道。“公主谬赞了。”蓝真礼貌地笑着，引我们入内。

单看前面的院子，此时并非花季，除了翠竹，终是少了花卉颜色。布置得十分简朴，却是井井有条，石板路通着各厅各堂，偶尔出没的几条石子路也是笔直，通着后院。

在正厅里坐着饮茶。“大将军府竟是这般朴实，不知道的，还以为是三哥克扣官员俸禄呢。”我与当日在浣雪宫的蓝真一样，用眼尾扫过了所有的家具摆设。

“公主说笑了，家父不喜奢华，毕竟是久经沙场的人，用不上那么华贵的东西，但求合家欢乐。”蓝真道。我端起茶，“听闻蓝公子还有个妹妹，怎么不曾见呢？”我掀开茶盖，居然是苦丁，浅抿一口，眉心微收，是施焰郡的贡品。“她不知今日皇上和公主驾到，老早出门去了，不知何时才能回来呢。”蓝真若有若无地观察着我对手中这盏茶的反应。

此时蓝府的管家入内，在蓝真耳旁低声说了几句，蓝真表情微滞，目光恰好定在我的身上。“怎么了？”三哥问。“启禀皇上。”蓝真站起，“小妹回府了，闻皇上公主驾到，吵着要来。”“这有什么好担心的，朕与寂雪又不是妖怪，见便是了。”三哥笑道。

“皇上有所不知，小妹听闻公主擅琴，所以今日非得搬了琴到后花园中，稚子无知，还请公主莫要生气。”蓝真转向我。“你见本公主动过一回怒，就真当本公主小肚鸡肠不成？房中抚琴也着实无趣，令妹倒会选地方，本公主早就听闻蓝府后花园别具一格了。”我放下茶，笑望着他。

“公主大度，是臣家上下的荣幸，只是……”蓝真看向三哥。“难得有寂雪想见的，朕也去见识见识。”三哥放下茶，起身。“皇上抬爱了。”蓝真口中这么说，脸上的担忧却是显而易见。如此，我三人便移步后花园。

后花园果真与前院不同，若说前院是武将的不解风情，那后花园，就是才子佳人的风流处。前院笔直的石子路通到后花园，分成了许多条蜿蜒开来，或通向东西两旁的十数棵栀子，或通向栀子与翠竹之间的秋千及石桌，或通向假山，或通向牡丹圃、迎春圃、紫薇圃、梅园，更有通向亭台廊阁、方池水榭。若说此季只剩一水的绿色，那就是小觑了，后花园正中，植了棵巨大的银杏树，恰是落叶季节，虽未起风，却也有金色的银杏叶簌簌落下，如金箔一般，显得富丽堂皇。我走过去，有银杏叶落在我的裙上，我这金丝白纹的昙花裙，竟生生被它压了下去。

树后，传来琴音。我们三人一同走到树后，但见一着金橘色百褶裙的女子，正在抚琴。因她是低着头，额前又有刘海，看不太全面貌，只见低眉信手，好不艳丽。双螺髻旁的流苏又因肩上手上的动作流动着，橘色流苏配上只见一半的粉嫩的唇，不胜娇羞。

只是，一曲《招蝶》。我竟不忍闻。倚于树干，闭目，阳光倾下来，眼前还是一片明亮。伴着簌簌落叶，一个失神，竟将秋日作春朝，竟将落叶作落花，甚至，还能嗅到桃花的清香。

焚蝶，我在此处，错将银杏做桃花，思你至深，你可知晓？曲罢，我睁开双眼，粉色成了金黄。“蓝谛参见皇上，参见公主。”一个甜甜的声音，“不知公主觉得小女琴技如何？”“比我好了不止百倍。”我离了树干，走到她面前。

真是个小美人，刚刚是低眉，现在起身了，又因身材小，不得不略略抬头看着我们，一双水汪汪的眼睛毕现。竟像极了，寞云的眼睛。我无意中瞥到，三哥眼中一丝柔情闪过。我不禁开始盘算，若让蓝谛入宫为妃，对蓝真会不会是一种限制，我的手里，三哥手里，就多了一个人质，一枚自保的棋子。

“哥。”蓝谛突然拉住我，问蓝真，“你说，我和平乾公主，谁更好看？”“你说呢？”蓝真笑道。“我跟你说啊，我哥以前从不会这么说的，以前为了哄我开心，他都会说是我好看，今天却不一样了，他对你可不同啊。”蓝谛倒不认生。我只笑笑，没有答话。

“你今日去哪儿了啊？”三哥见蓝谛与我谈得无趣，便插了进来。“我去了谢府，还去大街上溜达了一圈，听说府里有贵客，就急忙赶回来了。”蓝帝笑得无忧无虑。“倒真是羡慕你，无事时能出府玩……”三哥与蓝谛边聊着，边向凉亭走去，时不时向我使眼色，示意我与蓝真单独相处。

我装看不见，“令妹真是好脾性啊，不认生，也不拘礼，不知是不是你这个兄长教得好？”我瞥了眼一直担忧地望着那两人的蓝真，玩笑般说出了疑惑。

不知，他是否有意，让蓝谛接近三哥。“小谛幼时丧母，被臣和家父宠坏了，请公主见谅。”他不轻不重地带过。“龙须糕的事，多谢你提点。”我见他这样，也知是问不出什么了。“公主心思缜密，早晚会想到的，只是臣多言而已。”蓝真一直望着凉亭方向。

我顺着他的目光看过去，只见远处凉亭里，蓝谛随意地掸去三哥肩上的银杏叶。“你从刚才开始，就一直在担心，你在担心什么？”我坐到刚才蓝谛坐过的凳子上，问。“我在担心，你现在心里想的事。”他终于察觉到了我与他说话时态度的改变，也用“你我”相称。

“哦，你知道我在想什么？”我的手抚着蓝谛的琴尾。“八九不离十。只是小谛心思太过单纯，宫里容不下她。”“这岂是你我说了能算数的？”手指抚到琴弦，“皇权在上，三哥虽不是强人所难的君主，但若令妹有意，你我这等局外人，也终究做不了分毫，不是吗？”

“我希望你能有办法。”“你，是在要挟我吗？”我的视线从琴上已到他脸上。“臣不敢，也没有那个资格。我是在请求你。”我终于鼓起勇气去看他的眼睛，但只是一瞬，仿佛触电般，就迫使我收回了目光。我不敢去注视那双浅得见底的眸子。

“你还是多在你妹妹身上下功夫吧。现在的我，于皇宫而言，终究是个外人，对于三哥这件事，我是无资格多言的，毕竟，在同样的事上，他给了我他能给的最大的空间。我会尽力，但不一定有效果，如果没有什么能抵得过两情相悦的分量，那无论我们怎么做都是徒劳。”我的手离开了琴弦。

“多谢。”“太冷了，我回正厅坐着了。”我起身，收紧了披肩，“那张琴的琴弦太旧，禁不住几首曲子了，若有空闲，让你妹妹把琴弦换了吧，迟早会断的。”

我说罢，兀自向正厅走去。众人为棋，江山为局，似乎，又有新的一子落下，分量不轻。告别之时，看过蓝谛写满不舍的脸，我与三哥上了马车。一上马车，我就卸了在蓝府的清冷模样，塞了个引枕在背后，又抱了一个在怀里，闭起目来。

“怎么成这样了，去的时候兴致可没这么差啊。”三哥来戳我胳膊。“你妹妹我可没午睡啊，正襟危坐了一下午怎能不累，可比不上你，有佳人在侧，哪知道疲惫呢？”我推开他的手。“怎么，怪朕丢下你一个？”“不是。”我睁开眼睛，“我在想，明岁就要选秀了，蓝谛并不在秀女之列，三哥你……”我不解地看着他。他却是一笑。

我明白了他的意思，“跳过选秀或者提前晋封也并非下策，但是，会不会显得太重视了。毕竟，您的发妻可不是什么善茬啊，蓝谛的心机城府是断无法与其相比的吧？”“那还得拜托你多帮帮她，还有，保密了。”三哥的笑容如今天胜了春朝的秋日。

“怎么，还想来个金屋藏娇不成？别说盖金屋太过奢靡，就算真的盖了金屋，栖凤殿那位怎能不知道？人家毕竟怀着你的龙嗣，璐麝的龙裔，你可别太过分。还有，蓝谛的意思当真是明确了吗，她不谙世事，若会错了意，帝王之家岂是寻常人所能待得的，这一辈子都好受不了。”我苦口婆心地劝着。

“朕也是这么想的，所以又得拜托你保密了。”三哥的笑又成了谄媚，哪里还有半分帝王的样子。“你怎么能这样？”我丢了引枕，恨不得去揪三哥锦色的衣襟，他如何能配得上这样无瑕的颜色。这事根本不可能保密，三哥所谓的“保密”，是指我不主动告诉甘玉，但纸里包不住火，她迟早有知道的一日，到时候，不得恨我入骨。

我曾用独孤凉做挡箭牌，虽对他造不成什么影响，但也是无耻之举。今日，终也遭了报应。“好了好了，辛苦你了。”三哥赔着笑。我只顾翻白眼，没有注意到他眼中的失落。回了宫，换了衣服，遣了人，告诉完锦帨今天的事，我就一直等到了亥时。

我本来想着，若是甘玉道行够深，在三哥给我和蓝真创造了这样频繁的接触条件后，她会认定这门亲事，从而顾忌着兵权查一查蓝家，就算是问一问甘望，就能知道蓝家还有个女儿，今日我与三哥去蓝府，十有八九会碰到这个女孩。甘玉就没想到，与其用一个公主去拉拢兵权，万不如用一个皇妃掌握兵权来得更容易、更踏实些吗？这也是我撑着睡意，等了栖凤殿这么久的原因。

我答应了三哥，所以断不能给甘玉报信，所以只希望甘玉不要以为高枕无忧，哪怕差人来问我一句，我都会和盘托出的。终是我高估她了，她太贪恋一时的权位，非祸到眉梢不能察觉。同是在栖凤殿的后宫之主，果真还是前一个让我绞尽了脑汁。果不其然，不过数日，甘玉便来了我浣雪宫。

“皇嫂怎么来了，天这么冷。”我行了礼，亲去扶她入座，“锦帨，快把厨房那燕窝红枣羹给皇嫂端来。”我吩咐完锦帨，又转向甘玉，“妹妹正想给皇嫂送去呢。”“妹妹有心了，只是本宫见今日天气好，就来看看你，也当透透气。说起来，本宫都许久没见着妹妹了。”甘玉笑道。

锦帨与宫人奉上了燕窝红枣羹，给了我一盏苦丁茶。我使了个眼色，锦帨便与静影带人下去了。“最近，本宫总听皇上念叨一位这蓝姑娘，据说是倾城之貌啊。”甘玉说出这句话。

“此言不虚，臣妹初见她时，着实是惊艳不小。”我放下茶。“能让妹妹惊艳的，定非凡人。”甘玉看着我。“其样貌就不必说了，只是心性，还跟小孩子一样，不免让人多操心些，当然，相处起来也不难。”甘玉一句一句试探着，我一句一句软软送回去，再透给她一些底细。

“不知皇上是怎么想的。”甘玉喃喃道。“皇嫂最能体察圣意，又最是贤惠开明，皇兄是怎么想的，如何能躲得过您的法眼？”我奉承着。

“这倒是本宫的不是，有着身子，总少了人服侍皇上。”甘玉一派自责模样。这着实是她棋差一招，明知道迟早会有新人，还不趁着有身孕的时期扶持自己的人，免得明年选秀，还要一个个审视拉拢。说白了，还是她太看重自己现在的地位，舍不得分权分宠。如此看来，蓝谛入宫，若不动摇甘玉的权位，应也不会有什么太大风波。“皇嫂身怀龙嗣，是我璐麝的大功臣。其实，皇兄总是怕太劳苦了您，想找个人帮衬您罢了。像这六宫事，臣妹虽能帮些忙，但终究是杯水车薪，明年春就要选秀了，到时候您月份大了，不宜操劳，更需要人在后宫帮您主持不是吗？”

“只是哪个女子，都不一定能笑对这种事，更何况蓝姑娘貌美如花，家大业大……”“皇嫂是在说笑吗？家再大业再大，又哪能抵得过甘家。再说，只要后宫之主德才兼备，皇兄就是想要轻视，也是轻视不得啊。更何况，皇嫂还有个小宝贝呢。”我笑望着甘玉的肚子。

甘玉也是笑了，“本宫还等着你的好消息呢，你年纪也不小了，听闻那个蓝少将军一表人才……”“再是一表人才也看不上。”我抢过话，“非得我自己挑。”

我岂能不知甘玉的心思，她是唯恐前面进来个蓝谛，后面我又进了蓝府，这宫里，除非有几个新秀，否则倒真是孤立无援了，而蓝谛，也就足以与她抗衡、甚至压她一头了。我这般否决了蓝真，至少甘玉还能信我几分，我也能在暗中帮着蓝谛。静影入内来，“公主，皇贵妃娘娘该服安胎药了。”“既如此，本宫先回去了。”甘玉就着我搀她的手起身。我给甘玉披上斗篷，吩咐静影，“照顾好你家娘娘，天冷了，记得备个手炉。”

我立在殿内，目送她们离去。今夜，三哥留宿在栖凤殿。

第二日，甘玉就派人收拾了娇颜殿。果真，她已差了一步棋，总得在三哥面前，显露出她善解人意、贤良大度的一面吧。十一月初，蓝谛入宫，封为蓝妃，入住娇颜殿，圣眷正浓。

“寂雪！”刚行了册封礼，蓝谛就欢天喜地地来了我浣雪宫。我见她一身橘色，领口袖口都是紫貂绒，更衬得她面庞白净、玉指纤纤，像极了寞云。

“哥哥要我进宫后多听你的，今天我就来听了。”她哪里有一点皇妃的样子。“你个大忙人，不陪着三哥，倒来我这儿了。”我帮她脱了斗篷。“管他呢，我知道你会给哥哥告密，先把你哄开心了，省得他又唠叨我。”蓝谛直接坐到我的软榻上。“你哥哥还会唠叨啊？”我想象不出蓝真似个老嬷嬷般喋喋不休。

“那当然了，谁能想得到他那样的谦谦君子，说起大道理来没个完啊。”蓝谛嘟起嘴，“我看宫里也没他说得那么不好，甘姐姐对我就很好，皇上……”

“甘姐姐？”我有些诧异，“那是皇贵妃，待过些日子，就得改口叫皇后了，宫里尊卑有序，你要记得。”“为什么是皇贵妃当皇后啊，为什么不是我啊。”蓝谛依旧嘟着嘴。我悄悄看了看四周，示意锦帨带蓝谛的大宫女东宁下去，“她是三哥的发妻，三哥登基，她本就应是皇后，只是她怀有身孕，身子不好，才没举行封后大典。你年纪小，刚陪伴圣驾，资历又浅，自然是为妃了。你这么说，让外人听见了，还以为你进宫就是为了后位呢。”

“才不是呢。”“那不就得了。”我刮了刮她的鼻子，“你现在有三哥的宠爱，有皇妃的荣耀，非得盯着那后位做什么？你都不知，我有时帮皇贵妃看着账簿，头昏脑涨的，你若登了后位，得看多少，脑袋可受得了？”她吐了吐舌头。

“你啊，安心陪着三哥就好，对于栖凤殿，尽量少去，去了也少说话。皇贵妃现在有着身子，你可别吵着她。你若真闲不住，宫里这么大，去哪儿玩不行？”

“我也好想有个孩子，让皇上像重视皇贵妃一样重视我。”蓝谛的眼帘垂了下去，显得楚楚可怜。当然，也一定没把我说的后半段话听进去。

“那你就更得多陪三哥，少去栖凤殿才是了。再说，皇贵妃的孩子也是三哥的孩子，你也要疼爱他才是。”苦口婆心一番，也不知她听进去了多少。

蓝谛走后，锦帨把这个时辰的药给我，“公主真是费心了，跟蓝妃说话，得费些脑力。”“受人之托，忠人之事。”我皱着眉喝下，“你找人跑一趟蓝府，告诉蓝真，宫里一切尚好，叫他尽量少在后宫走动。”“奴婢明白。”

甘望最常来后宫看甘玉，若蓝真也如此，那岂不显得蓝谛与甘玉平起平坐了吗？甘玉心里明白，三哥的恩宠她是再也抢不回来了，所以手里的权力还是握紧些得好，也只有让她握紧权力，她才会觉得蓝谛对她的威胁没那么大，对蓝谛少些敌意。

四

一个多月，我时时刻刻地提点，蓝谛若有若无地听，三哥或多或少的偏宠，甘玉暗中的观察试探，终是到了年下。去年，是我过的最冷清的一个年，甚至比当年父皇在施焰郡还要冷清，今年也热闹不到哪里去。

从忙着年节事务到预备着再次换季，内宫确实是有得忙了，再加上甘玉月份渐大，我不得不多帮着栖凤殿一些。虽甘玉有意交付一些事给蓝谛，也全是给三哥和蓝家面子，但蓝谛着实不是做这些事的料，于是这些事情就落到我的头上了，我也就越发忙起来了。

近几日甘玉心情不佳，太医各个都说无恙，皆以为是月份大了，以及事忙的缘故，我也没有插手，只听了她的嘱托，照看六宫中事。正是焦头烂额之际，蓝真派人入宫来，并非去了娇颜殿，而是直接来了浣雪宫，不为别的，只为告诉我一句：蓝少将军南行归来，实探施焰郡鼠患已平，损失不重。

我不知道该如何感谢蓝真这么快告诉我这个消息，报信的人已让我知晓，也许施焰郡的奏章还在赶往麝城的路上。这简直就是这段日子来最让我宽心的事了，百姓又能安居乐业，璐麝又能国泰民安了。

喜悦之余，完成了所有的事，不日又得到了三哥的告知，证实施焰郡无大碍，我便动用了私库里剩余的大部分银钱，大赏六宫。这份喜悦，甚至连除夕夜宴无聊的氛围都难以打破。宴会早早结束，甘玉回了栖凤殿，三哥去了娇颜殿。我请求与四哥去齐王府，三哥应允了。

四哥的马车上，我揣着手炉，还挑了个离火盆最近的位子坐了。“真是难为你这么操劳了，今儿的宴席这么早就结束了，总觉得有些对不住你。”四哥帮我裹紧了白狐斗篷。“四哥，你知我心不在此的，再说，这家宴早就变了味，没准过不了几年，你我都不会出现在这家宴上了，又何必为这些无谓的迎来送往费心呢。”我伸出左手，在火盆上暖着手。

“所以你就随我出宫来了？”“对啊，反正在哪儿都是一个人，倒不如我来陪陪你喽。”我伸出右手在火盆上，手炉放在腿上。

“你啊，还是去蓝府，看看那第一次一个人的蓝少将军吧。”四哥打趣着。我掀开加厚了好几层的车窗帘，果真，是去蓝府的路。“四哥，你怎么也这样？”我嗔怪道。“女大不中留啊，更何况蓝真是那样好的一个人。”四哥脸上竟也有媒婆般的表情。

“怎么，你认识他？”我收回手，再次暖着。“伏岳一战时并肩作战过，武功不错，人也挺好。也难怪你不记得了，你年岁小，当时局势又紧，你忙还忙不过来呢，都忘了把假毒酒的事告诉士兵们，可把人家吓坏了。”四哥的表情，终于回归了他原有的淡泊，以及，对过往的怀恋。

“是是，多谢四哥了。”我吐了吐舌头。这是寞云和大哥死后，我与四哥第一次这般交谈，虽然我曾对他有心结，但始终无法忽略他对我的关爱。宫中争斗无限，偶尔的利用又如何呢，就算没有四哥的介入，这场争夺也是无法避免的，正是有了四哥，过程也许才没有那么艰难。我相信，若是我与三哥有难，四哥是会鼎力相助的，不仅为大业，也是为了那一份真心。

到了蓝府，马车停了，车夫禀告之后，我收了火盆上的双手，准备下车。“寂雪，”四哥叫住我，“马车不便多停，不让你耽搁时间往手炉里放炭了，这个给你吧。”四哥将他的青鹤瓷小手炉给我。原来，在我把手放到火盆上烤的时候，他就注意到，我的手炉熄了。

我把自己的红釉玛瑙小手炉留给了四哥。“待放下我，这马车会在蓝府后门外等着送你回宫。”四哥抚平了我斗篷上的褶皱。“多谢四哥。”我道。他但笑不语。

我下了马车，蓝府看起来灯火通明，孰知里面是怎样的光景呢。随从敲开了门，我随蓝府管家入内。外面的灯笼绕了蓝府一圈，看起来热闹华丽，里面却是繁华谢尽。

“公主怎么来了？”前院行至一半，蓝真赶来迎我。“不欢迎吗？”我收紧了斗篷。“臣不敢。是因正厅并未提前置备炉火，所以有些寒冷……”“没事，哪里不冷去哪里就行了。”“臣的书房尚有炉火，不妨……”“去吧。”我忙道。

入了书房，我连斗篷也不脱，就冲着那檀木火炉去了。今年冬天未下几场雪，又冷又燥，再加上事忙，我的身子吃不太消了。蓝真忙让人又添了两个火炉。

“公主，喝碗姜汤吧，过一会儿再褪斗篷，免得一冷一热伤了身子。”蓝真从丫鬟手中接过托盘。我饮毕，身上暖和多了，褪了斗篷，坐在铺了绒毛垫的黄梨木雕花椅上，又有丫鬟奉了盅燕窝银耳羹。

“公主可感觉好些了？”蓝真坐到我对面的椅上，捧一盏茶。“好多了，多年体弱的毛病，今日晚宴又一味言笑，没吃什么，有些失态了。”“念着公主今晚在外，回宫许得守岁，才请公主饮的姜汤，请公主莫要见怪。”蓝真这话，对药理也略有研究。“无妨，左右今晚也少眠，与其顾着姜生热，倒不如先把余寒清一清。”我瞥了眼桌上的燕窝银耳羹，笑道。

“不知公主今晚为何前来？”蓝真并未让府中下人出去，而是留在书房里。为了避嫌。“今年除夕本就没有以往的气氛，宴会散得又早，我想着自个儿回宫也是一个人，四哥在王府也无人相伴，便与四哥一道出宫了，谁知他竟把我丢在你们蓝府门前，天寒地冻的，总不能流落街头吧。”我的眼睛扫视着书房。“公主说笑了，普天之下莫非王土啊。臣还要多谢公主对蓝妃的照顾呢。”

我的目光被墙上的诗画所吸引，没有听见他的话。一首是张祜的《信州水亭》：“南檐架短廊，沙路白茫茫；尽日不归处，一庭栀子香。”一首是王建的《雨过山村》：“雨里鸡鸣一两家，竹溪村路板桥斜；妇姑相唤浴蚕去，闲看庭中栀子花。”

蓝真连唤了两声“公主”，才把我的思绪收回来。“施焰郡的事，多谢你告知。”我道。“公主心如明镜，如何能不知这是皇上的意思。”蓝真笑道。我当然知道，三哥定不会比我晚知晓施焰郡的事，蓝真在派人告诉我之前定先禀告过三哥了，在蓝真的人告诉我此事后，三哥再出面说一遍，仿佛是蓝真有意提前帮我解忧似的。反正施焰郡的事也不重，晚几日也误不了，倒不如让我在心里多一分对蓝真的感激。只是蓝真将其挑破，看来是不屑这一点了。

我一笑而过，“说起来，你还是第一次一个人过年吧？”“是啊，以前虽有陆家刁难，但至少，臣和妹妹还能与家父一起过节，今年，总算只剩臣一个了。”他也是笑。“当年你入禁军，不肯离京，是否就是为了陪伴蓝妃？”我看着他。蓝真突然深深看了我一眼，“算是吧。”“既然你这般疼爱妹妹，为何不问问我关于蓝妃的事呢？”我移了目光，受不起他刚才的眼神。

“臣这一个多月虽不在京中，却在看公主刚才的样子时猜到几分了。公主深知唯有稳固皇贵妃的权力才能保护小谛，所以定是殚精竭虑吧。公主现在看起来是协理六宫事，风光无限，其实这么繁杂的事都压在您头上，您定是劳累不少，而且年后，这些事都是要交还给皇贵妃的，到时候权力更迭，又有谁还能记得您现在的辛劳呢。这些事，臣都明白，若非为了小谛，公主大可不必如此。”他起身，向我行礼。我竟不知该说什么了，居然有人能这般体谅我的用心，哪怕是在利用我，我也是动容的。能有一个人明白自己费力周全的是什么，为了什么，看似左右逢源，实则目的单纯。

“公主，臣有个小礼物，不知公主可否赏光？”我有些不解。丫鬟取来斗篷给我披上，蓝真打开了书房的门，另有几个小厮把火炉搬到了门边。我也走到门口。只是脚刚买过门槛，前面不远便有烟花绽放开来。

夜色为幕，仿佛有人在幕上布满一朵朵昙花，或拖着长长的尾巴，在上面落成一个金色的火球，或一开始只是零星的亮点，后来却绽放成色彩斑斓的火花，或直接编织了一根根绚烂的金丝银线。

足足有一炷香的时间。繁华落幕，我以为寂寞要重现了，却不想，烟消之后，竟有满天繁星。我走到院中，仰头望着上天的烛火，好似有人拆了浣雪宫的琉晶帘，把那些珠子一股脑地抛到天上去一般。若说烟火，只在璐城、麝城的人是断断看不到的，那么这片星汉，普天之下的人都能望见，远在麝城的焚蝶，你孤身一人度过了多少个除夕夜，此时此刻，你是否能跟我一起仰望星空呢？

“梅花香饼、水晶虾饺，这些略微珍贵的物件儿是在麝城酒楼里做好了我带去的；像枣泥糕、如意糕，是在麝城糕点铺里买的。”蓝真突然道，“腊八粥、年糕，甚至饺子，是我们两个大男人亲自下的厨，皇上曾赏我一坛公主你酿的桂花酒，冬至那日，我也带去了。”我震惊地听着他说，目瞪口呆地看着他。

白梅满枝，颇有栀子的味道，蓝真一身藏青衣袍，外披灰狐大氅，分外夺目，整张脸上都是大男人话家常般的满足，或许，还有羞赧。

“我是会些东西的，如公子手艺更佳，听了我是公主派去的人，就越发欣喜，与我聊了许多。以前如府的管家带他逃到麝城隐居，一应吃食习惯都与在北国无异，直到如公子十四岁时的时候，管家去世，如公子便开始了南国的生活。所以这次我去，既有年糕，也有饺子，当真是丰盛。只是我一个人去的，除了一句‘一切安好’之外，也没能给公主带回别的什么……”

“多谢你，多谢你。”我已背了身，偷偷抹去眼角的泪水。原来蓝真这次离京南下，不只是察看了施焰郡的灾情，还为我去看了焚蝶。“我早已想着今年年节是我一人度过，所以念及如公子多年年节都是孤身一人，公主心下定也不舍，倒不如交一个朋友。”我转身面对着蓝真，“为什么，你为什么要这么做？”蓝真笑出了声，这一笑，像极了四哥的洒脱，“为了你现在的表情，更为了你现在的心情。”

我再次尝试去看他的眼睛，很浅，很浅，比蓝谛天真时还要浅，浅得都让人无法不去相信他说的都是真的。“多谢你。”我又强迫自己移了目光，“你送我这份礼物，我喜不自胜，但求你勿让旁人知晓此事。”

“我明白。”“蓝妃那里，我也会……”“我不是为了小谛才如此做。”蓝真打断道。“无论是否因为蓝妃，我曾承诺你的，我自会坚守。”我低头，看着自己手中的手炉。“多谢公主。时辰不早了，公主早些回宫吧。”“也好。”我轻声道。

待手炉重新添了炭，又将斗篷在火炉上烤暖，我便随蓝真从后门处府。马车正停在后门处。车帘被掀开，四哥居然依旧坐在车里。蓝真向四哥行礼，四哥颔首。我上了马车，坐在四哥对面，车帘被放了回去。我将手中的青鹤瓷手炉还给四哥。四哥亦将我的红釉玛瑙手炉还给我。

我接手炉时，四哥看到了我食指上的琥珀戒指，“还戴着呢。”“是啊。”我随口应着，“不过四哥，你怎么亲自在马车里等我啊，我还以为你早已回府了。”我知道四哥并非不放心才如此。“我是担心你啊。”他提着我的食指，“记得你初戴这戒指时，不过及笄之年，那时候这戒指对你而言还有些大，但慢慢就好了。如今你都快十九岁了，已过了长身体的年纪，这戒指你戴着却正好，甚至又有些大了，我怎能不担心？”

四哥的意思，是我消瘦太多了。我垂眸，勉强勾起嘴角，但又一想，不禁笑出了声。“怎么了？”“我在想，这天寒地冻的，四哥不可能就为这个等我这么久吧。”我抬眼，“四哥有什么话，就不妨直说吧。”四哥笑出了声，“我只是担心，将相不和。”果真是我自作多情了。

“这话，我就听不明白了。”我等着四哥往下说。四哥笑意更浓，都将他的闲散冲淡了，“你这般聪明，定能看出后宫牵着前朝，前朝系着后宫呢。如今形势，不过是甘家和蓝家的事罢了。”我转着手炉，“甘家也好，蓝家也罢，前朝也好，后宫也罢，说白了，都是该三哥操心的事，四哥身为亲王，自该辅佐，寂雪不过一介女流，跟我讲这些大道理做什么？”“又装傻了不是？”四哥此时的语气像极了父皇和三哥，只是那眼角眉梢，少了些难以自制的宠溺。“只是，我一直担心你与蓝真的关系，所以……”

“所以今晚试探了我一下。不知四哥试探到了什么？”我的手指停下了转手炉的动作。“什么都没有试探到，只觉蓝府烟火极美，你出府时并无男女之间那般暧昧。”四哥将马车一角的茶端来，饮了一口。“那四哥有什么可担心的呢，还非得拉着妹妹我？”“寂雪，你是聪明人，后宫这两个人必得有一场大争，胜败如何，一眼就能看穿。否则今晚，你也不会连敬皇贵妃三杯酒。”四哥将茶盏放回去。

着实，我甚少在宴上敬酒，更别提连敬三杯了，虽然我酒量极好，甘玉饮的也是特制的羹饮。宴会前我是打算教蓝谛敬酒的，可她实在不愿学，我也劝不动，所以干脆连她那份一并敬了。“其实，三年之内，甚至五年之内，蓝妃断不是皇贵妃的对手，只是这后宫，哪里会给她这么久的时间，即使有你暗中相帮。”“所以四哥你更希望我持中，以此来缓解两方矛盾，甚至可以说是不增减其中一方势力，免得另一方出手。我说的可对？”

马车停了一会儿，又行进了，显然是进皇宫了。“这才是你原有的聪明。”四哥道。我注视四哥良久，“四哥，你本非是非中人，今时今日，为何自沾污秽？”“社稷未稳，如何挣脱是非？”四哥这样答我。

果真，帝王家的孩子都是一样的，都是在权力场上走出来的。父皇果真是天作英明，他留下的孩子，或许都不曾让他失望，哪怕像四哥这般淡泊之人，一旦江山有何不测，便可以放下一切，去保护这片疆土。

“四哥不必担心寂雪立场，无论何时何地，就算一朝为他人妻，离了深宫，离了皇城，寂雪依旧是璐麝的公主、欧阳氏的子孙。”马车早已停在了内宫门前。我起身，亲自掀了车帘，下车，继而转身，将手中的车帘转于车夫，“天寒，四哥回府后也莫饮姜汤，其生热，夜饮无益，还是服一碗甜羹，赶紧歇了吧。”我对四哥道。四哥颔首，“锦帨，把公主的斗篷裹好。”他吩咐锦帨。锦帨照做了。

车夫放了车帘，马车顺着来时路，又回去了。我便与锦帨走在前面，宫人们跟在后面，不必提灯，除夕之夜，仅是各宫各殿前的宫灯，就足以照亮回浣雪宫的路。“你刚才可听到了？”我摸了摸锦帨的手炉，还是热的，便将手收回到了手套里。

“是，不知这一路发生了什么？”锦帨示意身后的宫人们离得远一些。“也没什么，左不过是四哥把我留在了蓝府，不到一个时辰，又送我回来罢了。其实是想看着我与蓝真的关系，进而推断后宫前朝的势力。”我低声道。

“齐王怎么开始关心这些了？”我也是好奇的，我甚至都怀疑父皇将那预言告知四哥了。不过这没有理由啊，四哥不理政事，断不如将其告之三哥有用些。“也许，是三哥对朝臣的掌控不足，不得不让四哥帮着些吧，毕竟昔日四哥也是查着陆家的底细的。”我编了个借口。锦帨默默低头。

“三哥还在娇颜殿吗？”我问。“亥时三刻，皇上派人去栖凤殿问皇贵妃是否在守岁，得知皇贵妃在守岁，便去了。此时已过子时，想来已在栖凤殿就寝。”锦帨道。我点点头。

三哥这样很对，无论多宠爱蓝谛，妻妾还是要有别的，像守岁这类事，自然要与发妻、后宫之主一同，更何况甘玉还身怀有孕。上次这种团圆事是中秋，因父皇驾崩的缘故并未操办，这次，一并补上吧。

“蓝真，见过焚蝶了。”我思忖良久，对锦帨道出。锦帨一惊，“蓝公子怎么会……”“恐怕他曾跟踪我，焚蝶的住处仅我一人知晓，所以无别的可能，不过还好，他未有别的心思。”“那么公主要不要去一趟娇颜殿，毕竟您到蓝府这件事是瞒不住的。”锦帨建议道。“不可，本来甘玉对我和蓝家就有忌惮，我此刻去，岂不更加坐实了她的猜测？我现在能做的，还是明里偏向甘玉，暗中帮助蓝谛，甘玉觉得高枕无忧，蓝谛才安全。”

“是奴婢太过冒失了。”“我知道你是担心我，但你要记得，任何时候都不能失了分寸，尤其是日后你出了宫，离了我。”我从手套里抽出手，拍拍锦帨的手。“奴婢明白，但还是先求公主得偿所愿。”我笑了笑，收回了手。

过了年，天就应该转暖了吧，不过，怎么还是冷呢。

五

年初一，我一直睡到巳时才醒，待梳洗过之后，我坐在案前，翻阅着昨日花费的账目。“公主。”锦帨满面春光地到我身边，“有个好消息。”我放下手中的笔，甚少见她这样。“十二月初，矜释长公主诞下一个男孩，只是还未取名。”锦帨说着，给我一封信。

我接了信，打开看着，果真是二姐的亲笔，松了一口气。早在十二月中我就收到了二姐诞下男孩的消息，只是零星的小道消息，从未收到三哥或二姐告知的消息，生怕有什么不好的事情，也不敢多问。今日收到了二姐的亲笔信，知她快出月了，也是放心了。

信上说，二姐为那孩子取名“玥”。所谓玥，传说是白帝少昊出生时凤凰赐的果实裂开所现。想来二姐为子取此名，意在祈愿三哥能如少昊一般吧。

“听说皇贵妃那里在准备贺礼，想来也都知道矜释长公主的事了。”锦帨退了宫人，道。甘玉都开始准备贺礼了，我得更注意些了，一则是甘玉自己也快到产期了，二则是我与二姐同为长公主，二姐那边有了喜事，我这边，又不安宁了。

我示意锦帨附耳过来，低言几句，她便出殿了，留我在案前阅着账目。

待账目一一批示之后，我召见了操办除夕宴的女官和内官，吩咐下去论赏事宜，才有空去库房给二姐寻贺礼，孰料刚选定贺礼，一阵眩晕便袭来，锦帨忙扶着我回寝殿，宫人去请方太医。

听锦帨说，在我睡着的时候，蓝谛先来看的我，不一会儿甘玉也派人来了，只是二人见我睡着，略站了站就走了。三哥是见完几个大臣之后来的，见我睡了，向方太医询问了病情，又坐了坐，才走的。

方太医嘱咐了要静养，并服用进补之物，一日三餐尽量食一些，便告退了。

装睡到未时，我忙起来用了些午膳，让锦帨取了书，命她在寝殿坐了，我也爬起来坐在床上看书。待到用罢晚膳，遣了宫人，寝殿又剩我与锦帨，我便半命令半乞求地让她与我一床睡。

就这样，装病了好久。我知道上元节家宴上定少不了三哥对我婚事的干预，所以早早找了借口不出席，求着三哥出宫了。

上元节的中午，我在浣雪宫的小厨房做了水晶元宵，又让宫人送到尚食局去，待晚膳后送去上元宴，又另备了些，私下让三哥的人送去了蓝府。

用了午膳，换了常服，赶走了转达三哥唠叨的小栗子，我与锦帨出了皇宫。

出宫前，我与锦帨还盘算着在灯会开始前找个安静去处逛一逛，出了宫，才发觉这简直是痴心妄想，尚未天黑，街上就挤满了人，或是结伴的女子，或是同游的男子，女子一个个打扮得花枝招展，男子一个个装点得风流儒雅。

好不容易从人群中穿出，到了贺兰预备下的酒楼“杨柳青”，我与锦帨直接上了二层的雅间，饮了几口茶，方压住刚才的燥气。

待小二更了茶，上了点心，我与锦帨一同靠在露台的栏杆上，望着街上的行人。

杨柳青建在璐城最繁华的两天大街相交的街角上，我与锦帨所在的雅间又是杨柳青中赏街景的最佳之处。近处，可以看到繁华街道上行人的衣饰、商贩的货物。远处，还能看到另几条纵横交错的街道，想来能看到舞龙舞狮的。再远一些，便是皇宫了。

天刚黑，仿佛就有谁下了命令似的，花灯竟然差不多同时亮了起来，街上的人更多了，交谈声、欢笑声，夹杂着爆竹声和乐曲声，越发热闹。

望着楼下街上的善男信女，我不禁想起了与焚蝶的约定，再有半个月，我便十九岁了，与焚蝶的七年之约过了一年。但是，作为一国公主，年纪也着实是不小了，以后的每一年，我可能会接受越来越多来自这方面的压力，我是否该从现在开始就想想对策了呢，契机又在哪里呢。

"锦帨。"不远处传来熟悉的男音，"你家公主是不是配不了花钿啊，瞅瞅这眉头，什么时候都是皱的。"我吓了一跳，看向南边雅间的露台，蓝真正手执白瓷杯，凭栏而立，一脸笑意。

"你怎么在这儿？"我话刚出口，就觉得自己多问了。我向三哥请求出宫，三哥怎能不将此事告诉蓝真。又是贺兰安排的事宜，说是备了雅间，实则定是把整个杨柳青都包下来了。蓝真在这里，便更是寻常了。

蓝真看出了我的心思，但笑不语。我也轻笑一声，低头看着街上猜谜的人。"车水马龙，璐城繁华啊。"蓝真叹道。我把目光从街道移至夜幕，"你只见人间繁华，何曾睹天宫冷清呢？"

玉轮半悬在夜幕之东，无星辰相伴，虽是明亮，却愈发诠释了"皎皎空中孤月轮"的意境。"这个也是人间月啊，却从不曾见它冷清寂寞。"蓝真道。我看向他。

他正捧着一碗水晶元宵，用银耳汤煮的。锦帨也给了我一碗。我用瓷勺盛起碗中的银耳，"知我这般煮元宵的不多，莫非你跟尚食局的刘尚食有交情？""只要留心，处处都有交情。"蓝真道。

我低头不语，暗暗自责今天说了这么多没脑子的话。"只是无法，给如公子送元宵了。"他又道。"我着人给你府送元宵不是这个意思。"我忙解释道。"我知道你的意思。"蓝真简练地说。

我试着去看他的眼睛，浅得见底，我便信了。"你也快离京了吧？"我搅着碗中的元宵。"后日。""这么快？"我一个失神，瓷勺碰到碗上，发出清脆的声音。蓝真将一个元宵送入口中，没有说话。

我有些担忧他现在的心思，"我之所以没有打听，是因为我卧病在床没怎么见到三哥，也不好派人打听……"

“是我的疏忽，还未问你的病情。”他低头，跟我一样搅动着元宵。“你如何看不出，我是装的。”我将一口未动的元宵交给锦帨。蓝真轻笑一声，却是端着碗，再度投入到街景中。

一时间，默默无语。“你在想什么？”片刻后，我决定开口。蓝真的思绪似被打断了，看向我，“我在想，我率军离京那日，你是无法送我了。不过这样最好，对谁都很安全，只是……”“醉卧沙场君莫笑，古来征战几人回。”我接道。

我怎能不知，从无不败之将，胜且可能伤痕累累，更何况败呢，战场上看似英勇无畏，实则谁不是将性命赌上，谁的内心深处没有割舍不掉之物呢。

“众人口中的英武少将军，怎么是这副样子，我刚才还想着，待你他日归来，还能看到蓝府里我为你准备的礼物呢。”我笑道。“哪里有永胜的将军。”蓝真道。“我要求你必胜了吗？”我背靠到栏杆上，“自从为父皇和三哥殚精竭虑后，我才发现，平安最重要。”“公主忘了，国家平安才最重要。”蓝真提醒着。我无言以对。

“瞧我，你是来赏街景的，我怎么说这番话呢？”蓝真拍了拍脑门，“该打了。”“本是该打的，本公主开恩，允你将功折罪。”我笑道。我转身，面向大街，不一会儿，又觉得这样看得无趣，便下了楼到街上赏花灯、猜灯谜，蓝真亦下楼，一直跟在我与锦帨身后。若再欢快一些，若身上的衣物再少一些、简单一些，我都快分不清，这里是璐城还是祭城了，我是十九岁还是十五岁了，身后的是蓝真还是三哥了。

回到浣雪宫，我一下马车，就看到了檐下新换的宫灯。之前，皇宫里一水的琉璃宫灯，金贵华丽，年节时分，整个皇宫挂的都是勾龙描凤的大红灯笼。今日，我宫里的灯笼都换成了球形宫灯，还放着月光般的皎洁之色，我都怀疑是不是有人将我的东珠耳挂做成了这宫灯。

“这是皇上让人给公主设计的，听说七日前就让人赶制了，就为了今晚让公主开心呢。”宫人道。话毕，我已走到檐下，让宫人摘一只给我。

细赏之下，我才发觉，原是这琉璃外镀了一层薄薄的银粉，所以烛火照出来才这样柔和，仿若月光之态。

其实很多时候并非真是那般颜色，只是人心里感觉是，眼见的仿佛就也是了。譬如那蜂蜜，看起来金黄温暖，融入水中，哪里又会有以前的颜色呢，可心里总觉得那杯蜂蜜水还是金色的，似乎喝起来甜甜的，看起来也得甜甜的。

再赏这宫灯之色，倒愈发像栀花了，明知它雪白通透，可偏偏的，总觉得还有其他颜色，时而黄，时而绿，甚至，会有浅浅紫色。我想我知道，这是谁的手笔了。

第二日，我睡得正香，翻身的时候，觉得手肘碰到了什么硬中带软的东西，一时惊异，便醒了过来。

三哥正坐在我床边。我又闭上了眼睛，“你怎么来了？”“来看看你怎么到了辰时还不起。”三哥戳着我的额头。

“昨晚回宫又食了一碗元宵，怕积食，就晚了一会儿才睡的，所以起不来了。”我胡乱挥着右手，不让他戳我。“昨日与蓝真玩得如何？”他喜滋滋地问我。我瞪了他一眼，“我就知道是你的主意。”接着又装怒，不理他。“好了，他明日就离京了，你又不去送人家，朕这样做，也全当了了他一桩心事，让他安心上战场。”“谁说我不打算送，我还想明日在他必经之路上，演一出《红拂记》呢。”我绕着自己的发丝。

“是哪一出啊？”三哥问我。“第十二出，同调相怜。”我淡淡道。三哥沉思片刻，“红拂初遇虬髯客那一出？”我点点头。三哥又沉思片刻，“你要亲自演吗？”“想什么呢。”我又拍一下三哥的腿，“若这般，谁认不出来，倒不如在蓝真离京必经杨柳青外搭一戏台，他见着戏，必也能见着杨柳青上的我。”我垂了眼帘。

“你看不上蓝真吗，还是另有别的什么隐情？”三哥突然握住我的手，这样问我，“寂雪，你我自小无话不谈，无论是说笑还是谋事，如今，我登了大位，不想你对我有什么防备。”“傻哥哥。”我抽出右手，覆在他的手上，“这么多年，除了以身犯险怕你阻挠，我何曾瞒过你，又怎会防备你。左不过是近些年发生了太多事，我心力交瘁，实在无暇于儿女私情。以我此刻的心境，你就算将我随便指个人家，我也不会反对的。”“我怎么会，又哪里舍得。”三哥也抽了手，只是他的手覆在了我的脸上。

十七，我着一身白棉裙，披狐绒梨黄斗篷，戴着素面纱，立于杨柳青二层的露台上，眺望着皇宫的方向。约在一刻钟前，蓝真拜别三哥，骑马而来。街北忽然有了人群，我知道，是蓝真。

那一刻，我还想着要与蓝真同看一眼那《红拂记》中的红拂与虬髯客初遇的一段，却不料，当那匹白马出现之时，一切，都淡漠了。

之前，我只见过一身蓝衣华服的蓝真，虽是文雅高贵，却还是少不了些许文人气息。我只认为，他是张良一类的人物，运筹帷幄之内，便决胜于千里之外，是断想象不出他战场英姿的。但今日，我却亲眼见了。

胯下白驹，身披白甲，手执银枪，腰佩长剑。之前从不见他带兵刃，在杨柳青，也只是瞥见他雅间桌上的长剑，所以从不知，他战场上的兵器，竟是长枪。

这岂非是赵子龙再世？莫说这良驹利刃，仅这一身雪甲，就将他身上曾有的栀香掩得一干二净，反倒染尽了杀伐之气。

直到此刻，我才敢确信他身上曾隐约透露的英气是真实的，我才敢确信他是出将入相之才。之前虽这么对三哥说，但多半是夸耀，现在，我连自己都说服了。

我甚至都能想象他的长枪“若舞梨花，如飘瑞雪”，他这一身单纯的杀气与决绝，配极了他一袭的雪白。我此刻的素白配梨黄，竟生生被他逼了下去。

当蓝真瞥到那出《同调相怜》时，抬头看到了我，眼角微亮，嘴角微扬。这般熟悉，我仿佛在何处见到过。安全，可以信任。就是这样的感觉。只是一个出神，我眼前，便只剩行人和街道，蓝真与他的雪景，都消失了，离开了。

“公主，咱们也回宫吧，时候不早了。”锦帨从我身后道。我放在栏杆上的双手已冻得冰凉。待我回宫，蓝谛已等在浣雪宫了。

我见她嘟着小嘴，托着腮帮，两眼无神，便知她是在思念父兄了。只是这玲珑模样，似极了当初寞云与毕铮口角后的懊恼，我心下又是一软。

“蓝真要是知道你是这般样子，也不知舍不舍得离京呢。”我打趣她，并挥手退了众人。“他有什么舍不得的，只是一味劝我，最后不还是走了。”蓝谛已略带哭腔。

我有些心疼，便坐得与她近了些，“我知你以前时有孤单，但今日，你还有三哥，不是吗？”“可是又不几日就要选秀了啊，皇贵妃产子，也不知皇上又能有多少时间陪我呢？”

这便是嫔妃的不幸了，一入宫门深似海，其实，除了机心斗争之外，也有如深海般的无助凄婉。为一个人哭，为一个人笑，为那些华而不实的东西争上、斗上一辈子。“寂雪，未入宫前，我还羡慕你有那么尊贵的身份，如今我却不敢相信，你是如何一日日从这宫中生活下来的。”

我是如何生活下来的？左不过是循着生路、一步步走而已。虽然走下去，会伤害很多人，但若滞步不前，就会连累最亲的人。虽然走下去，会牺牲很多人，但若踟蹰犹豫，就会使自己粉身碎骨。虽然走下去，会背了自己的良知，但若瞻前顾后，这江山社稷又将如何呢。我无法告诉她，她不是我，她不明白的。

"你若实在思念或是担忧，便待我身体尚好之日与我学做食馔吧，我终将离宫，与其将三哥喜爱的手艺白白付了尚食局，倒不如日后你用这个拴住三哥。"

她自是答应。我本不该与蓝谛走得这样近的，但我实在不忍，又怕她一时迷了心窍与甘玉争起宠、夺起权来，便也只好用这法子，且宽她的心。想来三哥以后对她多些宠爱，她也就不会这般伤心了。

"公主，您不觉得，蓝妃今日的话，不似她的心智吗？"蓝谛走后，锦帨对我道。"着实是，仿佛句句都说到我的软处上了，心思如此细巧，全不似她了，倒像是栖凤殿那位了。"我道。

"奴婢听闻，最近尚服局司衣杜柔燕常去娇颜殿。她本是个典衣，天佑二十一年升为司衣，所以在二十四司中最为年轻，年纪比蓝妃大不了多少。"

我点点头，眉心，再一次蹙紧了。突然想到了蓝真的话，果真，我已有几个年头，不曾配过花钿了。

又过了七日，我与锦帨在御花园中散步。冰雪未消尽，仍是一番寒景，往日争奇斗艳的御花园，如今也多只剩苍松翠柏，一水儿的绿色，不多时就看腻了，于是登了御花园最高的假山，至凉亭内。

锦帨从椅上铺了绒垫，我坐在上面，俯视着半个御花园。只见一女官带着一群宫人由石子路走来。女官神色轻松，宫人手中没有朱漆托盘，显然是刚进献完什么。我瞥了眼她们身后的方向，正是栖凤殿。

女官在一棵梅下驻了足，她身后的宫人也停了下来。"孟春将尽，天终放暖，这梅花也有零落成泥之态了。"她道。"御花园的梅花将尽，掌首为蓝妃娘娘设计的落雪飘梅斗篷却是光彩夺目，掌首您更是得了蓝妃娘娘青睐。"距女官最近的宫人说着，"今日掌首您又为皇贵妃送了您为她绘的春日襦裙图样，也得了皇贵妃称赞。如今这二十四司，可没有人比您更风光了。"

那女官冷哼一声，抬手指着南面的方向，问那宫人："你可知那是哪里？"我瞥了眼她手指的方向。"那是栖凤殿。"女官自答道，"今日的后宫，看似有公主协理，但他日，这权柄必会回于皇贵妃之手，只是皇贵妃之后，又会有谁呢。皇贵妃终究是妃，而不是后，圣意难测，公主又对后宫态度暧昧不清，鹿死谁手，仍是未知之数。”

我深吸一口气。女官又指着东面的方向，“你可知，那儿又是何处？”“那里，”我道，“是蓝妃的寝宫，娇颜殿。”我立起身来。女官和宫人看到，忙跪下行礼。我又坐回去。“上来回话。”锦帨对底下人道。于是一干宫人都上了假山来，少数跪于亭中，多数跪于台阶上，近半个御花园，都能见此奇景。

锦帨在我耳畔装模作样地低声几句。“怎么又是尚服局？”我厉声问着，“本公主还以为，自天佑二十一年尚服局大变之后，你们这些人都长记性了，看来还是本公主高估你们了！”“公主息怒。”刚才的女官杜柔燕道。“刚才不是还趾高气扬的吗，话头直指二宫，话语直射后宫中事，后宫各殿之主岂是尔等可以言亵，后廷之事又岂是尔等可以置喙的？当真是失了规矩、没了体面！”我训斥着。

见我这般盛怒，也无人再出言，只一味低着头。“回你的司衣房去，本公主回禀了皇贵妃，等着领罪吧。”说罢，我连手炉也不拿，径自从宫人让开的路中走下假山。第二日，便传来了司衣杜柔燕目无王法、出言不讳，被赶出皇宫，司衣房暂由司宝代管的消息。

自天佑二十一年，司衣房元气刚刚恢复，又因冬装受了两宫赏识，今日因我的告发、甘玉的严苛而又受重创，甚至连一房掌首都空缺了，一盛一衰，也不过是须臾之间。

甘玉此次手段凌厉，着实是树了自己的威信，但刚中带柔，只严惩了杜柔燕，其余人等完全无过，不知多少人额手称庆，摄于雷霆之后，又折服在这手段之下。

蓝谛对杜柔燕的离宫倒是伤怀多了，总觉得身边少了个朋友，来我这儿的次数也越来越多，对三哥的依赖也越来越重。一边是即将产子的发妻，一边是思念成疾的宠妃，三哥在朝事之后，也是越发忙碌了。

至于我，也果真应了杜柔燕那句“公主对两宫态度暧昧不清”了。对于蓝谛，我要多加维护，她又视我为友，自然与我亲近。而甘玉，毕竟是我与她相识在先，关系也不错，又有朝堂上这层原因，我也是不能冷了的。

只是我一直不明白，杜柔燕这枚棋，究竟是用做何处呢？自蓝谛与我谈论那一番后，我便笃定她是栖凤殿的人，那她对蓝谛的举措，便是借蓝谛的口看我对蓝谛的态度。如今态度有了，她便又在御花园让我听到了这一段话，难道仅仅是让甘玉看看，我是如何处置对蓝谛交好之人的吗？还是御花园一事根本不是甘玉的手腕，仅仅只是杜柔燕一意为之，若是如此，杜柔燕的目的为何？她明知我会告发到栖凤殿，甘玉也会处置她，纵使不是出宫，至少也会让她远离尚服局，难道，这就是她的目的吗，远离这权力波及的地方吗？为什么呢？

杜柔燕与那宫婢的谈话，说明了她不仅依附娇颜殿，又交好栖凤殿，这怎么会是甘玉的本意呢。献了春装的图样，还得了甘玉的称赞，甘玉对看似依附蓝谛的人如此态度，为的是什么，一份区区的宽容大度吗，向蓝谛示好吗？

应当不是的，她对杜柔燕的处罚当真是重了，虽宫规森严，但按理来说，是得多多少少顾及蓝谛颜面的，甚至，与蓝谛商量一下都是不为过的，哪怕，事先告诉我一声都是好的。也许，是因为我对杜柔燕的罪过态度过于严厉吗？

还是，真如我所想，杜柔燕御花园一事出乎甘玉意料，甘玉不得已将其赶出宫吗，那又是何不得已之事呢？我总觉得，从杜柔燕身上，还能挖到更多秘密。只是现在，她前脚刚被甘玉赶出宫，我后脚就派人去查，若被甘玉知晓，岂不真是撕破了脸。但若甘玉真有何不得已之原因，又是否会杀人灭口，倒不如，暗中派人护着。

也罢，这也不失为折中之策，或许杜柔燕此人，将来会有用途。

今岁二月初一，我赴了永陵，父皇的陵园。

宫中是有灵位，但我总是不愿，我从不信一个小小木牌就能懂我心意、明我情感，我不信神佛，尤其是当日在佛前苦求还求不得父皇安康后，我便更不信了。我非得亲赴皇陵，非得亲见陵寝，才能感受到冰冷后的一丝暖意。

帝王陵，自是修得宏伟壮观，只是，任它再宏伟再壮观，又怎能唤醒里面躺着的人？你说是吧，六哥？我盯着那个“兴”字。

如果你仍在世，我是不是能多一个说话、依赖的人，今日这样的时局，你会不会像我为三哥分担一样、替我分担一些？我想你一定会的。

但是，我还是很庆幸，你早早脱离了苦海，虽然我每次这样想总是很愧疚、很自责。这些年，一步步走过来，太肮脏太血腥了，如果你亲眼看到你妹妹成了这副样子，你一定会痛心的，也一定会自责的。没关系，所谓成王败寇，我是介于中间的那个，所幸不是最坏的结果。

说起来，我还未好好感谢三哥，将母妃追封为景念皇后，让她能与父皇合葬一处。我到现在也不知道，追封母妃为后，究竟是父皇的主意，还是三哥的主意，想来是前者偏多吧。

母妃求了一辈子，拼了一辈子，斗了一辈子，看似要的是栖凤殿的那个座位，其实不就是为了父皇能多看她一眼吗。那般费尽心机，却不知，在父皇心中，她便是唯一，只是有了座江山隔在中间，这一点，如何能显露得出呢。

母妃陵前，我将手抚在碑上，朔风未散，当真是凉透了骨。

母妃啊，你生前所求的，我都代你得到了，父皇最多的宠爱，我代你得到了，父皇对你的爱与歉疚、对六哥的爱与歉疚，全都赋予我身上，甚至在弥留之际，错将我当了你。你的仇，我也算是帮你报了。

只是有一点，我不懂，这帝王家，你有没有觉得，是错入了？父皇重江山而轻美人，你有没有觉得，是错爱了？师父对你用情至深，你是否还记得他呢？

走过母妃陵墓，不远，便至父皇陵墓，守陵的宫人将我带来的美人宴祭祀在那里。

我走到石碑边，坐在赑屃上。“公主。”宫人们想要拦我。锦帨将她们都打发走了，自己退到远处。我将脸贴在石碑上，冰冷的触感一来，眼泪就收不住了，棺椁里躺着的我的父皇，此刻，是不是也这般触觉呢。

自父皇驾崩，我似乎并未怎么表现出悲痛之色，本以为借着这些大事小事就能淡化一二，今日一来，甚至决意来此，我便知道，以往不过是自欺欺人罢了。

您是知道的吧，父皇？权柄更迭，另一个轮回的开始，冰冷依旧，忐忑依旧，相比而言，操劳与忧郁，简直是微不足道。您就是这样度过的吧，看似洞悉一切、掌控一切，实则内心煎熬，又怎会比那些争权夺利的人少呢？看似您一局局布棋、一子子设谜，但跳脱出来，您又何尝不是一枚棋子，任这江山摆布？

儿臣都有些怀念三哥还是楚王的日子了，虽然兄弟阋墙，但至少都还在不是吗，至少还有您不是吗？儿臣知道，那时无论儿臣做错了什么、遇到了什么，都可以躲在您身后，或者撒娇到您怀中，无论何时都有您护着，当真是幸福极了。只要没有军国大事，儿臣就可以亲手做了吃食，送到麝华殿，如今，只能送到这里来了，再也见不到您了。此刻的心痛，早已湮没了所有。我已无精力、无心力再想什么、再看什么了。偌大皇陵，躺着我的兄长和妹妹、我的父皇，我都不知，来日，自己是否有幸，能够躺在这里。

第十章

背后箭

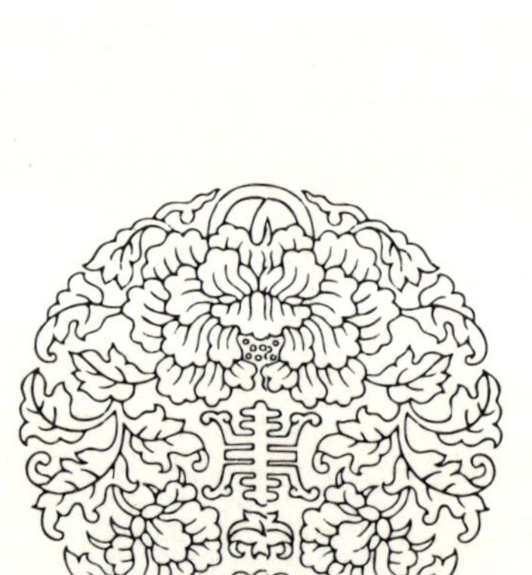

蝶恋花

一颗樱桃樊素口。不爱黄金，只爱人长久。

学画鸦儿犹未就。眉间已作伤春皱。

扑蝶西园随伴走。花落花开，渐解相思瘦。

破镜重圆人在否。章台折尽青青柳。

一

自皇陵回宫后，我因寒气侵体，加之前日操劳伤身，便一直静养。

这些日子，我借着静养的由头，在浣雪宫给甘玉的孩子做着衣服，听蓝谛说话。因近日北方战事频繁，三哥甚少抽得开身，甘玉月份又大，所以与蓝谛相伴不多，甘玉又总邀蓝谛一同游玩，蓝谛便按捺不住了。

“我还是劝你少与甘玉交往，她现在似个琉璃一样，你又毛躁，可别有什么闪失。”我比着给孩子的肚兜，“真不行你就绣这些玩意儿，也是解闷，省得后来轮到你，你什么也不会。”“我又没那个天分，万万学不得你，坐在这里半天都只做这一件事。”她用食指绞着手帕。

我屡次劝她，都是无果。后来派了些人到娇颜殿看着她，又被她打发出去了。如此，我也暂无对策，只得又派人盯着娇颜殿。初八，我因前夜看二姐的信看得晚了，便也起晚了，上妆时，得知甘玉邀了蓝谛到御花园游玩，我便匆匆赶去。

赶到时，园中早无二人身影，又有宫人急报说栖凤殿出了大事，我也来不及多问，又赶往栖凤殿。还未至栖凤殿宫门，我就看到里面奔来跑去的宫人，以及神色惊慌的太医和医女。

我心下一震，奔入栖凤殿。与行色匆匆、手忙脚乱的下人相比，一旁立着的蓝谛显得很是反常，她基本上可以说是呆立在那里了，脸色苍白，发髻微乱，刚刚定是哭过，脂粉都花了。

“发生何事了？”我走上去，抓着蓝谛的双肩。蓝谛只一味摇头，说不出话来。我便抓了一个端着盆往外跑的宫人，刚要开口，就看到她所端的是一盆血水，明白了发生何事。

我推开那个宫人，往寝殿奔去，这才嗅到满殿的血腥之气，心中更是惶恐不安。“皇嫂，皇嫂！”我奔到床边。甘玉已是脸色煞白，汗如雨下，半句话都说不出来，将要不省于人事，下半身的床褥被鲜血染红了大半，医女都忙着止血，太医皆不能近身。

我给甘玉探着脉象，又拽起司药，奔至帐外，与太医商议。“失血过多，面色惨白，身体发寒，脉如游丝，气难平喘，手脚渐抖，若不及时用药，恐有性命之危。”我描述着。太医便去开方了。此刻，我才有机会询问静影发生了何事。

静影也是急得泪流满面，听我这般问，愤恨地指向蓝谛：“都是蓝妃，她在花园中推了我家娘娘。”说着就向蓝谛走着。蓝谛连连后退。“这怎么可能呢？”我忙拦住静影，“这其中定有什么误会，现在最要紧的是皇嫂，你可有派人告诉皇兄？”“奴婢已派人去了，但蓝妃……”“现在皇嫂的安危才最重要，你不陪在你家娘娘身边，来这儿兴什么师问什么罪，待皇兄驾到，还给不了皇嫂一个交代不成？”我怒斥道。

静影只是瞪了蓝妃一眼，回寝殿了。“怎么就你一个，东宁呢？”我低声问蓝谛。蓝谛还是说不出话来。“你去找三哥来，我在这儿守着。”我对锦帨道。锦帨忙去了。

我看了眼惊魂未定的蓝谛，只得先劝了她坐下，与她在偏殿里等消息。是东宁先赶到栖凤殿的。“你去哪儿了，不陪着你家主子？”我训道。“奴婢该死，只是奴婢陪着娘娘与皇贵妃在园中散步，皇贵妃说想着娇颜殿小厨房做的栗子酥了，我家娘娘便遣奴婢去拿。奴婢回来，不见御花园有人，却被告知栖凤殿出了大事。”东宁也是着急，说了好几次才说清楚。

“难道蓝妃身边就没有别人跟着了吗？”我问。“娘娘本就不喜那么多人，所以也没跟旁人。”东宁道。我抓着蓝谛的肩膀，“一定不是你推皇贵妃的，是不是？”蓝谛听了这话，抬头看着我，惊恐的眸子里闪现出笃定，“不是我，是她自己摔的，寂雪你要相信我。”

“我相信，我相信。”我只得这么安慰她。没过一会儿，三哥也来了，锦帨却没有回来。“如何？”三哥抓着我的肩膀。“月份太大，出血又多，孩子是保不住了，现在只是担心大人，若稍有不慎，恐怕……”我不敢再说，“不过你也别急，太医已开了方子，给皇嫂服了药，应无大碍。”

“怎么好好的……”三哥看到了蓝谛，又看向我。“我也不知如何，蓝妃说是皇贵妃自身的过失，皇贵妃身边的静影却说是蓝妃推的。”我也瞥了眼看着三哥的蓝谛，又转向三哥，“你且坐着等等，毕竟此刻最重要的是皇贵妃的安危。”三哥也只好询问了东宁关于之前的事。

终于——“皇贵妃无碍了。”太医道。众人皆松了一口气。三哥马上入寝殿去看甘玉。我也拉着蓝谛去了寝殿。

寝殿中的血腥之气并未因打开的雕花窗而散去分毫，就像甘玉的面色并未因灌下去的汤药而好转一样。三哥坐在床边，我与蓝谛及身后的宫人立在床边，太医和医女统统立在帐外。殿内的血腥气太重，开得窗户太大，所以炉火也旺。我不知是因离窗户太近，还是离炉火太远，也可能是之前奔得太急，咳嗽起来。三哥看了我一眼，起身将还未来得及褪下的披风披到我肩上。我只一福身，并不作声。三哥又坐回床边。

约有一炷香的时间，甘玉终是转醒，我满心的思量也暂且放下了。

先是弱不禁风地抬眼，然后略带担忧地看着三哥，当甘玉双手摸到小腹上时，无论是三哥的劝慰还是众人的哀求，都无法抑制住她的痛哭。我在一旁静静看着，不知是什么滋味。最后，甘玉看到了蓝谛，悲痛换成了愤恨，几乎是在发抖了："蓝妃，我自认待你不薄，你为何这般害我？"

"我没有！"蓝谛听到甘玉这样说，方寸大乱。我忙推她出去，她才想起要站出去回话。"我没有，皇上，你相信我，我没有！"蓝谛跪了下去。"当时可有人在场为你作证？"三哥问。蓝谛慌乱地看向殿里的人，却无人站出来。三哥眉头紧锁，甘玉却是哭得更惨。"如此，先将蓝妃禁足娇颜殿，听候发落。"三哥只得这么说。

静影扶着半躺的甘玉，瞥了眼难以置信地望着三哥的蓝谛，"请皇上，给我们家娘娘做主啊。""蓝妃，你先回宫吧。"三哥不理会静影的话。"皇上……"蓝谛还想再说什么，我忙示意东宁把她扶回宫。"寂雪，你也回去吧。"三哥又道。我便向三哥和甘玉福身行礼，退了下去。我探过甘玉的脉，着实是小产无错，但是，怎会如此呢，甘玉怎么会用这样的手段对付蓝谛呢，这简直都趋近玉碎瓦全了。

回宫的步舆上，我裹紧三哥的披风，头靠在镂了花纹的金木上。甘玉心知肚明，无论她是否顺利产下孩子，无论孩子是男是女，后位都是她的，蓝谛是断断抢不走的，所以与其这般诬陷蓝谛，倒不如留着腹中孩子，无论是男是女，将来都是依靠。况且她月份都这么大了，稍有不慎，自己性命都不保了，别的又有什么用呢。若只为了除掉蓝谛，此番作为，代价实在是太大了，且蓝家手握重兵，是否能除掉蓝谛还是未知之数，所以，一定有什么别的隐情。三哥那边，失了孩子，又将是怎样一种心情呢。

我揉着隐隐作痛的额头，眼见着步舆停到了浣雪宫宫门前。"如何了？"我步入正殿，问锦帨。“皇贵妃一出事，就有人去甘府报信了，现在甘大人定知晓了此事，正赶往麝华殿等着皇上召见呢。”锦帨道。“说是等着召见，实则是等着交代吧。”我解下那明黄金线绣游龙的披风，挂在衣架上。“奴婢不明，皇贵妃怎么会出这种事？”锦帨将手炉递给我。“我也不明白，仿佛有别的隐情似的，可就因甘玉这么做是得不偿失，才坐实了蓝谛的罪过。”我突然想起了什么，“你派人盯着娇颜殿，注意着蓝谛的吃穿用寝，可不能出什么事，也让她在娇颜殿里安稳待着。”

“奴婢之前已派去了。”我点点头，颇是赞许。“前朝甘大人那里，不至于出什么乱子吧？”锦帨甚是担心。“无妨。”我道，“把这个时辰的药给我吧。”锦帨忙下去了。

甘望在朝堂上这么多年，其中利弊得失早就能看得清楚，他不会妄想三哥对蓝谛有什么严惩，毕竟蓝家父子那里握着天下的兵权。他所需要的交代，不过是甘玉的后位和三哥或多或少的歉疚罢了。我饮尽了锦帨给我的药，“待甘望离了麝华殿，我要去一趟。”“是。”锦帨道。

我闭了目，头还是隐隐作痛。锦帨掖毯子的动作将我惊醒。“如何了？”我将半凉的手炉从毯子里拿出来。“甘大人刚走，公主可要现在去？”锦帨问。我闭目颔首。

麝华殿，我退了众人，给三哥奉一盏杏仁茶。三哥无言接过，但只是放在龙案上，没有饮。我也无言地立在他龙椅边。我们都清楚，彼此心里在想什么。

“寂雪。”约有一盏茶的时间，三哥终于开口了，“你觉得，会是小谛做的吗？”“她虽自小被宠惯了，本性却不坏，入宫后，你偏爱她，我也提醒她，想来是不会的。”我只答到这里，等着三哥继续问下去。“那你有没有想过，是甘玉自己……”三哥试探着，此刻，他与我之前想的是一样的。

“想过。”我说到这儿，蹙起眉头，又叹一口气，却不敢看，不敢看三哥脸上是谋算还是痛心，是设防还是悲伤。“那你看，甘玉是假孕吗？”三哥残忍地问下去。“我探过她的脉，确是小产。”“你认为我要不要彻查一番？”我鼓起勇气去看三哥，谢天谢地，他脸上的不是谋算与设防，但让我痛心与悲伤的，是他脸上的迷惘。

“不必了吧。”我又叹一口气，“你初上位，前朝少不了甘望，后廷少不了甘玉。倘若真查出了什么，你少了许多可用之人；若查不出，打草惊蛇事小，撕破脸事就大了。”若换做以前，他是不会问我的，他心中都有数。今日，也许是他失了孩子，乱了心绪。

我有些同情地望着这个人，我的三哥。那些为数不多的毫无隐瞒的、无忧无虑的日子，再也不会回来、再也不会出现了。他成了皇帝，看似至高无上，但又有多少人在欺骗他、利用他呢。可他若不是皇帝，那又有多少人欲置他于死地呢。“三哥，孩子还会有的，你别伤了身子。”我心疼他紧蹙的眉头。“我有数，若无别的事，我先去栖凤殿了。”我没有说话，看他默默起身，默默离开麝华殿。

我望着三哥离去的背影，他好像在我不曾留意的时候，变得瘦削了，不再似当年，金戈铁马冲锋陷阵的那个楚王了。他刚才对我的自称，又变回“我”了。我心中的某个地方，突然疼痛起来。

也许，万千人中，他也就只对我，用这样的自称吧。

走在回浣雪宫的长巷中，看阳光因宫殿的阻挡而在石子路上形成的明暗相接，零星几个宫娥太监匆匆对我行礼，然后继续走远。这样偌大的皇宫，虽有锦帨相伴，但我依然会感到刻骨的孤单，那么，若有一天我离去了，三哥面对这浮华的宫殿，会不会也有孤单？

三日后，三哥下旨，降蓝谛为昭仪，禁足娇颜殿三月。封甘玉为皇后，择吉日行册封礼。“寂雪，你根本就不信我，皇上也不信我！”娇颜殿的狼藉中，蓝谛向我吼着。“找人收拾一下。”我立门口，低声对锦帨说。她便带东宁下去了。我用脚为自己开拓一条干净的路，直到蓝谛身边，平静地望着她。

渐渐地，她也平静下来。我拉着她的手，到榻边一同坐下来，让她靠在我的肩上。“我是信你的，三哥也是信你的，但除了我们，无人再信你。现在所有的矛头都指向你，纵使你父兄想帮你，也属无济于事。况且甘家那边逼得紧，三哥也是迫不得已，请你多体谅他些。”

我试图开导她，让她明白这番决定的用意，虽然我知道，她可能根本听不进去。“难道爱一个人，就不应该全心为她吗？”她离了我的肩膀，瞪着我。“你要知道，你爱的那个人，除了是你的夫君之外，还是一朝皇帝，你心里可能只有他，但他心里除了有你，更得有这一片江山社稷。你当初爱上三哥、选择三哥，就注定牵绊着你的，除了这个人，还有这片江山。”我压了疲惫，苦口婆心地劝。“他不是我一个人的。”蓝谛喃喃道。

“看起来他与别的女人如胶似漆，但也是为了护着你。甘玉的手段你见识过了，若三哥再这般宠你，她醋意横生，用别的法子对付你，你可应付得了？”

她没有说话。“想来你入宫前，你父兄定对你说过‘两情若是久长时，又岂在朝朝暮暮’这类话，你应听他们的，这几日静心待着。三哥是舍不得你，但甘玉那儿也得做做样子，你别吃心。”

看着东宁带人来了，我嘱咐她多劝着蓝谛些，便离开了。“锦帨，蓝真的担忧是对的，蓝谛她，果真不适合在宫里。”回浣雪宫的路上，我道。“公主不也曾对蓝少将军说过，即便如此，若这二人真心相爱又要厮守，旁人也是阻止不了的吗？”锦帨道，“不过蓝昭仪，这次也太小孩子心性了。”

我在心里肯定了锦帨的说法，三哥袒护她至此，她却看不出。“要是当初我不答应蓝真的请求，也不必蹚这趟浑水。”锦帨却笑了，“您就是当初不答应，今朝为了皇上，定也会赶着来的。”我叹了口气，果真如此。

“公主，最近您都没睡好觉，皇上的事，您也不必太操心。”锦帨劝道。

“我没睡好觉，三哥就更睡不好了。如今他有难处，我又怎能坐视不理呢？”说完这话，我有些发愣，怎说出了这番客套的话。锦帨没有听出来，“公主所言极是，那您回去可要好好休息，午后皇上在御书房，您是不是要去栖凤殿啊？”

“还好，有你明白我的心思。”三哥这三日都在栖凤殿，我不好拜访，但今日，作为助甘玉为后的人也好，理应看望她的人也罢，我都是应该去的。

午后，我去了栖凤殿。“寂雪来了。”甘玉在床上躺着，见我来了，忙让静影扶她坐起。我福了福身子，“扰着皇嫂了。”她却有些虚弱，“哪儿的话，毋需多礼，来我床边坐。”

我示意锦帨把我带来的东西交给静影，接着坐到床边，“寂雪知皇兄日夜派人送来上好的补品，我的拿不出手，便把亲手制的驻颜粉送给皇嫂，陪伴圣驾，气色总要好些才是。”“不过是外强中干，空撑着身子罢了。”她垂了眼眸。

我握住她的手，“孩子还会有的，皇嫂心里别放不开，否则身子哪能调养得好呢？皇兄近日也是这样，你们两个望着彼此的愁眉，哪能好过呢？”

“我毕竟刚失了个孩子，又岂能笑脸相迎？”

我使了个眼色，锦帨便与静影带人下去了。“皇嫂，蓝谛冒失些是有的，我知你心中定有怨恨，但如今形势你也清楚，三哥离不开蓝家父子，也只能委屈皇嫂你了。”甘望那里由三哥安抚，甘玉这里，对于三哥不能说的话，就得我来说了。

甘玉心知肚明，所以等着我说。

“皇嫂，你是皇兄的发妻，同甘苦共患难过，三哥都知道。所以这后位，只能是你的，任谁也撼动不了。今日有蓝谛，明日会有别的新秀，后宫女子凭的不仅仅是容貌，当然皇兄也不是那好色之人，至于背后还有什么，寂雪不说你也知道。皇兄有他的难处，皇嫂你也要多担待些，妃妾可以有三千之多，但皇后、妻子却只能有一位。”我只能这么说。甘玉想说什么，我制止了。

“当然，不入宫门也是可以，但这满身满家的荣华，出了宫门又在哪里可以寻得？王公贵族哪个不是三妻四妾？寻常百姓家都免不了夫妻不睦，何况皇家。再说，甘大人在前朝为官，你的婚事又岂是自己做得了主的？”

一时安静下来，她做思虑之状，我亦陪她演着。

“皇上有难处，我知道。他是我的夫君，我的身家性命尽在他手，我是他的妻，一荣俱荣，一损俱损，这我是明白的。我也应当替他分忧才是。”她最后道。

“青山犹在，后路还长。况且你为后，皇兄也放心。”我作欣慰状，“皇嫂，你在皇兄心中的位置，是谁也撼动不了的。”我再次重复道。回到浣雪宫，我躺在床上，叹了口气。

“公主，您今天跟皇后说的，是不是，有点多？”锦帨小心地问。“我觉得不多。”我起身，换了睡袍。锦帨冥思了一会儿，突然笑了。

今日我对甘玉说的话，是大了些，是过于捧了，但只有让她自负于自己的身份地位，看轻蓝谛，才能让她对蓝谛少些打压。如此，先安抚甘望，又安抚甘玉，前朝后宫，两方少向三哥施压。我拉了毯子睡了，似乎午觉醒来有些着凉。锦帨仿佛问了晚膳的事，我还没来得及回答，就睡着了。

睡意渐消时，像是晚上了，感到有人在我耳边吹气，便一手指弹了过去，听到男子呼痛的声音。我睁开眼睛，果真是三哥，便坐起身来，头昏昏沉沉的，“你怎的来了？”

“听闻你今天各宫里跑得欢，以为你也会来给我送些东西，没想到等了半天都不见你，又问了御膳房说你没吩咐晚膳或材料，便觉得你有可能不适，便来看看你。”三哥把手放在我的额上，“可是着凉了？”

我望着这个人，很感激也很感动他能在百忙之中、忧烦之中还这般周全地想到我。“寂雪，”三哥把锦帨拿来的外衣披到我身上，“你要记着，你，是唯一一个陪伴我这么久、不离不弃、无所求的人，无论我是皇帝还是别的什么，无论我有多少嫔妃，一切都以你为先。我为你做什么，都是应该，你只管拿着你应得的，不要有任何多余的想法。”

他居然注意到我刚才的眼神了，他居然能与我说出这番话，与往日一样。

我靠到三哥肩上，“寂雪知错了，三哥可不要生气哦，年轻时生太多气，老了会口歪眼斜的！”三哥听了，用他的头撞了一下我的头，“臭丫头。”

这一瞬间，仿佛倒流了时光，仿佛我们的人生还很狭窄，狭窄到，只能容下一个人，再多了，莫说是心，就连记忆，都容不下了。所以没有争斗，没有伤害，单纯的只有对对方好。

终是，不复了。我听到身边的人叹了一口气。自那日后，我便着了风寒，近几日还越发有了加重的趋势，整日服药，连膳食用得都少了，方太医本想做药膳，但我却因太过乏味否决了，所以只得服药度日。

今日，我难得起床，坐在秋千上，看浣雪宫里新移来的桃树已开了花，吸引了几只蝶。“公主，听闻皇上召蓝昭仪入麝华殿了。”锦帨道。“只是她吗，可还有别人？”我弃了手中的白瓷茶杯，问道。“皇上只是召了蓝昭仪，但不知栖凤殿是否收到消息。”锦帨答。

我马上起身，准备去栖凤殿拖住甘玉，还未行至一半，就又有宫人来报。

“公主，皇后已至麝华殿了。”我便有了不好的预感，马上让步舆去麝华殿。我不知道甘玉用了什么办法，我也不知道当时发生了什么，不知道三哥是如何表态的，我只知，在我赶到麝华殿的同时，太医们也都赶到了，我所看到的，是蓝谛触柱而亡。

也许，是她想要澄清自己，也许，是她太过执拗。甘玉当时的表情，就如蓝谛当时在栖凤殿的表情一样，但，是有瑕疵的。我却不知该如何了。太医们围在蓝谛四周，三哥则是怀抱蓝谛。锦帨用力扶着我，让我不至于腿软到摔在地上，又费力把我搀到最近的椅子上坐了。

我不知这一切是何时安置妥当的，又是如何安置妥当的，我只知，当我缓过神时，甘玉已回宫了，殿中只剩我与三哥。三哥坐在龙椅上。我坐在离他最远的蟠龙雕花大椅上。足足有一炷香的时间。我撑着扶手起身，跪在殿中央，“请皇兄下旨，召蓝家父子回京。”

蓝谛离世，这么大的事情，必是瞒不住的，与其让蓝家父子继续镇守边疆，不如让他们回京，也许还失不了一片忠心。“寂雪，你可知边关战事有多么紧张吗？”三哥问我。“蓝家就这么一个女儿，就算不让他们回京，难道三哥就能保证，以这般心态打仗，会必胜吗？”我问。“寂雪，还是你想的周到，连兵权都一并夺了。”三哥冷笑道。我不禁有些心寒，我完全忘记了兵权的事，没想到，三哥还记得，三哥会这么想我。“是。”我残忍地肯定着。“你可知，我璐麝再难寻到像蓝真一般可御荤鬻大将汉金的帅才了。”“臣妹不知。”我道。“你主张召蓝家父子回京，是因为信不过他们，还是仅仅想让他们送蓝谛一程？”“有何区别吗？”我立起上身，看着满面哀伤的三哥，“他们必须回来，意图如何，还重要吗？”

三哥冷笑几声，“罢了，还是你说的有理。你回宫吧，我想一个人待一会儿。”我叩首，起身，向殿门走去。“寂雪，”三哥轻唤我，“我后悔了。”我驻足，转身，“后悔什么？”三哥怔怔看着我，“没什么。”“三哥，无论何事，与其后悔，都不如做好以后的事，已知后悔的滋味，就尽量不要再做会让自己后悔的事情。”我垂首，再次转身，打开殿门，走了出去。

那金漆雕龙殿门一在我身后关上，我的双腿就再也支撑不住我的重量，跌坐了下去。“公主。”锦帨和小栗子忙来扶我。我却是伸手遮了阳光，起不来身。我也不知自己这是怎么了，甚少会这样的，现在我满脑子里想的，不是蓝谛死了，而是蓝真唯一的妹妹死了。他曾经殷殷嘱托我，他曾经那样无求地待我，我却将他唯一的妹妹害成这样，若我再认真一点，再对蓝谛再多些关照，看起来不那般明哲保身，会不会就不是这般结局？

在那椅子上坐的一炷香的时间，我半分没有去考虑兵权的事情，我只是想让蓝真回来，送他妹妹一程，生别离，死后还不准重逢吗？

我知道那是什么滋味，自己最疼爱的妹妹，自小就怕磕了摔了的妹妹，就这样离去了，在自己看不到的时候，离去了。无力转圜，甚至都没能在她死前好好看她一眼。这阳光太过晃眼了，晃得我眼泪四溢，连路都看不清了。也不管自己是如何回到浣雪宫的，只听到方太医说我必须要好好静养，什么事都不能再管了。

我还需要管什么事呢，蓝谛一死，我也不必操心她与甘玉的争斗了，不必操心蓝谛的安危了。此季的选秀停了，甘玉后宫独大，又没了孩子，待身子好透了——甚至现在还没好透，就已把大权都揽回去了，连尚服局一个小小司衣都成了她自己的人。真是可笑。可是——“锦帨，派人去查，蓝谛到底有什么，能让甘玉非得置她于死地。”手中的檀木扶手在我掌中留下了指甲的痕迹。

二

半个月，我努力去掩饰，却完全无法欺骗自己，无法欺骗三哥和锦帨，甚至连方太医都无法欺骗，我的那份恐惧，连我自身都惊异了。这些日子，我怀着这样一份恐惧，食不下咽，夜难安寝，连费了好大的劲灌下去的药都能吐出来。

我从未这样过，方太医根本诊不出什么，我也只知是自己内心太过惶恐，但是为什么呢。过去，那么小的年纪，失了自己至亲的兄长，我尚能保持一份理智，过去，父皇驾崩，纵使他那般煞费苦心逼我立誓，使我伤心至此，我也能理智地烧了字条，与二姐相伴。从不曾这般失魂落魄过。直至我听闻蓝家父子已回京，蓝谛被追封为贵妃，并以皇贵妃礼制下葬。

于是这日，我坐在浣雪宫的美人榻上，等着该来的一切，譬如，蓝真的怨恨。“公主，听闻，蓝大将军在蓝贵妃棺椁前，直接昏厥过去了。”锦帨对我道。我攥紧了腿上盖着的薄毯，无言点了点头。我从辰时一直坐到申时，终于，宫人来报，蓝真求见。锦帨看向我，我依旧无言，点了点头。便有一抹雪白，入了殿内。

锦帨迅速挡在我身前，她也同我一样，感受到了蓝真身上散发出来的怒气、杀气、戾气。管它是什么，我早已分不清了。“无妨。”我对锦帨道。

我话一开口，就被自己吓着了，这声音嘶哑的，是从我口中发出来的吗，这声音颤抖的，是从我身体里传出的吗。锦帨回头看了我一眼，退到了一边。

我艰难地抬起头，去看蓝真的眼睛。就在这一刻，我感到，蓝真一身的杀气散尽了。我就这样抬头望着他。他也略略低头，望着我。我见证着他的眸子，由浅入深，又由深变浅。我将发抖的右手按在美人榻的矮几上，用力撑着自己站起，左手，需要锦帨扶着。

“对不起。”我说着，感到薄毯从膝上滑落。蓝真没有说话，只是拱手行了礼，退出了浣雪宫。我又坐回到榻上，松了一口气。“公主，奴婢刚才都替您害怕，蓝公子那副样子……”锦帨将薄毯给我盖上。我用自己恢复平静的手，为自己斟了一杯茶。

“不过，奴婢不解的是，您刚才，就不怕蓝公子报复，把如公子的事说出去？”“我宁愿相信，他不是那样的人，我也宁愿让他相信，我从不认为他是那样的人。”我勉强将茶水送入口中，但分明感觉到，衣襟被茶水浸湿了。“奴婢去请方太医吧，从今日开始，您的病总该有些好转了。”我颔首。

本以为这一场风波将要平息，我的病也终于有些好转，但又是半个月，就传来了蓝大将军病逝的消息，蓝家，竟然只剩蓝真一个了。三哥追封蓝宾恒为宁国公，蓝真，也从蓝少将军，变成了蓝大将军。同时，我让锦帨查的事也有了结果，听了这个结果，我冷笑一声，锁住了所有的消息，连三哥，都不曾告诉。

前方战事吃紧，蓝真本打算待宁国公丧礼后便离京，却不想，他根本就没有那个机会。荤鬻五万大军绕过北边防线，由西边炎山道绕道而来，此刻，已逼近辞州，我璐麝北边的防军，却又被荤鬻其他的军队牵制。而那五万荤鬻军，恐怕不日就会至璐城城下。

蓝真于前线时，本派兵守着炎山道，他此番回京，前线全由副将王台负责，那王台竟认为荤鬻无胆走炎山道，将守军全都撤了回去。本以为截其粮道许有可能断其后路，却不想，那五万人竟一边劫掠一边逼近璐城，想要其粮草不济，恐怕有些难度。如蓝真所言，似这般倾巢而动，荤鬻必有什么别的图谋。

三哥与大臣在麝华殿议事时，我避在偏殿，携一份地图，听着众人的讨论。

不得不说，这次荤鬻的进攻，着实费了巨大的心思，他们后方的军队牵制着我璐麝前方的大军，他们前方的军队又直逼我璐麝咽喉。调兵虽可行，但时间还是不够。有人提出围魏救赵，但北边各州镇守军都在守城，南边州镇守军来不及调度，此刻能调动的只有守卫璐城的五万兵马，但这些人怎是轻易可以调动的，就算调动了，又如何绕到荤鬻后方呢？终是无计可施。

但是，这五万精骑着实是深入太多了，就算夺了璐城，也难守得住，更难再南进了，何况他们擅野战，我璐麝国内，完全不能发挥他们骑兵的优势，荤鬻牵制我前方的军队，真的能持久吗，我方的援军，又得需要多久呢。

现在需要的，只是时间。那么荦鬻，想用什么来交换这生死的瞬间呢。而我璐麝一方，为了这生死瞬间所能做的，竟只有等。

那日三哥召见使臣脱不开身，又逢蓝真入宫，我便在浣雪宫的园中，置了茶点，与他品着。“一下子发生了这么多事，你身心受挫，我也无暇、更无言安慰你什么，今日这茶，就当是我的一番心意吧。”我斟一杯苦丁茶给蓝真。“是臣无能，御敌无方，才使得敌寇犯我国土。”他起身道。“你这般，就是怨怼于我了。说到底，你们蓝家的劫难，皆因我与三哥，蓝谛如是，宁国公亦如是，若我与三哥真的尽心尽力，也不会如此。其实，都是我们自作自受，只是连累了这普天下的百姓。”说到这儿，我喝茶的兴致早就尽了。

“公主做的一切，臣都看在眼里，可以说是殚精竭虑，公主的处境，臣也心知肚明。皇上日理万机，却对小谛宠爱有加，更是对蓝家的看重。小谛的性子本就不适合入宫，臣与家父，也早早料到会有这么一天。”他淡淡道。

我不知该怎样回应。果真，若真是两情相悦，再无可超脱之物，是谁也无法动摇的，可惜二人之间，有座江山伫立着，仿佛当年的父皇与母妃，儿女私情，还是输给了家国之心。

“今日，三哥召见荦鬻使臣，也不知，会以何物为代价。”我换了话题，更是一番试探。“荦鬻的使臣，竟是大将汉金，臣与他交手多年，知他是个厉害角色，想来和谈，也是不易。”蓝真叹一口气。我与他的心思皆在今日的谈判上，石桌上的茶壶彻底凉透了，连桃树上残存不多的花瓣飘下来，落了整整一茶杯都浑然不知。

已近黄昏，三哥匆匆而至。我披着披风坐在渐寒的春风里，见蓝真起身，才想起自己也该依礼起身。“如何？”我问。三哥瞥了一眼蓝真，“你先去麝华殿。”说罢便走入殿里。我却拉住了蓝真的胳膊，然后我的手一路下滑，直到握住他的手，他愣了一下。趁他分神，我将他也拉入殿中。

三哥步入殿中，转身，看到拉着蓝真的我，露出一个微笑，“没事的。”

我与三哥相识相知这么多年，他脸上的微笑是真是假，他口中心中的“有事”“无事”，我怎能分辨不出。我便松开了蓝真的手，“锦帨，你带些人送蓝真回府，毕竟天色晚了，他不好在待在宫里。”我吩咐锦帨。“不，臣去麝华殿。”蓝真道。“住口！”我对身后的蓝真吼道，“让你回府你便回府，你当自己是什么身份，皇宫凭什么任你去留？”“寂雪。”三哥制止我，“我有事与你谈，之后还有政事与蓝真谈，你别任性。”“三哥，我也有事与你谈，我与你谈完这件事之后，你便无需再与蓝真谈了。”我瞪着三哥，不让泪水流下来。

“臣亲率五万兵马，平了这些荦鬻军队！”蓝真突然发怒，拔腿就要出去。

“放肆！”我又吼一声，“天威在此，天下兵马岂容你一人做主？锦帨，还不替我拿了这乱臣贼子！”锦帨却是不解地望着我们三个。“蓝真，朕准你所奏……”我直接跪在了地上，“三哥，我能猜到今日谈判条件为何，我也知道究竟何物能让你这般失措，但寂雪，愿为璐麝肝脑涂地！”

我与蓝真都能猜到，荦鬻王贪图美色，此番攻至皇城脚下，若不携了一国公主归去，是万不会死心的。三哥知道，蓝真也知道，所以他们这般，所以我这般。

“公主！”锦帨听了我的话，方明白了我们的意思，几乎是吓得跌在了地上。只是，无人顾得上她。蓝真也跪下，“启禀皇上，璐城五万守军今夜就可集结完毕，臣愿明夜偷袭敌军，不胜不归。”“朕准你所奏，与朕去麝华殿，朕授你兵符。”三哥说着就要走。蓝真起身。

“三哥！”我抱住三哥的腿。“寂雪，”三哥推开我，“朕意已决。”我冷笑着起身，“若三哥执意如此，也不必交什么兵符了，那兵符已在寂雪手中了。”“什么?!”蓝真和三哥同时惊道。“我早就料到会是这样的结果，便将兵符偷来了。”我后退着，与三哥和蓝真拉开距离。二人皆是一愣。

“蓝真听旨。”三哥瞪着我，却是命令蓝真。蓝真又跪下，“臣在。”“璐城守将年天泽贪赃枉法、玩忽职守，赐死，从此时起，由卿任璐城守将，掌璐城兵权。你只认朕亲自下达的旨意，若有人假传圣旨，就地正法。”三哥的眼神，是我从未见过的。

“臣领旨。”蓝真起身。我万没想到，三哥竟然，做到了这种地步。“蓝真，随朕走。”说着，三哥又要离开。“你们若敢走一步，我便横尸当场。”我抽出左袖中的短剑，横在自己脖子上。

“寂雪！”二人又一同拦我。“反正争也是死，不争也是死，我愿横尸在此，也算搏一个不屈的名声。”我道。“并非没有别的办法，我们还可以……”“迁都是吗，避难是吗？”我问三哥，“驰骋沙场的楚王，雄才大略的皇帝，今日为了区区一个公主，便弃了这百年基业，落荒而逃了是吗？你让我如何面对父皇，面对普天下的百姓？”

“寂雪，你别忘了，你苦守到现在是为何，你情愿陷入宫廷泥沼不自拔是为何！”蓝真用焚蝶来威胁我。“家国在此，私情何付？且不说寂雪为一国公主，我只问你，皮之不存，毛将焉附？”我声嘶力竭地问。二人一时无言。

“三哥，父皇将此江山交托于你，就是赏识你的治国之才，为了如此，他牺牲了多少，这片江山是他毕生心血，是我们祖宗的一番基业，你如何能眼睁睁地看它落入敌手？待你百年之后，如何面对父皇，我又如何面对父皇？”

“我若不保护好你，又该如何面对父皇？”三哥问。“若让我看着它颠覆，倒不如此刻便杀了我！你我费尽心机那么多年，你我苦心孤诣那么多年，难道为的只是自己的一份野心而已吗？你的那份初衷，我帮你的初衷，是什么，不就是以大哥之才、五哥之德，根本掌不了江山吗？”

三哥听了，仰头苦笑着，“好一份初衷，好一份初衷！”蓝真悲哀地看着我们这对兄妹。“求三哥成全。”我跪在地上。三哥一甩袖子，不再说什么，转身出了浣雪宫。

我松开了右手，手中的短剑摔在了地上，我抑制不住，泪流满面。蓝真走到我身边，半蹲下，将手抚在我的背上。“我能求你一件事吗？”我跪坐着。“你说便是。”

“派人看着焚蝶那边，我怕他得知了这个消息，会做出什么傻事。”“我明白。”我太过疲惫，想要找什么靠一下，瞥了一眼蓝真的肩膀，还是决定用手支着身子。

“你说过，我蓝家因你欧阳氏而人亡，你为什么还能放心，我不会对如公子下手？”“一则，我相信你不会。二则，你若想拦他，也只有你能够拦得住他，毕竟只有你，真正见过焚蝶。”我残忍地说完。蓝真冷笑一声，扳着我的脸，让我看着他，“欧阳寂雪，你真是太过厉害、太过聪明了，自始至终，你都能运筹帷幄。”“若真如此，我今日怎会是这般田地？”我反问他。“那是因为你的手，还没伸到军队里去。”“是啊。”我挣脱了他，难过地皱紧了眉，闭了目，低了头，“其实，终是太过信任你了，不是吗？”

蓝真表情一滞，“那兵符，果真在你这里吗？”“你找不到的，只要我人还在璐麝境内，我是不会将兵符交于你的。”我抬起头来，瞪着他。

蓝真注视我良久，将他的手覆在我的眼上，“你的眸中，何时能少了这份家国？明明脆弱得不堪一击，却不得不这般强撑着。”“生于皇家，身处宗室，我的命，哪由得我做主？”我闭目，任泪水泻下。蓝真收了手。我想，我此刻睁开的眸子，还是抹不去那份家国吧。

“臣，告退。”他道。我颔首。锦帨见蓝真出了殿，扶我起身。“公主，您再等等……”“这番和亲，我不能带兵刃，你从尚功局找几个信得过的人，为我制两支堪作利刃的发钗，还有，按我画的图样去做发饰。”我打断他的话。

“您的意思是……”“我的计划，只告诉你一个人，因你不引人注目，若三哥和蓝真现在就知道，怕会或多或少显露出来，所以在我离京之前，你不许把这些说出去。”我抓着锦帨的肩膀，“我的命，璐麝的命，全在你手上。”

“不知公主，有几成把握？”“没有把握。”我咬着牙道，“但我不得不这么做，否则，就真的一线生机都没有了，如果让我眼睁睁看江山覆灭，屈辱而终，我倒更愿意豁出我的命，拼上我的心力，去赌一把。”“公主，您难道就真的一点不考虑如公子吗？”“当年，我太过意气用事，才使陆梦有机可乘，逼我与寞云反目，以致大哥逼宫，父皇心力交瘁。如今，千钧一发之际，我不能、也不会如此了。”我的牙根咬得生疼。“奴婢明白。”“你去吧。”我松开了她。

锦帨便退了下去。我向寝殿走着，顺手将案上的洮砚扫到地上。这次，是去和亲的，不是去打仗的，出卖的是什么，我如何能不知。又顺手，将寝殿前的紫檀雪缎镶金屏推倒在地。若我失身于荤鬻，将如何呢。若成了，我还有颜面回来吗，若不成，我有机会全身而退吗，我能得了善终吗，我能给自己留个全尸吗？我继续走着，将鲛绡水帘扯下来，连同上面的琉晶珠子，散落一地。

我与焚蝶的七年之约，终又负了。这两年，他是如何度过的，我是如何度过的，都不重要了。我这般负心的人，真的丝毫不值得留恋，他本应该，过他平稳的生活。

广袖拂过，檀木雕花架倾倒，什么云牙盆、骨雕桌屏，统统摔了一地。我的三哥，此生，你是否还有见面的机会？我的家国，我的子民，是否能得见一面呢？我双手一并用力，将鎏金百合大鼎掀翻在地，香灰覆了一地，烟雾缭绕。我呛得泪流不止，什么都看不清，所以那圆桌，那铜镜，那妆奁，都被我扫到地上，甚至是圆凳，都被我踢出了几尺开外，撞在了倒地的鼎上。

原来人真的是会这样的，以前我还不明白蓝谛为何在宫殿里又打又砸，果真是必要的，就如现在的我，我就是想听撕扯丝帛之音，我就想见宝器破碎之景！

人都不在了，这些个劳什子还有什么存在的意义吗，一并毁了吧，毁了吧！

我真的是无计可施、无处可依了！

第二日，宫中皆知平乾长公主将和亲之事，一时议论纷纷，又言公主昨日发生了生平最大的一次怒火，也不顾浣雪宫中的一应摆设是不是景念太后生前留的，是不是英帝赐的，全都或摔或砸得七零八落，使得六尚不仅要操劳公主出嫁的用具，还得重置浣雪宫器具。

麝华殿的人说，昨夜皇上在殿中站了一夜，直到天快亮时步至龙案前写了什么，不过又让栗公公给烧了，有人看到，上面有“星转银河夕，花移玉树春”两句，别的就没看到了。

四日后，于春华锦堂设宴，宴请荤鬻大将军汉金，席间，公主一言不发，倒是后来听闻汉金夸赞公主“惊为天人”。

席后第二日，皇上不顾在殿外长跪的蓝大将军甚至齐王的劝阻，执意选在四月初送公主和亲。

当众人都以为浣雪宫又将重置浣雪宫器具时，浣雪宫却安静地，没有一点动静。

我在浣雪宫里，放下锦帨安排的随行宫人的名单，挑了唤做兰香的宫人同行，又拿起尚功局制的发饰图样，时不时用帕子掩住咳嗽。

我刚饮完这个时辰的药，尚功局便送来了我要的海棠红舞衣来。我之前看过图样，果真是妖艳极了。此刻，蓝真也来了。

“如公子那里还没有消息。”他道。“嗯。”我的手指拂过舞衣，“你待我换衣上妆，为你跳一支舞可好？”“公主旧疾未愈，还是早些休息吧。”他道。“也好。”我收了桌上的图样，向寝殿走着。“你可知，你倔强无畏时，有多可爱。你可知，你一身白衣，不施粉黛时，有多美。”我听到蓝真这么说。我回头看了眼蓝真，他站在原地，表面淡漠，眸子，却又深不见底。我收了目光，回了寝殿。

三

四月初三，浣雪宫。我将右手食指上的琥珀戒指取下，交给锦帨。寝殿中，我张开双臂，让宫人把那金线品红婚服一点点穿好。凤冠，金累丝簪，鎏金穿花戏珠步摇，珠滴遮了半面，连不起眼的地方，都缀了珊瑚簪。额心以金箔做花钿，高黛入鬓，蘸了水的金花燕支从双颊晕开。双耳挂在红宝石菱花纹金耳坠，颈戴同式的项链，双腕各有一只双股绞金丝镯。十指皆着牡丹红，嵌以金箔。我起身，腰佩上金珐琅小香球，手执金镶玉如意。

宫人将金丝腰封和金花腰带检查束好，理好广袖，连袖口的镂空花饰都一一理好，又将拖地披帛理好，裙摆则由四个宫人提着。我走出浣雪宫，徐徐踏过走了十九载的长巷，行至璐华殿丹陛下。那么多人，来送我。

“四哥。”我走过去，低头，向四哥行礼，“多谢你在殿前的跪求。”“早知如此，我倒宁愿你当日不曾回宫，至少你的命运还掌控在自己手中。”四哥的手覆在我的手上。我露出一个微笑，再次行礼，却不说什么。四哥此时的面孔，早已没了云淡风轻，而是担忧与盘算，像极了蓝真的表情。

再行，便是三哥的怀抱了。我在他的怀中，深深嗅着他身上的龙涎香，也许，这将是最后一次了。“你放心。”我低声道。他松开了我，握着我的右手，与我一并向宫门走去。我能感受到，每走一步，三哥的身体都在颤抖，他把我的手攥得那么紧，仿佛下一刻，我就会化为一缕白烟飘散了似的。终于，三哥摩挲着到了我右手的食指。

“你的琥珀戒指呢？”我将食指上的红宝石戒指推得向后了一些，没有说话。“寂雪。”三哥震惊地看着我。“三哥，还记得小时候，我常把东西藏了，让你和六哥找吗？有一次，我藏了你最喜爱的书，你怎么也找不到，你还记得，我藏到哪里了吗？”我低下头，让额前的珠滴遮了大部分面孔。

“麝华殿，龙案之下。”三哥道。这次换我握住了三哥的手，“我说过的，除了以身犯险怕你阻止之外，其他事，我不瞒你，所以这次，我的命在你手上，一直在你手上，待我离了京，你再去看我给你留了什么。还有，不要为难锦帨，你知道，我最会逼迫人的。”

“你要锦帨跟着，却不让她去荤鬻吗？”“是。”我继续紧握三哥的手。“你到底想做什么？”

我平视前方，看不到三哥的面孔，但我在他的语气中，听出了他的怒火，以及担忧。我这次，抓紧了他的手。三哥感觉到了，想要挣脱开我。

“别逼我，否则，你将知道我会怎么逼你。”“寂雪！”三哥低吼着。“别太怪我，说句大不敬的话，易地而处，你会听我的劝吗，你会允许我拦你吗？”他没有说话。我们继续走着。

远远地，我看到了那华丽的由八匹马拉着的宝盖金漆香车，还有，那群披了火的人。三哥驻了足。

我继续走着，脚下的赤金鸾珠绣履，却沉重了许多。三哥也只好走着。慢慢地，我看清了那些人的面孔。三哥抓紧了我的手。

我悄无声息地挣脱开。进而转身，待宫人将裙摆铺好。我跪在地上，向三哥叩拜。三哥却是侧过脸去。我起身，向着放了朱漆阶的马车走去。三哥一把抓住我的胳膊。我低头瞥了一眼他的手，又看向他，假装看不到他湿润的眼角。我残忍地，用左手拂掉抓住我右臂的三哥的左手，抚平袖上的皱纹。不再回头，就着兰香的手，上了马车。

一行人，浩浩荡荡，出了宫门。我坐在马车中的矮椅上，蹙眉蹙得额头生疼。“公主，外面尽是磕长头的百姓，车后是圣驾，可要掀了帘子？”兰香问我。“不必。”我从牙缝中挤出这两个字。我实不想让百姓们看到最尊贵的公主和亲的场面，这样屈辱的一面，我宁愿选择视而不见。我也实不想亲眼去看那璐城繁华，看得久了，都不知是它在目送我，还是我在目送它了。

马车又停下，我想，这是到了城门了。“公主，可要下车？”兰香问。“不，继续走。”我闭了目，听着外面的命令下去，又响起的滚滚车轮声。我的三哥，你此刻在城楼上吗，你看着你最心爱的妹妹远嫁他乡，是怎样一番滋味，此生，你我还能再相见吗？

我此时不见你，就是怕你借这个时间派人取了麝华殿龙案下的兵符，你应该是知道的吧。当我真的离了璐城，在荤鬻手上，你才不会用兵，因为，我是最好的人质啊。三哥，我一直疑你，疑你是否知道那个预言，到现在，我也是不明的。我希望你不知道，因为，我真的怕你会像我疑你一样防备着我。如今看来，无论怎样，还有所谓吗？

这座城，这座宫，我居住了这么多年，我自认为苦熬了这么多年，我自认为看破人心、看透计谋、看惯生死这么多年，却还是破不了这一场家国大局。这一刻，我倒希望自己是棋盘上的一枚弃子，丢出棋盘便也罢了。

翠华摇摇行复止。兰香将苦丁茶放进白瓷茶壶中，欲将炉上的水加进去。我阻止了她，“随便沏些什么茶吧，这里的水，泡不起这茶了。”行了半个多月，已是边关地区了，马上将是“春风不度玉门关”了，这里掺了尘埃与飞沙的水，如何沏得了南国湿润茶园中的茶。

“公主，蓝将军求见。”蓝真送我出嫁，这半个多月，他每时每刻都会将璐麝的消息告诉我。“皇上身体安康，那件事，还是没有消息。”我虽然不止一次听到他这样说，但我的指甲，还是一如既往地嵌入了掌心里。蓝真见我又是这副样子，便退出了车外。偌大的马车里，我只听到噼啪的炉火声。再行四五日，便出璐麝国境。

我下了马车，风大得不得不让宫人执了羽扇来挡着。“这里，是哪里？”我任宫人给我披上披风。汉金走上来。“这里叫莫行岭。”蓝真抢先道，淡淡看了汉金一眼。“汉金将军，是这么叫吗？”我问。“这是璐麝的叫法，在荦鬻，叫春风岭。”汉金道。我看了眼与蓝真差不多年纪的汉金，他们身上的英气，都那么相似。

“再行六七日，便至我荦鬻王廷了。”汉金道。我瞥到，蓝真的眸子更冷了。“将离故土，我有些话要嘱咐故人。”我看向汉金，“可否……”我说不下去了。

那自南驾白马而来的身影，我好熟悉。仿佛又回到了我十六岁那年，在麝城起舞的那一幕。只是这滚滚黄沙，早已觅不到半分桃夭。蓝真和汉金顺着我的目光看过去。汉金先反应过来，“护驾，护驾！”他命令着，“保护王妃！拿下那个人！”

他一命令，荦鬻的几个士兵马上将我围了起来，更有骑兵去围焚蝶。“蓝真，帮帮我，帮帮我！”我推开身前的荦鬻士兵，抓住了蓝真的胳膊。蓝真看了我一眼，跨上了白马。此刻，焚蝶已与荦鬻的骑兵交了手。

“谁都不许动！”蓝真命令璐麝的士兵。他明白，我求的，是他亲自、独自去帮焚蝶，因为，我不能让其发展成两国的又一次交战。更何况，我们都知道后面山坡有飞鸟惊起，荤鬻在那里设了伏兵。

“我求你，我求你回去，不值得，真的不值得！”我向焚蝶的方向喊着，推开了身前再次围住我的士兵。“王妃！”汉金和另一个士兵拉住了我。“放开我！”我看着焚蝶的坐骑中刀，他摔在了地上，多亏蓝真及时赶到，暂时为他挡住了攻击。我拼命挣扎着，但是以我现在的身体和功力，根本挣脱不了那两人的束缚。额前和脑侧的珠滴抽打着我的脸，我也丝毫不觉。

“你回去！”隔着那么远，我都听到了蓝真对焚蝶这样说。可是，却得不到焚蝶的任何答复。焚蝶此刻已杀红了眼。“我求求你，求求你，真的不值，一点都不值啊。”我哭喊着，“你好不容易保住了性命，没必要再这般为我！”我曾经期盼他对我的爱意能战胜对欧阳氏的恨意，今日面对我的远嫁，他做到了，可是，我宁愿他没有。依旧没有回音，连蓝真都顾不上多言了。

“你让他们住手，我可以劝他走，你们不要再打了，我身已在此，何必再徒添兵戈！”我转向汉金。“和里木！”汉金命令那个抓着我的士兵。和里木松开了我，但又有一个人代替了他。“统统住手！”和里木走上前几步，命令道。荤鬻的士兵真的住了手。

蓝真和焚蝶也住了手。“壮士。”和里木对焚蝶喊，“你们公主有话对你说。”焚蝶看向我。我的双臂恢复了自由，便上前了几步，看清了他散乱的头发，他沾血的面庞，他染尘的白衣，他的额头，都被汗水打湿了。

“焚蝶……”我刚开口，焚蝶竟又举剑拼杀起来。“不要！”我绝望地喊，想冲过去。除了再次来束缚住我的人，和再次挥剑的蓝真，我没有得到任何答复。和里木也加入了打斗之中。本来焚蝶和蓝真还有些优势，和里木一来，却是平手了。汉金也提枪而去。

我右手边，又换了一个人，我此刻再无力气呼喊，只剩徒劳的挣扎。一开始汉金与焚蝶对抗时，汉金只有守势，还时不时地寻机会开口。可焚蝶处处杀招，与蓝真相搏的和里木也加入了进去。蓝真一剑挑开了汉金的枪，将他引到自己这边。渐渐地，焚蝶体力不支，身后一个士兵挥刀砍向他，他举剑挡住了，同时，和里木的长刀又从左边劈去，焚蝶只好用手握住了那把刀。

当看到鲜血从他手中涌出的时候，我的双手，尤其是左手，仿佛又回到了麝城密林里紧握他长剑的时候，鲜血四溅，他的剑从我的手中摔落，我的左手连着我的心，真的很痛。可是，和里木居然从腰间抽出一把匕首，刺入了焚蝶的心脏部位。

“不！”我尖叫着。蓝真也看到了这幕，也不顾汉金，只一剑刺向和里木，汉金没来得及收枪，长枪的枪头直接穿过了蓝真的右臂。蓝真的长剑摔在地上，就像，焚蝶一般。我挣扎着，却还是得不到自由。“放肆！你们竟敢亵渎你们的王妃！”我冲身后那两人吼道。趁那两人惊诧之际，我用力甩开他们，奔了过去，抱住那柔软的身体。

是桃花吧，桃花开了吧，你看，焚蝶你快看，都落到你身上了，怎么，怎么拂不去啊。你看这桃花的颜色，怎么像极了我的婚服啊，你快看，都渗进去了。你怎么不理我啊，不要现在睡啊，虽然我从没见你睡过，但是以后，一定有机会的，你相信我啊。

你知不知道，我等这样拥你入怀的机会，等了多少个春秋、多少个冬夏，熬尽我多少心血，费尽我多少心机，耗尽了我所有的希望，重生了我所有的美好，只为你，只为那七年之约。

我这个人，是不值的，我整颗心，是不值的，你为什么，偏要如此呢？

十九年前，我母妃念在我的份上，留下了你，不是要你今日偿还给我的，我要的更长、更多，我比母妃更贪心，江山我要，你也不能失！

你快醒来啊，快点啊。有个怀抱从后面抱住了我，“寂雪。”“三哥。”我下意识地唤着。“公主，”他换了称呼，“你此刻，还有选择的余地。”那是蓝真，我知道。

他的意思，我明白。到这里，我还能选择悔婚，至少，还有一丝挣扎的希望，再前行，恐怕就算是悔婚，荤鬻的军队也不会给这个机会了。

我将那只落了桃花的蝶放回黄土上，伸手，就着蓝真完好的左臂起身。

“我……”我深吸了一口气，“本宫要把他送回璐城安葬，将军可有异议？”我问汉金。汉金看着我的表情，“遵王妃之命。”“蓝大将军。”我又转向蓝真，“就送到这里吧，再向前的路，我可以一个人走。”“公主……”“汉金将军，你意下如何？”我问。“遵王妃之命。”他又道。“既如此，不知本宫可否与蓝大将军私下谈谈，毕竟来日，恐再无机会相见了。”

汉金不言，只是低头让到一边。我便继续就着蓝真的左臂，上了马车。“把你的右臂给我。”我坐在矮椅上，从某个匣子中取出剪子。“寂雪。”蓝真道。我不理会他，而是直接拉过他的右臂，剪开了他伤口上的衣服。

“所幸没有伤到实处，只是出血不少，你得好好休养。”我淡淡道，企图压制住胸腔中的翻腾。我抽出发髻下、珠滴后的珊瑚簪子，拔下珊瑚，将里面的金创药倾倒于蓝真的伤口上，又用纱布裹好，发簪，又回到我的头上。

“你到底想做什么？”蓝真见我做完这些，低声问我。“这一路，你定发现了许多，何须来问我。”我感到，胸腔中那股翻腾正在上涌，我掏出金丝攒牡丹手帕，那带着我体温的腥甜，融进了帕子中。“寂雪。”蓝真想要起身。“无妨。”我按住他，“又不是头一次了。”我丢了那手帕，“我还有事想求你。”蓝真再一次注视我良久，“你说便是。”“这一去，不知将如何，我所托的，便是我做不到之事了。请你替我求一求三哥，若我有幸归来，请赐我一片净土，小隐于林。若天不怜我，但尚得全尸，就请三哥开恩，允我葬入皇陵。”我假装看不到蓝真的表情，“若连全尸都不可得，就请三哥，忘了曾有这样一个妹妹，让他，更好地生活下去。”

“寂雪，你不要……”“至于焚蝶，我更希望，你能帮我求三哥留他完身，若我得幸，还有尚未完成的事要做，尚未说完的话要说。”“好。”我起身，向着他，敛裙下跪。“寂雪……”“蓝真，我有一事瞒了你，我不知来日自己是否有命告诉你真相，所以，在此刻告诉你，也求你，不要告诉三哥。”我将首叩下来，行一个完完整整的跪拜礼。

“是关于小谛的？”“是。”我抬起头来，“甘玉当日之所以非置她于死地的原因，除了误解你我二人有私情，还有，就是蓝谛有孕了，只是除了甘玉的太医，没有人知道。”

蓝真没有说话，但我分明感到，那样的一股杀气。“我担心你与三哥报仇心切，直接处置了甘玉，反而不顾朝堂。今日告知，我还是求你，切莫因仇恨而动摇了社稷。”“为什么告诉我，你若担心社稷，可以一直瞒着我。”“我自然担心，但这是你应该知道的，也是三哥应该知道的，这是甘玉的报应，是我对你的亏欠，是欧阳氏对你们蓝家的亏欠，纵使担心，但你若真做什么，我没有半分阻拦的资格。”

蓝真第一次，向我下跪，叩首。“皇上让我，把这个交给你。”他从怀里掏出一枚玉佩。我接过，是一枚羊脂玉双鱼形玉佩，只是我七岁那年送给三哥的，三哥待它，就如我待那琥珀戒指一般，从不离身。他说，这是他的护身符。如今，他将其给了我。我将那枚玉佩放到鼻前，深深嗅着，仿佛是在璐华殿前，我又嗅到了那龙涎香的味道。

“臣，告退。”蓝真起身。“蓝真，”我唤他，“多谢你。来日方长，莫为不值得的东西留恋。”“何为值，何为不值，公主心如明镜，臣亦是。”他再次行礼，退了出去。兰香进入车中。我点了点头。

又在须臾间，马车又行进了。那漫天的黄沙，恐怕用不了多久，就会将刚才的桃花湮没了吧。我掀了帘子，天边的晚霞，仿佛是有人将染了血的桃花织成了一条条丝帛，甩了上去一般，我此刻，又想听撕裂丝帛之音了。

“王妃，要不要下车走走，现又是另一番光景了。”四日后，汉金在马车外问我。我知道，他是有心想与我说什么，便下了马车。

又是黄昏，又是这样鲜血般的泼墨画。“不知汉金将军有何事？”我瞥了眼左手中指上脱落的金箔，皱起了眉头。“并无何事，只是该扎营休息了，想着王妃久未下车了，所以想让王妃沾沾地气。”他笑着说。我示意兰香退下，自己慢慢向那染血丝帛的方向走着。汉金跟在我身后。

终于，离了众人。“王妃日日寡欢呢。”汉金道。“为何欢欣呢？”我用右手紧了紧发上的首饰。“可是因那个白衣的男子，唤作‘焚蝶’？”他试探着。“有一部分原因。”我简练地答。“不知公主，与他是什么关系？”我驻足，“将军难道就没有查一查我吗？”“就是没有查到他，才来问公主的。”汉金比我更直白。

“天佑二十四年，父皇南巡，我救过他。”我仰望着漫天的血红，珠滴从额边滑过，可能露出了额心的花钿。“他的死，对王妃而言，打击很大吗？”“我不杀伯仁，伯仁却因我而死，你可知，这是怎样的感觉？”我收了目光，继续走着，“况且，当日是我救了他，却还是……”我走上一个小山坡。

汉金跟了上来。“不知王妃，与蓝将军……”他刻意没有往下说。“知交，好友。”我看到他的目光落在我腰间的玉佩上，“这是三哥托蓝将军给我的，我七岁那年，送他的。”我解释着。汉金收了目光，“听闻公主，曾经离宫三载？”“是啊，十岁那年，我的亲兄病亡，父皇便悄悄将我送出了宫。”“臣却听闻，是王妃自己……”“宫里的病，哪里是能随便告人的。父皇的圣意，我哪能随意猜测。也请将军不要多问了，为我六哥，留最后一点尊严。”

他低眉，“王妃仿佛还随英帝亲征，可谓是巾帼红颜啊。”“左不过是父皇舍不得我罢了。”我再次驻足，仰望天空，泪将湿了眼眶。

“王妃，可要坐一坐吗？”汉金突然问。我一愣，看向他，“好。”于是汉金摘了自己的披风，铺在地上，伸手搀着让我坐。“多谢。”我便就着他的右手坐了。他直接坐了下来，“王妃身体可有恙？”“多年体弱的毛病，这辈子怕是好不了了。”我道。“王妃这般伤感，终是不好。”“不知将军，对汉家文化了解多少？”“略通一二。”“那可有听说过《诗经》中的《竹竿》一篇？籊籊竹竿，以钓于淇。岂不尔思？远莫致之。泉源在左，淇水在右。女子有行，远兄弟父母。淇水在右，泉源在左。巧笑之瑳，佩玉之傩……”我说不下去了。

“淇水滺滺，桧楫松舟。驾言出游，以写我忧。”汉金接道。“不知来日，会不会到这般地步。”我低头，弄着地上的一根野草。“荤鬻虽无你们的在河之洲，却有千里草原，可以驰骋云上。”汉金说起这番话来，眼中闪烁着光芒。“既如此，为何还要攻我璐麝江山？”我将手中的草扯断。汉金一时无言。

“无论如何，还要多谢你。”我收了地上的手。“不知王妃何意？”“那日在春风岭，多谢你出手相助，也多谢你没让伏兵杀我们个片甲不留。”我将头倚在自己膝上。“王妃好眼力。”我冷笑一声，“听闻当今王后，是汉金将军的妹妹？”汉金点点头。

“也不知我此番和亲，会不会得大王青睐。”我将额前微乱得珠滴整理好。“王妃倾国倾城，自然是会的。”“那不知，王后会不会讨厌我，将军会不会顾及亲妹，也讨厌我？说起来，从决定远嫁至今，我只识得将军一人而已。”我敛了眉，一派忧心模样。

“后廷之事，臣是不敢……”“那是什么？”我打断了汉金的话，抬起头来指着坡下。“那是羊群。”汉金看过去，“王妃未曾见过？”“从未见过，不知能否过去呢？”我询问地看向他。“这恐怕不妥。”汉金看见了我失望的表情，“不过臣可以可以去借一只羊羔来给王妃。”“那便多谢你了。”

我坐在原处，看汉金骑马至坡下，与牧羊人交谈几句，便抱了只羊羔来。我接了过来。一开始，这只羊还怕我，总是避着我，后来我用青草逗它，它总算对我放松了警惕，甘愿到我手中来。

“我以前只在书上学‘羔羊跪乳，乌鸟反哺’，却从不知，所谓羔羊，竟是这般柔软娇弱之物。”我笑着，用手抚摸着羊羔的头。汉金没有说话，只是微笑着，也摸了下羊羔的头。残照浇在云上，也浇在那只羊羔身上，于是雪白的云朵成了染血的模样，同样的，那只羊羔，也仿佛被我的蔻丹上了一层看似是牡丹色的、实则比血还要红的颜色。

“公主，您右边的耳坠呢？”回到营地，兰香见到我，问。我摸了摸右边的耳朵，果真是不见了，“恐怕是刚才出去的时候掉了。”“臣这就派人去找。”说着，汉金将羊羔给兰香，就要下命令。“罢了。”我抚摸着兰香怀里的羊羔，“都这么晚了，恐怕也不好找了，只是一只坠子而已，丢了就丢了吧。”我将左边的那只耳坠取下来，交给兰香，“那个既丢了，这个也没必要留着了，你看着办吧。”说罢，我上了马车。

四

“王妃，再过两个时辰，便至王廷了。”今早，汉金在马车外对我道。我应了，将兰香手中的药丸吞下去，又将金钗往发髻里推了推。再望铜镜，除了新换的一对镂空金牡丹耳坠外，与离京那日并无二样。我手中摇晃着青草，惹得羊羔“咩咩”地叫，这一叫，就叫过了两个时辰。

翠华终于停下。我深吸一口气，换上一副无邪笑脸。那贵重繁复，还带有流苏的车帘被掀开。兰香将羊羔放出去。

“我的羊！”我在车内惊叫一声，无半分公主端庄。我从车里快步走出，下车时，方抬头，任晃眼的阳光打在我脸上。“王妃。”汉金在一旁提醒我。

我仿佛真得了他提醒似的，随他一步步走着，终至那群人面前。向着，最前面的人行礼。这便是荦鬻的大王蒙桑了，一派蛮族形象，是马背上的魁梧，是茹毛饮血的放荡，还有，草原人甚少对美色的迷恋。

见到他之前，我还以为，草原驰骋云上的人，都如汉金一般，虽粗犷，但有狼一般的智慧。现在，我却是明白，为何荦鬻那般铁骑，却常年被我璐麝防在莫行岭之外了。我又看了眼王后，说她是汉金的妹妹，其实二人是孪生兄妹，她不比汉金小多少，正值花信之年，可她身上也有汉金一样的逼人英气，再加上入宫多年，恐有些纨扇见弃了。

其后还有十数位妃妾，我只淡淡扫过一眼。“公主……”蒙桑道。“寂雪。”我打断他，同时收了看那些后宫女子的目光，“唤我寂雪。”我笑着。

蒙桑见我如此，更是大笑几声，直接揽我入他怀中。“孤让你看看荦鬻的王廷。”蒙桑说着拉着我就走。“大王，这个给您。”我拂了蒙桑放在我腰间的手，将自己手中的金镶玉如意献上去。“这是何物？”“我璐麝公主出嫁，都要手执玉如意，望嫁过去，夫家与自家，都能事事如意。”我道。

“得此美人，荦鬻与璐麝，当永结同好。”蒙桑接过，手又揽到我的腰间。我也小鸟依人般，将头靠在他的肩上。耳畔的珠滴，响个不停。至于宫内，我笑出声来。“爱妃笑什么？”他已改了称呼。“我还以为，荦鬻的王廷，就如同行军的营帐一般呢，却不知也是宫台林立，巍峨壮观。”

“你的珠玉堂，才是最美的一个。”蒙桑说着，带我入了一座宫殿。只见中间有一丈方的平台，北为高座，左右为矮座，围在方台外。“这是……”“莺歌台，宴会献舞之用。”蒙桑道。我便从他怀里出来，就着兰香的手上了方台，跳了《招蝶舞》的一个片段。

蒙桑却是连连鼓掌，“王后本擅舞，你一来，竟生生把她比下去了，从此这莺歌台，便给你舞。”“多谢大王。”我又就着兰香的手下了方台，“臣妾有一件海棠红的舞衣，若是换上那件舞衣，舞于火中，还不知是怎样一番景色。”“若你愿意，随时可以。”蒙桑再次拥我入怀。我又往他怀里钻了钻。

于是二人，至了他所谓的珠玉堂。蒙桑将金镶玉如意放到架子上。蒙桑的手，开始在我的腰际摩挲。我抓住他的手，“大王，我有一事要与你说，你可不要生气啊。”“你说。”他的脸已贴近我的耳畔。

“臣妾，天癸来了呢。”我低头道，一派娇羞样。“什么?!”他一惊，松开了我。“怎么了？”我理好被他弄皱的衣襟，挥手示意宫人们都下去，“大王这反应也太奇怪了，臣妾只是区区天癸几日罢了，又不是一辈子都碰不得，大王何须如此？”我甩了袖子坐在椅上，“臣妾就如那如意一般，莫非放上几日，就丑了老了不成？说到底，若非大王催得这般急，臣妾也断不会如此。”我背对着他。

他没想到我有如此反应，忙来哄我。“这几日匆匆赶路，一路上的颠簸，大王可知道？又有人劫车，一路上的艰险，大王可又知道？”说着，我掏出手帕来揩着泪。“都是孤不好，也不顾你车马劳顿。”他拍着我的背。“可不都是你不好。”我装模作样地捶他。换来的又是一番安慰。

待这场戏暂告一段落，蒙桑去“忙”使臣的事了，我则去沐浴更衣。所谓浴殿，也不过是略微精致些的浴桶罢了，倒是有不少荤鬻的宫人来伺候。“兰香，你先去把我的东西收拾一下，这里让她们伺候就行了。”我张开双手，任那些荤鬻的宫人怎么解我这套复杂的衣服。

我无暇去管这些宫人究竟有多少是蒙桑派来的，又有多少是王后和汉金派来的，反正都非我族类。她们所要知道的，无非是我可否真有天癸罢了，以后，也不过是监视我和我带来人罢了。

浴罢，我换一身累珠叠纱粉霞裙，上了桃花妆，眉心的，不再是花钿，而是换成一点朱砂。高髻散开，绾了飞天髻，束桃花琉璃套的步摇。卸了双腕的缠丝手镯，换成羊脂玉镯。十指上的金箔褪去，着了桃花粉，右手食指上的红宝石戒指也脱了，只用珍珠指环。

我望着铜镜中的自己，敛了愁眉，倒也有几分小女子的娇艳，可如何能回得去呢？能如此装束的年纪，我又能装束给谁看呢？能装束的年纪，已过去了，想装束看的那个人，已不在了。我突然想将额前的珠滴戴上了，虽然它很沉，但至少能将我的眼睛遮住，连同眼睛中的失神凄苦，一并遮住。

我叹了口气，垂了眼帘。身后传来脚步声，我装作不闻，直到一双手覆上我的眼睛。“是三哥吗？”我故意问。没有回答。“是四哥吗？”我又问。还是没有回答。

“再不说，寂雪可就生气了。”我提高了声音。那双手终于在我眼前消失了。我带上笑脸，望着镜中那人，“大王怎么这么会闹。”我嘟起嘴。蒙桑看着这镜里那张面孔，一时忘了说话。我回了头，用指尖戳着他的脸颊，“大王怎么了啊？”他收了目光，突然将我拥入怀中，嗅着我的后颈，慢慢地，变成了吻。

我咬紧牙关，默默忍受着。殿里的人都下去了，连兰香都在看了我一眼之后，退了下去。蒙桑的手开始攀上我的腰间。我抓住了他的手，轻笑着，“可不许了哦。”“不急，不急。”他也松开了我，“可以用晚膳了。”他起身。我伸手，他拉我起来。我们一并到桌边。

“咦，有翡翠鱼啊。”我先坐下。“知你刚来，恐怕一时还不适应，所以做了几道璐麝的菜，可还喜欢？”他坐到我身边。“大王有心了。”我用木筷夹起一块鱼，喂到蒙桑口中。他亦是。这般，一顿饭下来了。

“大王，今夜，您会留下来陪我吗？”我躺在蒙桑的腿上，拨弄着他衣襟上的皮毛。“自然。”他抚着我的脸庞。“那以后，能不能都陪着我啊？千里和亲，我无半个相识的人，若大王在不垂怜，我当真是孤苦无依了。”我蹙了眉，差点挤出泪来。“好，就依你的。”他俯身，将他的唇落在我的唇上。这次，我的泪水没有半分收敛。

浑浑噩噩到了第五日，因药物所致的天癸已经好了。今夜，莺歌台，我将献舞。我只有这一次的机会。铜镜前，我换了那身海棠红的舞衣，因是特意制的，所以领口开得很大，露了锁骨，敞了双肩。难怪，蓝真不想看我身穿这舞衣跳舞。

“把那夜明珠制的发簪给本宫戴上。”我对那给我梳头的宫人道。她应了一声，取出了象牙梳，想要给我绾一个髻。“啊！”我惊叫一声，甩了她一个耳光，“连个头发都弄不好，滚开！”我怒斥着。兰香也说了那宫人几句，让所有的宫人都退远一些，亲自给我绾着发髻，戴上了“夜明珠”发饰，也把那金钗戴上。

莺歌台，佩玉鸣鸾，灯红酒绿。方台四周新建了摆篝火的石道，只待我献舞。我倚在东殿的柱子上，看着正殿里警惕的汉金。我就知道，他是放心我的，就算是我献舞，他也会伴在蒙桑身边。我换了个姿势，将头上的发饰都推了推。那枚双鱼形玉佩，贴在我的胸口。我闭了目，连头都靠在柱子上，成败，只在今夜了。

一切都布置妥当，大殿的门打开，宫外燃起了烟火，方台四周也燃起了火。我偏头看过去，从蒙桑的位子上，正好可以看到远处天空的烟火。兰香向我示意。乐曲响起。

梁上垂下一条金色丝带，我出了东殿，伸手抓住，待方台上的伴舞退下后，我一跃而上。伴舞退去时，收走了梁上的丝带。汉金，做得还真是滴水不漏啊。乐曲突变，成了我新编的舞曲。我随乐曲起舞。海棠红的妖娆舞裙配妃红的妩媚妆容，身下是火，身后是烟花，我想象不到，这是怎样一种场面。只在眼波流转的瞬间，看到蒙桑的口张了开来，站起身来。

我加深了嘴边的笑容，向兰香使了个眼色。兰香收到了，于是在乐曲高潮的时候，火苗一下子蹿了起来，直接遮蔽了我。“爱妃！”蒙桑喊道。我只听到这一句，然后火墙，就整个将我围住，我听不到看不到外面，外面也如是。我将发上的金叉拔下，藏在左袖中。火墙突然消失。

我一脸娇笑，立在那里。蒙桑的惊慌，渐渐消失。汉金脸上，甚至也有一丝庆幸。“怎么了，莫非大王被臣妾的小小把戏吓着了？”我下了方台，迈过被水泼灭的篝火，向蒙桑行礼。蒙桑笑着，抱住了我，失而复得地吻我，从额角到下巴。“大王。”我推开了他，一派娇羞模样，看了眼汉金。“你先下去吧。”“大王……”汉金想说什么。我却往蒙桑怀里钻了钻。蒙桑也没有说话。汉金只得退下，走下去的时候，瞥了眼熄灭的火堆。兰香也与宫人退下了。

蒙桑见人都下去，继续刚才的吻，从嘴唇一路下移到胸口。“哎呀。”我扭捏地推开他，显而易见的欲擒故纵，“衣领都被弄皱了。”说着，我跳上方台，冲他做着鬼脸。蒙桑也跃上方台，意图捉我。我欢笑着躲闪。台子就这么大，我很快被他捉住。双手被束缚着，被他收到怀中。我主动地，用自己的唇，覆盖了他的唇。他的回应更为激烈，直接放开了我的手，用他的双手攀上我的腰带，一点一点解着。我的双手也在他的后背摩挲着。

右手，摸到了左袖，袖中的金钗，落在右手上，以千钧之力，从背后刺入蒙桑的心脏部位。蒙桑的动作静止了，想要挣脱开我。我的右手依旧保持握着金钗，左手按住他的后脑，嘴唇紧贴着他的嘴唇，不使他发出声音来。

很久很久，他终于倒了下去。我将头上的发饰统统摔碎在潮湿的、尚有余温的木堆上，那一颗颗珠子粉碎，着起了火。那不是夜明珠，那是用石英包裹了一块块白磷，石英易碎，白磷自燃，那刚熄灭的木堆余温不低，所以方台四周，又燃起了火。我跃上房梁，将自己的披帛从梁上垂下，引火燃到了房梁。

我跃下，正要从方台上离去。却不想，被尚未断气的蒙桑抓住了长袖。我用力甩了长袖，将他甩到一边，胸前掖着的双鱼形玉佩，也被顺势甩了出去，甩到了台下。我忙奔过去捡，火势却更猛，尝试了多次，右小臂都被烧伤了。

我不得不收了手，奔出大殿，顺手将酒坛丢进火里。立于莺歌台石阶上，我方明白为何殿中火势如此大，殿外却无人相救，原是有一群黑甲之人杀入了王廷，汉金正率人抵抗。这时，我看到了西边的绿色烟火，我知道，那是璐麝的军队来接我了。这便是，我毫无把握的一步棋了。我以天癸为由，给自己留了最后一条所谓的退路。

三哥那里，我将璐城的兵权还了他，再加上我选择和亲，璐麝内的情势将不那么紧张，边境就更是如此了。我要锦帨留在莫行岭，是为了协助蓝真完成接下来的计划。算好了从莫行岭到王廷的时间，我服丹药，五日为期，若时机正好，便以荦鬻王廷的烟火为令，由蓝真率精骑偷袭王廷，在此之前，大军在南，虚张声势。看起来是里应外合，但胜算真的无多。

若非此刻这群黑甲之人，想来凭我和我带来那些人的绵薄之力，也只是螳臂当车吧。这群人，是哪里来的，是来干什么的？为何时机这般凑巧，为何利刃直指荦鬻？“欧阳寂雪！”汉金看到了我。马上有几个侍卫向我围了过来。我广袖一挥，凭着轻功，躲了一个侍卫的进攻，劈手夺了他的兵刃。是刀啊。我瞥了眼右手中的兵刃。左手四指的指甲，刺入掌心。焚蝶，看我火烧这宫殿，血洗这王廷，祭你。

我用左袖拂去嘴角溢出的腥甜，扯出一个让脸生疼的笑。管他是谁，非我族类，便杀吧。凭他是谁，狼子野心，便屠吧。我都忘了身有轻功，只一路杀下石阶。焚蝶，你为我屠戮时，可否也是这样的感觉？这样美丽的火，这样的妖艳纷飞，竟连含口的芍药都不能媲美，我曾见过能与这妖艳相媲美的，只有鲜血，汩汩涌出的鲜血、飞溅的鲜血！

去他的丝帛宝器，去他的玉殿琼楼，哪有鲜血四溅、皮开肉绽、惨叫不绝于耳来的痛快？是不是，焚蝶？一支长枪挡住了我凌乱的刀。我定睛看，竟是汉金。他不可思议地看着我。我用刀推开了他的枪，吐出口中残余的血腥，接着拼杀。“你果真是有图谋的！”他低吼着，枪枪致命。我却是生涩地用刀挡着。转身时，看到了一个熟悉的身影。

和里木！我向汉金虚晃一刀，趁他仰身躲闪，我奔向和里木。身后，一阵寒意。我惊恐地回头，却又是一支长枪挡住了马上要刺入我身体的这支。

“寂雪！”是蓝真。“你下来！”我对骑在马上的他喊。他却不理我，只是丢给我他的长剑。我瞥到策马而来的锦帨。“公主……”锦帨被我从马上直接拉下来。“锦帨！”蓝真见状，忙跃下马，将马让给锦帨，自己与汉金对峙着，“去寻寂雪！”我策马追着和里木。

和里木见状，也不与那黑甲人厮杀了，忙夺了匹马逃走。我摸到马鞍旁的弩，向他射了过去，却没有射中。他向王廷外逃着，我穷追不舍。我又连射几弩，终于有两支射中了他，可箭头实在太细，伤不到实处。我又吐出一口血腥，眼见他将要逃入一片林中。

正当我意图从马上施轻功追过去的时候，十来个骑着马的黑甲人从前面挡住了和里木的去路。面对着那个戴着纯黑面具的黑甲人首领，和里木勒了马。我则直接策马而去，剑锋偏转，将他的头颅削了下来。无首之身从马上摔下，那匹马受惊奔走。我勒了马，闭了目，忽略刚才溅到脸上的血。

焚蝶，这仇，我算是报了吗？手刃蒙桑，亲斩和里木，火烧匈奴王廷。焚蝶，你若泉下有知，可能瞑目？我睁开眼睛，面前，是一副冰冷的黑色面具。我盯着他。我知道，他也在盯着我。这般情景，我孤身一人，只能如此。

那首领，用他戴了黑色手套的左手，拉起了我的右手。我发觉，我右手的虎口处，都出血了。他温柔地，将我的右手，贴在了他的脸上，或者说，是面具上。我竟没有任何反感，仿佛司空见惯，或者说，理所应当一般。慢慢地，他将我的右手还给了我。

他又伸手将遮了我面容的发丝拢到我的耳后。我一直低眉，不再看他。直到他带着人离开了。我虽然是低着眉，但后背，却是挺直着。"寂雪！"蓝真策马而来。锦帨亦是。

我此刻才抬了眼，与蓝真一样，扫了一眼布满鲜血的战场。"你可受伤？"我哑着嗓子问。"都没有。"他答。如此，我便放心了。我的脊背，再也挺不住了。随着脊背的瘫软，头脑，便也不清楚了。眼见，满世的桃花。那是，麝城南山的桃源吗？我跌入了一个怀抱中。

焚蝶，是你撑伞而来吗？这场雨，太大了。还好，你撑伞来了。

五

似乎，做了一个冗长的梦。一切，真的都是梦。梦里，我远离璐城，远离皇宫，远离三哥，远离璐麝，嫁到荤鬻，为人王妃。而这些，只是为了一份家国安定。是不是，也因此，伤了焚蝶？不会的。四周都是黑暗的，只把我密闭起来了吗？看不到什么，也听不到什么，更感觉不到。这样很好，很安全。

有栀子香，有龙涎香，还有奇楠。是在皇宫，在浣雪宫。我就说，真的只是一场梦，我从未离宫，我一直都在浣雪宫，一直守着七年之约。有桂花的味道。又是一年秋天了啊。三秋桂子，十里荷花，果真是我璐麝繁华。

突然，在桂花香中，掺了桃花香。这是什么，这是什么地方，什么时间。为什么，桂花与桃花会在同一个地点与时间出现，都这么浓郁，这么芬芳？是南山的桃源吗，落英缤纷，我可仰观宇宙之大，俯察英落素裙，是吗，那个立于桃树下的男子？我等你转身，惊起一片飞舞的蝶，我等你，向我伸出你的手……

我睁开了眼睛。是浣雪宫的床帐。耳畔回荡着锦帨和三哥的声音。我感到自己的呼吸很急促，闭上双眼，发觉眼角疼得厉害，双鬓都湿了。我想将右手覆在自己眼上，却看到，右手小臂上有一块烧伤。

原来，不是梦。居然，不是梦。

我在三哥的搀扶下艰难地坐起身来。原来，不是什么桃花，是早日收的桃花做成的花膏，布了整个寝殿，才有春日的错觉。我瞥见了窗外的桂树。果真，深秋之时，何来桃夭呢。我的眼角，疼得更厉害了。

"寂雪，你感觉怎样？"三哥顶着憔悴的面容问我。"荤鬻如何了？"我一开口，问的居然是这个问题。"元气大伤，恐怕十年之内都恢复不过来了，逃回了大漠。"三哥道，"你感觉如何？哪里难受？"他再次问着，递了我一杯水。我不理会灌了沙一般的喉咙，"焚蝶呢？"三哥看了一眼锦帨，锦帨亦是。

我攥紧了三哥的袖子。"他在冰窟里，待你身体好了，便可以去了。"他道。我松了三哥的袖子，就着他的手，饮下了杯中的水。"蓝真呢，他可无事？"我记起了昏迷时的那缕栀子香。"他的肩伤好得差不多了，最近也是累了，在府上呢。""他受伤了？""那晚伤的。"三哥又将我放平，"你既醒了，我也放心了，方太医说，你能醒过来就无大碍了，但还是要好好休息。"

我伸出了手，三哥握住了我的手。我使了个眼色，三哥便松开了，锦帨握住了我的手。她知道，我在这样感激她。我松开了手。锦帨退下了。我又伸出了手。这次换三哥紧紧握住，"寂雪，你终于平安归来了。"他轻声道。

我干涩眼角，终于，又涌出泪来。是啊，我终于回来了，也算是平安，只是这般万幸，是建立在怎样的不幸之上。我究竟用了怎样珍贵之物，换得了这份平安，使得此刻有这般刻骨之痛？

秋末冬初，月圆，我与蓝真去了冰窟。好一琉璃世界。我左手握着那只蝴蝶木雕，右手抚过刺骨的冰墙。焚蝶，这里这么冷，仿佛能冻住一切，你的身体在这里保全，你对我的感情，能不能同样保全呢？

我的手覆到冰棺上。我很自私，这你是知道的，我不信鬼神，这你也是知道的。所以我宁愿求着三哥把你留在这里，我总是要亲眼看着你，才相信你真的在这里，肉体与灵魂都在，就这样被我束缚着，走不开躲不掉。这般孤单，这般冷清，你会怪我吗？蓝真打开了棺盖。我的手，覆到焚蝶落了霜的脸上。若真是蝶，上了霜，会不会，也是如此凄美？

你不要太怪我，你还欠着我的七年之约，欠着我最美的年华，你若不还我，我如何能放你？我将蝴蝶木雕放在焚蝶的心口。你的信物，我保存得尚好，我的信物，你如何能摧残呢？

我俯身，用自己嘴唇的温度，融化了焚蝶唇上的霜雪。我如今，是否有资格，把我的信物再给你一次呢？还是为你跳一支舞吧。蓝真明了我的心意，取了箫。我退到旁边，任白狐裘的广袖与长裙飞扬，起舞。

若真生为凡人，又是否真的可以摆一张琴、对一溪云？自己的性命，是否尚可掌握一二？是否真的能与焚蝶安度此生？舞毕的一瞬，我终于倒了下去。

如方太医所言，这次，只是气血两虚，又加伤心伤身，才倒下的，比起之前几个月的昏迷不醒，当真是轻得多了。我半躺在床上，看锦帨给我的右小臂上药。宫人来报，说栖凤殿又派静影来了，锦帨依旧是回说我在休息，静影便留下东西回去了。“公主不要太介怀。”兰香道。锦帨一个眼色，兰香便住了口，下去了。我从不为这等人介怀。

三哥为楚王时，我与甘玉可谓是相互拉拢；三哥登了大位，甘玉便摆出了皇贵妃的架子；蓝谛入宫得了宠爱，甘玉与我更是相互利用；蓝谛殁了，甘玉为后，我又将和亲，便断了来往。

今日我归来，得三哥于病床前衣不解带照顾多日，得璐麝百姓传赞，甘玉那里，便又活动了。蓝谛之死是她一力促成，所以我千里和亲与她也有挣不掉的干系，受苦受辱且不说，仅仅是焚蝶的缘故，就足以让我恨她入骨。这些她都明白，此番，不过是做给三哥看罢了。三哥，又怎会看不明白。

“公主，蓝公子来了。”兰香又进来。“请吧。”我道。便有那藏青衣袍、外披灰狐大氅的男子入内。“坐吧。”我见他褪了大氅，示意他坐到那铺了绒垫的大椅上。锦帨给蓝真上了一盏苦丁茶，欲带人退下。

“你留下。”我对锦帨道。锦帨便留了下来。“你的伤可好些了？”我问蓝真。“已好透了。”“不知你今日如何得空来看我？”“恐怕日后，我将多得是机会来看你了。”他笑道。

我垂了眼帘。璐廓再无人比蓝真更了解荤鬻了，他若留京，首先是荤鬻那边，当真无事了。想来就算是在京中，蓝真也无机会频繁入宫。我怎么忘了，除了外御敌辱，他也曾内守宫闱。“可是甘家日益坐大，有了直逼三哥之象？”

蓝真听了这句，与我一般垂了眼，“你还是，这般一针见血。”他又抬眼看着我，“我已身兼禁卫军统领，仍掌大将军印。”荤鬻来犯，贺兰俪安就代替年天泽，成了璐城五万守军的守将，可谓是掌了核心之兵权。今日，蓝真不仅身为大将军，还将守卫皇宫的禁军全都收于掌中。三哥这般安排他的两个股肱之臣，究竟是在防什么。前朝如是，那么后宫呢。

我将右手食指指节放到嘴唇上。明年，又该选秀了吧。

“寂雪。”蓝真突然打断了我的思路，我想他是故意的，“你打算，怎么办？”果真，天下之大，我该归往何处呢。和亲之后，皇宫早已不再是我的栖身之所，七年之约已负，我将何去何从呢？“容我想想吧。”我只得先这么回答。“想来皇上，也不愿你离京的。”蓝真道。我没有答话。他又略坐了一会儿，便走了。

“可有查到有关那夜黑甲人的消息？”蓝真走后，我问锦帨。“并未查到，那群人来无影去无踪的，奴婢派的人也不熟大漠和草原的线路，难以寻查。公主也曾拜托蓝公子去查，想来他的人查起来可能会容易些。”锦帨道。

“话虽如此，但若真有线索，今日他就告诉我了。”我的眉心蹙得太久，有些酸。蓝真今日来，难道仅仅是为了告诉我前朝之事吗，我刚思索后廷，他便打断了我，这又是为何呢。我心下有了计量，只是如轮回一般，下一番的争斗，我还要参与吗？只是，我早已失了机会吧。

“也许，那些人是沙漠中的盗匪。据说，荤鬻这几年与他们有不小的冲突，他们报复也是有的。”锦帨又道。以荤鬻之力，难道对付不了小小的盗匪吗，就算如此，那时机又怎会如此凑巧，恰是我行大计之时，仿佛就是来助我的一般。我的手指又回到唇上。

那戴面具的黑甲人，为何会对我有那般举动，若真有何企图，我当时疲累至极，他也未伤害于我。锦帨突然跪下，“公主，奴婢知您此计万分危险，既关乎您自己，又关乎璐麝，所以仅告诉了皇上和蓝公子，以及给公主同意过的人，从未告诉旁人。”我向她伸了手，“荦鬻之事，若非你尽心尽力、以身犯险，我璐麝之围何解，我如何能疑你？”我拉她坐到我的床边。

“公主。”兰香叩门。锦帨想起身，被我拉住。“进来。”我道。“公主，”兰香入内，看了我和锦帨一眼，“皇上驾到。皇上说，若是公主累了，他便晚些时候再来。”“无妨。”我道，放了锦帨去奉茶。

三哥独自入了寝殿，坐到我床边。锦帨上了茶，与宫人下去了。我笑望着三哥，任他将我的长发理顺。一时间，都无话可说。

我清楚，他亦明白，我二人都失了挚爱，都孤苦无依，都不得不考虑下一步该怎么走，若真要寻什么区别，那便是，我尚有机会离开，他却注定越陷越深。

此时无话，是他知我困于焚蝶的事，他无法问，更无法劝。此时无话，也是我知他将步入更深的争斗，我不敢问，也不想相伴。

“三哥。”我终于开口，“我能不能，离开皇宫？”“你要去哪里？”三哥的动作停止了。“天下之大，难道能没有我的栖身之所吗？”“待你身子好了，再与我商量这件事，好吗？”三哥收了手。我继续微笑。

“蓝真来了这么久，你也该累了，我看你睡了再走，好吗？”我笑意更浓，褪了外袄，躺下，在三哥的注视下，我闭了目。我知道，在三哥对我劫后余生的庆幸之后，我撒下的一个个谎，毫无保留地暴露在他面前。从南山的刺客，到手伤，再到治水，以及寞云死后的离宫，还有拉独孤凉入水，无疑都伤害到了他。我曾许诺，除了以身犯险外，其余之事皆不隐瞒，但于他而言，我之所为，并非以身犯险，而是赤裸裸的欺骗。

我无法开口，更不敢奢求他的谅解。真情不变，他是担心我的，所以我的左袖一直是空荡荡的。只是结了心结，就如刚才的无言一样。

几日后，贺兰俪安送进宫了一盒糕点。这个先交给了三哥。贺兰说，是有人送到贺兰府的，说对我的顽疾有些益处。他便禀告了三哥。我更了衣出来，三哥和贺兰都立在我正殿中。“两个曾驰骋沙场的男子，竟被一只盒子吓成这样。”我瞥了眼那金丝楠木盒子，“送盒子的人，可还在？”

“臣已扣下了。”贺兰道，“那人，还给了臣这只锦盒。”他取出那巴掌大的锦盒。我接过。“是一只海螺。”贺兰道。“我知道是谁送的了。”我说着，打开锦盒，将其中的雪白海螺取出。“那送盒子的人，也不必为难，放回去便是。你且去吧。”锦帨也带人下去了。

“独孤凉。”三哥说出了这个名字。“是。”我将海螺放到耳边。是海浪的声音，一浪嬉闹着一浪，向沙滩奔来，然后又嬉闹着退去。仿佛那纯真的孩童，无忧无虑，尽力得了，喜时不愿释手，不喜时随意丢弃，看似不知天高地厚，却就是这样，才最欢乐，最难得。

三哥将木盒打开。是鸡油卷。不知是独孤凉入京亲自制的，还是金丝楠木太易保存食物，那鸡油卷，还新鲜得很。以前不就是这样的吗。他制了最拿手的鸡油卷，却不让我吃，逗得我满含口打他，若是真追到了，撑坏肚子也吃不了多少，最要紧的，不过是追着要打他罢了。

那般的心态，着实是回不去了，但那般自在闲适的生活，却是我梦寐以求的。“他可真是对你念念不忘。”三哥喃喃道。“你是我兄长，他也是我兄长，你我朝夕可见，他却常年难见我一面，知我患如此之难，身不能及，还不能这般照拂我一二吗？”我刻意加了责备意。

“我只觉得，他才会为了你失了理智，我却不能。若我与他易位而处，或许你就不会遭如此劫难了。”三哥见我拿了一块鸡油卷。

我听他这么说，把鸡油卷直接塞进他口中，“你这是什么话，你我同舟共济这么多年，你待我之心，哪里能随意相比？今朝你身份为何，有哪里能随便与他人易位而处？”我又用油乎乎的手指蹭了蹭他的脸，“我只是，挺想念以前的生活。”三哥的手覆到我的脸上，“你真的想离开这里吗？其实，我可以让你一直住在宫里，不必挂心什么流言蜚语……”“我从不怕流言蜚语，我只是想追随着这里，”我指着自己的心口。

三哥将他的手离开我的脸，从怀中掏出短剑，“这个，还给你。”我接过，依旧是冰冷的触感。我有些不敢相信三哥的意思。“好好养病，待你身子好了，我们一并说。”说罢，他不再看我，离了浣雪宫。

我呆立在原处，小栗子那句“起驾”已回响了好几遍，我却充耳不闻。三哥，是打算放开我了，这样一个皇宫，一场又一场的争斗，我终于，可以名正言顺地逃离了。

我的目光回到那鸡油卷上。独孤凉，你此时此刻送我这个，是为了帮我离宫吗，你也知道我不想再继续争斗下去了吗，你怎么还能这样牵挂着我呢。

焚蝶在莫行岭出现，独孤凉定都知道，也定能猜出我与焚蝶的关系，可以想到之前我的冒险与隐瞒、谎言与纠缠，都是为了焚蝶，甚至，不惜把这个鸡口牛后的人牵扯进来。我这般对他不起，他却依旧这样帮我。

三哥呢？我将短剑收回左袖。他此刻唯一的妹妹终也是背他而去了，当日他虽有野心，却也是为护我，才登了这大位，也可以说，是我与父皇一力将他逼上去的，父皇已去，如今，我也要弃他不顾了。宫中险恶，朝中阴暗，我心知肚明，但我还是不能继续陪伴他了。我只能奢望，来日会有一个人，如蓝谛一般无私地去爱三哥，却也不要太执着、太单纯，希望，她能帮着三哥。

第二日，我又睡到巳时才起。梳妆，用罢午膳，我退了众人，与锦帨单独在寝殿中。我拉她坐，“以往你曾言，待我如愿后，你再去追求自己的幸福。如今虽不如我愿，但我也将离了这皇宫，不知你有何想法？”“公主将要离宫？”她有些惊讶，“皇上竟肯放您离开？”“昨日我师兄送的礼物，再加上我的劝说，三哥终于同意了。而且，我想独自去焚蝶的住处，希望如此度过残年。”“公主不打算让奴婢相陪？”“多年相伴，如今也算是功德圆满了，我只愿以此守住我与焚蝶的约定。我担心的是你，趁我权力尚在手，无论你是想出宫还是想出嫁，我都可以帮到你，你的嫁妆，我还给你留着呢。”锦帨思忖良久，“公主，奴婢想留在宫里。”这次换我吃惊了，“这么多年，你陪我在这泥淖中挣扎，其中险怖你心中有数，为何还不肯离了这是非之所。你守的，究竟是什么？”“与公主一样的，一份约定。”她道。

我深知，她表面和婉，实则内心坚定，我是动摇不得的。“那便罢了，我会与三哥说的。待我离开，让你入麝华殿，也好照料于你，你日后的身份处境，也只会更好。”锦帨含泪，叩首谢恩。

到现在，我还不知她心心念念的人是谁，她的誓约为何，为谁而守。能让锦帨深陷泥沼而不自拔的，究竟会是何人，会是龙椅上的人吗？我倒希望是。因为三哥。我也希望不是。因为锦帨。

三哥来的时候，我刚收了兵书，歪在榻上绣着香囊。三哥拿着本册子，退了众人，走到榻边。见我坐起了身，便移了我刚刚用来支撑手臂的软垫，自己坐了上来。我便倚在他身上，继续绣着。

“在忙活什么？”三哥的气息吐在我的步摇上，有些微晃。“绣一个香囊，好让你送人。”“送人？”三哥注意到我用的是“送”而非“赐”。“我希望来日，会有一个值得你送此物的人。”我引着线。

三哥从我手中拿过那半成的香囊。一对鸳鸯已绣好了，正在游水。只是那碧水外的几个字尚在进行中。

“鸳鸯在梁，戢其左翼。君子万年，宜其遐福。”最后两句，是三哥自己加上去的，“你，还真是用心。”“以后，我不能做的事情，希望有人来替我做，希望你不会过得太辛苦。”我将头也贴在三哥身上。“傻寂雪。”三哥虽这么说，却也将脸贴在我的发髻上。所谓的心结，在此刻都解开了，或者说，任何一切，在这即将离别的时候，都不重要了。

“想来，又是一年选秀了，这个时间，恐怕已拟好了新人的名册吧？”我暗示着三哥。三哥轻笑，将册子推给我。我也毫不客气地接了，细细看着。

“除了璐城望族之女，还有不少南方女子，相比起来，似乎施焰郡的女子又占了南方女子的大部分。”我道。“荦鬻来犯期间，施焰曾举郡之力出兵勤王，或运送粮草，这番忠心，我还是得体察的。”“圣心如此，乃百姓之福。”

施焰郡本就是战后才列入我璐麝国土，顾忌、防备些也是有的，对施焰百姓而言，我或多或少，是他们的依靠，如今我将离宫，无论是三哥，还是施焰的百姓，都得再换一个人才是。碧玉成树，我已在打点行装。冥筌是要带的，晚霞留仙裙也不能少，戒指还在手上，短剑在袖中，有这些，便足矣。

我立在桌前，看着这幅尚未完成的画。一年前，蓝真离京，我曾答应过他，待他归来，将有我送的一份礼物。世事难料，这一年的血雨腥风，竟连约定都冲散了，所幸在我打点行装时，找到了未成的画。

竹报平安。我还未画完呢。于是调了色，完成了最后一笔。“是非之地，你终于得幸离开了。”我放下笔，看着步入殿内的蓝真，此刻，他身着银线纹绣的月白衣衫，如谪仙一般。我挥手，示意人都下去。

“多谢你，这几年对我的帮助。”我将书桌让开，“我曾答应送你的礼物，如今，可算是没有食言。”蓝真走到桌边，与我一同看着那丹青，“竹报平安，无疑，再没有比它更好的礼物了。”“对不起。”我知他心中所想，也只好说这句。“若真细细说来，到应该是我蓝家上下，该以死谢罪才是。”他依旧盯着那竹子。

“对你，我无资格多言，只是无论以后你打算做什么都是你应该的，但请你，千万不要动摇我璐麝的根基，历来党争误国，朝堂上的每一个人，干系的都是璐麝的万千子民。也千万不要让我的三哥太过难过，登上大位的人虽心皆铁石，但毕竟还是肉体凡身。我不在了，他的痛苦也少人分担了。”我退几步，向着蓝真，敛裙行礼。他亦行礼。

蓝谛的死，甚至蓝宾恒的死，都是甘玉的作为，如今她身在后位，权倾后宫，她父亲甘望同样权倾朝野。但新秀即将入宫，不知有多少眼睛都盯在那凤椅上，蓝真手握天下兵权，又对甘家痛恨至极，若真有某个城府颇深的新秀拉上他，一个为后位，一个为复仇，我不知，欲望与仇恨的结盟，会产生什么样的后果。

定又是一番血雨腥风吧。对不起，三哥。

我预见到了，我也怕了，我怕我会成为其中被拉拢的一派，就像蓝谛在时一样，阳奉阴违，我真的不想了。

我走了，逃避了。都留给你了。昔我往矣，杨柳依依。我并非从军，却着实是远离家乡。如果，皇宫可以被称为家乡的话。

我牵着马，背着琴，行囊在马上。马蹄哒哒，却丝毫掩不了三个人脚步声。路城外长亭将尽，芳草连绵，我在护城河边驻足，回眸望着那两个男子。

一个锦衣华服，一个蓝衣宽袍，二人都是说不尽的俊逸潇洒。我一身荆钗布裙，倒有些自惭形秽。那锦衣男子伸手欲去折柳。

“三哥，”我拦住他，“折尽章台柳，也阻挠不了寂雪离别之心，何苦还要伤害于它，又要彼此感怀一番、痴念一番。”“寂雪，好好照顾自己。”三哥将柳上的手，覆到我的头上。“你也是。”三哥微笑。“蓝真，多谢你。”我道。蓝真的眼睛悠长平淡，仿佛绵延的芳草一样。他只向我颔首行礼，未多说什么。

我跃上马，听着马蹄湮没了二人的呼吸。

终是一方太平了，殊不知，能延续多久。

颈前刃

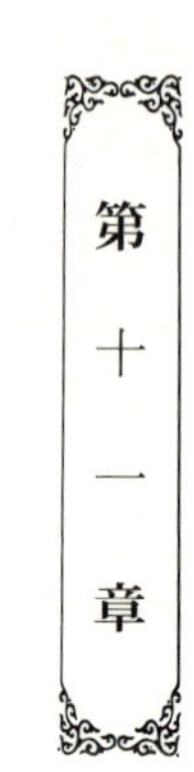

蝶恋花

槛菊愁烟兰泣露，罗幕轻寒，燕子双飞去。

明月不谙离恨苦，斜光到晓穿朱户。

昨夜西风凋碧树，独上高楼，望尽天涯路。

欲寄彩笺兼尺素，山长水阔知何处？

一

日出而作，日入而息，我也算是明白了焚蝶的生活。远离尘世人烟，仿佛自身都与天地融为一体，无丝竹之乱耳，无案牍之劳形，便可以洒脱天地间。

这日，我刚从农人那里学了如何种植稻米，正乐不可支地在水田里试着。双脚在水田里，手握禾苗，每往泥中插一束，便后退一步，弓腰一个来时辰，也不觉得有多累，全不似在宫中一般，仅是在宴上坐着，就足以腰酸背疼。

“羁鸟恋旧林，池鱼恋故渊。开荒南野际，守拙归园田。方宅十余亩，草屋八九间。榆柳荫后檐，桃李罗堂前。暖暖远人村，依依墟里烟。狗吠深巷中……”我正诵着，突然一颗石子落在我前面的水中。我抬起头。果真是鸡鸣桑树颠了。

那样一个如雄鸡般火红的人，正坐在桑树上，向我掷着石子。“师兄。”我这样唤着。“似你这般劳作，到了冬天非得饿死不成。”他保持着妖媚的脸上面无表情，竟还出了些不屑模样，手中的石子依旧向我掷来。

“哎呀！”我伸手挡着，出了水田。我无需问他如何找到这里的。他眼线众多，我策马由璐城到麝城，他岂能不知，时至今日才来找我，左不过是要留给我适应的时间罢了。我蹬上木屐，不顾腿上脚上的泥浆。独孤凉已跃下树。

我欲直接从盆中舀出凉水来冲洗一下。“什么时候变成这样了。”叹了一口气，眉头又锁了，桃花目眯得更深了，看我一脸坦然，只得掏了手帕，蹲了身，为我拭去趾缝残留的泥土。

“你做什么啊。”我吓了一跳，拉他起来，“我好好洗就是了。”于是我入了屋内，取了木盆，独孤凉在盆中置了七成热水，三成冷水，撒了花瓣和艾粉，泡起脚来。“只能先这样了，真是越来越粗糙了。”独孤凉将刚刚从树上采的桑葚洗好，挑了只他还算看得过的陶碟给我。我伸右手去拿，却被独孤凉抓过，与以往一样，细细把着脉。我把右手交给他，左手抓着桑葚吃着。

“还好，不算太糟糕。”足有半炷香的时间，他才把右手还给我。那桑葚，我早已食了一大半。独孤凉赶紧将那碟子放到一边。我吐了吐舌头。

独孤凉看着我的样子，再次叹了口气，五官却是放松了许多，最后，干脆在这朵芍药花上，绽放了些许清澈的欣慰。“多谢你。”我道。多谢独孤凉知道我拉他下水之后还这般待我，不仅帮我出宫，今日来看我，也只是向我丢石子解气。

依旧，是一个指节敲到我的头上。我笑了。芍药开得更盛了。“你今日已是自由身，何不回含口看看，莫说四美图，我想，就是师父也想你了，你也该去看看他老人家了。”“我去含口，必得是你大婚的时候。”我做着鬼脸。他却没有说话。

送走了独孤凉，酿了桑葚酒，我缩在屋中向阳的躺椅上，翻阅着兵法。桃花半落，如坠角般吊在枝叶的耳朵上，一阵风来，还在摇晃。似有异响。我放了兵法，向屋外走去。水田里，一个蓝衣男子弯着腰，挽着裤脚，锦靴弃在一边，在水田中劳作着。

“像你这般，冬天非得饿着了。”他说了与独孤凉相似的话。“我难道就笨成这样吗，你这般好脾气的人都说我。”我蹲到水塘边。“你这稻苗种的啊，不知道的还以为你曾揠苗助长呢。”蓝真忙活完，直起了腰，比我高出了很多，将刺眼的阳光遮挡了。我也直起身来，白他一眼，将一双木屐丢给他。

蓝真却赤脚走在地上，“你最近气色不错。”“说起来，你甚少见我气色这样好吧。”我与他进屋，要给他找那只木盆。蓝真却只是用水冲净了泥浆，“这便好了。”我笑了。

我都忘了，他是经沙场的人，有时没有那么多讲究。“坐吧。”我待他穿好靴袜，道。“我给你带了它来。”蓝真从行囊中取了一只笼子，笼中是一只白鸽。

这是我与锦帨通信所用的。我接过，“你收了它作甚？”“恰巧同路，便让它歇歇。”我取了鸽子腿上的竹管，竹管口部用桂花蜡封得很好。我去了蜡，将纸条取出。是今年选秀的名单，我浏览一遍。蓝真已起身。

“想来，我错过了宫中的花季，不知这司苑房，把御花园打点成了什么样子。”我依旧坐着。“自然是花团锦簇，花海连绵。”蓝真坐到躺椅上，拿起了我那本兵法。“不知蓝将军觉得，哪一朵花能与栖凤殿那朵牡丹相媲美？”我放下茶杯，起身。“锋芒初现，蓓蕾未开，还得慢慢来。”蓝真这样答着。

“我欧阳氏的确对你蓝家不起，甘玉于我也有仇有怨，但我还是那番话，根基不得动，社稷必须稳。”我走到他身边。“自然。”他答，“毕竟，我不想与你为敌，甚至，你的手伸得更长了。”他放下兵法，却还是瞥了眼，“你真的，想放下吗？”“我只是闲来无事，览群书罢了。”我将兵法收起来。

蓝真轻笑一声，“你自始至终都没有问一下，皇上的情况。”

我需要问吗，我真的想知道吗。新秀入宫，三宫六院看似热闹非凡，但三哥真的会开心吗？蓝谛已去，再寻挚爱有多么不易，而且这一个个女子，花容之后，揣着怎样一副心肠，不都要三哥一一试探吗。这局棋，嫔妃同嫔妃下，皇后与嫔妃下，难道三哥，就没有陷入其中吗？

究竟是开心，还是疲累呢。我戴着琥珀戒指的右手食指，滑过那书脊。着实，用机心的，都是凉的。“你曾送我一幅竹报平安，我画技拙劣，无物可回你，便附庸风雅，回送你此物吧。”蓝真的一番话，打断了我的思绪。

一卷画轴。我打开。“雨里鸡鸣一两家，竹溪村路板桥斜。妇姑相唤浴蚕去，闲看中庭栀子花。”

我一时不敢相信。“怎么，看不上拙作？那我拿回去了啊。”蓝真玩笑着。我忙收了起来，“本想着你并非吝啬之人，今日才发觉是我错看了。”

二

就是这月明星稀的中秋夜，我赶走了想留下用晚餐的独孤凉，自己早早食罢，把躺椅搬到桂花下，躺在上面望着夜空。

云破月来花弄影，词虽柔美，却不如张若虚当年看到的仙境：江天一色无纤尘，皎皎空中孤月轮。也不知扁舟之子，可看到相思的明月楼？我从椅上跃起，起舞。

焚蝶，若此刻，你能在桂树下，饮一杯我酿的美人泪，再如父皇般赞我美人一舞，该多好。焚蝶，你可知道，飞雪已经染了很多次月如钩了，东风也满了很多次西楼了，再一次，绿肥红瘦了。这龙楼凤阁已束不住我了，我也不必担心相识陌生了，你保留了你当初的容颜，我在这里，守住昔日的记忆。我在此，再为你《招蝶》一舞。

突然有琵琶声。不是锦帨的。但是个女子。

锦帨弹琵琶，总是柔婉与悠扬各半，似滴水。但这琵琶，显然是柔媚太多了，仿佛施焰郡女儿节上，上了艳妆的女子腰上配的大串铃铛齐鸣一样了。

目的赏，超过了耳的赏。我将眼睛中的泪水逼回去，停了舞。琵琶声亦停。我向着声音看去。

是一个女子，刚刚将手中的琵琶交给身后的男子，向我走来。

一身耀目的茜素红暗金线百花裙。绾飞天髻，髻上饰以镂金秋海棠珠钗，另有一支同是秋海棠式样、却是红宝石的步摇。肤白似雪，眉若远山，眸如秋水，美得不可方物。再细看，腰胜春柳，步压莲花，那在腰封下的碧色为底的鸳鸯香囊倒有些配不上这美人了。

只是这美人，越看越觉得眼熟。虽然素未谋面，我却已知她身份。我颔首行礼，“武昭容。”半年前新秀入宫，这位武颜武昭容，便是其中之一。施焰郡来的女子，以才人之位入宫，赐居依兰阁，后在夏日酒宴上因献《招蝶曲》得三哥青睐，晋为昭容，赐娇颜殿。

我瞥了眼她身后的蓝真，恐怕，这女子真的非池中之物。她同样回礼，“平乾长公主。”我请她入内。她看了眼蓝真，想要试探我对他的态度。

我装作没有看到。蓝真便留在了屋外。

入屋内，我与武颜对坐在案前，我敬茶。“小小陋室，望昭容不要介怀。”“公主说笑了，单看那梧桐，并未有什么特殊之处，可凤凰偏只在这树上落，这才是其不同之处。”她饮一口茶，笑道。我但笑不语。

“不知公主如何识得我？”她见我不理她那番话，便移了话题。“昭容才貌双全、宠冠后宫，谁人能不知。”我道。她也是笑，“我还以为是因为我来自公主的封地，所以公主才会对我有所关注呢。”“昭容说笑了。”我再次斟茶。“公主就不问问我今日来，所为何？”“寂雪不问，难道昭容就不说了吗？”我为自己斟茶。她笑意更浓，“公主就是不在意我，也得关心一下皇上吧。”

“皇兄有昭容这等佳人相伴，寂雪自然不必多费什么心思。”我放下茶壶，依旧是刚才笑意，不增不减。“公主这么说，不知只是客套呢，还是对我着实有一番了解呢？”这次我笑出了声，“中秋佳节，昭容不在宫中侍驾，反而到寂雪这儿来，还用得着寂雪步步相逼吗？”“中秋团圆之夜，皇上理当宿于栖凤殿，我念及公主一人，又想起皇上对公主的思念，便来替皇上看望公主。”“昭容如此贤良，着实是皇兄之幸。”我道。“并非贤良，而是我取舍有度。”她用涂了蔻丹的手指抚着陶杯，“乞巧之日，皇上已破例垂怜我了，我如何能奢求更多。”这是，在向我显示她的影响吗。

“女儿家的乞巧，皇兄都有心相伴，昭容果真是集万千宠爱了。不知昭容身上那鸳鸯香囊，是否是你与皇兄的信物呢？”武颜低头瞥了一眼腰间的香囊，“是因皇上自己配着一个，见我没有，便要我绣一个，好成双成对。”三哥，竟然一直配着我予他的那鸳鸯香囊。

“君王重情最是难得，但若纵情声色，后宫又是昭容独宠，不仅昭容可能会背上惑主的骂名，皇兄可能也会迫于刀笔吏。所以寂雪请求，昭容得空的时候劝一劝皇兄，甚至为皇兄择一枚人前可用的香囊或玉佩，至于人后，无论怎样都不为过了。”她再次颔首行礼，“还是公主想得周到，我受教了。”

“昭容聪慧过人，又难得颇识大体，自然事事周到。”“武颜愚钝，不知身在后宫处世至理为何，望公主能指点一二。”“寂雪已选择离宫，又并非后宫之人，再说昭容才貌过人，又哪里能让寂雪指点呢。”“我只是担心，后宫刀剑无影，步了蓝妃后尘。”我下意识地瞥了眼门口的方向，怕蓝真会听到，再展笑容，“无非一句话，达则兼济天下，穷则独善其身。”

她的笑容里多了些许东西，“公主果然不愧在宫中生活了这么多年，生存之道，果然唯此而已。那么，公主可是独善其身，到这里‘闲看中庭栀子花’了？”我顺着她的目光看过去，果然是墙上的蓝真送的那幅画。

“不如此，又如何真的独善其身呢？如昭容所言，后宫刀剑无影，况寂雪身份特殊，多多少少会牵连到前朝，与其风口起舞，倒不如林中安眠。其中滋味，想来昭容已尝过。”我这番话，依然很明显了。

“公主此言，果真是字字诛心。到现在，我终于明白，蓝将军所言‘不要与公主为敌’是何意，我也真庆幸，自己不曾与公主为敌。”她起身。“望昭容不要忘记今日与寂雪所说的，最后一句话。”我也起身。她垂首行礼，走出屋子，顺手抚摸了下腰间的香囊。

“昭容且慢。”我叫住她，转身入了厨房，将一攒盒拿出，交到武颜手里，“这是寂雪制的桂花糕，请记得亲自给皇兄。里面还有桂花糕的制法，皇兄曾与我制过。”“多谢公主。”武颜再次垂首。

蓝真自始至终没有说话。我立在原处，看那茜素红在前，藏蓝在后。

半个多月，蓝真便来了。“赶得挺匆忙的啊。”我正在试着冥筌的音，打趣着，“不知你所为何事？”“武昭容都与你说了什么？可有什么牵连到你的？”我失笑，“你匆匆忙忙就为这个啊。”我示意他坐下，给他一杯茶，“没有什么能牵连到我的。”

“只是自武昭容回宫后，皇上便将腰间佩戴的香囊换成了另一枚与你当日送的双鱼形相似的玉佩，我还以为……”“还以为我复仇心切，选择与武颜联手，再蹚这趟浑水，是吗？”我失笑。蓝真也失笑。

我与蓝真都明白，武颜来此，不是因三哥挂念我，她只是想再拉拢一个人罢了。也许，是因为她觉得蓝真不足以控制，不足以信任。

她曾经提到蓝真所说的不想与我为敌，又曾经将注意力放在蓝真送我的画上，是否就是想将我与蓝真牵连到一起，我二人与甘玉都有仇怨，那她可谓是如虎添翼了。“如你那日所见，这位武昭容着实不容小觑，所以我还担心，她会用什么威逼你。”蓝真道。

“这方显得你有眼光啊。”我笑道。“只是你最后对她的态度……”“蓝真，”我打断他，“女子的心思，你了解多少？”“除了你，其余了解不了多少。”他恢复了往日的淡然。

我垂了眼帘，“那我可要告诉你了，女子的心思，尤其对于情爱，是最难测的。朝夕相伴，可日久生情，一言有失，也可恩断义绝。在你看来，也许武颜只为后位，但那夜我见她看香囊的眼神，以及抚摸香囊的动作，便知道，她有心动。况且如果她能见三哥制桂花糕时的样子，就真的摆脱不了了，你都不知，三哥制桂花糕时……”我住了口。

我弹了“宫”音，“我一直所担心的，是嫔妃相争祸乱朝政，这源自后妃私欲太重。若心中或多或少能有着君主，行事上方会有所收敛、有所顾忌。”

接着是“商”音，“武颜与甘玉在后宫相争，你与甘望在前朝相斗。经历前事，三哥已不那么看重甘家，甚至都有些厌恨甘玉了，如此看来，胜算几何，也不必我细说。对于你，我是放心的，可对于武颜，我如何能信任呢，与其让她成为第二个甘玉，倒不如用情爱捆绑住她。”蓝真的眼睛再次变得深不可测，“你如何知道皇上动了真情，甚至能保持这份垂爱呢。”

“那你又是怎样看中她的呢，只因为她的野心、她的机心，能与甘玉相抗衡？难道你就从来没有想过，若她一朝失势，将会是怎样的后果吗？你是良善之人，更是睿智之人，你知道，三哥会尽力保着她，不为别的，只为那张脸，着实是太像了。”蓝真第一次这么震惊，“你也看出来了？”

我觉得自己有些失言，“是啊，她与蓝谛，太像了，不是吗？”我不知道他为何会震惊成那样。蓝真先是怔怔看了我许久，后来竟笑出声来，“是啊，着实是如此，她跟小谛太像了，我才会想与她联手。”

“我一直相信，你是良善的人，也是睿智的人。”我笑道。蓝真却只是生硬地牵动了嘴角。“蓝真。”我收了笑容，“我知前朝后宫都是险象迭生，但是，三哥的年纪着实是不小了，宫里的孩子难将养，但同样，他们也是无辜的，长辈们的恩怨，没必要将他们牵扯进来，更何况，我璐麟还要后继有人。”我的手指，又奏出“羽”音。

“你所说的，我都明白。”蓝真饮了一口凉透的茶。以后的几个月，蓝真只来过两三次，倒是独孤凉来得勤，终至年下，我下了逐客令，不许独孤凉再来了。独孤凉只得留了年货，骂我“过河拆桥”。

裹着毛毯，拥着炉火，我翻着已旧了的兵法，锦帨派来的鸽子在一旁的桌上蹦跳着。我把竹片夹在看完的那一页，将鸽子引到自己手上，取了字条。

武颜，有孕了啊。这个年，可真是热闹了。

我将右手指节放到唇上。这会是三哥的第一个孩子吗，武颜会尽力保护这个孩子吧，若她只为了后位，定会保住这个孩子的，可是，当年为了权位残害亲子的女人，又哪里在少数。

我的脖颈有些发凉。我掀了毛毯，走到桌边，写下了离宫这么久第一次给锦帨的命令：尽力保住这个孩子。

上元节，我等来了蓝真。“看来，你真是小隐于林，宫中的任何风吹草动就能左右到你。”他笑道。“见你这副样子，便知宫中状况不错，至少尚在你与武颜的掌控之中。”我放下手中的面团。

“是啊，毕竟武颜已从昭容，升为妃位了。”蓝真又掏出鸽笼。我察看着碗中的芝麻，“甘玉那里没有什么动作吗？”“并没有。”我停下手里的动作。

甘玉没有任何动作，着实是太奇怪了，她是忌惮着现在的颜妃吗，还是觉得甘家的势力已大不如前，所以不敢妄动？甘玉行事向来谨慎，若非一击致命，她是不会出手的。难道此刻，便是那风雨前片刻的宁静？那么风雨，何时会来，如何来呢？

"蓝真，武颜信任你吗？"我倚在桌上。"她为后位，我为报仇，殊途同归，想来目的达成之前，我们还是彼此利用的。"彼此利用吗，仅仅是如此。

"那你对武颜，了解多少？""除了入宫的籍册上有的，倒也没有多少。只是，她在与皇上同制桂花糕后，经常亲自做吃食送到麝华殿，甚至，有时会亲自在娇颜殿备了膳等着皇上。"

是这样吗，我的计策成功了吗。武颜的心是套牢了，是不是真的该出手帮她一把，或者说，是为她防备着些了呢。我净了手，坐下。

蓝真见我一直是思索状，便自个儿取了茶具备茶。"你可有一直查当年蓝谛的事？"待蓝真斟了茶，我问。"哪件事？""甘玉小产的事。"我道。蓝真看着我，等着我继续说。

"前尚服局司衣杜柔燕，她应该知道些什么。你去找锦帨，从掖庭局入手，去寻杜柔燕的归处。"我饮一口茶，"不过千万不要打草惊蛇，甘玉此刻按兵不动，我还拿不准她到底是无计可施，还是守株待兔。毕竟，我们对这位颜妃的了解，完全不如她对我们的了解，若有什么需要帮助的，便联系锦帨。"我瞥了眼鸽笼。

蓝真自然是会意。"颜妃的胎，我始终是不放心，若有可能，我希望三哥能让方太医去看着。还有，当年甘玉的事，必与太医院脱不了干系。"我放下茶杯，指节又回到唇上。

"你难道从来没有想过，是小谛的错吗？"蓝真突然问。我低头，放了手指，"若她真有这番心思，恐怕此刻还轮不到武颜为妃吧。"蓝真亦低了头。

我不知，是不是又伤到他了。我起身，到他身边将他拽起，"你以前不是在这里与焚蝶做过吃食吗，今日上元，你是不是也该帮帮我？"说罢，也不管他乐不乐意，就拉他到桌边，将一撮面粉抹到他脸上。

又是一年二月初一，桃花又将开了。"你又在为什么担心？"独孤凉的手指从我的脉上移开。"左不过是人世俗事罢了。"我笑道。

"你避到这儿来，不就是为了摆脱那些俗事吗？你的气色好不容易好多了，怎么又去沾染那些污垢，又以心神困扰身体，再如此，我便要把你捉到含口去了。"那张妖媚的脸有些扭曲，仿佛鬼魅发怒的样子一般。

我不禁笑出声来。独孤凉则还是气愤，别过脸去。我嘟着嘴，起身，走到他身边，牵着他纹了晚霞的袖口，撒娇地摇摇，“师兄，你别生气嘛，今日是我生辰，你有没有带礼物啊？”我说罢，夸张地看看他的左右手。

独孤凉又是一个指节敲到我脑门上，也笑了出来，“再如以往一样，我为你浣发，可好？”我不敢不答应，便乖乖坐到矮凳上，倚在矮几上。独孤凉配了他喜爱的浣花水，将木盆放到我头下。

一捧水从额际浇下。“水温还好吗？”我轻“嗯”一声，闭了目。若那理顺我青丝的双手，是焚蝶你的，该有多好。不要芍药香的浣花水，要桃花的，或者桂花的，就这样，天边沏清茶，涯涘浣发。

一滴清泪，从我的眼角流出。一个温热柔软的物体，将其拭去，那是独孤凉的唇吗。我睁开眼睛，坐起身来，用手巾拭了头发，“你在做什么啊？”独孤凉的脸还停留在刚才的地方，“寂雪，你都已经选择逃避了，就不要再被那些事烦心了，若你再这般难过，我会控制不住的。”“你误会了……”“我知道那刀剑无情处有羁绊你的人与事，但我为了保护你，会不惜一切代价。”独孤凉此刻的眼神，仿佛能在夜里闪出光来。

我心底有有些发寒，不敢再说什么，甚至不敢再问一句，他是什么意思。

当时，如果我不那么懦弱，如果我可以质问他，是否还有相当充足的转圜余地。待到枯荷听雨之时，我收到了锦帨频繁的密信。

先是杜柔燕，她已被武颜控制，想来口供已经在手了。之后不到半日，又传来武颜产下一子，这孩子成了璐麝的第一个皇子，三哥的第一个孩子。小月未过，得知杜柔燕家人被杀，是武颜借杜柔燕向甘玉发难了。

武颜这次出手，着实不是什么好时机，自己刚产子，虽得圣宠，但毕竟也是女人最脆弱的时候，此时出手，她的身子能吃得消吗。还是她想借此刻三哥对她的宠爱，扳倒甘玉？不对，若她出了小月，孩子渐渐成长，胜券优渥，再晋一个位分也是有的，那时岂不是更容易些？莫非，她已等不及了吗？这么急切地想扳倒甘玉，莫不是同样掌握了她的什么秘密？

过了七日，锦帨的密信再次送来。这是甘玉的秘密，从杜柔燕口中挖出来的。原来，当年甘玉月份渐大，得知自己腹中的是个死胎，虽然当时落胎对自身有极大的损伤，但她还是决定用这个死胎来除掉蓝谛。原是如此，当日我与三哥绞尽脑汁想不出甘玉为何以腹中胎儿来陷害蓝谛，为何不留着自己的这个依靠。原是如此。

得知了一个真相，我却更不解了。甘玉刚有孕时，三哥虽然用了药，但我也是担心，所以日日去请脉，并未有任何不妥，也就是说，是自我停了请脉之后才有的蹊跷。虽然我没有请脉，但也时不时从太医院要脉案来看，也未有不妥，所以我才怀疑是太医院内部的问题，是有人在毒害甘玉。

当日，甘玉在后宫一枝独秀，并未有任何人有心有力去毒害她，那究竟是什么人、有什么动机，去做这件事呢。“本宫的一根毒刺，已经为你们种下了，你与欧阳晨昭生生断了本宫的路，总有一日，本宫会让你们付出代价！”陆梦的话在我耳畔回响。

我一个站不稳，差点摔在地上。陆梦，果真是心狠手辣到一定程度了。我与三哥日防夜防，内防外防，终究还是败了，败在了一个死人手上。

我强饮下几口凉透的茶。与陆梦一事相比，我反倒更担心以后的事。武颜这一子，着实是下了十足的力道，足以置甘玉于死地，但甘玉就这么容易被摆布吗，她又得用怎样的计策反击呢，她的力度又将几钧呢，武颜又是否能独善其身呢。

战战兢兢又三日，锦帨送来了另一封密信。武颜，果真是有隐瞒的。武颜的母亲本是施焰掌管祭祀的一个女官，在当年进攻施焰时因保护旧主被杀，留下武颜一人。施焰郡内的叛党便抚养了武颜长大。武颜入宫，实则是为取三哥的性命。看到这里，我的额头已渗出了冷汗。

事情败露，武颜愧对三哥，丢了尚在襁褓的骨肉，吞金而亡。终究，还是这样啊。我松了手，信纸落到地上。

又一张争奇斗艳的繁华演绎，还是落幕了。究竟是两败俱伤，还是渔人得利。

我不想去问甘玉的下场，有蓝真在那里，有三哥在那里，绝不会比武颜好。说到底，她也曾是一个单纯的母亲，知道自己无力得到夫君真爱，便想留一个孩子在膝下，只是……她也是权力斗争的牺牲品，她也有自己的苦衷，我理解她，虽然不代表我能原谅她。

至于甘望，听闻其借着国丈之名横征暴敛，结局如何，我心里清楚明白。只是，又是这样，身不在其中，却难免被波及。

那晚，我做了一个梦。仿佛，有一个美艳的女子立在殿内，望着自己怀中的孩子，说一句，自己选择离去，是为了让这个孩子更好地活下去。仿佛有一个帝王，望着气绝多时的这个女子，说了一句，朕的旨意未到，你怎么敢死。但我分明看到，他眼中的决绝，像极了他的父皇。

我仿佛还听到，有婴儿的哭泣声。

三

三秋桂子之际，锦帨告诉我，三哥将微服至麝城，暂居南山。我回了信去，说我将在南山等着。亭台楼榭，花鸟虫鱼，何为物是人非，我早在宫里就参悟了，只是这南山更浓郁而已。一水月白望仙裙，几只银线宫花，略用粉黛掩了近日的憔悴，指挥人打扫了昆仑和蟾宫，我等来了三哥。依旧是锦衣。

我望着阳光的方向。再看不出他是当年金戈铁马的楚王了，他比当年瘦削太多了，眼角眉梢，都有沧桑沾染了。当年父皇失了母妃，可也是这副模样？我很心疼。

我走上去，添一个笑脸，“怎么这般不当心。”伸手抚平三哥肩上的褶皱。三哥却是望着我，什么也不说，突然抱紧了我。他腰间的香囊靠在了我的腿上，他的琵琶骨将我的肩膀紧紧扣住。我的双手贴在了他的背上，摸到了他略显嶙峋的背部。他身上带着水仙香味的龙涎香，都已经渗到我皮肉里了。他着实，消瘦太多了。

我的右手又覆在他的脑后，轻轻拍着。这一刻，我们都说不出什么，只能这样拥抱着。就是这样一个拥抱，与其说他抱着我或者我拥着他，倒不如说，是两个岌岌可危的人为彼此寻的依靠，所以相互支撑着，不至于使任何一方倒下去，汲取对方的温暖与力量，再给予对方温暖与力量。

越过了三哥的肩膀，我看到了蓝真悲悯的眸子。“我真的累了，寂雪。”三哥沙哑地说。“我明白。”我将自己的气息吐在他耳边，“昆仑已收拾好了，去歇歇吧，有我陪着你，好吗？”三哥松开了我，将我耳前的发丝拢到耳后。又捧着我的双颊，在我额上印一个吻。我闭目受了。

昆仑，我燃了安息香，坐到三哥床边。三哥躺在龙床上，伸出手覆到我的发。

他的手，一寸一寸，抚过我的发饰，我的额头，我的眉毛，我的眼睛，我的脸颊，我的鼻梁，我的嘴唇。我握住了他的手。

“世事无常，总还为我留了一如既往的你。”他道。我将脸贴到三哥手背上，“也为我，留了一如既往的三哥啊。”他勾起嘴角。我亦是，“睡吧三哥，寂雪在这里陪着你，像以往你陪伴我一样，不知疲倦。”三哥不再与我说话，只是握紧了我的手。

约莫过了半盏茶的时间，我感到手上的力量松了。于是我坐到脚踏上，右手仍被三哥握着，便将左臂放在床上，下巴放在那里，静静看着三哥。上次这样看三哥，是寞云与大哥的尾七刚过，他喝得酩酊大醉的时候。那时候的他，虽然已经历了权力游戏，但尚有青涩残留，仿佛刚入火的羽毛一般。

如今，他的眼角依然平滑，嘴边依然没有胡茬痕迹，但眼睛，明显比以往深邃了许多，嘴角也沉了许多，仿佛有什么积淀在了这里，愈压愈重，所以笑容都变得艰难，哪里还看得出羽毛的样子，只有被风带走的青烟和混入尘土的灰烬昭示着它曾经存在过。这样一副面容，会越发像父皇吧。不怒自威，但是笑里总会藏着什么，无论再怎样掩饰，也是藏不住的。

很累吧，三哥。我不想问，与武颜的这段感情，你放了多少真心进去，但我知道，你很累，真的很累。权利场斗争这么些年，如何看透，如何利用，后宫的女人永远捉摸不透的，帝王之心。我再次将脸贴在三哥手上。

没关系，我知你本心为何，就足够了。累了，便歇一歇吧，毕竟你的路更长，担子更重，我不能陪你，还不能体谅你吗。这桂花飘香的月里，我再次亲睹了三哥制桂花糕时的样子。

小心翼翼，生怕弄坏了什么，仔仔细细，生怕少了什么。然后，对身边的人一笑。以前还好，如今是少见了吧。那般仔细，全然是在呵护心爱之物，温柔又细致，修长的双手仿佛从未执过剑，所以尚能做一场指舞，那是难能可见的柔情似水。然后，对身边人的一笑，似春风拂过脸颊，清流滑过双眼。

所以我当初将制桂花糕之法给武颜，暗示三哥与她同制桂花糕，只这一场面，就足以俘获一个女子的芳心。

“我都能想象，你是如何对待我侄儿的。”我笑道。三哥动作一颤。“你还未给他取名吧？”“我倒希望由你来取。”三哥将面粉从手上拍落。我沉思片刻，“晨者，清早也；昭者，日光也。所谓‘晨昭’，便是清早的太阳，最清晰、最柔和，不似中午明亮晃眼，不似傍晚垂垂将暮。”我的手指在面粉上画着圈，“朝露未晞，‘晞’一字，同样是清早日光。”

“‘晞’这一字，除了日光，还有暴晒之意，日光太烈，总是不好，不若细雨，滋润万物。”“晞润，如何？一刚一柔，刚柔相济，方是正道。”“极好。”三哥的指尖抹到我鼻尖上。我向他做了个鬼脸。

三哥回京那天，阳光好得都不真实了。他就立在阳光下，身上的银线在阳光下微微闪着光，目睹这一幕，我才明白何为白龙鱼服。头发高高束起，发际线处修得整齐，额头那么饱满，眼睛深邃得恰到好处，阳光使他的鼻子更显挺拔，唇边带笑，好一如琢如磨的如玉君子。云之君，也不过如此吧。

阳光将他的些许影子，印在我的月白裙上，这辈子都挥不去了。他转身要离去。我不知为何，竟奔过去，从背后抱住了他。我的每一根发丝，都被他身上的味道浸润。总觉得，这辈子就这一次了，这种恐怖感，比我之前的每一次涉险都要强烈。

“三哥，好好的，别的都不重要，纵使是家国，纵使是天下，都暂且搁一搁，你先要好好的。”我不知怎么，说出了这样的话。“你放心。”他这样回我。我放了手，让他把他双手的温度，留在我肩上。就这一次了。

车驾消失了，我脑中还回荡着这句话。起风了吗，我的双臂，怎么又开始冷了呢。

半个多月，我等来了蓝真，或者说，我与他约在了今晚相见。一壶清茶，相对而坐。“你终究还是介意的，先帝如是，如今还是，你明知帝王有术，非凡人可以承受，但你肉体凡心，偏要去搞个明白，何必呢？”蓝真饮一口茶。

“真如我所想吗，天家之子无情，就真的一点都不顾吗？”我扶住茶几。

若说甘玉对蓝谛的陷害，三哥可能毫无头绪，但武颜的真实身份，难道三哥也不知吗？枕边人，甚至半个心上人，作为帝王，真的毫无觉察吗？就算三哥被蒙蔽了，蓝真就不知道吗？“我知道。”蓝真仿佛看懂我目光似的。“何时知道的？”“我本来早早就派人查了，但她隐瞒得实在太好了，在她见你之后不久，我才知道的。”“施焰郡中的叛党，可是你们利用武颜，顺藤摸瓜铲除的？”蓝真没有说话，算是默认。

我笑出了声。蓝真知道的那么晚，之前呢，三哥早就知道了吧。宠爱武颜，就是这个目的吗？说起来，我还算是帮了三哥，让武颜对三哥的感情中越陷越深，连自保都顾不得了。情该深到何处，才能使一个女人，不顾自己刚生下不久的孩子，愧而自尽呢。

我又冷笑一声，说是愧而自尽，我竟就信了，真的愧吗，真的是自尽吗？

真好的一盘棋，三哥的棋技，都快能与父皇相媲美了，隔岸观火，一举数得，简直都能称为完美了。"果真都是一个人教出来的，都是一缸水里泡出来的，一模一样的冷酷，一模一样的无情，好一个天家，好一片江山！"我手中的陶杯砸在案上，成了粉碎。

"寂雪，你真的认为皇上一点真心都没有吗？"蓝真突然问。"难道不是吗？"我将案上陶杯的碎屑拂到地上。"我先问你，当你远嫁荤鬻，我没能拦住如公子，你可否怀疑是我故意为之？""未曾。"我虽不知他何意，但还是如实回答。"那你是否相信，我无论做什么，都不想伤你，就算结果与我的本意相反？"他这么说，我就知道，真相可能会很伤人，"我愿意相信。""那接下来，我只想让你更了解皇上，更了解你自己，好吗？"蓝真的眼睛，又成了悲悯。

是在悲悯我吗？我点点头。"这个给你，去换下来。"蓝真指了指一旁他带来的木盒。我打开，是我的公主朝服。我便入了里屋，换下。出来时，早已洗尽了荆钗之风，尽染奢靡。蓝真让我坐在镜前，为我绾了发髻。我看着蓝真熟练的动作，突然想起了，以前六哥还在，三哥还在青阳殿，早晨起来，这两人一起弄我的头发。

"还记得你最爱上的妆吗？"蓝真问我。我看到镜中的女子点了点头。于是蓝真将我在浣雪宫上妆的用具给我，我便上了妆。"看出来了吗？"他在我身后，问镜中那个女子。我将四个耳坠都理好，却不解他的意思。"看着这面容，配上华服，配上珠饰，还没看出来吗？"他又问。我摇摇头。蓝真叹了口气，伸手将镜中那女子的眼睛捂上，"这样呢？"

我只能看到镜中的下半脸。鼻型柔和，双唇聚成一点樱桃。因近日伤神略显憔悴，双颊血色渐消，但用胭脂掩住了，所以乍看起来，仿佛是容光焕发。这样的粉饰，似极了宫中的浮华。

我突然明白了。武颜的面孔，我似乎在哪里见过，她着实是与蓝谛太像了，但蓝谛的面容，我却更是熟悉，若去了那双眼睛，不就成了我吗。

我移开蓝真的手，趴在镜子上，照着自己的脸。真的是这样，与武颜的一样，与蓝谛的一样，华服之上，珠钗为饰。“为什么？”我抓着蓝真的胳膊，“为什么是蓝谛，为什么是武颜？”为什么，是这两个三哥曾经极尽宠爱的女子。我想起了他对蓝谛的担忧，“你早就知道了是不是？”“我以前只是猜测，直到今岁你的生辰，才真的证实了我的猜测。”“是什么？”我扯着蓝真的袖子。“你生辰那晚，皇上喝醉了，与我一起喝的，醉酒后要去娇颜殿，结果一见到颜妃，开口叫的，却是‘寂雪’，拥抱时，是‘寂雪’，相吻时，依旧是。”蓝真残忍地说下去。

是这样吗？父皇早就看出来了吧，所以他才会那么忌惮那个预言，所谓皇后、太后的预言。想来父皇也警告过三哥了，所以三哥才会刚过父皇丧礼，便在春华锦堂设宴。他也是明白的，他是明白的。我收了扯着蓝真的手，摸到了发上的金钗，向着自己的右脸，狠狠划去——“寂雪！”蓝真握住了这只钗。“你放手！”我试图摆脱他，“毁了这张脸就好了，一切都好了！都是因为这张脸，让父皇漠视了母妃的爱意，让荦鬻大举来犯，让焚蝶命丧黄泉，现在又让三哥……”

“寂雪，你冷静一点。我问你，若他不是你三哥，只是自小与你长大的玩伴，若你师兄是皇上那般模样，那般秉性，你会选择他吗？你会爱上他吗？”他仿佛感觉不到金钗刺入皮肤的疼痛。

我倒吸了一口凉气，往事历历在目。肆无忌惮的玩闹，毫无保留的信任，风雨无阻，甘苦与共，一路相伴相护，相辅相助。若他真的不是我兄长，我还能安然看他妻妾成群吗？原来如此。

我松开了握着金钗的手。是这样啊。我将朝服中的攒金丝菱花手帕取出，拭了蓝真手掌的伤口，“对不起。”我抽出发上的金镶东珠钗，拔下东珠，将其中的金创药粉倒在伤口上，又取了纱布来裹好。

连朝服，都暗藏了这么多东西，能伤人的金钗，能救人的珠钗。我望着蓝真，有些不知该如何面对他的真诚，特别是这样一个经历不堪、身心不堪的自己。他虽然为了对抗甘家拉拢过官员，却是同道为朋，同心济以国事。他今日将真相告知于我，只是为了让我知道，三哥并非薄情寡恩，只对于特殊的人而已。面对这样的一个忠臣良将，这样的一个如玉君子，我自惭形秽。

“陪我喝酒吧。”我拆了发饰，长发垂到了后背。“好。”蓝真笑着。我便又入里屋褪了这身劳什子。依旧是相对而坐，只是刚才的茶壶换作了酒坛，这是蓝真刚从院中挖出的，我去年酿的美人泪。

“说起来，我已许久没与人这般对饮了。”我饮尽一杯，“小时候，师父允我与他在护心楼上对饮。入了宫，便是在宴上，再后来，只与父皇和三哥饮过几次，这几年，倒再没有了。”我斟一杯，刻意不去说宫里的事。“没有与独孤兄饮过吗？”蓝真也饮一杯，自己斟上。“你可见过我师兄？”“不曾。”

我笑了，“那可是太遗憾了。他若生为女子，必会有君王为他弃了天下，若他真为女子，想来当年蒙桑想要的，就不是我了。”我托着腮，“他啊，美则美矣，只是那双桃花目，那身妖气戾气，太吓人了，他若真动了怒，我连看都不敢看他一眼。”

“你是怕他吗？我倒是第一次见你怕什么人。”“他可能是唯一一个。我从来都不敢与他相对而坐，甚至不敢与他对视，生怕他能看透我，但他真的能看透我，他太了解我了。”我饮尽杯中物，再添。

“也有很多人了解你啊。”

“那是不同的。”饮尽，再添，“对于三哥，我相信他不会伤我，不会害我。甚至对于父皇，我都相信，纵使他利用于我，也会为我留退路的。独孤凉就不同了，你见过鬼魅给人留退路吗？”“你如何知道，他是鬼魅呢，只因为他的面孔吗？”“我与他相识相处那么多年，他为何人，我岂能不知。”

记得在含口，我曾顽皮地去斗弄蛇，却被蛇咬了一口，完全不严重，独孤凉为了表示对我的在意，却生生地，将那条蛇的皮，一片一片撕了下来。这份恐惧，我用了两杯酒才勉强压下。“那我呢，寂雪，你今日为何能与我对饮，为何选择信我？”

我的头已有些晕了，这不可能啊，当日我一人饮了几坛美人泪，也未有什么酒醉之感，今日怎么这么快就头晕了呢。我深吸一口气，不觉得这酒里空气里有什么不对的东西，莫非是年岁渐长，身体却不行了吗。

我再饮一口酒，“那你这般知礼守礼的君子，初见我时，怎会那般失态？”蓝真却挑起嘴角，“你认为，那是我们的初见吗？”我皱着眉不解地看着他。“那伏岳中的美人蕉可该哭了。”蓝真依旧是笑。你果真不记得了。我从他眼中读出了这句。

“是你啊，那个人，是你啊。”我恍然大悟。那夜月光凋零，星芒陨落，原来为的，是我面前这个人的双眸啊。我不会问蓝真，这般功劳为何不领，因为我知道，他从不觉得这是功劳，反而，这是他的耻辱，就如我远嫁一样。“从那以后，你便入了禁军，为何？”“施焰一战，有多少明枪暗箭，你自己可知道？我不过是想以我自己的方式守护你罢了。”

我大惊，进而大怒，“七年了，你可值得？我爱的人不是你，你可值得？护我至此，护焚蝶至此，你可值得？失去了家人，失去了自由，你可值得？”“值得。”他答得淡然。“不值！”我猛地坐直身子，打翻了酒杯，“我的美好年华，同样也是你的美好年华，你难道就这样辜负在一个根本不值的女人身上吗？你为我付出了多少，你自己可知道？”“我愿意……”

“我不愿意！”我打断他，“每每看到你，我都会想到你妹妹、你父亲，你蹉跎的年华，如今蓝家只剩你一人了，你还要这样下去吗？”“父亲和妹妹会明白我的……”“我不明白！”我再次打断，“我一想到你为我牺牲的那些，你可知我有多痛苦？就像我也知道焚蝶非我所杀，但仍因我而死一般痛苦！我因焚蝶而痛，因三哥而苦也罢了，你于心何忍让我再因你痛苦？”“我明白了。”蓝真依旧是笑，“我会放手的。”后来，我便不记得了，醉得，太厉害了。

第二日醒来时，已是我独自一人了，屋子整理得干干净净，若非少了一个酒杯，我都怀疑昨日只是我的一个梦。蓝真终于走了，他是放弃了吗？我看向墙上那栀子花：雨里鸡鸣一两家，竹溪村路板桥斜；妇姑相唤浴蚕去，闲看中庭栀子花。我走过去，细细观摩着。

这用笔，这着色，这线条，与我落墨是一样的，我的丹青技艺，源自二姐，二姐之艺，来自南宫家，莫非蓝真也学过南宫家的丹青技？我想起了另一幅栀子花：南檐架短廊，沙路白茫茫；近日不归处，一庭栀子香。那幅的用笔，特点更加明显，仿佛在哪里见到过。是我的画像啊。

父皇病重，我让南宫郁为我画像，却总不传神，直到三哥从宫外找人给我画了一幅，我方满意。当日，三哥说那人用情太深，置于画上。今日，我终于明白是何人了。近日不归处，一庭栀子香。是我忽略了，自始至终都忽略了，这样一份真挚的感情，这样一个人。若非我当年一心投入宫廷纷争，忘却人间真情，也不至于使他蹉跎多年。是父皇发现了这点吧，所以璐麝多了一位少将军。

三哥也是明白的，所以他多次创造我与蓝真相遇的机会。三哥，你当时，是怎样一份心情呢？三哥，我今后，该怎样面对你呢？原来逃了这么远，还是逃不掉啊。“明哲保身，谈何容易。”身后传来一个声音。“是啊，谈何容易。”我转身，面对那一身妖艳。

我不想问，他在这里守了多久，因为我怕，他的答案，是一直。“随我去含口吧，就如当年一样，放浪形骸之外，可好？”我念及三哥，念及蓝真，仿佛含口避世，也是一个极好的选择。“好。”仅仅是一个“好”字，就足以让我后悔终生。

我还是不够了解独孤凉，不够了解他的疯狂、他的偏执，纵使是因我。

四

含口，依然是这样啊，满目张扬的红，就像红颜阁，依旧保持着原样一般。只是，师父的坟边，种了满满的丁香。“你还没把四美图嫁出去啊，美女如云，可真是羡煞旁人了。”我打趣独孤凉。独孤凉只是笑笑。四美图个个长成了美人，只是依旧是赏心最会处事，悦目最是冲动，最是不喜我。

冬日的含口，繁华谢尽，连在屋中凭着炉火而生的芍药都没了生机，不过那棵会动的芍药却依旧如我刚来时一般的喜不自胜，只因到了年下。“寂寥一人，空对雪；孤独无物，自叹凉。你还记得，我曾这样说过吗？”护心楼上，独孤凉站在窗边，问我。

我咽下口中的鸡油卷，“记得啊。”“今日，总算是不同了。”他饮一口手中的美人泪。“说得就好像含口冬日下雪一样。”我又吃了一口鸡油卷，含糊不清地说。

独孤凉坐到我对面。我下意识地偏了身子，不与他正对着。“你会长时间留在含口吗？”他问。“不会啊。”“为什么？”

我抬了头，拭净了手，饮一口茶，“我将以怎样的身份留在这里呢？”“你会感到寄人篱下吗？”“这里始终不是我的归所啊。”我换了个答法，生怕惹着他。“难道皇宫是你的归所吗，你为何心甘情愿留在那里？”他的眼神不再是那样不可一世，而是难得的不解。

“我别无选择，我的身世、我的出身，我如何选择？我除了在宫中，还能去哪儿呢。”我起身，走到窗边，俯瞰着海雾笼罩的含口，灰蒙蒙的一片，看不到任何出路，“我的命运，就如这景象一般，我将归往何处呢，逃了这么远，还是逃不掉。所以，”我转身，“我以为在你这里，能得一息太平。”

“是因我吗？”“自然。”我道。我当时的那番话，真的是发自本心，我甚少对独孤凉那般严肃。我不知道他是怎样理解那场对话的，但之后的种种让我明白了，我就算是绞尽脑汁地撒谎欺瞒，也再不能对独孤凉话一句真心了。不能这般感情用事了，用理智我尚赢不了他，尚一败涂地，更何况，用我不堪一击的真心去对抗他极尽疯狂的感情呢。

季春刚过，独孤凉便因生意之事出岛了。以后的几个月，我将为我那日的做法感到好奇。若非我那日不是闲来无事躲过仆人的看守上了护心楼，若非那日晴照当空、万里无云，能远眺万里，若非我看到了那一幕，那么日后，独孤凉该以怎样的方式告知我真相，那么残忍的、难以置信的真相。

甲光向日金鳞开。也不过如此吧。

含口以南，竟有一座小岛，其远，非登上护心楼不能见得。以往我从未在白日登过护心楼，所以不曾见此奇景，并非海雾浩荡，并非皓月高悬，而是这样不堪入目的真相。

那身披黑甲的军队，是作何用的？真可笑，我还让蓝真和锦帨去打探火烧荤鬻王廷那晚的黑甲兵，难怪怎么找都找不到，原是在这里。难怪，那首领对我有那样的举动，我竟无半分反感与防备，原是因，那是独孤凉。

我奔下护心楼，惊动了那些看守护心楼的仆人。“小姐，您要去哪里？”他们拦着我。“走开！”我试图推开他们。可他们却围住了我。我想施轻功跃起来，可一运功，方发觉自己内力全无，甚至开始头晕眼花。

无忧散。这是废人内力的药物，因为除了一手的暗器和最基本的武功招式，我所有的武功和轻功，都是借着当初在含口积攒的内力。独孤凉这么做，基本上就是废了我的武功，他为什么要这么做。

“赏心！”我看到向我走来的人，以为她会告诉我。赏心却只是一脸愧疚，将涂了迷药的手帕捂到我口上……“你到底想做什么？”我醒来，看到独孤凉在床边，不顾头晕，先问了这句。“你竟不问问你的身子怎么会变成这样？”他低眉望着我，睫毛在眼上落下一片阴影。

“你养那么多兵，是要干什么？”我坐起身，瞪着那副绝世的面容。“当年夺位，你大哥在府中养兵，是为什么？”他亦瞪着我。我伸手攥着他的衣襟，难以置信，“你要做什么啊？你不是个鸡口牛后的人吗，你也知道那是一个多么肮脏混乱的地方，你何必如此呢？”“若非如此，我如何得整个天下？”“你为的是整个天下。”我松了手，目瞪口呆，“这些年，你可是一直派人盯着？”“何止。”他道。

我想起了荦鬻那夜恰到好处的救援，更是不敢相信，“锦帨，是你的人，对吗？”独孤凉的笑容，仿佛鬼魅被识破了真实的面孔，但全无惧色，而是倨傲与不屑，露出了全部的邪恶。

真的是这样啊，锦帨不肯离宫，冒险留在漩涡中，原是为此啊。在我身边九年之久，知我所有的事，知三哥所有的事，原来是为了这个世间的尤物啊。

“我当年和亲，可是你告知焚蝶的？”我再次攥住了他的衣襟。“是。”我连坐都坐不稳了。独孤凉，我拿你做师兄，视你如亲兄，纵不是赤诚以待，但至少不伤害侵犯一毫，你怎能这般待我？

“你的短剑在我这儿，你也不必用什么发饰了，以后会有人看着你，你只需要好好待在这儿。”那朵芍药披上了霜。“你有什么信心能够成功？我璐麝几百年根基，岂是你区区万人可以动摇的，以卵击石，你胜算几何？”我喊道。

“我的信心来自，那些人都是我亲手训练出来的。火烧荦鬻那晚，我只带了二百人，从含口匆匆赶到那里，人困马乏，尚能一举成功，更何况此刻，我富可敌国，兵强马壮。”

我真的是怕了。璐麝的每座城池虽然都有守军，但很难在短时间内聚集到一处，璐城虽有守军禁军，但若独孤凉的军队先隐没在百姓中，也是难以察觉的，更何况，他们完全有可能变装到璐城，然后杀个措手不及。

荦鬻那晚，我还零星记得，独孤凉的士兵虽不足以以一敌十，但以一敌五还是绰绰有余的，皇宫皇城，甚至官吏之中都有他的人，再来个里应外合，我欧阳氏才该算一算胜算几何。

独孤凉，为了一个野心，你就肯这样，把你我多年的情分一并铲除了吗，你口口声声的爱意，都比不过这份狼子野心，对吗？是不是，在你当年知道我的身份时，计划就开始了呢，否则锦帨也不会那时出现在我身边。

锦帨，我信任你这么多年，你却如寞云一样，这么巴不得置我于死地，是吗？我剧烈地咳嗽起来，连气都有些喘不上来了，终于从床上摔了下去……

与废了我的武功相比，这着实是老把戏了，先是迷药，然后是迷香，让我睡了好久好久。我是死了吗，着一袭红色，是有人把荦鬻那染血的晚霞移来了吗。这枫叶，本来没有这么红的，我这一身晚霞留仙裙，也没有这么红的，是那晚霞吧，染得过了，所以下了一场血的雨。

"寂雪。"独孤凉的面孔也是，被血染得殷红，"去璐城吧。""为何？"我听到自己这样问。他却没有答。为何？去璐城，去我的皇都，是不是，也去皇宫啊，我能见到三哥了吗，为什么要见他呢？是独孤凉，攻下璐城了吗，那为什么，不杀了我呢？独孤凉将我抱入车中，留在我身边。时至今日，我还有什么利用价值呢？我倒吸了一口凉气。

独孤凉只有那万人兵马，如果只用来攻打璐城，还是足够的，但打下来了，又如何守得住呢，所以他要留着那军队自保，用别的解除璐城的武装。

这不是我当年远嫁时的计策吗，我为人质，三哥便不敢用兵了。独孤凉的军队，也得以保全了。是如此啊。这便是我的利用价值了。可不可以认为，若我不在了，璐麝就安全了。想到这里，我下意识地去摸我的左袖，短剑不在那里，便去摸独孤凉的袖子，我知道，他的左袖中，总是有一把匕首。

独孤凉见我从迷药中渐渐清醒过来，忙抓住我的双手。我无法挣脱他，便想起了书本上说的咬舌自尽。独孤凉看穿了我的想法，将他的唇压在了我的唇上，将他的舌头伸入了我的口中。

我咬了下去。有血腥味。可是还有赏心呢，她又放迷药了。朦胧地，我看到独孤凉离开我，拭去了自己嘴边的血，又来拭我嘴边的，口中还喃喃着"傻瓜"。

黑云压城城欲摧。这场面，我注定要见过多次了。独孤凉这次，在我口中塞了丝帕，把我的双手用绸缎绑了起来，甚至知我不肯走一步，便用了步舆。

璐城皇宫，汉白石广场，雕栏，玉砌。我还是回来了，一国最尊贵的公主，以这样的姿态，又回来了。独孤凉说，他留了一天的时间，允宫城里的人逃离。逃离，多好的词。他不必留的，他真的不必留的，走到璐华殿前，只消远远一见，我就知道，无用的。

那龙椅上，那用赭黄染出的衣物，在月光下会显出红光，在烛火下会显现出赭红色，其色炫目，华丽无比，至尊至贵。我不想再抬眼看了。不想去看，那俊逸的面容上还带着一丝微笑；不想去看，那颈上的一道红光；不想去看，那未被龙案挡住的长剑；不想去看，龙案上溅了血的身着浅绛的女子画像。三哥，我欲自尽时，就料想到这一幕了。一日的时间，足够让你送走晞润，但对于你的殉国，当真是多余了。南山一别，当真是天人永隔了。你舍得吗，舍得你最宠爱的妹妹吗，舍得你周岁不久的孩子吗，舍得父皇托付于你，或者，你我呕心沥血得来的江山吗？我说过，我不会离开你，再大的风雨，有我陪你，就如当年你陪我一样。你也说过，要我信你，以后道路无论有多艰险，你都会护着我。我食言了，所以，你也爽约了，是吗？

"蓝真。"我听到独孤凉这么说。我的目光从龙椅移到了方台下。那里，还有一抹藏蓝。我挣扎着下了步舆。独孤凉将我口中的丝帕取出。

"你有机会走，为何不走？"独孤凉问。蓝真只是微笑。"不值，真的不值，不要让我再如劝焚蝶一样劝你。"我扯着嘶哑的喉咙，"他不会杀我的。"我知道。我从蓝真的眼睛里读出了这话。

皇子已被贺兰俪安救出宫了，在城中一个棺材铺里。宫中，还会有人帮你。他微笑着看着我，将这一切，用唇语告诉我。"你呢？"我颤抖着问出这句。"以后的路，你要自己走了，无论多艰险，我都无法再从一旁守护你了。"还是笑。"不要，你们蓝家就只剩你一个了，你为我牺牲太多了，这次不要了。我亲眼见证焚蝶的离世，难道你……"蓝真抽出长剑，横在颈前。

"不要！"这声尖叫扯得我头皮都隐隐作痛。三哥就是这么做的吧，果决迅速，连我的话都听不到。那藏蓝衣袖垂下，殿中响起长剑哀号之音，那雪白的栀子，被溅上了鲜血，那含笑的面容，向着地面倒去，一声闷响。我站在原地，无力回天。出将入相的人物，蓝衣华贵，白衣洒脱，或如谪仙，或似战神，阳光曾穿过枝叶，在他脸上留下斑驳的痕迹，温和的，超脱人世之外。就这般，归于尘垢了吗。

还有，那个白龙鱼服的人物，金戈代青袍，所向披靡。然后，将我紧紧拥入怀中。

别闹了，三哥，快过来，用折扇拍拍我的脑门，快过来，无比宠溺地唤我一声"寂雪"。我不管你情愫为何，我不管我感情为何，我只要你再像以前一样，唤我一声"寂雪"而已啊。三哥，你与我说句话啊，你与我说句话啊。三哥！我胸腔中的火焰从口中、从鼻中喷了出来。

我们的血，曾经相融过啊。三哥，我伤心至此，你也不来安慰我吗？我仰面摔在了殿中央。

那金镶夜明珠的藻井，消失在我眼前……三哥，带我一起走吧……

五

一滴，两滴，三滴……那是什么，是春风吗，是冰冷融化了吗？我是不是，可以褪下那厚重的斗篷了？是红色的啊，落到雪上，形成一个个红色的小坑。那是血吗？蓝真，是你颈上的血吗？三哥，是你的吗？

不是你们的，因为你们笑得这样好，似春风一般融了冰雪。是我的血啊，哪儿流出来的呢？是手腕啊。刚才的丝绸，割得很疼呢。这样的一个怀抱，是谁的。略瘦，是三哥的吗，纷争多载，你的挺拔犹在，健硕却在消耗，所以清减了。这可不好，知道吗，三哥？我还想，在你身边，无论以怎样的身份，怎样的眼光，照顾你啊。我伸了手去。水仙花开了吧，在雪中，在水中，开的。我手上的血，污了这纯净的颜色。对不起。梦醒了，花落了。

“这些年，我做了很多对不起你的事，你应该恨我。我只想问问你，你到底有多恨我，我是否还能弥补一二？”我问在我身后抱着我、给我喂药的那个人。“我从未恨过你，寂雪，我爱你。”那是独孤凉的声音。“改朝换代，家破人亡，生不如死，原因竟不是你恨我。”我低头，看着为我手腕上药的锦帨。

独孤凉没有说话，只放开了我，离开了。我冷笑一声，牵动着眼角落了泪。我扫了眼这个宫殿，还如以往一般，连床帐与被褥都未曾换过。我又回来了啊，真的回来了。我再次低头，看到的依旧是锦帨的双螺髻。她在上好药的伤口上涂了一层又一层的药，动作奇慢。我就这样看着，什么都不说。恐怕锦帨，是不敢面对我吧，我同样，也没有什么好与她说的。

我一直拿她做妹妹、做好友，尤其是在寞云走后，更是如此。一次次性命相付，一次次江山相托，我不曾犹豫半分，毫无忌惮，毫无保留，甚至为其留尽退路。

倒是她，帮着独孤凉将我逼上绝境。近十年了，到底，还是错付了吗？

“三哥，我要他在冰窟里，我要保留他身体，我不要他入皇陵；蓝真，我要他葬入他蓝家祖坟。如若可以，你便转告独孤凉。”我道。“是。”锦帨哽咽道。“晞润在哪里，独孤凉可是斩草除根了？”“贺兰将军早早将皇子送出了皇宫，当时，栗公公支开了去追的人，后自尽了。”“若还能找到他的尸身，且放在皇家寺庙，让住持为他超度。”“是。”“你可以下去了。”“公主……”她这才抬起头来。

“下去吧，我不想看到你。”我用手背抹去流出的鲜血。“公主，皇上在送走皇子前，让奴婢把这个给您。”锦帨将那枚鸳鸯香囊放到床边，退了下去。我摸起那枚香囊，鸳鸯在梁，戢其左翼；君子万年，宜其遐福。

三哥，我曾那么虔诚地为你祈福，却还是徒劳。泥淖之中，你不愿自拔，心甘沦陷，我救不了你，更是害了你。我攥紧了香囊。香囊中，是空的，除了一张纸条的触感。我忙打开。相信锦帨。我只读到这四个字。

这着实，是三哥的笔迹，别人模仿不来的。但三哥是何意，为何让我去信一个监视我近十年的人。这会不会，是独孤凉的阴谋？

我吸了一口气，嗅到了这纸条上的水仙花香。“腊梅高洁，总有凛然危乎拒人千里之外的感觉，冬日里与其赏梅暖心，倒不如捧一株水仙，静待其开放，唯玉之白、琥珀之金，虽莫若芍药之妖、腊梅之傲、碧桃之清，但如此，才最真实可亲，不是吗？”这是当年，我对三哥说过的话。

泪水，再次决堤。三哥，你是察觉到了吗，还是锦帨，念及我与她多年情分了。我咬住右手食指的指节，不知上面是我口中的血还是指上的血。别无他法了，纵使是锦帨再次欺瞒我，情况也不会比此刻更坏了，只能放手一搏了。

我将引枕丢了出去，正好砸倒了圆凳。锦帨听到声响，忙进入寝殿。“这并非我第一次将性命与江山托付于你，若今日我依旧这样信你，你会作何选择？”“奴婢万死不辞。”“我想要我母妃的那把短剑。它若在我手上，那独孤凉死；它若在独孤凉手上，那我必死。我等你的选择。”

“公主，若奴婢告诉您，主人，独孤凉要在三日后立您为后呢？”我用左手抹去口边血，“我若不答应呢？”“他说，是众望所归，那些冥顽不灵的，已经解决掉了，若您还不愿意，便把大臣们的上表都呈给您看。”

我的头靠在床柱上，独孤凉果真是在逼迫朝臣，也是在逼迫我，多年开科选拔的能人志士，如何能就这样毁于一旦。“现在就是你选择立场的时候了。”我用眼角注视着锦帨。锦帨没说什么，退下了。

无论锦帨有何意图，我都只能先这么做了，因为只要独孤凉还在，无论是谁，在心智上都是无法与他相比的。之前，拿我做人质逼迫三哥和朝臣，今日，又用朝臣来逼迫我，这样环环相扣，步步为营，他到底筹划了多久。

我一拳捶到床上，一口血呛了出来，溅在了那香囊和字条上。“你答应嫁我了。”半个时辰后，独孤凉入了浣雪宫寝殿。“我有别的选择吗？”我盯着床尾。“锦帨说，你要那把短剑？”我伸出伤痕累累的手臂。

独孤凉将那冰冷的物件放到我手上。“我要住在浣雪宫，不许锦帨或者四美图在我身边。最重要的，是我三哥和蓝真的后事，还有，我二姐和四哥。”我把短剑塞回左袖。“可以。只是你三哥的尸身，只能放在西冰窟了。”我这才看向独孤凉，“为何，不能放在与焚蝶一同的东冰窟？”“东边那个，已被我炸了。”独孤凉俯身，将那魅惑众生的皮囊靠近我。

“你……”我张口瞪着他，却吐不出半个字。四年了，七年之约已过半，我却再找不到那个与我约定好的人。焚蝶遗体还在时，我还能欺骗自己，七年之约一过，我就能带回焚蝶，寻一静处归隐，就此安老一生，再不问世事。现在呢，一切都没有了，所有支撑我强颜欢笑的东西，都消失了。

直到左袖中的短剑滑到地上，发出凄冷的声响，我才反应过来。“这样，你就能安安心心嫁给我了啊。”他冰冷如短剑的手，抹了我脸上的泪。“江山为质，我有什么不安心的？再说，”我冷笑一声，“我又不是第一次嫁人了。”独孤凉的表情一滞，收了手，“你怎么不问问你侄儿的事？”

“若你有他的消息，你岂能不用他威胁我？若我有他的消息，又岂能让你安安稳稳坐在这龙椅上？”我如他一般将自己满是泪渍的脸靠过去。独孤凉按着我的后脑，使我与他的额头紧紧贴在一起，“我说过，还是华服更适合你。”

我的指甲，却是刺透了我手掌上的皮肤。

第十二章

唇畔血

蝶恋花

萧瑟兰成看老去，为怕多情，不做怜花句。

阁泪倚花愁不语，暗香飘尽知何处？

重到旧时明月路。袖口香寒，心比秋莲苦。

休说生生花里住，惜花人去花无主。

一

我刻意忘了具体时间，也没有史官敢记下那具体的时间，我只记得，夏日将尽，天气转凉的样子。果真，应了师父那预言。我闭了目，任宫人在我眼上涂了金粉。

父皇，您看见了吗？那镂空飞凤步摇入了我的发髻。父皇，您费尽心机万千防备，却未料到真的有今日吧。我当日忍痛起誓，却不想登了这后位，却是为了这江山。讽刺吗？

我起身，那与陆梦、甘玉同式样的金银丝鸾鸟朝凤绣纹朝服，着于我身，身后的裙摆，比我当年的金线品红婚服还要华贵恢弘，足足要六个人才抬得起来。

这样的恢弘，只有此刻的璐华殿才有资格相较。那样的汉白玉石座，那样高耸入云的琉璃瓦重檐殿顶，那样繁复的斗拱和彩画，那样庄重的雕龙金柱，那样华丽的镂空花纹门窗，那样威严的神兽。还有，丹陛下左右而列的朝臣。

丹墀上，立着一身明黄的人。若有刺目的阳光，也许我会看错，也许我会误认为那是三哥。可那个人不是，那是二十四桥边、明月夜下的红芍。

我顶着头上繁重的发饰，拖着身上繁重的朝服，走到丹陛之下，立着，听礼官诵完所谓的册封旨，依旧立着。“钦此。”礼官再次重复着，暗示我要跪接册封旨。我依旧立着，平视前方。那上了金妆的芍药只是微笑，亲自走下丹陛，将他的左手伸给我。我却是思量着，右手依旧端在身前。

我瞥到刚刚从浣雪宫方向赶来的良辰。独孤凉显然注意到了，便示意她近前。良辰在独孤凉耳边说了什么。独孤凉脸色突变，有些紧张地看了我一眼。

“什么事，可是锦帨？”我问。“她服毒自尽了。”独孤凉想了一瞬，道。我又差点没站稳，良辰扶住了我。

“在这个日子。”独孤凉冷笑一声，“她真是疯了，良辰……”“我要把她葬到璐城城郊。”我打断独孤凉，伸出了右手。独孤凉望着咬着嘴唇的我，良久，用他的左手握住了我的右手，“好。”

昔我往矣，杨柳依依；今我来思，雨雪霏霏。果真了。以后的路，都要我一个人走了。丹陛好高，我走着走着，都看不清台阶了。独孤凉扶住了我。我挣脱开他。

就算是摔倒，也是我一个人的。我欧阳寂雪，一个人站起来，一个人走下去，在我璐麝欧阳氏的国土上。一场繁重的封后大典，尚未进行到一半，我的体力已经不支，额头上的冷汗不住地流。

“寂雪。”独孤凉将他的左手移到我的右手腕上。我甩开了他，头都开始发昏。独孤凉见状，一声令下，封后大典就此结束。我在几个宫人的簇拥下回了浣雪宫。褪了华服，卸了浓妆，散了长发，我坐在镜前，端详着手中的祥云步摇。“把这个，与锦帨陪葬吧。”我将步摇递给离我最近的宫人。“您要不要去看……”“不必，我累了。”我走到床边，躺下去，艰难地闭上干涩的双目。

我并未睡着，所以当方太医来时，我感觉到了，便睁开了眼睛。“公主……”方太医刚开口，就看到了一旁独孤凉的眼神。“随你怎么叫吧，反正也无甚区别。”我将左手伸出去。方太医带着褶皱的手指，隔着手帕，落在了我的脉上。

“左不过是从体弱成了体虚，意料之中的。”我道。“正是，本来皇后是阴阳两虚，因出宫这些年心态平和、有所锻炼，略有好转，可有因大怒大悲过度，血虚之症又犯，脉浮大而缓，又引起了气虚。”方太医道。“要比以往更悉心地调养，恐要日积月累，且不得再大怒大悲，才有可能治愈。”

“你可以退下了。”独孤凉对方太医道，又转向命令宫人，“给皇后更衣，该用膳了。”待我换了晚霞留仙裙到正殿时，独孤凉正等在那里，桌上摆的是他亲手做的菜馔。我与他一同坐下。

“我一直都很想，与你一起，好好吃顿饭。”独孤凉示意宫人下去。我平视着前方，不语。什么叫“想与我好好吃顿饭”，这么多年，但凡我与他一同用膳，哪次不是边吃边插科打诨使他开心。若他真想像寻常夫妻一般与我吃饭，那当真是妄想了。

“你喜爱的鸡油卷。”他右手用筷子夹了鸡油卷，左手接着银制碟子，递到我嘴边。我毫无反应。独孤凉放了鸡油卷，盛一碗汤，“本是燕窝薏米甜汤的，现在换了虫草糯米鹌鹑羹，尚食局的手艺如何，你尝尝。”我偏了头。“也许味道有点怪，但我试过了，想来你也喜欢。”他道。

我突然想起当年在含口，我嘟着嘴皱着眉不肯吃药时，他也是这般哄我，说他自己事先尝过了，味道还不错，想来我会喜欢，可一进到我口中，就苦得我又吐出来。但三哥就不同，他总会把寞云拎过来，说要我做榜样，否则寞云以后也撒娇耍赖不肯吃药。

想到这里，我眼中的泪水差点涌出来。我起了身，向寝殿走去。“寂雪，你乖乖喝了这汤羹，我就答应不去找欧阳晞润。”独孤凉将碗放到桌上。我停在了原地。独孤凉等着我的答复，他知道，屡试不爽。

我转身，坐回到圆凳上，将碗中的羹一股脑饮下，都尝不出是什么味道。我又将汤碗端到自己面前，拿起瓷勺，往口中送。

这才对，这才是现在的立场该做出来的事，再不必当年一般哄劝了，直接用条件来威胁、来逼迫就够了，何必那般惺惺作态呢。

“好了。”独孤凉夺了我手中的瓷勺，“别撑着肚子。”他的手，又覆到我的头上，仿若当年我乖乖喝了药，他所做的一般。我起身，让发梢都从他的指尖流走，入了寝殿。我听闻，独孤凉在正殿里坐了良久，才离去。

我蜷在床上的角落里，听着更漏到天明。空气里，有赏心燃的安息香的味道，如此，便睡吧，在梦里，也许我能见到我的三哥，问问他，为何不带我一起走。

人说血脉相亲的人之间是有感应的，也许并非有感应，而是彼此太过了解，知道下一步会做什么。昏昏沉沉中，我感到了一种不安。强睁开眼睛，我发觉自己在床上缩成一团躺着，额头背后全是冷汗。

窗外，天刚擦亮。“独孤凉呢？”我披上金线缀珍珠外裳。宫人都不回答我。我更觉不安，起身奔出浣雪宫，忘了多年来要迈过的门槛，差点摔在地上。

“娘娘！”宫人忙扶住我。我甩开她们，向麝华殿奔去，由于一夜的迷香，我的头脑还不太清醒，所以一路上跌跌撞撞，麝华殿的丹陛，几乎是宫人将我扶上去的。麝华殿的殿门从我的面前打开。我就着宫人的手，满头是汗地立在那里。独孤凉修长的手指携了帕子，拭干我的汗。

“又发生什么了？”我待他擦完，离开宫人们的搀扶。“什么都没有发生。”独孤凉欲扶住我。我甩开他，径自扶着桌椅入内，走到殿中，我左手撑着桌子，转身对着他，“你觉得你能瞒得住我吗，你想瞒多久呢？”“寂雪，这几天，你经历的事太多了……”“拜你所赐。”我从牙缝中挤出这几个字，“一股脑告诉我吧，天已经塌下来了，谁还能再被摔下来的东西压死呢。”

独孤凉面无表情地看着我，一双狭长的眸子都快有血光了。“你二姐和四哥，自尽了。"我愣在原地。竟然,牵连到了二姐和四哥,独孤凉竟连他们都不肯留下。

二姐和四哥啊,他们是怎样赴死的。二姐,是怎样与她丈夫和孩子告别的,是怎样一副决然形象?四哥,又是怎样立于那棵槐树下的,是依旧的淡漠,是难得的真心笑容,还是一派凛然?

那个女子,那个以夜幕为背景的女子,她会安静地立于月下,握着我的手,在宣纸上绘一树的梨花,把她的丹青技艺教给我。在我用墨污了自己的手和脸,甚至不小心打翻墨砚染了裙子时,她会帮我拭着手和脸,口中还说"再这般冒失,看谁敢娶了你"。

那个男子,那个在槐树下的男子,他会为我准备躺椅或摇椅,为我准备苦丁茶和槐花饼,在雨霁天晴的日子里与我一起仰望槐树后的白云满天,看我嚷着"那云像龙,不是,是蟒,哎呀,又成了什么",眼睛因笑意成了一条缝。

再不会了。三哥给的是无底线无休止的宠溺,二姐和四哥给的却是耐心与疼惜,无论是哪个,都没有了,再不会有了。二姐,当年你出嫁,我许诺你要照顾四哥,终究是失信于你了,连你,我都无力保护。

我的腿有些发软,独孤凉忙又来扶我,我推开他,自己却是后退了好几步,踉踉跄跄,直到撞上了后面的桌子,才终于找到了一个支撑,不至于摔倒。

"为什么,我二姐已远嫁,四哥不问政事,他们于你有什么威胁,以至于让你这般?""你不明白,他们是自尽……""你若不逼迫,他们会自尽吗?二姐有家人,你为何还要这般心狠,要这样斩草除根?"我质问着。

"你以为你二姐和四哥就如你爱他们一般爱你吗?"独孤凉大步走到方台上,将龙案上的宝剑丢到我脚下,"这是什么,你自小在宫中长大,不会不知道吧。"

我怎会不知,那是斩马剑,君王所配之物,至高无上的皇权的象征,因置于尚方中,所以称为"尚方剑"。"还有你父皇的遗旨,你要不要看一眼?"那狭长的眼睛闪出了红光,将一道圣旨又丢了过来。

我都忘了要用手撑着桌子,就直接捡起了那道圣旨,几个醒目的字眼刺了我的目:朕驾崩后,若三子和七女有动摇社稷之举,尔等可以尚方剑,正我璐麝根基。

好,好一个正我璐麝根基!原来如此。当日父皇病重,四哥向我提起他待字闺中的母家表妹,就料想到我会为了使二姐安心而提议联姻,借此,使他与二姐实现真正意义上的联合。

我知四哥不似表象那般淡泊，也知二姐不似表象那般宁静，但现在我更明了，他们是父皇教出来的啊，他们也在这深宫之中生存了这么久啊，我凭什么相信他们洗褪了滋垢、放手于朝廷？父皇竟还是不信我，甚至不信他亲手挑选、培养出的继承人，他生怕我会觊觎皇位，生怕三哥抑制不住自己的感情，若真如此，四哥和二姐会不会真的亲手把刀刺入我和三哥的心口？

我当年甚至我现在还傻傻地以为父皇是那般爱我，四哥和二姐是那般信我，原来不过是三人联手防着我与三哥罢了。嘲讽啊，如此精心的布局，如此冷酷的心思，算尽了一切，防尽了一切，却独独算不到、防不了已固的命运。

我只想知道，父皇驾崩前，是否真的把我看做了母妃，那饱含深情的言语，究竟是说给母妃听的还是说给我听的？刚才双腿还有支撑我捡起拿到圣旨的力气，现在却是一点力气都没有了，我又连连后退，将桌椅都撞翻了，我跌坐在那一片狼藉之中。

“三哥！”我和着鲜血喊着，“你看到了吗，这就是我们的父皇，我们敬爱一辈子的父皇，也是防了我们一辈子的父皇！我们绞尽脑汁、费尽心机拼来挣来的皇位，竟是这样的！”我大笑着，笑得鲜血都淌到衣襟上了。独孤凉从方台上走到我身边，脸上的悲悯与当年蓝真一模一样。

他紧紧地抱住了我。我笑不动了，便哭了起来，扯着他的头发哭了起来。“你为何要迫使我看清这样的真相？”我指着那把龙椅，“坐在那里的人，就注定要众叛亲离了，是不是？”

我是笃定的，虽然二姐和四哥手中有那尚方剑，也只对我与三哥有用处，于独孤凉是半分忌惮都无，独孤凉肯为三哥留一日的退路，说明他不愿赶尽杀绝，所以二姐和四哥本不必死。他们之所以选择赴死，除了以身殉国之外，更是在逼迫我，他们也知道，时至今日，可以拼死扭转乾坤的，只有我了，他们选择在我封后之夜自尽，就是这个意思。

除了亲离，众叛，也着实是痛彻心扉。这便是权力之巅的真谛了吧。我受不了。自封后至今日，我已有三日水米未进了。独孤凉坐在我床边，手中端着他热了多遍的燕窝薏米甜汤，望着坐在床上发呆的我。

“传膳，要刘尚食亲自做了送来。”最终，独孤凉将甜汤递给宫人，起身道。我不知他何意，目光落到了他身上。他却是背着手，望着檀木雕花架上的骨雕桌屏，那龙袍并非以金线刺绣，而是用茜素红丝线绣上，一条红色的龙腾在身上，仿佛满心的欲望都张扬出来一般，当真是恐怖极了。我下意识地抱紧了双膝。

刘尚食很快就送了膳来，摆了满满一桌子，想要退下。“等等。”独孤凉道。刘尚食便只好留在了寝殿里。独孤凉亲自盛了一碗旋覆花汤，端到我面前。我偏了头。他放下汤，又夹了酒酿圆子。我依旧偏着头。接着，他将桌上的菜一一夹给我，我都偏头不理。

独孤凉将乌木三镶银箸放到桌上，“既如此，不是因皇后胃口，而是你刘尚食技艺不精，你可知该当何罪？”刘尚食忙跪下请罪。“你这是何意？”我用沙哑的声音问。“就是你看到的意思，非你之故，而是他们伺候不周，理应治罪，给宫中之人一个警戒。”独孤凉轻轻松松道出这句，“除非，你愿意让他们没有犯过错。”

我瞪着这张脸，这张艳压万物却又令人厌恶的脸，冷笑一声，伸了左手去。独孤凉将那碗汤放到我手上。我颤抖地，将汤饮到口中，根本尝不出任何味道。

就以这样的办法，这样的威逼，我终于恢复了饮食，只是不到十日，我开始呕吐。“终是心结难解、心郁难开所致，饮食虽恢复正常，但都是勉强下咽，食不知味，夜又不安寝，如何能不在身体上作用出来。”方太医如是道。这样一来，独孤凉也无丝毫办法，只得让我整日服用药膳。

是日，我听到宫人说桂花将尽，便出了寝殿，至了园中。这是果真的，已是秋日，这金桂自是受不得那般凄冽之音的。有冷风习习，梧桐下的秋千收不住寒风，轻轻晃着。

我走过去，将手抚在那略带萧索的绳上。那时候，我还没有去过含口，六哥还在，所以就任凭这桂花在风中飘零，将香味沁在风中，沁在泥土中，沁在秋千中。若我从未离宫，该有多好。

我跪坐下来，白色长裙铺了一地，手肘搭在秋千上。我就这样等，你们会回来吗，愿意回来看我吗？“你在做什么？”独孤凉想将我从地上拉起。“独孤凉。”我抬头，望着他，“你知道我有多恨你吗？我就像，你恨我一样恨你。”独孤凉刚才的心疼戛然而止，妖瞳又出现了，更加阴冷与险恶。他一把将我拽起，横抱起来，走入寝殿，将我放在床上，凑过身来。

我看着他越来越近的面孔，才想起于他而言的我的身份，惊恐地抱紧了双臂。他轻蔑地笑着，直起身子，“若非你自己躺到床上，我还不想碰你呢。”说罢，他甩了袖子，出了浣雪宫。

我颤抖地松了一口气，方发觉脸上凉凉的，不知是泪水还是冷汗。我是斗不过他的，他只是一个动作一句话，就把我吓成了这个样子，以后我如何从他魔爪中求生，如何夺回我璐麝欧阳氏的天下？面对独孤凉，面对他倨傲的态度与深不可测的城府，我甚至都不知用什么能动摇他。

可是独孤凉，哪里容得我先出手，或者说，哪里容得我做好防备，他的棋子，早就先我好几步，落在了我的痛处。

这日，良辰来了我宫里。“娘娘，皇上请您去麝华殿。”“何事？”“有人行刺皇上，是个宫女，皇上说，也许您知道她是谁。”良辰道。我收了短剑，明白了独孤凉的意思，“待我更衣。”良辰也不急，便应了。

我便入寝殿，换了身敞肩嵌珠羽纱裙，上妆略掩了憔悴，便去了。麝华殿内，美景和悦目擒着那宫女，那宫女还在咒骂着。我直接走过那三人，走到殿中央，看着独孤凉，“你想做什么？”“我只是想让你见见故人。”独孤凉坐在龙椅上，饶有兴味地看着我。

我便转了身，正视着那宫人，心下一惊。“我从未见过她。”我又转向独孤凉。“我也从未见过她。”独孤凉起身，走下方台，“不过，她的样子倒眼熟得很，你不觉得吗？”他走到我身边，“她还想行刺我呢。”“我也想这样，可惜没有这个本事。”我直视着他的眼睛。

独孤凉的嘴贴近了我的耳朵，“我想这世上，除了你，没人能杀得了我。”我道，“今日找我来，恐怕不是为了说这些没用的吧。”那宫女已停了咒骂，听着我与独孤凉的对话。“自然。”独孤凉一脸戏谑，“宫女中，有想刺杀我的，你说，太监与侍卫中，有没有呢？医官，有没有呢？”我不语。

“所以为了万无一失，我倒应该统统除掉，是吗？”我握紧了左袖中的短剑，“说出你的条件。”“寂雪，自小数你最聪明。”独孤凉的手指滑过我裸露在外的脖颈以及双肩，“你不也早已看出我想做什么了吗，否则这白羽纱裙，你为谁而穿？”

他微凉的手指滑过我裸露在外的锁骨，修长的指甲，似猛兽的利齿一般。我咬紧了牙关。独孤凉走到那宫人面前，抬起她的脸，“你的兄长是贺兰俪安吧，他还真是舍得将这唯一的妹妹送到宫里来。”“我贺兰家一门忠烈，若我知道入宫是为了欧阳寂雪这个贱人……”独孤凉扇了她一个耳光，眼中的戏谑换成了愤怒。“我是绝不会听我哥哥……”我又上前扇了她一个耳光。这一次，她没有再说话。

“如何？”独孤凉转身向我，眼中又换成了戏谑，将我有些松脱的耳坠固定好，“你可愿意？”“我有不愿意的资格吗？”我反问独孤凉，却是看着那宫女，声音低的，自己都差点听不清。“那这个宫女……”“留在浣雪宫，可以吗？”我听见了自己颤抖的声音。独孤凉使了个眼色，美景和悦目便松了那宫女，与他一同出了麝华殿。

“欧阳寂雪……”她开口道。我直接跌坐在檀木椅上，颤抖地呼吸着。“贺兰俪可，你可知道，你刚才差点就暴露了你哥哥的处境？”足足有一盏茶的时间，我才有气力说话。“你……”“你今后便在浣雪宫，少说话，尚能保住你哥哥，以及我璐麝欧阳氏的希望。独孤凉不是不知道你的身份，也不是不想除掉你，他只是用不杀你来告诉我，他愿意留润儿一条生路。”我将右手食指放到唇上，“或许，他只是做副样子给我看，让我略微放松警惕。”我的食指，竟如冰凌一般。

俪可现在的表情，就如当年锦帨初见我，听我安排晚宴衣装时一样。她本是在府中受着父兄无限宠爱的女孩，今日却要踏足这污秽之地。“回去吧。”我冰冷的右手手指抚着她红肿的脸颊，左手因为刚才对她的掌掴，现在还红着。

是夜，栖凤殿，凤榻之上。“这般春宵，你连妆也不上，就这般满面憔悴。”独孤凉道。我躺在床上，双手紧紧攥着自己内衣的衣襟，一脸惊恐地望着我身上的他，视野都模糊不清了，连话都说不出来。“寂雪，你就这般不愿吗？”独孤凉的气息，落在我的鼻翼上，有淡淡的芍药香气。我眸中的液体滚落。

独孤凉温热修长的手指，抹掉了那颗液体，又含到自己口中，“寂雪，你可知道，你在什么时候装得最逼真吗？”我心下又一寒。独孤凉的一双薄唇凑到我左耳上，“是在你，起杀心的时候。”他轻笑一声，却是极为轻蔑的语气，“你会刻意用别的东西掩藏住它，所以你会装得，很真。”

我听了这话，右手放开衣襟，迅速抽出枕下的短剑，向着独孤凉的后背刺去。独孤凉一把抓住我的手腕，“你以为我是蒙桑那个蠢货吗？”他左手一用力，我就不得不松了握着短剑的手，独孤凉将短剑扔出了床帐外。在他面前，我是半分隐瞒都不可能有的，之前种种所谓的“欺瞒”，是因为他心知肚明，左不过是陪着我演戏，今日我想欺瞒，却是半点可能都无。

我终究是败的。“我给了你机会杀我，可你没有把握住。”独孤凉的手指从我的眉梢滑到眼角，指尖又拂过嘴唇，“你我的谈判还作数，决定权在你。”

此刻，我真的是怕了，我不是没想过会有这样的结果，甚至我料定了会有这样的结果，但我没有料到的是，独孤凉此刻的眸子。那双眸子，抛却了人间的七情六欲，而是独狼跋涉良久追逐一只落队的鹿，鹿精疲力竭之时，狼在一旁默默注视着它，只等它连最后一丝反抗的力气都被独狼的气势耗尽，然后，利齿封喉。

不是贪婪，不是急不可耐，是冷酷，他知道猎物只有喘息和颤抖的力气了，所有的掌控权都在他手中了。他只需要等待，等着猎物臣服在他脚下，他知道，这不知天高地厚的、曾妄图逃跑的猎物，只能被他鱼肉，毫无反抗之力，毫无反抗之心。

我，也只有，喘息和颤抖的气力了。

二

那只是一种欲望而已，独孤凉只是想得到我，他等了那么多年，为的只是那一晚而已，所以这一个月，他再未入浣雪宫，再未见我，再未用什么事来逼迫于我，甚至已有了新欢。

是一个名叫徐漫的宫人，已封为徐充容，赐居烟水台。“昨夜，他在烟水台。”俪可道，她口中的“他”，自然是指独孤凉。“这个时辰，不是要准备上朝了吗，前几次独孤凉去的有些迟了，这次他想怎样？”我坐在铜镜前，连眉都懒得画。“听说，今日不想上朝了。”我放在妆台上的手指一颤。

近些年朝中官员调动厉害，再加上武颜离世，江山易主，施焰郡不知有何动静。独孤凉上位，虽是篡权，但也是励精图治，此刻不上朝，不知会耽误多少政事。

"更衣，我要那身公主的朝服。"我起身。我坐在步舆上，至了烟水台。不理会众人，越了宫门，穿了正殿，我走到寝殿前，敲了敲门。回应我的，是烛台摔在门上的声音。我原路返回，坐在步舆上。

"璐华殿。"我说出这三个字。

金碧辉煌，鼎铛玉石，无论用多么华丽的字眼来形容这建筑都不为过。

从密集的斗拱和繁复的和玺彩画下走过，迈过鎏金门槛，穿过金漆浮雕云龙门，金砖铺地。楠木的支柱已再嗅不到芳香，因为表面镀金，加刻飞龙式样。

我失了轻功，所以足下的金线暗花镶东珠凤履，在金砖上哀嚎着。

金漆五层台阶上，金缎覆的龙案之后，九扇九珠鎏金云龙屏风之前，便是那九龙缠绕的金椅了。我继续走着，冗长繁复的裙尾，在地上呻吟着。蟠龙衔夜明珠藻井下，我的头脑有些发昏。我面无表情，却暗自吸一口气。

这是我第一次，以这样的身份，这样的原因，出现在这里，纵使我当年是璐麝最尊贵的公主，纵使我不拘礼数，但我依旧是没有资格，走到这大殿中央的。

我略伸出右手，却无人相扶，我回头，俪可已停在殿外，不敢入内一步。我收回右手，走到方台上。

朝臣皆看向我。我亦看向这些纡佩金紫、器宇不凡的人们。我的右手，抚过那冰冷的龙案，那冰冷的龙椅。仿佛不是冰冷的，那里仿佛还有我父兄的余温，但是怎么就感到，刺骨了呢。

我收了右手，抬起眼帘，面对着臣列。朝臣们皆跪拜。只是，无语可言。我明白的，从无非君主之人能站在这里，况且此刻，我身为皇后，却身着公主朝服。此刻的独孤凉，恐怕正在施轻功赶往这里吧。

"众卿平身。"我道。那群朝臣便起身。

"今日，我与你们同在璐华殿，不为权势，只为朝政与百姓。我在这里，与你们一同等着该上朝的人来上朝，该理政事的人来理政事，若今日他不来，那这早朝，便由我来代劳了。"我的右手攥着龙案一角，道。"梓潼体弱，这般繁琐劳心之事，就不必你出马了。"殿门传来了独孤凉的声音。

我收了龙案角上的右手，与左手一同端在身前，下巴微扬，看看殿门的方向。独孤凉正立在阳光里，身上的龙袍闪闪发光，光芒直接压倒了我所身着的金黄。他的胸口微微起伏，似乎是施轻功赶来的。只是那表情，仿佛是见了什么令他满意的东西，如同他当年费了一个冬日培植的芍药，在春末夏初终于开放一样。

果真是美极了。他就这样笑着向我走来。我眯起眼睛，紧盯着他眸中那抹谋算。他立于方台下、我的面前，将他的左手伸给我。我没有理会，“这片江山，是你从我欧阳氏手中夺去的，我无能，无计收回，但却无法看你放任不管。”我道。

“不会有下次了。”他笑道，犹如当年在含口，他一次次答应我一样。“若再如此，你不管的，我来替你管。”“遵命。”他一脸戏谑，左手依旧保持着伸给我的姿势。我依旧不理会，径自走出璐华殿。俪可在殿外。

我坐上步舆，将袖中的信给俪可，“去找刘尚食，把这个给她，她会给你一壶酒，你把那壶酒送去烟水台，无论如何，就算是灌，也要让徐充容喝下去，明白吗？”

“是。”她拿了，便匆匆去了。我坐在浣雪宫的茶几前，用冰裂瓷的茶具，将一杯苦丁茶送入口中。俪可气急败坏地进来，“欧阳……”她的话还没说完，就被进来的独孤凉打断了。他立在我身前。

我不抬头，不敢去看他的表情，因为我知道，他是不会因一个徐漫而动容分毫，甚至他会很开心，开心我终于动手了。但是我不行，徐漫是我杀的，就如当年杀郑源儿一般，他替我开心，我却不能那般释怀。

他俯下身来，抓住我握着茶杯的右手，“寂雪，你真是厉害，难得的，你连无辜之人的性命都不顾了。”

“我一向如此，凡是威胁到我的，宁可错杀三千，不会放过一个。”我道。独孤凉突然大笑起来，“这才是你本来的样子，弱水三千，我只取你这一瓢，多的，就算是我容得下，你也不能容。”

我手中的茶杯被他笑得洒出水来，落了我一手。“寂雪，你还真是让我满意！”“你真是疯了！”我放下茶杯，甩了他的手。“我一直都是疯的。”独孤凉一脸邪魅，“我听你的，现在就去处理政事。”说罢，他留给我一个邪魅但是发自本心的笑容，离了浣雪宫。我在原地，难以容忍。

“欧阳寂雪，你知道你让我做了什么吗？”这次换了俪可。我挥手示意宫人下去，“听你这话，看来是办妥了。”过了好一会儿，才能用平淡的语气道。我让俪可在刘尚食那里要了一壶毒酒，赐给了徐充容。

“那是一条无辜的……”“但凡与独孤凉扯上关系的，都非无辜。”我的右手食指指腹在杯口上摩挲着，“今日，我的敌人只有独孤凉，且在这场博弈中，他处处留情。若后宫嫔妃一多，我的敌人就多了，你让我如何能应付过来，嫔妃有了子嗣，我便更是岌岌可危了，你让璐麝江山交付于谁，这江山，是否还能回归我欧阳氏之手？”

“可就算是这样……”“为了大计，有时候就要不择手段，你选择留在这个刀光剑影的地方，就要有应对这些刀剑的本事。”我的手指停下。俪可没有说话。我明白她的心思，“你且下去吧，我想一个人。”她便下去了。我又饮一杯茶。我该怎么办，事到如今，再无人提醒我有龙须糕可做了，我也算是穷途末路了。比心机拼城府，我都不敌独孤凉，就连武功都被废了，只剩这一手的暗器，却也无处可用。我是敌不过他的。

我手指上用了力，将茶杯压倒了，杯中的水倾在了我的手指上。水，凫水，曾经的我，着实是与独孤凉不相上下的。究竟技穷到怎样的一种地步，才能想到用这样方法。为了除掉他，当真是不择手段了。

于是晚膳时分，我换了一身白装，坐在叠月湖上的廊庑上，手中一壶美人泪，徐徐饮着。果不多时，独孤凉就来了。他退了人，坐在我对面，看着头倚在柱子、双脚搭在座上的我。

“寒日萧萧上琐窗，梧桐应恨夜来霜。酒阑更喜茶团苦，梦断偏宜瑞脑香。秋已尽，日犹长，仲宣怀远更凄凉。不如随分尊前醉，莫负东篱菊蕊黄。”我对着壶嘴饮着，“我这样的众叛亲离，悲苦企是一点呢？”

“不仅仅是因此，更是因为徐漫的死。你拼杀多年，何时有意去伤害无辜之人？”独孤凉的手，伸到我的脸庞。我侧脸避了，独孤凉一愣，收回了手，以及看我的目光，沉思着。

我趁他分神，丢了酒壶，翻身跃下廊庑，跃入水中。我看到，独孤凉一惊，喊了声“来人”，自己跳了下来。我知道，他会跳下来的，我的命一直都是由他来救，也只有他亲自动手，他才安心。一次又一次，我赌的，都是他这份安心。

落水之前，我唇畔展开了笑容。这个笑容，在我落水的刹那戛然而止。那湖水寒冷刺骨，仿佛湖水成为了一根根冰凌，直刺入我的小腹，我下意识地倒吸了一口气，鼻腔中充满了水，我呛住了。我想往上游，可是裙摆被什么东西缠住了。我不能呼吸了。

一声落水，有人抱住了我，死死的。我无助地抓住了他。他将自己的唇封住我的唇，将他的呼吸度给我。我看着他松开了我的手，扯开了我的裙摆。我想伸手去抓他，可那些冰凌拽着我的小腹下沉，我想，我无力抗拒了。

很温暖，不再是刚才湖水的冰冷，而是由外向内的温暖。我睁开眼睛，果真是在浣雪宫，我右手摸到了身旁的熏球。我动了动左手，却被人抓着。我看过去，是独孤凉喜极而泣的表情。

"寂雪，你有孕了。"独孤凉将我的左手贴在他的脸上。我却犹如雷击，看向一旁的方太医。他却是点了点头。

怎么会呢，我一度饮用性寒的苦丁茶，一度体弱，远嫁荤鬻时还用药物影响天癸，又伤身多日，仅仅是一夜，一夜而已。莫非是独孤凉在我的饮食中动了什么手脚，而我因味同嚼蜡，根本没有察觉？我用右手覆到额头上，抑制不住的疼痛。

这个女孩，她生来就是公主，有朝一日，会成为这个国家的皇后，还将以太后之礼下葬。

这个预言，已实现三中之二了，难道真会全部实现吗，我若真如此，我璐麝欧阳氏的江山，将如何呢。我瞥了眼寝殿中聚集的人，将眉头皱得更紧了。

"都下去。"独孤凉显然捕捉到了我的表情。我转向里面，抿了抿干涩的嘴唇。"我去给你倒水。"独孤凉忙松了我的手，跑去倒水。我望着他的背影，用力支撑起自己，站在床上，闭了眼，向床下跳去。

我以为，我会重重摔到地上，我以为，这样就能失掉这个孩子。可我没有料到，我直接摔在了独孤凉的怀抱中，他在我跳下去的时候抱住了我，我摔在了他的身上，他则是倒在了地上。他死死抱住了我，就如之前，在水中一般。我感到了他精瘦的身体和他身体里的叹息。

其实，我还感到了很多，比如他潮湿的衣服，比如他潮湿的头发，比如，还有些发凉的皮肤。他在救我上来后，就没有换衣服、擦头发吗？他是一直守在我床边吗？我开始有些相信，他真的很爱我了。

我的泪水，又流下来了。"寂雪，对不起。"独孤凉放松了对我的拥抱，"但是这不仅是我的孩子，更是你的孩子，所以我要保护好他，你明白的，对吗？"

我还没来得及说什么，只觉得颈后一痛，便昏了过去。

三

以后的几个月，俪可已不能近我身，换成了四美图，寸步不离。我没有机会做什么。还是说，我不想做什么。

那毕竟，是我腹中的生命，是我的孩子啊。每时每刻，他都与我在一起，我能感觉到，他的心跳与我紧紧相连，我的心跳也与他紧紧相连。

其实，到了三四个月，褪了衣服，我能看到自己腹部明显的隆起，就像每个夜晚，我都能抚摸到那隆起一样。会是个女儿吧，我总是坐在铜镜前，这样想。独孤凉是美得不可方物，我不希望这个孩子太像他。倒不如多像我吧，我虽然不如独孤凉那般美艳，但至少，还是可用美貌来形容的。

我常常伸了手，遮住镜中自己面部的某个部位。眼睛，还是像我吧，独孤凉的那双桃花美目，太妖娆了。这鼻峰，还是像他吧，坚毅孤傲偏多，可能会是个坚强的女孩。这双唇，该像谁呢，我的嘴很小，独孤凉的双唇很薄，着实不知，哪个更好看些呢。

想着想着，我会笑出声来，可就是这声音，让我从梦中惊醒。尽管没人提醒我这可能是个男孩，我也心知肚明，这意味着什么。

那日不知为何，我取了棋盘出来，执白子先行，黑子紧随其后。

今日一切，就如我身前的棋局一样。先机已被占尽，黑子仅剩守势。如果，连这守势都守不住了呢。白子已快将黑子堵得水泄不通了。我该如何挽回这颓势呢？还是，根本就无法挽回？已过了年，白日渐长，我却于这孟春中旬，在棋盘前，整整坐了一个下午。我手中的黑子，无处可放，又回到了棋罐中。

第二日，我命人将重新整理过的棋，送到了麝华殿。“今日你对弈，但还要顾着自己身子才是。”独孤凉将我扶到榻上坐下，又抚了抚我的小腹，“都快五个月了。”他脸上的幸福，我仿佛在甘玉脸上见过。

“这棋，我希望你可以帮我。”我示意将棋盘搬来。独孤凉微笑着，在我对面坐下。我执白子先行，又执黑子在后，他在一旁看着。终于，棋盘上又是昨日那般局面，黑子被围得动弹不得。

"现在，该怎么办？"独孤凉执一枚黑子，思忖良久，也不知该下往何处。

"白子一路凛冽狠决，黑子多次猝不及防，但所幸有转圜之法，苦苦挣扎到现在，着实不易。"他将手中那枚黑子放回棋罐，"寂雪，还是放弃吧。"我怔怔地看着他。

他是明白的，他是白子，占尽先机，毫不留情；我是黑子，先机已失，连反抗的能力都无。所以他告诉我，我这一路苦苦挣扎，着实不易，纵有转圜之法，也不过是借着他故意留的一点生机、一点机会而已。所以他又告诉我，放弃吧。

我手中的黑子落在地上。独孤凉起身，走到我身边，抱住我，让我的侧脸靠在他的胸口上，听着他的心跳，铿锵有力，却情深款款。

"寂雪，往日你再如何拼杀，也都是你一个人，你从不惜命，可现在，你已为人母，你如何能再如以往一般，半分忌惮也无？当年你母妃舍命保你，难道仅仅是为了留住你父皇的爱与歉疚，而非一点对你的爱吗？你生活在这样的母爱中，又怎能让你的孩子失去？"

我一手抓着独孤凉的衣服，一手覆在自己小腹。母妃是母妃，我是我，她当年是父皇的妃子，而我是何身份，我自己都未清楚。那时的母妃，是为皇室开枝散叶，今日的我，是对我欧阳氏的背叛。

独孤凉，你可明白？是夜，独孤凉坐在我床边，看着我入睡，反倒，是他趴在床边先睡了。我着实是睡不着的。由于独孤凉守在这儿，所以四美图并不在。我悄悄下了床，没有吵醒他。

榻上的小几，摆着白日的棋盘。我坐到榻边，手执黑子。更漏的水一滴一滴作响，在空旷的寝殿里发出清冷的声音。"呱！"不知从哪儿传来了一声鸦啼。我吓了一跳，手中的黑子落在了棋盘上。我低头，去寻黑子落在了何处，可是棋局发生了变化，形势似乎整个就逆转了。我将棋盘上废弃的白子移出，整个棋盘，白子竟去了大半。刚才无意落下的黑子，竟锁了白子的咽喉，全盘皆输。

一路上，白子一味专注于对黑子的围追堵截，反而忽略了自身的致命弱点，黑子一味设防，也忘记了主动出击。只是，黑子究竟要做出多大的牺牲，才能使白子完全弃了防备，忽略自己那个致命之处呢。

我明白了，只是痛不欲生。我将贝壳制的棋子以及白瓷制的棋盘掀翻在地，贝壳与瓷器的碎片布了一地。

“寂雪！”独孤凉被惊醒，奔过来抱住我。我扯着他身上闪着红光的龙袍，难过得说不出话来。真的要如此吗，虎毒尚不食子，我难道真要残忍狠毒到这样的地步吗？“寂雪。”独孤凉抚着我的长发。“为什么你要这般苦苦相逼，逼得我退无可退？”我仰面，望着他紧蹙的眉头。他没有说话，只是将我抱得更紧。

正月末，天上飘了雪。我立在叠月湖的亭中，望着湖中结的冰。不知为何，今年回暖得晚，都是这般时节了，还是寒风萧瑟。天色已暗，又飘起雪。我却出了神，向雪中走去。

“娘娘！”四美图唤着，跟了上来。我不理会她们，她们也不敢碰我。终于，良辰引了独孤凉来。“寂雪，随我回去。”他抓住我的胳膊。“你看这漫天大雪，你以前身在含口，甚少见到吧。此情此景，才真是‘寂寥一人，空对雪；孤独无物，自叹凉’。”他没有说话，抓着我胳膊的力气却松了些。

我的手覆到小腹上，心下一震，“独孤凉，他动了。”独孤凉二话不说，拽着我的胳膊，一把把我横抱起来，走向浣雪宫。“独孤凉，”我攥着他的衣襟，“你当年对我念出这些时，我根本不懂是什么意思，我不懂什么是‘寂寥一人’，什么又是‘孤独无物’。今日我才着实是尝到了空对雪、自叹凉的滋味。”

我感到独孤凉手臂一僵。“你连我对焚蝶的念想，都不肯留给我，你以为，这真的能让我安心吗？”我欲用手指去触碰他那双桃花美目。他偏了脸躲过。我知道，我惹恼他了。这是我所需要的。

接下来的一个时辰，也可能是两个时辰，我在浣雪宫的床上，高热不退，仿佛将炭火塞进皮肤一样。一开始喂给我的姜汤，我还能勉强咽下一二，此时换了苦药汁，我的喉咙，都不受我控制了。

有人叹了一口气，那是独孤凉吧。那人扶我坐起，一个柔软的东西覆到我的唇上，封住了我的呼吸。一个软中带硬的东西撬开了我的双唇，有很苦的味道。那软中带硬的东西压住了我的舌头，将他口中温热苦涩的液体送到我口中。由于没有呼吸，我很自然地咽了下去。

我的口腔得到了自由，吸进了有凉意的空气。

独孤凉，你为何要这般偏执与疯狂，你若不这么做，我们还可以如当年一般，郎骑竹马来，绕床弄青梅，同居长干里，两小无嫌猜。何至于今日，你苦苦相逼，我拼死反抗，本无嫌隙的两人，竟到你死我活的境地。

“你，可爱我？”那一碗药咽下，我问独孤凉。“爱你胜过一切。”他的手，抚到我的长发上。我轻笑，躺下身去。他笑得温暖，“我守在你床边，你安安稳稳地睡，好吗？”我也笑笑。

他便挥手退了众人，为我掖好被角，手落在我的小腹之上。刚才咽下去的药汁，仿佛直接涌进了我的心中，它的每一次跳动，都这么艰涩。更漏，已滴了半个时辰。我的左手，也覆在自己小腹上，好像刚刚转醒一般。独孤凉的手放在我的额上。

我捏住他的袖子，“你不会走的吧？”他一笑，“我怎么会走，我会一直留在这儿照顾你。”我松了他的袖口，“你肯言，我便肯信，纵使你从未这般温柔待我。”“傻寂雪，你究竟在说什么啊。”“我担心，我怕，悠悠生死别经年，魂魄不曾来入梦。”我抚到他的眉梢，“你可知道，焚蝶？”

我呼唤的那个名字，使独孤凉的眼神从暖日变成了冰锋。“焚蝶？”我继续唤着。那匹独狼终于燃了怒火，将我的手挥到一旁。我知道，他此刻定是心如刀绞，而我，又何尝不是痛入骨髓。

“又是一梦南柯，你为何还不敢正视你为那可以付上性命的爱，你又如何知道，我为这段爱所做的一切？”我撑着身子坐起，想要抓住他的胳膊。独孤凉却是站起身来，一朵芍药狰狞而开。“焚蝶！”我唤着。独孤凉转身，向寝殿外走去。

就是这个时机，我筹划了这么久。我的右手覆在小腹上，闭紧双目，栽了下去。小腹，准确地撞在了脚踏上。不痛的，真的不痛的，我头脑都不清楚了，我都已经疯狂至此了，怎么还会觉得痛！我倒在惊呆了的独孤凉的怀中，倒在血泊里，双手沾满了我孩子的鲜血。

这样多的血，我定是失了这个孩子了，我的目的，终于达到了。真好，狠心筹划多时，终于成功了，顺利得难以置信。可为什么，我也想跟随这摊鲜血一起，不复存在了呢……三哥，带我走吧，连同我的孩子一起，带走吧……

“孩子是保不住了，能保住娘娘已是万幸了。只是，娘娘的身子本就不好，这次伤身太重，怕是再难有孕了。”这是方太医的声音。一阵沉默，我感到，我的呼吸都掺着血。“失掉的，是男孩，还是女孩？”这是独孤凉从牙缝中挤出来的声音。方太医叹了口气，也许向我这里看了一眼，“是双生胎。”我没有忍住，一口鲜血喷了出来。“寂雪！”独孤凉抱住我。我的双手摸到自己平坦的小腹，全身都开始战栗，这是真的。

我亲手杀了自己的孩子，亲手杀了我怀了五个多月的孩子，天生的体弱，多年不分状况地饮用寒性的苦丁茶，长年累月地劳心伤神，数次用丹药改变自己的体质，几个月的体虚，那晚独孤凉的泄欲，那晚之后我的借酒消愁，甚至那日落水的冰冷，都没有能够挡住这两个孩子的到来，可今日，我亲手葬送了他们。

独孤凉，你的出现，使我父皇多年的防备毁于一旦。我的手段，又使你我的孩子不能降生，这究竟是对你的惩罚，还是对我的惩罚？我扯着独孤凉的衣服想要坐起，实际上，是他扶着我坐起来，我的双手，还紧紧攥着他的衣服。

“你告诉我，独孤凉，你有通天的本事，为什么连这样脆弱的生命都保不住？”我哭喊着，“这不仅仅是我的孩子，他们也是你的孩子啊。你究竟有多恨我，恨得连着两个你亲生的孩子都不肯留下？”

独孤凉如我紧紧攥着他的衣服般，紧紧抱着我。“对不起，寂雪。”“我多年体弱，深知自己可能无缘子嗣，自从有孕，我虽有几次不想要孩子，但到头来，我还是让他们平平安安长到了五个月，我甚至明显地感觉到了胎动，方太医也说胎象安稳，我的孩子，究竟是如何没的？”

“我……”我装作惊慌地推开了他，“我看到焚蝶了，是不是他在惩罚你我？”“寂雪。”独孤凉又抱住我，“你从来都是不信鬼神的，怎么会呢，如焚蝶已经……”“我本来是不信的，但自从我父皇驾崩，我摔了那尊观音像，就再未有所谓的太平之事发生！我真的怕了，独孤凉，我真的看到焚蝶了。可以说，是你我一并夺了他的命，所以，他夺了我们的孩子，来惩罚你我。”

他将我的头紧紧按在他的怀里，我的脸，锁在了他的胸膛里。“别怕，寂雪，我在这里护着你，无论什么都伤不到你。人来杀人，魔来杀魔。”独孤凉，如果是你最伤我呢？如果我是为了杀你，而伤自己呢？我本是棋者，奈何已布完局，被你沦为赌徒，江山是最大的彩头，我却一无所有，那赌注，就只剩我自己了。我用我的命去赌，独孤凉，你可准备好了？他身上的芍药将我淹没。我身上的血腥之气亦是。

这两个人究竟疯狂到了什么地步，除了自己内心坚守的东西，别的是非，对错，都顾不得了。

四

一个多月，我把自己禁锢在浣雪宫的床上，环抱着双膝。不必四哥再提醒了，我右手食指上的琥珀戒指，已然无法安安稳稳地在手指上了，若无指节半途拦着，恐怕，它就要从我的指尖脱离了。我料到了所有，料到了他对于我立于雪地中的态度，料到了他对于我想念焚蝶时的反应，这些全都在我的计划之中。除了，他现在的状态。与我相比，他着实好不到哪里去。除却食不知味，夜不安寝，他还有国事要处理，还有一个我要照顾。我在拖垮自己的同时，也在试图拖垮他，这只是之前的积累，总有一日，我会给他最致命的一击，就如他当日对我一样。

一日，司苑房的人送来了几株海棠花，赏心让人放在了妆台上。适逢我刚换下茶色襦裙，便在良辰的搀扶下走了过去。“您看，海棠花都开了，这天越发要暖和了。”赏心说着，将我扶到妆台前坐下，又麻利地将我所有的首饰妆匣取出来，“皇上很想跟您去赏花，您要去吗？”我不理会她，怔怔看着镜中的自己。

原来，我是憔悴成这个样子了。前几日只见独孤凉形容枯槁，却不知自己竟是这副样子。面无血色，双目凹陷，颧骨突出，果真是吓坏人了。

曾经，我也这样过，但三哥依旧不离不弃，为的是什么，是这一张脸吗？若只是这一张脸，该多好。我将妆台上的首饰扫到地上。那金钗玉簪、银镯珠翠砸在地上，那香粉螺黛、胭红花钿落了一地，落地的声音中，我听到了一个玉制、质地厚重，仿佛是一个指环的物件的声音。

我从不曾有这样的东西，那是什么？我突然感到，我忘记了什么，一直都忘记的，很重要的东西。我忙跪到地上，从珠光宝气中找到那玉制的指环。有一只象牙小盒，被我摔坏了，那个象牙小盒，是三哥给我的。我用自己颤抖的右手将破损的象牙小盒捡起，下面躺着的，是一枚玉扳指。那是父皇的玉扳指。自施焰一战，我就再也没有还给他。那时，我与三哥先回了璐城，我就让锦帨将其装在那精致的象牙盒子中，放在柜子的最里面，生怕这如君王亲临的宝物有何损坏。结果十年了，我忘了，锦帨也忘了。

原是如此。父皇，您是否在想，您的这个糊涂的女儿，拿着君王的象征，总是不归还，是为了什么？您为什么不跟我要呢？这枚扳指，见它如见父皇，当年我最应该用的地方，是救寞云。因为我的遗忘，所以不曾拿着它去牢中将寞云救出，而是选择在麝华殿前苦苦哀求。那么父皇当时让锦帨灌我迷药，可否就是发现我忘记了有这样一枚扳指，他又决心为三哥铺平道路，才这样做的。

父皇一直，没打算将扳指要回去，但他留给我，又是为何。我伏在地上，嘴唇吻到了那扳指，良玉触手生温，为何它一直是温的，仿佛就算我不触碰它，它也一直保存着它的温暖，不曾变更。尚方剑、遗旨，在二姐与四哥之手，他二人就算想要匡扶正本、诛杀逆贼，想来我手持父皇的扳指，也不会有任何闪失的。

父皇，您亲手在我身后设了刀剑，但同时也为我留了退路，是吗？您驾崩前，将四哥传入寝殿，不仅仅是为了防我与三哥，不只留了他尚方剑，还告诉他，我这里有您的扳指，有我与三哥有一条退路，是吗？我曾怀疑过，您既然早有意传位于三哥，为何还要立大哥为储君，我现在才明白，您只是想让大哥替三哥挡下陆氏一族的明枪暗箭吧，只是大哥做得太过了。

可是我呢，我都做了什么，我这般无知无能地猜忌您，自负聪明绝顶，却遗忘了人世真情，将您对母妃的感情、对我的父爱统统忘却了。我竟然还去怀疑您临终前的那番话，是否是刻意说给我听的。弥留之际，您终于肯托出对母妃隐瞒了一辈子的真心，就这样被您无知无能的女儿玷污了。

我到底，都做了什么啊。“父皇，您在天之灵，若看到您的女儿是这般模样，您的孩子成了这般模样，您的江山成了这般模样，该是怎样一种心情？儿臣不孝，保不住江山，还玷污了您的威名，日后，儿臣有何颜面见您？”我倒了下去……

睁开眼睛时，毫无疑问地，独孤凉坐在床边，手指还搭在我的脉上。

“你怎么会跑到这儿来？快去外面等我，我要更衣了！”我嘟起嘴，娇嗔道。他一愣，全然不知我是怎么了，但看着我明媚的表情，却是受宠若惊地快步走了出去。待我洗漱完，换了身桃色衣裙，欢快地走到他身边，“三哥，随我取莲心好吗？”“好。”他笑得一丝瑕疵也无。于是我与他泛了舟，到叠月湖上。莲叶约有半人高，由于划的是小舟，所以我与独孤凉仿佛置身于莲叶林中，颇有穿花寻路的意味。

“秋来江上澄如练，映水红妆应可见。此时莲浦珠翠光，此时荷风罗绮香。纤手周游不暂歇，红英烂熳殊未及。”独孤凉坐望着采了半舟莲花的我，道。我佯怒，嘟起嘴，瞪了他一眼，收了采莲的手，仰面躺在舟上，随便挑了朵莲花倒扣在脸上。莲花中的水顺着我的脸颊淌下。独孤凉，其实你心中唱的，是那句“千春谁与乐，唯有妾随君”吧。我假寐，希望将一切都置之身外。

可是回到浣雪宫，蜷在美人榻上剥莲子时，心痛又难以抑制地涌上来了。

以往，这莲子是做美人宴必不可少的食材，今日，就算我有体力献美人宴，也无人来享用了，就如同我再怎么拼命跳《招蝶舞》，那些蝴蝶也不会飞来一样。

我将手中刚刚剥完的莲子送入口中，满满的苦味，竟逼得我又吐了出来。

那么美的花朵，那么悠远的香气，那么纯洁的果实，内心却是这么苦涩。

夜晚，我独登宫楼，望着南面的璐城繁华。

春末，白日已有热气，所以夜晚总是最让人感到舒适，所以璐城的灯会亮很久，甚至有时会专门将宵禁时间放短，就为了让这繁华的时间更长一点，人们能更久地享受此刻的凉爽。

我将双手放到宫墙上，是春末夏初的清凉，加上凉风习习，我都有些期待远处的烟火了。

我自嘲地笑笑，侧身倚到宫墙上。却看到独孤凉独自从远处走来。

这次不再是一身茜红，也不是绣了茜红的明黄，而是一身的藏蓝。不知哪儿来的一束亮光，照亮了他的脸。这次，他放弃了自己天生的黛眉，而是将眉描粗了，额上还佩了银线绣麒麟的藏蓝抹额。他与生俱来的张扬与妖冶，只有红色配得上，也只有他，才能配得上红色。此刻，他却用这一身藏蓝生生束缚住了他引以为傲的外貌。

我不知不觉站直了身子，怔怔看着他。他提着食盒，一脸微笑，徐徐而来。又是一道亮光，将他的脸照得更加清晰。那双妖媚的眼睛，第一次这么清澈。“蓝、蓝真？”我下意识地说出口。他的笑意更加明显。“寂雪。”他走到我面前，“愿与我一同看烟火吗？”他转身，看着宫城外。我顺着他的目光看过去，那忽明忽暗的，竟是宫外放的烟火。

夜幕为壤，所以其色绚烂，星云为养，所以其形美丽。只可惜，烟火来自人间，从不被天界重视，它只有短暂的光辉。我就着闪烁的光亮看着独孤凉，光与影在他脸上交替着，若非我对他了若指掌，或许会看不出他与以往有何分别。

其实，如何能没有区别呢。鬼斧神工，才是他以往的美艳，不必添任何修饰，便足以称“惊为天人”，今日这番收拾，当真比不了往日，但这才有蓝真的感觉，仿若芍药与栀子，妩媚如妖，纯洁似仙，哪个更让人舒服，自不须我多言。栀子已落，纵使将芍药整个涂成白色，也无济于事。

“放烟火之地距我们甚远，这样既可以看到烟火全貌，又不会有何污浊气息，所以，”独孤凉打开食盒，“我带了这个。”他将那温热的白瓷描金碗给我。是水晶元宵。“多谢。”我用同式样的瓷勺舀起一只圆润的元宵，送入口中。不是芝麻馅的，也不是果饵，而是莲子。莲子被剔除了莲心，蒸熟，加芝麻油捣碎成泥做成的元宵，入口既有莲子的清香，又不失丝滑。我再次看向独孤凉，他只是吃着他那一碗元宵，看着烟火，仿佛丝毫没有注意到我。我便收了看他的目光，去赏那天地的盛会。

独孤凉，若你没有觊觎这片江山，该多好。这样虚幻的时光，并非没有半分益处，就像自欺欺人一样，一个愿意骗，一个愿意信，自己，那个人，都不那么伤心，也挺好。但就像赏心说的一样：无论多么美好，这只是一场梦，终会醒的，一旦美梦醒来，这样肮脏不堪的真相映入眼中，反而会更失落。我坐在浣雪宫的躺椅上，上天用云朵演一场场戏，看似这么无瑕纯洁之物，却无情地阐释着何为瞬息万变。

“天上浮云似白衣，斯须改变如苍狗。”我将手边的苦丁茶送入口中。独孤凉将他的手，覆在我的额上。我知道，此刻我们心中都在感念这句“世事无常”。“我困了，要睡一会儿。”我掀了身上的薄毯，对他道。“好。”他依旧坐在石凳上，笑对我道。我便独自入了寝殿，关了门，顺着门缝，无力地蹲坐下去。是时候了，赏心该来送汤羹了。由于我不喜人多，所以只有赏心在身边，连俪可都只是远远候着。我偏了头，将左耳贴在门上。

“主人。”这是赏心的声音。“寂雪去休息了，待她醒了，你再去把这羹热一遍吧。”我听到了，独孤凉在人前人后是如何称呼我的。“主人，赏心斗胆问一句，您有没有考虑过，娘娘这般，是装的？”片刻静默，仿佛是独孤凉在思忖，也可能是他盯了殿门一会儿。

“我知道。”我的呼吸都凝固了，什么叫，他知道。“主人，您这是何必呢？”“至少，她现在能有笑容，至少，她不会再伤害自己了。”我听到了独孤凉起身的声音，还有秋千的声音。“您心如明镜，娘娘心里却不明白，她此刻看似欢快，但就像一场梦一样，无论有多美好，终会醒的，到时候，她还能承受吗？”“那我还能如何？

把她从美梦中生拉硬扯出来，再让她每日以泪洗面，再看她食不下咽、夜不安寝？她的身体因我而伤，如今好不容易有些好转，我再让她面对现实，她的身体又如何能承受？”“那您就这样放任她饮鸩止渴吗？”“这只是自欺欺人而已，她欺了自己，我也欺了自己，但我们乐在其中，又能怎样？”“其实，是您在饮鸩止渴。”又是片刻的沉默，仿佛是独孤凉一愣。

“那又如何，穷途末路之人，有那么一丝希望，就算前面是深渊，也是欢欣的，不是吗？只要那鸩酒，在寂雪手上，我就情愿饮下，甘之如饴。”我皱紧了眉头。“我已做错了那么多，不能再错什么了，就算……”我猛地起身，拉开殿门，打断了独孤凉的话，“你真让我恶心。”说罢，我回了寝殿。

那一刻，与其说独孤凉让我恶心，倒不如说是我让自己恶心。独孤凉，大战在即，恐怕你我内心皆已溃不成军，只是你我此刻所斗的，不过是谁崩溃得不那么彻底而已。是不是，够残忍？

今日，五月初三，独孤凉的生辰。我得知他在叠月湖的亭上，便换了晚霞留仙裙，略微上妆，去寻他。不出所料，他也身着晚霞长衣，斜坐在椅上，仿佛当日，在含口那块平滑的石上一般。他手执酒壶，看着湖面。他身旁无人相伴，我便示意我身后的人都退下。独孤凉没有注意到我，而是依旧望着湖上的荷花，将酒壶送到口边。我走过去，拦住了他的动作。

“寂雪。”他一惊，看到我的装束，更是惊讶，想要起身。我按住他，“我累了，想找个聪明人说说话。”说罢，我坐到他身后，背靠在他背上，如当年一般。他依旧是弓着腰，这样，我完全可以靠在他的背上，这样，我很舒服。

“这里，是皇宫内苑，不是含口，你纵使坐在湖上，也无法与含口相比，袭面而来的是海风，凉爽得多。”我将被微风抚得有些乱的发丝理好。他没有说话，我想，他是在享受此刻短暂的静好，如果，这真的是静好的话。刚才的微风，从湖面上抚来，不仅抚乱了我的发丝，也抚皱了湖面，所以层层叠叠泛着涟漪，金灿灿地反射着阳光。若换了满月，万籁俱寂，只剩微风，万物皆暗，唯有天心月明，这湖面上便不是满月了，月的倩影便分散开来，是谓，叠月湖。

独孤凉感到了我的变化，抓住了我的袖子。“上次我跃入湖中，是故意的。”我知道，他是怕我再做什么危险的事。“我知道。”“很多次，我都是故意的。”“我也知道。”“你知道，是为什么吗？”“因为，我伤了你；因为，你凭借着我爱你。”

我得到了我想要的答案，同样，这也是我不想知道的答案。所以，我没有回应他的话。

日头向西移动着，慢慢地，越过亭子，照射在了我与他的身上，两人身上的艳服，发起光来。他哼起了《招蝶曲》。我闭上了眼睛，仿佛，真回到了十年前的含口。我好想，好想再吹一吹海风，然后，华裳翻飞，为那个给我抚琴的人翩跹一舞。就好像什么都有发生过，什么都没有改变。在我发觉他停止哼曲子的同时，听到了自己颤抖的呼吸声。时移世易了，权柄更迭，我虽身在皇宫，但这天下却早已不是欧阳氏的天下了，我也不过是客居于此罢了。

我睁眼，瞥到了地上两人背靠背的影子。就应该是这样的，这样的姿势。这与三哥的相拥是不同的。我与三哥，相持相扶，相依相偎，苦苦挣扎良久，需要彼此作为风雨中的依靠。这跟与蓝真相对而坐是不同的。我与蓝真，可谓心意相通，他很懂我，我虽不完全懂他，但深知他不会害我，就足矣。

对独孤凉，便是背靠背，这样的感觉。我知他是鬼魅，我知他狠辣，但我同时也知道，他是独孤凉，无所不能的一个人，只要他愿意，我便还有个依靠。他从不告诉我他的内心，从不显露他的意图，但他一直用他的方式保护我。我不用了解他，他不必体谅我，哪怕他为了让我依靠而伤了我，也要用他的方式保护我。

我又闭了目，将自己上身的重量放在那精瘦的背上，“为什么，对我这般执念，为何，偏偏是我？”“不知道。”他很干脆，“初见你时，你蓬头垢面，哪里看得出样子。或许是那么多年，我都生活在别人的仰慕中，只有你，将我单纯地视为兄长。也或许，你是我唯一真心救的一个人，所以，我要用自己的一生保护你，你因我得活，于是你的安危，也要在我手中。又或许，是那三年的朝夕相伴，你倏然离开，我不能接受，因为你已经是我生命的一部分。”

我将已经涌到眼角的泪水逼回去。“寂雪，对于当年离宫，你有没有后悔过？”我睁开眼睛，眼前一片明亮，“没有。当年陆梦只手遮天，她既有本事有胆量毒害六哥，就有本事有胆量再毒害我，何况，她对母妃恨之入骨。我若不逃，恐怕会挑起她与父皇的直接对峙，江山又是一番动摇，所以我只能逃出，以缓解父皇与她的矛盾。”

“你知道，我问的，不是这个意思。”我何尝不知，他的意思是，有没有后悔认识他。所以，我选择再次沉默。“寂雪，为什么这么多年，令你动心的，从不是我？

宁肯是如焚蝶，宁肯是你三哥，都不是我？”“为什么你爱我，却是这样伤害我？”我唇边的笑，不知是讽刺，还是痛苦。我虽不愿，但脑中还是忍不住去对比，为何同样是苦守我多年的人，蓝真选择了去保护我、保护焚蝶，而你独孤凉，却是在我最无助的时候，还为我添一副绝望的枷锁。

没有回答的声音。太阳又斜了。“寂雪，对不起。”“我知道。”一时无话。太阳，继续西斜。我瞥着湖面，粼粼金光已变了色，多为鲜艳的红色。我伸了手，发现自己的皮肤都变成了红色，想来这坐着的两人，应在夕阳下，都红透了吧。

我仍记得，在含口，这样的时辰，若坐在岛的东面，那海上的天必是紫色的，连着底下一样颜色的海水，由东向西，变蓝，变粉，变红，如果坐在岛的西面，那红色便从东面连接了过来，泛着波光的海将晚霞或夕阳编织起来，所以织就了我二人身上的晚霞之服。当真是美极了。

当夕阳沉入海底，光辉也被那殿阁湮没，但留残照使他们展现着自己的轮廓。过半盏茶的时间，便有宫人将叠月湖上廊亭的灯点起。随着灯的燃起，白日的热气消散了许多。目光越过叠月湖，便是那片片的琼楼玉宇。先是最雄伟的璐华殿，其次是最华丽的麝华殿，亮起来的雕龙灯，最是金亮耀眼，接着，栖凤殿与慈庆殿的宫灯一盏盏点亮起来，却是略带柔美，别有一番美丽。最后，是其余宫殿的宫灯，形态万千地亮了起来，或明或暗，或方或圆，映的叠月湖再次光亮一片，连湖边依依杨柳的风韵都被掩得一干二净。

“寂雪……”他想说什么，却也没说出什么来。我只一脸微笑，望着这宫闱繁华。守护这样的似锦繁华，是我这一生存在的意义。独孤凉，他是知道的。夜深了，些许宫灯熄灭，颇有凋零之意。我依旧保持微笑，“希望你不要忘了今岁的生辰。”我欲起身，未绾起的长发却受到了束缚。我回眸，独孤凉同样抬头，原是我二人的发丝纠缠到了一起，只这一个下午的时间，它居然纠缠不开了。

人说，成亲之夜，夫妻二人同房，头发会纠缠在一起，故称结发夫妻。我与独孤凉的长发从未纠缠在一起过，哪怕是栖凤殿那夜都没有，但是今日，居然真的“结”在一起了。

“寂雪……”“你看，”我打断他，“灯都灭了。”我淡淡说完，伸手将头发分开，回头，径自出了凉亭。纵使你我真是结发夫妻，又能如何呢，在世人眼中，甚至在你眼中，我是否依旧是璐麝的公主，而你，从璐麝的功臣变成了夺权的奸人。终究还是，时移世易了，白云苍狗。独孤凉，你我都这样眼睁睁地看着。

这一夜，我在浣雪宫的床上，细听更漏之声。听闻独孤凉在秋千上，数尽梧桐之叶。

炎炎夏日，本就难提精神，再加上一夜少眠，所以与几个朝臣议完政事，也未用膳，独孤凉便午睡了。我于浣雪宫，悄悄取了暗格里师父给我的东西，又在赏心的帮助下制了藕粉酥，送往麝华殿。我进入殿中，殿门在我身后关上。

殿外是烈日炎炎，这殿门一闭，便被阻绝大半，再前行几步，便有重重纱帐，丝毫感不到刺目的阳光了。殿中多置冰块，添几分清凉，与殿外简直是两个世界，有了一份静谧。我踏着收了地毯的地板，徐徐步入寝殿。这一切都是这么熟悉，只是近些年，我不曾踏足。我走到与人齐高的铜镜前，将自己公主朝服的广袖理好，又细细查看妆容是否被烈日和汗水弄花。

而后，我悄悄走到龙床边，与以往一般坐下。独孤凉应是睡熟了，没有被我吵醒。我望着这熟睡的美艳面容，忽想起他当日在琦山救我后，趴在我床边熟睡的景象。二人皆是容颜不改，只是，我再无心力去描摹他的面容了。

这可能是最后一面了。我起身，从龙案上取了些东西来。是茜红，我调了这样妖艳的颜色，坐到床边，将砚台放到独孤凉枕边。右手执笔，左手撑在他肩旁的床上，俯下身去，仔细地，在他额上绘一朵芍药。他是个厉害角色。第一次见到他时，我就感觉到了。花蕊吐香。我调淡了笔尖的颜色。他对我很好，这番宠溺，我只在三哥那里见过。繁复的花瓣，需要不同深浅的颜色才能体现出层次感。独孤凉的眉心一皱，睁开了眼睛。我从他眼中看到了困惑。

“寂雪？”“别动。”我的左手从床上移到他的肩上，却是偏了身子，将笔尖的颜色调的更淡，又回到他的额上，“很快就好了。”我知道，我是笑着的，因为独孤凉的目光，也是有笑意的。

“好了。”我将花心以金箔点缀。“想来，是美极了。”他道，将他的手放在我的背上，不让我起身。我便没有起身，“你如何知道，又没有镜子。”他的另一手攀上我的眼睛，“从这里，我可以看到。”我凝视着他的双眸，第一次，这么勇敢，因为，这可能是最后一次了。在我背上的那只手加大了力气，将我的身体按向他。他用另一只手，也按住了我的脑后，将我的脸按向他的脸。我就着他的力气，靠近他，看着他的眸子，越来越近，看着他闭上了双目。感觉到，我们的鼻子摩挲着，嘴唇碰到了一起，柔软又温热，他吻住了我。

只是须臾，他便放开了我。我看他又睡去，用袖中的金线手帕将唇上的朱色拭去。我起身，走到龙案旁。砚上，还是那雕龙的金丝贡墨，我沾了水，慢慢研着。那雪白的笔尖，染了这如独孤凉眉毛的颜色。

独孤凉：寂寥一人，空对雪；孤独无物，自叹凉。我说过，孤独与寂寞是不同的。孤独，是一个人。寂寞，是一颗心。而今，我真正体味到了何为孤独，何为寂寞。说这句话时，至少我愿意承认，我还不谙世事。那时候，你我一个在花中起舞，一个在树下抚琴，伴着海吟，和着风声。那些，都是现在的我不敢回想的美景。

你知道我这一路是如何走过的，我从不在乎权位，不在乎名利，只是我所在乎的一切，都离开了我。我被上天所赐予的一切，被世人所羡慕的一切，都经我的手而流失，我拼命挽回，却终究是无济于事。

彼时，支持我这样一具枯骸的，唯有一份对家国的责任了，可是，我忽又想起在父皇病床前起的誓，我说要为璐麝鞠躬尽瘁，永不谋取皇位，否则天地难容。如今你为帝，我为后，无论我再怎样为自己强辩，都无颜存于这天地间。

此刻，这具枯骸连存在的资格都没有了。因为你。我是那样地信任你，那样地相信你不会伤害我。我信任你，我深爱你，才把匕首放在你的手里，让刀刃对着我的心口。我信任你，我深爱你，才站在你身前，希望用一己之身为你遮风挡雨。你却就这样将匕首刺入我的心脏，又将我丢弃在你制造的风雨里。

你知道吗，师父曾告诉我，让我不要太恨你，因为我会迷失了自己，也让我不要不恨你，因为那样，我会太难过。可是我选择了恨你，却依旧很难过，师父这样说的时候，是不是忘了，你我当年是怎样的两小无嫌猜？

我不想太恨你，也不想不恨你，只是自小生活在层层楼阁、重重殿堂里的我，斗得有些累了，挣扎得疲惫了。失去了那么多东西，终是要去寻的。比如，那快要从我记忆里抹去的鲜衣怒马。

放下笔时，眼中的墨，已干透了。七分真，三分假，这信上所写，就跟我以往对独孤凉说的话一样，无凭无据，只是我红口白牙这么说。我再次坐回床边，望着这面容。认识这么久，我甚少见他这样安眠，倒是他见我这样更多些。

就这样，安安静静地看他熟睡，也并未有什么不好，如果他没有夺取这个国家，如果他没有害死我的爱人亲人，我倒愿意一辈子这样看他熟睡。

有多少次，我们二人坐在树下，身旁还有芍药香，就这样，他慵懒地躺下，不再回应我的话，我恼了，就干脆枕在他的肚子上。他说，他快被我压死了，我不理他，就这样度过一天。我放松身体，像记忆中一样，将头枕在他的肚子上。失笑，原来，这样血液如铁的人，这样疯狂偏执的人，他的肚子，还似当年一样，是软的。我将手覆在他的胸膛上，那明黄的衣料，全不如当年晚霞的衣袍摸起来舒服。

独孤凉，我能不能告诉你，这真的是你我最后一面了，无论成败，你我再无机会相见了。若我大计得成，你我是天人永隔。若输给了你，我为此所做的一切，都使我无颜再苟活于世了。

独孤凉，我能不能告诉你，我真的想过，还是你赢了吧。无论结果如何，我相信，你都能体谅我的，是不是？一切，都是因为你所谓的那一个“爱”字。是我闯入了你的世界，那么此时此刻，我选择退出，好吗？我坐起身子，将腰带中藏好的师父留给我的丹药生生吞下去。所谓死，不过是意识的消亡而已，对外事外物毫无感知，对内心自我毫无感觉，魂魄消散，躯壳这种东西，无所谓归于何处。

五

永定六年，我记得，是我命史官这样记下时间。独孤凉薨，一时，江山无主。尚不满三岁的欧阳晞润在贺兰俪安及其率领的五万守军的护卫下，登上了璐华殿里最高的位置。

军队一面保卫皇宫，一面随着贺兰俪安直入皇宫，但凡有意阻拦者，皆死于剑下。

正是早朝时分。金碧辉煌之中，贺兰俪安一身银甲，配着兵刃，立于龙椅左侧，所携的士兵，已将璐华殿围得水泄不通。龙椅上的润儿，穿着繁复的龙袍，头戴着大得不协调的帝冕，显然是不适应，但还是直挺挺地坐在那儿。

“纵使贺兰将军战功赫赫，我等也不会凭你红口白牙说这黄口小儿是欧阳先帝的遗嗣，就将这偌大的江山……”那人的话噎到了嘴边。西暖阁的金线龙纹垂流苏的水帘被锦帨掀开。“若是，本公主作证呢？”我身着公主朝服，从西暖阁走出，立于龙椅右侧，平生第二次，在这里，以这样的姿态俯视朝臣。

文武百官，无不瞠目。“如此，卿等可还有疑虑？”我再次开口。有几人跪下去，行三跪九叩之礼，但依旧有人，立在那里。锦帨此刻走出西暖阁，于我耳边低声几句。“说出来，让皇上听见，让底下的人听见。”待叩拜之礼行完，我道。“启禀皇上和大长公主，整个皇宫，已在我们控制之下。”锦帨高声道。听锦帨说出这番话，底下的人更是惊讶，有的渐渐露出了恐惧，便陆陆续续跪了下去，行叩拜之礼。但仍有立着的人。

“贺兰俪安，你是做什么的，有人对皇帝不敬，还不命人将其拖出去正法！”我道。贺兰俪安便命人将他们拖了出去。山呼之声尚未平息。“姑姑。”润儿突然转过头来，糯糯地唤我。“皇上何事？”我心下一紧。“朕看不到。”我心下有了万般滋味，“那便站在这龙椅上，看清楚你的臣子是如何向你跪拜的，你的子民也将这样向你跪拜，日后唯有你，受得起万民这样跪拜。记住了吗？”“是。”他依旧糯糯地答，自己撑着龙案站了起来。我在他右边略后处，欣赏着这个小小的身影。

一番表忠后，终将润儿送至了麝华殿，我命贺兰亲自守护在床边，再派二百侍卫护住寝殿，方离开。浣雪宫内，我退下了那繁复冗杂的朝服，卸了浓妆，换了晚霞留仙裙。“公主，置忧阁那里刚刚开战。”锦帨告诉我，“独孤凉的棺椁放在那儿，四美图正看护着，不许侍卫接近，只是贺兰小姐想要……奴婢已派人拦下了，只是四美图皆受伤了，尤其是赏心，更严重些。”我深知她们不会接受我派人去医治，她们只是守着独孤凉的遗体，等着我过去。“走吧。”我将食指上的戒指推到指根。

四美图在置忧阁门前执剑守着。“小姐来此，所为何？”赏心亲自从置忧阁门前走过来迎我，不顾伤势严重，而且，更改了以往对我的称呼。“再看他一眼。当你们姐妹得知我卷土重来的时候，就没有盖棺吧。”我将目光从置忧阁移到赏心脸上，“聪慧如你，一定知道独孤凉想让我送他最后一程吧。”赏心退了几步，让我进去。我抬手，让锦帨与众人留在外面。我与赏心入了置忧阁。门一关上，只剩了烛光。

自父皇驾崩后，置忧阁中的画像便陪葬入陵了，三哥不曾启用，所以今日，只有孤零零的一具棺椁。我一步一步向中央的棺椁走去，袖中的短剑紧紧贴着手臂。此刻，我该想些什么，我是不是应该庆幸，庆幸自己终于走到了这一步，璐麝欧阳氏的江山，终于又夺回来了，但为什么心中还会这么痛，这么希望，棺椁里是空的。

“我想，若主人看到这一幕，他应该是很开心的，他如果还活着，也许会愿意用一切来换这一幕。”赏心的话打破了我的幻想。我继续走着，离棺椁越来越近了，我都能看到，棺椁中的人的白发了，他的头发，怎么都白了呢。残忍地落下一步，我看清了那人的面容。鬼斧神工。这是第一次，妖冶依旧，只是那戾气与狂傲已散尽了。原来，他也能睡得这么安详。

我立在棺椁旁，凝望着那副面容，拼命不让自己发出声音来。我欧阳寂雪，究竟何德何能，让这个世间尤物贪恋至此。用生命做赌，真庆幸，我赢了，但我不敢也不能相信，你真的是输了吗，你那样的城府和心机，为何就能败于我的手下呢，为何是这样败了呢？我能以假死之术来欺骗你，你又为何不能同样欺骗我呢？

我抽出左袖中的短剑，刺向独孤凉的心口。“不要！”赏心尖叫着，却来不及来拦我。我的剑尖，在距他心口处一寸处停住了。我终是下不了手的。我如何能下手呢，他是我的师兄啊，他曾陪伴了我那么久啊，虽然他曾伤我入骨，但全都是因我，非他之错啊。他已早生华发，已一动不动地躺在这里了，我如何还能不留他全尸，使他九泉之下仍不能瞑目？

我收剑入鞘，置于棺中。那日你救我，全因此剑，如今我将这短剑留于你身边，你我缘起于此，亦缘尽于此，死生不复相见。“小姐，你这般待主人，可知他为你所做的一切？”赏心问。“那是欲望，与爱是不同的。”我道。“主人对你，何曾只是欲望。”我的目光从独孤凉的白发再次移到赏心身上。

“皇宫斗争，主人非不懂，你当年执意回宫，执意陷入纷争，主人无力劝你，所以派了锦帨。其实，锦帨从一开始，就是被派去保护你的，只是她不敢告诉你，那这一切便由我来告诉你。”赏心用剑支撑着身子，“那些黑甲兵，是为你准备的，当时你与楚王势单力薄，主人说，若你们真的无路可退了，他还能最后救你一命，哪怕困守含口，你也不会受到半分伤害。”

我心下一震，差点控制不住双腿，跪在地上，“独孤凉对我欧阳氏的人，还真是没有半分信心。”嘴上却是这么说着。

“小姐错了，主人就是对你们欧阳氏的人太有信心了，所以才会渐渐从失望到愤怒的。主人曾相信英帝能保护好你，毕竟你是他最宠爱的女儿，但施焰一战，主人算是看透了，关键时刻，你不会听英帝的，你们父女何其相像，为了家国把一切都抛了。“主人把希望放在了楚王身上，他当然没有辜负主人的期望，重重艰辛，终于当上了太子。其实琦山那一次，主人是很生气的，或者说，他是很嫉妒的，气得是楚王根本不了解你，嫉妒得是有人能让你爱之如狂。但他忍下了，他等着新帝登基，等着你与那如公子兑现七年之约，从此远离红尘。他当时痛饮三天三夜，我们都以为，他会直接抢了你，或者会疯了，但他没有，颓废之后，他说，只要你幸福，只要你开心。倨傲如主人，竟能说出这样的话。

可是，他所有的希望都因为那次和亲破灭了，那于你是场浩劫，于他又何尝不是？从璐城被围他就开始调兵，他生怕你这份忠烈都付在那黄沙里了！”

赏心瞪着我，瞪得眼睛都红了，“他当时是恨的，恨所有的一切，恨你，恨你三哥，恨如焚蝶，恨蓝真，但更恨的，还是他自己。他试图忘记你，他以为他忘了你，就在他放手的时日内，你就出了这么大的事！主人把消息告诉了如焚蝶，就是让他送死，主人还说救了你之后就去攻打璐城，但荤鬻王廷那晚，主人怕了，他若继续报复下去，你会疯了的。”

“但我终究还是被他逼疯了……”

“主人何尝不是疯的？你当夜为了给如焚蝶报仇，差点豁出性命，主人为了你，也差点豁出性命，主人又退却了，他知道，他的黑甲兵，以前是守护你的堡垒，而那时，只会让你怀疑他，所以他将你推给了蓝真。主人那么不可一世的人，为了你，一次又一次地退却，但是，终于退无可退了。直到主人第一次见你喝醉，他怕了，他第一次见到能让你酩酊大醉的人，还同样伤了你，所以他动手了，他不可能再退下去了。”

此时此刻，我不敢再去看赏心了，也不敢再去看棺中那白发男子了，我背过了身去。“到了皇宫，主人是在逼你，你又何尝不是在逼他，所以从那时候，他对你的感情，第一次从爱变成了欲，而且并无太久，自知你有孕，他的态度又转变回去了。”我觉得，我连呼吸都是困难了。

“我听闻，独孤凉将我们的孩子葬到了含口。”这是这两年来，我第一次，称呼我与独孤凉，用“我们”的字眼。“是。当时你还病得厉害，主人什么都不敢跟你说，他说，世间无他处肯收留这两个孩子了，倒不如去含口吧，也许哪一日有幸，他能与你同回含口，这两个孩子，会认得出爹娘呢。”赏心笑着，泪流不止。

“你们也把他，送回含口吧。”我伸手欲抚独孤凉的脸庞，手在空中停留良久，还是收了回来。是我，没有这个资格了。“以后，你们也留在含口吧。”“我们不敢。”赏心直接道，“小姐复国的第一步，就是派施焰郡军队攻占了含口，况且那是主人的海岛，那是主人的回忆，再无人敢在含口称主，除了你。”我的心有如撕裂一般疼痛。“我想与他单独待会儿，可以吗？”我问。赏心便撑着剑，一步一步艰难地向外走，就像进来时一样，我去扶她，她却当做没有看见。

阳光，再次被雕花门阻隔在外面。我的左手，抚上了金丝楠木的棺木。师兄，你还记得吗，往日我们读到苏轼的《念奴娇》，你还笑他“早生华发”，可今日，你却也满头华发，你才多大年纪啊。只是因我，可惜因我。很多事，我都不知道自己究竟有没有骗得过你，只是你，一次又一次骗过了我，我多希望，你的那句爱我胜过一切，也是骗我的。

现在，我告诉你，我向你撒的最后一个谎，我说我恨你，那是我骗你的，其实，我不恨你，一点都不恨。都是我不好，是我突然闯进了你的世界里，忘了你是个鸡口牛后的人，想进就进，想出就出，丝毫不在意你的感受，甚至还会利用你，所以无论你对我做什么，都是我活该，你对我爱的人做什么，也全都是我造下的孽。

从一开始，就是我先伤的你。冤冤相报，总是我先动手的。所以我倒宁愿，从未认识过你，从未辜负过你。所以算起来，是我应该问你一句，你有没有后悔过，认识我。我的泪，落在独孤凉穿的、与我同式样的长袍上。

叩门声。赏心再次入内，“当日，你在主人额心画了一朵芍药，所以主人宁愿多日蓬头垢面，也不肯洗掉那芍药，但终究还是落了，主人的头发也尽白了。小姐，这次请你再绘一朵吧，这次就算是想落，也落不了了。”她将托盘给我。我接了托盘，她再次退出去。

我再次，调了茜红。花瓣繁复。金箔落下。花成。缘尽。

走出置忧阁，凉风拂过指尖，这感觉似曾相识，仿佛来自独孤凉为我立的石碑。关于孤独和寂寞的分别，他比我懂得早，却也终究回不到原来的孤独中去了。他心中的那个寂雪，早已不是现在伫立在风中的这个寂雪了。他放不下，对那个寂雪的爱，但我却放下了，生于他止于他的恨意。

宫里的芍药落得比宫外早。我坚信，整个璐麝的芍药，只有生在含口的最美，似乎，经久不衰。皇家的冰窟，分东西两座，置于宫城内，各占九亩又五分，三成于地上，七成于地下，比起民间，自是宏大得多。

身在公主之尊，我从未想过有一日会踏足这里，然而我来了，因为焚蝶的尸身保存在东冰窟里。与蓝真看望焚蝶时，我还痴痴地想过，等七年之约一过，我便在施焰郡或者麝城建一个小冰窟，与焚蝶一起隐于山林中。如今，无论我如何动用人力物力，都无法在东冰窟寻到焚蝶的尸身了，那舞于桃花中的蝶，是粉身碎骨，还是灰飞烟灭了？

我从来没有想过，自焚蝶之后，我竟还能再将至爱之人送入冰窟，为了另一个约定。我从步舆中下来，独自披了白狐斗篷，步入。东西冰窟并无太大差别，步入生寒，不消片刻，便被白气萦绕。我的眼睛冻得生疼，所以这一路，都不曾落下半滴泪来，想来也是被这亘古的寒冰冻住了吧。

三哥，你也是吧。我走到了冰窟的尽头，一副冰棺横在那里，四边镶的夜明珠在寒冰中发着白光，仿佛觉得这里还不够冷，总得从眼里冷到心里才罢。三哥，你的肉体在这里，所以我固执地认为，你的魂魄也逗留不肯离去，是吗？我伸出右手，将手掌贴在那覆了白霜的面上，手心有湿润的感觉。三哥，你能感觉到，对不对？我忙褪了斗篷，盖到棺中人身上，左手也贴到那再熟悉不过的面庞上，那面上的白霜融化了，显出更清晰的容貌来。三哥，你是骗我的对不对，你不会舍得我一人在人世挣扎的，与独孤凉交战那么久，我失去了那么多，我固然心痛，固然身伤，但都抵不过你回到我身边来。

我抱起三哥的上身，将他拥入我怀中。我能假死骗独孤凉，你也能这样骗他啊，你不想让我为难，不想受他牵制，你这样是为了保护我，为了保护润儿，为了让我去夺回家国，我都知道。你忘了吗，从小到大，你做的任何事情，我都知缘由，我也都会助你，此刻你我心愿达成，你该冲我笑了。

不知何时，心中炽热的感情融化了眼中的寒冰，我的泪水落了三哥一脸，也或许是我的体温，融化了我身上的冰霜，所以他颈前的红印，又出现了。我伸出右手，去触碰它。那样深的一道伤口，真的回天乏术了。果真了是吗，我食言，你便爽约。我亲见，三哥发上的玉簪再覆冰霜，我右手食指上的琥珀戒指也覆冰霜，我怀中的人，半分血色、半分生气也无。

三哥，寂雪不才，费尽千辛万苦才夺回我欧阳氏大业，扶晞润上位。为了家国，欧阳氏九死一生，我定当保护好润儿，辅他治国安邦，教他帝王之术，使他成明君。

三哥，我知你对我情深义重，我又何尝不是，我真的希望，此时此刻躺在里面的是我。我知道你若在我身旁，定要唠叨一番何为大义，可我只想，守护大义的是我，在棺旁不忘真心的是你，这样，我会好过些。

除了家国天下，我无法再为你做些什么，我只求，再有来世，你莫再生于帝王家，莫再尝试天家无情，也别再成为无情人中有情的那一个。

我有多久，不曾见你这样睡了，上次还是在南山，那次我有预感，此生不复了，其实这次，才真的是最后一次，但是，我会烙在脑海里，你疲惫一生，终于能好好睡上一觉了。

我将三哥放回棺中。我看着冰霜再次攀上了三哥的面庞，再次掩住他颈前的伤口。

我在浣雪宫被唤醒。锦帨告诉我，礼部已选了几个日子，要我定夺究竟何日何时将三哥请入皇陵，以及，先帝谥号。“怀。”我握着服侍在床边的润儿的手，“当日甘玉获罪被废后，三哥无后，武颜虽有罪，可诞下皇嗣有功，追封为皇太后，与三哥合葬，也算是再收一次施焰郡的民心。至于上个什么号，还是让礼部看着办吧。”锦帨应了。

“四美图何时出发？”“明日辰时。”“派些人护着。还有，”我从枕边摸了只锦盒，“这是当年，独孤凉送我的雀羽簪，我不曾戴过，明日你代我将其送给赏心吧。”锦帨接过，退了下去。

我在润儿的小脸上捏了一把。

六

天佑六年四月，送怀帝入陵。

新帝欧阳氏晞润由大将军贺兰俪安护送，步于丧队最前，既为父皇引路，又使百姓得见天颜。大长公主欧阳氏寂雪于丧队最后，每行一步，便向那棺椁叩一首。新帝尚幼，步履不快，所以大长公主可以一路叩首，直至皇陵前，长跪不起。世人皆道，因独孤氏篡位，掳大长公主为后，大长公主无颜面对父兄先祖，故以此聊表愧意。

三日后，新帝登基，明岁改年号，午阳。大长公主临朝称制。封贺兰俪安为武远侯，任护国大将军，已故蓝真将军为宁西郡王，护少主有功的太监栗氏为宜上伯。封贺兰俪安将军之妹俪可为灵溪郡主，锦帨为永安郡主。等等。

“传我的命令，庶人陆氏，挫骨扬灰。”早朝刚过，我立于璐华殿前，看殿前汉白玉石筑成的桥，共九道，再行几里，便是宫门。往事太过伤痛，又有何人能这般残忍，肯再回想一遍呢。

第十三章

掌下雨

蝶恋花

雨霰疏疏经泼火。巷陌秋千，犹未清明过。

杏子梢头香蕾破，淡红褪白胭脂涴。

苦被多情相折挫。病绪厌厌，浑似年时个。

绕遍回廊还独坐，月笼云暗重门锁。

一

午阳十三年，二月初一，晨。

镜中的女子，只看容貌，任谁都看不出她已经三十七岁了，甚至连她自己都看不出来。倒是给她绾发髻的女子看起来年长她一些，但也只是二十岁左右的样子。

我用螺黛轻轻描了下眉，不愿再对镜，便回了身，想问问是否准备好了，却见惜柳在偷笑。“这丫头笑什么呢。”我道。史上从无公主辅政的前例，我虽开了先河，却并不愿过多干涉。润儿十岁时，我见他处理政事已经有模有样了，便慢慢放手，他十四岁时，我已脱离了朝堂，除了他坚持要向我禀告政事之外，我只定期察看他近期处理之事。

每次下了早朝，润儿都会来与我用早膳，今日是我的生辰，想来更是如此。惜柳已在我身边伺候多年，也是个能手，性子活些，无事时喜怒露于言表。“奴婢是笑公主和皇上连心，尚功局刚把皇上亲自设计监督的衣服送来，公主就梳了个与这衣服极配的发样。”尚功局这事我是不知的，若是有我不知的，那定是锦帨把消息挡下了。我看向锦帨。

“这是皇上送您的贺礼，奴婢又如何能辜负了皇上对您的一片孝心？”她笑道。这么多年，她虽是郡主身份，却在我与润儿面前仍自称“奴婢”，我说了她很久，终是改不过来，便随她了。我起身，换了那身衣服。依旧是一身留仙裙，却是黑白两色，白色为底，只是袖边裙裾以墨色绘了山水，果真是将江山都穿在身上了。

“不想皇上还这么有心思，公主这一身穿上，简直就是从水墨画中走出来的仙子了。”惜柳道。“着实是费了一番心思，公主喜素色，只是寿辰之日哪有只着素色的，所以干脆落墨，还省了染料丝线！”锦帨打趣着。我笑着叹了口气，不想与她们做口舌之争，并且，努力将回忆塞回脑中那小角落里。

“惜柳，去拿些玫瑰酥来，可别先把寿星饿着了。”锦帨觉察到了我的情感，便把惜柳赶出去了。“寿星且饿不着呢。”寝殿门口传来了与惜柳差不多的声音，只是更显沉稳，“听了奴婢刚从璐华殿得来的消息，公主就不饿了。”惜杨走了过来，行礼。“是什么？”惜柳听了这话，忙凑到惜杨身边，问。

“皇上亲自下旨，封大长公主为午阳大长公主，行太后之权，享太后之礼；永安郡主行公主之权，享公主之礼。”惜杨说罢，向我行三拜之礼，又向锦帨福身行礼。惜柳亦是。

“起来吧。”我淡淡道。“公主不惊喜吗？”惜柳起身，问。“让你去拿玫瑰酥，怎么还不动？”惜杨道。她便与惜柳一同去了。

喜是喜，但不惊，也不意外。喜，是因为润儿的孝心，至于这太后之礼，多年前，不早就有人将我的命数定了吗，扶润儿上位那天，我就料到了。

我唯一没有料到的是，他以他的年号做我的封号。他的年号是他帝王的象征，是要记入千秋的，以后，但凡璐麝还在，但凡世上还有午阳年号，就有我欧阳寂雪。这孩子的一番孝心，我是动容的。锦帨将她的手放在我的肩上。我绽放一个笑容，“我没事，你放心。”

我抚摸一下自己光滑的高髻，坐到书案边，将润儿这一个月的奏章拿来看。看着看着，我的眉心皱了起来，右手食指指节又在嘴唇上摩挲起来。

一杯苦丁茶放在了我的手边。我的目光从奏章上移开，落到了书案对面那人身上。一刹那，我愣住了。因为那张，我再熟悉不过的面孔。

剑眉横敛，眸粲如星，笔锋高挺，只是双颊还留有些稚嫩，正面看起来，灵气斐然，也不缺坚毅，若从侧面看，则消散了这些稚嫩，与三哥几乎一模一样。那样英气，那样潇洒，那样人中龙凤。我一时迷了双眼。

只是，那是我的侄儿，欧阳晞润，不是我的三哥，欧阳晨昭。“怎么也没人通传，果真是皮痒了。”我笑了出来。“侄儿只是听锦帨姨母说姑姑您在看奏章，怕扰到您，就悄悄进来了，请姑姑不要生气。”“姑姑就这般小气吗？”我放下奏章，与润儿一同起身，走到餐桌，共用早膳。

惜杨将燕窝羹奉给润儿，惜柳则是将龙须糕摆了上来。润儿眸色一变。此时，锦帨端了长寿面来。润儿起身接过，双手到我面前，跪下，奉给我，“侄儿恭贺姑姑生辰。”我接了面，放下，扶他起来，“你的孝心姑姑知道，快起来。”润儿便坐了下来，“姑姑近日有什么烦心事吗？”他看着那碟龙须糕。不知何时起，每每有事忧心，我总爱于手边放一碟龙须糕，用甜食冲一冲心中的烦躁。

“我听闻，荤鬻那里从前年开始就有天灾，到今年也并未有起色？”“是。自永定元年姑姑焚王廷之后，荤鬻大伤元气，北逃休养，但近些年已有恢复，其大将汉金为荤鬻王格尔释的母舅，总觉得与我璐麝有血海深仇，荤鬻王格尔释又年少气盛，觊觎我璐麝富饶，恰逢大旱，恐有什么举动。侄儿已下旨巩固北方，凭他荤鬻现在的势力，万万迈不过莫行岭。姑姑放心便是。”我面无表情，“我知道。”

润儿看了我一眼，“今日是姑姑生辰，侄儿本不该提什么兵戈之事，但事关天下安危，侄儿不得不说，请姑姑见谅。”我示意他继续说。“侄儿深知，荤鬻盘踞北方，终非长久之计，侄儿有意北定荤鬻。”我的眉头皱得更近，“你有此心，几时了？”“自侄儿初掌朝政，听锦帨姨母说姑姑过往之事时，就有此心了。”对于我的过往，我从未刻意对他隐瞒过，我也不想对他隐瞒，他有权利知道他父皇是如何争到这个皇位的，我璐麝江山是如何这般繁华的，一代代人为这片江山都付出了什么，他知道了，就有责任去守护。

“那是我璐麝之国耻，亦是我心伤，当年王廷的一把火，虽使之元气大伤，却未能绝以后患。你想北定荤鬻，可有计划？”“姑姑英明，执政期间既整顿朝政，又不断操练兵马，使我璐麝北境尚有二十万兵马可自由调度。荤鬻多年休养，有七万兵马，但连续两年天灾，正是趁虚而入的时候。”润儿说的仿佛很轻松，但眸中的谋划依旧闪烁着。我拈了块龙须糕，慢慢吃着，给他思量的时间。

“只是，我方虽看似兵强马壮，但缺少作战经验，荤鬻那里……”他没有说下去。“你并没有全胜的把握，甚至这样的战争，又是持续百年的民族之间的矛盾，你来我往，多辈人的仇恨，更是理不干净了。”我净了手，接过锦帨递来的燕窝羹，“战争胜败，只是一时之利，如何能有一世之利，才是智者应该考虑的问题。战争胜败，只是一时安定，如何能有一世安定，才是明君应该考虑的问题。”

“姑姑的意思是……”“公主，皇上。”润儿的近侍小元子走上来，“荤鬻突袭燕川，并未得手，大将军和兵部尚书正在麝华殿外等皇上……”“说来就来了。”我饮一口燕窝羹，“润儿，你的名字是我取的，当时我说了一个‘晞’字，你父皇说暴晒为过，便再加一‘润’字，意在刚柔并济，恩威并施。”“侄儿明白姑姑的意思了。”他起身，跪在我脚边，“生辰之日还劳姑姑费心，是侄儿不孝。”我伸手扶他起来，将尚食局新制的肉包夹到他的碟中，“先用早膳，此事尚在掌握之中，麝华殿外的又是刚健之身，能等你一会儿的。”

润儿匆匆地吃了那肉包，再饮几口燕窝羹，向我行礼，去了麝华殿。我很是欣慰。手中的乌木三镶银筷挑了面送入口中，“怎么有点酸，添了酸角？”锦帨笑出了声，“皇上说今日早朝的事略有棘手，怕公主得知了烦心，就悄悄让尚食局在面里添了酸角开胃。”我放下筷子，左手抚到那水墨袖口，“让尚食局备着些润儿爱吃的，待议完事，及时送去。”

自润儿十四岁后，便每月微服一次，体察民情，如今荤鬻来犯，他便出宫更勤了。我歪在浣雪宫的美人榻上，一本一本翻着惜杨送来的整理成册的情报。手边的龙须糕已换了第二碟，苦丁茶已更了第三盏。明眼人都能看出来，我璐麝与荤鬻，又要迎来大战了，所以此时，风已满楼了。我将最后一本册子放下。“每每听方回说公主身子无恙，奴婢还不信，今日见公主这么能吃，那着实是无恙了。”惜柳将册子移走，对我道。方太医年事已高，自请离宫，留下了自己一手教大的徒弟方回，天天来请脉。我只笑了笑，并未多言。

荤鬻天灾此番发兵是要渡难，以劫掠为目的，若想借机永除后患，着实是不易的，除非……我心下已有大策，所以在等润儿回来，告诉我他所看到的内容，以及他的计划。他是戌时回来的，第二日，才来了浣雪宫。

“昨日侄儿回宫太晚了，没敢叨扰姑姑休息。”润儿一派精神抖擞。“无妨。”我斟一杯茶给他。“侄儿见官员和百姓都察觉到战事将近，有屯粮的举动，粮价有了波动，但尚在可控范围中，只是自去年，就有不少从北边过来的移民。”我端茶的动作一滞，“可是有什么异样？”润儿笑了出来，“姑姑早就知道了，总是这样考验侄儿。侄儿有一计。”

二

璐麝与荤鬻战事将发，曾有官员提议于璐城北的印城训练兵马，润儿准奏。如今，润儿要亲去察看这几日的训练成果。民间传言，这是皇帝有意远离大长公主。

七月二十七，至印城一同阅兵。八月初六，御驾北行，至衡州。八月十一，御驾于衡州出猎。我坐在浣雪宫的矮椅上，将密报放下，目光在地图上游离着，贺兰坐在一旁。

“公主，皇上密旨，命臣去衡州，臣来向您请辞。”他起身。我示意他坐下，“我问你，你可擅长指挥军队野战？”他低了头，“臣不擅。”“那你觉得，润儿命你去，是为何？”我的手指在冰裂釉茶杯沿上画着圈。“护驾。”“你儿子贺兰骐与你相比，武艺如何？”“他是臣一手教大的，应是不分上下，可能皇上是觉得他缺少经验……”“伴君十余年，少经验？”我停下手指，抬头看着他，“要你去，并非野战，而是守城。”我起身，走到窗边，看夜空中的明月，再有两日，就是中秋了。

“公主。”锦帨接过惜柳送来的密报，“荤鬻那里，不日就会南下。”“很好。”我回到座位上，“消息可给润儿送过去了？”锦帨颔首，退到一旁。

“公主的意思是……”贺兰看到了地图，不禁站起身。“我临时做了决定，困兽之战，兽门不再是衡州，而是我璐廓国都，璐城。”我的双手放在腿上，左手食指抚上了右手食指的琥珀戒指。

我与润儿都知道，荤鬻死灰复燃，继续下去，又是两族延续百年的攻守之战。荤鬻，苦寒贫瘠，因生计所限，才不得已入侵我北土，长此以往，终是两族不能化解的仇恨，倒不如互相贸易、互利共存。若想达到这个目的，一开始，定是要兵刃相接的，而且必须是我璐廓胜利，否则难逃被劫掠的厄运。

所以，请君入瓮。我与润儿所谓的不睦，是做给荤鬻看的。

本来润儿是打算放开衡州以北，使荤鬻入内，再调遣军队，将其包围起来，逼其投降。我近日细观地图，总觉得不妥，衡州还是太过靠北，难以形成完整的包围圈，况汉金用兵诡异，行事小心，以防全军覆没，甚至会将重兵放在前后两端，纵使前方覆灭，后方仍有退路，所以我选择了璐城。若荤鬻前军抵达璐城，汉金为了呼应前军，定会使后军入关，前璐城，后衡州，东西各州城，形成一个包围圈。

而且，我还有别的算计。我想，今夜润儿得到我的密信，再细观地图，就能明白我的用心。这个孩子，太聪明些了。我淡淡瞥了一眼正在察看地图的贺兰，低头饮了一口茶。这孩子，真的太过聪明了。

八月十七，荤鬻南下。我不知前方是何情况，但我能猜到，汉金那里收到的战报，不外乎“势如破竹”一类。

九月初，荦鬻前军已过衡州。璐城之内人心惶惶，生怕当年兵围璐城之事再度上演。

九月初九，荦鬻大军压境。

我否决了贺兰的提议，依旧开放璐城南门，对逃跑的百姓略加阻拦，逃跑的官员一律记录在案。

九月十三，璐城外二百里，出现荦鬻兵马。

是夜，寝殿中，余我与锦帨二人。我的手，贴在新制的银甲上。锦帨没有说话，她知道，她拦不住我，也不能拦我，我是一定要出现在城楼上的，哪怕是披着面纱，也要与我的子民在一起，他们浴血奋战，我没有在宫室里坐等的道理，因为我，是他们最后的堡垒。

我将案上的长剑放到锦帨手上。这长剑，是独孤凉送我的，我已挥不动它了，此刻只有锦帨能拿得起它了。“公主，短剑与长剑，您都……”“从此以后，你是我的长剑，其实当我将性命托付于你时，你就是我手中的长剑了。当年封你为郡主，礼部选了‘轩和’二字做你的封号，我却坚持‘永安’二字，长剑在手，岂不永安？”换来的，是她的谢恩。

九月十六，包围圈已形成，润儿来信，他将于一日内带精兵回城。我不会拦他，也拦不住他。

九月十七，荦鬻困兽犹斗，决议全力进攻璐城，因包围圈有缺，便借机突围。贺兰设兵于璐城东西，加固包围圈，又在北门外设重兵，以御敌兵攻城。我站在城楼上，俯瞰着。早已入秋，北风呼啸，兵荒马乱更显凄凉，我从未想过，璐城也会是如此。璐城都如此，更何况边隅呢，所以该止兵戈了。我一身银甲，背不起长剑，但仍有力气用双手将自己钉在城楼上。

璐城兵马皆着漆黑兵甲，形成了半个包围圈，荦鬻的士兵兵甲略显灰色，至于再远处的军队，纵我眼力再好，也是看不清了。及笄之年时，我曾在宫墙上看璐城阅兵，今日，我在璐城城楼上，看着军队浴血奋战。锦帨在我右侧，贺兰在我左侧，我望着身下的璐城军队，俨然已经成了方阵。军鼓擂响，荦鬻已发动了攻击，主攻璐城双翼。我军鼓声改变，显然是城下的阵法初成。

“锋矢阵。”我说着，继续观着军队，我从不知道，璐城竟有此帅才。第一阵进攻被打退，荦鬻鼓声转变。

“主攻右翼。”我话音刚落，就见随着我军军鼓，阵型已变为偃月阵。

我不禁看了眼左侧的贺兰，就算是这位护国大将军，也断没有这样的应变力。我下了城楼，快步到城墙上，不顾什么飞矢，从箭垛上向下看，想看清楚那偃月阵中的大将是何人。

这一阵进攻再次落败，荤鬻有撤退之象。军鼓再变。

“鹤翼阵。”我说了出来，城下早已摆出了阵势。荤鬻中杀出一名敌将，攻向阵中大将，那黑甲将领也骑马迎了上去。两柄长枪，仿佛擦出了火花。若舞梨花，如飘瑞雪。如果换作白甲白驹，我想我会认得那个人，那个在杨柳青下骑马走过的人。

我攥住贺兰的衣领，“那个人是谁，你保举的那个将领是谁？”贺兰被我一逼问，没有说话。“那是蓝真吗？”我放开贺兰，从箭垛上探出半个身子去，想看清楚一点，又转身抓住锦帨，“你快看，那是不是蓝真？”一定是的，这么些年，还能这般熟练掌握兵法、准确了解汉金用兵的，除了蓝真，还能有谁。我再次转身，看到了贺兰的紧张，心下更明了。“贺兰，你留下来，璐城这里你来掌管。”我整理好了银甲，道。“公主。”贺兰拦在我面前，“您现在是璐城的主心骨，是皇上的支柱，您一定要在此坐镇，蓝将军就是怕伤了您，才甘愿隐没多年，才愿意今日领兵。”“备马。”我淡淡却坚定地说出这两个字。

也许世人都认为，战争是男人的事，女人就应是期盼与等候，所以父皇为了十四岁的女儿指天起誓，所以润儿会拼命在一日内赶往璐城，所以蓝真会再披兵甲。只是他们忽略了，我并非坐看他人为我浴血之人，我更愿意与他们并肩作战，不论生死。城门打开，我策马飞奔而去。

蓝真还活着，躲过了独孤凉那一劫，他能再度出现在我面前，生龙活虎，金戈铁马。锦帨在我前面执剑杀敌，我双手将毒针毒镖射向敌人，贺兰派来的精兵在两侧护卫着。我看清了与蓝真对峙的人，汉金。远处战鼓擂响，我想，是合围要成功了。汉金也听到了，下令撤军。我停了毒针，专心策马飞奔过去。却，在那匹黑马后面五步处停了下来。

马上的黑甲挺拔着，望着汉金撤兵，丝毫没有回头的意思。我确信，他知道身后是我。他会是什么样子呢，时隔十余载，该是老了吧，会不会和我一样，有这样一副不死容颜呢。

"南檐架短廊，沙路白茫茫。尽日不归处，一庭栀子香。"我诵出这几句。回应我的，是那转身的黑甲，是一双因水汽而明亮的眼睛，是一个淡淡的微笑，是十多年前，那样的面容。

我曾以为，我不变的面容是上天为了惩罚我当年所为，让我记住当年的错事。现在我才知道是自己误解了，这是上天给我的机会，生怕真的纵使相逢应不识，尘满面，鬓如霜，生怕你我相逢却不识。

一阵风袭来，将我的面纱吹了出去。"欧阳寂雪！"我听到了荦鬻口音的这句话。话音刚落，就有几支箭矢飞了过来，我趴在马背上，躲了过去。蓝真策马到我身侧，长枪换长剑，为我挡着箭矢。荦鬻撤退的军队中，冲出来一个年轻将领，不理会汉金的呼喊，向我杀来。

箭矢为他掩护，蓝真分身乏术。锦帨在与那人的护卫周旋，无人能顾得上我。我向他射出毒针，却被他的长刀挡下，去拦他的士兵也都命丧他的刀下。我甚至都以为我应当策马逃命时，一支金枪挡住了他，接着，是一个年轻狂傲的声音。

"格尔释，衡州一战，你落败于朕枪下，今日，竟无耻地来挑衅我璐麝的大长公主，朕的姑姑！"我看过去，但见一身金甲都夺不了那个少年的光辉。那是我的侄儿，我三哥的独子，我璐麝的皇帝。战鼓继续擂响，失了大将的鹤翼阵改为鱼鳞阵，全力进攻。箭矢停了下来。我看向那个少年，他正与格尔释酣战。

当年三哥驰骋沙场，在施焰，是否也曾这样英勇无双？当然是的，到现在，施焰郡的老人提到怀帝，还会称他为"战神"。我的眼睛有些刺痛，便移了目光，骑着马，向城门走去。下马时，牵马的人，不是刚才那个了。我站在城墙下，北风里，全然不想与身旁的蓝真说话，喜极之后，更多的是恼怒。

战鼓停止，接下来，是欢呼。我想，大事已成。

那个少年策白马而来，三丈开外，从马上跃下，快步走到我身前三步，单膝跪了下来。"侄儿不孝，使姑姑再次殚精竭虑，使我璐麝动荡，特来请罪。"我伸出双手将他扶起。面前的这个少年，脸上仍有些许稚气，但与本身的气质无关，只是年龄的问题。

他才十六岁啊，正是"相逢义气为君饮，系马高楼垂柳边"的年纪，却只能在权谋里打滚，而且必须要赢，费尽心思地要赢得漂亮，只因他是唯一的帝王。让一个十六岁的孩子去承担这些，是不是太残忍了。我伸出右手，想去抚摸他的面庞。却还是将手收了回来。无论残忍与否，他都已经在这个位置上了，他就应该承担这样的责任，我不能再给他一点柔弱的机会。

“大局将定，这里不是你待的地方，你应该先在那里，”我瞥了眼城楼，“睥睨众生。”“姑姑，润儿知您辛劳，但仍想请您一并前往。”“你已过十六岁，名正言顺地亲政了，我再无资格站在你身后了。这天下，是天下人的天下，这江山，也是欧阳氏的江山，而欧阳氏，只你一人为主。”润儿再次单膝跪下“侄儿明白。”

我也再次伸左手将他扶起来。只是，这天下人的天下，这欧阳氏的江山，何处是我欧阳寂雪的归处呢。我接过锦帨递来的面纱，重新戴上，与她一起上马车，回宫。我听到马车外，蓝真跃上了马。

三

马车一直到浣雪宫，马车外的马也一直跟到浣雪宫。锦帨先下了马车，掀了车帘，又伸出手来扶我，我假装没看到另一只伸过来的有黑甲覆盖的手臂，就着锦帨的手下了马车。我走在前面，蓝真在我身后，锦帨则在最后。我与蓝真进了宫殿，锦帨直接从外面将殿门关上了。

我径直走到案边，怒火将我烧得口干舌燥，想伸手喝口凉茶，却看到案上的是当年从蓝府私取的冰裂釉茶具。当年蓝真想要送我，我拒绝了，扶润儿上位，我与人去蓝府时，从蓝真书房里见到了这套茶具，便与那《信州水亭》的诗画一并带回了宫。如今气急，我摸过一只茶杯就转身丢向蓝真。

蓝真却直接接住了那只茶杯，“我知道在你眼中，这不是什么稀罕物件，但在我眼中，你用过的，都是珍贵的。你若真想撒气，”他抽出佩剑，“你就刺我吧。”

“珍贵？”我越发气恼，不理会他的剑，再摸过一只茶杯向他丢过去，“十四年，你知道我过的是怎样的生活吗？身边只剩锦帨一个，故人皆是天人永隔，皆是因我！每至清明中元，每至生辰忌日，你可知我内心是怎样的煎熬吗？”再扔过去茶杯，“这么些年，你不出现就罢了，为什么连尚在人世都不肯告诉我？”最后一只茶杯，“宁愿千辛万苦让贺兰帮你拦着，都不肯告诉我一声！”我连茶壶都摔在地上。

蓝真不再去接我丢过去的东西，也不躲，任我哭喊，等我没东西可砸了，才将手中那唯一一只完好的茶杯递过来，“当年我只是用剑划破了脖子，并未伤到实处，独孤凉太担心你的安危，并未细查，就以为我死了。那时，天下只有你一人有能力将大局扳回，无论是谁，只要在你身边，甚至说，只要还活着，就很可能成为独孤凉逼迫你的棋子，所以我必须让所有人都以为我死了。

等大局已定，我就不能出现了，因为只有你才能支撑柱，一开始的你，只能坚强，不能有半分软弱，而只有告别过去，你才能硬起心肠。况且，我并不知道该以怎样的身份和心态出现在你面前。要不是你临时将战场由衡州改到了璐城，我也不会……”

我将护膊拆下来扔到他身上，“你还想瞒我一辈子？”我走到他身前，想打他的胸膛，却想起他身着盔甲，干脆拆了另一只护膊打着他，“你拿我当瞎子傻子了吗？你已赔上了这么多年，还能再熬几年，你的容貌不改，身体就不会老吗，心就不会老吗？”

蓝真展出一个微笑，还如当年一般清澈无瑕，抓住了我的手腕，“我的心在这里，你老了，它自然也会老，你没有老，它自然就也不会老。”我努力地去看他的眼睛，想要从里面找到说谎的痕迹，却是徒劳，“值得吗，值得吗？”

“当年我回答过你，值得。当年你提到了我的父亲、我的妹妹，我蹉跎的年华，现在我告诉你，我都失去了，但是值得。你不想因我而痛苦，我就不让你看到，今日你都看到了，那么日后，不管你痛不痛苦、愿不愿意，我都会继续下去。我这辈子做过最值得的事，就是爱你。”“也许，你深情不改，可是，我已不是当年的我了，流光碎尽，我早已是残花败……”

后面的话我没有说出口，因为蓝真用他的唇堵住了我的，我甚至都没有来得及将口闭上，所以他的舌伸到了我口中，我想推开他，却被他死死按住后脑。

我难以置信地瞪着他。他也瞪着我。直到我快窒息了，才被放开。

“普天之下，没有任何一个人有资格这样说你，连你自己，都没有这个资格。”他的眼睛，第一次能射出冰锋来。除了独孤凉，这世上竟还有第二个人的目光能逼得我说不出话来。我垂下了眼帘，与刚才判若两人。一只手落在我肩上，"我去把锦帨叫进来，操劳这么久，你也该歇息了。"

第二日午后，我一睡方醒。随便饮了点燕窝羹，我便靠在榻上看书，顺手摸到了案上的龙须糕。"换成桂花糕。"想起昨日蓝真的行径，我还是有些恼怒。惜柳笑了出来，惜杨也是难得的忍俊不禁。"公主还是用了这龙须糕吧，咱们宫里的桂花还没摘呢。"锦帨道。"果真是皮痒了，都不遣人去摘吗？"我将手中还没翻页的《宋史》放下。惜柳笑得更大声了。我看向锦帨。

"蓝公子亲自摘着呢。谁知道他那么个出将入相的人物，还有那么笨手笨脚的一面，奴婢觉得桂树都快被他折断了。"锦帨依旧是笑着。我知道她们是想让我去看看蓝真，但我仍觉得气在心头，只说了句"随他去"，便将书拾起，将龙须糕叼进嘴里。

不消一盏茶，润儿便来了，他知道我在等他。行了礼用了茶，寒暄几句，我将手中的书放下。"姑姑今日怎么看起《宋史》来了？"润儿问。"随手翻到的，便拿来看看，只觉得我璐麝非宋之积弱，非宋之偏安，心下甚慰。""我璐麝国运昌盛，有上苍庇佑，有祖宗基业，有姑姑运筹帷幄，自是不同的。"我不语。

"如今荤鬻已降，俘虏皆于我国，恐日久生乱，侄儿认为，当早做决断才是。""你今日来，不是让我听听你的决断吗？"我端起茶，浅抿一口。润儿笑了出来，"当日姑姑改变作战计划，使荤鬻继续南下，他们一路劫掠，使百姓一年的辛劳付诸流水，甚有杀戮，自然是要受惩罚的。不过大多数的士兵都无罪，只是听从他们统领的命令，所以侄儿认为，将有罪的统领斩首示众，以平我璐麝民愤，以震慑其余俘虏。"我点点头。

"荤鬻天灾未绝，且我璐麝北境因战事而满目疮痍，不妨留他们在北境耕作，既恢复北境民生，又给他们一条活路，同时打开边境，允许贸易迁移，毕竟都是有家人的男子，如此，解甲归田者既可得见家人，留在荤鬻老弱妇孺也能暂避天灾。"

我手中茶杯一颤，"你就不怕，引狼入室？""统领已斩，又有厚利相诱，大部分荤鬻士兵应是无心再反的。但草原男儿血气重，侄儿不认为荤鬻与施焰郡一样，能被我们收为郡，所以想放回其少主格尔释，但大将汉金必须留在璐城内，一是为质，二是他在军中威望太盛，没了他，荤鬻就没了主心骨，格尔释并无太多执政经验，不足为患。"

我望着他，他刚才所说的一切，在我决定将衡州改为璐城时，就都已想到了，只是直到此刻，我才真正认为，坐在我面前的，是一个成熟的帝王了。当年大哥和寞云尾七，麝华殿里，父皇在酒案对面望着我时，是不是也与我今日望着润儿是一样的感觉？亲手将自己最疼爱的孩子推到荆棘中去，让那颗柔软脆弱的心遭受炮烙之刑，然后，成就一代君主。原是这般感觉，我也想硬灌下一盏美人泪了。

我闭了目，右手落在那本《宋史》上。"我读《宋史》，方至'杯酒释兵权'，不知你这些年读书为政，对此有何见解？"睁开眼睛，试图去看透他。润儿目光一滞，随即展出一个从容的微笑，"宋太祖表面上是忌惮功臣，但释兵权后，将兵权集于皇帝一人之手，兵将不相知，不做乱。"他停在了这里。

"继续。"我逼着他。"我璐麝建国时，所设之法一直沿用至今，设二相，意在相互牵制，设六部，设将帅，并未有繁杂的官员体系。内无钱谷，而是由君主主掌，户部协理；外无藩镇，而是各州有守军，兵将不分离，以御外敌。"他有意偏离了我想要的答案。而我又如何会放过，"我本意欲让你说一说宋太祖对功臣的态度，你竟能讲到军国大事，当真是胸怀天下。"我笑道。

润儿低下头，"是侄儿没能体察姑姑的意思，卖弄了。""那对于功臣，功高震主，你如何看？"润儿的目光再次一愣，收了笑容，"侄儿不知，姑姑究竟是何意？""你已亲政，若尚有不明之事，如何担这天下之任？""那自然，要辨忠奸。"他答着。

我微微颔首表示认同，"为官者，首要勤俭；为臣者，首要忠君。譬如这一战，所逃官员皆记录在册，我意欲罢免驱逐，三代不录用，连这样一点忠君之心都没有，其余的便也不必考虑了。只是，若一时辨不得忠奸呢，若一不留神打草惊蛇呢？"

润儿明白了我的意思，连忙起身下跪，"侄儿愚钝，差点置姑姑于险地。"我伸手示意他起身，"不怪你，你第一次做，自然少经验、欠思量。当日你密召贺兰去衡州，他定要向我辞行，这也是你的过人之处，知道给我一个纠正你的机会。""侄儿是想看看他会不会借这个机会去别处调兵，所以……""所以你会派人跟着他，必要时，会杀了他。"我叹了口气，"胜算几何？""八成以上，毕竟贺兰骐在侄儿手上。"帝王之术，天家无情。

我起身，"你这般，以为他不会发觉吗？若他并无反心，你不觉得会伤了他的心吗，毕竟当年，你父皇把你托付于他，毕竟当年，为了协助在宫中的我，他将自己的亲妹妹送到水深火热中帮我。”

润儿抬头望我，“自然会，但他掌了太大兵权，朕不得不防着他，若他因此事就有了二心，那当真就留不得了。”他停了一下，“难道这就是姑姑留他在璐城的原因吗？”

我将心中的寒冷释放出来，封住了眼睛，“本非如此。午阳九年，璐城守将更迭，我换了一个名为韩子赳的年轻人，他的夫人，是明国公易安的弟弟易盛的女儿，易家与我们欧阳家是姻亲。”我看向润儿。

“贺兰定会动用璐城守军，韩子赳那里有半块兵符，另半块兵符在姑姑您手上，所以，贺兰若有什么反心……”

“你要知道，兵符，乃我璐城安定所在，我将它藏于浣雪宫鎏金百合大鼎里。若是我自愿取出，其上会有香灰；若是我被迫取出，则会拭净香灰，或者运送兵符途中有人擅自打开放兵符的盒子，定也会拭净灰渍。韩子赳接到无灰渍的兵符，可不执行军令，可手刃持兵符之人，且，率一半守城军入皇宫护主。”我面无表情地说完这话。润儿目瞪口呆地看着我，半晌，向我叩首。

“易家由明国公做主，明国公与衿释长公主的独子易玥被我留在京中任职，易盛的女儿也随夫同居京中，若璐城一朝有难，这几人皆与我们欧阳氏同生共死，所以，不得不尽忠于你。”我道。

这场局，本是二姐和四哥给我和三哥布下的，时至今日，欧阳氏覆灭大半，我也要借几枚残余的棋子，稳住润儿的江山局。“姑姑，姑姑……”润儿已经说不出话来。“我不是不信贺兰，我是想教给你，当你疑心你身边忠臣的时候，你应该怎么做，怎么不露声色，怎么无碍大局。”

“润儿明白了。”又是半晌，他才说出这番话，“当年姑姑匡扶社稷之初，封蓝将军为郡王，同样功高的贺兰却只封了武远侯，以前侄儿不明白，只以为是蓝将军出身更高一些，现在才明白了，姑姑您是为了我。”

以当年贺兰的功劳，莫说是封侯拜相，就是如蓝真一般封一个异姓王也是情理之中的，但我没有，我只将他封了侯爵，因为我知道，再加封，便不应该由我的手了。虽然这样，可能辜负了贺兰的一片忠心，但我却要让润儿亲手抓住贺兰一族的忠心。贺兰俪安的公爵，只能由润儿来封，贺兰一族无上的尊荣，只能是润儿赐予的，所以，他们也只能效忠于润儿。

我伸手将他扶起。我修长的指甲滑过了他华贵的衣料，两个，都是一样冰冷。我的指甲那么长，以至于体温根本传不到指尖，他的衣料那么厚，体温也一定传不到那繁复的龙纹上。为了欧阳氏，辜负了忠臣良将的赤诚，似乎是值得的吧。其实，如果不是以为蓝真已死，我也不会封他为异姓王吧。果真了，沾了权谋的，都那么冷。

我收了扶润儿的手，推开雕花窗，窗外，有个蓝衣男子挎着篮子采花，甚是滑稽，"当我布这个局的时候，并不知贺兰身边有他，所以我担心他会为贺兰出谋划策，过一会儿，你略微问他几句，再看贺兰的举动吧。""姑姑不觉得，贺兰将军已经猜到了吗？""猜到，也只是猜到我布的局而已，失望伤心，也是对我而已。若他真给贺兰出了什么主意，贺兰应是上表请辞试探君心，你到时大发雷霆，骂几句，也就差不多了。""是。"润儿起身，不再多言，退了出去。

我立在窗边，看蓝真向润儿行礼，与润儿说了几句话。当年，他与三哥，会不会也是这样？一个龙袍尊荣，一个蓝衣深邃？我正出神，只见蓝真看向了我，润儿的背影已消失在宫门了。我关上了雕花窗。"公主，青姑娘来了。"锦帨道。我微微颔首。

润儿到了大婚的年纪，本应在世家达官女子中择一个好的。因独孤凉之事，朝堂曾有一次大清洗，这次与荤鬻一战，所有出逃的官员又被记录下来，准备罢免逐出京城。如此一来，人选就少得可怜了。

我本看上礼部尚书青端之女青袭，却听闻她不愿入宫。与荤鬻一战，我身在城楼，并非万无一失，我曾做过最坏的打算，若我不幸身亡，就让一个身量与我差不多的女子扮成我的样子，以定军心，那个人选，就是青袭。我骑马去寻蓝真时，为我牵马的，听惜杨说，就是她。我不明白的是，为何到了后来，她不在了。

我坐在正殿的椅上，将牙色的长袖理好。放下茶盏时，那一抹青碧色已行完了跪拜之礼。"起来，让本公主看看，惜柳择的这个能做本公主替身的女子，究竟是个什么样子。"我道。"谢大长公主。"声音倒是不卑不亢。那身影立起来时，我着实是一阵恍惚，不觉站起了身。

青碧色的镶滚宫裙，显得她身形越发纤瘦，但一张脸却没有任何娇弱之感。杏目并非眼波流转，反而有一丝超越年龄的安定，鼻子小巧，红唇的微笑是抿出来的，加上一张瓜子脸，竟衬得她沉稳与紧张参半了。

“可是，像极了？”我问锦帨。“样貌虽是不像，但这气质风骨，却像极了当年的您。”青袭听了这话，连忙跪下，“臣女怎敢与公主相比。”我示意锦帨扶她起来入座，我自己坐到主位上，“你别怕，若你半分都不像我，我就把惜柳发配到掖庭去，挑人的本事都没有。”“公主今日一见，就知道奴婢有没有这个本事了。”惜柳插口道。

“我今日召你来，是想谢谢你，要不是因为我，你这般闺阁女子，也不会登城楼，睹战乱。”青袭起身，又跪下，“公主万不要这样说，臣女担当不起。能为璐麝尽一份力，是臣女的责任，臣女本就不愿做寻常闺中女子，能登城楼见我璐麝国威，是臣女之幸。”我示意惜柳扶她起来。

“不愿做寻常闺中女子，倒是新奇，女子终要出阁，竟有你这般不愿的。”“臣女只是想学卓文君，寻挚爱之人度过众生，而非……”“而非与一个不爱的人勉强度日，容他妃妾三千，还要穷尽一生，只为保住自己的位置。这可是你不愿入宫的原因？”我眯起眼睛。

她听了这话，呆立在那里，许久才反应过来，再次跪下去，“臣女知道公主的眼线遍布各处，公主心如明镜，不愿入宫，只是臣女的妄思，与臣女家人无关，臣女家人也百般规劝，是臣女一意孤行，不识抬举。”

我叹一口气，“皇宫，是所有虚荣女子的梦想所在，也是所有聪明女子避之不及的修罗炼狱，并非是你不识抬举，而是你看得太透。我今日召你来，真的是想表达谢意，你不愿入宫，我也不会勉强。”“公主明察。”她突然道，“臣女愿意入宫。”

这次换我不解了，“你本不是不愿入宫的吗，怎么现在肯了？”“并非如此，公主明察。是因为，因为……”她突然涨红了脸。“那日我回到城下，你并未来给我牵马，是去了何处？”“臣女在城楼上。”我想到了城楼上的情景，以当时的状况，她登城楼，能看到一身金甲的润儿，我明白了。

“原是如此，你有此心，我很欣慰，只是这民族之争误了皇上的大婚之期，春日又该选秀，具体的还要和你父亲商议。”“臣女无才无德，甘愿入宫为奴，侍候皇上和公主左右。”“就算你肯，我还舍不得呢。难得这样一个识大体的女孩，当真是难得。”我亲自下位扶她起身。

“臣女惶恐。”她没有看我的眼睛，而是盯着我扶她的那只手。我便用我的手拍了拍她的胳膊，“我在你这个年纪时，有一套十分喜欢的衣裳，一直留着，见你与我当日身量差不多，便送给你吧，你不要嫌它陈旧。”我示意惜杨将托盘呈过来。

“臣女不敢。”她说着，看了一眼那托盘里的青绿宫装，有些发愣，“这不是公主您及笄之年，庆施焰之战宴上所着的弱柳扶风裙吗？”“惜柳教你倒教的全。”我笑道。青袭又欲跪下，“臣女万不敢受的。”我拉住她，“这裙子放着也是放着，我再穿不了了，今日见你有眼缘，才想着送你，却不知你嫌它陈旧。”“臣女不是这个意思，当年公主身着此衣，被封为护国公主，受天下百姓……”“只是一件衣服而已，我只见它配得上你，就送你了，你若认为这有什么深意，就领会了便是。”我打断她。这次，青袭直视了我的目光，“臣女多谢公主恩典。”

我替润儿高兴，无论他愿不愿意，他有了这样一个妻子，也许他不爱，但他会被爱，而且是这样一个有强大支撑的爱。

我又替青袭担忧，进了这华丽的牢笼，登了这至高的权位，众矢之的，她是做定了。但她还是有希望的，后宫中的女子，之所以自以为爱皇帝，有时只是因为别无选择罢了，那是自己的丈夫，哪怕与千百人分享，也无法改变了。至少，青袭还能有一份发自本心的而非被迫的爱意，也许这份温暖能支撑她走下去。

待青袭告退，我退了所有人，留自己一个人在偌大的宫殿里。我很累了，但还是不能躺下去睡，因还有一份对蓝真的思量。也许他是对的，他假死多年，我已有了自己困守宫中的生活。他的出现，让我不得不考虑面对他，怎样对待他的深情。我知道他不出现的原因为何，他执意孤身守我，我定是不愿的，我定会亲自指一门婚事给他，无论他愿不愿意。这也是他不想看到的。其实我对蓝真发了难得的脾气，不是因为他隐瞒我多年，更不是因为自己苦苦支撑这么多年，而是为他多年如一日对我困守的不值。当年我请求他离开，就是怕他蹉跎了岁月，可是他离开了，瞒着我蹉跎了他的岁月。我真的，不知该怎样面对他，面对这份深情。

我扶着美人榻，缓缓坐下来，被无力感淹没。那些权谋争夺，我尚可强撑着去面对，但遇到感情，我却手足无措了。

四

是一个背影，熟悉不过，金戈铁马，却不是润儿，我知道，那是被施焰人称为“战神”的楚王。“三哥！”我唤着。他都没有转身。三哥从来不会这样。我呼唤着，却再没有答复。那个身影离我越来越远。我立在原地，发不出声音，也移不开脚步……我睁开眼睛，眼角酸涩。

“终于醒了。”一只温水湿过的手帕落到我的双眼上，“自前日下午你就开始昏睡，”蓝真的声音，“哭了这么久，眼睛应是疼得厉害吧。”“你怎么在这里？”我想抬起手臂，可是手臂太过沉重，一时竟抬不起来。一双手覆在我眼前的帕子上，手指在我眼睛上轻轻按摩着。

“你昏迷这么久，我如何能不来，我若不在这里守着你，那就一定是皇上在你身边侍疾了，这么多事，哪里离得了他。”蓝真停了手指的动作，又过了一会儿，将帕子取了下来。我睁开双眼，看到他眼下的淡青，移了目光，坐起身来。

“锦帨制桂花糕也该回来了，若你没有什么事要交代，我就先回去了。”他这番话，竟使我们比从前还要疏远。

“好。”我环膝坐在床上，目送他离去，再次叹一口气。

锦帨是同润儿一同来的。我略略梳理，便让润儿从外殿进来了。“辛苦你了。”我对润儿道。“这是侄儿的本分，只是使姑姑受累了，还好宁西王……”“你今日来，就只是跟姑姑道辛苦的吗？”我打断了他。他停了一下，似缓解刚才的尴尬，又似忌惮着什么。

“你说就是，你就是不说，我也有办法去打听，且还要多费心去思量，病情就更反复了。”我接过润儿递过来的茶。“汉金说，有件东西要还给姑姑。”我不解地看向锦帨，锦帨也是同样的眼神，我二人都不知他有什么要还给我的。小元子在五步开外将锦盒取出，打开，“启禀皇上、公主，是一只红宝石菱花纹金耳坠。”我下意识伸手去摸右耳的耳垂，是当年和亲我丢失的那只耳坠吗，汉金曾派人去寻找吗，然后，保留了这么久吗？

“拿过来。”润儿见我的反应，对小元子道。小元子将耳坠取出，放到润儿手上。润儿反复查看，确认无事，才给我。是的，就是那只耳坠。

“他还说什么了吗？”我问润儿。“他说，他觉得很对不起您。”我没有说话，而是盯着这只耳坠。我惦念的，却是因我远嫁而疯狂的四个男子，一个被我逼得退无可退，一个因我弃了平静披甲上阵，一个站在我身后洞悉一切又协助一切，还有一个，杀得失了本心、丢了性命。

如今，那个站在我身后的，一直站在我身后。其余的……

我将那只耳坠交给锦帨，“这些首饰是收回尚功局重制了吧，你派人交过去，我记得这颗宝石还是极难得的呢。”“是。”

“还有什么事吗？”我问润儿。“侄儿打算，五日后邀格尔释一同在九阳门阅军。”“很好，向荤鬻展示我璐麝军威。”“姑姑可要同去？”我深深看了他一眼，不知他这话，是不是在试探我，“深宫妇人，终不得见那气焰，还是罢了，这江山，需你一人稳坐。”润儿面色平静。

我分不清他刚才是不是在试探我，“贺兰那边怎么样了？”“如姑姑所料，护国将军果真递了请辞的奏章，侄儿没有同意，又请他至麝华殿长谈，应是无事了，只是为表器重，侄儿想封其为护国公，其子贺兰骐为平川侯。”

“这些论功行赏的事，你向来做得很好。”我夸赞道，“可还有别的事？”“公主，”锦帨开口了，“是皇上大婚的事。本应大婚后亲政，可战事一耽误，尚未大婚，明春就要选秀了，皇后都未定下，有点不合规矩。”

“润儿，礼部尚书青端家的女儿，你可中意？”“古来都是父母之命、媒妁之言，帝王姻亲更是达官显贵，无所谓中意与否。”润儿这样答。“皇后乃一国之母，帝后为天下表率，你可以不予真心，但定要有真情，莫忘为人表率。”他对我的回答充满无奈，我对他的规劝亦是如此。“只是，”锦帨又开口了，“那位青姑娘不愿为后。”“什么？”我这次被惊到了。

我不怀疑青袭对润儿有真心，所以我同样肯定她会尽力做好一个皇后，出乎我意料的是，她居然不想做皇后。“她可知抗旨是什么后果？”润儿冷冷地问。“这位青姑娘聪明得很，若是因为抗旨而惩处她，只会让世人觉得我皇家未免太在乎一个秀女，皇帝未免太好色一点了。”

“姑姑的意思是……”“青袭很聪明，她定是知道青府中有细作，将不愿为后的想法透露给了细作，从而让我知道。我们不妨将计就计，看看她到底想怎样，毕竟因荤鬶一事，礼部新换了不少人，荤鬶的事也未了解，青端还要重用。”润儿点点头。

我知青端为人，所以也愿意相信他女儿青袭所言。这个女孩很聪明，不为后，就暂时避免了成为众矢之的的厄运，不为后，也可能是她从青端那里知道前两代皇后的下场，不得不自保。

成为皇妃，可以选择逃离争斗，可以选择淡泊圣眷，或许能够平安一生，或许她在自保的同时，只希望远远看着润儿，就像在城楼上一样。

只是这个孩子完全没有体谅我的意思。我希望她能为润儿稳定后宫，最起码，暂掌后宫。所以，我在润儿这边推了她一把，让润儿多留意青袭，也许，他会发现她的好并对她青眼有加。我能做的，只有这么多了。

“还有宁西王的事。”润儿道。我看向他，我注意到了，他仿佛对蓝真有什么忌惮。“宁西王怎么了？”“当年并未修建宁西王府，现在是不是该昭告天下，宁西王尚在人世，并且又立奇功？”“你可有问过他的意思？”“侄儿问过，但他似乎并未有此意。”“那且由着他吧，他又不是没地方住，这些年他一直隐居在贺兰另建的宅邸里，就让他依旧住着吧。”“是。”

“天越来越干燥，事情却越来越多，你要多注意些，自小就爱咳嗽。”我望着这个案牍劳形下略显憔悴的少年，“尚食局炖了雪梨和枇杷，待半炷香后，让小元子派人去领个你喜欢的。”小元子躬身领命。

“姑姑要静养，就不必操心润儿的这些小事了，润儿会照顾好自己的。”他起身。我亦起身，熟练地将他皱了的袖子整好，“我知道。”“那侄儿先退下，姑姑好生休养吧。”我点点头，目送他离去。

挣扎良久，我还是决定开口，“锦帨，你去帮我问问蓝真到底是怎么想的，一个王爷，这样平白耗着也不是个事。”我步入寝殿。“公主还要睡吗？”我拉了屏风宽了衣，“今日之所以让润儿一股脑说了这么多，就是担心说不全，我心里有顾虑，不得安枕，看他处理有方，我就安心了。”我脱了鞋，“记得把安息香点上，不必刻意叫我起来。”吩咐完，我躺在床上，盖了被子。

我不想去想蓝真的事，脑子却下意识地去转动。我如何去面对他，他又会怎样面对我，我断做不到他那样的坦然，但我又不能视而不见。我又懒得去想润儿的事，我相信他会很好地处理国事，但我却不知道他会不会很好地处理家事，我不想去看、去了解那即将上演的女人间的斗争，太下作、太残忍，就像我当年对自己和独孤凉所做的一样。

我的右手攥住身下的床单，那琥珀戒指箍得我食指生疼。怎么办，这偌大的皇宫，我守护了这么久，竟又想逃了。这一次醒来，仿佛是两天后的清晨，坐起身来，觉得倦意消退了不少。便洗漱了在美人榻上翻着书。苦丁茶的香气飘了过来。“公主，蓝公子那里，奴婢问过了。”锦帨将热茶放到我手边。我右手一抖，差点打翻了茶盏，“你说。”“蓝公子说，他想离开璐城去游历江湖，他想问问公主，是否愿意同往？”这次我的手抖得更厉害，直接将茶盏打翻了。

“这位宁西王还真是好笑，自己走就走呗，干嘛还要拉着公主一起走，还去游历，公主的身体还能这么折腾吗。”惜柳将打翻的茶盏收拾起来。他并非想与我去游历，他只是想问问我要不要与他一起走。他知道宫里又要有一场风波了，新秀入宫，朝中波澜，我不可能置之不理，不可能不偏不倚，所以又一场钩心斗角，我可能支撑不下去，所以他问我，要不要跟他一起走。我闭了目，这么多年，果然还是他最了解我。

“惜杨惜柳，你们带人退下吧。”待惜杨将新的茶盏放到桌上后，我道。炉火噼啪烧着，我示意锦帨坐下，她将惜柳刚置的手炉给我，坐了下来。“公主，蓝公子此情不灭，您又心有余悸，您想做怎样的选择？”我抿一口茶，声音却是沙哑，“我不知道。”“您想逃离纷争，却不想与蓝公子一起，是吗？”“我不知道，你懂我的，锦帨，我从来都看不清楚这些感情的事，我不知道自己对蓝真是怎样的感情，当年有人传言说我有意于他，也许我与他走得真的很近，也许是超过友情的信任，但我不知道我究竟拿他当什么，这是不是男女之爱。”

“那么公主，您是想要独自离开，还是希望，由蓝公子带您走？”我摇摇头。“那奴婢换一种问法，您是希望您离开斗争之后，与蓝公子永世不见，还是在身边有个能够说话的人，有个不必开口，就能懂您的人？”

“锦帨，我害怕，焚蝶不会原谅我。”我用右手撑住额头，“他为我失了性命，我却不能守他一生。七年之约我没有遵守，他的尸身我都保留不住，我怎还能弃了他，我怎么能希望有一个懂我的人，而那个人却不是他？”

“公主，您怎么会认为如公子不会原谅您呢，难道公主所爱的人，就是这样的自私吗？您说过，如公子在深仇和爱意之间选择了后者，他都愿意为了您放弃十多年的仇恨，您为什么不能相信，他也愿意您能无忧终老呢？当年他去救您，难道他就不知道凶多吉少吗，他只是不想有愧于心，不想眼睁睁看着您就这样远嫁，他却无所作为，所以他宁愿战死。他都宁愿战死，却不肯与您说一句话，就是知道您为天下计，而他只为爱、只为您。如公子大义至此，您如何还能担心他不原谅您？您真的觉得，如公子知道自己大限已至，还不希望有人能替他爱您，还固执地想要您苦苦守着他吗？”

锦帨此言，我并非没有想过，我只是从来不肯放开自己，总是这般困守着，今日终有人对我说出这番话，反而有种释然。可是，所谓情爱，真的就这般简单吗，凡是入心的人、入心的事，何尝不需要细细思量一番。

“我怕。”深深思考之后，我说出这两个字，“蓝真已经在我身上费了太多东西，他的热血，他的年华，他的自由，我不知道他能不能从我的阴影中走出来，而且我不知道究竟是拿他当好友、当知己，还是别的什么。我怕只是动容他为我所做的一切，而非与他一样的那颗真心，这不意味着我不能为他付出一切，而是怕我给不了那样的痴心痴情。那对他是不公平的，是对他情义的辜负，所以我宁愿他摆脱掉我，去拥有他自己的生活。”

“公主，您觉得，蓝公子会介意吗？当年独孤凉的爱情盲目，蓝公子又何尝不是呢？”“我不能让蓝真那么盲目，他看清了他爱的人是怎样一张面孔，他也要看清我的想法、我的感情。否则我不会原谅自己，因为那样才是真正辜负他了。他介不介意是他自己的心结，但是我，要坦诚以待。”

偏殿响起了掌声。我一惊，站起身来，循声看过去，但见一抹藏蓝走出来。“这才是我所倾慕的人，我甘愿付出一切的人。心结无妨，但要坦诚以待。”我明白了，这是蓝真与锦帨安排好的，只为让蓝真知道我真正的想法。

我起身，望着那俊逸的面容，“我心迹已坦露，绝非你那般灼灼真情，不知你做何感想？”他依旧是笑，“式微，式微，胡不归？微君之故，胡为乎中露？式微，式微，胡不归？微君之躬，胡为乎泥中？”仅是“式微”二字，我就已泪流满面了。他走过来抱住了我，在我耳边呢喃出来。我知道，他不在意。他只希望带我离开，无论我爱他与不爱，只要我想走，他就会带我走。

“姑姑，非走不可吗？”润儿听了这个消息，沉默良久，问我。“你长大了，我放心了，我想安度晚年了。”我答。他没有说话，也没有反驳，他知道我累了，他也知道宫里根本没有所谓的安度晚年，而且下一场风雨，就要来了。

“姑姑想去哪儿，润儿希望姑姑能择一地久居，润儿还可以去看看您。”“施焰郡。”我道。“民风淳朴，又是姑姑的封地，果然是个好地方。”他淡淡道，“只是，您能不能开了春再议行程，一来天寒，行路不易，您也需好好保养，二来，就要过年了。”他的话停在了这里。我知他既担心我的身体，也不想独自过这个年，“姑姑当然要待开了春再走。”我将右手放到他的肩上，“傻孩子。”他扯出一个微笑回应我。

“今年天寒，想来荦鬻那里，双方都派人回去了，不妨留格尔释和汉金在璐城过冬，等过了年再放格尔释回去吧，这段时间，好好监视这二人，尤其是格尔释，摸清他的行事套路、做事风格，日后，也好有牵制之法。”我岔开了话题。

“侄儿已经吩咐下去了。”他的目光明亮起来。

五

除夕，于春华锦堂设宴，只是六人之宴。我着朝服坐在润儿右侧，假装看不到格尔释一直投到我脸上的目光。

“这第一杯酒，朕祝贺两国太平。”第一场舞毕，润儿起身，敬酒。在场的人一并饮下。我放下酒杯，见格尔释的目光又聚了过来，“不知本公主脸上是不是长了什么，让荦鬻大王一直盯着不放？”我笑问。格尔释这才收了目光，转向佩玉鸣鸾了。

蓝真一直用眼尾盯着他，润儿也时不时瞥他几眼，而贺兰则是直接瞪着他。“恐怕是公主多年容貌不改，大王好奇了，望公主不要见怪。”汉金忙道。“将军多虑了，本公主容貌不改，将军倒是久经风霜了。”我望着汉金，他脸上已有了皱纹，胡茬也很明显，下巴一片青色，但仍旧保留着当年的英姿。他悄悄看了我一眼。

蓝真在席上，我不担心他仍在世的消息被宣扬出去，璐麝这方自是不必担心，而汉金和格尔释若真有心与我璐麝交好，也不会外传，若不想与我璐麝交好，便更不会外传，因为蓝真在荦鬻人眼中，就如三哥在施焰郡一般，是战神一般的人物。

再饮下两杯酒，我又开始了在蓝真面前才会有的毛病，竟有了些酒意，忙退了席。蓝真跟了出来。“有锦帨呢，你不必挂心。”“不是这个。”蓝真道。

我一思量，明白了他的意思，便与他向一处亭台走去，“也不知为何，每每与你一起饮酒，总觉得不胜酒力，三杯两盏就有醉意了。”“我想，是你没有什么可担心的了吧。”我抬头看他一眼，他的目光压制住了所有的灯火。以前饮酒，说是幸甚至哉，但其实还是防备着的，对师父，对独孤凉，对父皇，甚至对三哥也是，只有在蓝真面前，我会弃了防备，所以醉了。

“参见大长公主。”身后传来了汉金的声音。我与蓝真一并转身，“汉金将军怎么出来了？”“臣是有话想对公主说。”我与蓝真交换了个眼神，都听清了他刚才的自称。

“锦帨，你带人去吧。”我吩咐锦帨。待锦帨带人退开，我与蓝真和汉金入了亭台。汉金却是跪下，向我行跪拜之礼。我与蓝真都没有拦他，只等他行完，我方伸左手扶他起来。“将军这是做什么，你是荦鬻的臣子，不必向我行这样的大礼。”我退回到蓝真身边。“公主心如明镜，知汉金是何原因。”“将军这样说，我倒想听听是否如我所想了。”

“臣的第一拜，是向公主请罪，当年之事，臣一直觉得心中有愧。”“无妨，当日我们各为其主，彼此针对也是理应的。时移世易，我渐渐看开，望将军也如此。”

“第二拜，是为臣之拜。臣知道，臣无法再回荦鬻了，自此以后，臣恐怕要永留璐城了。”“以后，将军仍是将军，爵位封赏，不会比你在荦鬻差，你的家眷不日也会迁过来，除了自由，什么都能给你。”

“第三拜，是臣最担心的。少主心无城府，只有一腔热血，甚至还有些留恋美色，并不会给璐麝带来什么危害，这次战争都是臣挑起的，什么罪过，臣都一力承担，请公主和皇上放少主一条生路。”

“我本就没想伤他性命，他毕竟是荦鬻皇室最后的一点血脉。对于战事，该追究的已经追究了，以后两国之间，只愿和平相处，百姓安居乐业。”“臣明白，只是……”

“当年你与宁西王因地名在我婚车前争辩，今日我告诉你，那是春风岭，人言春风不度玉门关，如今两国交好，春风自然会至。将军以为呢？”汉金一愣，再次叩拜，“臣，谢过公主大恩。”

“你觉得格尔释真的是汉金所言的那般人吗？”回浣雪宫的路上，我问蓝真。“你心下已有思量，何必问我。”他笑道。着实，汉金那番话，我是不太信的，什么留恋美色，甚至格尔释今晚对我的关注，我也是不信的。当日璐城城下之战，他那般拼命杀我，何曾失过男儿方刚。以后，看他如何选择了。

“虽然知道你心里清楚，但还是忍不住要嘱咐你，皇上英明，对付格尔释是绰绰有余。”蓝真道。我心里自然清楚，否则汉金也不会对我行如此大礼，求我和润儿放他一条生路。只要两国和平相处，格尔释的性命，自然也无人惦记。

宴席结束得挺早，我在麝华殿等来了润儿。“姑姑怎么不派人告诉侄儿一声，让侄儿早些回来？”润儿一进门，首先问的是这句，然后来换我的手炉。

“我就是想在这儿等着你，就像以往你上课一样，姑姑等着你从书房出来的消息，然后命人上膳，与你一起用，用完了，再考考你的功课。”我从食盒里把饺子端出来，“以往我们都是一起守岁，今年有宴，也不可坏了规矩，所以干脆备了些你爱吃的小菜，等你回来。”

润儿坐到食案前，“有劳姑姑了。”“有劳你了才是，大年夜对着不喜欢的人，一坐那么久。”我先盛一碗燕窝羹给他。

“侄儿这样的日子还长着呢，侄儿做得好一些，姑姑就能安心一些，百姓也都好过一些。”他接过。“你有此心，我很欣慰。”我饮一口姜茶。

“姑姑怎么喝这个，夜不食姜的。”润儿夺下我手中的茶盏。“我要与你一起守岁，以往子时一过，各自就睡了，只是今夜我还要出宫一趟。”我伸出手。

润儿将茶盏放回我手中，“姑姑可是要去皇陵？”“是，去故陵。”

“皇陵苦寒，润儿自知拦不住姑姑，但求与姑姑一同前往。”“今日行了祭礼，你再去做什么，若真有孝心，便来日再去吧，我有些话要对我的三哥说，而不是对你父皇说。”

“润儿明白了。”我泪眼婆娑，看不太清对面的那个少年，还误以为，他会说一句，以后无论道路有多艰险，他都会护着我。

“姑姑，润儿到现在都不肯相信，您会离开我。”“我明白，就像姑姑到现在也不肯相信你父皇会抛下我一样。但是事实就是这样了，你身边的人终有一天会离开你，你若想念他们，可以去看他们，若见不到他们，就去回忆，那些记忆，足够抵御你内心的孤独，足以温暖你生命中的冰冷。如果你回忆不起来，或者不想回忆，那那些人，就不值得你想念。”

“姑姑，您可有不愿回忆的人？”“没有，我都能忆得起，虽然有时会很辛苦，但是真的很温暖。至少有人，对我那样好，至少我曾经，那样爱他们，也许现在，也那样爱他们。”

“姑姑，何为爱？”“我不知道，我只知道，但凡我称为我爱的人，我都会豁上性命去保护，与他们相比，自己不值一提。”但我也知道了，也许当年蓝真对我与三哥的结论是错的，只是我们都不懂何为男女之爱，只是我们相处得太好，所以才误会了所谓情愫。

“姑姑，若再来一次，您还愿不愿意，去爱他们？”

丑时的更声响起。我起身，将白狐斗篷披上。“我宁愿，不曾打扰过他们。”

自太祖始，璐麝帝陵便建在璐城西北方，太祖起名为“鹿园”，意在当年逐鹿天下，而我的三哥，长眠故陵。马车停下，蓝真先下了马车，后伸手扶我下来，一阵寒风吹过，吹醒了我的头脑。

“公主，护国公在祭殿之中。”惜杨道。我点点头。“我去陵前等你。”蓝真道。我叹了口气，向祭殿走去。惜杨惜柳手中摇晃的宫灯伴我走到堂前，我推了门走进去，留她们与守陵人一起。

堂中挡了风，燃了烛火，方暖一些，眼前也明亮许多。我伸手扶起了向我行礼的那个中年人，“难为你，今日还来给三哥上一炷香。”“这是臣的本分，荦鬻将安，先帝的一桩心事也算了了，自然是要来禀告的。”他脸上的皱纹将他的口鼻拉得很深邃，显得很悲伤。

我褪了手套，放了手炉，接过他手中的香，行至牌位前，见墙上的画像，敬香。“护国公忠义，当年施焰一战，你留在京中暗中护我，我就知道，你与三哥情义匪浅。多年相护，你早就封得起护国公。”我将双手放在手炉上。

“公主谬赞了。”我没有说话，因为不知他对我说的是否是真，毕竟荦鬻一战，他已明白，皇家疑他了，至于是润儿还是我，他也许分不清楚，也许是不在意。我希他以为疑他的是我，毕竟我将脱离朝局，他和他的家族却可以继续为润儿效力。

“当年三哥有三个人可以信任，我，蓝真，还有你，一个看着宫里，一个看着禁军，一个看着他的幕僚。”我叹一口气，“当年三哥初登大位，我下意识自保，与他疏远，蓝真忌惮三哥心结，也是如此，只有你，敬意犹在，却不忘一片赤诚。当时我就想，你若是因此受了什么惩戒，该多不值得，后来我才明白了，能与他坦诚相待的，还有几人呢。”

我将上供的酒从供台上取下，酒壶已冰凉，想来贺兰在这里很久了。我再取了酒杯，斟满，“这一杯，我代三哥，敬贺兰你的一片赤诚，若没了你，三哥会多么孤单。”我一饮而尽，生生压下冷酒的刺激。

“公主……”我再斟一杯，“这第二杯，我敬你，肯舍了亲妹来帮我。”我再饮下。“第三杯，敬你，肯如此辅佐润儿。”“公主……”他伸手欲拦我。“我从没想到，三哥会这样离去，自那以后，你不得不仰望大位，再无那样的友人，只剩君臣。”我再斟一杯，“寂雪知再大的封赏也无法报答你对我欧阳一族的相护之恩，只是我将离宫，再无君臣之分，贺兰，你可愿再与我如友人一般相待？”我将酒杯递给他。“公主，臣不敢。”贺兰望着我手中的酒杯，没有接，而是后退两步，跪了下来，向我叩首。

我心下一寒，以为他终是赤诚不在了。却不想，他叩首后，起身，接过我手中的酒杯，一饮而尽。

“多谢你。”我望向贺兰，他古铜色的皮肤上已有了岁月的痕迹，不再是初见时那样的青春年少了，眼尾叠得厉害，嘴角也难有笑模样，蓄了胡子，显了年纪，只是那双眼睛，还是当年的眼睛。

出了祭殿，又是寒风萧瑟，刚饮下去的那三杯冷酒，与这寒风一遇，逼得我咳嗽起来。惜杨惜柳一阵忙乱，又是顺气又是裹衣，终是压了下来，我再次退了她们，走向那墓碑。蓝真背对着我跪在那碑前。我将右手从手套中抽出来，落在他肩上，轻轻拍了拍。蓝真再拜，站起身来，走到一侧。我的右手从蓝真肩上转到那石碑上，触手是侵入肌骨的寒。

你看到了吧，三哥，润儿很出色。我相信，日后，他将是一代明君。荤鬻之患，我想这是最好的解决方法了，两族太平，百姓乐业，如贺兰所言，一桩心事了了。三哥，我想与蓝真归隐了，你若还在，恐不会阻拦的吧，当年你费力撮合我们，我不听话，如今才看清，你和父皇选的，才是最适合我的，我若早看清一些，也不必伤那么多人的心，送那么多条人命了。三哥，你若还在，该多好，润儿也不必这般辛苦，小小年纪担这么多惊受这么多怕，所幸他心性坚毅，你也很欣慰吧。

我很想你。但是，恐怕日后不能常来看你了。我的脸，贴在了石碑上，麻木的脸皮下，似乎还有什么是温热的。

“伯兮，伯兮，魂归来兮不见兮。”我的手指抚过碑上的字。其实，手指已冷得感觉不到什么了，只是指甲在凹凸不平的寒石上发出了声响。“先帝明白的。”蓝真将他的斗篷给我裹上。“我知道，可我就是、就是觉得负了三哥，我应该在他坟前守忠的。”“若易地而处，你会愿意先帝这般画地为牢吗？”蓝真用他温热的手握住了我的。我没有答话，心下却是明了，将脸颊离了石碑，右手抚着碑上的“怀”字。

三哥，我走了，人生苦短，你明白的，我知道的。马车东行，便是父皇的永陵，马车在远处停下。面对这绵延门墙，面对这宏伟门阙，我敛裙下跪，行三拜之礼，后每行一步，便敛裙再拜。终至祭殿。

蓝真与我入内，亲燃香，他握着我毫无知觉的双手，敬上去。跪拜。只我一人起身，他知道，我将去陵前，他知道，他不能陪我。寒风依旧高歌着，吹散了我的长发，只是那坚硬冰冷的石碑，无言地伫立在那里，就如它身后形如覆斗的陵墓一般，默默听着寒风夜歌。我跪在那里，长发和裙子斗篷飞扬着。

儿臣，可能是最后一次回来了，儿臣不知，您看到今日璐爵之景会是何心情，欧阳氏颠覆大半，璐爵却是昌盛无二。还是您已不在意这些了，您东侧的景念太后陵，才是您真正挂念的？不管如何，儿臣在此谢罪了。当年儿臣对天起誓，为我璐爵鞠躬尽瘁，死而后已，若有谋逆之人，当严惩不贷，若有谋逆之心，定天地不容。儿臣没有一刻敢忘。

但是父皇，儿臣累了。我真的，很累了。心力交瘁，无外如是了，我护不动了。我最后一次行三拜之礼。父皇，我走了。

宫门口，我与蓝真告别，下了马，向内苑走去。我记得，璐华殿后，过仰贞门、祈永门，再过广场，游廊、春华二堂，便是寝宫了，这里，是我最熟悉的地方。爵华殿檐下的宫灯已换成了最细的蜡烛，平日这个时候，应该是灭了的，只因现在是除夕与初一交替时分，所以一直燃着。

过龙尾道，从爵华殿宫墙一侧再行，脚下换了石子路，一路无树、无花、无草，直到丽正门，便是栖凤殿了。我从长巷向东，步于朱墙的夹缝里。光线渐暗，惜杨惜柳手中的琉璃灯，照亮了左右墙角的积雪。走过栖凤殿、娇颜殿、仪元殿、华音阁，我停了脚步，转向那贴了封条的朱门，这里是濯云殿，我的右手，覆上了自己的脸庞，果真，有些印记，是摆脱不了的。我抬起了脚步。这条路更是熟悉，只消绕过宫墙，再行几步，便可见灯火通明。

"姑姑。"宫门前立着的人唤我。"你怎会在这儿？"我快步走过去，"这么晚了。"忙拉他入殿。"姑姑不归，侄儿怎敢睡，且让姑姑伤心，是侄儿不孝。"进了殿，润儿就跪下。我忙扶他起来，"哪里就关乎着你了，都是一些陈年旧事了。"与他一并坐下。

"尚食局制了些饺子来，侄儿担心姑姑吹了冷风，所以又添了燕窝羹，姑姑先用一些吧。"润儿示意下人端上来。"难为你这般有心了。"我在火炉上烤了半天手，才将斗篷脱下来。

"姑姑离席得早，也未吃什么东西，又与汉金在风里说话，再同侄儿于麝华殿守岁，一夜奔波，如何能不吃点东西。"我听了这话，心下发寒，却在脸上找出一个笑容，又装模作样地夹一只饺子到他碗里，将汉金与我说的话转述给他，"本想让你好好歇歇，却不想你这般勤勉。"我饮下半碗燕窝羹，"你有何想法？"

"侄儿认为，汉金依旧是关键所在。汉金为人向来谨慎，此次战事，他本不想让格尔释参战，可他们二人争执不下，汉金不得不向王权妥协，让格尔释秘密跟随，荦鬻王廷内，都以为是格尔释为战事祈福，故而休朝。直至衡州一战，侄儿披甲上阵，格尔释按捺不住，才露了面。至于战败，荦鬻王廷也是一片混乱。"

我用银筷将饺子从碗中拨弄了几个来回，"这些事，你是怎么知道的？"若说格尔释假装祈福，王廷内乱作一片可以事后得知，但是像格尔释与汉金争执不下的这样的私事，他如何会得知。

"荦鬻王后身边，有侄儿的人。""原来如此。"我放下筷子。我早就料到了，我没有料到的是，我竟然不知道。

"惜柳，把我首饰奁中最角上那象牙小盒拿过来。"我握成拳的指甲进到掌心。惜柳将小盒给我。"这个，是你皇爷爷最爱的扳指。"我取出那枚玉扳指，上面，还有父皇的余温，"当年施焰一战，我从你皇爷爷手上取下来，忘了还回去，所以，我将这历代君王所传之物再传到君王手上。"润儿跪下，从我手上接过。

"本想在你十六岁生辰那天送你的，这一耽搁，就忘了，今日见你完全可以独立掌事，便可放心交给你了。”“多谢姑姑。”“我太乏了，想歇着了。”“侄儿便告退了。”我目送他离去。

这个孩子，已经开始排斥我对朝堂的干预了，我的离去，何尝不是畏惧他这一点。我瞥了眼食案上的饺子，是我最爱的虾仁馅，可惜，现在已与我的心一样，凉透了。

炭气烘得我有些头晕，便打开了窗户，却不想被窗外的晨光晃到了眼睛，反而更加眩晕，果然，新的一年来了。

六

午阳十四年，元月二十，大长公主欧阳氏寂雪薨世，举国哀恸。施焰郡长老与百姓素食三月，为大长公主积福。荦鬻大王格尔释回国，下令禁杀一年。皇帝下诏罪己。大长公主在世，只下了最后一道也是唯一一道懿旨，三月选秀照例举行。

皇宫里，浣雪宫被长闭，只许宫人日日去洒扫。浣雪宫所有宫婢得到恩释，或出宫，或自愿分到其余宫中。惜杨到了麝华殿，惜柳到了仪元殿。三月选秀，礼部尚书青端之女青袭拔得头筹，封昭仪，赐住仪元殿。以及秀女名单、品阶，等等。

施焰郡的凤午山庄里，我坐在秋千上，叼着米花糖，将密信丢给蓝真。润儿之所以求我开春离宫，原是为了在施焰郡给我建这样一座山庄。说是山庄，其实不过是重建了一座浣雪宫，再加上御花园的植被设计、南山的园林布局。看蓝真的样子，他也有知情不报之罪。

“说是静养，这孩子还让惜杨一封一封密信送来。”我说这来气，将双腿叠在了秋千上。“皇上这不是给你的，是给我的，还不成吗？”蓝真笑着，将信纸丢进秋千边上的火盆里，“多亏我让匠人把秋千做大了，否则像你这样的坐法，还不从上面摔下来。”

第十四章

身外世

蝶恋花

禹庙兰亭古今路。一夜清霜，染尽湖边树。

鹦鹉杯深君莫诉。他时相遇知何处。

冉冉年华留不住。镜里朱颜，毕竟消磨去。

一句丁宁君记取。神仙须是闲人做。

一

午阳十七年，我离宫已有三载。

黄昏，我蹲在桂树下，看蚂蚁搬着地上的桂花糕碎屑，将口中的桂花糕咽下。“躲云开都躲到这儿来了，这深秋天的。”蓝真将披风给我披上，“云开求我转告你，青昭仪在宫里受了冷落，被罚禁足，看起来应是那位芍昭仪的手笔。”我捂住耳朵，“听不见。”

这三年，润儿一直向凤午山庄送来密信，但我实在不想理会，便看也不看地丢进火中，时间一长，便也换了方法，改成云开来向我报信了。云开性子又实，我若不理会她，她便一直在我身边重复，非要得到我不耐烦的“嗯”的回应，才乖乖闭嘴。“你就不担心吗，惜柳虽体贴，但并没有惜杨的细谨，那位青昭仪吃了亏，不一定能挽回局面。”蓝真打趣着。“孩子们的事，你管那么多干什么，难道你没有别的事要管？”我拽着他的胳膊起身，坐到秋千上。蓝真一笑，坐到我对面。

已有四个月了，凤午山庄外总有人窥探，我与蓝真出庄在外，也有人跟踪，一直以来，我们都试图抓捕那些人，却终无所获，甚至连踪迹都无。我不知道这是何股势力，到凤午山庄又有什么目的。

“若我们引蛇出洞呢。”我睁开双眼。“这把年纪，还折腾？”蓝真将石桌上的桂花糕送入口中。我环住双膝，“若非如此，难道还让他们总是这样下去？”蓝真没有说话。我知道，他是担心的。“你若实在想用此计，不妨我们先分头行动，我先当作目标，如何？”蓝真看着我许久，终于道。我没有说话，自知劝不住他。他也没有说话，而是抱住了我，让我的侧脸贴在他的胸膛上。我已用最凌厉之法摆脱了皇宫，逃离了权力之争，处在江湖之中，竟还不能被人放过。

三日后，蓝真于街上遇袭，激战之下，虽擒住了几个人，却都立即服毒自尽了。此夜，我们坐在卧房的美人榻上。“都是一伙的，武功不低，有纪律，对方恐怕并非常人。”蓝真将手炉给我。“我们是不是得罪什么人了，都躲到施焰来了，还被追成这样。”我把手炉塞回蓝真手中。“对不起。”蓝真突然正了颜色，“我没能保护好你。”我没有听到他的话，再次环住双膝。

我深知，这群人是冲着凤午山庄来的，与蓝真相比，我更可能是他们的目标，只是我不知，他们是谁，目的是什么。我都已经改了名字，难道还有人能找到我不成？会是荦鬻那边吗，虽然表面上一年不杀生，虽然汉金留在了璐城，虽然格尔释回到王廷后声色犬马，但我一直是放心不下的，毕竟那个地方，那个国家，那个民族，伤我太深了。

一个有力的臂膀圈住了我，“别担心，不是荦鬻，若真是他们，目标应是皇宫，就算目标是我们，凭他们对我们的恨意，今日白天我就没命了。”我顺势倚在他身上。

“你当年选择借薨世之名避世，也化解不少人对你的恨意，所以你大可以放心荦鬻。今日那些人无心伤我，反而是试探偏多，我猜测，他们是想知道凤午山庄究竟是做什么的。”蓝真将热茶递到我嘴边。

凤午山庄与外界甚少有往来，唯一有联系的就是宫里。“没错，应就是宫里。”蓝真说出了我的心声。为什么，我都躲到这里了，我都放下那些权位争斗，我都放手了，究竟为什么还不放过我？我回头看向他。

“既然能查到凤午山庄，就应该能查到含口，与其敌暗我明可能双面遭袭，倒不如我们联系锦帨，一并找出这个幕后之人。”他又说了出来。“好。”我饮了口茶水，将茶杯放下，伸双手到他太阳穴，轻轻揉着，“辛苦你了。”

他的双手也来到我的鬓前，“初见你时，你在帐中排兵布阵，毫无惧色，我那时就想，你可以运筹帷幄之中，我替你决胜千里之外。”“想得美，运筹的是你，决胜的也是你，我要乐得自在。”我在他头上一敲。“我就猜到你会这么说了。”我欧阳寂雪何其有幸，能得蓝真，生死相依，不离不弃。

无论筹划得多么天衣无缝，我总是心下不安，不因这次的目标换成了我，只因，总觉得有什么是自己没有料到的，所以就没有谋划到。蓝真的手放在我肩上，“莫要这般担心，我一直都在。”我再顺势倚在他臂膀上。若非挂念的是你，我又怎会这般焦虑。

于是深秋之时，我换了素色洋绉裙，着雪青琵琶外袄，再罩一层白狐绒褂，还是有凉意，便又置了手炉，戴了手套，才觉得暖和了些。也许是年纪的原因吧，我承受不了更多的事情了，也全无年轻时的力气了。

卧房里的炉火烧得正旺，我用铜箸拨弄着炭火，听着屋顶廊下的脚步声。

撤了半数守卫，那些人，就有了可乘之机。看来他们的目标真的是我，否则不会这般冒险闯人。我叹一口气，终是逃不过的，只是这次，能被我牵连的人，还剩多少呢。

约有半炷香的时间，卧房的门被踢开，一大股风涌了进来，炉火的热气扑在了我的绒褂上。有个女子带头冲了进来，我看她不过十七八岁的样子，透着的杀意，却昭示着她已是这行的老手了。

"你们是什么人？"我装作惊恐，站起身来。"带走，主人时间不够，快点！"她命令后面的人。我便被她手下的两个人拉了出去，手套和手炉都摔在了地上。那领头的女子目光如钉地注视着我被带走，似是要看穿我似的，最终却是将我的手套拾起，"给她带着，都说她身体不好，免得主人还没开问就冻坏了。"

那两人抓着我上了马车，至少她们现在还是很看重我性命的。马车的车窗都被从里边封得死死的，而我的手套被从车帘外丢进来后，车帘也被从外面封住了。我闭了目，从这摇晃的马车中记下奔驰的路线。待到马车停下，我左手边的人从我头上套了个布袋，将我推下马车。寒风呼啸，万籁俱寂，再加上刚才马车的向上飞奔，这里应是什么山的山顶。

前行五十步，入内右转二十步，再左行十步，入屋内，前行十二步，是个什么机关。我左手食指在手套里，抚上了右手光滑的食指。有人推了我一下，我一个没站稳，扶住了前面的墙或者是柱子。站稳后，绕过什么东西，不足十五步，我头上的布袋被扯了去。

"候着吧。"那领头女子将我推入了一个房间内。我环视着这个房间，似是个议事厅，主位之下设了两排共八张太师椅，只是房间中央，多了一张椅子，看起来是刚放上的，我想这是给我的。我从手套中将右手抽出，抚到了自己凌乱的发髻，干脆将固发的发钗拔下，散了头发。

"不愧是凤午山庄的女主人，这般情形下还能镇定自若，皇帝果真有眼光。"偏房处走入一个女子。"姑娘说笑……"我的话在看到她容貌的那一刻停住了。这样的一个面容，曾在我脑海中浮现多次，也曾几次三番入我梦，只是梦中，她问我，为何这般待她。

我记得怀胎之时，希望腹中是个女儿，我希望她会有我的眼睛、独孤凉的鼻峰，那时我不知道她应该有一双怎样的唇，是如我一般小巧的，还是如独孤凉一般轻薄的。我看着面前这个女孩，心下明了，若是像独孤凉，未免有薄情在其中，还是像我多些吧，也许，会更似个平常女孩。

“你可是，天佑二年生人？”我颤抖地问出这句。“你怎么知道？”那与我一模一样的眸子充满了疑惑与防备。果真如此。这个孩子，独孤凉知道吗，有着他半张绝美容颜的女儿，他知道吗？天佑元年我远嫁，独孤凉挥师北上，赏心那时已有身孕，他可知道？

我扶住房中央的太师椅。他定是不知的，他忙于调兵，忙于到麝城守着归隐的我，再加上四美图隐藏得好，独孤凉的不在意，他必是不知的，否则，以他当年的疯狂，怎么会留一个孩子在世上。当年赏心重伤，四美图重创，也许就来到了这里，那么这个孩子，到底是谁带大的。我瞥了一眼这个女孩。是悦目带大的。

想来今时今日，四美图已不在了吧，否则怎会放任她这般。

我挺直了脊背，“姑娘今日派人带我来此，可有什么事需要我的？”她坐到主位上，看似从容，“见夫人你这般美貌，还以为看不上别人呢。”“姑娘说笑了。”我也坐下来，“姑娘可知我是何人？”“凤午山庄的女主人，欧阳。”

“既如此，那我是否也应知道姑娘的芳名呢，姑娘这般请我来，想来也不担心我还能走出去吧。”我的右手回到手套里。“夫人真是聪明，怪不得能被皇上看中。”她像我一样，展开一个笑容，却不打算告诉我她的名姓。“独孤。”我吐出这两个字。“什么？”她变了脸色。“这是你的姓吧。”我正了颜色。她惊得起身。

“告诉我，你的名是什么？”我眯起了眼睛。她一脸憎恶地扭开头。我明白了，“寂。”寂寞，是一颗心。“独孤寂，可是如此？”

电光火石间，一只玉手锁住了我的喉咙，“你是怎么知道的？”她瞪着我。我平静地凝视着这双眸子，原来，有杀意的时候是这样的。“既然我为君主办事，那过往的事，自然会知道一二，芍昭仪。”她松了手，眼中杀意更浓。

“我是刚刚才知道的，你若此刻杀我灭口，你的身份还能保密一段时间。”我很想伸手去捂住那双眼睛，不想去看那里面的东西，那里面，是曾经的我也掺杂过的东西，太肮脏，太疲惫，本不是她该有的。

“在我知道了我想知道的事情之后，自然不会留你，多活一刻还是少活一刻，你自己看着办！”“我自然会选择多活。”我坐直身子，“甚至我会主动向你供述，以求获得更多活命的机会。”她不解地看着我。

"自大长公主薨世之后，皇上担心施焰郡，便建了凤午山庄，明是山庄，暗为细作，为皇上收集施焰郡的大小事情，而这些事情，皆通过我的手上达天听。我本是璐城中细作的掌事之人，受命于大长公主，自然就知道很多事情，包括，类似于你的事情。"

"你知道我的身世？不可能，没有人知道我的身世！"她甩了袖子。她的这个姿势，甚是熟悉，我很想去抚平她眉心的痕迹。"大长公主不知道，只是她曾经说过，若独孤凉肯分一点爱给赏心，那么结果，将会好很多。"我望着这个因恨意入了深深宫门的女孩，心疼不已。

"欧阳寂雪有什么资格这么说，明明是她害的我父母成了这个样子！"她向我吼着。"一入宫门深似海，也许你母亲希望你能好好生活，而不是再入那龙潭虎穴，辜负了你的年华！""母亲就是死在了宫门外，我若不为她报仇，她如何瞑目，你又懂什么！"她抓住了我绒褂的前襟，力气大得都把她发髻上的簪子摔掉了。她一惊，松开了我。

我先她一步捡起了那只簪子，九根最美的孔雀尾羽，其上镶了水晶，这是独孤凉当年的心血之作。她一把抢了回去。我听到了外面的打斗声。

"怎么回事？"独孤寂问。"主人，有人闯进来了。"那个领头的女子进来。独孤寂看向我。我起身，"你本是佯抓蓝真，实抓我，我便将计就计，带了人来。"

门被撞开，蓝真执剑入内，挡在我身前，他看清了独孤寂的面容，也是吃了一惊，剑鞘一挥，闭了身后的门。"就此收手吧，有哪个母亲不希望自己的孩子正常生活，你的路还那么长，何必因为上一辈的恩怨耽误了自己呢？"我从手套的夹层里抽出毒针。

独孤寂不语，而是抽出腰间的软剑向我刺来，蓝真看了我一眼，不得不持了剑，与她打斗着。那个领头女子则挥舞着峨嵋刺向我杀来，蓝真对抗着这两人，我双手射着毒针，使她与独孤寂近不了身。

"芍昭仪，此刻你再不回宫，就不怕露了马脚吗？"蓝真问。独孤寂听了，脱离了打斗。蓝真全身挡到我面前。"主人你快走！"领头女子道。独孤寂退到主位后的墙边，启动了机关，房门被一整块石板挡住了，独孤寂从密道离开。蓝真与那领头女子纠缠了几个回合，最后用剑柄击昏了她。

我敲着石板，声音厚重，"不行，这里出不去。""你还记得是怎么进来的吗？"

蓝真将袖袋里的连弩给我。“你的意思是，我不是从正门进来的？”我将指环戴上，弩箭归位。“对，那是后门，那条路太小，防备也很严，我们没法跟踪，也怕伤到你，所以选择从正门进攻。”我拉着蓝真到墙前，触动了独孤寂的机关，面前有很多密道。我们进入密道，按来时路走到了廊下。

几支冷箭射了过来，蓝真挥剑挡住，却不想有更多的人向我们杀来。我看向记忆中进来的那道院门，那里已经埋伏了很多人。但没有独孤寂的身影，我想起进屋前被推的那一把，想来那时，是有人动了另一个机关，独孤寂从那里逃走了。

“恐怕这里是后院，锦帨他们一时半刻还找不来这里。”蓝真道。“逃吧。”我握住了他的手。他转身望着我，今夜，再次月光凋零、星芒陨落，只余他这一双明眸，照亮了天地。他揽住我的腰，施轻功从院门出去。那扇院门外，左右无路，为中间道路通向山崖。

原是如此，独孤寂给我们指引了一条必死之路，我还真是高估自己了。从独孤寂刚才的言语中，我听出她并非有此心机的人，恐怕这是四美图给她的退路，只是她用来对付我了。

我与蓝真站在崖上，面对着那些人。刚刚那一番打斗，我已用光所有的弩箭，所以弓弩被我丢在了一边，手套腰带中的毒针也用尽，蓝真的左臂受了伤。那被血染红的左手握住了我的右手。

我抬头望着那染血的面庞，我第一次见他这般杀戮，一把剑若舞梨花、如飘瑞雪，这张脸，不是那阳光下的温柔，不是那树影里的清澈，也不是桂香里的憨笑，而是，曾在战场上的坚毅无双。就像我知道，这是一个出将入相的人物。

这样一个人物，守了我这么多年，此刻还握着我的手并肩站在这山崖上。崖底的风从我们背后吹来，将我们的长发吹起。蓝真握着我的手，一步步后退着，“寂雪，怕吗？”他低声问我。“不怕，与你在一起，怎么敢怕？”我的脚跟悬空了。谷风嘶吼，我们一起后仰。

一条藏蓝的腰带飞了出去，在悬崖凸起的岩石上挂住，蓝真的藏蓝外袍和我的白狐绒褂落了下去。崖上有碎石滚落，似是上面有人察看，所幸那山崖挡住了他们的视线，使他们看不到我们。我松了一口气。蓝真的吻落在了我的眉心。我听到了绸缎撕裂的声音，抬头看上去，竟是这腰带发出来的。

我大惊失色，蓝真却是依旧的沉着。他的吻落在了我的眼上。有什么东西绑住了我的腰，我下手去摸，冻僵的手终于摸出了那是什么，那是蓝真腰带在我腰上打了一个死结。

“蓝真……”“寂雪，好好活下去，宫里又要有一场风波了，不管你回不回去，都要照顾好自己，不要辜负我让你活下去所有的努力。”他将我绑在腰带上，再次将我拥入怀中。

“不可以，你若离去，还有谁肯这般护我？”“你自己，从来就足以保护你自己。傻瓜。”与我颤抖的声音不同，他的声音还是那么冷静温和。我紧握住他的手，“别这样，我求求你，我亲眼目睹过一遍你这样了，我受不了，求求你。”我苦苦哀求着。他却充耳不闻，“寂雪，时光荏苒，我做过的最值得的事，就是爱你。”他那冷静温和的声音背后，我明明清楚地听到了那些感伤、那些担心，还有，轻轻的叹息，无论他隐藏得多么好。他松开了我。

我感到他从我的怀中坠落，或者说，我被他的怀抱抛弃了，我忙用双手去抓我可能抓住的东西。我的右手，抓住了他的左臂。我将力气都聚集在右手上，紧紧抓着他，不让他抛弃我，不让他坠落，“若是你爱我的代价是付上性命，我宁愿你从未爱过我！”

“可是，如果我再选择一次，我依旧会选择不顾一切地爱你！”我不再说话，只咬紧牙关抓着他。“松手吧，寂雪。”“要死一起死，如今我再无法失去什么了。”我的指甲从他手上划出了伤痕。“寂雪，就当作我未再出现过。”他露出了笑容。我怕，我怕他这样的笑容。他一这样笑，我就知道，他决定了，他要离开我了。

我右手的指甲绷断了，蓝真的手从我的掌心滑走。“不要！”那张面孔笑意更浓。活下去。我再次看懂了他的眼神。

谷风继续嘶吼，将我的长发吹得在脸上抽打着，我已看不到那抹藏蓝了，深不见底又漆黑的山谷，很轻易地将他吞噬掉了。我都记不清这是第几次了，明里暗里，他这都是第几次救我了。当作未再出现过？活下去？我笑出了声。

那冻僵的双手去解腰上的那个死结，却怎么也解不开。事已至此，那宫墙内的纷争，这尘世的袭扰，与我有什么相干！我用手摸到碎石，在那根腰带上磨着。你既无情地丢下我，我便无义地抛下俗世！绸缎呻吟着，我用沾了血的双手用力扯着它。

“公主！”一双手攥住了我的双手。我抬起头，是锦帨。“上去！”锦帨对上面喊着。我挣脱不开她，只得被她拉上了悬崖。“公主。”她松开了我要上的腰带。我跪在山崖边，向下张望着。

“派人去找啊，都在这里看着做什么？”我扭头对身后的人吼着。锦帨忙打发了人去，“公主，之前已有一批人去找了，蓝公子从来都是这样，不会有事的。”她硬是把我从山崖边上拉回来。我一拳捶到地上，一大口鲜血吐了出来，“找到他，一定要找到他。”我咳嗽着，鼻子里也涌出血来，连呼吸都困难。都怪我，都是我执意要追查独孤寂这群人，蓝真本想阻止我，他都已经那么明显地想要制止我了，我却总是这样恣意妄为。这群人本不会对凤午山庄、对我们造成什么直接威胁，润儿也一定有办法对付他们，我偏这么自以为是，让蓝真再一次离开了我。

这一次，真的就是永诀。“啊！”我控制不住自己的声音，吼了出来。

难道我就不能拥有一个厮守之人吗，孤寡一世，命当如此了是吗？

蓝真，你已不在，我已无支撑，凭何继续啊。

二

已经很久没有这种感觉了，从床上坐起来，浑身上下都有撕裂的疼痛，尤其是胸腔，似是被扯碎了一般。锦帨将药碗递到我嘴边，我就着她的手艰难地饮下，胸腔如排山倒海一般，却强忍着尽量不要吐出来。

“找到了没有？”我听到了门外的脚步声。锦帨示意月明入内。“夫人。”月明这一声，唤得我再次撕心裂肺的痛，“恕我们无能，没能找到庄主。”“怎么可能找不到？”我顿时怒火中烧，丢了引枕出去，反而被呛得咳嗽不止。锦帨忙来给我顺气。

“夫人，因为崖下有瘴气，我们的人正试图穿过那片瘴气，恐怕会耽搁……”“什么瘴气，怎么会有瘴气！”我气得全身都在发抖，“那是个独立的山峰，又不是群山，山崖下谷风呼啸，怎么……”我停住了，看向锦帨。锦帨也是同样看着我。是啊，这样的空气川流，若非人为设瘴，怎么会有瘴气。

“备车，快备车！”锦帨命令着。我像是抓到一根救命稻草一样，拼命从床上爬起来。还是有可能的，不，是一定，蓝真一定还活着，否则凤午山庄的人不可能找不到他。

终于，上天知道在夺走我所有温暖之后，还能将这样一丝希望留给我。我用缠满纱布的指尖，将嘴角的鲜血抹去，笑出了声音。马车在路上奔驰着，我在马车里压制住那颠簸带来的咳嗽，锦帨在我身边为我顺着气。

月明说，他们在瘴气后发现了有人居住的痕迹，我此刻正在向那儿赶着。下了马车，我看着这片桃花瘴，让人将无茎根含在口中。“你们守在这里。”我只与锦帨入内。是的，这里一定是有人的。我的右手抓住锦帨的胳膊，似是太用力了，指尖又有血渗了出来，我却管不得。

走过草药丛，桑麻，水田，这是有人居住过的痕迹，人数不多，不会超过两个人，但是精通药理。我正思量着，有个女子惊讶地从灌丛中走了出来。“咦，你们是怎么进来的，你们来做什么啊？”她不过十七岁的样子，面貌清秀，还有稚气犹存。我惊喜地掩住了口。

“姑娘，我们是来寻一个男子的，不知姑娘前几日可有发现有个从崖顶掉下来的男子？”锦帨问。那个女子笑了出来，“有啊，他正好摔在我的茶树丛里，伤势很重，不过还好，现在能下地了。”她指了指不远处的木屋。我听了这话，连锦帨都不顾了，独自向木屋奔去。

木门打开。我扶着门框，喜极而泣。是蓝真，真的是他。

我走过去。他躺在床上，正睡着。阳光从窗户里跳入，在他脸上、发上、身上起舞着，浮光跃金，静影沉璧，麟趾一般的公子。我沾血的指尖，抚在他的脸上。

是的，就是他，我的蓝真。我曾在冰窟里见过焚蝶和三哥，我刚刚还在恍惚，生怕手指触上去，会是一片冰凉。不是的，他是温暖的，如他的笑容和怀抱一样，是温暖的，玉一样的人，玉一样的温度。足够了，这样就足够了，我愿意用我的所有，来换这一刻的温度。我将我的右颊，贴在他的右颊上，泪水肆虐。

突然一股强大的力量，将我推到五步开外，我一个没站稳，摔在了地上，不可思议地望着床上那个一脸防备的人。

“你是谁？在这里做什么？苏衣，苏衣！”他第一次这么吼着。我脑中一片空白,不知发生了什么,直到锦帨和苏衣奔到屋内,锦帨将地上的我扶起。“欧姐姐,阿郎从崖上摔下来,虽然重伤得愈,但失去了所有的记忆,脾气也有些暴躁。现在,他只认我一个人,所以你别见怪。”我望着在苏衣身边渐渐平静下来的蓝真,听着她唤他“阿郎”,听她说“只认她一人”,让我不要见怪,那种撕心裂肺的感觉又回来了。

这还是我的蓝真吗,这样的防备与猜忌,是我从来没有见到过的。当年我见他时,也是这般吗,他呢,他当时是怎样的感觉?心痛难抑。

“公主,至少蓝公子还活着,至少还活着。”锦帨在我耳边低声道。“是啊,活着就好,活着就好。”我喃喃着,把自己被鲜血浸透的指尖从锦帨胳膊上移开,试着保持镇静,“苏姑娘,不知我这位故友是否能够恢复往日的记忆?”“我不知道,恐怕很困难,毕竟那山崖太高了。”

我走过去,坐在床边,看蓝真的眉头皱得更紧了,“你当真不记得我了吗?三载无忧,是你最期望的生活,你不记得了吗?我都准备买烟火了,年夜饭的菜单我都在列了,你不想看看吗?”“你认识我?”他只问了我这四个字。“我何尝只是认识你,你我相识那么多年,你为我付出了那么多,现在到了我回报的时候,你都不顾了吗?”我想伸手去摸一下他脸上的伤口。却被他躲开。

我收回那只狼狈的手。“欧姐姐,若不介意的话,你先让阿郎在这里休养吧,也许日子一久,他就都想起来了呢。”苏衣道。“蓝真?”我没有理会苏衣,而是试着再次唤他。得到的仍是那双戒备的眸子。

从那木屋里出来,我差点连走路的力气都没有了,若非锦帨的用力搀扶,就跪在地上了。“公主,可要在这里等着蓝公子的伤势痊愈?”“自然。”“可奴婢刚刚接到了云开送入谷的信鸽,是宫里边的事情。”锦帨犹豫着。“说吧。”我坐到一旁的石头上。“惜柳紧急密报,青昭仪似有怀孕之象,因被禁足仪元殿,身边只剩惜柳,恐怕……”她没有说下去。

我从不怀疑青袭的聪明,我虽不知她因何被禁足,但一定是独孤寂的手段,若青袭此刻将有孕之事说出去,可能会获得自由和权威,但更有可能被独孤寂迫害。

同时,我又很不解,这次与独孤寂交手,只觉得她阴狠有余,权谋不足,润儿不一定会被她迷惑,怎么会因此禁足青袭呢,莫非是我当年对润儿警示太过,让他反感起了青袭不成?我的额角隐隐作痛。

不对，青端在朝堂上仍是稳固，若青袭连累了青家，润儿应该会有什么动作，但我没有收到来自任何方面的密报，所以应该不是朝局上的事，或者还未影响到朝堂。况且，我不认为独孤寂有左右朝堂的本事。

是不是可以认为，独孤寂的目的，就只是为了报复呢。我的脊背发寒。

若她只是为了报复欧阳氏，那目标只能是润儿，越是这样，就越能取得润儿的信任，只消一个能让她一击必中的时机。

“回宫。”我站起身来，用力将脊背挺直。与其让她将矛头对准润儿，倒不如让她知道我的真实身份，拼尽全力来报复我。“蓝公子呢？”“此行吉凶未卜，他不记得也好，还能过得太平。”我看向小木屋，苏衣刚从里面出来，“与我去告别吧。”

马车又在摇晃，我靠在引枕上。我可以看出来，苏衣是喜欢蓝真的，除却看不出来的年纪差异，蓝真确实是个相当俊美的男子，像苏衣这种多年独居的女子，喜欢上他也是人之常情，我应该放心的，因为苏衣有了这份感情在里面，就会好好照顾蓝真。但是，双手还是不由得攥紧了手中的茶盏。

“公主，公主！”锦帨将我从沉思中唤醒，“蓝公子来了。”我手一松，也不顾落在地毯上的茶盏，就赶快去掀车帘。蓝真在马车外微微喘着粗气，看起来是施轻功来的，“你知道我的过去？”他问我。“我知道。”我如实答着。“我想知道我的过去。”他冷着脸对我说。“我们现在要去你的故乡，但可能险象环生，我……”“我要跟你们一起去。”我起身让出地方，让他上来。蓝真上来后，锦帨想下去，我拦住她。锦帨留在了我身边。

“是苏姑娘同意你来的吗，毕竟你身受重伤，需要大夫的同意才能出行。”我将自己的手炉给他。他没有接手炉，也没有跟我说话。

“我也是医者，我是否可以为你切一切脉，因为还要很长一段路，我很担心你的身子。”他看了我好久，才把自己的左手给我。

我望着这只手。不久前，它曾被血染红，却还是牢牢握着我的右手，也同样是这只手，在坠崖前迫不及待地想要松开我的右手，以至于现在还有着我的指甲划出的伤痕。“你在看什么？”他欲收回左手。我忙抓住，将缠着纱布的右手手指落在那手腕上。

受过重伤，脉象定是不如以前刚健有力，但明显恢复得很好，甚至，都有些过于好了。短短几天时间，能下床就算了，怎么还能施轻功呢。我收了手，睁开眼睛，对上他略有窥探的眸子。“恢复得很好。”我努力将表情放松。他也收了手。

“蓝公子。”锦帨倒了一杯热茶给他。他看向我。

“蓝真，你本来叫蓝真，锦帨总是叫你蓝公子。”我解释着。“你呢？”“寂雪，欧阳寂雪。”我再次扯出一个笑。

这一路上，我试着给他讲述他的家室、他的功绩，除了有关我的，我都给他讲了一遍，可是，都唤不起他的记忆。

三

“公主，进宫了。”就这样行进了月余，锦帨将睡着的我叫醒。我把凉了一半的手炉给锦帨重新置炭，自己将斗篷披上，试了几次，才发觉已有很多年没有亲自系过斗篷了，再加上手伤，一时竟系不上了。锦帨忙放下手中的活计，来给我把斗篷系上。我苦笑一下，将手套戴上。

马车停下，车帘被掀起，露出了惜杨不苟言笑的面孔。我与锦帨先下马车。蓝真也下来。“我们先住在这儿。”我对他道。他只是微微颔首，表示听见了。

夜色下，浣雪宫檐下的球形宫灯亮了起来，圆琉璃上布了一层银粉，灯光显得柔和朦胧。我望着与当年一样身着藏蓝衣袍、外披灰狐大氅的蓝真，很想问问他，还记不记得这些宫灯。

“夫人，殿内炉火、膳食已经备好。”云开道。我点点头，与锦帨和蓝真一并入内。浣雪宫与凤午山庄终是不同的。两只相同的鎏金百合香鼎，都是一样的华丽，只是浣雪宫的这只旁边，总是备着安息香。两扇相同材质的紫檀雪缎镶金屏，只是浣雪宫绣的是桂花，凤午山庄是绣的莲花。还有墙上的栀子画，浣雪宫里的字画皆出于一人之手，凤午山庄的画却是出自蓝真之手，而那画上的字虽是行书，却很明显的是女人的笔迹。我看得乏了。

右手摸到了酒壶，却迟迟不敢倒入杯中，生怕三杯两盏淡酒后，在蓝真面前丧失理智。

幸是长途跋涉都疲惫了，蓝真去了青阳殿。“皇上想来给您请安。”锦帨开口道。“好。”我揉揉额头，起身。那个男子，由浣雪宫宫门昂首而来。

三年未见，润儿竟长成了这般模样，与其说他与三哥相似，倒不如说他像父皇更多。十六岁时，他身上那股坚毅如在施焰披甲上阵的三哥一般，而他的十九岁，身上那种坚毅已换成了坚忍，甚至隐隐透出了寒意。他跪在我面前的时候，这种与父皇一般的相似，让我忍不住后退了两步。是不是，在我隐居麝城的时候，三哥也成了这个样子。

我终是克制住自己的错愕，俯身伸了双手将他扶起，“我的润儿，都长这么大了。”我用右手拍了拍他的左肩，“看来这些年，你没有忘了强身健体。”

润儿欣喜的脸色一滞，目光里带了欣慰，“姑姑竟还能挂念侄儿是否强体。”“那是自然，比起别的，我自然是最挂念你的身子，可别仗着年轻不知保养。”我欲与他坐下。

他却是再次跪下来，“润儿听闻锦帨姨母密信中说宫中有恙，姑姑将回宫。可没有人告诉侄儿宁西王为何失忆，也不知宫中何事，总是让姑姑忧心，还打破了您的生活……”我不等他说完，再次扶他起来，“傻孩子，我自然是应该为你操心的。”

我并未告诉润儿，所谓的芍昭仪就是独孤寂，因为我担心，一边是三载未见看似不问朝事的姑姑，另一个是宠爱有加的爱妃，润儿会不知如何选择。而润儿的一举一动，都会被独孤寂掌握，进而采取什么动作，所以倒不如让润儿按兵不动，我来做引蛇出洞的最好诱饵。说到底，我还是尽量在润儿面前表现出对朝政不关心的态度，虽然我真的是不太关心了，但却有意让润儿去相信这一点。

“侄儿敢问，宫中究竟发生了何事，侄儿竟然不知？”我与他坐下，斟一杯热茶给他，“我听闻青袭被禁足仪元殿了，可是如此？”润儿的眼中竟然闪过一丝若有若无的尴尬，“是。”

“我一直担心你会很不喜欢她，毕竟选秀之前曾有一些事情，但是我相信你会处理好与她的关系，毕竟他父亲侍君三代，不知为何竟能让她禁足？”我试探着。“没有人禀告姑姑吗？因为芍药前些日子心悸不宁，太医都诊不出什么，偏有人告发仪元殿施厌胜之术，还真的搜出了巫蛊之物，虽然侄儿也是不信青袭会做出那样的事情，但众目睽睽，是要有交代的。”我注意到，他在讲到青袭时，目光曾变得柔和。

“芍药，可是你挺喜欢的那个芍昭仪？”“是。”润儿回答时，低了头，掩了表情，“侄儿还是不知，究竟发生了什么事，宁西王又怎么会失忆，这件事又有多重要，能让姑姑不顾宁西王的失忆，又回到宫里来？”

我端起茶杯，饮了一口，待氤氲在眼前的水汽散去，才敢开口：“是一桩陈年旧事，因当时太过疏漏，才有了今日之患，说到底，都是我的过失，所以我希望能亲手解决了这件事，还能不伤及旁人。”润儿没有说话。

“你可知，青袭有孕了？”我问润儿。他的反应告诉我了一切。“青袭这孩子还真是谨慎，竟连你都没有告诉。”我将茶杯放下。“她是担心芍药？”润儿思索了片刻，问。我默认了。

“姑姑认为，此刻该怎么做？”“我明日要亲去一趟仪元殿，若是无事，还是放青袭出来吧，若是真有孕，我要让青袭到浣雪宫来，我亲自看着她，才放心。”“姑姑亲去，不觉得阵仗太大了吗？若姑姑真不放心，侄儿直接将青袭接到您这儿……”“不。”我将手指放到唇上，“我想那个人，应当不愿看到我。”

第二日，披上厚重的斗篷，将面纱披上，再坐入加厚得密不透风的步舆，我至了仪元殿。殿门在我身后关闭。我将面纱摘下。仪元殿中跪拜着一个纤瘦的女子，一身高腰碧裙，外套紫貂袄。我上去扶她起来。

“公主！”她身后的惜柳先热泪盈眶地唤我。“公主。”青袭也这么唤我。“唤我‘姑姑’，别听惜柳的。”我将自己的手套和手炉都给她，“这殿里这么冷，你身子弱，如何受得住。”“自臣妾禁足，芍昭仪就有意遣走仪元殿的宫人，臣妾自觉有孕后，不知何人可信，便只留了惜柳姑娘一个，如此，才能暂避锋芒，保得孩子平安。”“这么说，你是真的有孕了，不是惜柳冒冒失失乱说？”我望着这个看似弱不禁风的女子，笑了出来。

她羞赧地将头低下，又突然抬起来，“姑姑怎么回宫了。定不只是这件事，是不是还有什么事发生，与皇上有关吗？”“天下事，都与皇帝有关，只在于多少罢了，你要明白。”我将手放在她的肩上，“这几日你先住在浣雪宫，现在那里是宫里最安全的地方。”我转向惜柳，“你做得很好，看来当初的安排没有错。”

惜柳只是一笑，忽而眼神变得警惕，“外面有动静。”“若是那位芍昭仪，就让她进来，也让我们的人进来护住。”我道。“是。”惜柳忙去了。“看起来，你与润儿的关系，不像我以为的那么僵啊。”我瞥了眼青袭的小腹。她一愣，目光有些闪烁。

我不再看她，而是将半个后背留给她，自己面对这殿门。是锦帨先进来的，她挎着剑，立在我身侧，惜杨惜柳则立在我稍远一点的地方，另有几个宫人护住了我们。一抹檀色进入了正殿。檀色织锦镶滚纱裙，再配绛紫斗篷，二十出头的年纪，竟也可以这样装扮，还能艳光四射，不输红芍。

“是你？”那檀色震惊地呆立在那里。我平静地望着她，“你怎么就这么执迷呢，又回到这个牢笼里。”“你是谁？你怎么没有死？”问到这里，她后退了一步，“你到底是谁？”我没有理会她，而是站到青袭右边，从独孤寂右边走过去。

“你是欧阳寂雪？”她在我身后问。我示意惜柳先带青袭到一边，自己面对着独孤寂，“所以，我不希望你再回来，我希望你能好好生活下去。”说罢，我们走出了仪元殿。

我听到，独孤寂想要追出来的脚步声，我也听到，锦帨和宫人们阻拦的声音。我在独孤寂那个年纪的时候，若真的遇到这种事，就算情深义重，就算痛彻心扉，也会下狠手的，独孤凉，不就是最好的证明吗。

下雪了。我没有戴手套、没有捧手炉的手，已经三年没有再接触这个温度了。真的很凉。我也真的老了。

明日眺银轩初雪后的设宴，恐怕，又将有一番风雪了。

四

一觉醒来，我都不清楚是什么时辰了。“公主，是奴婢吵醒您了吗？”锦帨问。“没有，这算是睡得好的了，我一向浅眠，你是知道的。”我欲起身。“公主还能再睡一会儿，现在还早。”锦帨按住我。她是知道的，我只要一醒来，就断不会再躺回去了，况且今日在眺银轩设宴，独孤寂定会前去，我如何能不提早准备。

"你们又在盘算什么？"我打掉她的手。"公主，这件事皇上准许了，蓝公子也愿意帮忙，青昭仪会留在浣雪宫陪着您，您放心，有奴婢呢。"惜杨从锦帨后面走过来，按住了我，惜柳将一块手帕捂在我的口鼻处。是迷药的味道。我无法支配自己的躯体了。耳边"哄"的一声，看东西的角度也变了，仿佛是我倒在了枕头上。

我看到锦帨从锦盒里取出了半块人皮面具，戴在了上半脸，惜柳正在为她上眼妆。若是戴上面纱，乍看之下倒真的分不清了。我张了张口，却听不见自己在说什么。惜杨把棉衾给我盖好……我想那段时间，我是清醒的，只是无法苏醒而已，否则不会在脑中光芒突现的时候，就能猛地坐起身来。那是不祥的感觉。

"姑姑！"床边的青袭将急着下床的我扶住。"备步舆，我要去眺银轩，一定出事了！"我将锦缎雪履蹬上。青袭没有多问，忙去吩咐宫人。我胡乱套上狐绒裙，摸了件白貂披肩就往外走。

步舆刚刚准备好。"你留在这儿，无论发生什么事，都不许出来！"我刚迈出宫门，就把身后跟来的青袭喝住。她忙停了脚步。

我在步舆中，左手将右手食指上的指环飞快转动着。锦帨定是在含口发现了师父曾做的人皮面具，也许，当年师父做了一副母妃的面具，却没有用，自我从凤午山庄联系锦帨，锦帨就准备好了它，时时等着装扮成我。如此，锦帨定也把独孤寂的事告诉了润儿，润儿担心我涉险，定会同意锦帨的计划，而最了解我的脾气秉性、语气习惯的，就只有锦帨了。

可是，他们选择这样做，就是决心要除掉独孤寂了。被仇恨蒙蔽的独孤寂，定不会就这样束手就擒的。这样面对面的对抗，会是怎样鱼死网破的局面。

"公主！"我听到了步舆外的声音。步舆停下来。"怎么了？"我问。"回公主，是元公公的徒弟小湛子。"我探了身出去，"眺银轩何事？""回公主，眺银轩内，芍昭仪挟持了永安郡主和一名男子，正僵持不下，芍昭仪说要见您。""胡说，永安郡主那么好的身手，如何会被挟持？"我怒问。"有人在永安郡主和那位男子的食物中下了药，他们一时武功尽失，所以才……""只有他们二人吗，皇上可有事？""就只有他二人，皇上龙体无恙，只是在与芍昭仪对峙着。"小湛子在步舆外频频叩首。"走吧。"我坐回步舆中，命令着。

眺银轩，从来都是皇家用来赏雪宴庆的最佳去处。宫城初建时，为巩固宫防，东南西北皆设有瓮城和两道宫墙，而眺银轩便建在了北面内部的第一道宫墙上，借宫墙自身的高度优势，成为赏雪的地利之处，只要站在眺银轩前，皇宫便可尽收眼底。我都忘了有多少次，曾站在那里，俯瞰皇宫。

我下了步舆，一步一步登上宫墙。待眼前豁然开朗时，风更大了。我望着眺银轩前面的一群人。还是那样的檀色，站在箭垛上，左右手各握一条铁链，铁链拴在两个人的颈上，右边的，是蓝真，左边的，是锦帨。我不想去看那被束缚的两人的表情，便看向那仰着头一脸铁青的明黄男子。

"独孤寂，你以为你还能逃得掉吗，你就算真的下了狠手，也是必死无疑，你若此刻收手，朕尚可留你一命！""留我一命又如何？我要的是欧阳寂雪痛不欲生，何曾在乎性命？留我一命？欧阳晞润，你以为我会信你吗？若不是因为这张跟欧阳寂雪有几分相似的脸，你会说出这句留我一命吗，你会这样宠我吗？"独孤寂冷笑着。

我身子一震，及时稳住了心神，走上去。"欧阳寂雪，你终于来了。"独孤寂先看到了我。"姑姑。"润儿将我挡在身后。我推开他。"公主。"锦帨唤我。我却不看她，也不看蓝真，而是看向独孤寂，"我来了，你是否可以放了他们两个？"她大笑起来，"欧阳寂雪，也有你求我的一日！"

"是，我是在求你，我一直都在求你。你有你自己的路，自己的生活，没必要这么执迷不悟。放手吧，孩子，你只要肯收手，我就能保证你会活得很轻松。""活得轻松？欧阳寂雪，都是你让我活成这副样子，若我不为我父母……""你母亲不会让你这样的，若你母亲还能活着，能亲自养育你，断不会这样的。她很善良，不会让你这么辛苦的。"

"我活成这样都是你害的！你以为你很了不起吗，你只是借着当权者对你的宠爱罢了！""你说得对。"我道，"我一手夺取了你父母的幸福，让你成了孤儿，生活在深仇里，我知道你恨我，所以我今天站在你面前，等着你来杀我。放了他二人，反正他们武功尽失，只消须臾，你就能用你手中的铁链勒断我的喉咙，不是吗？"

"你妄想！那岂不是太便宜你了，我要你后半生都痛不欲生！"她阴险地笑着，"选一个吧，你选一个，我扔他下去，另一个还给你。""独孤寂你做梦！"润儿喊着。我抬手制止了他，"你是想让我后半生都活在放弃了那个人的愧疚和痛苦之中，是吗？”她没有回答，笑意表明了一切。

“你有没有想过，若是我不会痛苦呢，也许我根本就不在意呢？”“不会的，今日你选择来此，就一定会痛苦的。选一个吧，我没有那么多耐心！”“公主，选奴婢吧，奴婢……”

“锦帨，把你脸上那恶心的面具扯下来，我看够了那张脸！”我冷冷地命令。锦帨慢慢地将面具撕下。我深吸一口气，对着独孤寂的冷笑，也展开一个笑容。“小元子。”我叫道。“奴才在。”他从润儿身后走过来。

我指着独孤寂右手边第二个箭垛，“去那儿趴着。”小元子看了润儿一眼，将拂尘一丢，快步走过去，手撑着地，趴着。我想走过去，却被润儿拉住。

我看了他一眼，甩开了他，“这是我的事。”我走过去，“趴好了。”命令道。“是。”小元子道。我左脚踩在他背上，双手扶着宫墙，右脚上了箭垛，我与独孤寂一样，站在了箭垛上。

“姑姑！”“公主！”我听到了身后的呼喊。

“你选一个吧。”我对独孤寂说，“我做不出选择，我唯一能做的，就是陪被你选出来的那个人去死。”

“欧阳寂雪！”独孤寂怒道。我再次露出微笑，“如果我先跳下去，你心里的仇恨，会不会少一点，你以后，会不会好过一点？”“你做梦！”这是独孤寂的再一声怒吼。我闭了双目。只愿来世，不再生于帝王家。也许，如果没有我欧阳寂雪，才是这片江山之幸，才是这些人之幸。我迈出了右脚。

响起了铁链的声音。我一个恍惚，睁开双眼，看向独孤寂。身后一股力气，将我从箭垛上拉了回去。我看到蓝真猛地一扯自己颈上的铁链，独孤寂猝不及防，松开了锦帨颈上的那一条，从宫墙上滑了下去。

当我的双脚触到了宫墙时，忙推开了拉我的那股力量，向蓝真奔了过去。蓝真还拉着铁链，锦帨忙去帮忙拉着，却没有一个侍卫侍从过去。我从箭垛上探出身去，想去用手抓住独孤寂。在看到她的那一刻，我就知我做错了。她看到我的一瞬间，嘴角浮起一抹冷笑，松了铁链。

“不要！”我依旧保持着这个姿势，而那抹檀色下坠，下坠，落在了雪地上。是枫叶吗，还是芍药花？我眼前的，是含口绝世的红。我忙奔下宫墙。那抹红色，还在绽放着。我奔过去，抓住了她的手，“太医，传太医！”

这一刻，明明就是当年我从浣雪宫床上故意摔下的那一刻，雪地上的这些鲜血，明明就是我孩子从我身体里流走的鲜血，这些呼喊，明明就是独孤凉见我小产时的呼喊。

救救我，救救我的孩子！快救救他们！“传太医！”我声嘶力竭地喊着。回应我的，只是茫茫雪地。

还有脉搏和呼吸，也许只要救助及时，就会没事的，我从袖袋里掏出丹药，想喂她，却撬不开她的嘴。“别这样，别这样。”我拥她入怀。“欧阳寂雪，我这样选择，你满意吗？”她睁开双眼，虚弱地问我。“太医！欧阳晞润，传太医！”我哭喊着。“你这样自损八百的打法，何必呢？”“你不要说话。”我用自己的袖子拭着她口中不断涌出的鲜血。“欧阳寂雪，也许我真的不该与你为敌。”“没关系，没关系。”我感到她越来越冷了，把她抱得紧紧的，想把自己的温度给她，“有我呢，孩子，娘亲在这里，有娘亲呢。”

“娘亲？”她笑了，“我听闻，她有一双你的眼睛，她是个很好的人，但我从不知道，我的父亲，能不能告诉我，我父亲是怎样的一个人，只有你说，我才能信……”她闭上了眼睛。

我假装看不见，“他也是一个很好很好的人，好得，恨不得把全天下都给自己喜欢的人。若他还活着，他一定会很疼爱你的，他可以给你做鸡油卷，做燕窝薏米甜羹，他会带你挖蛤蜊、捉海蟹，会允许你向他丢石子，允许你不开心就扯他的头发，允许你把他扮成一个女子……”我说不下去了。

孩子啊，多少个午夜梦回，我真的很后悔自己所为，我真的希望，能用我的命，换回你的命啊。当年我亲手杀了我与独孤凉的两个孩子，我以为，以独孤凉的性子，他不会再要孩子了，可是，上天给他留了这个女儿，这个他以为可能跟我很像的女儿。这个女孩已经很命苦了，为什么，还要这样。师兄，我害死了你，害死了我们的孩子，现在，连你的孩子都被我害成这样了。

对不起，真的对不起。下雪了，再次下雪了。

一张灰狐大氅落在我身上。那不是蓝真，我知道。那是锦帨。“公主，刚才蓝公子说，他想回到药谷去。”我没有说话，而是用左手拂去独孤寂面上的积雪。

“公主。”“我听闻，独孤凉将我们的两个孩子葬在了含口，你可愿意，把独孤寂也葬回去？”“是。”待我执意走回浣雪宫时，蓝真已经走了，青袭见我这副模样，未敢多问，便退下去了。

我了解蓝真，纵使他失了记忆，也不能改变他的本性，我说过，他是良善之人，也是睿智之人，一个活生生的人就这样没了，在他面前，他不会好过的。况且，他曾答应了锦帨的求助，也许在他心里，以为独孤寂的死，他也有责任。这样偌大的皇宫，这样深沉的阴谋，终究不适合他的。我都明白。

安息香焚尽，我才有了睡意，所以这一夜也未睡多久，刚到寅时便又醒了。坐到了辰时，青袭向我请安，她要搬回仪元殿去了。我与她一起去了，略嘱咐几句，方回了浣雪宫。脚踏入浣雪宫的那一刻，明黄色的衣袍跪拜在我脚下，我伸出右手将他扶起来，看到了他略为讶异的表情。

“姑姑不生侄儿的气吗？”“因何生气？”我解了斗篷交给锦帨，示意她带人下去。“因昨日，侄儿见死不救。”“你有权下狠手，我在你这个年纪的时候，也会这样选择的，毕竟日后的路太长，要绝后患。至于你跟锦帨合谋的事，我也都知道。”

当润儿相信独孤寂真实身份和目的时，完全可以兵围娇颜殿，以武力逼其就范，可他们没有，他们选择了于眺银轩设宴。若只是兵围娇颜殿，最多就是抓了独孤寂逼供，还不一定能供出什么，但若设宴眺银轩，以独孤寂对欧阳氏的仇恨，定会不遗余力地报复，如此，润儿只消派可靠的人监视，就可以找出独孤寂的党羽，一网打尽。

当我迷迷糊糊看到锦帨戴上人皮面具时，就明白了。润儿不会留独孤寂性命，他不需要。这个孩子，太狠太聪明了。我不敢想象，那张与他一样的面容，是不是也曾那样冷酷无情地望着另一个与我相似的女子死去，或者，根本就是不屑一顾呢。当年，武颜也是这样自负，可还是逃不了天家无情，付了自己的性命进去。如此想来，独孤寂是不是还幸运一点，至少，她还有一颗少女心，不曾错付人！

无情，着实是无情。我冷笑出声来。

润儿的目光里含了悲哀，“敢问姑姑，为什么不告诉侄儿独孤寂的真实身份？”我一愣，没想到他会问出这样的问题。“不信任侄儿吗？”他也笑出声，“您抚育侄儿这么多年，居然认为侄儿会在养育之恩与美色之间犹豫？”

“爱美之心，人皆有之。”“难道姑姑就认为侄儿是那般肤浅的人吗，若非独孤寂与姑姑有几分相似，侄儿怎么……”他突然住了口，意识到自己说错了。“又是因为跟我相似吗？”直到此刻，我才真的相信了昨日独孤寂对润儿所说的话。

我展出一个笑容，右手从发髻上拔下金钗，狠狠地从右颊上划出一道口子。“姑姑！”润儿忙奔过来用帕子捂住我的伤口。我用力推开他，“可以了吧，有这样一道伤口，谁还能与我有几分相似？我欧阳寂雪不能为自己而活，难道也非得让与我相似的人不能为自己而活吗？”

“传太医，传太医！”润儿吼着。殿门被推开，锦帨带人跑进来。“公主！”锦帨看到了我的脸。“出去，统统出去！”我亦吼着，“你也出去！”我指着润儿。润儿没有动，只是示意锦帨再次带人下去。

“姑姑，”润儿跪下，“听锦帨姨母说，润儿幼时曾患重病，多日昏迷不醒，姑姑您衣不解带守在床前。润儿想知道，若当时我真命丧黄泉，姑姑将如何？”

“我将扶矜释长公主之子易玥上位，改其姓欧阳，封明国公为摄政王，我依旧辅政。”我残忍地回答。“若真如此，社稷无忧，姑姑可会为已故的润儿伤心分毫？”“自然，我亲生的孩儿夭于我手，我虽不能将你视为亲子，但我永远不会忘记，你是我三哥唯一的孩子，你身上有那么多的，他的影子。”我说着这话，再望这副面容，心下柔软了许多，“更何况，你是我一手带大的。”

“姑姑待润儿情深，怎就不愿相信润儿对您也情深呢？当日姑姑执意离宫，除却心念颐养天年，难道就没有半分对我的忌惮吗？您只觉得我是在夺您手中的权力，难道就没有想过我是担心您的身体吗？太医为您医治，竟用了‘点灯熬油’这四个字。润儿真的担心，这般点灯熬油，何时油枯灯尽呢？”

我心下一震，从不知他有这样的想法。争斗多年，我早就习惯了自保为上，竟忘了还有来自权力之巅的温暖。

“姑姑以为润儿是肤浅于表象的人吗，姑姑陪伴润儿多年，这皇宫里，唯有这点温暖能支撑着我走下去了。孤独寂的存在，就只是润儿铲除余孽的工具而已，只是念及姑姑，才有意等她回头，她却是一意孤行。”他叩首。

“对不起。”我蹲下，像他小时候一样，与他在一样的高度上，“也许我不能真的将你视若亲子，但我可以向你保证，就算你没有在大位上，我也愿意倾尽一切来换你毕生安宁。”我将他扶起。

“姑姑。”他把帕子贴到我的伤口上，湿润了眼眶，“润儿也会尽我所能，保您平安。”我的手覆上他的肩头。

五

我终是没有去仪元殿叨扰青袭，而是再度启程。本是想偷偷走的，润儿眼线太多，没能瞒住他，青袭也察觉到了，也悄悄送我。一来二去，便晚了些。马车疾驰时，信鸽飞了进来。“公主，是出什么事情了吗？”锦帨见我看信的表情，问。“你可知道古棫？”锦帨思索了良久，才有头绪，“您是怀疑蓝公子服用了古棫？”

那只是古书上才出现的草药，因其喜潮湿温热之地，我常年居在北方，含口又是海岛，在凤午山庄也无心寻什么草药，所以从未真正见过，只知它有促进伤愈、强身健体之用，但却会损伤心智。这些日子，蓝真曾试着回想过去，但并未有一般失忆者应有的头痛，而且我一直不解，为何蓝真从那么高的地方摔下来，竟这么快就能下地，甚至还能施轻功。

在眺银轩，蓝真与锦帨都被下了药，并非能当年独孤凉用在我身上的废人内力的无忧散，而是暂且压制内力的忘忧散。蓝真是个男子，身子比女子强健，但以独孤寂的药理，就算她不懂让人真正失了武功，至少，是不会这么快恢复的。

“公主，只有在眺银轩中，蓝公子见您从宫墙上奔下去，才有些许头痛的感觉，仿佛是回忆起当年的事情了，但他说他不想这样，不想留在宫里，所以连夜走了。”我的食指落在嘴唇上。

从药谷出来的时候，苏衣曾希望把蓝真留下，但蓝真却追了出来，当时我与他关系冷淡，没有细问是否是他自愿出来的。也许苏衣本不想让他出来，只是他决意寻找他的记忆。蓝真这次回药谷，就是不想再入尘世了，我担心苏衣会为了长久留住蓝真，而做出什么不可救药的事情。

马车停在药谷，我下了马车，立在桃花瘴前，迟迟不肯迈出第一步。我还是下不了决心，不敢去问蓝真，不因我自毁容貌，反而，若是蓝真此刻只在乎我的容貌，也许我还轻松些。我担心的是，他不愿想起往事，他亲眼目睹了独孤寂的惨死，定也见了润儿的见死不救，生活在那样世界里的我，又会是怎样的人，被我称为故友的他，又曾经历了什么。

欧阳寂雪，一切都是你自己造成的，报应不爽，现在该还了，该面对了。蓝真从不曾抱怨过，不曾怨恨过，但欠了就是欠了，该还的。我扯出一个自嘲的笑容，忽视右颊的疼痛，服下无茎根，走了进去。

药谷中的二人看到我与锦帨，并未有半分惊讶，显然，他们早早就料到我们会来了。“欧姐姐，你怎么会戴上面纱了？”苏衣先笑着来迎我。“脸上受了点伤。”我笑道。“我能看看吗，也许我能医好呢。”说罢，她伸手摘下了我的面纱。我没有拦她。

看到那深不可愈的伤口时，蓝真和苏衣的表情都变了。“对、对不起。”苏衣道，却是悄悄看了蓝真一眼。“没事。”我浅笑，揭了面纱却不戴上，“苏姑娘，我能与蓝真说几句话吗？”苏衣看向蓝真。

“好。”他愣了好久，才回答。我便与他到了木屋内。“你的脸怎么了？”他先问。“不妨事。”我保持着笑容，就像当年他对我一样，“你当日，为何不告而辞？”他没有说话。

“是怕我阻拦你吗？”“不是。”我有些意外。“我以前伤过你吗？”我有些不解，“为什么这么问？”“因为你每次看我的时候，满目都是伤痛，那日在皇宫，你宁愿用自己的性命使那个女子回头，足以见得她对你有多重要，她的死一定给了你很大的打击。我一是不想待在那深不见底的皇宫里，二是担心留在你身边，你会更难过。”

我十分动容，“不是的，你没有伤过我，我只是痛心你不记得以前的事罢了。我真的很希望你能留在我身边，我不知道，你愿不愿意。”蓝真平静地望着我，“我可以拒绝吗？”“那样的过去，我真的不想知道，我也不想再去过那样的生活。这里虽然有些简陋，但很安宁，苏衣对我也很好。”“我们不回皇宫，我们有自己的家，我们可以回家，再不问世事了。”我挣扎着。“跟一个陌生人吗？”

他的问题，我不知该怎样回答。他失了记忆，我是他的陌生人。他改了秉性，他也是我的陌生人。“你真的不愿想起了吗？”我最后问。他没有回答，只给了我一个笑容。那笑容的含义，我明白。那么多次，他把这样的笑容丢给我，然后，我就只剩一个人了。

我还了他一个无力的笑容。转身出了木屋。这个结果，我早就料到了，也有准备了，不是吗？尽日不归处，也许，再无栀子香了。只是，就算这一切只是一场虚迷，也好过我从未遇见你。我说过的，就算只剩了记忆，也足以抵御那些现实的中的寒冷。我说过的。

“欧姐姐。”苏衣与锦帨走过来，“阿郎怎么样了？”“他想不起来，我不愿强迫他。”我简单地答。苏衣眼中闪过笑意。“本不该多叨扰的，只是天色不早了，我身子不好，不宜过分操劳，不知可否借宿一晚？”我问。“好啊。”苏衣眼中的笑意消散了。

暮色降临，我们四人用了晚饭，苏衣为我诊脉后，便去料理药圃了，蓝真说要到处走走，锦帨为我煎着药。

“苏姑娘开的方子，公主可觉得有何不妥？”锦帨问。因苏衣不知我懂医理，所以主动为我切脉开药。“没什么不妥，只是些滋补调养的药，虽很平常，但总不至于吃出什么事来。”我饮下两杯苦丁茶。

锦帨满是怜悯地看了我一眼，没有说话。我起身走出屋子，向苏衣走过的方向走去。走过常见的草药，过土坡，迈过沟壑，再翻一个土坡，才看到了她。我立在树后，见她弯着腰采着些什么，时不时四处张望。我将火折子藏在袖袋里，走了过去。

“我本以为你是真心待蓝真，却不想，你跟宫里那些女人一样，选择用这样下作的手段。”我道。苏衣吓了一跳，手中的草药掉了一地，见是我，装作天真的模样，“欧姐姐怎么来了？”“古棫，古书上说它可以健人体魄、增人功力，却也会损人心智。曾有人为了练武而服用，致使走火入魔，所以后来，书上不再记载这种草药，生怕再引人入歧途。”“你懂得药理？”苏衣不再是那副模样，而是换了冷漠与戒备。“你以前这么做，我还能理解，甚至可以原谅，你不想让蓝真离开你，不想他恢复记忆。可今日他已很明确地告诉我了，他不想离开，你的目的已经达到了，为什么还要用这种东西去伤害他呢？”“你以为他不愿想起，就真的不会想起吗？他重伤昏迷时，口中喃喃的，是一个叫‘寂雪’的人。他这次回到药谷，满脑子里都是你，甚至开始时不时地头痛欲裂，你懂医理，也知道这意味着什么吧。”

“他的意识开始去唤起他的记忆了。”我答着，“你为了永远不让他想起，就宁愿冒险让他神志不清？”“我不管！”她瞪着我，“只要他能留下，我什么都不管！”

“你真是疯了！”我瞥了眼丢在地上的草药，“这样的用量，不出半月，他就会神志不清，不出三月，他就会形同痴呆的，若期间他再动用内力，稍有不慎，就会走火入魔，后果不堪设想！”

“我不管！”“别再这么疯狂了，你爱一个人的方式，就是伤害他吗？”“是留住他！”我掏出火折子，“那我就将它毁掉。”苏衣扑过来抓住了我的双手，“阿郎是我的，欧阳，你别想抢走！”

“你放手，我宁愿让他留在这里，你还想怎样！”我挣脱不开她，我二人一时扭打起来，此时我不知，让锦帨去拖住蓝真的计策是对或不对了。

“阿郎，阿郎救我！欧姐姐想火烧药谷！”苏衣突然一遍遍大喊着。我暗感不妙。果真，只是片刻，蓝真不知从何处施轻功而来。

“阿郎，快帮我，快帮我！”苏衣尖叫着。蓝真拉开了我们，挡在我们中间，将后背留给了苏衣。他这是，要保护苏衣的姿势。他向我伸出了手，“请把火折子给我。”“我是不会给你的。”我看到锦帨施轻功落在了古槭丛的另一边，他二人都没有注意到。

“我以为你会与宫里的人不同，却不想你也是这样心狠手辣，得不到的东西就毁掉，是吗？”蓝真眼中那陌生的东西，是厌恶与反感吗。我心如刀绞，“是。”锦帨点燃了另一边的古槭。“阿郎！”苏衣注意到了锦帨。蓝真看过去，想奔过去。

我将手中的火折子丢入古槭丛中，紧紧抱住了蓝真，“不要过去，这些东西会害死你的！”火越烧越大。“你松手！”蓝真想推开我。我却紧紧抱着他，也许这是我第一次，抱他这么紧。火继续烧着。

苏衣想去灭火，却被锦帨推开。蓝真见了，一个用力地甩袖，手掌甩在了我的右脸上，将我甩在了地上。“公主！”锦帨忙丢了火折子，奔向我。我跪坐在地上，一时还回不过神来。

这是，我第一次被打耳光。我想将右手覆到刚刚被打的右颊上，却被锦帨用帕子捂住。“伤口裂开了，公主，您快起来。”我却抬不起头来。那个我以为，最爱我的那个人，打了我这一生中的第一个耳光。其实，这也并不痛，我这一生受了那么多伤，这个着实是很轻了，跟心口的撕裂比起来，真的很轻了。

"公主，火恐怕是扑不灭了，您快起来。"锦帨算是拼命将我拖起来。蓝真也不顾火势了，而是望着我。上次，这样的大火，是火烧荤鬻王廷，我一身红衣杀红了眼，他一身白甲，浴血而来。那时，我为焚蝶，他为我。而今，我为他，他却为别人。真是报应不爽，这份心情，我算是体悟了。我一口鲜血吐了出来。

当我觉得自己能正常思考和说话时，已是两三个时辰之后了。恍若大梦初醒一般，只见月拢轻纱，我坐在台阶上，锦帨在我右侧给我的脸颊上药。我以为是自己眼中的水渍晕染了月色，使劲眨了眨眼睛，才发觉眼中干涩无比。"如何了？"我听到了自己的声音。锦帨手一抖，"公主？"她丢了上药的羽毛，"您终于好过来了，从刚才开始，您就一直在发呆。"我用自己冰凉的手握住她同样冰凉的手，算是安慰。

"那片古槭丛是单独辟出来的，不会引燃旁的，蓝公子没有受伤，古槭也都烧尽了。"我没有说话。

"蓝公子后来也明白，只那片古槭是断烧不了药谷的，所以他对公主甚是愧疚，但您刚才是那副样子，奴婢就让他回去，留您静一静。"我的左手摸到旁边凉透的茶壶，硬灌了下去，"二十七年，真的就能这么忘了吗？""公主，奴婢想问，初来药谷，您跟苏姑娘说您是来寻故友的。在凤午山庄内，人人皆称您为'夫人'，为何这次，您不肯说蓝公子是您夫君呢？"

若以夫妻之名，我与蓝真对彼此都有责任，是不可分离的。当时宫中情势未定，我若以夫妻相称，岂不就是硬拉他去参与宫廷斗争吗。到了后来，蓝真亲见宫中险恶，我愿尊重他的意愿，让他选择去留，自然更不能用夫妻来束缚于他。锦帨是明白的，所以，我没有说话。

"忘，便是心死了。"她说。"心若不死，如何重活呢？我已使他画地为牢多年，怎能再困住他新的生活？""也许那并不是蓝公子的新生活，也许凤午山庄才是蓝公子的新生活，您这般弃了他，才是他痛苦的开始！""他已不是以前的蓝真了，他有权选择自己的生活。"

一切，看他自己选。

六

晨，我换上锦帨备的晚霞留仙裙，绾高髻，上艳妆，出药谷。蓝真一人出谷送我们。“你以后，是打算留在药谷，还是有什么别的想法？”我问他。“我想畅游江湖，给苏衣添了太多麻烦，不好再打扰了。”我明白，他是不想再让苏衣留恋他。

朝霞满天，如我远嫁荦鬻时的晚霞一样。只是，这不是血染桃花的红，这只是海棠红，如我身上的海棠红一样，也如我当年的嫁衣一样。我此刻，听不起撕裂丝帛之音了。我望着他，想起了当年在春风岭，与这类似颜色的晚霞，曾经染红了我们所有人，那时的所有人，今日，也不过只剩了我、蓝真、锦帨三人而已，不知来日，这三个人里，还能剩下谁。

罢了。我展开一个微笑，“蓝真，多谢你。”我对那迎着朝霞的人道，“来日方长，莫为不值得的东西留恋。”蓝真呆呆地望着我，我想此刻，他是听不懂我的意思的。锦帨伸出了手。我扶着她的手，上了马车。马车中，横着冥筌。锦帨也上了马车，马车缓缓而行，我弹起了冥筌：

“飞雪渐染月如钩，霜添梅心旧。黄縢倾毕翻觥筹，渍污绫罗透。待到东风满西楼，琵琶掩箜篌。却是绿肥红瘦。寻遍阡陌，不知情可几遇。斩断莲根，难言思有几缕。览尽缥缃，未名念有几许。烟把玉殿琼楼锁，风将伐桂玉斧磨。明镜易破，忆非昨，相识已陌。吟风弄月，莫问柔肠百转。登高凭栏，毋阅江州千帆。鼓瑟吹笙，勿吞杜康万盏。柳惹雕花门楣妒。雁任龙楼凤阁束。残照难补，留恋处，忍顾归路。谪仙何处寻。苏郎善饮，酒斟须满十分。不若生为凡人，摆一张琴，对一溪云。”

这曲子，我只为两人而奏，一是焚蝶，一是你。如今蝶已焚尽，我也已冲破了束缚，你我皆为凡人，皆可以摆一张琴、对一溪云。今生再无他求，如你当年对我说的一样，取次花丛懒回顾，不缘修道半缘君。

曲罢，我眼前并非绝世桃花，而是满庭的栀子，矜持又清净地绽放着。锦帨说，她要为我做最后一搏，用蓝真心上最痛的伤来搏。赢与不赢，都是天意了。虽然我满心期待着，能赢。

“寂雪，寂雪！”马车后传来了蓝真的呼喊。我的泪落了下来。“继续走。”锦帨命令车夫。“寂雪，欧阳寂雪，你站住！”那呼喊声不断。马车仍旧行驶着。

那呼喊突然停止了，车夫同时勒住了马。“寂雪，你不要去，你快回来！”马车前传来了蓝真的声音。锦帨掀开车帘，我匆匆下了马车。朝霞里，栀子矜持又清净地笑着，眸底清澈得能一眼望到心里。这才是我熟悉的眼神。

我能看到，能看到他眼里的我，看到他心中的我，还有，漫天火红色的烟火。这是当年伏岳一战的保护，这是当年杨柳青下的惊艳，这是当年春风岭的托付，这是当年麝城的信任，这还是，二十七年如一日的他。

他回来了，我的蓝真，真正的，我的蓝真。

“南檐架短廊，沙路白茫茫。尽日不归处，一庭栀子香。”

我挤出眼中的泪水，奔入了他的怀抱。我死死地抱着他，这才是我这辈子，抱他抱得最紧的一次，因为这次，他同样抱紧了我。

身后的朝霞，绚烂得，如同烟火一样。